Tart my nie, Mijnheer

Hierdie heerlike verhaal speel af in die romantiese ou Kaap met sy wynhuise, swaardgevegte, swierige danspartye en pragtige jong dames.

Die twintigjarige Celeste Valkenier en haar broer Marcel erf hulle oom Reynier se spogplaas, Vergesig, 'n halfuur te perd van die Kaap af. Marcel daag die gevreesde markies Emile du Pré uit tot 'n swaardgeveg – en omdat Celeste besef dat dit net haar broer se gewisse dood sal beteken, gaan sy alleen om die markies om genade te vra. So raak hulle lewenspaaie verstrengel.

Hierna volg agterdog, hartseer en misverstand. Maar Celeste het reeds die duiwel in die markies wakker gemaak en al wat nou vir haar oorbly, is om met Carl van Heiden te trou as sy die markies wil vergeet. Maar weer het sy nie rekening gehou met die Fransman wat bereid was om tot sy laaste druppel bloed te veg vir die nooi wat sy hart gesteel het nie.

Suzette van Voltaire

Die Franse edelman graaf Marco de la Roche se verloofde verkul hom met sy boesemvriend en in 'n daaropvolgende tweegeveg bring die graaf sy vriend om die lewe. Verbitterd wyk hy uit na die Kaap die Goeie Hoop waar sy ma woon.

In die Kaap flankeer hy op 'n hartelose wyse met die meisies, aangesien hy daarvan seker is dat hy nooit weer 'n vrou gaan liefkry nie. Uiteindelik besluit hy dat hy tog behoort te trou, en hy wend hom tot sy ma, Lise, om hom te help om 'n keuse te doen. Haar keuse val op haar oorlede vriendin se dogter, Suzette le Sueur.

Suzette kry Lise se brief aan haar pa in die hande en dit jaag haar dadelik die harnas in, omdat dit haar laat voel soos 'n perd wat verkoop word. Boonop wil sy eerder saam met haar pa en hul bure die trekpad binneland toe aanpak. Die tafel is dus gedek vir 'n verbete stryd met Marco . . .

Kaalbult se erfgenaam

Dit was slegs om haar sestienjarige kleinboet, Paul, se onthalwe dat Elsa Verster besluit het om die voorwaarde verbonde aan haar erfporsie te aanvaar. Paul wou graag veearts word en as mede-eienaar van die spogplaas Kaalbult sou Elsa genoeg geld hê vir sy studie. Maar waarom sou wyle oom Helgaard, haar oorlede moeder se broer, dit goed gedink het om Gerhard Richter, sy aangenome seun, as haar voog aan te stel? Sy was immers al vyf en twintig en 'n gekwalifiseerde teatersuster.

Op Kaalbult spat die vonke uit die staanspoor tussen Elsa en Gerhard, want sy weier om haar soos 'n klein kindjie aan sy "voogskap" te onderwerp. Gelukkig kan sy darem steun op die vriendskap van die aantreklike dokter Karel Vermaak en sy suster Selma wat op die dorp woon.

Dan daag die wulpse Heleen Brink, 'n verlangse familielid van Gerhard, egter onverwags op en ondanks haar vriendelikheid voor Gerhard draai sy geen doekies om ten opsigte van haar motiewe nie: sy gaan Gerhard en Kaalbult hare maak, tot elke prys. En Elsa is die vlieg in die salf wat eers verwyder moet word . . .

Susanna M Lingua-Keur 13

Tart my nie, Mijnheer
Suzette van Voltaire
Kaalbult se erfgenaam

Melodie

Eerste uitgawe van:
Tart my nie, Mijnheer: J.P. van der Walt, 1965 (1990 hersien)
Suzette van Voltaire: J.P. van der Walt, 1961 (1999 hersien)
Kaalbult se erfgenaam: J.P. van der Walt, 1964 (1985 hersien)

Melodie
is 'n druknaam van
NB-Uitgewers
Heerengracht 40, Kaapstad
Kopiereg © Die skrywer 2010
Alle regte voorbehou

Omslagfoto: Gallo Images
Geset in 11.5 op 14.5 pt Bembo
Gedruk in Suid-Afrika deur
Interpak Books, Pietermaritzburg

Eerste uitgawe 2010

ISBN: 978-0-624-04864-0

Inhoud

Tart my nie, Mijnheer

1

Die dag het gaan rus en 'n grys skemerte het liggies oor die aarde kom hang. Alles is nog sigbaar, maar soos 'n sagte, deursigtige waas kruip die nag stadig, doelbewus oor die vrugbare landgoed van Vergesig.

Hier waar Celeste Valkenier op die ruim, daklose voorstoep van Vergesig se groot herehuis met sy sierlike, witgekalkte Hollandse gewels staan, is daar 'n merkbare skaduwee van kommer en onrus in haar sagte, blou oë wat nikssiende staar na die grootpad wat na die Kaap die Goeie Hoop lei, 'n halfuur te perd van Vergesig af.

Hierdie landgoed, dink sy met 'n sug, dra inderdaad die ideale naam. Oom Reynier was baie oorspronklik om die plek Vergesig te noem. Hier van die stoep af het 'n mens beslis 'n onbelemmerde uitsig oor die baai, waar talle skepe hulle al in stormagtige nagte teen die rotse te pletter geloop het!

Haar gedagtes dwaal terug na haar ouers se plaas aan die grens van die Kolonie, waar hulle agt jaar gewoon het; aan die bloedige Xhosa-geveg wat haar dierbare ouers en haar oudste broer se lewens geëis het; hoe sy en haar tweede oudste broer, Marcel, met die hulp van twee getroue huisslawe wonderbaarlik daarin geslaag het om van die bloedbad af weg te vlug.

Die volgende dag het hulle teruggegaan om haar ouers en haar broer te begrawe, en die geldtrommeltjie onder die peerboom uit te grawe.

Met slegs die klere aan hul liggame, die geldtrommeltjie en die vier perde waarmee hulle die vorige nag gevlug het, het hulle vier die lang reis na die Kaap onderneem en hier by oom Reynier, haar vader se oudste broer, herberg gevind.

Die sewentigjarige oom Reynier het nooit getrou nie en het op daardie tydstip, 'n jaar gelede, toe Celeste, Marcel, Rama en Malak hulle verskyning op Vergesig gemaak het, met 'n ernstige hartaanval in die bed gelê.

Ses maande lank het Celeste getrou langs sy bed gewaak en hom soos 'n eie dogter verpleeg, terwyl Marcel, wat slegs 'n jaar ouer is as sy, bedags ewe getrou met die boerdery en wynbouery gehelp het.

Maar na oom Reynier se dood en nadat sy en Marcel al die oubaas se besittings geërf het, het die jongman plotseling 'n groot voorliefde vir die Kaapse wynhuise, skermkuns en kaartspel ontwikkel. Gevolglik het al die verantwoordelikheid van die boerdery later volkome op die tenger skouertjies van Celeste gerus.

Marcel was bedags selde tuis. Ieder aand verwyl hy in die een of ander tappery of taverne waar die wyn vrylik vloei, en waar daar soms roekeloos met kaarte gedobbel word tot in die vroeë môre-ure.

Die een en twintigjarige Marcel is 'n gesogte jongman onder sy maats. Maar die wilde, buitensporige lewe wat hy voer, gee sy suster baie kommer. En hier waar sy nou met onrus in haar hart na die grootpad staar, wonder sy afgetrokke wat die uiteinde van haar plesierlustige broer gaan wees.

Waarlik, as dit nie was vir die getroue Rama en Malak se hulp en bystand nie, dink sy verdrietig, weet ek nie hoe ek hier op Vergesig sou kon behartig nie. Op hulle stil en eerbiedige manier bestuur hulle feitlik die hele landgoed en waak ook nog boonop dag en nag soos getroue waghonde oor my veiligheid, hier so alleen op Vergesig . . .

Dowwe hoefslae van 'n perd wat aangejaag kom, ruk Celeste ru uit haar mymering en laat haar hart skielik beangs in haar keel klop.

Sy voel egter nie beangs oor haar eie veiligheid nie. Sy weet dat haar slavin, of een van haar twee getroue huisslawe, altyd binne hoorafstand is – vernaamlik in 'n geval soos dié, wanneer 'n onverwagte besoeker sy verskyning op Vergesig maak. Sy luister weer na die hoefslae wat al luider opklink en kry dan 'n onverklaarbare voorgevoel dat daardie ruiter hom na Vergesig haas met onplesierige nuus. Trouens, sy koester die hele aand al so 'n nare voorgevoel dat alles nie wel is met Marcel nie. Dog waarom sy so voel, kan sy self nie verklaar nie. Dis maar net 'n gejaagde, onrustige gevoel wat eenvoudig verseg om haar met rus te laat.

Toe die ruiter sy natgeswete perd voor die huis tot stilstand bring, tree Rama asof uit die niet te voorskyn om die ooreiste dier oor te neem, aan die staljong te oorhandig om koud te lei, en om terselfdertyd ook seker te maak of die besoeker wel 'n vriend is van sy jong meesteres, of 'n vreemdeling.

Die jongman se hoëhakstewels klink byna steurend hard toe hy die stoep betree, grasieus voor die jongmeisie buig en haar met onverbloemde bewondering en gulle hartlikheid groet.

"Jy word by die dag mooier en begeerliker, Celeste," komplimenteer hy haar en reik haar 'n vriendelike hand.

Die besoeker is Carl van Heiden, ses en twintigjarige buurman en vriend van Marcel en Celeste wat die boerdery vir sy vader op Weltevreden waarneem.

Ses maande gelede, net na oom Reynier se afsterwe, het Carl die moedige en uiters verantwoordelike Celeste al om haar hand gevra. Sy huweliksaansoek is egter van die hand gewys, want in Celeste se jong hart was daar nog geen liefde vir 'n man nie. Met die verloop van tyd het daar egter 'n hegte vriendskap tussen hulle ontwikkel en Carl het dit sy dure plig geag om voortdurend 'n wakende oog oor die plesierlustige en soms uiters onverantwoordelike jong Marcel te hou.

Die jongman se vleiende opmerking laat Celeste waterig

glimlag as sy haar gesig wegdraai en sag sê: "Ek ken jou na-tuurlik al vir 'n uitmuntende vleier, Carl. Maar ek sê nietemin dankie vir die vriendelike gedagte." Die geforseerde glimlaggie verdwyn en as sy Carl weer aankyk, is daar merkbare onrus in haar groot, blou oë. "Waarom het jy so verskriklik gejaag?" vra sy na 'n rukkie.

Die aangesprokene kan nie help om die onrus in haar stem te bemerk nie. Dit herinner hom dadelik weer aan die doel van sy besoek.

"As jy my binnenooi," stel hy nou ernstig voor, "sal ons ho-pelik meer privaat wees en ook rustiger kan gesels as hier op die stoep."

Celeste bloos en maak haastig verskoning. "Ag, verskoon my tog, asseblief, Carl," kom haar stem duidelik verontskuldigend. "Ek weet eerlikwaar nie wat vandag met my verkeerd is nie. Ek . . . ek voel die hele dag al vreemd bekommerd oor Marcel. Maar kom asseblief binne en moet jou tog nie aan my vroulike intuïsies steur nie. Elke mens het seker maar 'n eienaardigheidjie of twee."

Die jongman volg haar swyend na binne, wag eers totdat sy sit en neem dan langs haar op die rusbank plaas.

Nou eers, in die lig van die lamp, merk Celeste die stroewe trek om die jongman se mond. Sy verstyf meteens en vra met getemperde angs in haar hart: "Wat het gebeur, Carl, jy lyk so . . . so of daar iets ernstig plaasgevind het. Is dit . . . Marcel?"

Carl knik bevestigend en Celeste merk die onvergenoegde trek wat skielik in sy grys oë verskyn.

"Verskoon my dat ek dit sê, Celeste," begin hy diep onthuts, "maar Marcel is 'n ongeëwenaarde en 'n vermetele jong gek."

Trane spring in die meisie se oë as sy albei Carl se hande vasgryp.

"Vertel my, Carl," pleit sy met 'n onvaste stem. "Wat het Mar-cel aangevang? Het die . . . die dragonders . . .?"

Haar stem raak meteens weg asof sy nie die moed besit om haar vraag te voltooi nie. Maar Carl help haar dadelik reg deur vinnig te sê:"Nee, hy is nie deur Sy Eksellensie, die goewerneur, se dragonders gearresteer nie, my liewe Celeste, hy het 'n groter sotheid begaan ... Hy het die markies Emile du Pré uitgedaag tot 'n swaardgeveg ..."

"Nee! Nee ...!" roep sy verbysterd uit en wring haar hande inmekaar asof sy groot pyn verduur. "O, Vader, nie dit nie, Carl! Daardie man is 'n duiwel. Hy sal Marcel met een steek van sy swaard deurboor! ... O, Carl, wat moet ek doen? Asseblief, jy moet met Marcel gaan praat. Hy kan nooit teen daardie dui ... teen die markies veg nie. Hemel, die man is 'n meester met die swaard en rapier!" Sy vee met haar hand oor haar voorkop asof sy meteens baie moeg is en vervolg ietwat meer bedaard: "Ek ken die markies natuurlik nie persoonlik nie, en ek is ook nie begerig om hom te ken nie. Maar jou suster, Janet, het my vertel dat sy vaardigheid met die swaard en rapier selfs in Europa ongeëwenaard is en dat almal hier in die Kaap hom met 'n doodse vrees en 'n heilige ontsag bejeën."

'n Oomblik heers daar 'n swanger stilte in die koel ontvangskamer. Toe laat Carl met groot ontsag hoor:"Dis waar, ons almal bewonder die jong markies se vaardigheid met die swaard. Maar dit bied geen oplossing vir ons probleem nie, Celeste. Jy sien," en hy kyk die meisie verontskuldigend aan, "ek, André en Luis het alreeds met Marcel gepleit om die markies om verskoning te vra en 'n einde te maak aan hierdie sotlike uitdaging van hom. Maar julle is albei befoeterd en pynlik trots, en al waaraan die jong gek kan dink, is sy eer. Aan die feit dat hy met sy lewe gaan boet, dink hy nie vir een oomblik nie ... Geen man het nog ooit die markies beledig en met sy lewe daarvan afgekom nie, Celeste, en Marcel is net so bewus daarvan as ek ..."

"Hoe en wanneer het hy die markies beledig?" val sy Carl in die rede met 'n stem wat liggies tril van angs en kommer.

13

Ofskoon sy die twee en dertigjarige edelman nog nooit ontmoet het nie, het sy wel van ander gehoor hoe 'n trotse en hartelose Fransman hy is, sinister en absoluut gewetenloos, en dat 'n mens veel eerder met die duiwel moet swaarde kruis as met hom, want hy ken geen genade vir die wat hom te na kom nie. Ja, selfs die aantreklikste modepoppies van die Kaap laat hom glo heeltemal koud en word slegs met sy attensies vereer uit blote hoflikheid en om geen ander rede nie.

Ses jaar gelede het die jong Franse edelman hom hier in die Kaap kom vestig, vir hom 'n weelderige huis in Waterkantstraat gekoop en ook 'n weelderige landgoed, wat hy sonder versuim verdoop het na Bellecour.

Hy is 'n vermoënde man en het al gou 'n intieme vriend van die goewerneur geword. Moeders met hubare dogters het hom oorlaai met uitnodigings en hy was sommer gou die mees gesogte jongman in die Kaap. Maar na ses jaar is hy nog steeds ongetroud, met – soos die inwoners van die Kaap beweer – etlike minnaresse op sy kerfstok. Dog waarom hy so koud, skepties en afsydig teenoor die huwelik staan, is nog steeds vir almal 'n groot raaisel; trouens, dis 'n geheim wat hy met sy vertrek uit Frankryk in sy vaderland begrawe het.

Ja, nie eens sy goeie vriend, die goewerneur, weet dat sy beeldskone moeder hom en sy vader meer as twintig jaar gelede verlaat het en saam met 'n Engelse edelman na Engeland gevlug het nie en dat hy, Emile, jare lank sy vader se eensaamheid en verlange na sy ontroue vrou moes aanskou. Dit het hom koud, hard en gevoelloos gemaak. En toe hy later verstandig genoeg was om dinge in hul regte perspektief te kan waarneem, het hy gesweer dat hy geen vrou ooit die geleentheid gaan bied om ook sy hart, soos sy vader s'n, te breek nie.

Hy het alle respek en agting vir die vroulike geslag verloor en die dames slegs met die hoflikheid bejeën wat van hom, 'n edelman, verwag word. Hulle vroulike koketterie, verleidelike glimlaggies en fyn kunsies met lokkende oë het hy as geveins bestempel en dit innerlik verfoei. In sy adellike oë bestaan daar nie 'n enkele vrou wat werklik betroubaar is nie. Vir hom is hulle almal van binne verrot van skynheiligheid en inderdaad nie 'n man se liefde waardig nie.

"Die hele onsmaaklike affère het vanaand in die Arend plaasgevind," verduidelik Carl op haar vraag van so ewe. "Ons was maar weer die gewone ou klomp, besig om die aand met wyn en kaarte te verwyl, toe die markies ook skielik daar opdaag." Hy kug ongemaklik in sy hand en kyk by Celeste verby as hy verontskuldigend voortgaan: "Jy sien . . . wel . . . ek vrees Marcel het vandag baie diep in die bottel gekyk, Celeste. Die kêrel was sommer roekeloos uitdagend. Hy het die markies nog maar twee of drie maal in sy lewe gesien, en sal hy hom nie so wrintie nooi vir 'n potjie kaart nie; en dit nogal met 'n houding asof die man sy maat is en hy hom reeds jare lank ken. Ek sê jou, ons was stom geskok.

"In elk geval, alles het goed verloop en dit het nogal gelyk of die edelman Marcel se vrypostigheid amusant vind. Maar ongelukkig was Marcel nie opgewasse teen sy opponent se vernuf met die kaarte nie en hy het omtrent elke spel verloor. Die feit dat hy so sleg verloor, het hom natuurlik nie aangestaan nie, en aangevuur deur die groot hoeveelheid drank het hy later sommer openlik beledigend begin word."

"Wat het hy alles vir die markies gesê, Carl?" wil sy weet, nou openlik ongeduldig omdat hy so omslagtig is met sy verduideliking.

"Wel . . . e . . . hy het die edelman se eerbaarheid in twyfel getrek."

"En was . . . ek bedoel, het die markies 'n oneerbare spel gespeel?" vra sy sag, onderwyl sy die jongman met groot, onrustige oë aankyk.

Carl skud sy hoof beslis. "Nee, dit is iets waaraan Emile du

Pré hom nooit skuldig sal maak nie, Celeste. Hy mag hard en ongevoelig wees, maar hy is in alle opsigte baie eerlik . . ."

"Wat het hy gesê toe Marcel hom van oneerlikheid beskuldig het, Carl?" val sy hom weer haastig in die rede. Sy voel hoe haar hart al benouder begin klop.

Maar dan hoor sy Carl weer sê: "Die markies het hom natuurlik bloedig vererg en Marcel presies vertel wat hy van so 'n voorbarige snuiter soos hy dink. Ons wat die spel die hele tyd gevolg het, het natuurlik met Marcel gepraat en hom aangeraai om die markies om verskoning te vra. Maar in plaas dat hy die edelman om verskoning vra, daag hy die man jou waarlik uit tot 'n swaardgeveg."

'n Lang ruk staar Celeste stil voor haar uit. 'n Magdom gedagtes jaag soos besete diere deur haar geteisterde brein. Sy besef dat haar broer se gedrag onvergeeflik was, maar haar liefde vir hom soek knaend na 'n verskoning vir sy onverantwoordelike gedrag. Dog as sy nie aan 'n enkele verskoning kan dink nie, draai sy haar weer na die jongman en vra vinnig: "Kan 'n mens nie met die markies gaan praat nie, Carl? Ek bedoel, as 'n mens hom miskien vertel dat Marcel . . . wel . . . nie homself was . . ."

Die aangesprokene maak 'n afwerende gebaar met sy hand wat die hopeloosheid van die saak beklemtoon, en klink byna mismoedig toe hy weer praat.

"Die markies weet dit reeds, Celeste. Hy weet net so goed soos ek dat Marcel diep in die bottel gekyk het . . . Nee, ek vrees dit sal ons niks baat om met hom te gaan praat nie. Eerstens is dit nie hy wat die uitdaging aan Marcel gerig het nie, en tweedens is hy 'n edelman wat uiters gesteld is op sy eer." Sy stem versag meteens merkbaar. "Jy kan die man nie kwalik neem as hy bereid is om vir sy eer te veg nie, Celeste. Dis 'n onvergeeflike belediging om 'n eerbare man van oneerlikheid met kaarte te beskuldig . . ."

"O, ek weet," kerm sy wanhopig, haar gelaat steeds wasbleek.

"Gaan liewer, Carl. Asseblief, gaan na Marcel toe en laat my alleen. Ek moet dink. Ek kan my broer nie so goedsmoeds na sy dood toe stuur nie. Daar moet iewers 'n uitweg wees."

Eers toe sy by die voordeur van Carl afskeid neem, verneem sy sag, byna toonloos: "Wanneer is die geveg?"

"Môreaand om sesuur," antwoord hy ewe sag, kyk die verwese jongmeisie met deernis aan en vervolg besorg: "Jy moet liewer nou gaan rus, nooientjie. Ek gaan Marcel nou dadelik haal sodat hy sy roes kan afslaap, want dit is presies wat sy opponent vanaand gaan doen. En nog 'n ding, Celeste: moet asseblief nie 'n woord teenoor Marcel rep van die swaardgeveg nie. Volgens die reëls van etiket het ek geen reg gehad om jou daarvan te verwittig nie . . ."

"Toe maar, ek begryp, Carl," stel sy hom dadelik gerus. "Ek belowe jou dat ek Marcel nie deur 'n woord of 'n gebaar sal laat agterkom dat ek iets daarvan af weet nie."

Na hierdie belofte wens Carl haar 'n rustige nag toe en vertrek.

Toe die hoefslae van die jongman se perd 'n paar minute later in die donker nag wegsterf, haas Celeste haar sonder versuim na die stalle en versoek die stalkneg om te sorg dat haar persoonlike ryperd, Vonk, halftien op die minuut opgesaal is. Dog toe sy omdraai, loop sy haar byna vas in Rama met sy lang, wit oorkleed en wit hooftooisel.

Die ou slaaf buig laag en eerbiedig voor sy jong meesteres, wat alreeds as 'n klein dogtertjie vir haar 'n baie teer plekkie in sy ou slawehart verower het en hom vandag, op sy oudag, nog noop om haar soos 'n getroue waghond te volg en te beskerm.

As hy orent kom, vroetel sy hande ietwat onrustig met die wye moue van sy loshangende oorkleed. Tog is sy stem kalm en bedaard toe hy nederig sê: "Verskoon my asseblief, Madame. Ou Rama is maar net 'n slaaf, maar my hart sê vir my dat my madame vanaand 'n gevaarlike ding wil doen . . ."

"Jy en Malak is die afgelope jaar al nie meer slawe nie, Rama," herinner Celeste hom met 'n goedige glimlaggie en beduie met haar hoof dat hulle huis toe moet stap. "Of het jy vergeet dat ek julle twee jul vryheid teruggegee het na . . . nadat ons van die grens af moes vlug?"

"Ons het dit nie vergeet nie, Madame, en dit maak ook nie saak nie. Ek en my broer, Malak, sal die madame dien tot ons laaste lewensdag. En waar die madame gaan, sal ons ook gaan." Hy kyk Celeste aan met die nederigheid van 'n hond as hy sag vervolg: "Ek weet nie waarheen my madame vannag wil ry nie, maar die madame moet my asseblief toelaat om haar met die koets te neem."

"Jy is verniet verontrus, Rama," probeer sy hom met 'n glim-laggie gerusstel as hulle die kombuis binnetree. Sy bly langs die kombuistafel staan, kyk die witgeklede figuur 'n oomblikkie peinsend aan en gaan dan ernstig voort. "Ek gaan niks verder ry as Waterkantstraat nie en . . . e . . . Rama, weet jy in watter huis die markies Emile du Pré woon?"

Slegs die ou slaaf se ernstige, deurdringende blik toon dat Celeste se vraag hom nie slegs verras het nie, maar ook verbaas; andersins is hy doodkalm toe hy op sy gewone eerbiedige ma-nier antwoord: "Ek sal die groot seur se huis kry, en ek sal die madame met die koets neem . . ."

"Nee, ons ry te perd, Rama," keer sy haastig. " 'n Koets trek te veel aandag, en ek . . . wel . . . niemand moet ooit weet dat ek vanaand by die markies se huis was nie." As sy 'n vlugtige trek van afkeer in die ou slaaf se oë merk, gaan sy haastig, verontskul-digend voort: "Toe maar, Rama, ek weet jy keur my besoek aan die man se huis ten strengste af, omdat ek 'n jongmeisie is en so iets net nie onder eerbare en beskaafde mense gedoen word nie. Maar ek moet hom baie dringend spreek."

Dat Rama, vanaf sy verskuilde hoekie waar hy al die tyd oor haar waggehou het tydens Carl se besoek, feitlik alles gehoor het van die moeilikheid waarin Marcel hom bevind, en dat hy innerlik jammer voel vir sy meesteres wat alreeds te veel verantwoordelikheid moet dra op so 'n jeugdige ouderdom, is Celeste salig onbewus van.

Ou Rama is 'n intelligente Oosterling. In die vyf en dertig jaar wat hy nou al in die Valkeniers se diens is, het hy nie slegs groot respek en agting vir die gesin ontwikkel nie, maar hy het ook baie dinge van die blankes geleer; daarom weet hy presies hoe ongehoord hierdie optrede van sy voorbeeldige jong meesteres is.

Sy hart bloei vir haar. Hy weet hoeveel kommer Marcel se buitensporigheid haar besorg. Maar gelukkig weet net hy hoe onvas die jong man gewoonlik op sy voete is wanneer hy snags, lank na middernag, eers tuiskom.

Dis waar, ou Rama het baie wysheid en lewenskennis by die blankes opgedoen; daarom is hy dan ook volkome in swart geklee en heeltemal gereed om te vertrek toe 'n diep bekommerde Celeste om halftien in die kombuis by hom aansluit. Sy is self ook in 'n stemmige swart tabberd en warm, swart mantel geklee.

"Ek is bly jy is nie in jou gewone wit drag nie, Rama," begroet sy hom met goedkeuring. "Die nuuskierige oë van die Kapenaars sal ons nie maklik raaksien nie. Maar kom, ons kan nou maar gaan. Ek glo nie Marcel sal wakker word in ons afwesigheid nie."

"Malak sal na die jong seur kyk, Madame," stel hy haar dadelik gerus, en volg dan haar tenger, swartgeklede gestalte na die stalle waar die twee perde alreeds ongeduldig onder die saals staan en rondtrap.

Met sorg en groot versigtigheid help die middeljarige slaaf haar in die saal, oortuig hom eers dat Vonk se buikgord sorgvuldig vasgegespe is, en bestyg dan die ander perd.

19

2

Die nag is stil en donker. Slegs die dowwe hoefslae van die perde weerklink deur die donker klowe en oor die oop veld, hier waar hulle al met die berg langs ry.

Dit was Rama se idee dat hulle met die berg langs moes hou, waar hulle geen gevaar sal loop om 'n koets of 'n nuuskierige perderuiter teë te kom nie. Sy jarelange verblyf by die Valkeniers het hom geleer dat 'n blanke vrou se grootste skat 'n ongeskonde reputasie is. En as dit van hom afhang, sal slegs die markies Emile van hierdie nagtelike rit weet en nie een enkele lewende siel meer nie. Ja, al moet hy dit ook met die hulp van sy dolk, wat sorgvuldig tussen die talle voue van sy loshangende swart kleed verberg is, bewerkstellig.

Vir Celeste is hierdie nagtelike rit 'n algehele nagmerrie. Sy weet dat sy Rama met haar lewe kan vertrou, dat hy nie 'n haar op haar hoof sal skaad nie, maar dis die gedagte aan daardie duiwelse man wat sy aanstons om genade sal moet smeek wat haar keel van angs wil laat toetrek.

Maar dan dink sy weer aan Marcel; Marcel wat so hopeloos onhandig is met 'n swaard, en sy weet dat sy geen ander keuse het nie as om maar deur te druk en die leeu in sy eie lêplek te gaan opsoek.

'n Koel windjie steek van die see se kant af op toe hulle die Kaap binnery en sonder versuim afkoers na Waterkantstraat. Versigtig trek Celeste die kappie van haar mantel stywer oor haar blonde hoof, dan laat sy haar blik stadig dwaal oor die dorp wat rustig en beskermd lê aan die voet van die majestueuse Tafelberg.

Waterkantstraat is gelukkig nie baie bedrywig hierdie tyd van die aand nie. Dus sonder om 'n enkele persoon se aandag te trek, hou hulle later voor 'n imposante tweeverdieping-woonhuis stil.

Enkele tellings bestudeer Rama die groot huis in absolute stilte. Toe draai hy hom na Celeste en verklaar sag: "Ek is nou nie heeltemal seker of dit hierdie huis of een van die volgende twee is nie, Madame. Maar ek sal gou gaan verneem, want dit is beslis een van die drie. Ek ken die groot seur se lyfkneg taamlik goed . . ."

"Nee," keer Celeste vinnig, "bly jy liewer hier by die perde, Rama. Ek sal self gaan verneem. En moenie so bekommerd lyk nie. Enigeen wat jou van die huis se kant af sien, sal dink dis Marcel wat hier op my wag. Ek sal buitendien gouer uitvind waar die markies woon, want dit lyk of hierdie huis se slawe al gaan slaap het. Kyk, daar is slegs twee verligte vertrekke aan die voorkant van die huis." Sy kyk die ou slaaf met 'n geforseerde glimlaggie aan. "Ek vrees jy sal ure klop aan die agterdeur voordat iemand jou hoor, Rama."

Haar woorde klink nogal verbasend dapper. Maar sy wonder of die ou slaaf ooit sal kan besef hoe benoud sy werklik voel, en hoe intens sy die Arend en al die wynhuise hier in die Kaap vanaand al in haar hart verwens het.

Haar lyfwag help haar van die perd af en 'n oomblik later bestyg sy die treetjies na die voordeur. Met 'n hand wat liggies bewe, klop sy aan die swaar houtdeur met sy groot, indrukwekkende panele.

Sy is net oorgehaal om 'n tweede keer te klop, toe die deur skielik oopgaan en 'n lakei, in volle livrei van swart en goud, in die oop deur verskyn. Hy buig beleef en nooi haar sonder 'n enkele vraag om hom na die ontvangskamer te volg, kompleet asof hy gewoond is aan nagtelike vroulike besoekers.

Die lakei het ook net die ontvangskamer se deur – weer met 'n beleefde buiging – vir haar oopgehou, en toe stil verdwyn.

Met 'n benoudheid wat dreig om haar te versmoor, draai Celeste haar rug op die deur en laat haar blik stadig deur die weelderige vertrek dwaal. Sy merk die kosbare meubels en skilderye, die dik rooi en pers mat wat die hele oppervlakte van die vloer bedek, en die swaar, rooi fluweelgordyne met lang, goue fraiings. Dan dwaal haar blik weer na die kosbare kroonlugter met sy honderde kristalblakertjies en versiersels wat soos lang doudruppels lyk.

Sy is nog besig om die asembenemende kroonlugter te bewonder toe 'n diep, mooi gemoduleerde stem skielik agter haar opklink.

"Goeienaand, Mademoiselle!"

Celeste ruk soos sy skrik, draai haar stadig na die spreker en deins dan effens terug as sy merk hoe die aantreklike, lang, lenige man se koue oë haar opsom asof sy iets is wat die kat ongemerk van buite af ingedra het. Hy is sonder 'n pruik en sy merk dat sy golwende swart hare, wat netjies in sy nek met 'n diamantspeld saamgevat is, liggies gepoeier is. Hy is geklee in 'n stemmige blou brokaatpak, kleurvolle geborduurde onderbaadjie, wit kouse en swart hoëhakskoene met juweelversierde gespes en hakke.

Dis waar, hy is sonder twyfel 'n indrukwekkende figuur, en ten spyte van die koue blik in sy donker oë, ook die aantreklikste man wat sy nog ooit ontmoet het.

Die man merk hoe sy wegdeins van sy deurdringende blik. Dit laat sy oë gevaarlik vonkel van innerlike genoegdoening. Toe skuif die kappie van Celeste se mantel stadig na agter en 'n wolk van glansende goue krulle en lokke ontvou voor sy oë. Tydsaam dwaal sy blik na die jong, vreesbevange gesiggie, vas in twee blou oë wat soos 'n skoongewaste hemel lyk en die diepte van kosbare juwele besit.

'n Oomblik wonder hy of sy nie dalk sy buurman se minnares is wat by die verkeerde deur kom aanklop het nie. Maar dan val sy oog op die duur fluweel van haar mantel en die swaar brokaat van haar stemmige swart tabberd, en dit tref hom meteens dat sy geen stempel dra van die swier van 'n minnares nie; ook haar oë is gans te onskuldig om 'n man te kan verlei.

"Goeienaand, Mijnheer," hoor hy haar met 'n klein, onsekere stemmetjie sê. "Verskoon my asseblief, ek . . . ek is vreeslik jammer as ek u gesteur het . . ."

"Jammer!" Hy gee 'n kortaf, spottende laggie wat die jongmeisie nog verder laat terugdeins. "Ek vrees jy lyk nie jammer nie, Mademoiselle. Nee, ek sal eerder sê jy lyk soos 'n vreesbevange diertjie, 'n kind wat pas uit 'n nagmerrie ontwaak het. Maar as ek mag vra, wat het jou vanaand na my huis gebring?"

Die bleekheid op Celeste se gelaat maak meteens plek vir 'n vuurwarm blos as sy haar oë verleë laat sak.

"Ek weet u moet dit baie vreemd vind om my hierdie tyd van die aand alleen in u huis aan te tref . . ." begin sy moedig. Maar die man is nou effens vererg omdat sy sy vraag nie reguit beantwoord nie en hy val haar ook sommer kil in die rede.

"Ek vind dit inderdaad baie vreemd, Mademoiselle. Maar gaan asseblief voort. Jy wou my sê wat die rede is vir jou teenwoordigheid hier in my huis."

'n Kort oomblik kyk Celeste verslae af na haar hande wat nou weer merkbaar bewe. Maar dan skraap sy al haar moed bymekaar en hef haar blik weer op na daardie donker oë wat haar nog ewe kil aanstaar.

"Ek moet die markies Emile du Pré spreek, Mijnheer," verduidelik sy lakoniek met 'n tong wat voel of dit in 'n dosyn knope gebind is.

Die kille uitdrukking verdwyn terstond uit die man se blik. Hy kyk haar aan met 'n donker frons en 'n suggestie van agterdog en minagting in sy oë. Toe sê hy effens droog, dog hooghartig: "Ek weet nie wie jy is nie, Mademoiselle, maar dis absoluut onsinnig en jy verkwis jou tyd. Ek glo nie die markies sal belang stel in so 'n jong dogter soos jy nie."

Verontwaardiging styg snel in die jongmeisie op. Sy was op die punt om haarself aan hom bekend te stel, maar nou kan hy na die maan vlieg. Sy sal hom nou om die dood nie sê wie sy is

23

nie, en hy kan ook maar van haar dink wat hy wil. Wat gee sy in elk geval om wat hy van haar dink!

Met 'n trotse houding ruk sy haar spits kennetjie uitdagend in die lug en gluur hom kwaai aan.

"As u so vriendelik sal wees om my te sê in watter huis die markies hier in Waterkantstraat woon," begin sy effens onthuts, "verseker ek u dat ek nie 'n oomblik langer van u gasvryheid misbruik sal maak nie."

Maar die man skud sy hoof beslis.

"Onmoontlik. Dis die allerlaaste huis waarheen ek jou die pad sal beduie. Ek sal jou eerder na jou eie tuiste vergesel, waar dit ook al is," antwoord hy ewe beslis en betrag haar nou met 'n ondersoekende blik, sonder om verder aan te dring op 'n bekendstelling. As sy dan nou beslis weier om haarself bekend te stel, besluit hy, sal hy haar ook nie sê dat sy haar op hierdie oomblik in die markies se huis bevind nie, en dat hý die markies Emile du Pré is. Tog sal hy baie graag wil weet waarom hierdie onskuldige kind hom kom spreek . . . Ja, hy skat haar nie 'n dag ouer as vyftien nie. Sy is inderdaad die onskuld vanself, anders sou sy van beter geweet het as om 'n man alleen in die nag by sy huis te besoek.

Maar Celeste is nie bereid om haar planne deur hom in die war te laat stuur nie. Marcel se lewe is op die spel en sy moet vanaand nog red wat daar te redde is; daarom roep sy byna wanhopig uit: "Nee, nee, ek móét die Markies spreek. Dis vreeslik dringend. Ek móét hom spreek!"

Dog die man bly koppig.

"Ek vrees die markies is nie 'n gewenste persoon vir so 'n jong dame soos jy om hierdie tyd van die aand te besoek nie, my kind," begin hy verdraagsaam. "En dis ook twyfelagtig of jy hom hierdie tyd van die aand tuis sal vind."

"Dan sal ek verplig wees om op hom te wag," hou sy ewe koppig vol. "Maar ek is oortuig dat hy vanaand vroeg tuis sal wees, aangesien hy môreoggend in 'n swaardgeveg betrokke sal wees."

"Regtig?" laat hy sag hoor, en staar haar met nougetrekte oë aan wat soos twee rapiere in hare boor. Sy hele uiterlike is ongeërg, asof die markies en sy swaardgeveg hom nie in die minste aangaan nie. Tog is dit duidelik dat hierdie nooientjie hom begin interesseer. Hy kan nie sê of dit haar ongekunsteldheid of haar kinderlike uitgesprokenheid is nie. Maar daar is iets in haar wat hom beïndruk.

"Ja, dis waar," antwoord sy nou met pyn in haar stem. "Hy veg môreoggend teen my broer, en ek moet dit ten alle koste verhoed . . . O, ek haat hom!" laat sy effens onbeheers hoor. "Ja, u kyk my verniet so verbaas aan, Mijnheer. Ek haat die markies intens," roep sy weer hartstogtelik uit.

'n Glimlaggie wat enigiets kan beteken, verskyn meteens om die man se mooi, sterk mond. Hy besef skielik met 'n heldere wete dat hy hom, na hierdie hartstogtelike uitbarsting, nooit aan hierdie kind sal kan bekendstel as die markies sonder om haar in 'n ernstige verleentheid te stel nie. Dog sy stem is sag en baie geamuseerd, asof hy hierdie gesprek en Celeste en haar broer se onbenydenswaardige posisie in die besonder geniet, toe hy weer sê: "Dink jy jy sal die markies kan beweeg om môre kop uit te trek? . . . Jy ken hom nog nie, Mademoiselle. Maar sê my, wie het jou met hierdie ongehoorde opdrag na die markies gestuur? Wie het jou aan so 'n waagstuk blootgestel om die markies hierdie tyd van die aand alleen by sy huis te besoek?"

"Niemand het my gestuur nie, Mijnheer," antwoord sy haastig. "Ek het self van die swaardgeveg uitgevind en . . . wel . . . al het ek nie 'n druppel tyd vir die markies nie, want hy is 'n duiwel en almal weet dit, glo ek darem nie dat hy gewetenloos is nie. Ek weet dit is algemeen bekend dat hy harteloos, genadeloos en uiters gevaarlik is, maar hy kan nie so 'n monster wees om die arme Marcel met sy swaard te dood nadat ek aan hom

25

verduidelik het hoe jonk en impulsief my broer is, en dat hy die enigste bloedverwant is wat ek hier in die Kaap besit nie."

Hierdie hartstogtelike ontboeseming van Celeste laat meteens 'n lig opgaan vir die jongman. Hy weet dat hy haar graag sal wil help; maar hy weet ook dat hy, nou meer as ooit, sy eie identiteit vir haar geheim sal moet hou as hy haar in hierdie saak behulpsaam wil wees.

Woordeloos draai hy hom in die rigting van die venster, beduie met sy onberispelike hoof na 'n stoel en nooi haar ietwat ingedagte om te sit.

"Maar, Mijnheer . . ." maak sy dadelik beswaar.

Dog hy gee haar geen geleentheid om meer te sê nie en versoek saaklik: "Maak asseblief soos ek sê, Mademoiselle." Hy swaai skielik om, plaas albei sy hande op haar skouers en druk haar saggies neer op die stoel. Toe neem hy op die stoel langs haar plaas, kyk haar berekenend aan en gaan onverstoord voort: "Ek veronderstel jy is die jong Celeste Valkenier?" Sy knik met haar hoof. "Ek het al gerugte gehoor, Mademoiselle, dat jy Vergesig alleen bestuur . . . En nou wil jy die markies probeer oorhaal om môre se geveg te kanselleer?"

Sy knik weer met haar hoof, vertel hom dat sy weet hoe vaardig die edelman met die swaard en rapier is, dat hy nooit faal in 'n geveg en dat daar na môre geen toekoms vir haar broer sal wees nie. "Hy het die arme Marcel glo skandelik uitgetrap daar in die Arend, waar die argument plaasgevind het," vul sy aan met 'n stem wat baie na aan trane is.

"Asseblief," hoor sy hom half verskonend sê, "moenie vir een oomblik dink ek koester die geringste begeerte om die markies te verdedig nie, Mademoiselle, maar ek moet jou sê dat jou broer die Markies onvergeeflik beledig het. Ek weet natuurlik dat die markies vol foute is, en ek is ook soms heeltemal oortuig dat ek niks van hom hou nie, maar ek kan jou verseker, Mademoiselle, dat die markies nog altyd pynlik eerlik was in enige

26

spel. Vergewe my asseblief dat ek dit sê, maar ek dink jou broer behoort 'n les te leer wat hom in die vervolg daarvan sal weerhou om weer 'n eerbare man van oneerlikheid te beskuldig."

"O, ek weet Marcel se optrede was uiters laakbaar," laat sy moedeloos en met 'n wanhopige handgebaar hoor. "Maar as hy môreoggend teen die markies veg, sal hy nie leef om die son weer te sien opkom nie."

Die man kyk haar aan. Daar is 'n geamuseerde vonkeling in sy byna swart oë wat die gefrustreerde meisie nie eens waarneem nie. Dog sy stem is sag en gerusstellend toe hy weer praat: "Die markies sal kwalik tot so 'n uiterste gaan, my liewe kind. Die man is immers 'n mens, nie 'n monster nie."

"Ek vrees u ken die markies nog nie goed nie, Mijnheer," val sy hom met 'n bleek gelaat in die rede en wring haar fyn handjies wanhopig inmekaar. "Hy is 'n duiwel, en sy vaardigheid met die swaard is ongeëwenaard ..."

"Dan, my liewe Mademoiselle, kan jy jouself met dié wete troos dat sy swaard monsieur Marcel presies op die plek sal tref wat hy beoog."

"Maar hy kan nie, hy mag nie teen Marcel veg nie!" roep sy radeloos uit. "O, ek is byna seker dat hy nie so wreed sal wees om met die geveg voort te gaan as ek hom vertel het hoe jonk en impulsief Marcel is, hoe 'n swak swaardvegter hy is en dat ek alreeds my ouers en my oudste broer aan die dood moes afstaan nie!"

"Ek dink stellig dat dit vir julle albei die beste sal wees as jy jou broer kan oorhaal om die Markies om verskoning te vra vir sy ongehoorde gedrag, chéri," hoor sy die man nou weer simpatiek sê.

'n Paar oomblikke kyk sy peinsend af na haar hande wat stil in haar skoot rus. En as sy weer opkyk na die lang, donker man, merk sy 'n uitdrukking van meegevoel in sy oë wat die hele tyd nog koel en onpersoonlik was.

"Ja," stem sy sag saam, "dit is presies wat Carl ook gesê het. Maar die moeilikheid is net dat Marcel dit nooit, nooit sal doen nie. Dit sal die indruk skep dat hy bang is om teen die edelman te veg, en dit sal hom beslis in sy eer krenk."

Celeste merk hoe die meegevoel in die man se oë meteens plek maak vir 'n koue, onvergenoegde blik as hy sag, dog afgemete vra: "En wie, as ek mag vra, is die agtenswaardige Carl wat so vrygewig is met sy advies?"

Die sarkasme in die man se stem ontgaan die jongmeisie nie; trouens, dit laat haar liggies bloos van ergernis en verleentheid.

"Carl van Heiden is ons buurman en ook 'n baie goeie vriend van Marcel en myself," werp sy hom met 'n warm, opstandige blik toe. "Hy is ook een van Marcel se sekondante. Trouens, dit is hy wat my van die geveg vertel het . . . ek bedoel, ek het hom gedwing om my te vertel en hom belowe dat ek nie 'n woord daarvan aan Marcel sal rep nie. Maar ek het toe alreeds besluit om die markies om genade te kom smeek . . ."

"Die markies, soos jy self weet, ken geen genade nie, Mademoiselle," onderbreek hy haar sin, nou weer met 'n tikkie meegevoel in sy stem. "En monsieur Carl het ook geen reg gehad om jou van die geveg te verwittig nie. Jy sal hom dus 'n groot guns bewus deur aan geen lewende siel 'n enkele woord van hierdie swaardgeveg te rep nie."

Celeste se oë rek meteens wyer as sy die man langs haar verslae aankyk en verward uitroep: "Maar . . . ek het u nou daarvan vertel . . ."

"Jou geheim is volkome veilig by my, my liewe kind," stel hy haar dadelik gerus. "Moet jou dus nie daaroor kwel nie."

'n Vriendelike glimlaggie breek meteens deur op Celeste se bekommerde gelaat − 'n glimlaggie wat die man se donker oë terstond warm laat vonkel en hom noop om ook te glimlag, die eerste glimlag waarmee hy haar vereer.

"Ek glo u, Mijnheer," antwoord sy vriendelik, nou aansienlik verlig, "en ek is u baie dankbaar. Dit was ook baie vriendelik van u om so geduldig na my probleem te luister. Maar ek vrees ek is nog steeds vasbeslote om die markies te gaan spreek."

"En ek, Mademoiselle," verklaar hy beslis, "is weer gedetermineerd dat jy terug sal gaan na jou eie tuiste. Die markies se huis is glad nie 'n fatsoenlike plek vir jou om alleen te besoek nie. Goeie hemel, as dit bekend moet word dat jy so iets aangevang het, sal jou reputasie aan flarde geskeur wees!"

Sy kom stadig orent en hy volg haar voorbeeld. Dan trek sy die kappie van haar mantel weer sorgvuldig oor haar goudblonde hoof.

"Ek weet," laat sy na 'n rukkie bedaard hoor en stryk werktuiglik met haar hand oor die sagte leer van haar handskoene wat sy in haar een hand vashou. "Maar ek is desperaat. 'n Man se lewe is tog immers meer werd as sy suster se reputasie, dink u nie self so nie?"

"Nee, hoegenaamd nie," antwoord hy met 'n geamuseerde glimlaggie, en gaan byna dadelik voort as hy die pyn in haar oë merk. "Kom, moenie so ongelukkig lyk nie. Sal jy my vertrou om toe te sien dat daar niks ernstig met jou broer gebeur nie?"

Hoop lê naak in haar oë as sy die man se een hand vasgryp in hare.

"O, sal u?" roep sy kinderlik opgewonde uit. "Sal u aan die markies verduidelik dat Marcel slegs 'n koppige en eiesinnige jongman is wat van kindsbeen af gruwelik verwen is, dat hy nog nie geleer het om sy humeur te beteuel nie en dat hy . . ."

Hy onderbreek haar onbeteuelde woordevloed deur haar een hand liggies teen sy lippe te druk.

"Wees gerus, ek sal die markies nie toelaat om die arme Marcel seer te maak nie," glimlag hy vriendelik af in haar sagte oë wat hom nou vol vertroue aanstaar.

"Maar sal hy na u luister" vra sy met 'n klein tikkie onsekerheid in haar stem as sy weer aan die man se genadeloosheid dink. "U weet seker ook dat hy die koloniste en grensboere bestempel as carmagnole en plebejers, en . . . wel . . . my ouers was grensboere. Carl se suster, Janet, sê hy is pynlik trots en laat hom deur niemand op aarde beïndruk nie."

"Heeltemal waar," glimlag die man nou ietwat geheimsinnig. "Die markies laat hom nie maklik beïndruk nie, maar hy neem darem altyd my wense in ag. Derhalwe kan jy met veiligheid op my vertrou."

'n Sug van verligting ontsnap uit Celeste se bors, en weer bewe 'n stralende glimlaggie op haar lippe as sy dankbaar uitroep: "U het al my vertroue, Mijnheer, en ek is u oneindig dankbaar vir alles." Sy begin meteens saggies lag. "Is dit nie snaaks nie?" verklaar sy weer na 'n rukkie. "Toe u my vroeër vanaand gevra het wat die doel van my besoek is aan u huis, was ek doodbang vir u. U het my so . . . e . . . snaaks aangekyk dat ek lus gevoel het om te vlug. Maar nou is ek bly dat ek nie gevlug het nie, want daar was werklik geen rede om vir u bang te wees nie. U is baie vriendelik en ek weet eerlikwaar nie hoe om u te bedank nie."

Hy kyk haar met 'n geamuseerde blik aan en glimlag stilweg. "Vergeet maar net dat ek jou so . . . e . . . snaaks aangekyk het, en ek verseker jou dat dit vir my voldoende beloning sal wees." Tot sy eie verbasing en sonder om eens 'n verklaring vir hierdie vreemde drang in hom te soek, neem hy haar mooi, fynbesnede gesiggie onverhoeds tussen sy twee lang, sagte hande, kyk diep in haar onskuldige blou oë en druk dan sy lippe saggies teen haar koel voorhoof. "Ek gaan jou nou huis toe neem, ma file . . . of wag jou eie koets miskien hier voor die deur?" laat hy besorg hoor – inderdaad die eerste maal in sy lewe dat hy werklik opreg besorg voel oor 'n dame.

Celeste is op die oomblik nog so oorweldig deur die teerheid van sy onverwagte kus dat sy met die beste wil ter wêreld nie dadelik aan 'n geskikte witleuentjie kan dink nie, en blaker sommer die hele waarheid aan hom uit.

"Wel, ek moet sê, dit is inderdaad betreurenswaardig dat jy so 'n onverantwoordelike broer het, my klein Celeste," roep hy diep ontstoke uit nadat sy hom vertel het dat sy en Rama die rit te perd afgelê het. "Ek dink dit is net te verskriklik dat jy – onskuldige kind wat jy is – na jou slawe moet opsien vir beskerming. Wat makeer daardie broer van jou? Is hy swaksinnig dat hy nie sy plig en verantwoordelikheid kan nakom nie, of is hy slegs 'n swakkeling wat meer daarvan hou om sy tyd in die wynhuise te verwyl?"

"Marcel is nog baie jonk . . ." wend sy 'n wanhopige poging aan om haar broer te verdedig.

Maar die man maak haar dadelik stil met 'n minagtende intonasie in sy stem: " 'n Man van een en twintig jaar is glad nie te jonk om na sy suster se veiligheid om te sien nie. Wat hy nodig het, is 'n gedugte afranseling om hom tot besinning te bring. Maar dit lyk my ek sal in die vervolg 'n wakende oog oor die jong Marcel moet hou."

Met hierdie woorde stap hy na die venster, gee die goue koord wat teen die muur af hang 'n paar driftige trekke, en kom dan weer skuins voor Celeste staan.

Ergernis smeul nog dof in sy donker oë toe hy weer, uiterlik bedaard, aankondig: "Ek sal jou met my koets tuis besorg."

Die lakei wat Celeste vroeër die aand by die voordeur ontvang het, maak sy verskyning en die man draai hom onverwyld na die slaaf: "Versoek die stalkneg om dadelik my koets in te span, en gaan sê aan die slaaf hier buite voor die deur dat hy maar kan gaan. Ek sal sy meesteres met my koets tuis besorg."

"Net 'n oomblikkie, asseblief," keer Celeste haastig, kyk die man aan en glimlag verontskuldigend. "U kan Rama nie alleen terugstuur nie, Mijnheer. Hy is nie meer jonk nie en ek vrees hy sal hom morsdood bekommer oor my veiligheid." As sy die skielike onverbiddelike trek om sy mond gewaar, gaan sy haastig voort. "U moet my asseblief verskoon. Dis nie dat ek u eerbaarheid in twyfel trek nie, maar Rama is slegs gerus oor my veiligheid solank ek onder sy waaksame oë verkeer."

"Wel, ek moet sê dit is verblydend om te hoor dat daar darem een is op Vergesig wat begaan is oor jou veiligheid; al is dit dan maar net 'n slaaf . . ."

"Rama en sy broer, Malak, is die afgelope jaar al nie meer slawe nie," help sy hom met 'n glimlaggie reg. "En ek verseker u dat iemand my slegs oor hulle dooie liggame sal leed aandoen."

"Die madame se slaaf sal die koets vergesel," voeg hy die wagtende lakei toe, draai hom dan weer na die jongmeisie as die slaaf die deur op knip trek. "Hoe lank is Rama al in julle diens?" vra hy met soveel erns, asof dit van die grootste belang in die wêreld is dat hy dit moet weet.

"Vyf en dertig jaar," antwoord sy bedaard. Dan plooi 'n goedige glimlaggie meteens om haar sagte, mooi gekurfde lippe. "Dit lyk of u my lyfwag se eerbaarheid in twyfel trek, Mijnheer. Tog kan ek u verseker dat Rama en Malak presies 'n jaar gelede hulle eie lewens in die grootste gevaar gestel het vir my en Marcel se veiligheid. En van daardie oomblik af waak hulle nog steeds soos twee waghonde oor my veiligheid." Sy begin saggies lag. "Ek was vroeër vanaand van plan om alleen by die huis weg te glip om die markies te kom spreek, maar die waaksame Rama het my nie die geleentheid gebied nie. Onderweg hierheen het hy hom weer so intens oor my bekommer dat ons verplig was om al met die berg langs te ry en sodoende die Kapenaars se nuuskierige oë te ontwyk."

Na hierdie lang verduideliking lyk dit of die jongman darem in 'n mate gerusgestel voel. Hy vra Celeste uit na die bedrywighede op Vergesig en hoe sy dit regkry om die boerdery alleen te behartig. Dan stuur hy die geselskap weer na haar kinderjare en haar ouers. En toe die lakei 'n halfuur later aankondig dat die koets gereed is, het sy byna haar hele familiegeskiedenis aan hierdie vriendelike en bedagsame man wie se naam sy nog nie eens weet nie, uitgelap.

3

Dit is byna middernag toe die lang, lenige man met sy fyn, aristokratiese gelaatstrekke en noulettende, donker oë by die voordeur van Vergesig se groot herehuis van Celeste afskeid neem.

Op eg Franse wyse buig hy oor haar hand en kus die punte van haar sagte, rosige vingers. Toe kom hy weer orent, glimlag en sê met 'n diep stem: "Dit was vir my 'n besondere voorreg om met jou kennis te maak, Celeste. Jy is ongetwyfeld die enigste van jou soort hier in die Kaap, en ek hoop werklik om jou weer te sien . . . Bon soir, Mademoiselle."

'n Paar tellings rus sy oë teer met 'n vreemde intensiteit in hare, wat Celeste se jong, ontluikende hart eienaardig laat fladder. Toe buig hy weer sjarmant, draai om en stap trots en regop na sy wagtende koets.

Met 'n dromerige blik rus Celeste se oë op die man se breë, gespierde skouers. Toe, meteens, weet sy met 'n heldere wete dat sy daardie lang, vriendelike man bemin met 'n ongekende liefde. Net so. Soos 'n somerbui wat skielik opgesteek en uitgesak het.

Met 'n snel kloppende hart en oë wat soos saffiere vonkel, staar Celeste die vertrekkende koets agterna. Toe draai sy stadig om en stap die huis binne met 'n gevoel asof sy op wolke sweef. In haar hart juig dit van geluk, want sy weet dat haar ontmoeting met daardie sjarmante vreemdeling die mooiste ding is wat nog ooit met haar gebeur het. Sy voel net lus om haarself te klap omdat sy nie eens 'n enkele poging aangewend het om uit te vind wie hy is nie.

"Ek sal hom maar my vreemdeling noem," besluit sy met 'n geheimsinnige glimlaggie, en sien skaars eens Rama se breë gestalte raak waar hy in die eetkamer wag om die deure en vensters vir die nag te sluit.

Lank nadat sy die lamp voor haar bed uitgedoof het, lê Celeste nog steeds met 'n salige glimlaggie aan die vreemde man en dink en weef sy fantastiese drome om sy aantreklike en imponerende persoon, totdat die slaap haar eindelik wegruk van haar genotvolle gedagtes.

Die volgende môre skrik sy heelwat later wakker as ander oggende; gevolglik is dit al oor nege toe sy eindelik gebad en aangeklee is en ontbyt geniet het. Sy dink daaraan dat die swaardgeveg tussen Marcel en die markies al afgehandel moet wees en sy voel meteens hoe 'n koue angs skielik weer om haar hart klem. Maar dan herinner sy haar aan die vreemde man van gisteraand se gerusstellende belofte en haar angs begin dadelik afneem. Tog wens sy iemand wil haar die versekering kom gee dat Marcel nie ernstig verwond is nie.

Geklee in 'n wye, swart romp en wit langmoubloesie stap Celeste op die voorstoep uit, net betyds om te sien hoe die forsgeboude Carl homself uit die saal lig.

Soos die naïewe kind wat sy nog steeds in haar hart is – haar twintig lewensjare ten spyt – lig sy haar lang romp met albei hande op en storm op Carl af.

"O, Carl!" roep sy met 'n gejaagde asem uit. "Sê my gou, is Marcel ernstig verwond?"

"Jou voortvarende, ongedissiplineerde meisiekind," lag die jongman haar met warm, liefdevolle oë uit toe sy half uitasem voor hom staan. "Wanneer gaan jy eendag grootword en leer om jou soos 'n dame te gedra? Is dit die manier hoe 'n fyn opgevoede jongdame 'n gas ontvang, hom tegemoet snel soos 'n uitgelate skooldogter?" hy bars hartlik uit van die lag en trek haar speels aan 'n goue haarlok. "Sê my eers môre, jou klein rabbedoe, en vra dan al die vrae wat jy wil vra oor jou broer …Vir jou eie gemoedsrus, hy het nie 'n skrapie opgedoen nie."

"O, maar dis wonderlik …Ag, ek bedoel; môre, Carl!"

'n Breë glimlag sprei oor die jongman se gelaat.

"Ja, môre, Celeste," groet hy haar terug en neem haar een handjie vertroulik in syne.

"Kom ons gaan sit daar op die tuinbankie, dan vertel ek jou alles van die geveg."

Geselsend lei hy haar na die bankie wat half verskuil is tussen die jong dennebome wat die huis soos 'n muur omring, en wat as windbreker dien teen die geweld van die suidoostewind wat soms dreig om elke huis in die Kaap se dak weg te waai.

Die skaduwees gooi donker vlekke op die verblindende wit mure van die huis, die helderbruin van die deure, vensters en luike. Dit is stil op die werf en heerlik koel hier waar die twee jongmense op die bankie sit.

"Toe, Carl," spoor Celeste hom vriendelik aan, "ek vergaan al van nuuskierigheid."

Hy trek haar weer tergerig aan 'n goue haarlok en lag saggies.

"Jou ongeduldige Eva," pla hy goedig. "Maar, toe maar, ek sal jou geduld nie langer beproef nie." Hy kyk haar aan en sy grys oë skitter opgewonde. "Jy weet," gaan hy voort, "dit was die mees buitengewone ding wat nog ooit hier in die Kaap gebeur het … ek bedoel, geen man het die markies nog ooit so ernstig beledig en met sy lewe daarvan afgekom nie. Luis en ek was so oortuig daarvan dat Marcel vanoggend met sy lewe sou boet dat ons nie eens die gewone prosedure gevolg het om 'n dokter saam te neem nie."

Met sy oë diep ingedagte op die majestueuse ou Tafelberg, waar wit misslierte rusteloos in die klowe en oor die bruin rotse dryf en warrel, gaan sy gedagtes weer terug na die gebeurtenisse van die oggend.

Marcel het reeds sy roes afgeslaap, maar sy jong gelaat was merkbaar bleek en ook sy oë was opmerklik bekommerd toe hulle vyfuur vanoggend na die gevegsterrein vertrek het, nie ver van die markies se landgoed, Bellecour, af nie.

Die rit was 'n algehele nagmerrie vir die drie manne in die koets, en die spanning byna onhoudbaar. Al drie was bleek en stil, asof hulle alreeds afskeid van mekaar geneem het. Dog toe hulle tien minute voor die bepaalde tyd by die gevegsterrein arriveer, tref hulle die markies en sy twee sekondante in 'n heel vrolike luim aan.

"Jy het nog tyd om verskoning te vra, monsieur Valkenier," het die edelman met openlike spot in sy stem gesê onderwyl die sekondante die vegters se swaarde nasien. "Ek verstaan dat jy en jou suster alleen hier in die Kaap woon, sonder 'n enkele bloed-verwant. Wat dink jy gaan van haar word nadat my swaard," en sy vurige donker oë het betekenisvol na die plek geskuif waar Marcel se hart moet wees, "aanstons sy mikpunt getref het? Dink jy nie jy is vir haar lewend meer werd as dood nie, of gee jy glad nie vir jou suster om nie?"

"My suster het niks met hierdie geveg te doen nie, mijnheer die markies," het Marcel die edelman met stygende drif toege-slinger. "Ek versoek u ook beleef om haar naam asseblief uit u mond te hou. Sy is gans te rein en edel vir 'n man soos u om self aan haar te dink."

"In daardie geval daal my agting vir jou nog 'n paar grade laer, Monsieur," het die markies hom met openlike minagting toegesnou. "Ek is nou ook volkome oortuig dat jy sommer 'n leeglêer en 'n luiaard is wat op jou suster teer, en haar liefde glad nie eens werd is nie . . . Nee, ek smeek jou, moet asseblief nie beroerte opdoen voor die geveg en my dalk die plesier ontneem om self 'n einde aan jou nuttelose bestaan te maak nie.

"Ja, jy gluur my verniet so boosaardig aan, Monsieur. Ek weet dat jy dag en nag in die wynhuise boer, in plaas van jou verantwoordelikheid op Vergesig na te kom. Ek weet ook dat jou suster, onskuldige kind wat sy is, julle boerdery met die hulp van julle slawe in stand hou terwyl jy die lewe in die wynhuise geniet en die geld skandelik verkwis wat sy met groot moeite en harde werk verdien . . ."

"Genoeg, mijnheer die markies," het Marcel bleek van woede uitgeroep. "Jy heet nie verniet Satan nie. Jy is gewis 'n duiwel. Ek sal dit ook nie duld dat jy weer my suster se naam in jou mond gebruik nie."

"A, jy is nou skielik danig besorg oor jou suster, Monsieur," het die edelman voort getart. "Ek verkies veel eerder om 'n duiwel te wees as 'n luiaard en 'n leeglêer. Ek kan jou ook verseker dat as ek 'n suster gehad het, ek dit nooit sou geduld het dat sy haar so vir my afsloof nie. Dus, vir jou suster se ontwil herhaal ek: daar is nog tyd as jy my om verskoning wil vra!"

"Ek sal jou met my swaard om verskoning vra," het Marcel blind van woede uitgeroep.

Toe het die sekondante die swaarde na die twee vegters uitgehou en binne enkele sekondes het die geveg 'n aanvang geneem.

Marcel het met verbete doelgerigtheid geveg en elke greintjie kennis gebruik waaroor hy beskik. Maar vir die toeskouers was dit sommer van die staanspoor af baie duidelik dat sy onhandigheid met die swaard die markies uiters verveel en dat laasgenoemde slegs met hom speel vir die toeskouers se vermaak.

"Wil jy nog aanhou veg, mon ami?" het die edelman laggend gevra toe hy merk hoe die sweet Marcel se syhemp deurweek en in stroompies langs sy gesig afloop. "Of is jy nou bereid om my om verskoning te vra vir jou ongehoorde gedrag?"

"Ek sal veg tot die einde," het dit hortend oor Marcel se droë lippe gekom.

"So, jy is baie dapper, mon enfant," het die markies kortaf gelag. "Jy verkies dus eerder om te sterf as om my om verskoning te vra. Weet jy ek kon jou lankal deurboor het, jou klein gek . . . So! Keer, mon ami!"

Die volgende oomblik het Marcel se swaard met 'n boog deur die lug getrek. Hy het die Markies met soveel verwarring in sy oë aangestaar dat almal moes glimlag, ofskoon hulle verwag het dat die edelman hom nou die doodsteek gaan toedien.

Maar tot almal se verbasing steek die markies sy swaard terug in sy skede, neem sy pêrelgrys, modieuse brokaatbaadjie wat een van die sekondante na hom uithou, en draai hom stadig na Marcel.

"Ter wille van jou rein, edel en onskuldige suster het ek jou lewe gespaar, monsieur Valkenier," het hy die jonger man met 'n koue stem toegevoeg. "Maar die saak is nog nie afgehandel nie. Jy gaan nou saam met my ontbyt geniet, hier in my chateau waar ons kan gesels. En begryp my mooi, dit is 'n bevel, nie 'n guns wat ek vra nie . . ."

"Toe nou, Carl," ruk Celeste se ongeduldige stem hom ru uit sy mymering. "Gaan jy my nie vertel wat by die gevegsterrein plaasgevind het nie?"

Hy verskuif sy blik na die jongmeisie langs hom en glimlag droog.

"Jammer, nooientjie. Ek vrees my gedagtes het vir 'n oomblik skoon op loop geneem," maak hy haastig verskoning, vertel haar dan kortliks wat gebeur het en sluit laggend af: "As ek nie geweet het ons geëerde Emile is slegs twee en dertig jaar oud nie, sou ek gesweer het die ouderdom is besig om hom in te haal. Verbeel jou, hy spaar nie slegs Marcel se lewe nie, maar nooi hom selfs na sy chateau vir ontbyt ook."

"Ja, dit klink nogal ongerymd vir 'n man met sy reputasie," gee Celeste glimlaggend toe, dog rep nie 'n woord van haar besoek aan die markies se buurman nie.

38

'n Oomblik oorweeg sy dit om Carl te vra wie die markies se vriendelike buurman is. Maar dan tref dit haar skielik dat hy moontlik sal wil weet waarom sy vra en dan sal sy die kat uit die sak moet laat, 'n gedagte wat haar dadelik van die plan laat afsien.

Die feit dat die markies se buurman woord gehou en haar so 'n groot guns bewys het, laat Celeste se liefde en agting vir hom sommer met rasse skrede toeneem. Sy wens sy kan hom bedank omdat hy vir haar as voorspraak gedien het by die edelman.

Ja, ek sal hom baie graag wil bedank, dink sy met 'n dromerige blik in haar oë. Maar ek durf dit nie waag om weer 'n keer na sy huis te gaan nie . . .

"En as jy nou so 'n dromerige blik in jou oë kry?" wil Carl weet, en gaan dan spottend voort: "Moenie vir my sê dis heldeverering vir Satan se skielike menslikheid nie, my liewe Celeste, want dan lag ek my net hier op die plek dood."

"Kom, jy is skoon laf, Carl," bestraf sy hom met 'n kwaai blik wat haar oë so blou soos bergpoele laat glim. "Ek is die markies natuurlik baie dankbaar omdat hy darem een maal in sy lewe menslik was en Marcel se lewe gespaar het. Maar ek koester vir hom geen heldeverering of enige ander verering nie. Inderdaad wil ek met die man niks te doen hê nie."

"Ja, ek sal jou ook aanraai om hom liewer op 'n redelike afstand te hou, want dit wil my sterk voorkom of hy 'n ogie op jou het – daarom sy skielike menslikheid . . ."

"Carl," val sy hom met groot agterdog in die rede, "het jy miskien vanmôre 'n paar rondtes by die Kaapse wynhuise of tavernes gedoen? Kom hier, laat ek jou asem ruik, my vriend . . ."

'n Heerlike lagbui van Carl doof terstond alle woorde uit wat Celeste nog wou sê. Maar dan raak hy skielik weer ernstig, neem haar een hand in syne en verklaar sonder 'n enkele glimlag: "Ek is baie ernstig as ek sê die man het 'n oog op jou, Celeste. Ons wat hom ken, weet dat hy nie vrygewig is met sy gunste nie – tensy hy natuurlik die meeste daarby kan baat. Hy het ook na die geveg prontuit verklaar dat hy Marcel se lewe slegs gespaar het ter wille van jou, weet jy?"

"Ek dink nog jy is aan die dwaal, my vriend," lag sy die jongman hartlik uit. "Ek het die markies nog nooit met 'n oog gesien nie, en buitendien sal hy ook nie vir hom 'n lewensmaat uit die carmagnole-stand kies nie." Sy begin weer saggies lag en kyk Carl met ondeunde oë aan toe sy tergerig vervolg: "Weet jy wie was die carmagnole, Carl? . . . Die vuil, verflenterde en verhongerde boere in Frankryk wat jy kan maar sê die Rewolusie aangevoer het en die edellui in massas na Madame Guillotine begelei het."

Hierdie grusame verduideliking bring die jongman egter glad nie van stryk nie, want sy stem is nog steeds baie ernstig toe hy ietwat ontwykend verklaar: "Die markies was nog nooit juis vreeslik kieskeurig wat die stand van sy minnaresse betref nie . . ."

"Bedoel jy dat hy . . . dat hy . . ." begin sy met 'n smeulende, onheilspellende lig in haar altyd sagte blou oë, en stik byna in haar eie verontwaardiging.

"Dit is presies wat ek bedoel," red Carl haar sonder meer uit haar verleentheid. "As ons geëerde Satan ooit eendag besluit om in die huwelik te tree, wat natuurlik baie twyfelagtig is, sal dit met 'n vrou uit die adelstand van Frankryk wees. Derhalwe kan jy seker daarvan wees dat hy geen eerbare bedoelings met jou in die mou voer, indien hy wel 'n ogie op jou het, waaraan ek natuurlik vir g'n oomblik twyfel nie."

Etlike sekondes staar Celeste peinsend af na Carl se sterk hand wat haar eie so vertroulik vashou. Toe trek sy haar hand saggies uit syne en kyk hom met 'n gerusstellende glimlaggie aan.

"Ek sal jou waarskuwing in gedagte hou, Carl. Maar op die oomblik is daar geen rede vir kommer nie, want ek het die man nog nie eens ontmoet nie."

Na hierdie versekering kom die jongman langsaam orent. Dan kondig hy aan dat dit tyd is vir hom om te vertrek.

Hy is sommer onnodig bekommerd, dink Celeste, hier waar sy die vertrekkende ruiter vanaf die voorstoep agternastaar. As ek 'n absolute vreemdeling was wat hoegenaamd niks van die markies af geweet het nie, sou hy moontlik rede tot kommer gehad het. Maar ek het genoeg van die man gehoor om my nie deur sy sjarme en aantreklikheid te laat verblind nie. En buitendien het ek gisteraand my hart hopeloos in 'n ander paar donker oë verloor. Die markies slyp dus verniet sy tande vir my . . . dis natuurlik te sê as Carl gelyk het. Maar wag, as ek nog langer hier op die stoep oor Carl se oorbodige waarskuwings staan en tob, sal die werk nooit gedaan kom nie!

Met die brandende begeerte in haar hart om die innemende vreemdeling van gisteraand nog een maal weer te sien, begeef sy haar na die stalle en versoek die stalkneg om Vonk vir haar op te saal. Daarna gaan stel sy Rama in kennis dat sy na die noordelike veepos gaan en heel moontlik laat tuis sal wees vir middagete. Met 'n ligte, kommerlose tred keer sy weer terug na die stalle. Etlike minute later verdwyn perd en ruiter agter die lap wingerd, wat 'n halfmyl lank soos 'n gestreepte tapyt onderkant die huis uitgestrek lê.

Toe hulle eindelik die punt van die lang bergreeks nader, vertraag sy Vonk se pas totdat hy by die ingang van 'n varing-begroeide klofie tot stilstand kom.

Met 'n blik waarin baie drome verlore lê, tuur sy na die Kaap wat van hier af soos 'n miniatuurdorpie lyk. Sy dink aan al die prag en praal, aan die hoëlui se gemaksugtigheid en eindelose hunkering na pret en plesier; dan tref dit haar vir die eerste keer dat sy nog nie 'n enkele bal of vermaaklikheid bygewoon het sedert haar ouers en haar broer haar ontval het nie.

Carl se suster, Janet, het haar al dikwels genooi om 'n bal of 'n partytjie aan haar ouerhuis in die dorp by te woon, maar elke keer het sy die verskoning aangevoer dat haar ouers nog nie 'n jaar oorlede is nie en dat sy nog in rou is.

Dis waar, flits dit deur haar gedagtes, en dan vorm 'n stadige glimlaggie om haar mond, ek woon nou al 'n jaar en agt dae op Vergesig; tog ken ek betreklik min Kapenaars ... nie dat dit my hinder nie, want per slot van rekening is ek glad nie gretig om met daardie modebewuste klomp kennis te maak nie!

Haar blik skuif stadig na die baai waar 'n sierlike skip op die punt staan om anker te gooi. Sy weet dat die ou Kaap nou weer uit sy rus gaan ontwaak met die aankoms van daardie skip, en dat daar weer op groot skaal handel gedryf sal word.

Janet het haar ook vertel dat die goewerneur gewoonlik 'n luisterryke bal gee wanneer 'n skip die Kaap aandoen; 'n bal waarheen al die gesiene inwoners van die Kaap genooi word om met die skeepskaptein en sy offisiere kennis te maak, en om die jongste nuus uit Europa te verneem.

Ek is bly, mymer sy voort, dat ek nie 'n gesiene inwoner van die Kaap is nie. Want so 'n dolle gejaag na plesier is beslis nie my idee van genot nie. Ek was ook nog nooit juis begerig om aan hulle eindelose pret deel te neem nie. En nou, na Carl se waarskuwing betreffende die markies se duistere bedoelings, is ek nog minder begerig om met die elite van die Kaap te meng en so kennis te maak met die afstootlike edelman.

Nee, ek is heeltemal gelukkig en tevrede met my lewe soos dit op die oomblik is. Op Vergesig is dit baie vreedsaam en rustig. Net jammer dat Marcel so min belang stel in die boerdery ...

Haar gedagtes begin nou weer om Marcel kring. Sy wonder waarom die markies hom vanoggend so skielik genooi het vir ontbyt.

Sy bepeins hierdie gedagte 'n oomblik; dan verbleek sy meteens. Het Carl moontlik gelyk? vra sy haarself met saamgeperste lippe af. Het die man werklik 'n oog op my? En is die rede waarom hy Marcel vir ontbyt genooi het om 'n ontmoeting met sy suster te reël?

Celeste voel hoe 'n ontsettende woede jeens die edelman in haar opstu. As hy op hierdie oomblik voor haar gestaan het, sou sy hom sweerlik met haar kort seekoeisambokkie vermink het. Met 'n bewerige hand stoot sy die krulletjies weg wat op haar voorkop afgesak het. Haar oë smeul onheilspellend en sy is net oorgehaal om Vonk om die punt van die berg te stuur toe 'n ruiter op 'n stywe galop in haar rigting aangery kom.

Haar blik verteder snel. Met vonkelende oë en 'n bly glimlaggie betrag sy die man op die vurige swart perd as hy haar nader. Hy is geklee in 'n donkergrys pak van die fynste brokaat, met swaar, silwer borduursels aan die modieuse baadjie. Onderkant die kniebroek span wit kouse soos 'n handskoen om sy gespierde bene. Die blou saffiergespes van sy swart skoene skitter fel in die strale van die môreson. Ook voor aan sy nekdoek, haelwit en volgens die nuutste Franse mode geknoop, vonkel 'n kosbare saffierspeld. Die wit valle wat voor by sy baadjie se moue uitsteek, is van die fynste kant, en agter sy rug wapper 'n swart mantel wat deftig uitgevoer is met pers satyn. Op sy hoof pryk 'n swart driekantige hoed, en sy lang, swart golwende hare is netjies met 'n swart lintjie in sy nek saamgebind. Sy hande, wat die teuels en 'n kort sambokkie vashou, is ewe deftig in wit leerhandskoene gehul, en aan sy linkersy glim die goue, juweelversierde hef van sy swaard.

Die man se hele voorkoms in indrukwekkend en onweerstaanbaar aantreklik.

"Goeiemôre, Mijnheer!" groet sy die vreemde man van die vorige aand met 'n stralende glimlaggie toe hy sy vurige hings langs Vonk intrek. Dadelik voel sy weer hoe onbeheers haar hart begin klop.

"A, goeiemôre, petite!" beantwoord hy haar môregroet met daardie kenmerkende stadige glimlaggie van hom wat haar hart eienaardige fratse laat uitvoer en haar laat voel of sy die enigste uitverkorene in die lewe is.

Sy donker oë streel warm oor haar krulle en lokke wat soos ragfyn goue draadjies in die son skitter, onderwyl hy sy handskoene stadig verwyder. "Het jy verlede nag toe goed geslaap ... ek bedoel, sonder enige kommer oor jou broer?" gaan hy met groot belangstelling voort, fynkam dan haar gelaat asof hy na die onmiskenbare spore van 'n slapelose nag soek.

"Ek het heeltemal rustig geslaap, dankie ... e ..."

"Noem my maar, Francois, chéri," stel hy vriendelik voor, gly grasieus uit die saal en kom langs haar staan.

Hy reik lang, goed versorgde hande na haar uit, plaas hulle versigtig om haar smal middeltjie en lig haar ewe versigtig uit die saal. "Ek hoop ek steur jou nie met my teenwoordigheid nie," gesels hy voort. "Ek het kom verneem hoe dit vanoggend met jou gemoedstoestand gesteld is. Maar jy was ongelukkig nie tuis nie. Rama het my toe na die beste van sy vermoë verduidelik hoe ek moet ry om jou op te spoor, en hier is ek."

"Ek is baie bly om jou te sien, Francois," glimlag sy toe sy eindelik langs hom staan. "Trouens, ek het gehoop om jou weer te sien. Ek wou jou graag persoonlik bedank vir die groot guns wat jy my bewys het deur as voorspraak vir my by die markies te dien ..."

"Jy het dus al gehoor dat jou broer nie 'n enkele skrapie opgedoen het nie?" sêvra hy en kyk haar aan met 'n onpeilbare blik. Tog is daar duidelik 'n suggestie van 'n frons tussen sy gitswart wenkbroue, wat al die indruk skep dat iets hom onthuts het.

Maar Celeste voel momenteel so diep gelukkig dat sy daardie fronsie nie eens 'n tweede gedagte skenk nie en verklaar onverwyld: "Carl het my 'n uur gelede vertel ..."

"Al weer die goeie Carl," laat hy met 'n tikkie ongeduld hoor, plaas sy hande liggies op haar skouers en staar diep in haar onskuldige oë. Toe kom sy stem sag. "Het jy die man lief, chéri?"

Celeste se mooi, sielvolle oë rek meteens groot van verbasing.

"Watter man, Francois?" vra sy met die onskuldige stem van 'n kind.

Vir die aangesprokene is dit baie duidelik dat sy regtig nie weet van wie hy praat nie. Weer tref dit hom dat hy nog nooit in sy twee en dertig jaar so 'n eerlike, opreg ongekunstelde en onskuldige nooientjie ontmoet het nie . . . Sy is inderdaad 'n kosbare juweel, dink hy met verwondering. En al sou sy ook nie uiterlik so aanvallig gewees het nie, sou ek haar nog kon bemin vir haar kinderlike eerlikheid en onskuld. Daar is beslis min nooiens met haar bekoorlike onskuld hier in die Kaap!

Francois begin saggies lag, dog antwoord na 'n rukkie: "Ek praat van monsieur Carl van Heiden natuurlik, of is daar nog 'n ander man van wie ek nie weet nie?"

"O, ons het heelwat bure," glimlag sy, "en ons is almal baie goeie vriende. Maar ek dink ek het jou gisteraand al gesê dat Carl 'n besonder goeie vriend is van my en Marcel . . ."

"Ek het jou gevra of jy die man liefhet, chéri," val hy haar sag in die rede. Celeste voel hoe sy vingers effens stywer om haar skouertjies span, en dit stuur haar effens in die war.

Sy skud haar hoof en bloos verleë.

"Nee, ek vrees ek het Carl nie lief in die sin wat jy bedoel nie, Francois," antwoord sy sag.

"En die ander jong kavaliers onder jou ander bure?"

Sy skud weer haar hoof stadig, dog beslis.

"Ons is almal baie goeie vriende. Hulle verleen dikwels 'n helpende hand met die boerdery. Soos jy weet, is Marcel omtrent nooit tuis nie, en dit gebeur dikwels dat daar iets opduik waarvan ek, Rama en Malak nie veel kennis dra nie. Ek besit nogal heelwat kennis van landbou en veeboerdery, maar ek vrees ons skape is geneig om siektes op te doen wat vir my totaal vreemd is. Die een seksie behandel ek op die oomblik vir bloutong, en die ander vir galsiekte. Maar dit help alles niks. Ek dink ek moet die medisyne omruil . . ."

Die man se hartlike lagbui laat Celeste meteens swyg. Maar as hy haar verleentheid opmerk, maak hy haastig verskoning: "Verskoon my dat ek gelag het, maar jy is werklik kostelik. In elk geval, jou gesukkel met die boerdery gaan van môre af iets van die verlede wees . . ."

"Bedoel jy dat Marcel . . ."

"Nee, nie Marcel nie, chéri. Julle gaan in die vervolg 'n bekwame bestuurder hê om die boerdery waar te neem," help hy haar reg. "Jou hulpvaardige kavaliers kan hulle in die vervolg by hulle eie boerderye bepaal en ophou om die pad na Vergesig tot stof te trap."

" 'n Plaasbestuurder vir Vergesig!" roep sy verras uit sonder om ag te slaan op sy laaste sin. Sy vereer hom met een van haar bekoorlikste glimlaggies. "Waar kom jy daaraan, Francois? Dis nou die eerste woord wat ek daarvan hoor!"

"My liewe Celeste," en hy trek haar met 'n breë glimlag in die kring van sy arm, "ek weet alles wat die markies doen en beplan. Maar ek gaan jou niks meer vertel nie, anders bederf ek moontlik die genot vir Marcel om jou dit self te vertel."

"Bedoel jy dat . . . dat daar nog meer verrassings op my wag, Francois?" Die blik wat sy na hom ophef, is afwagtend, vol vertroue; presies soos 'n kind wat na die beskrywing van 'n verlangde geskenk luister, met die hoop om daardie geskenk eendag self te besit.

Celeste is egter so klein dat sy telkens haar gesig moet ophef wanneer sy na Francois kyk. En dis juis haar klein en fyntjiese voorkoms, gepaard met haar ongekunsteldheid, wat haar so anders maak as die gesofistikeerde jongdames van die Kaap, en wat hierdie wêreldwyse man se hart by hul eerste ontmoeting vasgevang het.

Daar is 'n vreemde sagtheid in sy streng oë, 'n intense warmte in sy stem toe sy hom weer hoor sê: "Daar wag nog vele verrassings op jou, chéri. Maar ek laat dit aan Marcel oor om jou daarvan te vertel."

"Is die ... markies verantwoordelik vir al die verrassings?" vra sy huiwerig.

Die jongman merk die vae skaduwee wat haar pragtige oë eensklaps verdof, asof 'n wolk skiclik oor haar gelaat geskuif het. Dit laat hom heimlik seer en ongemaklik voel. Hy weet dat daardie skaduwee in haar oë uitsluitlik te wyte is aan haar afkeer van die edelman.

Enkele oomblikke betrag hy haar met 'n onpeilbare blik. Toe vra hy ietwat ontwykend: "Gee jy baie om dat die markies die lewe vir jou gemakliker wil maak, Celeste?"

Sy byt op haar onderlip en knik bevestigend met haar hoof. Dan draai sy haar gesig stadig weg en antwoord na 'n rukkie met 'n diep ongelukkige stem: "Jy weet hoe ek oor hom voel, Francois. Ek is hom natuurlik baie dankbaar omdat hy Marcel se lewe gespaar het, maar ek verkies om liewer geen gunste meer van hom te ontvang nie. Ek vrees ek vertrou hierdie skielike toegewendheid van hom glad nie ..."

"Celeste," hy trek haar teer teen hom vas, lig haar gesiggie met sy linkerhand op en staar diep in haar vertroebelde oë, "jy lyk so bitter ongelukkig, en ek kan dit nie verdra nie. Vertel my: waarom het jy so 'n hewige afkeer van die markies? Waarom wantrou jy sy vriendelikheid so? ... Het hy jou al ooit leed aangedoen?"

Die teerheid in die man se stem laat haar meteens glimlag; dog dit verdryf nie die ongelukkige trek in haar oë nie, en dit kan ook nie die onrus in haar hart laat wyk nie. Sy besef nou ten volle dat Carl se waarskuwing nie sommer ydele woorde was nie. Maar wat haar nog dieper verontrus, is die feit dat Marcel baie jonk en onverantwoordelik is. Hy laat hom so maklik deur ander beïnvloed. Hy sal nooit bestand wees teen die geslepenheid van die wêreldwyse Markies nie.

"Kom ons gaan sit daar in die koelte, dan sal ek jou vrae beantwoord," stel sy na 'n rukkie voor en lei hom na die ingang van die klofie.

Stil en afgetrokke neem sy op 'n lae rots plaas, en beduie vir die jongman om langs haar te kom sit.

"Ek het die markies nog nooit met 'n oog gesien nie, Francois," gaan sy bedaard voort nadat hy ook plaasgeneem het. "Ek was die afgelope jaar in rou en het derhalwe alle uitnodigings na balle en partytjies van die hand gewys. Maar ek het uit 'n baie betroubare bron verneem dat hy 'n koue, hooghartige en verwaande mens is; dat hy slegs vrygewig is met sy gunste indien hy die meeste daarby kan baat. Jy sal dus begryp dat ek hom niks verskuldig wil wees wat hom moontlik later die vrymoedigheid mag gee om onmoontlike eise aan my te stel nie.

"Wat my afkeer van hom betref." Haar oë raak meteens dof van trane en sy draai haar gesig weer haastig weg. Eers toe sy haar stem na 'n rukkie volkome kan vertrou, gaan sy voort: "Hy is so verwaand en deurweek van sy eie belangrikheid dat hy almal wat 'n heenkome buite die grense van die Kaap soek met spot en minagting bestempel as carmagnole en plebejers."

Sy swyg 'n oomblikkie, draai haar gesig dan stadig na die man langs haar en vervolg met 'n weemoedige stem: "My ouers was albei dierbare en goed opgevoede persone, Francois. My vader was jare lank in diens van die Oos-Indiese Kompanjie, en my moeder kom uit 'n hoogaangeskrewe familie in Frankryk. Ek kan jou dus verseker dat hulle geen carmagnole of plebejers was nie, al was hulle grensboere. My vader was 'n baie goeie vriend van die goewerneur, en ek besoek hom nog gereeld wanneer ek my in die dorp bevind. Marcel en ek is ook nie ongeletterd nie. Ons het albei skoolonderrig in Holland ontvang ..."

Sy breek meteens af en Francois merk dat sy baie diep seergemaak voel. Met 'n teer gebaar neem hy haar hande in syne en paai sag: "Ek sou die markies se ydele spottery glad nie so ernstig bejeën as ek jy was nie, Celeste. Dis in die Kaap tog algemeen bekend dat die koloniste en grensboere hewig gekant is teen die goewerneur en die wette van die Kaap. Jy behoort die markies dus nie te hard te oordeel nie. Rebelsheid onder 'n volk laat enige Fransman terugdink aan die Rewolusie en dan dinge sê wat liewer ongesê moet bly."

"As die markies nie so verwaand was nie, sou hy nie so haastig gewees het om die koloniste en grensboere te veroordeel nie, Francois. In elk geval, ek gee nie om dat hy my 'n carmagnole noem nie, maar ek sal hom dit nooit vergewe dat hy my ouers so beledig het nie," werp sy beslis terug, sonder om die man langs haar aan te kyk.

Met haar blik op die verre horison gerig, is sy onbewus van die stroewe trek op die jongman se gelaat en die peinsende blik in sy oë. Dog hy ruk homself gou reg, neem haar mooi, stil gesiggie onverhoeds tussen sy twee hande, rits iets onverstaanbaar in Frans af, wat Celeste nie mooi kan snap nie, en druk dan 'n vlugtige soen op haar voorkop.

"Vergeet die markies en laat my toe om jou huis toe te neem," stel hy bedaard voor. Maar Celeste gee hom nie die geleentheid om meer te sê nie.

"Ek was onderweg na die noordelike veepos," verduidelik sy. "Jy mag saamry as jy wil. Maar ek waarsku jou vroegtydig dat jy dan laat sal wees vir die noenmaal."

"Maar dit is absoluut onnodig dat jy so ver in die warm son ry, petite," maak hy dadelik beswaar. "Julle plaasbestuurder sal van môre af self die boerdery waarneem. Kom, laat ek jou liewer huis toe neem."

Hy wag nie op 'n antwoord van haar nie, maar neem haar liggies, dog gedetermineerd aan die arm en lei haar terug na waar die perde rustig aan die kort grassies staan en peusel. Met 'n galantheid so kenmerkend van hom, help hy haar in die saal, en weldra galop hulle in die rigting van haar tuiste.

Francois vergesel haar egter net tot voor die deur, help haar van die perd af en bestyg dan weer sy eie perd. Hy salueer haar met 'n sjarmante buiging uit die saal en neem met 'n sagte: "Adieu, ma belle Celeste," van haar afskeid, draai sy vurige swart hings om en galop swierig en trots oor die werf met die son glinsterend op sy lang, gekartelde hare.

Daar is 'n diep frons op die edelman se voorkop toe hy pronkerig oor Vergesig se werf ry, in die rigting van die grootpad wat na die Kaap toe lei. Hy kon hom gisteraand, nadat Celeste haar gevoel jeens die markies so hartstogtelik gelug het, kwalik aan haar bekend stel sonder om haar in 'n ernstige verleentheid te bring. Verlede nag het hy ure lank oor die saak gelê en tob, en derhalwe besluit om vanoggend oor te ry na Vergesig om die saak reg te stel; haar te vertel dat hy die markies Emile du Pré is, en te verduidelik waarom hy gisteraand sy identiteit verswyg het.

Maar toe hy daar in die veld in haar eerlike, onskuldige oë kyk, het iets vreemds met hom gebeur; iets wat hy lankal as dood gewaan het . . . Ja, dit was vir hom 'n skok toe hy besef dat hy die meisiekind liefhet. En om die een of ander onverklaarbare rede wou hy haar nie ontnugter deur te erken dat hy die markies is, die man wat sy met so 'n diepe veragting en vyandigheid bejeën nie.

Dis waar, hy wou nie haar vertroue in hom skok en haar vriendskap verbeur nie; daarom het hy haar versoek om hom Francois, sy tweede naam, te noem.

Ek sal maar eers haar liefde probeer wen, besluit hy na 'n oomblik se ernstige oorweging, en haar dan vertel wie ek regtig is. As sy my eers beter ken en liefhet, dink hy, sal sy heel waarskynlik nie eens omgee of ek die markies is of nie!

Hierdie gedagte laat Emile weer in 'n mate verlig voel en ewe spoggerig ry hy later die Kaap binne.

4

Met 'n droomverlore blik staar Celeste die trotse, imponerende figuur op die swart perd agterna. Daar is 'n aangename gevoel van opwinding en vreugde in haar wat haas te groot is om in haar bors te huisves. Dit voel of sy saam met die natuur kan juig; of sy uitbundig kan lag; of sy saam met die voëls kan sing van hierdie groot liefde wat in haar hart brand en uit haar hele wese straal.

O, dis salig om mens te wees en om te bemin! juig dit in haar hart.

Toe die ruiter 'n paar minute later buite sig verdwyn, draai sy op en stap langsaam die huis binne onderwyl sy 'n roerende minnelied neurie wat sy haar moeder soms hoor sing het.

In die eetkamer tref sy Rama aan, wat 'n verseëlde koevert na haar uithou.

"'n Slaaf van die groot seur Van Heiden het pas hierdie brief afgelewer, Madame," verduidelik hy beleef. "Die slaaf wag voor die agterdeur op 'n antwoord om terug te neem."

"Dankie, ek sal dadelik my aandag daaraan skenk, Rama," verseker sy hom en neem die brief. "Sorg asseblief dat die slaaf iets te ete kry voor hy vertrek."

Met die brief in haar hand onttrek sy haar na die skryfkamer en neem by die skryftafel plaas. Die handskrif op die koevert is aan haar bekend, daarom breek sy die seël sonder enige seremonie en wonder heimlik wat Janet, Carl se suster, vandag op die hart het.

My liewe Celeste, lees sy. *Net 'n paar reëls om jou te sê dat die liewe ou Kaap weer lewe van pret en plesier. 'n Franse retoerskip het vanoggend die baai binnegeseil, met die aantreklikste kaptein wat jy nog ooit in jou lewe gesien het — en reken, hy is nogal ongetroud.*

Nadat ek my moeder van die aantreklike jong kaptein vertel het, het sy ewe diplomaties besluit om die jonge heer en sy offisiere môreaand

51

te onthaal by wyse van 'n partytjie. En jy gaan nie weer my uitnodi-
ging van die hand wys nie, my liewe Celeste. Trouens, jy het vandag
geen verskoning om aan te voer nie, want ek weet dat jou routyd nou
verstreke is.

Weens onvermydelike omstandighede sal Carl – en ek vermoed
Marcel ook – nie die party kan bywoon nie. Maar ons weet natuurlik
almal dat Rama en Malak jou met hulle lewens sal beskerm, dus het jy
geen verskoning nie. Ek verwag jou môreaand verseker . . .

Met 'n glimlag wat liggies aan haar mondhoeke raak, vou
Celeste die enkele geskrewe vel op. Sy besef dat sy vandag geen
verskoning het om aan te voer nie, dus sal sy noodgedwonge
die party moet bywoon indien sy haar nie Janet se onguns op
die hals wil haal nie.

Sy trek die skryfpapier en die potjie tuisgemaakte ink nader,
neem die gansveer op en begin versigtig skryf.

Telkens dwaal haar gedagtes hopeloos weg van die brief wat
sy met groot sorg skryf. Sy wonder of Francois ook een van die
gaste gaan wees en of die hooghartige markies ook teenwoordig
gaan wees. Maar aan die Markies wil sy liewer nie dink nie. Die
man is vermetel en verwaand en beslis nie 'n enkele gedagte van
haar waardig nie. Dus sal sy maar aan Francois dink – dierbare
Francois wat haar van gisteraand af die gelukkigste mens op
aarde gemaak het.

Eindelik is die brief voltooi. Met groot sorg strooi sy sand oor
die geskrewe woorde om die ink te droog. Sy vou die vel op,
plaas dit in 'n koevert en verseël dit sorgvuldig.

Celeste het die brief ook net aan Rama oorhandig, toe Mar-
cel die eetkamer binnetree.

Daar is 'n warm glans in haar blik wat goedkeurend oor haar
broer se modieus geklede gestalte gly. Hy is inderdaad 'n aan-
treklike jongman, flits dit deur haar gedagtes. Net jammer dat
hy alle belang in die boerdery verloor het en sy tyd so gruwelik
in die wynhuise en tavernes verkwis . . .

"A, ek merk my sus lyk verbaas om my hierdie tyd van die dag tuis te sien," groet hy haar laggend, plaas sy een arm liefkosend om haar tenger skouertjies en gee haar 'n liefderyke drukkie.

Hy druk 'n ligte kus op haar goue kroontjie, neem sy arm van haar skouers en verwyder sy lang, swart mantel. In 'n vrolike luim tree hy op 'n dof glimmende buffet af waar 'n wynkraffie en glase pryk, en help homself aan 'n glasie wyn.

In een asem ledig hy die inhoud van die glasie. Dan neem hy sy suster vertroulik aan die arm en lei haar na die rusbank.

"Ek het 'n groot verrassing vir jou, ou sussie," begin hy met genoegdoening, neem plaas en trek haar langs hom op die bank neer. As hy merk dat hy haar volle aandag besit, gaan hy opgewek voort: "Ek het vanoggend op die markies se uitnodiging saam met hom ontbyt genuttig in sy weelderige chateau, en hy het my die wonderlikste aanbod gemaak wat 'n jongman maar kan begeer, Celeste."

Hy swyg doelbewus 'n rukkie om sy woorde kans te gee om behoorlik tot haar deur te dring, dan gaan hy weer tergerig voort: "Ons geëerde markies voel nogal danig besorg oor jou, Celeste . . ."

"Hy kan gerus sy emosies spaar," knip sy hom kort met glimmende oë en 'n minagtende stem. "Ek kom daarsonder uitstekend klaar."

"Ek dink jy is nou sommer onnodig stroomop," bestraf hy haar effens streng. "Die markies probeer slegs om vriendelik te wees. Kan jy dit dan nie begryp nie?"

Celeste merk die trek van irritasie op Marcel se jong gelaat. Uit ondervinding weet sy dat hy gruwelik verwen is, dat hy dit nie kan verdra dat iemand hom teengaan nie. Maar sy steur haar nie veel aan sy ongeduld nie en laat effens skerp hoor: "Ek dink ek begryp maar alte goed, Marcel. Maar gaan asseblief voort. Wat is die aanbod wat hy jou gemaak het?"

Met 'n selfbewuste gebaar streel die jongman se hand oor die modieuse knoop van sy haelwit nekdoek, draai sy gesig effens weg en verklaar opvallend ongemaklik: "Wel ... e ... hoe sal ek nou sê. Jy weet immers self dat ek nie juis belang stel in boerdery ... ek bedoel, dat ek nie daarvoor in die wieg gelê is nie, Celeste." Hy draai sy gesig stadig, skuldig na haar. "Ek sal nooit 'n sukses van die boerdery maak nie ..."

"As jy dag en nag in die dorp boer, natuurlik nie," werp sy beskuldigend tussenbei, en merk met genoeë dat hy darem nog die ordentlikheid besit om te bloos.

"Kom, Celeste," laat hy met 'n droë laggie hoor, "sarkasme pas jou glad nie en jy weet dit. Ek is ook nie van plan om my hier op Vergesig te begrawe nie. Die markies dink ook dat ek, met my goeie skoolonderrig, tot iets beter in staat is. Daarom het hy aangebied om my as 'n handelaar te laat oplei in sy handelshuis, sodat ek later 'n eie saak kan begin. Intussen sal ons 'n vennootskap aangaan ..."

"En wat van my en Vergesig?" vra sy sonder veel belangstelling.

"Die markies het onderneem om vir ons 'n bekwame en getroue plaasbestuurder te vind, tot tyd en wyl ons 'n koper vind vir Vergesig. Hy ken glo net die regte man en die kêrel sal hom môreoggend aanmeld vir diens. Intussen sal hy reëlings tref in verband met huisvesting vir ons in die dorp ..."

"Bedoel jy dat ons in die Kaap moet gaan woon?" vra sy sag, dog nie heeltemal in staat om die verbystering uit haar stem te hou nie. Sy draai haar gesig vinnig weg in 'n wanhopige poging om die pyn en teleurstelling in haar oë vir hom te verberg.

Maar Marcel het dit reeds waargeneem en paai haastig: "Jy sal baie gelukkiger wees in die dorp, sonder al die beslommernis en verantwoordelikheid van 'n boerdery, Celeste. Terloops, die markies het gesê hy weet van 'n huis in Waterkantstraat wat ideaal in ons behoeftes sal voorsien, en dit is ook nie ver van die handelshuis geleë nie ..."

"Ek veronderstel ook nie ver van sy eie huis nie, nè?" val sy hom met minagting in die rede.

Marcel is egter so opgewonde oor die salige vooruitsigte wat die toekoms vir hom inhou dat hy nie eens die minagting in sy suster se stem waarneem nie. Geen wonder nie dat hy met 'n verbaasde laggie kan uitroep: "Hoe het jy geraai dat die huis regoor syne geleë is, Celeste?"

"Dit maak nie saak nie, Marcel," snou sy hom byna toe. Sy voel 'n heimlike drang om hom 'n klap te gee dat sy ore tuit omdat hy hom so goedsmoeds deur die edelman laat mislei. Maar sy gee nie toe aan hierdie drang nie; sê slegs koel en nadruklik: "Kyk, ek wil jou graag laat verstaan, Marcel, dat ek hoegenaamd geen planne koester om my in die dorp te gaan vestig nie. Vergesig is ons gesamentlike erfenis, en ek bly hier. Met jou eie lewe kan jy natuurlik maak wat jy wil, maar moenie verwag dat ek die markies gaan toelaat om met my lewe in te meng nie. Ek is baie gelukkig hier op Vergesig, en nie jy of die markies sal dit regkry om my van Vergesig te skei nie."

Sy swyg 'n oomblik, kyk haar broer met koue, beskuldigende oë aan en gaan diep onthuts voort: "Dank die hemel, Vergesig is gelukkig ruim genoeg om in twee plase verdeel te word. Jy kan dus maar dadelik reëlings tref om die landgoed in twee te verdeel, sodat jy jou eie deel kan verkoop sodra die markies vir jou 'n koper vind. Op my deel sal ek en die slawe boer – sonder die hulp van die markies se aangebode plaasbestuurder, natuurlik."

"Maar jy gegryp nie, Celeste," begin Marcel nou ongeduldig terwyl hy geïrriteerd met die goue ketting van sy sakhorlosie speel. "Ek het die geld nodig wat die verkoop van Vergesig gaan oplewer . . ."

"Jy bedoel wat jou deel van Vergesig gaan oplewer," help sy hom met 'n onpersoonlike stem reg. "My deel is nie te verkoop nie, en jy en jou planne gaan my ook nie aan nie, Marcel. As jy die afgelope ses maande minder geld in die wynhuise verkwis het en meer aandag aan die boerdery bestee het, sou dit nie vir jou nodig gewees het om jou deel van Vergesig te verkoop nie. In elk geval, jy raak nie aan my deel van ons erfenis nie."

"Ek dink jy is nou uiters onsinnig en onredelik," laat die jongman met stygende drif hoor, kom vinnig orent en gaan skink vir hom nog 'n glasie wyn.

Met die glas in sy hand kom hy reg voor sy suster staan, kyk haar met smeulende oë aan en gaan diep ontstoke voort: "Jy het my nou volkome oortuig dat my toekoms jou nie die dikte van 'n haar skeel nie . . ."

"Genoeg, Marcel," maak sy hom met 'n kwaai stem stil, kom self ook vinnig orent en staan bewend van misnoeë voor hom. "As jy nie so 'n swakkeling was wat al die verantwoordelikheid van die boerdery op my afgeskuif het na oom Reynier se afsterwe nie, sou ek moontlik aan jou wens toegegee het. Maar jy is nie slegs 'n swakkeling nie, Marcel, jy is ook 'n verkwister wat al ons kontant weggedobbel het. Al wat ons op die oomblik besit, is Vergesig en die boerdery; en nou wil jy dit ook verkwansel! Ek is jammer, Marcel, maar ek gaan dit nie waag om my toekoms in jou onverantwoordelike hande te plaas nie. Verkoop gerus maar jou deel van die landgoed as jy wil. Op my deel sal ek altyd 'n bestaan kan maak en vir myself kan sorg."

Na hierdie kwaai, beskuldigende woorde draai Celeste om en vlug haastig na haar kamer, diep teleurgestel in haar broer wat so min waardering toon vir die liefde en goedheid van die ontslapene wat hom oor hulle ontferm het toe hulle haweloos was.

Oom Reynier was so verknog aan Vergesig, beur dit deur haar vermoeide verstand toe sy in 'n stoel voor die kamervenster neersak. Hy sal in sy graf omdraai as hy moet weet hoe min waarde Marcel aan sy erfenis heg . . . Om te dink dat hy Vergesig, ons hele lewensbestaan, die grond waaraan oom Reynier al sy kragte gewy het, so goedsmoeds wil verkwansel . . .! Nee, dis net te gruwelik om daaraan te dink. Maar gelukkig kan hy nie al oom Reynier se handewerk verkwis nie, want die helfte daarvan behoort aan my. En my deel sal ek vir my nageslag bewaar! Met Rama en Malak se hulp sal ons wel die mas opkom!

Dawerende hoefslae van 'n perd ruk Celeste plotseling uit haar gedagtewêreld. Deur die venster sien sy hoe Marcel in die rigting van die dorp verdwyn . . . Hy is natuurlik nou op pad om die markies te gaan spreek oor die verdeling van Vergesig, dink sy met verbittering. Wel, laat hy dit doen as hy wil. Ek is volkome in staat om vir myself te sorg!

Sy weet dat haar wrok jeens die gevoellose markies die afgelope halfuur met rasse skrede toegeneem het. Hy is vinnig besig om my en Marcel se ondergang te bewerkstellig, mymer sy voort. Maar hy sal nie daarin slaag nie. As Marcel so 'n gek is om van hom afhanklik te wil wees, kan hy dit gerus doen, maar ek gaan baie beslis nie van hom afhanklik wees nie . . . Nee, so maklik gaan hy my nie in sy mag kry nie. Ek koester ook geen sinnigheid om met hom bevriend te wees nie. Hy moet hom ook nie verbeel dat hy nou alle reg besit om my lewe te regeer net omdat ek hom gevra het om Marcel se lewe te spaar nie!

Celeste voel diep ontstoke as sy dink aan die markies se slinkse planne om haar en Marcel in sy mag te kry. Sy is nou ook meer as ooit oortuig dat Carl geweet het waarvan hy praat toe hy haar vroeër vanoggend teen die edelman gewaarsku het.

Met trae ledemate begeef sy haar 'n rukkie later na die kombuis, op soek na Rama en Malak. Sy het nog nooit haar moeilikheid of kommer met haar werkers bespreek nie, maar hierdie nuwe gril van Marcel sal sy beslis met hulle moet bespreek, aangesien die behoud van haar erfenis deels van hulle hulp en getrouheid gaan afhang.

Rama en Malak is openlik verbaas toe sy hulle vertel dat Marcel van voorneme is om Vergesig te verkoop; dog nie een sê 'n woord nie. Dis vir die jongmeisie baie duidelik dat hulle wag om te hoor wat sy van haar broer se plan dink. Daarom vra sy effens ontwykend: "Sal julle twee daarvan hou om in die dorp te gaan woon?"

Etlike sekondes verstryk voordat Rama met groot wysheid en ewe veel bedagsaamheid jeens sy jong werkgeefster sê: "Vir my madame se veiligheid sal dit beter wees om in die dorp te gaan woon, maar ek vrees die dorpslewe sal ons madame baie gou verveel. Ek is maar net 'n ou Oosterling, Madame, maar ek en Malak ken ons madame van haar eerste lewensdag af, en ons weet dat sy net so lief is vir die veld soos ons groot seur wat daar aan die grens vermoor is . . . Nee, ek dink die jong seur maak 'n groot fout om Vergesig te verkoop. 'n Mens verkoop nie jou brood uit jou mond nie."

"Marcel kan slegs die helfte van Vergesig verkoop, Rama," lig sy hom in, "want die helfte van die landgoed behoort aan my. Maar ek wil nou van jou en Malak hoor of julle dink ek moet my deel van die landgoed ook verkoop."

'n Sagte glimlaggie sprei om Celeste se mond toe sy merk hoe die twee middeljarige mans se gesigte meteens ophelder. Dis vir haar nou baie duidelik dat ook hulle veel eerder op Vergesig wil bly.

Rama se woorde staaf haar vermoede toe hy beleef sê: "Solank as wat ek en Malak lewe, sal ons na die boerdery en na ons jong madame kyk, soos wat ons die afgelope ses maande al doen. Ek is ook seker die jong seur Carl sal met ons saamstem dat my meesteres haar deel van die plaas moet hou."

Ook Malak gee haar die versekering dat hy haar getrou sal dien tot sy laaste lewensdag. Dan bedank sy hulle met 'n stralende gelaat vir hulle getrouheid en gewilligheid, en stel hulle sommer ook in kennis dat een van hulle die volgende aand sal moet optree as lakei en haar en die koetsier sal moet vergesel na die Van Heidens se woning in die dorp. Daarna begeef sy haar na haar kamer om ondersoek in te stel of sy 'n geskikte tabberd besit vir die Van Heidens se party.

Sy weet dat die party 'n swierige onthaal gaan wees, want die ou heer Van Heiden is 'n vooraanstaande persoon in die Kaap, en trouens ook een van die goewerneur se bevoorregte vriende.

Met 'n kritiese oog betrag Celeste haar tabberds en besluit dan dat sy die een van ligblou brokaat sal dra wat sy 'n maand gelede laat maak het, met haar moeder se saffier-juwele wat ook in die geldtrommeltjie versteek was tydens die Xhosa-aanval.

Na hierdie besluit begeef sy haar na die stilte van die skryfkamer om die dag se gebeure te bepeins. Sy sak met 'n vermoeide sug in wyle oom Reynier se groot leunstoel neer.

Eers dwaal haar gedagtes terug na haar ontmoeting met Francois, dan na die tere liefde wat hy in haar hart laat opvlam het. Dan dink sy weer aan Marcel en die harde woorde wat sy hom toegevoeg het.

Sy voel seer oor die beskuldigings wat sy hom teen die hoof geslinger het. Maar elke woord was waar en bedoel om hom tot besinning te bring, om hulle albei uit die markies se kloue te red. Sy vertrou hierdie skielike vriendskap van hom met Marcel glad nie. Sy kan ook nie begryp hoe dit moontlik is dat Marcel so hopeloos blind kan wees dat hy nie die man se ware motief kan agterkom nie.

'n Lang ruk bepeins sy haar en Marcel se woordewisseling. Dan dink sy weer aan haar eie lewe, alleen hier op Vergesig met net haar getroue helpers. Sy wonder of hier êrens nie 'n ouer dame is wat by haar sal kom inwoon nie.

Sy dink aan al die ouer dames wat sy ken, dog vind tot haar teleurstelling dat sy slegs 'n paar ken, en hulle woon almal naby die grens. Sy kyk effens mistroostig deur die lang venster met die klein ruitjies en sien hoe 'n swaeltjie sierlik en vry deur die lug klief. Dit laat haar meteens wens dat haar lewe ook vry was van kommer, net soos daardie swaeltjie s'n.

Die res van die dag bly Celeste tob oor haar en Marcel se

lewens wat op so 'n onvriendelike wyse uitmekaar moes draai, asof geen bande van bloed hulle ooit saamgesnoer het nie.

Daardie aand kom Marcel maar weer, soos gewoonlik, na middernag tuis. Dog die volgende oggend is hy ter afwisseling vroeg uit die bed. Dit verbaas Celeste dat hy na gister se rusie in so 'n opgewekte stemming verkeer.

Vir die eerste maal in maande geniet hulle saam ontbyt. In 'n vrolike luim vertel hy haar dat die markies se grootmoeder, die ou markiesin Du Pré, gisteroggend uit Frankryk gearriveer het en haar nou permanent hier in die Kaap gaan vestig; ook dat hy reeds 'n koper gevind het vir sy deel van Vergesig. Hy vertel haar dat sy deel van die plaas vandag afgebaken sal word, en dat die grenslyn ongeveer tweehonderd treë van die regterkant van die huis verby sal strek.

Daarna bespreek hulle weer die verdeling van die vee, die meubels en ander losware. Die meubels sal nog dieselfde dag na sy nuwe tuiste in die dorp vervoer word, maar die vee en ander losware word saam met sy deel van die plaas verkoop.

Gewapen met 'n hele lys van alles wat sy eiendom is, groet Marcel sy suster 'n uur of wat later en vertrek sonder versuim.

Die res van die dag is Celeste en haar helpers baie bedrywig. Marcel se besittings word inderhaas ingepak, en toe twee waens teen die middag voor die deur stilhou om die jongman se besittings na die dorp te vervoer, is alles gereed om gelaai te word.

Met 'n weemoedige blik betrag die jongmeisie die ruim ontvangskamer wat nou gestroop is van etlike kosbare meubelstukke. Die huis voel vir haar meteens baie leeg en eensaam, kompleet asof dit die helfte van sy persoonlikheid verloor het. Maar sy kry nie veel geleentheid om hierdie vreemde eensaamheid te diep ter harte te neem nie, want Fina, haar oorlamse slavin, is alreeds besig om haar tabberd en toilet gereed te maak sodat sy na ete kan bad en verklee vir die Van Heidens se party.

Celeste voel aanvanklik glad nie gretig om die party by te

woon nie. Sy sou veel eerder vanaand tuis wou bly om haar eers te versoen met Marcel se vertrek en hierdie skielike eensaamheid wat so neerdrukkend in die huis hang. Maar toe sy haarself later in die spieël betrag, geklee in die swierige ligblou brokaattabberd, begin sy self opgewonde uitsien na die vrolikheid van die aand.

Met groot sorg hang Fina die kosbare saffierhalssnoer om haar meesteres se mooi hals, knip die skitterende armband van die stel juwele om die tenger pols, die oorkrabbetjies aan die fyn oorlelletjies, en steek dan die blou, vonkelende tiara in die hoë, blonde kapsel. Dan tree sy agteruit, betrag haar meesteres met skitterende oë, slaan haar hande in ekstase saam en roep met diepe bewondering uit: "O, Madame, jy lyk soos 'n engel. Sowaar, al die jong mesdames gaan vanaand flou word van jaloesie, en ek weet eerlikwaar nie wat hulle mammas gaan doen nie, want al die jong seurs gaan vanaand net oë hê vir my madame."

'n Sagte laggie ontglip die jongmeisie se lippe, wat van nature so rooi soos druiweblare in die herfs lyk, as sy met ligte spot sê: "Wel, ek moet sê jy weet hoe om die heuningkwas te gebruik, Fina. In elk geval, ek hoop nie jou voorspelling van die jongmanne word waar nie, want dan gaan dit 'n groot gelol afgee. Dink net waar gaan my reputasie heen vlieg as ek hulle hier op Vergesig moet ontvang, noudat ek stoksielalleen hier woon!"

"Ja, dit sal nie goed lyk nie, Madame," beaam Fina onderwyl sy 'n swierige goudkleurige kantsjaal versigtig om haar meesteres se skouertjies hang – haar drome oor groot onthale hier op Vergesig tydelik gedemp. "Ek dink ek hoor die koets voor die deur, Madame," kondig sy na 'n paar sekondes weer aan. "Ek sal my madame self in die koets help en seker maak dat hierdie pragtige tabberd nie kreukel nie . . . Hier is Madame se handsakkie en waaiertjie. Maar ek dink nog dat net een ou swart kolletjie op Madame se linkerwang my madame se voorkoms sou verhoog het."

"Kom, basta met jou en jou swart kolle, Fina," lag Celeste

haar besorgde slavin heerlik uit. "Ek het nog nooit gehoor, of gelees, van 'n engel met swart kolle op haar wang nie, en ek glo ook nie dat so iets toelaatbaar is in hulle sfeer nie. En as jy dink jy gaan van my 'n modepop maak, kan jy gerus daarvan vergeet ... Kom, ek dink dis tyd dat ek vertrek."

Met Fina trots op haar hakke, stap Celeste 'n rukkie later by die voordeur uit na waar Rama alreeds die koetsdeur vir haar met 'n eerbiedige buiging oophou. Malak vergesel sy jong meesteres en haar slavin met 'n lamp. Almal is merkbaar opgewonde omdat dit vanaand hulle meesteres se eerste party in die Kaap sal wees. Hulle sweer ook hoog en laag onder mekaar dat sy vanaand die mooiste is onder alle vroue.

Toe Fina eindelik tevrede is en volkome oortuig voel dat haar meesteres se tabberd nie tydens die rit sal kreukel nie, klim sy haastig uit die koets en gaan beskeie langs Malak staan om die voertuig van die werf af te sien vertrek.

5

Daar is reeds etlike gaste teenwoordig toe Celeste die Van Heidens se ruim ontvangskamer binnetree. Janet en haar ouers begroet die jongmeisie hartlik. Dan verneem die twee ouer Van Heidens belangstellend na haar gesondheid en die boerdery, komplimenteer haar op haar voorkoms en versoek Janet om Celeste aan die ander gaste voor te stel.

Sy groet eers die goewerneur en sy gade, wat haar hartlik verwelkom, haar oorlaai met vriendelike komplimente en ten laaste hulle spyt uitspreek omdat die ooievaar haar as baba by die verkeerde huis afgelewer het in plaas van by die goewerneurswoning.

Celeste glimlag en antwoord paslik op Sy Eksellensie se goedige tergery en belowe om hulle binnekort te besoek. Dan beweeg sy weer saam met Janet in die rigting van die ander gaste wat in gesellige groepies staan en gesels.

Al die jongmans oorlaai haar met vleiende komplimente en bespreek genoeg danse om haar die helfte van die aand op die dansvloer te hou. Die jongdames se glimlaggies is opmerklik suur, en ook húlle blikke wat haar aanvallige gestaltetjie volg, is gelaai met onverbloemde afguns. Maar hieraan steur Celeste haar nie veel nie, omdat sy hoegenaamd geen begeerte koester om hierdie jongdames van hul sjarmante kavaliers te beroof nie. Haar liefde behoort alreeds aan Francois, en geen ander kan ooit sy plek in haar hart vul nie.

"Ek gaan jou nou aan die eregas, die aantreklike kaptein en sy eerste offisier, voorstel," hoor sy Janet met 'n opgewonde stem agter haar swierige waaiertjie sê. "En moet in hemelsnaam nie vir hom ogies maak nie, want dan sal ek wens dat ek jou nooit na die party genooi het nie."

"Toe maar, jou kaptein is heeltemal veilig, my liewe Janet," verseker sy haar vriendin met 'n glimlaggie wat duidelik sê: Wees nie bevrees nie, ek ken die simptome. Verliefdheid staan met hoofletters in jou oë geskryf.

Die volgende oomblik word sy aan die aantreklike Jean de Bonnard en sy eerste offisier, Pierre de Vigny, voorgestel. Albei manne is in hulle aantreklike donkerblou uniforms met wit boorduursels geklee. Celeste moet ruiterlik aan haarself erken dat die kaptein glad nie onaardig lyk nie. Maar sy weier om te glo dat daar 'n aantrekliker man op aarde bestaan as haar dierbare Francois.

Ook die kaptein en sy sjarmante offisier bespreek elk 'n dans met haar. Maar as Celeste die openlike bewondering in die jong kaptein se vurige, donker oë opmerk, bepaal sy haar aandag onverwyld by sy eerste offisier sodat die pad oop is vir Janet om haar flikkers by hom te gooi.

Onderwyl die twee meisies gesellig by die kaptein en sy eerste offisier staan en gesels, bedien 'n paar slawe die gaste met die Kaap se keurigste wyn. Daarna begin die wyn vrylik vloei en die gaste begin al vroliker word. Dit lag en gesels deurmekaar. Die jongmans is woordryk met hulle komplimente, vol kwinkslae en gevatte sêgoed, terwyl die jongdames se oë koketterig agter hulle waaiertjies lonk en glimlag.

Sy Eksellensie die goewerneur het later 'n kort tosprakie gelewer en daarna 'n paar vleiende komplimente uitgespreek oor die beeldskoonheid van die Kaapse dames.

Dis toe Celeste met 'n glimlaggende blik na die luimige goewerneur kyk dat sy die lang, breedgeskouerde figuur van Francois in die deur opmerk. Hy is vanaand hartbrekend aantreklik in 'n roomkleurige pak met swaar, goue boorduursels versier. Sy lengte van oor die ses voet laat hom soos 'n prins bo al die ander mans uittoring. Celeste voel hoe haar hart byna tot stilstand ruk van blydskap omdat hy ook vanaand hier is.

Vir een onvergeetlike oomblik kruis hulle oë oor die lengte van die vertrek. Daar is 'n sagte glans in hare wat openlik van haar gevoel vir hom getuig. Dog Francois s'n is vol verbasing, en nog iets wat sy glad nie kan peil nie.

Met 'n selfbewuste blos laat sy haar blik sak. Sy hoor hoe Janet verskoning maak en dan grasieus in die rigting stap waar Francois nog steeds lank en trots in die oop deur staan.

"Ek het nooit kon droom dat die Kaap soveel skoonheid huisves nie," merk die galante kaptein vleiend op hier waar hy langs Celeste staan. Hy kyk haar betekenisvol aan. "Ek was nog altyd onder die indruk dat die Kaap slegs 'n stormagtige, barbaarse dorpie is waar g'n ordentlike mens kan leef nie."

"En nou is u aangenaam verras oor al die prag en praal en die fyn beskaafdheid van die mense hier aan die uithoek van die aarde, monsieur le Capitaine?" laat sy met 'n geamuseerde glimlaggie hoor.

Dog voordat die kaptein haar hierop kan antwoord, sluit Janet en Francois by hulle aan en die kaptein se antwoord bly ongesê.

"Celeste," kondig Janet met 'n stralende gelaat aan, "ek is seker jy het nog nie ons geëerde en invloedryke markies ontmoet nie . . . Die markies Emile du Pré . . . mademoiselle Celeste Valkenier," hoor sy Janet se stem vaag deur die oorweldigende suising in haar ore dreun.

Die markies . . .! Emile du Pré . . .!

Vir Celeste voel dit kompleet of iemand skielik 'n emmer koue water oor haar uitgestort het. Sy voel hoe elke druppel bloed uit haar gelaat sypel, hoe haar hart 'n paar slae mis, en dan kruip 'n futlose lamheid van haar knieë af op wat dreig om haar bene dubbel te laat vou.

Haar gelaat is doodsbleek en haar oë wat op Emile rus, is groot en verskrik. Sy wil iets sê, die bekendstelling erken, maar haar tong weier om 'n enkele woord te vorm; en nog minder is sy in staat om 'n kniebuiging te maak. Sy voel absoluut styf, koud en tot in haar siel verys. Al waaraan sy momenteel kan dink, is die man se koelbloedige bedrog om hom aan haar voor te stel as Francois, terwyl hy in werklikheid die gehate markies is.

'n Kortstondige oomblik staar sy hom met koue, beskuldigende oë aan. Dan red die orkes haar genadiglik deur met 'n vrolike menuet weg te val.

"Mag ek u vir hierdie dans nooi, mademoiselle Celeste?" hoor sy die markies met die dierbare stem van Francois vra, en sy voel hoe die pyn in haar soos 'n verterende vlam aangroei. Dog voordat sy hom 'n koue afjak kan gee, verskyn die jongman aan wie sy die eerste dans toegesê het met 'n grasieuse buiging voor haar.

"Mag ek u daaraan herinner dat u die eerste dans aan my toegestaan het, juffrou Valkenier?" herinner die galante jongman haar met 'n innemende glimlaggie wat Celeste effens laat ontspan.

Sy voel hoe die bloed stadig terugvloei na haar gelaat. Sy forseer 'n glimlaggie na haar stywe lippe en reik haar regterhand fyntjies uit na die jongman.

"Ek het nie vergeet dat ek die eerste agt danse bespreek is nie, Mijnheer," stel sy hom, nog steeds met daardie geforseerde glimlaggie, gerus en laat hom dan toe om haar na die dansvloer te lei.

Uit die hoek van haar oog merk sy dat die markies hulle met 'n donker, smeulende blik agternastaar. Maar sy onderdruk die pyn en teleurstelling in haar hart en probeer haarself met groot erns oortuig dat sy hom nou nog meer verafsku oor die gruwelike bedrog wat hy teen haar gepleeg het.

Sy dink aan sy tere woorde van die vorige dag, die ewe tere kus op haar voorkop en sy besorgdheid oor haar veiligheid en gemak. O, wat 'n gek was ek om my te verbeel dat hy werklik begaan was oor my! beur dit met stygende verontwaardiging deur haar gemartelde verstand. Carl was reg, die Markies was slegs daarop uit om van my ook 'n speelbal te maak. Maar na vanaand sal hy dit nooit regkry nie. Ek haat hom nou nog meer, die bedrieër, en ek wil hom nooit in my lewe weer sien nie!

In haar hart lê die pyn van haar verydelde liefde loodswaar en bitter seer. Tog, as hulle verby hom dans, kan sy nie help om in sy rigting te kyk nie – al is dit vir haar 'n lewende marteling om na daardie gesig te kyk, met die pynlike wete dat dit nie aan Francois nie, maar aan 'n man soos Emile du Pré behoort.

Sy merk dat sy vurige swart oë nou stil en somber is, dat hy die gaste se aanmerkings beleef dog sonder 'n sweem van 'n glimlaggie beantwoord. Sy kry die indruk dat hy nie werklik na hulle luister nie, want sy blik dwaal onafgebroke tussen die dansende menigte rond.

Toe sy merk dat sy blik in haar rigting dwaal, draai sy haar gesig haastig weg. Haar dansmaat gesels onderhoudend, maar sy, net soos Emile, antwoord slegs beleef, want binne-in haar voel dit dood, kompleet of haar lewe eensklaps leeggeloop het. Haar ledemate reageer meganies op die maat van die musiek en haar antwoorde kom ewe werktuiglik. Haar liggaam bewe, maar haar eens warm polsende hart voel koud en leeg. Sy lag wanneer dit van haar verwag word en praat wanneer daar met haar gepraat word, maar dis ook al waartoe sy in staat is.

Sy wens dis al tyd dat sy kan vertrek. Sy wens dat sy hierdie partytjie liewer nooit bygewoon het nie. Een oomblik oorweeg sy die gedagte om na hierdie dans weg te glip na die stilte van haar eie tuiste. Maar dan val dit haar weer by dat sy nog vir sewe danse bespreek is, en dat die jongmans haar nooit sal vergewe as sy nie haar dansafsprake met hulle nakom nie. Sy besluit egter om na die agtste dans sonder versuim te vertrek.

Na wat vir haar soos 'n ewigheid voel, loop die musiek eindelik ten einde. Haar dansmaat vergesel haar hoflik na waar Janet met 'n ander groepie jongmense staan en gesels.

Maar die musikante bied hulle geen geleentheid om lank te rus nie, toe val hulle weer in aller yl weg met 'n stadige wals. Die een dans volg snel op die ander, en dis duidelik dat almal die aand besonder baie geniet. Net vir Celeste is elke dans 'n plig en nie 'n plesier nie. Die markies, wat hom nou ook op die dansvloer begeef, het haar gelukkig nog nie weer vir 'n dans gevra nie. Sy hoop ook van harte dat hy dit nie weer waag nie, want dan kan sy straks haar maniere vergeet en hom 'n afjak voor al hierdie vername gaste gee.

Na die sewende dans is daar 'n verposing wat almal die geleentheid bied om eers verversings te geniet. Was dit nie dat Celeste nog 'n dans aan Pierre de Vigny verskuldig is nie, sou sy onverwyld van hierdie verposing gebruik gemaak het om stil weg te glip na haar koets. Maar nou is daar nog Pierre aan wie sy haar woord gestand moet doen.

Saam met die vrolike jongmense en met Pierre de Vigny gesellig aan haar sy, beweeg Celeste na die eetkamer waar verversings keurig op 'n lang buffet uitgestal is. Ofskoon Pierre 'n ernstige en besadigde jongman is, is hy tog gesellig en uiters bedagsaam. Celeste vind dat sy nogal van die jongman se geselskap hou.

Daar heers 'n feestelike atmosfeer in die eetkamer waar die jongklomp verversings geniet. Dit lag en gesels; dit smul en terg. Dog eensklaps, asof daar 'n demper op die vrolike luidrugtigheid geplaas is, raak die dreuning van die stemme sagter en die atmosfeer is byna gelaai met ontsag en eerbied.

Verbaas kyk Celeste op om vas te stel wie hierdie skielike steurnis veroorsaak het. Die volgende oomblik kyk sy vas in die markies se vurige oë.

Hier waar hy twee treë van haar staan, staar Emile haar strak en deurdringend aan. Sy gelaat is uitdrukkingloos, 'n masker van graniet, maar in sy oë gloei 'n onbekende drif wat Celeste terselfdertyd boei en met vrees vervul.

'n Eindelose minuut hou sy blik hare teen haar sin gevange. Sy is slegs bewus van die onstuimige polsing van haar hart. Met skok besef sy dat sy haar momenteel op gevaarlike terrein bevind, want markies of nie markies nie, die man besit nog steeds die mag om haar bloed teen 'n gevaarlike tempo deur haar are te laat bruis.

Met 'n verontwaardigde blos draai sy haar gesig na Pierre en wou net voorstel dat hulle teruggaan na die ontvangskamer toe sy die edelman se diep stem langs haar hoor sê: "Ek veronderstel jy is nog bespreek vir die volgende dans, Celeste. Sal jy my die eer aandoen om die dans daarna met my te dans?"

Die aangesprokene se oë glim soos twee blou vlamme toe sy die markies aankyk. Toe kom haar stem kil en kortaf: "Ek vrees ek het nie een dans beskikbaar nie, Mijnheer."

"Ek begryp," antwoord hy met 'n fyn, spottende glimlaggie.

"As ek jou vra om my nou, terwyl die musikante verversings geniet, 'n paar oomblikke van jou tyd te gun, sal jy heel waarskynlik met 'n ander verskoning vorendag." Sy glimlag raak opsigtelik uitdagend toe hy bedaard voortgaan. "In elk geval, daar is nog baie tyd vir 'n private geselsie ... 'n huis word immers nie in een dag gebou nie. En dit herinner my: jy weet seker nog nie dat ek Marcel se deel van Vergesig vir my grootmoeder gekoop het en dat die landgoed nou Bonheur heet nie, nè?"

Sy is nog diep ontsteld, ontstoke en merkbaar bleek, maar sy ruk haar hoof trots orent en haar hele houding is fier en uitdagend.

"Nee, ek het dit nie geweet nie, maar ek moes dit geraai het," gee sy met 'n onvriendelike stem antwoord, meet hom dan met 'n koue, vyandige blik as sy vervolgens sê: "U grootmoeder weet ook seker nog nie dat sy 'n carmagnole vir 'n buurvrou gaan hê nie, nè? Ek sal haar beslis en onverwyld in dié verband inlig as ek u is ..."

"Ek het," val hy haar met 'n voldane glimlaggie in die rede en haal 'n kosbare, juweelversierde snuifdoos te voorskyn, "en sy is nogal besonder gretig om met jou kennis te maak, chéri."

Celeste merk hoe hy die weelderige snuifdoos oopknik, die snuif fyntjies tussen sy vingers neem op 'n manier wat selfs Sy Eksellensie die goewerneur hom nie sal kan nadoen nie. Hy plaas die snuifdoos weer sorgvuldig terug in sy sak, haal 'n fyn geborduurde sysakdoek uit sy mou en stof met 'n ewe fyn gebaar 'n spatseltjie snuif van sy deftige baadjie se mou af, asof die eenvoudige takie sy onverdeelde aandag vereis.

Toe hy eindelik weer sy onberispelike swart hoof oplig, kyk hy Celeste aan met 'n warm, intense blik.

"Wanneer sal dit vir jou geleë wees om my grootmoeder met u besoek te vereer, petite?" vra hy bedaard.

Celeste merk hoe almal in die vertrek se oë afwagtend op haar en die edelman rus, kompleet asof hulle gretig wag dat iets moet gebeur. Dit laat haar meteens vreemd selfbewus voel; daarom is haar stem heelwat snipperig toe sy effens uit die hoogte antwoord: "Ek is hoegenaamd nie van voorneme om u adellike grootmoeder met my teenwoordigheid te verneder nie, Mijnheer." Sy draai haar sonder meer na Pierre, glimlag en vra vriendelik. "Sal ons teruggaan na die ontvangskamer?"

Die jong offisier is die bedagsaamheid self. Hy bied haar sy arm aan met 'n hoflike buiging en 'n sjarmante: "Tot u diens, Mademoiselle," en lei haar ewe sjarmant na die ontvangskamer.

"Die diertjie is lieflik en wild," hoor Celeste 'n vrolike man-stem vanuit die eetkamer sê.

"A, maar 'n wilde diertjie kan ook getem word, my vriend," kom die markies se antwoord met 'n voldane laggie. Toe ver-vaag die stemme en Celeste wonder onthuts wat nog alles daar in die eetkamer van haar gesê word. Pierre maak egter of hy niks gehoor het nie.

"Wie is Marcel, juffrou Valkenier?" hoor sy Pierre skielik vra toe hulle die ontvangskamer binnetree. Die belangstelling in sy stem stel Celeste weer dadelik op haar gemak.

"Dis my broer," antwoord sy sag.

"Is dit waarom jy die markies so onvriendelik gesind is, om-dat hy jou broer se landgoed gekoop het?" hoor sy die jongman weer vra.

"Wel, nie juis omdat hy dit gekoop het nie," begin sy sag. "As sy grootmoeder nie gister hier in die Kaap gearriveer het nie, sou hy dit heel waarskynlik nooit gekoop het nie. Maar hy is die een wat Marcel aangehits het om sy erfenis te verkoop en hom hier in die dorp te vestig."

Meer as dit is sy nie bereid om te sê nie, en op taktvolle wyse stuur sy die gesprek in 'n ander rigting deur belangstellend uit te vra na sy lewe op die see.

Toe die jongklomp 'n paar minute later weer almal terug is in die ontvangskamer, val die musikante weer in aller yl weg met vrolike dansmusiek wat die voete knaend laat jeuk, en selfs Sy Eksellensie die goewerneur ritmies met sy een voet laat tyd hou.

"Dank die hemel dis my laaste dans hierdie," dink Celeste verlig onderwyl sy en Pierre op maat van die musiek oor die vloer beweeg. Sy weet nog nie wat sy haar gasvrou as verskoning gaan aanbied nie, maar sy is vasbeslote om na hierdie dans te vertrek en nooit weer 'n enkele geselligheid by te woon waar die Markies moontlik teenwoordig mag wees nie.

Toe die musiek dus ten einde loop, het sy reeds besluit dat sy 'n hoofpyn as verskoning sal aanvoer. Dit klink nie juis oorspronklik nie, maar dis nietemin 'n gerieflike uitweg, want wie op aarde kan sweer dat sy nie 'n hoofpyn het nie? As sy bleek is, sal dit natuurlik in haar guns tel. Maar as sy bloos onderwyl sy hierdie wit leuentjie aan haar gasvrou versin, sal laasgenoemde hopelik dink dat sy koorsig is.

Met hierdie besluit geneem, begeef Celeste haar dus 'n rukkie later na haar gasvrou wat eenkant by 'n middeljarige groepie staan en gesels; onbewus daarvan dat die markies ook een van die groep is en elke woord kan hoor wat sy met haar gasvrou wissel.

Met stil, smeulende oë staar die jong edelman Celeste se fyn, bekoorlike figuurtjie agterna toe sy die vertrek verlaat. Tien minute later staan hy nog steeds op dieselfde plek en met dieselfde smeulende blik in sy oë. Maar dan tref 'n skielike gedagte hom. Sy donker oë glim meteens gevaarlik en 'n trek van doelgerigtheid en vasberadenheid verskyn om sy mond toe hy in die rigting van sy gasvrou beweeg om self ook verskoning te maak en te vertrek.

Die noordwestewind het in die loop van die aand sterk opgesteek. Toe Celeste by die Van Heidens se voordeur uittree, moet sy haar sjaal haastig met albei hande vasgryp voordat die wind dit van haar skouers af ruk en wegslinger.

Die bergwind, dink sy mistroostig onderwyl sy met groot

moeite teen die tierende geweld van die wind beur na waar haar koets voor in die straat staan. Wat 'n stormagtige nag om met 'n koets te ry!

In die lig van die koets se lampe merk sy hoe dynserig die stof oor die straat hang, hoor sy hoe onheilspellend die see raas en grom. In haar verbeelding sien sy hoe die reusegolwe hulle te pletter loop teen die rotse, hoe die wit skuim hoog die lug in spat en soos 'n dynserige gordyn op die rotse neersif.

'n Koue rilling gaan deur Celeste, maar die volgende oomblik swaai Rama die koetsdeur oop en help haar eerbiedig om in te klim. As hy verbaas is omdat sy so vroeg vertrek, laat hy dit wyslik nie blyk nie. Hy ken sy meesteres al goed genoeg om te weet wanneer sy seer, teleurgesteld of omgekrap voel.

Met 'n sug van verligting sak Celeste op die koetsbankie neer en vou haar sjaal stywer om haar skouertjies. Die hele aand was vir haar een groot marteling en sy voel diep verlig dat sy dit alles nou ontvlug het.

"Rama," sê sy sag toe sy merk dat hy besig is om die leertjie weer in die koets te stoot, "ek dink jy moet liewer in die koets kom ry. Jy is al te oud om in sulke gure weer voor langs die koetsier te sit. Moos is nog jonk en gewoond aan hierdie weer . . . Toe, klim in voordat die wind jou wegwaai."

"Maar, Madame, ek is 'n slaaf . . ." begin die ou Oosterling beleef beswaar maak.

Dog Celeste gee hom nie kans om meer te sê nie, maar verklaar platweg en op haar gewone impulsiewe manier: "Na die maan met al jou besw8re, Rama. Klim in. Jy is g'n my slaaf nie, jy was nog altyd 'n vriend en my beskermer. Wat ek sonder jou en Malak sou gedoen het, weet die hemel alleen. Julle twee is die getrouste vriende wat 'n mens kan begeer om te hê . . . Ja, toe maar, jy kyk verniet vir my so asof jy al weer beswaar wil maak. Jy weet net so goed soos ek dat my eie broer my nie kan beskerm soos jy en Malak nie. Toe, klim in!"

Toe die koets 'n oomblikkie later wegtrek, kyk Celeste die getroue ou Rama aan met trane in haar oë. Tydens haar kleuterjare was dit gewoonlik haar moeder, Rama of Malak wat haar seertjies en kneusplekkies verbind het, haar trane afgedroog het en haar met koekies of beskuitjies getroos het. Maar vandag is sy 'n volwasse jongdame. Vanaand kan sy nie meer haar hartseer in die voue van sy wit oorkleed uitsnik soos jare gelede nie – al voel sy vanaand weer net so weerloos en kwesbaar soos daardie jare.

"Jy en Malak word oud, Rama," kry sy dit na 'n rukkie met 'n dik stem uit. "Ek word bang as ek daaraan dink dat julle ook eendag na julle vaders moet verhuis. Wat sal van my en Vergesig word die dag as jy en Malak nie meer daar is om ons by te staan en te beskerm nie, Rama?"

Die lantern werp 'n dowwe lig in die koets en Rama merk die trane en hartseer in sy meesteres se altyd vriendelike blou oë. Ook hy dink terug aan haar kinderjare; hoe dikwels hy haar traantjies afgedroog het en haar vertroos het asof sy sy eie dierbare dogtertjie was. Maar ook hy weet dat die jare 'n grenslyn meegebring het. En al het hy haar vandag nog net so lief soos 'n eie vader, en al voel hy ook diep hartseer oor die trane in haar oë, durf hy nie meer haar trane met liefdevolle hande afdroog of verneem waar die seerplekkie is wat verbind moet word nie. Sy hart kan slegs in stilte ween oor die leed wat so naak lê op haar mooi gelaat.

"My madame moet met 'n goeie seur trou," is al raad wat hy die ongelukkige meisie kan bied. "Seur Carl sal baie goed wees vir die madame," waag hy weer beskeie.

"Onmoontlik. Ek kan nie met 'n man trou wat ek nie liefhet nie, Rama," antwoord sy sag. "Onthou jy nog hoe gelukkig my ouers was, Rama?"

"Ai, ek onthou, Madame," sug die ou slaaf swaarmoedig. "My groot seur en madame was net so gelukkig soos twee kinders."

"Dis omdat hulle mekaar so innig liefgehad het, Rama," laat

sy byna eerbiedig hoor, "en ek wil net so gelukkig wees as ek eendag getroud is . . . Maar ek glo nie ek sal ooit eendag trou nie. Die man wat ek liefhet, het . . . het my gruwelik bedrieg. Hy is nie die goeie man wat ek gedink het nie . . . Verstaan jy, Rama, ek sal nooit trou nie, want ek sal nooit weer 'n man kan liefkry nie."

Celeste merk hoe Rama verbleek toe hy huiwerig vra: "Verskoon my, Madame, maar het die seur my madame groot leed aangedoen?"

"Nie liggaamlik nie, Rama. Hy het slegs my hart gebreek met sy leuens," verseker sy hom sag, momenteel weer die krulkopdogtertjie wat haar hartseer vir die simpatieke ou slaaf se gewillige ore uitstort. "Nadat ek hom ontmoet het, het hy vir my gesê sy naam is Francois. Hy was so bedagsaam, so vriendelik en behulpsaam. Maar vanaand moes ek uitvind dat sy naam nie Francois is nie, Rama, maar Emile du Pré . . . O, ek haat hom omdat hy my so bedrieg het, en ek haat hom ook omdat hy die helfte van Vergesig gekoop het," roep sy hartstogtelik uit, nou buite haarself van wrewel.

'n Alwyse glimlaggie verskyn om Rama se lippe by die gedagte dat sy meesteres haar hart so hopeloos verloor het in die vurige oë van die markies Emile. Maar hy verberg die glimlaggie ewe wyslik in die voue van sy haelwit hooftooisel wat oor sy skouers hang.

Sy glimlaggie raak meteens breër as hy aan die markies se woorde van drie aande gelede dink: "Rama," het hy gesê, "jy moet mooi kyk na jou meesteres." En gistermôre weer: "Rama, as jou meesteres iets oorkom, onthoof ek jou met my swaard. En as 'n man, enige man, dit waag om haar te molesteer, moet jy hom onmiddellik deurboor met jou dolk. Verstaan jy? Daar moet niks met haar gebeur nie. Dit is jou en Malak se taak om na haar te kyk totdat ek haar kom haal en haar my bruid maak."

Sy haat die groot seur met haar lippe omdat sy hartseer en

teleurgesteld voel, dink hy wyslik, maar haar hart praat 'n ander taal; dieselfde taal wat die groot seur se hart praat!

Rama wil haar eers sag vermaan dat die Bybel sê 'n mens moet jou naaste nie haat nie en dat die markies se bedoelings met haar baie eerlik en opreg is. Maar dan val dit hom weer by dat sy nie meer die dogtertjie van jare gelede is nie. Derhalwe swyg hy maar en staar stil na die juweelversierde punte van die ligblou satynskoentjies wat by die soom van haar elegante tabberd uitsteek.

Na Celeste se onbeheerste uitbarsting van so ewe is dit weer stil in die koets. Slegs die tierende geweld van die wind wat die geknars van die koetswiele en die harde klop van die perde se hoewe uitdoof, is hoorbaar. Sy is egter so vasgevang in haar hartseer en frustrasie dat sy kwalik bewus is van die stormagtige nag daarbuite en van die stryd wat die vier perde voer om teen die wind op te beur.

Met al die gordyntjies in die koets dig getrek om die gure weer en die klaende gehuil van die wind om die voertuig uit te sluit, is niemand bewus van die perderuiter wat die koets soos 'n geheimsinnige skaduwee volg nie.

Toe die rytuig eindelik Vergesig se werf binnery en voor die deur stilhou, klim Rama haastig uit en laat die leertjie vlugtig neer vir sy meesteres om uit te klim. Die wind skeur huilend deur die bome se takke, ruk met sataniese geweld aan Celeste se rok toe sy in die oop koetsdeur verskyn, en sy moet verbete veg om nie haar asem te verloor nie.

Enkele tellings hou sy aan die deur se raam vas om haar ewewig te behou. Toe voel sy hoe twee sterk hande skielik om haar middeltjie sluit en sy word liggies uit die koets getel. Sy sluit haar oë teen die wind en stof en toe sy eindelik op die grond staan, gryp sy wild na die persoon se arm om nie deur die wind meegesleur te word nie.

Celeste sukkel nog om haar asem te herwin wat sy byna kwyt

is, toe voel sy weer hoe die persoon haar in sy kragtige arms opraap en met lang treë na die voordeur beweeg. Haar sjaal wapper soos 'n vlag oor haar gesig en haar oë brand pynlik van die wind en stof.

In die ontvangskamer word sy versigtig vrygelaat uit die gewillige arms wat haar uit die gure wind gered het. En toe sy eindelik die stof en die branderigheid uit haar oë gevryf het, kyk sy met 'n verwaaide glimlaggie op na haar weldoener. Dog die volgende oomblik verstar haar glimlaggie en haar gelaat verbleek merkbaar.

"J . . . jy!" hyg sy swakkies, en dit voel of haar asem haar vanaand vir die tweede maal gaan verlaat.

Sy sukkel nog verbete om haar asem te herwin en om tot verhaal te kom, toe hoor sy die Markies se diep, strelende stem bedaard sê: "Ja, ek, chéri." Hy kyk haar aan met 'n lui, geamuseerde glimlaggie en plaas sy hande onverhoeds op haar skouers toe hy ietwat spottend vervolg: "Het jy regtig gedink jy kan my so maklik ontvlug, Celeste?"

Celeste is absoluut sprakeloos van verslaentheid oor die man se vermetelheid om haar, na sy gruwelike bedrog, sowaar nog na haar huis te volg. Sy ken geen woorde om sy gedrag mee te beskryf nie. Ja, met rukke wonder sy of sy droom en of sy werklik wakker is, want soveel vermetelheid het sy nog nooit beleef nie.

Sy sukkel nog om tot verhaal te kom, toe voel sy die man se greep op haar skouers. Die volgende oomblik besef sy met wilde paniek dat hy besig is om haar nader te trek . . . nader en nader, totdat sy arms haar warm omvou en hartstogtelik aan sy bors druk. Dan is sy lippe teen hare, brandend, eisend.

'n Breukdeel van 'n sekonde rus sy volkome ontspanne teen sy breë bors, bewe haar lippe van ekstase teen syne. Maar dan val dit haar skielik weer by van sy bedrog en die vernederende spel wat hy besig is om met haar te speel, en sy verstyf oombliklik in sy omhelsing.

76

Met ongekende krag ruk sy haarself vry, gluur hom aan met 'n koue blik en snou hom diep ontstoke toe: "Jy is 'n adder, 'n dier, 'n duiwel . . ."

"'n Duiwel!" Die ou bekende skewe glimlaggie vorm stadig om sy lippe toe sy oë hartstogtelik oor haar onthutste gesiggie streel. Toe kom sy stem sag, spottend. "Ek vrees dis nie die eerste maal dat ek as sodanig aangespreek word nie, ma belle petite. Ek begin al haas gewoond word daaraan dat jy telkens na my verwys as Lucifer . . ."

"Wat soek jy hier?" val sy hom sag, dog bewend van ergernis in die rede. "Jy behoort te weet dat jy onwelkom is op Vergesig, Mijnheer. Wees dus so goed en verlaat my huis onmiddellik."

Haar oë deurpriem hom soos twee blouwarm swaarde, en dit vererg haar nog meer toe sy merk dat haar ergernis die man amuseer.

"My liewe Celeste," hoor sy hom met 'n skalkse laggie sê, "dis eerlikwaar onnodig om so bang en verskrik te lyk. Is ek werklik 'n rede tot vrees en bewing? Ek wil jou nie seermaak of leed aandoen nie, my kleintjie." Sy laggie verdwyn meteens en Celeste merk die erns in sy donker oë toe hy bedaard hervat: "Kan jy 'n paar minute van jou tyd aan my afstaan? Ek vrees daar is 'n skreiende misverstand wat 'n verduideliking verg."

So, flits dit onthuts deur haar gedagtes, dan is hy nog steeds vasberade om my sy minnares . . . om met sy gemene spel voort te gaan! Misverstand, my voet. Daar was geen misverstand nie. Sy verduidelikings kan hy gerus elders gaan kwytraak!

Met haar spits kennetjie trots in die lug, swaai sy om en storm op die deur af. Met die deurknop in haar hand draai sy stadig om, kyk die edelman met veragting aan en verklaar onomwonde: "Ek koester geen begeerte om met jou te praat nie, Mijnheer. Ek sal dit ook baie waardeer as jy ophou om my lastig te val."

"Celeste, kom hier, my kleintjie," gebied hy sag en hou sy

regterhand vriendelik, verleidelik na haar uit. "Ek moet met jou praat!"

"Ek het jou gesê ek wil nie met jou praat nie," antwoord sy kwaai. "Jy is 'n leuenaar en 'n bedrieër, en ek wil niks met jou te doen hê nie."

"Chéri," en 'n sweem van 'n glimlaggie raak aan sy lippe, "spaar my asseblief die moeite om jou te gaan haal."

Haar smeulende oë kyk hom nou bespiegelend, dog waaksaam aan tot sy met 'n kortaf, minagtende laggie konstateer: "Bedoel jy dat jy my sal dra? Ek wonder of jy sal."

Sy oë vernou oombliklik.

"Ek wonder of jy regtig dink ek sal nie?"

Hy glimlag, maar daar is 'n lig in sy oë wat haar duidelik waarsku dat sy woorde nooit liggies bejeën moet word nie; dat hy gewoonlik sy dreigemente volvoer. Maar Celeste steur haar nie aan die waarskuwende lig in sy oë nie, en laat met tartende onverskilligheid hoor: "Jy sal nie die geleentheid kry nie . . . Goeienag, monsieur Du Pré."

Met hierdie woorde stoot sy die ontvangskamer se deur oop. Dog die volgende oomblik gaan haar hart byna staan toe sy merk met watter spoed die jong edelman in haar rigting beweeg.

Paniekbevange vlug sy na die ontslape oom Reynier se leeskamer wat regoor die ontvangskamer geleë is en waar die ontslape oubaas se vuurwapens soos trofeë teen die muur hang. In haar verstand hamer slegs een gedagte: die gedagte aan selfbehoud en dat sy een van daardie vuurwapens in die hande moet kry voordat die markies haar bereik.

Met die vaart van 'n atleet storm sy die vertrek binne, gryp die naaste geweer van die muur af en swaai dreigend om na die markies, wat haar manewales met 'n humoristiese glimlaggie van die oop deur af staan en betrag.

"As jy nader kom, Mijnheer," waarsku sy, nog effens uitasem

van haar haastige vlug, "sal ek jou doodskiet so seker as wat ek leef. Moet my dus nie langer tart nie."

'n Hartlike lagbui oorval die edelman. En toe sy lag eindelik bedaar, verwyder hy sy mantel, tree die vertrek ongeërg binne en gooi sy mantel op 'n stoel neer.

'n Kort oomblik betrag hy die jongmeisie met 'n geamuseerde vonkeling in sy vurige oë en vra dan met 'n sagte laggie: "Het jy al ooit 'n vuurwapen in jou lewe hanteer, petite?"

"Nee, nog nooit," erken sy eerlik, "maar ek weet waar die sneller is. En hou dit asseblief in gedagte dat my vinger hierdie oomblik op die sneller rus. So, moet nie 'n tree nader kom nie, want dan gaan ek jou skiet en dit sal nie my skuld wees nie."

"As jy bedoel om my dood te skiet," laat hy met 'n ondeunde stem hoor, "moet jy na my hart mik, nie na my maag nie. Maar sê my, is die geweer gelaai?"

Sy lig die loop van die geweer effens hoër op, kyk hom met die onskuldigste oë aan wat hy nog ooit gesien het en antwoord weer net so eerlik: "Ek . . . ek weet nie, maar ek hoop in elk geval so, want hoe gaan ek my vanaand teen jou verdedig as dit nie gelaai is nie?"

"Nou goed, hier kom ek. Skiet, dan sal ons wel sien of dit gelaai is of nie," nooi hy met 'n glimlag en tree doelbewus op haar af.

Celeste staar hom eers verward aan. Maar dan merk sy dat hy ernstig is, dat hy nou slegs 'n paar treë van haar af is en aanstons die geweer uit haar hande sal kan gryp.

Met 'n naar gevoel in haar keel draai sy haar gesig van hom af weg en trek die sneller met 'n bewende vinger.

'n Oorverdowende slag volg en haar arm word byna uit sy potjie geruk. Sy merk hoe die markies agteruit steier. Maar hy kom gou weer tot verhaal, bevoel sy linkerboarm en sê dan droogweg: "So, die geweer wás toe gelaai, chéri."

Met groot, verskrikte oë staar Celeste na die arm wat hy so

79

versigtig bevoel, en met ontsteltenis merk sy hoe die bloedvlek op sy roomkleurige mou al groter word.

Met 'n vreeslike gekletter val die geweer uit haar slap hande en met 'n kreun verberg sy haar gesig in haar hande.

"Vader, wat het ek gedoen!" roep sy wanhopig uit. "Het . . . het ek jou baie ernstig gewond?"

Daar is 'n geamuseerde klank in sy laggie toe hy haar hande saggies met sy regterhand van haar gesig verwyder.

"Ek dink jy het die leeskamer se muur meer beskadig as my arm," stel hy haar sag gerus.

Die volgende oomblik storm Rama en Malak albei die vertrek binne, die een bleker as die ander. 'n Duisternis vrae huiwer in hul oë. Maar die markies stel hulle dadelik gerus toe hy ongeërg verklaar: "Julle meesteres wou haar slegs oortuig dat die geweer nog in 'n bruikbare toestand is."

"Maar u arm, my groot seur . . ." begin Rama besorg.

Dog die jongman maak hom onverwyld stil deur oortuigend te sê: "Dis slegs 'n skrapie. Jou meesteres sal dit self aanstons verbind." Sy skerp, donker oë gly waarskuwend van Rama en Malak. "Dit was 'n ongeluk, verstaan julle? Nie 'n enkele woord hiervan buitekant die vier mure van hierdie vertrek nie. Is dit duidelik?"

Die twee mans antwoord albei beleef en eerbiedig. Toe versoek die markies hulle om kookwater en verbande te gaan haal.

"Ek . . . ek is vreeslik jammer," stamel Celeste met 'n klein, skuldige stemmetjie. "Ek het nou jou pragtige baadjie geruïneer."

'n Sagte laggie ontglip die edelman se lippe toe hy haar tergerig en met 'n geamuseerde flikkering in sy oë aanspreek.

"Regtig, ek verstaan jou nou glad nie, chéri. Jy sê jy voel jammer oor die verlies van my mooi baadjie, en tog wou jy my 'n paar minute gelede gedood het met daardie afskuwelike ou donderbus. Is my lewe dan nie weer werd as my baadjie nie?"

"Ek vrees jy begryp nie, Mijnheer," begin sy. Dit lyk nogal regtig of sy innerlik jammer voel omdat hy so dom is en nie kan begryp nie. Dog sy gaan ongeduldig voort: "Jy sien, as jy dood was, sou jy nie die verlies van jou baadjie gevoel het nie . . ."

Die man se hartlike lagbui doof terstond haar stem uit en alle woorde wat sy nog wou sê, moet noodgedwonge ongesê bly.

"Jou logika is kostelik, my kind," verklaar hy na 'n rukkie, nog steeds vol lag. "Ek is jammer om jou so diep teleur te stel deur nog te lewe." Hy streel liefkosend met sy gesonde hand oor haar blonde krulle en lokke, en gaan gerusstellend voort. "In elk geval, ons sal ons nie langer bekommer oor die verlies van my baadjie nie. Ek wil jou graag gelukwens. Jy het goed geskiet vir 'n leek. En nou kan jy asseblief jou handewerk verbind."

"O, maar dis jou eie skuld dat jou baadjie geruïneer is. Jy moes nie nader gekom het toe ek jou gewaarsku het nie," laat sy nou moediger hoor terwyl sy hom help om sy baadjie uit te trek. "En nog 'n ding. Jy het self gesê ek moet skiet, weet jy?"

"Ja, ek reken ek het," antwoord hy met 'n sweem van 'n glimlaggie. "Tog het ek nie gedink jy besit die moed om regtig te skiet nie. In elk geval, ek bewonder jou moed." Hy verwyder die mou van sy beseerde arm eiehandig, betrag Celeste met 'n bespiegelende blik en vervolg besorg: "Ek hoop jy is nie een van daardie nuttelose vroumense wat flou word as hulle bloed sien nie, ou kleintjie, want ek vermoed die wond gaan nie mooi wees om na te kyk nie. Daardie afskuwelike ou donderbus van jou grawe gewoonlik slote deur 'n mens."

"Ek het nog nooit in my lewe flou geword nie, Mijnheer, en ek is ook nie van plan om nou 'n gek van myself te maak nie," belowe sy plegtig. Dan begin sy sy hemp se mou versigtig oprol. "Ek vrees die pragtige kantmansjet van jou hemp is ook geruïneer. Maak ek jou seer, Mijnheer?"

"Nie in die minste nie," antwoord hy bedaard, sonder om sy oë vir 'n oomblik van haar pikante gesiggie af weg te neem.

Toe tree Rama die vertrek binne met 'n skottel kookwater, verbande en 'n ontsmettingsmiddel met 'n ietwat vreemde geur.

"As my madame my sal toelaat om die seur se arm te verbind . . ." begin hy beleef.

Maar verder as dit kom hy ook nie, want die markies val hom onverwyld in die rede.

"Jou madame sal haar handewerk self verbind, Rama," laat hy beslis hoor. "Gaan haal jy liewer vir ons wyn. Ek dink jou madame het 'n versterkertjie dringend nodig . . ."

"Die markies het 'n versterkertjie nodig, Rama," weerspreek sy die edelman ongeërg. "Stuur sommer vir Malak om 'n dokter te ontbied," voeg sy wyslik by en draai haar dan verontskuldigend na die edelman. "Ek vrees jou arm is baie ernstig beseer, Mijnheer. Aangesien ek verantwoordelik is vir die skade, verlang ek dat 'n dokter die wond veiligheidshalwe ook sal besigtig. Ou dokter De Witt . . ."

"Na die duiwel met ou dokter De Witt," val hy haar bruusk en ongeduldig in die rede. "Wil hy hê die hele Kaap moet môre weet dat jy 'n einde aan my bestaan wou maak?"

"Dan sal ons 'n ander dokter moet ontbied," hou sy knaend vol en beduie vir Rama om die skottel water vir haar vas te hou. "Jou arm lyk eerlikwaar sleg, Mijnheer," gaan sy bedaard voort. "En as daar ontsteking in die wond moet kom, sal jy regtig wens dat ek jou maar liewer doodgeskiet het."

Daar is 'n eienaardige vonkeling in die markies se oë toe hy ongeërg vra: "En wat, as ek mag vra, gaan ons sê as die Kapenaars môre 'n verklaring eis waarom jy my van die gras af wou maak?"

'n Sweem van 'n glimlaggie raak aan Celeste se een mondhoek toe sy die Fransman met 'n ondeunde blik aankyk en tergerig antwoord: "Wel, aangesien jou reputasie nie watwonders is nie, kan ons maar sê jy wou my . . . e . . . e . . . oorweldig, en toe skiet ek jou . . ."

"Wat!" ontplof die markies, nou diep ontstoke. Hy meet haar 'n paar oomblikke met 'n onverbiddelike oog en gryp haar dan ru aan die skouer met sy gesonde hand. "My reputasie mag guur wees," sis hy die woorde byna uit, "maar ek verseker jou, Mademoiselle, dat ek nie dames . . . e . . . e . . . oorweldig nie."

"Dan sal ek aan 'n ander verklaring moet dink . . ."

"Verskoon my, maar ek sal dit baie waardeer as jy liewer nie wil dink nie," maak hy haar, nog steeds ergerlik, stil. "Ek vrees jou dinkery sal maak dat ons albei in 'n onbenydenswaardige posisie beland." Hy draai hom na Rama, neem die skotteltjie water uit sy hande en gaan meer bedaard voort. "Daar was 'n Engelse dokter op die skip wat gisteroggend die baai binnegeseil het. Ek verstaan hy is in monsieur Verhagen se herberg tuis. Gaan haal die sot, Rama, voordat jou madame my reputasie nog meer skade berokken, of ek my maniere vergeet en haar die drag slae gee wat sy oor en oor verdien."

Dis nadat Rama die vertrek verlaat het en Celeste die verband versigtig om sy arm draai, met haar hoof effens vooroor gebuig sodat hy nie haar gesig kan sien nie, dat die markies hom verbeel hy hoor haar giggel. Hy probeer in haar gesig kyk toe sy haar hoof effens oplig om seker te maak of hy reg gehoor het, maar sy is die onskuldigheid self.

"So," kondig sy na 'n rukkie aan en betrag haar handewerk met 'n kritiese oog, "dit behoort jou aan die lewe te hou totdat die dokter arriveer." Sy hef haar oë op na hom – groot, onskuldige oë wat selfs die gehardste vrouehater se hart week sal maak.

"Jy lyk effens bleek om die lippe, Francois . . . e . . . Mijnheer. Ek dink jy behoort op die bank te gaan rus totdat die dokter arriveer. Rama sal jou met my koets tuis besorg nadat die dokter jou besoek het . . . of is jy hier met jou eie koets?"

"Nee, ek het jou te perd agternagesit," antwoord hy beheers, ofskoon sy oë warm en intens op haar rus. "En moet jou asseblief nie langer oor my welsyn verontrus nie. Ek sal myself tuis besorg. Laat my liewer toe om vir jou 'n glasie wyn te skink. Ek vrees jy lyk self 'n bietjie bleek om die lippe."

Sy laaste aanmerking verwerp sy ongeërg met 'n ligte handgebaar.

"Gaan rus solank op die bank," stel sy weer voor en beduie met haar hoof in die rigting van die ontvangskamer. "Ek sal die wyn gaan haal."

'n Kort oomblik kyk die Markies haar aan met 'n suggestie van agterdog, asof hy versekering in haar oë soek dat sy geen planne koester om hom weer te ontvlug nie. Maar hy voel skynbaar tevrede met wat hy sien, want hy neem sy baadjie en mantel sonder meer op en begeef hom na die ontvangskamer.

6

Toe Celeste die ontvangskamer 'n paar minute later binnetree, merk sy dat die edelman glad nie op die bank rus soos sy hom versoek het nie, maar diep ingedagte voor die haard staan.

"Ek verbeel my amper ek het gesê jy moet op die bank rus, Mijnheer, of vergis ek my nou?" laat sy beleef hoor toe sy die glasie wyn na hom uithou.

Hy neem die glasie, betrag haar 'n paar sekondes oorwegend en antwoord sonder 'n omhaal van woorde: "Jy het jou nie vergis nie, chéri." Hy proe fyntjies aan die inhoud van die glas, kuier langsaam in die rigting van die bank en neem dan plaas. "Kom sit hier langs my, Celeste," sê hy weer en dui haar 'n sitplek langs hom aan.

Toe hy merk hoe huiwerig sy is om aan sy wens te voldoen, gaan hy met 'n sagte spotlaggie voort: "Waarom is jy nou ewe skielik so bang vir my, nooientjie? Jy was nie gisteroggend bang toe ek jou op die voorkop gekus het nie . . . Trouens, ek sal eerder sê jy was my nie ongeneë nie."

"Dit was 'n perd van gans 'n ander kleur," verdedig sy haastig.

"Ek het toe nie geweet wat ek nou weet nie."

"Onsin. Ek is nog steeds dieselfde man van gister, die man wat jou liefhet . . ."

"As ek gister geweet het hoe 'n bedrieër jy is," val sy hom met innerlike opstand in die rede, "sou ek jou beslis nie soveel vryheid toegelaat het nie. Vir jou inligting: Ek was Francois geneë, nie die markies Emile du Pré nie."

"Maar, my liewe kind, ek ís Francois," glimlag die markies geduldig, ingenome met die feit dat Francois darem haar goedkeuring wegdra, en verduidelik voorts: "Wat my naam betref, het ek jou glad nie bedrieg nie, petite, want ek heet in werklikheid Emile Francois Evrémonde du Pré. En ek herhaal, ek het jou lief, chéri."

Celeste se skouertjies ruk opstandig agteroor en haar pragtige blou oë gluur hom weer onthuts aan.

"Wat, lief!" en sy stik byna in haar eie verontwaardiging toe sy diep ontstoke vervolg: "Ek glo jy het nie 'n benul wat dié woord beteken nie, Mijnheer . . . Nee, dankie, jou soort liefde staan my nie aan nie. Trouens, ek gun dit nie eens aan my slavin nie. Gaan vertel liewer die jong weduwee De Valmé, juffrou Van der Veen en juffrou Gertsma hoe lief jy hulle het. Moet net nie met my oor liefde praat nie, want ek is nie te vinde vir jou soort liefde nie, Mijnheer."

Die markies ledig die inhoud van sy glas, plaas die glas langs hom op 'n lae tafeltjie en leun dan moeisaam agteroor teen die kleurvolle stoelkussings. Hy betrag Celeste 'n paar oomblikke stil, intensief, daar waar sy eenkant op 'n stoel sit, byna asof hy dit oorweeg of hy 'n geheim aan haar kan toevertrou of nie. Maar dan glimlag hy slegs en sê sag: "Jy glo my dus nie as ek sê ek het jou lief nie?"

"Nee, ek glo jou nie, Mijnheer ..."

"Asseblief, noem my Emile, Celeste. Dis vir my inderdaad pynigend om deur jou aangespreek te word as mijnheer," versoek hy haar baie ernstig.

Hierdie voorstel oorweeg sy 'n oomblik, en verklaar dan na 'n rukkie instemmend: "Goed, ek sal jou Emile noem as jy dit so verlang. Maar onthou asseblief, dit gee jou nie verlof om met my oor liefde en sulke intieme dinge te gesels nie. Jy het my een maal bedrieg en ek sal jou nooit weer glo of vertrou nie. En wat meer is: jy bly nog steeds vir my die veelbesproke markies."

Hy knik begrypend met sy hoof en paai dan met groot verdraagsaamheid: "Ek besef volkome hoe jy voel, Celeste, en ek erken dat jy rede besit om omgekrap te voel. Maar dink jy nie jy moes my vanaand by die Van Heidens se huis die geleentheid gebied het om te verduidelik nie? Miskien sou jy dit dan nie eens nodig gevind het om my te skiet nie, weet jy?"

"O, nee, ek sou jou nog geskiet het," hou sy koppig vol. "Trouens, ek sal jou weer skiet as jy net soveel as aan my probeer raak."

"Selfs nadat ek my optrede aan jou verduidelik het?"

Daar is 'n geamuseerde lig in sy oë wat die jongmeisie nie ontgaan nie. Maar sy ignoreer dit en antwoord baie ferm: "Daar is niks wat jy kan verduidelik nie. Die aand toe ek jou wou smeek om Marcel se lewe te spaar, het jy doelbewus 'n gek van my gemaak deur my te laat glo dat jy 'n vriend is van die markies. In plaas dat jy jouself aan my bekend stel, het jy my laat begaan toe ek jou 'n kleurvolle beskrywing van die markies se karakter gegee het, en natuurlik heerlik in die mou vir my gelag ..."

"Nee, ek sweer ek het nie vir jou gelag nie, chéri," werp hy vinnig terug. "Ek stry nie, ek het jou beskrywing van my karakter baie amusant gevind. Dis tog nie aldag dat 'n mens so 'n onvleiende opsomming van jou eie karakter uit iemand ander se mond verneem nie. Maar ek verseker jou ek het nie in die mou vir jou gelag nie."

"Nou waarom het jy my nie daardie eerste aand al gesê dat jy die markies is nie?" wil sy weet. Haar oë glim kwaai op hom toe sy die ondeunde spot in sy blik opmerk. Sy verwens haarself innerlik omdat sy nie beter korrel gevat het toe sy na hom geskiet het nie.

Maar dan hoor sy hom weer met groot erns verduidelik: "My liewe Celeste, as jy jouself met die intreeslag aan my bekend gestel het, sou ek presies dieselfde gedoen het. Maar toe jy dit nie doen nie, en nog boonop verklaar dat jy die Markies wil spreek — daardie tyd van die aand — het jou gedrag bitter onvleiende gedagtes in my gewek. Gevolglik het ek slegs een begeerte gekoester, en dit was om so gou moontlik van jou ontslae te raak. Dog later, toe jy eindelik laat blyk wie jy is en wat die doel van jou besoek is, kon ek myself kwalik aan jou bekend stel sonder om jou in 'n ernstige verleentheid te bring, want toe het jy die markies se karakter en gedrag alreeds in breë trekker aan my beskryf."

"Maar jy moes tog geweet het dat ek die waarheid, in verband met jou identiteit, die een of ander tyd sou uitvind!" laat sy weer ergerlik hoor, momenteel glad nie spyt dat sy hom daardie aand so onomwonde vertel het wat sy van hom dink nie.

Met pynlike versigtigheid verskuif hy sy beseerde arm in 'n gemakliker posisie. Dan hoor Celeste hom weer sê: "Ek was nie van plan dat jy dit uit 'n ander bron as uit my eie mond moes verneem nie, chéri. As ek gisteroggend van die Van Heidens se onthaal geweet het, sou ek my ware identiteit daar in die kloof aan jou bekend gemaak het. Maar soos gewoonlik het jy weer hewig te velde getrek teen die arme Markies, en tot my eie ontnugtering moes ek nog boonop ontdek dat ek jou liefhet.

"Hierdie ontdekking het my diep ontstel, omdat ek geweet

het toe jy oor my voel. Derhalwe het ek toe maar besluit om eers jou liefde as Francois te win. Sodra jy my ook liefhet en my beter ken, het ek besluit, sal ek heel waarskynlik nie meer omgee of ek die gehate markies is of nie." Hy swyg 'n oomblik en Celeste merk dat hy baie pyn verduur. Maar dan gaan hy weer verontskuldigend voort. "Regtig, Celeste, ek weet ek het 'n gure reputasie, baie foute en die humeur van 'n tiran, maar ek sweer ek het nie opsetlik bedoel om jou te mislei of te bedrieg nie. Dit was slegs 'n gril van die noodlot. En wat my sogenaamde minnaresse betref..."

'n Koue vlaag wind en pas daarna die geluid van die voordeur wat op knip gedruk word, laat Emile onverwyld swyg. Die volgende oomblik kondig Rama die koms van die dokter aan en lei 'n kort, gesette mannetjie wie se Hollands en Frans beperk is, die vertrek binne.

Die dokter groet vir Celeste en die markies, stel homself bekend as dokter Conway en bepaal dan sy aandag sonder versuim by die beseerde man, deur die verband om Emile se arm flink en behendig te verwyder.

Etlike sekondes betrag hy die gapende wond met 'n donker frons op sy rooierige voorkop, toe begin hy meteens woordryk en geleerd praat in sy eie taal, met talle uitroepe en gevaarlike handgebare hier vlak voor die markies se gesig.

Die jong Fransman verduur hierdie vertoon eers geduldig, maar toe vererg hy hom bloedig vir die dokter se onverskillige en irriterende handgebare, en verwerp die mannetjie se diagnose en voornemende geneesmiddels in een gekruide sin.

Die dokter staar die man op die bank aan asof hy hom met 'n speld êrens in sy dikvleis gesteek het. "Monsieur," roep hy verbaas uit, en val dan in sy eie taal weg toe hy nie die regte woorde kan vind nie, "ek het verstaan dat u 'n Fransman is!"

Die edelman kyk die doktertjie wrewelig aan en sê, benewens 'n paar ander dinge, dat hy geen sinnigheid koester om die dokter te belas met besonderhede oor sy geslagsregister nie. Daarna verwys hy die dokter, met sy diagnose en al, baie ernstig en beslis na die warmplek, en sluit sy woordryke diskoers af met 'n bytende veroordeling van al wat 'n dokter is.

Tot Celeste se ontsteltenis begin die dokter gereed maak om van die markies se bloed te laat. Celeste merk hoe gevaarlik die markies se oë glim toe hy sy blik stadig op haar fokus. Dit noop haar om haastig, in 'n mengsel van Frans, Hollands en twee geradbraakte Engele woorde, aan die geneesheer te verduidelik dat die markies alreeds te veel bloed verloor het en dat hy ongetwyfeld aan bloedverlies sal omkom indien hy nog meer bloed moet verloor.

Die dokter, wat self ook die bose glinstering in sy pasiënt se oë waargeneem het en nou ook 'n intieme kennis dra van die edelman se onheilige humeur, stem ook sommer geredelik met haar saam dat die pasiënt nie meer 'n enkele druppel bloed mag verloor nie. Daarna verbind hy die markies se arm met groot sorg. Nadat hy die jong Fransman twee blou pille en 'n afskuwelike mengsel laat drink het, wens hy Celeste en die pasiënt albei 'n rustige nag toe en vertrek dan met die haas van iemand wat vir 'n bose gees vlug.

Daar is ondeunde spot in Celeste se oë toe sy die blikkie poeier opneem wat die arts agtergelaat het vir die markies se gebruik, en ewe onskuldig sê: "Jou medisyne, Emile. 'n Teelepelvol in 'n kwart glas water drie maal per dag. Maar aangesien jy reeds flussies 'n dosis daarvan geneem het, is dit nie nodig dat jy die dosis vanaand herhaal nie."

"Dis vreeslik bedagsaam van jou om my daaraan te herinner, Mademoiselle," antwoord hy met 'n vriendelike stem, dog met 'n gevaarlike glimlaggie; neem die blikkie poeier by haar en skiet dit met mening in die haard. "Ons sal onverwyld van die poeier vergeet," verklaar hy. "Jy behoort nou in elk geval tevrede te wees; ek het mos die dokter ontbied soos jy verlang het . . . Of het jy miskien verwag dat ek ook nog daardie heksebrousel moes neem?"

Sy stem is bedrieglik sag en bedaard, byna asof hy by haar pleit. Maar die gevaarlike vonkeling in sy oë sê duidelik dat daar niks van sal kom nie. Celeste voel lus om hartlik aan die lag te gaan. Maar dan vermaan sy haarself haastig om op haar hoede te bly.

Hy is inderdaad 'n duiwel, dink sy, nou volkome oortuig daarvan. Sy stem klink so sag soos dié van 'n engel, maar slegs 'n telg van Lucifer sal 'n onskuldige, welmenende persoon so brutaal invlieg soos wat hy die dokter vanaand ingevlieg het!

Maar dan val dit haar skielik weer by dat Emile haar 'n vraag gestel het. Sy kyk hom aan met 'n onpersoonlike blik en antwoord ongeërg:"Na die behandeling wat jy flussies aan die arme dokter uitgemeet het, het ek natuurlik nie soveel verdraagsaamheid van jou verwag nie, Emile."

"My liewe Celeste," kap hy met 'n verveelde stem terug, kom orent en gaan reg voor haar staan, "jou doktertjie het gevind presies waarna hy gesoek het. Sy hoogdrawendheid kon ek nog verduur, maar ek het hom baie beslis nie verlof gegee om sy arms soos 'n windmeul voor my gesig te swaai asof hy besete is nie." 'n Stadige glimlaggie verskyn weer om sy mooi, sterk mond. Ook sy stem versag merkbaar toe hy voorts verklaar:"Jy het verlang dat die man die wond aan my arm moet besigtig, chéri, en hy het. Ons sal dus nie langer oor die ongelukkige insident argumenteer nie. Terloops, ek het nog nooit 'n hoë dunk van 'n dokter gekoester nie. Ek maak ook baie selde, indien ooit, van hulle dienste gebruik. Doen my dus nooit weer die onaangenaamheid aan om my na 'n dokter te verwys nie. Ek verseker jou, ek sal 'n volgende keer nie verantwoordelik wees vir my dade nie . . . Onthou dit altyd."

Na hierdie lang relaas neem die markies sy baadjie van die stoel af op en vra Celeste beleef om hom die kledingstuk te help aantrek. Daarna help sy hom weer om die lang, swaar mantel wat met drie rye valle oor die skouers versier is, om te hang. Toe kondig hy aan dat dit tyd is vir hom om te vertrek, neem haar handjie en druk dit liggies teen sy lippe, groet haar met 'n sjarmante buiging en 'n warm, strelende blik.

Vir Celeste se voorstel dat Rama hom met die koets moet vervoer, is hy nie te vinde nie en die jongmeisie moet maar gedwee staan en toekyk hoe hy by die voordeur uitstap en in die donker, stormagtige nag verdwyn.

Ek maag slegs 'n gek van myself om begaan te wees oor die man, bestraf sy haarself ernstig toe sy die voordeur toestoot en terugkeer na die ontvangskamer. Haar oë val op die uitgestorte poeier in die haard en 'n fyn glimlaggie plooi om haar lippe toe sy aan die markies se woede dink. O, hy is 'n duiwel, dink sy weer met stygende verbittering. Ek is ook glad nie begaan oor hom nie, probeer sy haarself nou met oortuiging wysmaak. Dis oor die wond, waarvoor ek verantwoordelik is, waaroor ek bekommerd voel, want sê nou net daar kom ontsteking in sy arm!

Celeste voel hoe 'n skielike benoudheid van haar besit neem. Maar dan dink sy weer aan die onheilige planne wat hy met haar in die mou voer, en haar besorgdheid oor sy beseerde arm wyk oombliklik voor die wrewel wat al weer snel in haar begin oplaai.

Hy het slegs sy verdiende loon ontvang, vaar sy nou weer driftig in haar gedagtes teen die edelman uit, draai dan om en beweeg haastig na haar kamer. Hy moet ook nie dink ek is so onnosel om te glo dat hy my werklik liefhet nie. Sy bemin-storie is aan my welbekend; trouens, die hele Kaap is vertroud met sy manier van bemin!

Toe Celeste later die lamp voor haar bed uitdoof en in die donker lê en luister na die droewige geween van die bergwind wat met woeste geweld oor die huis swiep en die luike voor die vensters laat sidder en beef, neem 'n onverklaarbare hartseer van

91

haar besit. Sy dink aan die onvergeetlike oomblik toe Francois haar so teer op haar voorkop gekus het, aan die onbeskryflike ekstase wat sy ervaar het, so intiem naby hom, en sy is nie eens bewus van die stil trane wat haar kussing deurweek nie.

Buite loei die wind nog angswekkend deur die toppe van die bome. Toe meteens dring die geluid van reëndruppels wat hard teen die luike slaan tot haar deur, en dit ruk haar gedagtes weer dadelik terug na die werklikheid. 'n Grenslose weemoed stu in haar op by die gedagte dat haar dierbare Francois nooit bestaan nie, dat daardie paar hemelse oomblikke saam met hom niks anders as 'n tussenspel was nie wat sy liewer so gou moontlik moet vergeet indien sy haar trots, selfrespek en onbevlekte reputasie wil behou.

Haar gedagtes dwaal terug na Emile se verduideliking van sy bedrog. Sy verduideliking klink nie onaanneemlik nie, dink sy darem nog met 'n tikkie onsekerheid, want wie kan sweer dat dit nie 'n gefabriseerde storie is nie? Maar hy moenie dink dat hy my om die bos gaan lei met sy geveinsde liefdesverklaring nie. Ek is nie onnosel nie, en nog minder te vinde vir die bose spel wat hy beoog. Vir die ontwil van my goeie naam wil ek hom liewer nie weer sien nie ...

Celeste lê met oop oë, starend in die donker. Die trane het droog geword op haar wange en 'n duisternis van gedagtes beur soos 'n siedende stroom deur haar moeë verstand. Sy voel na siel en liggaam uitgeput en raak van skone vermoeienis later aan die slaap.

Die volgende drie dae stuur sy Rama getrou elke oggend om te gaan verneem hoe die Markies se beseerde arm vorder.

"Begryp my asseblief mooi, Rama," het sy die eerste oggend verduidelik. "Ek is hoegenaamd nie begaan oor die markies nie, slegs oor die wond aan sy arm waarvoor ek verantwoordelik is. Jy moet hom in hemelsnaam ook nie laat agterkom dat ek jou gestuur het nie. Ek vrees jy sal op 'n uiters beskeie en onopsigtelike manier te werk moet gaan. Maar dit laat ek aan jou oor."

Hoe Rama te werk gegaan het, is aan Celeste onbekend. Dog het hy elke oggend teruggekeer met die gerusstellende nuus dat die markies en sy ou grootmoeder agter die huis onder die bome ontspan, en dat dit verbasend goed gaan met die markies. Derhalwe het Celeste hierdie navrae na die derde dag gestaak, die markies uit haar gedagtes probeer weer en weer die ou patroon van haar lewe begin volg.

Die volgende twee weke bring Celeste – met Malak as lyfwag – pal by die drie veeposte deur om Marcel se vee van hare af te keer en in 'n afsonderlike kamp te jaag. Vanoggend het sy Marcel per brief in kennis gestel dat hy asseblief so goed moet wees om sy vee van Vergesig te verwyder, waarop hy geantwoord het dat die vee tans aan die markies behoort en nie meer sy eiendom is nie.

Nou vervlaks, brom sy toe sy Marcel se kort briefie ingedagte opskeur en die stukkies deur die skryfkamer se venster laat fladder, kon hy nie die afgelope twee weke al 'n paar slawe gestuur het om sy vee van my landgoed te verwyder nie, of verwag hy dat ek sy vee vir ewig hier op Vergesig moet hou en versorg?

Met stygende ergernis neem sy by die skryftafel plaas, trek 'n paar velle skryfpapier driftig nader, druk die gansveer met mening in die inkpot en begin dan met saamgeperste lippe te skryf.

Sy Edele, die Markies Emile Francois Evrémonde du Pré.

Edele heer,

Dit doen my inderdaad geen genoeë om hierdie brief aan u te rig nie, maar ek vrees ek besit op die oomblik geen ander keuse nie, tensy ek u natuurlik persoonlik gaan spreek, wat ek beslis weier om te doen.

Die doel van hierdie brief is nie, soos u moontlik dink, om na u gesondheid te verneem nie. U gesondheid, my heer, interesseer my nie in die minste nie. Ek wil u slegs in kennis stel dat my slawe u vee nou lank genoeg versorg het hier op Vergesig, en dat dit hoog tyd is dat u u diere van my landgoed verwyder.

Ek vertrou ek het dit duidelik genoeg gestel dat u vee so gou moontlik uit my kampe verwyder moet word. Aangesien Marcel so briljant was om die deel van Vergesig aan u te verkwansel waarop al die landerye geleë is, is ek nou genoodsaak om nuwe lande te braak vir die komende seisoen, en sal Vergesig derhalwe nie ruim genoeg wees om weiding aan so 'n groot trop vee te bied nie.

Ek vertrou dat u sonder versuim aan my wens sal voldoen.

Met verskuldigde hoogagting,

(Mej.) C. Valkenier.

N.S. Ek het die bouers, wat besig is om u grootmoeder se woning op te rig, vanoggend verbied om voort te gaan met die werk. Dit is alreeds onaangenaam genoeg dat u my so doelbewus van my privaatheid ontneem het deur die huis slegs tweehonderd treë van my eie woning te laat oprig. Maar ek gaan dit hoegenaamd nie duld dat u grootmoeder se agterdeur in my voordeur gebou word nie.

Sy sê egter nie dat sy die slawe met 'n geweer gedreig het indien hulle nie dadelik die werk staak nie. Dit, besluit sy, kan die markies maar self uitvind.

Met die voldane gevoel dat sy die verwaande edelman nou terdeë op sy plek gesit het, verseël sy die brief en versoek Malak om dit sonder versuim by die markies se woning in Waterkantstraat af te lewer. Daarna sit sy haar swart breërand-vilthoed op, bestyg Vonk en gaan kyk hoe die siek vers vorder wat sy vanoggend met medisyne behandel het.

Onderweg na die kamp waar al die siek vee wei, merk Celeste dat die slawe nog nie weer 'n enkele klip in die gebou gemessel het nadat sy hulle beveel het om die werk te staak nie. Op die oomblik verheug sy haar daarin dat die werk aan Bonheur se chateau tydelik gestaak is. Sy weet natuurlik dat sy die bouery nie permanent kan keer nie. Maar haar eiegeregtige optrede sal die markies ten minste laat begryp dat sy glad nie gediend is met die ligging en die afstand van daardie weelderige chateau, teen die agterdeur waarvan sy noodgedwonge elke keer sal moet vaskyk wanneer sy haar kop by haar eie voordeur uitsteek nie.

Hierdie gedagtes laat haar opnuut weer ontstoke voel en sy sweer saggies dat sy Emile nog vir alles gaan terugbetaal wat hy haar die afgelope drie weke aangedoen het, want dis ook deur hom dat sy nou nuwe lande moet braak.

Dis al betreklik laat toe Celeste daardie middag weer voor haar eie deur stilhou en met die grasie van 'n luiperd uit die saal gly. Sy hou die teuels na die staljong uit om Vonk koud te lei en na die stal te neem. 'n Lig van genoegdoening lê in haar oë, want die jong vers toon duidelike tekens van beterskap en die slawe het ook al die eerste land begin braak.

Hier waar sy voor die agterdeur staan, met haar hoed in die hand, tuur sy droomverlore met die lang vallei op na die hoë bergpieke waaragter die son besig is om onder te gaan. Haar mooi gesig is teer teen die aanskemering afgeëts, en in haar gemoed lê 'n rustigheid wat sy vir weke nie geken het nie.

"Malak het vir die madame 'n brief van die groot seur gebring," hoor sy Rama beleef agter haar sê.

Stadig draai sy om, betrag die brief wat hy na haar uithou met opsigtelike weersin in haar oë, maar neem dit nietemin en onttrek haar na die afgesonderdheid van die skryfkamer waar sy sommer op die een hoek van die tafel plaasneem.

'n Lang ruk staar sy met 'n stormagtige frons na die edelman se netjiese handskrif; dan breek sy die seël, vou die twee velle oop en begin lees.

My liewe Celeste,

Afgesien van die pyn wat die uiters formele aanhef van jou briefie my besorg het, verkeer ek in blakende gesondheid. My arm is volkome genees en al weer 'n treffende skyf vir jou volgende probeerslag. Moet net nie te veel na die regterkant korrel nie, want dan dood jy die man wat jou baie teer bemin, my kleintjie, en jy weet seker self dat 'n dooie man jou nie kan bemin nie.

Terloops, chéri, jy het jou absoluut verniet ontstel oor die bouery van my grootmoeder se chateau. Dis nie die agterdeur wat na jou voordeur wys nie, maar 'n baie belangrike sydeur wat my bejaarde ou grootmoeder in staat sal stel om die menigte treetjies by die voordeur te omseil. En wat die geringe afstand tussen die twee wonings betref, het ek dit met die spesifieke doel so beplan vir julle albei se veiligheid. In die geval van aanval sal Bonheur se bestuurder, met die hulp van die slawe, julle twee dames albei met gemak kan verdedig.

My liewe ou kleintjie, ek vra nederig om verskoning omdat my vee jou soveel las besorg het. Jy sal my miskien nie glo nie — jy glo mos niks wat ek jou vertel nie — maar ek het totaal vergeet dat my onlangse kopie ook die helfte van Vergesig se vee insluit. Ek belowe jou egter plegtig om daardie vergete diere van my môreoggend met sonop uit jou pad te verwyder.

Nou ja, noudat ek al die steurnisse hopelik uit die weg geruim het en ons weer vriende is, wil ek jou hartlik uitnooi om my en my grootmoeder Saterdagaand met jou beminlike teenwoordigheid te vereer. Die okkasie is 'n bal ter ere van my grootmoeder wat die lang afstand van Frankryk af aangedurf het om haar hier in die Kaap te kom vestig. Dis ook my innigste wens dat jy en my grootmoeder met mekaar moet kennis maak en goed bevriend word . . .

"Sowaar," snork sy byna hardop van skone verontwaardiging, frommel die twee velle in 'n balletjie en skiet dit driftig deur die oop venster. Sy verwaandheid is die toppunt van vermetelheid. Sy *wens* . . .! Genade, wat steur ek my aan sy wens . . . Of wat meer is, wat het ek met hom en sy grootmoeder te doen? Kan hy dan nie besef dat ek slegs verlang om met rus gelaat te word nie?

Die bal . . .! Sy lag kortaf en bitter. Hy vergis hom terdeë as hy dink ek gaan sy bal bywoon. Inderdaad wil ek niks met hom en sy grootmoeder te doen hê nie, want 'n vriendskap met haar sal ongetwyfeld beteken dat ek ook haar kleinseun soms in my

96

huis sal moet ontvang, en dit gaan ek ten ene male nie duld nie
. . . Nee, ek gaan hom baie beslis nie die geleentheid bied om
my vriendskap te misbruik vir sy . . . e . . . wel, die doel wat hy
met my beoog nie.

Die dringende gelui van die klokkie wat aandete aankondig,
maak 'n einde aan haar opstandige gedagtes. Traag gly sy van die
tafel se hoek af en begeef haar tydsaam na die eetkamer waar 'n
eensame maaltyd op haar wag.

Met die verloop van dae probeer Celeste om die eensaam-
heid en haar herinnering aan Francois met harde werk te ver-
geet. Maar haarde werk kan nie die tyd laat stilstaan nie en dis
met 'n skuldige gewete dat sy twee weke later besef dat Emile
se bal reeds 'n week gelede plaasgevind het.

Dit tref haar dat sy vreemd skuldig voel as sy dink hoe takt-
loos en onverskillig sy in haar onvriendelikheid opgetree het.
Die minste wat sy per slot van rekening kon gedoen het, was
om sy uitnodiging formeel per brief van die hand te wys.

Die ou markiesin verkeer nou waarskynlik vas onder die in-
druk dat ek geen opvoeding ontvang het en ook nie die vaagste
benul het wat goeie maniere of etiket beteken nie, besluit Ce-
leste hier waar sy die rustige Sondagmôre-stilte in haar blom-
tuin verwyl met 'n skêr en 'n mandjie.

Maar dan trek sy haar tenger skouertjies ongeërg op asof die
ou markiesin se mening haar nie juis raak nie, en die volgende
oomblik laat sy byna die mandjie blomme val van skone verba-
sing toe Marcel se perd oor die werf aangery kom, hy voor die
deur uit die saal gly en met 'n breë glimlag na haar toe aangestap
kom.

Hy groet haar met 'n liefdevolle kus, asof hulle nog nooit in
hul lewe 'n argument of stry gehad het nie. Celeste verwonder
haar aan haar broer se skielike vriendelikheid, dog besluit heim-
lik om maar liewer niks te sê nie, al bejeën sy hierdie onver-
wagte besoek van hom ook hoe skepties.

"Wel, ek moet sê jy lyk danig verbaas om my te sien, my liewe Celeste," hoor sy hom tergerig sê. Dan neem hy die mandjie ewe hoflik by haar.

"Jy is reg, ek is verbaas," glimlag sy gemoedelik. "Ek het jou nie juis verwag nie. Dis die eerste maal dat jy my besoek sedert jy na die dorp verhuis het, weet jy."

Hy kyk haar 'n oomblik behoedsaam aan, asof hy na 'n bedekte stekie in haar woorde soek. Dan lig hy sy wenkbroue vraend op en verklaar met 'n gedempte laggie: "As dit 'n beskuldiging is, my sussie, is dit my aangename plig om jou dadelik reg te help deur jou te vertel dat ek die afgelope paar weke ontsettend besig was in die handelshuis, en nou eers my voete in die sakewêreld gevind het."

"O, wêreld, ja, ek het skoon vergeet jy is nou mos 'n sakeman van formaat," terg sy voorts en laat haar blik noukeurig oor sy modieus geklede persoon gly. "Maar terloops, ek hou nie van die verspotte kleure van jou baadjie en onderbaadjie nie, Marcel," lug sy weer haar mening ongevraag. "Ek dink regtig daardie geel baadjie pas glad nie by so 'n geblomde onderbaadjie nie. Maar kom ons stap huis toe, dan vertel jy my wat jou vanoggend beweeg het om my te besoek. Ek kan kwalik glo dat dit uit liefde is, dus moet daar 'n ander rede voor wees."

Hulle stap 'n rukkie in stilte voort, toe hoor sy Marcel weer met ligte spot sê: "Jou opinie van my moet besonder laag wees, Celeste. Maar ek weet wat jy bedoel. In elk geval, dis jou eie skuld dat jy nou alleen hier op Vergesig woon. Maar as jy eendag besluit om die plaas te verkoop . . ."

"Daar sal nooit sprake van so iets wees nie, Marcel," val sy hom bedaard in die rede. 'Vergesig sal behoue bly vir my nageslag."

Die jongman werp haar 'n vlugtige blik toe en vra verbaas: "Met wie is jy van plan om te trou . . . ek bedoel, koester jy al huweliksplanne?"

Sy vlugtige blik en die onmiskenbare klank in sy stem ontgaan Celeste nie. Dit laat haar heimlik wonder hoeveel die markies te doen het met hierdie onverwagte besoek van hom. 'n Vae suspisie wel meteens in haar op en voordat sy haarself kan keer, is die woorde reeds uit: "Wel, ja, ek is besig om 'n huwelik met Carl te oorweeg. Jy weet tog self dat hy my al verskeie kere gevra het om met hom te trou, maar . . . nou ja, 'n huwelik is natuurlik 'n stap wat 'n mens eers baie ernstig moet oorweeg."

Waarom sy so 'n koelbloedige leuen versin het, weet Celeste self nie. Al wat sy weet, is dat sy 'n nare voorgevoel het dat Marcel se onverwagte besoek nie so onskuldig is as wat dit lyk nie; dat hy en die markies kop in een mus is wat laasgenoemde se onheilige planne met haar betref. As haar vermoede reg is, sal haar aankondiging van so ewe moontlik die edelman se belangstelling in haar ontmoedig. Maar indien Marcel se vreemde reaksie te wyte is aan sy eie belangstelling in haar erfenis, behoort haar noodleuentjie hom te oortuig dat sy belangstelling in Vergesig absoluut vrugteloos is, dat daar geen sprake ooit van verkoop sal wees nie.

"Ek dink jy is nog gans te jonk om nou al aan trou te dink, Celeste," hoor sy haar broer na 'n rukkie weer praat.

Haar oë vlieg haastig na hom, en 'n kortstondige oomblik lank kyk hulle mekaar woordeloos aan. Sy merk die blos wat stadig teen sy wange opkruip, en nou is sy volkome oortuig dat hy iets in die mou voer.

'n Ligte frons ontsier haar voorkop toe sy haar gesig wegdraai en ietwat koel opmerk: "Ek dink jy praat die grootste onsin, en jy weet dit self. Sover my kennis strek, trou 'n dame gewoonlik op die ouderdom van agtien jaar, en ek was alreeds twintig . . ."

"Verskoon my, maar ek het myself 'n bietjie lomp uitgedruk, my sussie," keer hy haastig. "Wat ek eintlik bedoel, is dat jy nog baie kinderagtig is vir jou jare." Hy meet haar met 'n kennersoog – wat weer 'n heftige opstand in Celeste laat opvlam – en gaan voort: "Ek voel oortuig dat jy nog glad nie ryp is vir 'n huwelik nie en jou voorlopig uit sulke sake behoort te hou."

Celeste wil Marcel eers 'n skerp antwoord gee, maar dan tree hulle die huis binne en sy bedink haarself. Sy wil onder geen omstandighede hê die slawe moet hoor dat sy en Marcel al weer in 'n argument gewikkel is nie.

Sy neem haar broer na die ontvangskamer en nooi hom beleef om te sit. Daarna maak sy verskoning, verdwyn na die kombuis en versoek Malak om die blomme solank in 'n bak water te plaas.

Toe sy na 'n rukkie weer by Marcel in die ontvangskamer aansluit en eenkant op die rusbank plaasneem, neem sy onverwyld die draad van hulle vorige gesprek op deur met 'n subtiele glimlaggie te sê: "So, dan meen jy ek is nog te kinderagtig om nou al aan 'n huwelik te dink? Jy laat my lag kry, Marcel, veral as ek daaraan dink dat ek nog altyd die verantwoordelike een was van ons twee. Maar ons sal nie langer daaroor argumenteer nie. My planne gaan niemand aan nie. Ek het in elk geval ook nog nie finaal op 'n huwelik besluit nie. Moontlik onderneem ek nog 'n reis na die grens om ou tant Betta te gaan vra om haar saam met my hier op Vergesig te kom vestig."

Asof 'n veer êrens onder Marcel losgeruk het, vlieg hy orent en kom dreigend voor haar staan. Sy groengrys oë boor in hare toe hy die woorde byna uitsis: "Jy is gek, Celeste, stapelgek om so 'n gevaarlike reis sonder die beskerming van 'n man te wil aandurf. As jy 'n ou dame soek om by jou te kom inwoon, sal ek sorg dat jy een vind. Maar ek verbied jou ten strengste om 'n voet naby die grens te sit. Dis 'n nes van booswigte en ek gaan nie toelaat dat jy jou aan hulle bloeddorstigheid blootstel nie."

Hy sak meteens langs haar op die bank neer en neem haar een hand vertroulik in syne. Etlike tellings betrag hy haar met 'n onpeilbare blik. Dan vervolg hy sag, dog baie ernstig. "My sussie, daar is baie dinge waaroor jy en ek in die verlede nie kon saamstem nie. Ek weet dat ek my in die verlede soos 'n swakkeling gedra het, maar glo my, ek is nie meer daardie swakkeling van 'n paar weke gelede nie, Celeste. Die markies is 'n harde leermeester, maar hy het van my 'n ander man gemaak en my ook 'n ander sienswyse in die lewe gegee. Ek besef terdeë dat ek my verantwoordelikheid jeens jou skandelik versaak het in die verlede. Maar dit was nie omdat ek nie vir jou omgegee het nie, Celeste, dit was bloot omdat ek geen verantwoordelikheidsbesef besit het nie.

"Ek wil hê jy moet weet dat jy 'n besonder teer plekkie in my hart besit en dat ek geensins van plan is om met jou lewe in te meng nie. Ek besef dat jy baie geheg is aan hierdie ou plaas en dat jy op geen ander plek so gelukkig sal wees soos hier op Vergesig nie. Maar ek wil jou nogtans vra om my te belowe dat jy onder geen omstandighede 'n reis na die grens sal aandurf nie. Ek sal self 'n geskikte ou dame vind om hier by jou te kom inwoon . . . Het ek jou belofte daarvoor?"

Celeste knik bevestigend, te oorstelp van vreugde en blydskap oor die verrassende verandering in haar broer wat sy nou met haar eie oë aanskou. Wel, laat die markies wees wat hy wil, flits dit toegewend deur haar gedagtes. Hy het ten minste 'n goeie invloed op Marcel!

Na hierdie belofte van Celeste kom Marcel langsaam orent, skink vir hom 'n klein glasie wyn in en neem weer plaas. Daarna gee hy sy suster 'n breedvoerige beskrywing van sy pligte en verantwoordelikheid in die handelshuis, totdat Rama later die klokkie lui vir hulle noenmaal.

'n Gesellige stemming heers aan tafel onderwyl hulle die keurige maaltyd geniet wat Rama en Malak met groot sorg voorberei het. Hulle gesels beurtelings oor Marcel se werk en die boerdery op Vergesig. Toe eindelik val dit die jongman weer by van die belangrike nuus wat hy Celeste wou meedeel.

"Jy weet," sê hy glimlaggend en kyk sy suster met ondeunde oë aan wat haar weer dadelik aan hulle kinderjare herinner, "ek het byna vergeet om die ou markiesin Du Pré se boodskap aan jou af te lewer." Hy merk die skielike agterdog in Celeste se blik en verduidelik haastig: "Toe die ou dame gisteraand verneem dat ek van plan is om jou vanoggend te besoek, het sy gevra dat ek jou asseblief in kennis moet stel dat sy self ook van plan is om jou vanmiddag te besoek."

"Maar, Marcel, ek ... ek ken haar dan nie eens nie!" stamel sy half deur die wind, hopeloos verward. "Ek het haar nog nie eens ontmoet of ooit met 'n oog gesien nie!"

Celeste lyk so platgeslaan dat Marcel nie sy lag kan hou nie.

"Ek weet, my sussie, en dis presies waarom sy jou vanmiddag wil besoek; om met jou kennis te maak," gaan hy ter verduideliking voort. "Sy was nogal baie teleurgesteld dat jy nie verlede Saterdagaand die bal bygewoon het nie. Sy het so daarna uitgesien om met jou kennis te maak."

Hy strek sy een hand uit, plaas dit saggies oor Celeste s'n wat langs haar bord op die tafel rus, en gaan dan gerusstellend voort: "Moenie so paniekerig lyk nie, Celeste. Ek gee toe, sy is 'n buitengewone, eienaardige ou dame, maar ook 'n baie aangename persoon. Ek is seker jy sal van haar hou." Hy begin meteens saggies lag en hervat na 'n rukkie weer: "Jy weet, geen mens het my nog ooit so baie aan jou herinner as die ou markiesin nie. Sy is net so pynlik reguit en uitgesproke soos jy, en skroom nie eens om haar sê te sê in die teenwoordigheid van sy Eksellensie die goewerneur nie."

"En die markies," begin sy met 'n bewolkte gesig en neusvleuels wat liggies tril van ingehoue ergernis, "gaan haar natuurlik vergesel?"

"Dit sal ek nie weet nie," antwoord hy bedaard, ondanks die ergernis in haar stem wat vir hom geen geheim is. "Ek weet slegs dat die ou dame begerig is om met jou kennis te maak, en dat sy jou om daardie rede vanmiddag kom besoek."

Na hierdie aankondiging van haar broer is Celeste merkbaar

stil en afgetrokke. En toe Marcel 'n uur later aanstaltes maak om te vertrek, woed daar net so 'n heftige storm in haar binneste soos wanneer die bekende ou suidooster op sy felste tier.

7

Ofskoon Celeste omgekrap en steeds in groot vertwyfeling verkeer oor die doel van die ou markiesin se besoek, versoek sy Rama nietemin om iets spesiaals voor te berei vir middagkoffie. Daarna begeef sy haar na haar kamer en verklee in een van die deftige tabberds wat sy onlangs aangekoop het, want ofskoon die ou markiesin haar aartsvyand se grootmoeder is, bly die feit nogtans staan dat sy 'n adellike ou dame is en as sodanig ontvang en onthaal moet word.

Tog kan Celeste nie begryp waarom die ou markiesin so gretig is om met haar, 'n eenvoudige plaasdogter, kennis te maak nie. Sy self is nie juis gretig om die adellike Du Pré's in haar huis te ontvang nie. Maar om Marcel se ontwil sal sy noodgedwonge haar beste voetjie moet voorsit.

Ja, om Marcel se ontwil sal ek die ou dame vriendelik ontvang, besluit sy in haar enigheid, onderwyl Fina haar glansende krulle volgens die nuutste mode in 'n netjiese hoë kapsel bo-op haar kop stapel, met slegs 'n enkele lok oor haar een skouer. Maar as die Markies haar vergesel, mymer sy voort, onbewus van die opsigtelike vyandige lig in haar oë, moet niemand my kwalik neem as ek iets onverantwoordeliks sê of doen indien hy my weer probeer uittart nie . . ."

"Heidings, maar my madame se gedagtes moet baie kwaai wees," maak Fina se stem skielik 'n einde aan Celeste se onplesierige gedagtes.

Die jongmeisie werp 'n verbaasde blik op haar slavin en vra

ietwat sinies: "So, en van wanneer af kan jy gedagtes lees, Fina?"

"Haai nee, Madame, ek kan nie gedagtes lees nie!" glimlag Fina tersyde terwyl sy 'n paar haarnaalde van die kleedtafel af opneem. "Dis maar net daardie kwaai lig in my madame se oë wat my so laat dink het."

"Nou ja, hou op met dink, Fina, en kry klaar met my hare," betig sy die slavin effens skerp. "En nog 'n ding. Moet jou glad nie verbeel dat jy my vandag gaan opsmuk soos 'n modepop nie, hoor! Hierdie tabberd en nuwe haarstyl is heeltemal voldoende. Bêre gerus maar weer daardie poeier, rooisel, juwele en goed. 'n Paar druppeltjies l'Eau de Paradis-parfuum sal voldoende wees om die Markiesin te oortuig dat 'n carmagnole ook beskaaf kan wees ... Nie dat ek gretig is om haar te beïndruk nie, want wat gee ek om wat sy van my dink? Ek hoop net sy sleep nie daardie kleinseun van haar saam nie, want dan kry ek sowaar 'n aanval van beroerte."

Met hierdie onheilspellende woorde kom sy orent van die stoeltjie waarop sy geduldig gesit het onderwyl Fina haar hare gekam het, werp 'n terloopse blik in die spieël wat haar vanuit 'n vergulde raam aanstaar, en besluit dan dat haar haarstyl goed genoeg is om 'n koningin mee te ontvang.

Sy draai haar gesig weg van die spieël en laat haar blik weer goedkeurend oor die deftige ligpers tabberd gly, waarvan die romp in sierlike voue na onder uitklok, met modieuse dubbelpofmoutjies, 'n nousluitende lyfie en sierlike hals wat net genoeg vertoon om aanloklik te wees.

Daar is 'n skaduwee van vertwyfeling en onsekerheid in Celeste se mooi oë toe sy haar 'n rukkie later na die ontvangskamer begeef, waar sy effens senuweeagtig op die koms van die markiesin wag. Daar is 'n vreemde gejaagdheid in haar wat haar soos 'n ingehokte dier laat voel, en telkens betrap sy haarself dat sy die grootpad deur die venster staan en dophou.

Ek is skoon laf om my so op te wen, bestraf sy haarself half ergerlik onderwyl sy hier 'n blom in 'n blompot regdruk en daar 'n stoelkussing in sy plek stoot. 'n Mens sal sweer ek sien gretig uit na die ou dame se besoek, en dit terwyl sy moontlik nog haar vermetele kleinseun ook saampiekel!

Maar dan hoor sy 'n klein, verborge stemmetjie in haar sê: "Wel, is jy nie opgewonde nie? En wat daarvan as sy Emile saampiekel? Haat jy hom regtig so intens as wat jy voorgee, of is jou sogenaamde haat maar net 'n skans waaragter jy jou ware gevoelens probeer verberg? Jy het Francois tog baie teer bemin, en wie is Francois nou eintlik? . . . Toe maar, jy weet dat jy Emile nie haat nie, ou kind. Dis slegs jou trots, die vernedering dat ook jy gek genoeg was om op hom verlief te raak soos al die ander, wat jou dwing om die waarheid te ontken."

Maar dan smoor sy hierdie waaghalsige stemmetjie oombliklik deur byna hardop uit te roep: "Onsin! Pure onsin! Hoe op aarde kan 'n mens 'n man bemin wat slegs daarop uit is om jou vir 'n speelbal te gebruik! Goeie hemel, net die gedagte daaraan is ontsettend. En basta nou met sulke onsinnige vrae. As die markiesin dan so gemeen wil wees om haar kleinseun saam te piekel, en dit nadat ek hom 'n paar weke gelede byna van die gras af gemaak het, sal dit net haar eie skuld wees as ek vandag my humeur met hom verloor!"

Die skielike gerammel van koetswiele laat Celeste se hart weer dadelik op loop sit. Met iets wat na aan selfbewustheid grens, stryk sy met haar hand oor die sierlike voue van haar duur satyntabberd en bly afwagtend in die middel van die vertrek staan en wag dat Rama die besoekster aanmeld.

Haar oë is vasgenael op die halfoop deur. Dan hoor sy hoe Rama die ou dame by die voordeur ontmoet. Sy hoor voetstappe wat al nader en nader kom, en dan begin haar hart weer snaakse fratse uithaal. Die volgende oomblik gaan die deur wyer oop, en Rama kondig die koms van die markies en sy grootmoeder beleef aan.

Op Rama se aankondiging tree 'n klein maar statige ou vroutjie aan die arm van haar ewe statige kleinseun die vertrek binne. Celeste loop hulle hoflik tegemoet.

Daar is 'n vreemde warmte in Emile se stem en 'n eienaardige vonkeling in sy skerp, deurdringende oë toe hy sy asem diep intrek en 'n string Franse woorde afrits, waarvan Celeste van die hele spul slegs twee kan uitmaak: "C'est ravisante."

Sy wil haar eers vererg vir die voorbarige man se uitgesprokenheid hier in sy grootmoeder se teenwoordigheid. Maar hy moes klaarblyklik die waarskuwende lig in haar oë sien blits het, want sy eie blik word skielik ondeund toe hy met 'n gedempte laggie konstateer: "Wel, as die berge nie na Mohammed wil gaan nie, my liewe Celeste, moet Mohammed maar na die berg kom. Maar laat my toe om my grootmoeder aan jou bekend te stel." Hy draai hom na die statige ou vroutjie aan sy sy en vervolg met 'n breë glimlag: "Die liewe klein Celeste met die moed van 'n Dawid, my grootmoeder."

Celeste merk die humoristiese vonkeling in die ou dame se donker, lewendige oë toe laasgenoemde haar met 'n warm handdruk groet en onomwonde verklaar: "Ek is seker dit het baie moed geverg om jou met 'n geweer aan te durf, en jou daarna weer te oorreed om jou soos 'n lammetjie aan 'n dokter te onderwerp, Emile." Sy rig haar volgende woorde tot die jongmeisie: "Jy dwing inderdaad my bewondering af, mademoiselle Celeste . . . Nee, moenie so bloos nie, kind. Dis waar, ek hou nie van 'n lamlendige vroumens nie. Ek glo dat 'n vrou begeester moet wees met moed en durf. In my jongdae kon ek 'n swaard byna net so knap hanteer soos hierdie kleinseun van my. En laat ek jou dit vertel: ek het menige onwelkome kavalier die aftog laat blaas met my swaard. Maar ek vrees jy sal nog moet leer om jou wapen vaardiger te hanteer, my dogter. 'n Mens moet te alle tye jou skyf sekuur tref. As jy na Emile se hart mik, moet jy tog nie sy arm tref nie . . ."

"Genade, Madame, maar u is 'n bloeddorstige mens," val die markies sy grootmoeder laggend in die rede en ondersteun haar met 'n gewillige hand toe sy op die een punt van die rusbank plaasneem.

Daar is 'n geamuseerde glimlaggie om Celeste se lippe toe Emile die ou dame gemaklik maak op die rusbank. Sy het haar die ou markiesin baie anders voorgestel as wat sy werklik is. Sy het verwag om 'n streng, gekunstelde en statige ou dame te ontmoet. Nou moet sy egter vind dat die ou dame wel statig is, maar geensins streng en gekunsteld nie, want welke gekunstelde dame sal met 'n swaard skerm en dan nog op die koop toe so effens bloeddorstig ook wees? Sy is ook pynlik reguit en sonder daardie fyn kwinkslae wat 'n dame se giftige belediging so 'n bietjie behoort te verbloem. Tog dwing sy respek en agting van 'n mens af.

"Ek hoop u sit gemaklik, Madame," begin Celeste hoflik.

Maar die ou dame maak haar dadelik stil met 'n afwerende handgebaar en 'n ongeërgde stem: "Moet jou asseblief nie oor so 'n nietigheid verontrus nie, kind. Ek is nog nie 'n honderd jaar oud nie en ook nie 'n invalide nie. Kom sit liewer hier langs my sodat ons kan gesels . . . En moenie daar so staan asof jy vir ons wil preek nie, Emile. Jy is nie 'n predikant nie. Gaan sit, mon fils, jou lang bene irriteer my." Sy draai haar weer sonder verwyl na Celeste. "Waar was ek nou weer? . . . O ja, ek het gesê jy moet hier langs my kom sit sodat ons kan gesels . . . Nee, moenie so ver sit nie, Celeste-kind, skuif gerus nader. Ek sal jou nie byt nie, as dit is waarvoor jy bang is!"

'n Sagte laggie ontglip die jongmeisie se lippe toe sy nader skuif.

"Ek is nie bang dat u my sal byt nie, Madame," verseker sy die statige ou dame vriendelik. "Inteendeel, ek hou van mense wat eerlik en reguit is, soos u."

"Dit is natuurlik 'n stekie vir my," gee die jong markies antwoord met ligte spot in sy stem, en neem ongenooi langs Celeste plaas.

Hierdie eiegeregtigheid van die man laat haar bloos van ergernis, daarom werp sy hom dan ook openlik snipperig toe: "As die skoen jou pas, moet jy dit maar aantrek. Maar ek waarsku jou, Mijnheer, moet my nie langer uittart nie. En nog 'n ding." Sy werp hom 'n sydelingse blik toe asof hy iets is wat uit 'n oorryp perske gekruip het. "Wie het jou verlof gegee om langs my te kom sit? Jy weet ek is allergies vir jou soort kavalier. Sal jy my dus die guns doen en elders gaan sit?"

"Maar, chéri, ek wil jou graag genees van daardie onsinnige allergie!" maak hy met 'n sagte laggie beswaar, dog met 'n intense blik wat die jongmeisie weer dadelik op haar hoede stel. "Weet jy," gaan hy geselserig voort, "jy is die enigste dame in die hele Kaap wat my attensies ongewens vind. Maar ek is gedetermineerd om 'n einde daaraan te maak, as jy dit miskien nie weet nie . . ."

"Sodat jou verwaande ego nog meer gestreel kan voel?" maak sy hom met 'n minagtende stem en 'n hooghartige blik stil. "Ek vrees jy gaan slegs jou tyd en energie verkwis, Mijnheer, want sien, jy gaan nie die geleentheid gegun word nie. Dit sal jou miskien interesseer om te weet dat ek op die oomblik besig is om 'n huwelik met Carl te oorweeg."

As Celeste gedink het dat hierdie aankondiging die jongman van sy planne sou laat afsien, het sy haar terdeë vergis, want hy troef haar slegs met 'n alwetende glimlaggie toe hy oortuigend en ewe bedaard antwoord: "Nee, jy is nie, chéri. Jy dink tog nie dat ek jou sal toelaat om met 'n man te trou wat jy nie liefhet nie?" Sy oë brand in hare en Celeste is weer bewus van die erns en beslistheid wat uit sy donker oë straal.

Sy kyk hom woordeloos aan. Tot haar eie ontsteltenis voel sy totaal ontsenu. Dis vir haar nou so helder soos daglig dat hierdie man bewus is van haar gevoel vir hom, en baie beslis is om ook haar naam op sy lys van minnaresse te plaas. Wat eers 'n nood-leuentjie was, skyn vir haar nou die enigste uitweg om uit sy onheilige kloue te ontsnap.

Dit is waar, ek het Carl nie lief nie, beur dit ontsteld deur haar gedagtes. Maar ek verkies veel eerder 'n huwelik met hom as om hierdie man se minnares te wees . . . Ja, ek sal Carl sonder versuim in dié verband moet spreek. Emile raak nou openlik baasspelerig en ek gaan dit hoegenaamd nie duld nie . . . Verbeel jou, hy gaan my nie toelaat om met Carl te trou nie! 'n Mens sou sweer hy besit outoriteit oor my!

Celeste wil hom eers 'n skerp, venynige antwoord gee, dog slaag met groot moeite daarin om haar in te hou. Met fyn, vrou-like grasie kom sy orent, trek vir haar 'n stoel langs die ou dame en neem plaas. Sy is merkbaar bleek toe sy die jongman reguit aankyk en met 'n fyn sarkasme verklaar: "Ek is verras om te hoor dat jy soveel outoriteit oor my het, Emile. Maar as ek mag vra, wat gaan jy miskien doen om 'n huwelik met Carl te verhoed?"

Hy betrag haar 'n paar sekondes openlik uitdagend met sy kenmerkende glimlaggie en 'n onpeilbare glinstering in sy oë, wat die jongmeisie laat voel of sy hom net daar op die plek kan verongeluk. Toe kom sy stem lui, geamuseerd, ontwykend: "Ek is nogal taamlik goed bevriend met albei predikante hier in die Kaap, chéri. En sover ek weet, is daar slegs twee ander persone wat julle in die huwelik kan bevestig: 'n uiters onaansienlike le-raar en 'n afgeleefde landdros, sowat drie uur te perd anderkant Groot Drakenstein."

Die betekenis van die jong markies se woorde is vir Celeste baie duidelik. Sy weet dat 'n invloedryke persoon soos hy enig-iets – wettig of onwettig – hier in die Kaap sal regkry. Maar sy laat niks blyk van die benoudheid wat soos 'n staalband om haar hart klem nie, meet hom slegs 'n paar oomblikke met 'n smeu-lende blik en bepaal dan al haar aandag by die ou Markiesin deur haar belangstellend uit te vra na haar seereis vanaf Frankryk en of sy darem van die lewe hier in die Kaap hou.

Onderwyl Celeste en die ou dame gesellig sit en gesels, is eersgenoemde deurentyd bewus van Emile se blik wat telkens peinsend op haar rus. Sy is eintlik bly toe Rama hulle 'n halfuur later met wyn bedien en Emile, nadat hy sy glas geledig het, aankondig dat hy vlugtig na die bouery van sy grootmoeder se chateau wil gaan kyk.

Tydens haar besoek op Vergesig verwys die markiesin nie een maal na Emile of na Celeste se vyandige houding jeens hom nie. Gevolglik raak die jongmeisie al hoe meer tuis en op haar gemak in die ou dame se geselskap.

So onder die gesels kom Celeste ook later tot die ontdekking dat sy nogal besonder baie van hierdie ou dame hou, en dat sy haar graag beter sal wil leer ken – as sy nou net nie die jong markies se grootmoeder was en ook nie by hom ingewoon het nie.

Maar sy laat niks blyk van hierdie teleurstellende gedagte nie. Toe die jongman later terugkeer van Bonheur, bedien Rama hulle weer met koffie, heerlike gemmertert en keurige vleispasteitjies.

Die ou dame komplimenteer Celeste met Rama se vaardigheid as kok en wonder hardop waar sy 'n kok gaan vind vir Bonheur se chateau. Maar die markies stel haar dadelik gerus deur haar vriendelik te versoek om al sulke vervelige ou sakies in sy bekwame hande te laat. Daarna gesels hulle oor Marcel se vordering in die sakewêreld en nog talle ander onderwerpe, totdat die ou dame later aankondig dat dit tyd is vir hulle om te vertrek, en terselfdertyd ook orent kom.

Soos dit 'n goeie gasvrou betaam, neem Celeste die ou dame se arm en vergesel haar tot by die koets. Sy bedank die jongmeisie hartlik vir haar gasvryheid en verklaar dan met haar kenmerkende uitgesprokenheid: "Wel, noudat jy jouself oortuig het dat

110

ek nie mense eet nie, Celeste-kind, kan ek seker daarop staatmaak dat jy my darem ook sal besoek. Bring sommer die jong Carl ook saam. Ek sal graag wil sien hoe hy lyk – nie dat ek hoop om van hom te hou nie, want watter volbloed-Fransman hou nou van 'n bleek Hollander? Nee, toe maar, moenie so verontwaardig lyk nie, kind," keer sy ongeërg toe sy die warm blos op Celeste se wange waarneem. "Ek het hoegenaamd niks teen julle Hollanders nie. Trouens, ek dink nogal jy is 'n oulike Nederlandse nooientjie met jou vurige temperament."

Sy tik Celeste vriendelik op die skouer, glimlag goedig en gaan dan ernstig voort: "Ek hou van die staal waaruit jy gesmee is, ma fille, en ek hoop jy vereer my spoedig met 'n besoek."

Toe groet sy die jongmeisie met 'n warm handdruk en laat Emile toe om haar in die koets in te help en haar gemaklik te maak.

Of die ou dame haar handsakkie doelbewus op Vergesig vergeet het, sal Celeste waarskynlik nooit weet nie. Sy was kwalik terug in die ontvangskamer nadat haar gaste vertrek het, toe hou die koets weer voor die deur stil.

Met die ontstellende gedagte dat die ou markiesin dalk nie wel voel nie, haas Celeste haar na die voordeur en loop haar onverhoeds vas in Emile.

As die jongman haar nie betyds in sy arms gevang het nie, sou sy ongetwyfeld op haar rug beland het. Maar sy teenwoordigheid van gees het haar slegs in sy arms laat beland, waar hy haar etlike onvergeetlike sekondes lank hou. Met 'n geamuseerde blik kyk hy af in haar verskrikte oë en vermaan haar dan met 'n tergerige glimlaggie: "A nee a, chéri, dis nie die manier om jou beminde terug te verwelkom deur hom byna uit die aarde te loop nie. Het jy my dan nie al genoeg verniel met daardie gevaarlike ou donderbus nie? . . . Kom, soen my gou, dan soek ons my grootmoeder se handsakkie wat sy hier êrens op die rusbank vergeet het."

Celeste verstyf meteens en begin dan hard spook om haar uit sy arms te bevry. Maar Emile druk haar slegs stywer teen hom vas. Dan hoor sy hom weer met 'n sagte, dog ernstige stem sê: "Jy spartel tevergeefs om los te kom, Celeste. Jy put jouself verniet uit. Ek sal jou self aanstons laat gaan – aanstons, nadat ek jou oortuig het dat ek die man is wat jy liefhet en dat jy ons albei 'n verskriklike onreg gaan aandoen deur met Carl van Heiden te trou . . . Onthou jy dat jy my 'n paar weke gelede vertel het hoe jy oor Carl voel? Onthou jy, Celeste?"

Hy merk die pyn en verwarring in haar oë wat nou stil na hom staar, en gaan met 'n sagte, dog hartstogtelike stem voort: "Jy kan my nie langer 'n rat voor die oë draai nie, chéri, en jy durf ook nie met Carl trou nie. Jy weet net so goed soos ek dat jy hom nie liefhet nie. Ek sweer by alles wat vir my heilig is dat ek jou nie sal toelaat om met hom te trou nie . . . Nee, ek sal dit nie toelaat nie, Celeste! Geen man sal ooit neem wat ek as my eiendom beskou nie. My vader was 'n baie saghartige man; dog sy saghartigheid het hom met 'n gebroke hart na sy graf gestuur. Maar dit sal nie met my gebeur nie. Sy ongelukkige lewe het my geleer om geen genade te toon aan dié wat my beroof van . . . van die dinge wat aan my behoort nie."

Sy intieme nabyheid en sy stem, so sag, warm en hartstogtelik, is soos 'n sterk verdowingsmiddel wat skielik in haar bloedstroom vlamvat en haar hopeloos lam en willoos maak. Sy wil veg teen hierdie oorweldigende gevoel wat haar so meedoënloos meesleur en haar van alle logiese denke ontneem. Maar dis of sy meteens ontdaan is van alle krag en wil om terug te veg, of sy totaal gestroop is van alle wrewel en rebelsheid.

Sy sien hoe sy donker hoof afsak. Die volgende oomblik is sy slegs bewus van die bedwelmende betowering wat oor elke vrou se wese spoel wanneer hierdie aantreklike gesig oor haar buig, en die arms haar kragtig en seker teen sy gespierde liggaam aandruk en ongekende, primitiewe emosies in haar ontketen. Sy voel hoe sy lippe hartstogtelik en besitlik oor haar eie gewillige lippe sluit, en sy is slegs vaag bewus daarvan dat haar lippe elke kus van hom met volle oorgawe beantwoord.

Asof in 'n droom voel sy Emile se warm asem teen haar wang; voel sy hoe die drif en hartstog uit sy kus verdwyn; hoe teer en sag sy lippe nou teen hare rus, asof hy haar liggies streel. Maar meteens is dit asof 'n klein stemmetjie van vertwyfeling haar weer waarsku teen hierdie man wat 'n mens so betowerend die hof kan maak, en dit tog nie eerlik bedoel nie. Die volgende oomblik is al die ou vrese, al die agterdog weer ru in haar wakker gemaak. Die ou sluimerende vonkie van wantroue vat weer dadelik vlam en trek verdelgend, skroeiend deur haar.

Wanhopig vroetel sy haar los uit sy omhelsing en staan bewend 'n paar treë van hom af weg. Dit voel of sy in trane kan uitbars van bittere vernedering en veragting, omdat sy so 'n swakkeling was om toe te gee aan die verlange van haar verraderlike hart.

Ek was soos klein in sy hande, beur dit moeisaam deur haar vertroebelde verstand. Willoos, magteloos, en dit net omdat ek ... ek hom liefhet en sy stem so verraderlik sag en strelend is. Ja, dis sy stem, en daardie warm, lokkende blik in sy vurige oë wat hy so meedoënloos gebruik om sy slagoffers mee week te maak en aan sy wil te onderwerp!

Sy hoor iemand praat, en dan kom sy skielik agter dat dit haar eie bewerige stem is wat sê: "Ek ... moes jou nie toegelaat het om my te liefkoos nie, Emile. Ek is nie jou eiendom nie en jy moenie in my weg staan as ek met Carl wil trou nie ..."

"Celeste!" vibreer sy stem onverbiddelik deur die vertrek. Hy gee een lang tree wat hom dreigend voor haar te staan bring, en kyk haar geskok aan en roep met 'n effens bleek gelaat en 'n gedempte kragwoord uit: "Mon Dieu, jy kan dit nie bedoel nie. Jy is myne, Celeste. Verstaan jy, myne! En die man wat dit waag om my van jou liefde te beroof, sal so seker as wat ek leef aan die punt van my swaard sterf."

Sy gesig is 'n dreigement, kil en koud. Dit lyk vir Celeste kompleet asof hy lus voel om haar te skud. Maar hy bal slegs sy sterk vuiste sodat die kneukels wit uitstaan. Toe versag sy blik skielik en ook sy stem is baie teer toe hy haar weer onverhoeds in die kring van sy arm trek en sag sê: "Ek het jou oneindig lief, my kleintjie, en ek weet nou dat jy my ook bemin; daarom sal ek dit nie duld dat iemand anders jou van my wegsteel nie." Sy oë streel ;n paar oomblikke liefkosend oor haar mooi, stil gelaat. Dan gaan hy weer met daardie teer, sagte stem voort: "Jy is nog so jonk en onaangeraak, chéri. Maar ek is bly daaroor. Ek is bly dat dit ek sal wees wat jou uit jou reine slaap sal wakker skud. Ek sal daardie voorreg met my lewe verdedig, want dit is myne; dit behoort aan my alleen. Sodra my ou grootmoeder haar intrek in haar eie woning geneem het, maak ek jou sonder twyfel myne . . ."

"Nee, dit kan nie. Dit mag nie, Emile," val sy hom verward en met 'n pynbelaaide stem in die rede, ruk los uit sy arm en vlug haastig deur 'n sydeur na buite, vasberade om haar nie te laat bedrieg deur die mooi woordjies wat so maklik van sy tong afrol nie.

Emile bedwing sy vinnig ontvlambare humeur, en met 'n onpeilbare blik staar hy haar tenger gestaltetjie agterna toe sy uit die ontvangskamer vlug. Hy weet nou met 'n onwrikbare oortuiging dat sy hom diep bemin . . . Tog verkies sy eerder om met Carl te trou, vir wie sy geen liefde koester nie.

Sou dit my sogenaamde gure reputasie wees wat haar afskrik om met my te trou? wonder hy met 'n wrewelige glans in sy swart oë wat niks goeds voorspel nie, en verwens die hele ou klomp skinderbekke van die Kaap wat aan hom 'n reputasie besorg het wat hy glad nie verdien nie.

Aan al die fluisteringe van sy sogenaamde minnaresse het hy hom nooit juis gesteur nie, aangesien dit in Frankryk amper die mode is en ook algemeen bekend is dat byna elke edelman 'n minnares aanhou. Maar as hierdie skinderpraatjies daartoe gaan lei dat hy Celeste verloor, gaan daar sowaar bloed vloei hier in die Kaap.

Met 'n stroewe gelaat buk hy af en neem sy grootmoeder se gehekelde handsakkie op waar sy dit op die bank vergeet het. Voor sy geestesoog sien hy Celeste weer hier langs hom op die bank sit. Dis asof haar dierbare oë hom toelag, oë wat kan lag en droom en terg, en dan weer met vuur kan blits.

Hy kan nie help om te glimlag nie as hy dink hoe onomwonde sy haar opinie oor die markies gelug het met hulle eerste kennismaking, en hoe astrant sy hom weer daarna met die ou donderbus gedreig het. Dit het hom sommer agting vir haar gegee, en hy kan 'n waardige teenstander waardeer. Hy hou van iemand wat sy man teen hom, Emile du Pré, kan staan. Ook die vurige temperament van die fyn en tenger meisietjie besit vir hom 'n besondere bekoring.

"Maar jy sal my nie ontvlug nie, kleintjie. Jou liefde behoort aan my en ek is vasberade om dit te behou," glimlag hy en stap na sy wagtende koets voor die deur.

Lank nadat die koets vertrek het, staan Celeste nog steeds verslae agter die huis, starend met nikssiende oë na die blou deining van die see wat onafgebroke rys en sak soos 'n reusemonster wat diep en swaar asemhaal. 'n Ligte bries speel met haar hare, maar sy is nie eens bewus daarvan nie.

In haar hart lê die loodsware wete dat sy Emile met die innige en opregte liefde van 'n vrou bemin, maar dat hy haar reine liefde wil besoedel en van haar 'n wese maak wat geen ordentlike en respektabele mens ooit weer in die oë sal kan kyk nie. Ja, hy wil haar mooi jong lewe met oneerbare begeertes vernietig, soos hy alreeds talle ander lewens vernietig het.

Sy woorde: "Sodra my grootmoeder haar intrek in haar eie woning geneem het, maak ek jou sonder verwyl myne," martel haar gefolterde siel met geselhoue, want nog nie een enkele keer het hy die woord "huwelik" gemeld nie, en nog nie een keer het hy gesê dat hy haar graag sy bruid of sy vrou wil maak nie.

Hy sê hy bemin my, mymer sy met 'n verwese gelaat en troebel oë wat dof is van ongestorte trane, maar kan hy werklik 'n vrou bemin? Is hy werklik in staat om die tere emosies wat 'n mens se hele siel in dié van 'n ander verlore laat gaan, te ervaar? So 'n harde, ongevoelige man, watter dieptes van ontnugtering huisves hy in sy troebel gemoed? En wat het sy vader se lewe so diep ongelukkig gestem dat dit van die seun so 'n harde en verbitterde man gemaak het? . . . Ja, hy is 'n verbitterde man; so verbitterd dat hy selfs 'n eerbare en onskuldige meisie daardeur wil folter en vernietig!

'n Lang ruk tob Celeste oor hierdie talle vrae waarop sy geen antwoorde kan vind nie . . . en, o, hoe gekneus voel sy nie van binne nie! Toe weet sy meteens, met 'n helder wete wat haar laat duisel en haar hart met 'n grenslose weemoed vul, dat sy óf met Carl sal moet trou voordat die ou markiesin na haar eie woning verhuis óf haar aan Emile se oneerbare wense sal moet onderwerp.

8

Die volgende vier weke het Celeste dit so druk met die boerdery dat sy bedags kwalik die geleentheid gegun word om aan haar verydelde liefde te dink. Nuwe lande word gebraak, siek vee gedokter, skape geskeer en in die wingerde moet die grond losgespit word. Oral moet Celeste aandag skenk. Die bure kom sit nou wel dikwels hand by met die werk, maar die meeste van die tyd is dit maar sy, Rama en Malak wat toesig hou oor die slawe en sorg dat al die werk gedaan kom.

Saans is sy so moeg en uitgeput dat haar kop skaars die kussing raak of sy is aan die slaap. So verstryk die een week na die ander. Carl, wat twee weke lank op reis was, het haar al twee maal besoek, maar ongelukkig nie een maal tuis gevind nie. Marcel besoek haar nou gereeld elke Sondag, maar het ook nog nie 'n geskikte dame gevind wat by haar op Vergesig kan inwoon nie.

Na vier weke se bontstaan voel Celeste vanoggend byna uitbundig van blydskap. Die skeïdery is gister afgehandel en die bale wol lê opgestapel in die skuur, gereed vir die volgende handelskip wat moontlik binnekort die Kaap sal aandoen.

Hier waar sy op die voorstoep staan, het sy 'n paar van die nuwe lande in sig wat lê en wag vir saaityd. Aan haar linkerkant is die ou markiesin se woning vinnig in aanbou. Maar vanoggend wil sy nie daarna kyk nie, want daardie gebou bly nog steeds 'n doring in haar oog, sowel as in haar vlees. En op so 'n sonnige môre wil 'n mens nie jou siel versondig met onaangename gedagtes nie.

'n Volle halfuur staan Celeste droomverlore daar op die stoep. Dan ruk Malak se stem haar skielik uit haar gedagtewêreld toe hy 'n brief na haar uithou en verduidelik dat Marcel se slaaf dit so pas afgelewer het.

Sy bedank die ou man beleef, breek die seël en lees die kort briefie vlugtig deur.

So, glimlag sy, dan het Marcel toe uiteindelik 'n dame gevind om by my te kom inwoon, en nou moet ek hom eenuur vanmiddag by die handelshuis ontmoet sodat ek die ou dame persoonlik kan spreek!

Daar is 'n opgewonde blos op haar wange toe sy haar na binne haas en Malak versoek om toe te sien dat die koets dadelik ingespan word. Daarna begeef sy haar weer na haar kamer om te verklee, en 'n uur later is sy onderweg na die Kaap. Sy besluit om eers 'n paar belangrike inkopies te doen voordat sy Marcel gaan spreek.

117

Vanoggend kring haar gedagtes weer knaend om Emile. Dis nou presies vier weke vandat hy en sy grootmoeder haar besoek het, en daarna niks weer van hulle laat hoor het nie. Haar hart ween oor sy stille afwesigheid, maar haar nugter denke maan haar dat alles per slot van rekening ten goede uitwerk, want op dié manier sal sy gou ontslae raak van haar ongewenste liefde vir hom, wie se gevoel vir haar tog nie eerlik en opreg kan wees nie.

Ritmies klop die perde se hoewe oor die vaal stofpad terwyl elke draai van die koets se wiele haar nader aan haar bestemming bring. Die gewieg van die koets laat Celeste na 'n paar minute lomerig voel. Sy sluit haar oë en gee vrye teuels aan haar pynlike gedagtes.

'n Ligte frons ontsier haar mooi voorkop terwyl sy diep en ernstig peins oor haar hopelose liefde vir die wispelturige Emile. Sy wonder of hy al weer 'n nuwe vlindertjie in sy weg gevang het, daarom dat sy nog niks weer van hom gehoor of gesien het nie. Of het hy dalk iets oorgekom – miskien verongeluk?

'n Driekwartier later hou Celeste se koets in die Heerengracht voor Mijnheer Westra se handelshuis stil waar sy gewoonlik al haar inkopies doen. Rama is dadelik by om die koetsdeur vir haar oop te hou, en met haastige treetjies klim sy uit die rytuig. Toe sy eindelik langs die koets staan, verstar haar blik meteens want daar, nie tien treë voor haar nie, klim Emile en die beeldskone dogter van die fiskaal uit die jong edelman se weelderige koets. Sy merk hoe galant hy die stralende meisie uit die koets help, diep in haar oë kyk en haar dan ewe galant sy arm aanbied. Toe beweeg hulle laggend, geselsend, soos twee verliefdes met die straat af, in die rigting van die fiskaal se woning.

'n Kortstondige oomblik staar Celeste hulle asof versteen agterna. Dan stu 'n koue woede in haar op teen die jong markies wat so 'n gek van haar gemaak het deur voor te gee dat hy haar bemin, terwyl hy al die tyd smoorverlief is op die fiskaal se dogter.

O, hoe heerlik moes hy nie in sy mou vir my gelag het nie, dink sy met pyn en ontnugtering wat naak in haar oë lê. Maar dank die hemel, my oë is nou wawyd oop. Ja, ek is nou deeglik bewus van die spel wat hy al die tyd besig was om met my te speel . . . Carl was dus heeltemal reg toe hy my teen die verraderlike markies gewaarsku het!

Diep in haar hart het Celeste nog altyd gehoop en gebid dat Emile dit tog eerlik en opreg met haar moet bedoel, dat al sy mooi woordjies nie net lippetaal moet wees nie. Maar nou is sy volkome oortuig dat al sy vertoon van liefde slegs 'n dubbelspel was om haar voor hom te laat swig, want enigeen met oë en verstand kan sien dat die fiskaal se dogter die gelukkige een is wat sy liefde besit. Daardie sprekende blik in sy oë getuig slegs van een ding: liefde. Sy weet ook vir 'n feit dat geen jongman dit ooit sal waag om die fiskaal se dogter as speelbal te gebruik nie; daarvoor is haar vader gans te 'n belangrike persoon hier in die Kaap.

Celeste se hart lê soos 'n swaar stuk metaal in haar bors en ook haar bene voel loodswaar toe sy eindelik die handelshuis binnetree. Sy groet die klerke met 'n geforseerde glimlaggie, handel haar inkopies meganies af en slaak 'n sagte sug van verligting toe sy eindelik weer in haar koets sit, onderweg na Marcel.

Sy is baie na aan trane. Maar dan dring die gedagte skielik tot haar deur dat sy haarself sal moet regruk voordat sy Marcel aanstons ontmoet. Onder geen omstandighede mag hy agterkom hoe sy oor Emile voel nie. Ja, niemand mag ooit weet dat sy swak genoeg was om op dié man verlief te raak nie.

Verlief! Sy stik byna in haar eie woede. Nee, ek is nie meer verlief nie. Ek haat hom en ek wil hom nooit weer sien nie!

Uit die warboel van emosies in Celeste se gemoed vat daar eindelik weer 'n vaste voorneme pos. Sy sal met Carl trou en terstond vergeet dat sy ooit 'n man soos Emile du Pré geken het.

Ja, ek wil hom nooit weer sien nie, die skynheilige bees, vaar sy in haar gedagtes teen die edelman uit. Hy moet dit ook nie weer waag om sy gesig op Vergesig te kom wys nie, want ek sal hom sonder aarseling deur my slawe laat verwyder!

Hierdie toornige gedagtes laat Celeste weer dadelik beter voel. Sy besef terdeë dat 'n liefdelose huwelik vir haar 'n opdraande stryd gaan wees, maar sy weet ook dat 'n huwelik met Carl weer rigting aan haar lewe sal gee. Dierbare, geduldige Carl, wat haar die afgelope ses maande seker al 'n halfdosyn keer vrugteloos gevra het om met hom te trou. Maar nou sal daardie wens van hom eindelik bewaarheid word.

Dis byna eenuur toe Celeste se koets voor die markies se handelshuis stilhou en Rama die deurtjie vir haar oophou om uit te klim. Met kort, haastige treetjies stap sy die gebou binne waar sy Marcel druk besig agter 'n lang toonbank aantref.

"Wel, ek moet sê jy lyk nogal danig besig," groet sy haar broer met 'n innemende glimlaggie wat die kuiltjies in haar wange wegkruipertjie laat speel.

"O, nie so besig soos sekere mense op Vergesig wat ek ken nie," terg hy lighartig. Dan stel hy Celeste voor aan die bestuurder en 'n paar van die klerke.

Aangesien Celeste 'n rukkie op Marcel moet wag, wat eers 'n dringende takie moet afhandel, kyk sy solank na die rolle en rolle weelderige materiale in die rakke. En toe hulle 'n rukkie later vertrek, is sy twee rolle rokmateriaal, kant, linte en pluime ryker, en 'n hele paar riksdaalders armer.

"Wie is die ou dame wat jy vir my gevind het, Marcel, en waar woon sy?" wil Celeste sommer uit die staanspoor weet toe die koets voor die handelshuis wegtrek.

Marcel swyg 'n oomblikkie. Dis nie sy gewoonte om sy suster met leuens op te saal nie. Maar al voel hy nou ook hoe skuldig, kan hy haar vandag beslis nie die waarheid vertel nie. Hy weet so seker as wat hy leef dat sy tant Anna nooit sal aanvaar as sy moet weet dat die ou dame op die oomblik nog die markies se huishoudster is op Bellecour, en dat dit Emile se uitdruklike begeerte is dat die ou dame haar op Vergesig moet gaan vestig waar sy 'n wakende oog oor Celeste kan hou nie.

Nee, hy kan dit nooit waag om haar die waarheid te vertel nie, daarom draai hy sy gesig effens weg toe hy gemaak ongeërg antwoord: "Ek glo nie jy het die ou tannie al ooit ontmoet nie, Celeste. Sy heet tant Anna van Rhyn, en woon glo by 'n susterskind of iemand. In elk geval, ek het haar gevra om teen eenuur by my huis te wees waar jy self met haar kan onderhandel. Terloops, ek het aan haar verduidelik dat jy haar in diens wil neem as huishoudster. Jy sien, sy is 'n weduwee en moet maar self vir haar onderhoud werk."

'n Sagte laggie van Celeste noop Marcel om haar vlugtig, vraend aan te kyk.

"Ek wonder wat Rama en Malak daarvan gaan sê dat Vergesig in die vervolg 'n huishoudster gaan hê," verduidelik sy met vrolike, vonkelende oë. "Ek dink nogal die twee ouens gaan bly wees om na al die jare ontslae te wees van die kokery."

"Hulle sal jou beslis meer met die boerdery kan help," spreek Marcel 'n wyse gedagte uit, heimlik verlig dat Celeste gelukkig niks vermoed van die markies, tant Anna en sy geheime samesswering nie. Hy weet dat Celeste besonder skerpsinnig is en hy was nog nooit iemand wat baie oortuigend kon lieg nie.

Dis die eerste maal dat Celeste haar broer se nuwe tuiste betree. Die huis is presies die helfte kleiner as die markies se swierige woning oorkant die straat, tog hou sy van die oulike huisie.

Met die trotse houding van 'n koning in sy eie koninkryk, vergesel Marcel haar deur die huis om elke vertrek te besigtig. Toe hulle na 'n rukkie die eetkamer binnetree, vind Celeste dat tant Anna van Rhyn alreeds vir hulle tee geskink het en wag op die onderhoud met haar toekomstige werkgeefster.

Marcel se gesig is baie vroom en onskuldig toe hy die twee

dames aan mekaar bekend stel, verskoning maak en sy hande gaan was.

Celeste haal haar hoed af en onderwyl sy dit saam met haar handsakkie en handskoene eenkant op 'n stoel neersit, verneem tant Anna belangstellend na die boerdery op Vergesig. Die jongmeisie bied haar 'n breedvoerige beskrywing van alles wat die afgelope vier weke op Vergesig plaasgevind het en besluit dan so tussen die gesels deur dat sy nogal van hierdie belangstellende tante hou. Sy lyk soos 'n wakker boervrou en sal beslis 'n aanwins wees vir Vergesig se woonhuis, wat op die oomblik gans te groot is vir haar en die bediendes. Sy nooi die ou dame ook sommer op 'n skielike impuls om te bly vir middagete, aangesien daar nog 'n paar dingetjies is waaroor sy die ou dame wil spreek.

Tant Anna van Rhyn is besonder tegemoetkomend en toe die maaltyd afgehandel is, het Celeste en die tante reeds ooreengekom dat laasgenoemde die volgende oggend haar intrek op Vergesig sal neem. Toe sy die ou dame later by die voordeur groet, kan sy nie help om op te merk hoe fier en trots Emile op die rug van sy vurige swart hings met die straat af ry nie. Sy prominente gestalte is, soos gewoonlik, met groot sorg, onberispelik en volgens die nuutste Franse mode geklee.

Celeste voel hoe haar verraderlike hart 'n onverwagte ruk gee en die bloed bruisend deur haar are laat pols. Sy verag haarself innerlik omdat sy so swak is en telkens toelaat dat haar gevoel vir hom ten hemele opvlam. Sy laat egter niks blyk van hierdie botsende emosies in haar nie; kry dit selfs reg om die ou dame met 'n hartlike glimlag te groet.

"Ek gaan die ou markiesin vir 'n heen-en-weertjie besoek, Marcel," kondig sy 'n rukkie later aan toe sy haar deftige, modieuse hoed met groot sorg opsit en haar handskoene ewe sorgvuldig aantrek. "Ek veronderstel jy is ook haastig om terug te gaan na jou werk."

Marcel voel geweldig verlig dat die onderhoud met tant Anna eindelik afgehandel is. Hy lyk ook duidelik haastig om weer na sy werk te vertrek.

Celeste bedank haar broer vir die moeite wat hy gedoen het om tant Anna vir haar te vind, gesels nog 'n kort rukkie met hom oor die ou dame se voortreflikheid as huishoudster, en neem dan van hom afskeid.

Vir die tweede keer word die markies se voordeur vir Celeste deur dieselfde huisslaaf oopgemaak. Hy herken haar dadelik en verklaar onomwonde dog beleef: "Die groot seur is nie tuis nie, Madame," kompleet asof sy groot seur die enigste lewende siel in die huis is wat besoek mag ontvang, en dit 'n gewoonte by haar is om die markies tuis te besoek.

Celeste vererg haar oombliklik vir wat sy as 'n beledigende insinuasie beskou. Sy wonder ontstoke of die ellendige slaaf nou regtig dink dat dit haar gewoonte is om mans by hulle huise te besoek.

Haar stem bewe van woede toe sy, met haar ken trots in die lug, diep onthuts uitroep: "Na die maan met jou en jou groot seur. Waar is die madame? Toe, moenie vir my kyk asof jy 'n gees sien nie. Gaan verwittig die markiesin dat die jong madame Valkenier haar wil spreek . . . of sal ek myself aanmeld?"

Die naam Valkenier werk soos 'n towerslag, want die slaaf buig skielik diep en laag en nooi Celeste baie beleef en eerbiedig om binne te kom.

Toe hulle die ontvangskamer nader, merk die jongmeisie dat die deur oopstaan en voeg die slaaf, nog steeds diep ontstoke, toe: "Toe maar, dis nie nodig dat jy my verder vergesel nie, ek kan myself aanmeld."

Haar oë spat nog vuur toe sy die weelderige vertrek binnetree. Dog die volgende oomblik steek sy skielik vas en voel momenteel soos 'n geprikte ballon, want die ou markiesin is nie alleen soos sy gedink het nie.

Met blosende wange staar sy na die mooi, vyf en twintigjarige vroutjie en die vierjarige seuntjie wat uiters verveeld langs haar op die bank sit, kompleet asof die grootmense se geselskap slegs met die grootste verdraagsaamheid verduur.

Dog die ou markiesin red haar gelukkig uit haar verleentheid toe sy met 'n geamuseerde laggie vra: "Genade, wat het nou gebeur dat jy so diep ontstoke voel, Celeste-kind? ... Maar wag, laat my eers toe om jou aan die jong gravin Suzette de la Roche bekend te stel." Sy stel die twee dames aan mekaar bekend, maak 'n sierlike gebaar met 'n juweelversierde hand en gaan prettig voort: "So! Kom sit, ma fille, en laat ek hoor wie vandag weer gesondig het."

Celeste erken die bekendstelling met 'n grasieuse kniebuiging, groet die ou markiesin beleef en neem dan regoor haar gasvrou plaas. Sy het ook net pas gesit, toe val sy sommer met die deur in die huis, haar verleentheid van flussies nou iets van die verlede.

"Dis daardie idioot van 'n slaaf wat my by die deur ontvang het," begin sy, nou weer opnuut ontstoke.

"Dis waar, hy is 'n imbesiel," beaam die ou dame met 'n houding asof dit haar skoon verbaas dat Celeste dit nou eers agterkom. "Maar jy wou my iets van die onnosele Ali vertel ... Gaan voort, kind, ek luister."

Celeste glimlag suur en begin dan weer praat: "U het eerlikwaar gelyk, Madame. Hierdie slaaf, Ali, is inderdaad 'n imbesiel. Verbeel u, toe hy my flussies by die deur ontvang, kondig hy so ewe uit die bloute aan dat sy groot seur nie tuis is nie; kompleet asof ek my hierheen begeef het met die spesifieke doel om sy vervelige seur te besoek."

Daar is 'n flikkering van ondeunde pret in die ou dame se oë toe haar blik vir 'n breukdeel van 'n sekonde verby Celeste na die half oop deur staar, en toe weer terug na die jongmeisie se onthutste gesiggie. Ook die jong gravin lyk geamuseerd. Maar dan glimlag die ou dame slegs meewarig en verneem met groot belangstelling: "En wat het jy toe vir die onnosele Ali gesê, ma fille?"

Celeste trek haar tenger skouertjies argeloos op.

"Wat kon ek sê, Madame? Ek wou hom eers prontuit vertel dat ek aan talle aangenamer dinge kan dink om tyd mee te verwyl as om sy vermetele seur te besoek." Sy glimlag ietwat waterig. "Maar ek hou nie daarvan om met 'n slaaf oor sulke ...e ... persoonlike dinge te argumenteer nie, dus het ek hom maar maan toe gestuur met sy groot seur en al ..."

"En hoe dink jy gaan ek vir Ali weer terugkeer, chéri?" gee 'n uiters bekende stem skielik agter Celeste antwoord – 'n stem wat sy glad nie verwag het om hier in die ontvangskamer te hoor nie.

Toe sy haar half omdraai in die stoel, kyk sy vas in Emile se laggende oë. Dan voel sy hoe 'n vuurwarm gloed na haar wange opstyg.

"Jy ...?" Woorde faal haar en vir 'n oomblik is sy die kluts skoon kwyt. Maar sy ruk haar gou reg, besluit dat sy vraag geen antwoord verg nie en laat ewe koeltjies hoor: "Ek het nie ge-weet jy is al tuis nie. Trouens, ek het jou pas 'n halfuur gelede van die huis af sien wegry."

"Dit, my liewe Celeste," laat hy glimlaggend hoor, "was op-setlik gedoen om jou om die bos te lei." Hy trek vir hom 'n stoel nader en neem plaas, kyk haar aan met spottende oë en gaan terglustig voort: "Jy sien, chéri, ek is baie deeglik bewus van die feit dat jy nooit 'n voet in my huis sal sit tensy jy heel-temal oortuig is dat ek nie tuis is nie."

"Jy is nogal volkome reg, mijnheer die markies," werp sy snipperig terug sonder om hom aan te kyk. "Ek sou beslis nie hierheen gekom het as ek jou nie flussies met die straat af sien ry het nie. Jy weet tog ek is allergies vir jou en soek nie graag jou geselskap op nie. Maar aangesien jy nou hier is," en sy trek

125

haar skouertjies onverskillig op asof sy daarmee te kenne wil gee dat sy haar glad nie verder aan sy teenwoordigheid gaan steur nie en dat dit haar ook nie juis raak nie, "kan ek natuurlik niks daaraan doen nie. Maar ek moet sê, ek kan glad nie begryp wat jy met so 'n optrede meen te bereik nie."

"Wil jy dit graag weet, Celeste?" glimlag hy, nog steeds met daardie ergerniswekkende ondeunde spot in sy donker oë wat stelselmatig oor elke lyntjie van haar onthutste gesiggie gly; daardie dierbare gesiggie wat hy elke oomblik van die dag voor hom sien en wat hom selfs in sy drome bybly.

Die terglustige ondertoon in sy stem dwing Celeste om vlugtig na hom te kyk.

"Ek is hoegenaamd nie geïnteresseerd of gretig om dit te weet nie, Mijnheer," antwoord sy uit die hoogte en draai haar gesig weer terstond van hom af weg.

Dis waar. Sy wil nie graag met Emile stry of rusie maak hier in sy grootmoeder en die jong gravin se teenwoordigheid nie. Maar die hemel weet, sy vermetelheid en aanmatiging is genoeg om die geduld van 'n engel op die proef te stel, en sy kon nog nooit daarop roem dat sy een van die geduldigste is wat leef nie.

"Nee, sowaar, die man is onuitstaanbaar . . ."

"Rissie," lag Emile weer sag en kyk haar aan met 'n warm blik. "Jou tong is net so skerp soos 'n swaard, chéri. Maar ek sal jou nog leer om my met meer respek en agting te bejeën." Sy oë kyk haar nog enkele sekondes spottend aan, dan draai hy hom sonder meer na die jong gravin, glimlag en verklaar vleiend: "Jy word by die dag mooier, Suzette. Geen wonder dat ek Marco die afgelope drie dae nog nie met 'n oog gesien het nie. Hy besef natuurlik ook dat 'n man sy eiendom moet beskerm teen die lastige kavaliers hier in die Kaap."

"Marco, my liewe Emile, het drie dae gelede na Voltaire vertrek," help sy hom met 'n prettige glimlaggie reg. "En as jy dit miskien nie weet nie: my ouers was koloniste, dus is ek heeltemal in staat om myself te beskerm sonder Marco se hulp. Maar terloops, ek het hoofsaaklik kom verneem of tante Elmaré nie vir 'n paar dae by my op Bordeaux wil kom kuier nie. Ek is seker sy sal die vreedsame stilte op ons landgoed baie geniet."

"Ek is seker sy sal," beaam Emile vriendelik. "Maar ek glo nie my grootmoeder sal graag nou wil gaan kuier nie. Jy sien, sy verhuis die einde van volgende week na my chateau op Bellecour, tot tyd en wyl haar eie woning op Bonheur voltooi is . . ."

Meer as dit hoor Celeste nie. Sy verbleek merkbaar en voel hoe 'n skielike benoudheid haar plotseling oorval.

Droom ek? wonder sy paniekbevange. Maar, nee, dit kan nie wees nie . . . Nee, dis geen droom nie. Emile het baie duidelik gesê dat sy grootmoeder die einde van volgende week gaan verhuis!

Dit voel vir Celeste meteens of sy vasgedruk word tussen die vier mure van die ruim, weelderige vertrek. Sy voel verward, radeloos en . . . ja, sy voel ontsettend bang. Want as Emile se grootmoeder die einde van die volgende week na Bellecour verhuis, wat gaan hom verhoed om sy dreigement van vier weke gelede uit te voer? En wat kan sy doen om haarself uit sy kloue te red – sy wat nie eens oor die krag van 'n vyftienjarige seun beskik nie en nog minder op Marcel kan reken vir ondersteuning!

Celeste besef dat die noodlot besig is om haar 'n uitklophou toe te dien. Sy kyk na Emile, merk die glimlaggie op sy aantreklike gelaat, die vuur van doelgerigtheid in sy warm oë. Sy voel lus om op te spring en so ver moontlik van hom af weg te vlug. Sy verwens die dag wat sy hom ontmoet het, en sy verwens haarself omdat sy hom nog steeds liefhet.

Maar wat baat al hierdie verwensery my per slot van rekening? vra sy haarself mistroostig af. Dit kan my tog nie van hierdie onheilige man red nie! Nee, ek moet sonder versuim hier wegkom sodat ek hierdie veranderde omstandighede kan bepeins. Dit is baie duidelik dat ek my nou in 'n ernstige penarie bevind!

Na Emile se verklaring van so ewe, luister Celeste slegs met 'n halwe oor na wat daar verder gesels word en antwoord werktuiglik op die jong gravin se belangstellende vrae en vriendelike uitnodiging om haar so dikwels te besoek as wat dit vir Celeste moontlik is. Sy vertel Celeste van haar eie jongmeisiejare – sowat vyf jaar gelede – hoe lief sy vir Voltaire was, die plaas wat sy van haar ontslape vader geërf het, van hulle trek na die grens en hoe sy na die Kaap teruggekeer het as Marco se vrou.

Celeste veins belangstelling, lag selfs wanneer dit van haar verwag word, maar wens heimlik dat sy nou kan vertrek na haar eie dierbare Vergesig, waar sy ongesteurd aan 'n oplossing kan dink vir hierdie probleem wat haar nou soos 'n groteske monster in die gesig staar.

Dog die gode is haar nie so vriendelik gesind nie, want dis reeds byna vieruur voordat die ou markiesin haar eindelik toestemming verleen om te vertrek. Toe sy die ontvangskamer verlaat nadat sy die agterblywendes gegroet het, vind sy tot haar groot ergernis dat Emile dit sy plig ag om haar na haar koets te vergesel. Hy waag dit selfs om haar arm te neem toe hulle met die treetjies by die voordeur afdaal. Maar hiermee is Celeste glad nie gedien nie. Sy laat dit ook baie duidelik blyk toe sy die man se hand vererg van haar arm afskud, en hom baie kortaf aanspreek.

"Ek is nie 'n invalide nie, Mijnheer. Ek kan myself heeltemal goed oor die weg help sonder jou hulp, dankie."

As Celeste 'n skerp teregwysing van hom verwag het, het sy haar terdeë misgis, want die enigste antwoord wat sy van Emile ontvang, is 'n sagte spotlaggie en 'n tergende: "Dit lyk my ek gaan nog groot moeite ondervind om jou mak te maak, chéri."

Hierop ag sy dit egter nie die moeite werd om kommentaar te lewer nie. Sy frons liggies. Laat hy gerus die geagte fiskaal se dogter gaan mak maak. Sy wat Celeste is, wil niks met hom te doen hê nie.

Maar toe hulle die koets bereik en hy weer so ewe uit die bloute sê: "Dit sal nou nie meer lank wees nie, chéri, dan maak ek jou volkome myne. Net 'n paar dae nog," kon sy haar nie 'n oomblik langer inhou nie, en diep ontstoke snou sy hom toe: "Ek sal jou aanraai om liewer van Vergesig af weg te bly, Mijnheer. Ek is nie 'n goeie skut nie, maar ek mag dit volgende keer gelukkiger tref. Bepaal dus liewer jou aandag onverdeeld by ons geagte fiskaal se dogter en laat my met rus. Ek is nie jou of enige man se speelbal nie."

Die volgende oomblik draai sy haar rug op hom en klim sonder meer in die koets, vasbeslote dat sy hom nooit weer in haar lewe wil sien nie.

Die volgende dag is daar weer heelwat bedrywigheid op Vergesig. Die goedige tant Anna neem haar intrek in die groot huis daar aan die voet van die berg, en die hele huishouding word in 'n nuwe rat gegooi. Rama en Malak lyk duidelik in hul skik met hierdie nuwe toedrag van sake, want nou kan hulle ten minste meer aandag wy aan die boerdery en aan die veiligheid van hul meesteres.

Die nederige tant Anna is baie behulpsaam, bedagsaam en vriendelik. Maar vandag kan Celeste nie heelhartig in die ou dame se spontane vriendelikheid deel nie. Sy voel soos 'n voortvlugtende wat voëlvry verklaar is en enige oomblik die ergste verwag. Sy tob al van gister af oor hierdie ding wat soos 'n dreigende swaard oor haar hoof hang. Dog van welke kant sy dit ook al benader, die hele saak bly vir haar ingewikkeld en haas onoplosbaar. Intussen snel die dag van die ou markiesin se vertrek meedoënloos nader en ook Emile se uitdagende woorde stem haar by die minuut meer paniekbevange.

Drie dae dwaal Celeste op Vergesig rond soos 'n gees wat rus soek en dit nêrens kan vind nie. Soms oorweeg sy dit selfs om Vergesig te verkoop en noordwaarts te trek. Maar dan dink sy weer aan oom Reynier se sweet en harde werk wat in hierdie plaas lê, en buitendien sal die verkoop van die landgoed ook gans te lank sloer na haar sin; derhalwe verwerp sy hierdie gedagte. Intussen bly haar gedagtes steeds in die rondte kring soos 'n swerm aasvoëls wat 'n dooie skaap vanuit die bloutes bespied. As tant Anna, Rama en Malak hierdie skielike afgetrokkenheid van haar vreemd vind, laat hulle dit wyslik nie blyk nie.

Eers die middag van die vierde dag kom Celeste eindelik tot die finale besluit dat daar vir haar slegs een uitweg is om te volg: sy sal Carl sonder versuim moet gaan spreek. En as hy nog met haar wil trou, kan hulle sommer die volgende dag in Groot Drakenstein trou sonder dat 'n enkele Kapenaar daarvan weet.

Ja, as die Kapenaars, veral Emile, hulle oë uitvee, moet ons alreeds getroud wees, besluit sy. Haar bewolkte gelaat helder sommer weer dadelik op. Die vraag is nou net of Carl nog met my wil trou?

Met hierdie gewigtige besluit geneem, laat Celeste haar fyn borduurwerk net daar op die tafel lê en draf met gevleuelde voete na haar kamer om te verklee.

"My ryklere . . . Gou!" gebied sy die arme Fina wat haar meesteres se onelegante intrede met groot misnoeë en openlike afkeer betrag. Sy wens nog elke dag dat haar meesteres ook so fyn en elegant wil wees soos die sjarmante dames van die Kaap wat 'n mens elke middag so vol grasie met hul kleurvolle sambreeltjies in die Heerengracht sien wandel. Maar dit lyk nie of hierdie wens van haar ooit verwesenlik sal word nie, want haar jong madame is nie iemand wat haar veel aan modes, versiersels en sulke goed steur nie. En as dinge so aangaan, weet sy nie of daar ooit eendag 'n bruilof op Vergesig sal plaasvind nie, want watter sjarmante, verfynde jong heer sal met so 'n rabbedoe wil trou?

Fina sug gelate en help haar jong meesteres gedweë om van haar klere te verwissel, al kan sy nie begryp waarom haar werkgeefster skielik so haastig en opgewonde is nie. Maar dan verstaan sy die Europeërs ook nie aldag nie. As 'n mens dink hulle gaan só maak, kan jy verseker wees dat hulle net die teenoorgestelde gaan doen. Neem nou byvoorbeeld haar eie jong madame. Daar het sy ewe beskeie in die eetkamer gesit en borduur soos dit 'n jong dame van haar stand betaam, en wie het nou ooit kon droom dat sy skielik 'n bevlieging sal kry om te gaan ry? Nie sy wat Fina is nie, in elk geval. Nee, slaan my dood, maar dié mense sal ek nooit verstaan nie . . .

"Gaan sê die stalkneg moet Vonk vir my opsaal . . . Gou, Fina, ek is vreeslik haastig," onderbreek Celeste haar slavin se gedagtes onderwyl sy haar swart vilthoed opsit, en daarna 'n soektog op tou sit na tant Anna.

Sy tref die ou dame in die spens aan en verwittig haar kortliks dat sy vir 'n heen-en-weertjie oorry na Weltevreden om Carl te spreek. Sy sê egter nie waaroor sy Carl wil spreek nie en gee die ou tante ook nie die geleentheid om dit uit te vis nie.

Met 'n haastige: "Sien Tante later," verlaat sy die huis en begeef haar na die stalle waar die stalkneg nog besig is om Vonk op te saal.

Met peinsende blik volg sy die bewegings van die slaaf se hande onderwyl hy die buikgord vasgespe en die stewigheid van die stiebeuels toets. Toe hoor sy plotseling 'n geklop van hoewe. Dit laat haar gesteurd wonder wie nou so ontydig besoek kom aflê op Vergesig – juis nou terwyl sy so haastig is om na Weltevreden te vertrek.

'n Gesteurde frons verskyn tussen Celeste se fyn wenkbroue toe sy haar gesig in die rigting draai waar die luide hoefslag aan die ander kant van die opstal opklink. Sy kan nog geen ruiter sien nie, maar sy weet intuïtief dat die persoon uit Bonheur se rigting kom . . . en dit beteken dat dit moontlik Emile kan wees.

O tog wêreld, nee! kreun sy byna hardop. Tog net nie hy nie. Nie vandag nie. Ek moet Carl dadelik gaan spreek. Daardie onuitstaanbare Fransman besit 'n gawe om dwarsdeur 'n mens te kyk met sy skerp, noulettende oë, en aanstons kom hy my plan agter . . . Nee, ek moet dadelik padgee van die werf af, net in geval daardie ruiter dalk regtig hy is!

Soos 'n paniekbevange kind gryp sy die teuels by die stalkneg, swaai haarself sierlik in die saal en galop met donderende hoefslae weg in die teenoorgestelde rigting van waar die hoefgetrappel nou luider opklink.

Maar Celeste is te laat. Die drie ruiters wat oor die werf aangery kom, het haar en Vonk alreeds bespeur en sit hulle nou met ongekende spoed agterna. Die dame se hoed het van haar goudblonde hoof afgeskuif en hang nou agter haar rug. Die twee mans se swart mantels, een met rooi en een met pers satyn uitgevoer, wapper strydlustig agter hulle soos vlae, terwyl die drie perde se koppe laag trek soos hulle ooplê agter Vonk aan.

Celeste het nie ver gevorder nie, toe sy die donderende geweld van hoefslae agter haar hoor en besef dat haar haastige vlug tog nutteloos was, dat sy nou haar besoek aan Carl sal moet uitstel tot later vanmiddag.

Werktuiglik bring sy Vonk tot stilstand, draai die dier om en staar die naderende ruiters met nougetrekte oë en innerlike misnoeë aan. Sy erken Emile en die jong gravin dadelik, maar die ander heer is aan haar totaal onbekend. Hy lyk vir haar in elk geval ook na 'n Fransman met sy gitswart hare en donker gelaatskleur.

Maar na Emile wil sy liewer nie kyk nie. Sy bedrog staan haar nog te helder voor die gees. Dan besit hy ook 'n wonderlike gawe om al die verborge duiweltjies in haar met 'n enkele woord te wek, en sy het nie vandag tyd of lus om rusie te maak nie. Dus hou sy maar haar blik strak op die gravin se vriendelike en beeldskone gelaat gevestig, onderwyl sy hulle fier en regop in die saal inwag. Sy hoop egter dat hulle besoek van korte duur gaan wees, aangesien dit dringend noodsaaklik is dat sy Carl vanmiddag spreek.

Met 'n geforseerde glimlaggie groet Celeste die jong gravin toe die drie ruiters hulle perde vlak voor Vonk intrek. Sy draai haar na die markies, groet hom koel-beleef en ignoreer hom dan totaal terwyl sy op die gravin wag om die ander heer aan haar voor te stel.

Suzette merk hoe koel-hooghartig die jongmeisie haar rug op Emile draai, glimlag en voorspel heimlik 'n lang en gelukkige huwelikslewe vir die twee. Toe stel sy haar man, die graaf Marco de la Roche, aan Celeste bekend.

"Ons het hoofsaaklik kom kyk hoe die bouery aan die markiesin se woning vorder," verduidelik Suzette vriendelik, "en toe op die ingewing van die oomblik besluit om 'n paar minute op Vergesig aan te doen. Maar dit lyk of u self ook onderweg was om besoek af te lê, juffrou Valkenier?"

"U is reg, Madame," glimlag Celeste beleef. "Ek was op pad na Weltevreden. Maar my besoek kan wag tot later. Ons kan maar eers teruggaan huis toe."

"Mademoiselle Valkenier," gee die sjarmante sewe en dertigjarige graaf antwoord, "is u seker ons besoek is nie vir u ongeleë nie?"

Celeste kyk die aantreklike man met die eienaardige wenkbroue, wat aan die buitekante half opwaarts krul, reguit aan, glimlag en verklaar baie eerlik: "As u besoek vir my ongeleë was, Mijnheer, sou ek u dit sonder versuim te kenne gegee het. Ek vrees ek is soms pynlik reguit en haal my dikwels daardeur ander se gramskap op die hals. Maar ek is nie van plan om ooit 'n moordkuil van my hart te maak nie ..."

"En wat, as ek mag vra, is die doel van jou besoek aan monsieur Carl van Heiden, Celeste?" val Emile haar effens skerp in die rede en pen haar vas met 'n donker, afkeurende blik.

133

Die aangesprokene se spits kennetjie wip parmantig in die lug toe sy haar vlammende oë na die jong edelman draai.

"Dit het hoegenaamd niks met jou te doen nie, Emile," werp sy snedig terug. "Ek is geen verduideliking aan jou verskuldig wat my bewegings of besoeke betref nie. Ek sal dit ook baie waardeer as jy jou bemoeisieke neus in die vervolg uit my sake sal hou. Wat ek doen, gaan jou nie in die minste aan nie."

Celeste is so diep ontstoke dat sy nie eens merk hoe Emile hom vir haar vererg nie.

"Dis wat jy dink," waarsku hy haar met 'n onverbiddelike stem, "en dis presies waar jy 'n groot fout begaan. Jou bewegings en besoeke gaan my wel deeglik aan. As jy dus nie wil hê ek moet onkeerbaar woedend word nie, Celeste, moet jy jou besoeke aan Carl van Heiden oombliklik staak. Ek sal nie nou of ooit daarmee genoeë neem nie. Is dit duidelik?"

Soos 'n vurige jong perd ruk Celeste se ken nog 'n entjie hoër in die lug. Sy kyk die aanmatigende edelman uit die hoogte aan en voeg hom dan met 'n kwaai stem toe: "Jou aanmatiging is inderdaad genoeg om beroerte van te kry, Mijnheer. Maar wees verseker dat ek my nie in die minste aan jou woede en dreigemente steur nie. My lewe is my eie en ek sal daarmee maak wat ek wil, met of sonder jou goedkeuring. Ook my vriende sal ek kies sonder jou goedkeuring of inmenging." Sy draai haar sonder meer na die gravin, wie se oë skitter van ondeunde pret, kompleet asof hy hierdie kragmeting tussen die twee uiters amusant vind en ook intens geniet.

"Sal ons maar gaan, Madame?" vra sy beleef.

"Neem my raad aan, Mademoiselle," laat die graaf De la Roche met vonkelende oë en 'n alwyse glimlaggie hoor, "en wees altyd baie versigtig hoe jy die duiwel in 'n man wakker maak. In Emile moet jy hom liewer glad nie wek nie. Glo my, ek weet waarvan ek praat. Hy is nie verniet tante Elmaré du Pré se kleinseun nie. Kruis liewer swaarde met die duiwel self as met hom.

Ek is oortuig daarvan dat die ou duiwel jou meer genade sal betoon as hy. En nog 'n ding: As 'n Fransman liefhet, duld hy geen inmenging in sy liefdesake nie. Hy sal soos 'n besetene tot sy laaste druppel bloed veg vir die nooi wat sy hart gesteel het."

"Jou relaas, my liewe Marco," glimlag Emile suur toe hy sy perd omswaai en ongenooi langs Celeste inval, "was absoluut oorbodig. Celeste ken my goed genoeg om te weet wat met die kavalier sal gebeur wat haar van my probeer afrokkel."

Weer maak Celeste haar mond oop om die spreker met 'n paar goed gekose woorde op sy plek te sit. Maar dan merk sy hoe die gravin haar skelm beduie om liewer te swyg, en sy maak haar mond weer net so geluidloos toe. Dog die gevaarlike lig wat in haar hemelsblou oë glim, vertel die ouer vrou baie duidelik dat sy diep ontstoke is en dat Emile dit nog terdeë gaan ontgeld – maak nie saak hoe, waar en wanneer nie.

Op pad terug na Vergesig se woonhuis gesels die gravin opgewek met Celeste, in wie se stormagtige temperament sy haarself weer as jongmeisie sien lewe. Maar hiervan rep sy nie 'n woord aan Celeste nie en toe hulle 'n paar minute later voor die deur stilhou, het die storm in die jongmeisie se gemoed al weer heelwat bedaar. Dog sy is nog steeds gedetermineerd om Emile te toon dat sy niks met hom te doen wil hê nie en dat hy haar in die vervolg met rus moet laat. Sy neem die gaste na binne en nooi hulle vriendelik om te sit. Daarna ontbied sy een van die huisslawe en versoek hom om vir die gaste wyn en lemoenstroop te bring. Toe verwyder sy haar hoed en neem self ook plaas, maar sy sorg dat daar 'n redelike afstand is tussen haar en Emile. Dis vir haar baie duidelik dat hy vandag op die oorlogspad is. Nog nooit voorheen het hy haar so onbeheers voor ander ingevlieg nie. Dis behoorlik of 'n duisend duiwels in hom gevaar het.

Die twee mans geniet elk 'n glas wyn en gesels onderhoudend oor boerdery en handel, terwyl Celeste en die gravin gesamentlike vriende en ander gemeenskaplike belangstellings bespreek.

Celeste geniet hierdie besoekie van die lewenslustige jong gravin nogal besonder baie. En toe haar gaste 'n uur later weer aanstaltes maak om te vertrek, weet albei dames met 'n helder sekerheid dat hulle in talle opsigte sielsverwante is en net sowel susters kon gewees het. Hulle voel ook vreemd aangetrokke tot mekaar.

Met die belofte dat sy die jong vroutjie sal besoek sodra dit vir haar geleë is, groet Celeste die Da la Roche-egpaar by die voordeur. Toe hoor sy Emile skielik met 'n waarskuwende stem langs haar sê: "Aurevoir, Celeste ... en bly weg van Weltevreden af. Daar kan niks goeds spruit uit sulke besoekies nie, en jy weet dit."

O, hoe graag sal sy hom tog nie wil vertel dat sy nou finaal besluit het om so spoedig moontlik met Carl te trou en dat sy laasgenoemde nog vanmiddag in dié verband gaan spreek nie!

Ja, sy sal graag sy gesig wil sien wanneer hy hierdie nuus verneem. Sy wens sy kan hom dit self vertel, net om haar in sy vernedering te verlustig – die vernedering dat hy toe nie sy sin met haar gekry het soos met sy ander minnaresse nie. Maar sy weet dat die tyd nog nie ryp is vir hierdie triomfantlike aankondiging nie, derhalwe werp sy hom slegs 'n onvriendelike blik toe en sê ewe kortaf: "Tot siens, Mijnheer."

9

Vonk is papnat van die sweet toe sy oor Weltevreden se werf ry en voor die weelderige herehuis uit die saal gly.

'n Paar tellings gly haar blik waarnemend, bewonderend oor Weltevreden se groot, pragtige woonhuis met sy drie sierlike gewels, wat aan die gebou 'n trotse, aristokratiese voorkoms verleen. Uit die een skoorsteen spiraal 'n lui rokie die lug is, en die klein ruitjies van die voorste vensters skitter soos spieëls in die warm namiddagson.

Celeste wil haar nog 'n rukkie langer verlustig in die swier van hierdie deftige woning van die Van Heidens, maar dan tree 'n slaaf by 'n sydeur uit, buig eerbiedig en bied beleef aan om Vonk koud te lei.

Op die jongmeisie se vraag of Carl tuis is, antwoord die slaaf dat sy jong seur pas tuis gekom het en op die oomblik in die waenhuis besig is om 'n ploeg te herstel. Hy bied aan om Carl van haar koms te verwittig, maar Celeste keer hom dadelik en verduidelik dat sy Carl self van haar koms sal gaan verwittig. Celeste is merkbaar senuweeagtig toe sy die waenhuis 'n rukkie later binnestap en ietwat angstig op Carl aftree, daar waar hy gehurk met 'n klomp gereedskap doenig is.

"Middag, Carl!" groet sy, dog sonder haar gewone uitbundigheid. Sy probeer 'n glimlaggie forseer, maar die poging is power. Asof sy dit besef, voeg sy geselsend by: "Jy lyk besig. Kan ek jou help?"

Carl merk dadelik die somber, onsekere en senuweeagtige trekkie om haar mooi, gevoelvolle mond. Maar hy groet haar vriendelik en antwoord laggend: "Jy lyk 'n mooi bog om 'n ploeg te help herstel, nooientjie." Hy kom orent, vee sy hande aan 'n stuk lap af en nooi saaklik: "Kom ons stap maar huis toe. Ek is al byna dood van die dors, en jy seker ook."

Maar Celeste keer hom haastig. "Ek het nie gekom om jou in jou werk te steur nie, Carl," begin sy. "Gaan asseblief aan waarmee jy besig was. Ons kuier sommer hier waar jy werk."

"Kom, bog met jou," wys hy haar besware met 'n vriendelike laggie van die hand. "Die werk kan wag. Ons gaan nou eers koffie drink. Dis mos nie aldag dat jy my met 'n besoek vereer nie."

"Carl . . . nee . . . wag 'n bietjie," keer sy nou opvallend huiwerig toe sy merk dat hy op die punt staan om te gaan. "Ek wil

137

eers met jou praat . . . ek bedoel, konfidensieel waar geen slawe in die nabyheid is om ons gesprek af te luister nie."

Die jongman kyk haar 'n oomblik stil, ondersoekend aan, merk weer die senuweeagtige trekkie om haar mond en die verleë uitdrukking in haar mooi oë. Dit laat hom heimlik wonder, daarom doen hy versigtig aan die hand: "In daardie geval stel ek voor dat ons hier buite onder die bome gaan sit . . . Kom, kleintjie, laat ek hoor waaroor jou kwellings vandag gaan."

Celeste is opvallend stil en afgetrokke toe sy Carl na buite vergesel. En toe hulle eindelik op 'n ruwe houtbankie onder 'n reusagtige ou eikeboom plaasneem, weet sy meteens nie hoe om die doel van haar besoek te verduidelik sonder om Carl van haar eerste ontmoeting met die markies te vertel nie.

'n Stilte waarin slegs die uitbundige gesels van die voëls in die lowergroen boom hoorbaar is, hang vir 'n paar tellings tussen hulle onderwyl Celeste koorsagtig wonder hoe en waar sy moet begin. Sy durf ook nie te lank talm nie, want Carl wag om te hoor wat sy te sê het; daarom draai sy haar gesig effens weg, stryk senuweeagtig met haar tong oor haar droë lippe en begin dan huiwerig, stamelend praat: "Ek . . . e . . . weet eerlikwaar nie hoe om jou te vertel nie, Carl. Jy sien, dis . . . dis die markies. Hy . . . wel . . . hoe sal ek nou sê. Hy val my voortdurend lastig, enne . . . nou ja, jy was reg toe jy my 'n paar maande gelede teen hom gewaarsku het, Carl. Die man het beslis 'n ogie op my en ek is ook oortuig daarvan dat sy bedoelings met my nie eerbaar is nie. Hy het nog nooit 'n woord van 'n huwelik teenoor my gerep nie, en 'n paar dae gelede het ek hom en die fiskaal se dogter uit sy koets sien klim en baie intiem, kompleet soos twee verliefdes, met die Heerengracht af sien stap. Maar nou het ek die fout begaan om . . . om ook op hom verlief te raak, Carl."

Sy swyg weer 'n rukkie en toe Carl niks sê nie, kyk sy hom met 'n onrustige blik aan en hervat ietwat wanhopig: "O, ek weet ek is 'n gek om so 'n man lief te hê, Carl. Maar ek is gelukkig nie gek genoeg om my aan enige oneerbaarheid skuldig te maak nie. Glo my, ek was al dikwels spyt dat ek nie destyds met jou getrou het toe jy my om my hand gevra het nie. Want sien, as ek getroud was, sou Emile my nie lastig geval het met sy attensies nie. Maar dis nog nie te laat nie, Carl. As jy nog met my wil trou ..."

"Bedoel jy dat jy nou bereid is om met my te trou, al het jy my nie lief nie, Celeste?" vra Carl met merkbare ongeloof in sy eerlike grys oë, wat die jongmeisie nie ontgaan nie.

"Jy lyk vreeslik verbaas, Carl," kan sy nie help om met 'n sweem van 'n glimlaggie te sê nie, maar gaan dan weer ernstig voort: "Dis tog nie 'n ongewone ding nie. Sulke huwelike word dikwels hier in die Kaap voltrek. En wat meer is, ek hou baie van jou en ek is seker ons verstaan mekaar beter as baie ander hier in die Kaap wat alreeds jare getroud is."

"O, ek weet dat sulke huwelike geen uitsondering op die reël is nie, dat dit dikwels gebeur en heeltemal in orde is," beaam hy ernstig onderwyl hy haar strak betrag. "Maar die vraag is of jy gelukkig sal wees as my vrou. Jy is so impulsief, nooientjie. Het jy al daaraan gedink dat ons verhouding na die huwelik totaal anders sal wees as wat dit tans is, dat jy dan my vrou sal wees en nie my vriendin nie, Celeste?"

"Maar natuurlik het ek daaraan gedink, Carl," verseker sy hom met 'n glimlaggie wat rou aan sy hart ruk, 'n hartseer glimlaggie wat geen skyn kan verbloem nie. "Jy het nie nodig om aan my te twyfel nie, my vriend," gaan sy sag voort. "Ek sal my bes probeer om 'n goeie vrou vir jou te wees en 'n voorbeeldige moeder vir ons kinders. Die vertroue, respek en agting wat ek vir jou besit, sal voldoende wees om 'n gesonde fondament vir ons huwelik te vorm ... Dis te sê as jy nog met my wil trou, natuurlik!"

Hy skuif ongenooid nader aan haar, lig haar spits kennetjie met sy een vinger op en kyk diep in haar troebel, blou oë wat op die oomblik donkerder as gewoonlik is. Dan glimlag hy gerusstellend toe hy tergerig verklaar: "Maar natuurlik sal ek met jou trou, jou ergerniswekkende kind. Dink jy ek het nog nie die gerug gehoor dat die markies nou weer sy flikkers by jou gooi nie? Terloops, ek wou lankal met jou oor hierdie ding gesels het, maar ek vrees ek kon jou nog nie een maal tuis vind nie." Hy verwyder sy vinger onder haar ken, blik haar nog 'n rukkie diep peinsend aan en gaan dan baie ernstig voort: "As ek oortuig was dat die man ernstige bedoelings met jou het, Celeste, sou ek nooit ingestem het om met jou te trou nie. Maar ek weet vir 'n feit dat Emile nie die tipe is wat hom maklik na die kansel sal laat lei nie. Hy het openlik en baie onomwonde die dag met my neef se troue verklaar dat dit die onsinnigste ding is wat 'n jongman kan doen, om te trou. Die Evas is glo nie 'n ou nasie waarop 'n man kan reken vir ewige trou en lewenslange geluk nie; derhalwe moet 'n man hulle slegs liefhê, maar wegbly van die kansel af."

Celeste se oë verdof asof sy 'n fisieke pyn verduur. Sy vou haar bewerige hande pateties inmekaar en ofskoon sy haar stem laag en sag hou, slaag sy maar nie volkome daarin om die pyn in haar stem te verbloem nie toe sy weer sê: "Sy opinie van ons vroulike geslag is inderdaad betreurenswaardig. In ek geval, sodra ons getroud is, sal hy my hopelik met rus laat. Maar, Carl," en sy kyk hom met 'n onrustige blik aan toe sy huiwerig vervolg, "kan ons . . . ek bedoel, is dit moontlik dat ons . . . wel . . . so spoedig moontlik in die huwelik kan tree sonder dat 'n enkele siel daarvan weet? Jy sien, ek wil nie hê Emile moet weet dat ons gaan trou nie. Hy is gemeen genoeg om die twee predikante hier in die Kaap oor te haal om nie die huwelik te voltrek nie. Jy weet dit miskien nie, maar hy is 'n gevaarlike man as hy nie sy sin kan kry nie. En ons huwelik gaan beslis nie sy goedkeuring wegdra nie."

"Bedoel jy dat die landdros van Groot Drakenstein ons in

die huwelik moet bevestig?" vra Carl, wat die erns van die saak begin insien. Hy ken die markies se duiwelse humeur en weet hoe genadeloos die man soms kan wees.

Maar Celeste skud haar kop en help hom onverwyld reg: "Wel, ek het nie juis bedoel dat die landdros ons huwelik moet voltrek nie, Carl. Daar is mos 'n leraar, of hoe?"

"O ja, daar is. Eerwaarde Van Velden, of Van Voorden, ek kan nie meer die kêrel se van onthou nie," lig hy haar saaklik in, en gaan dan ewe saaklik voort onderwyl hy haar ernstig betrag: "Ek hou natuurlik nie van so 'n skelm trouery nie, Celeste. Dit skep altyd 'n twyfelagtige indruk en lok gewoonlik ongunstige kritiek uit. Maar soos sake nou staan, het ons natuurlik geen ander keuse nie. Ek sal net my ouers van ons huweliksplanne verwittig ..."

"Nee, moet dit asseblief nie doen nie," keer sy paniekbevange en gryp sy een arm in haar angs met albei hande vas. "O, jy moenie, Carl. Een van julle slawe kan dit dalk per ongeluk te hore kom, en dan kan jy verseker wees dat die markies sy bes sal probeer om ons huwelik te verongeluk ... Jy weet self hoe vinnig slawe nuus van een huis na die ander kan versprei. En ek sê jou reguit, Carl, ek is bang vir Emile. Ek weet hy sal niks duld wat moontlik sy eie planne kan verydel nie en ... wel, ek vrees ons huwelik is een van die dinge wat sy eie planne terdeë gaan dwarsboom ... Nee, regtig, daar is niks aan te doen nie, Carl. As ons sonder inmenging van die markies wil trou, sal dit sonder twyfel 'n weglooptrouery moet wees."

Hy bekyk haar met nuwe waarnemingsvermoë onderwyl hy haar woorde met ernstige konsentrasie oorweeg. Dan knik hy met sy hoof asof hy volkome begryp en met haar saamstem. Na 'n rukkie vra hy met 'n goedige glimlaggie wat bedoel is om haar op te beur: "En die huweliksdatum? Het jy al daaroor besluit, of het jy in jou angs vergeet om die datum van daardie belangrike dag te bepaal?"

Daar is 'n suggestie van ondeundheid in sy oë wat Celeste aan 'n onmoontlike kind laat dink wat op die punt staan om die een of ander kattekwaad aan te vang. Sy kan nie help om te glimlag nie, maar antwoord nietemin bedaard: "Ek dink ons moet so gou moontlik in die huwelik tree, Carl – môre, oormôre, of die dag daarna. Watter dag pas jou die beste?"

'n Warm blik van liefde en verering lê vlak in die jongman se oë. Daar is ook 'n vreemde teerheid in sy stem toe hy haar handjies in syne neem en sonder huiwering aankondig: "Vir al wat ek omgee, kan ons sommer vandag al in die huwelik tree, ou kleintjie. Maar dit is natuurlik gans onmoontlik. Dus sal ek die eerwaarde môre besoek en reëlings tref dat hy ons oormôre in die huwelik bevestig. Sal dit jou pas?"

Celeste knik bevestigend. Dan gee Carl haar hande 'n goedkeurende, intieme drukkie, en laat hulle saggies los. Hulle gesels nog 'n rukkie op gedempte toon oor die komende huwelik, en keer dan huiswaarts vir 'n koppie koffie en beskuitjies.

'n Uur later vertrek Celeste weer, nou met 'n rustiger gemoed, want van Emile het sy nou niks meer te vrees nie, behalwe dat hy dalk van hul komende huwelik kan uitvind – 'n moontlikheid wat vir haar maar uiters skraal lyk, aangesien hulle huwelik slegs haar en Carl se geheim is. Dog die pyn in haar verwonde hart bly maar loodswaar en bitter seer.

'n Rit deur die veld het Celeste nog altyd groot genot verskaf, omdat sy 'n kind van die veld is en die natuur hartstogtelik liefhet. Maar vandag is sy kwalik bewus van die skilderagtige berg, uitgestrekte vallei, groen bome en bosse wat haar weelderig omring. Sy merk nie eens die vrolike voëlgesang wat haar ander tye so diep bekoor en haar met 'n vreemde rustigheid betower nie.

Hier waar Vonk haar op 'n drafstappie verby 'n lap struike dra wat geel in blom staan, is sy baie diep in haar eie gedagtes versonke. Sy weet dat sy die regte besluit geneem het en dat dit ook oom Reynier se goedkeuring sou weggedra het indien hy vandag nog gelewe het. Tog voel sy nie so uitbundig gelukkig soos wat 'n aanstaande bruid behoort te voel nie. Sy weet ook dat daar baie is waaroor sy nog heeltemal onkundig is, want ten spyte van die noue band wat daar tussen haar en haar moeder bestaan het, het hulle nooit die intieme dinge van die lewe bespreek nie – en nou staan sy op troue met Carl ...

Celeste raak meteens intens bewus van haar verraderlike hart wat nog steeds ween oor 'n liefde wat nooit vir haar bestem was nie. Sy dink aan die eindelose lang jare waarin haar hele wese sal hunker na daardie onvergeetlike liefde wat sy vir so 'n kortstondige oomblik geken het, aan die leegheid van haar lewe saam met Carl – dierbare, goeie Carl wat vir haar enigiets op aarde sal doen, maar wat nooit die geringste emosie van liefde by haar kon wek nie ... Dan wonder sy weer of sy werklik die regte ding doen deur haar aan hom te wil verbind.

Maar toe sy weer aan Emile en haar vrees vir die man dink, weet sy met 'n heldere sekerheid dat haar besluit om so spoedig moontlik met Carl te trou beslis die regte een is.

Carl is 'n eerbare en stabiele jongman, probeer sy haar eie hart oortuig toe sy Vergesig se werf binnery. As sy vrou sal ek veilig en beskerm wees ... Ja, as ek net hard probeer om 'n goeie vrou vir hom te wees, behoort ons redelik gelukkig te wees!

Celeste is merkbaar afgetrokke toe sy die kombuis binnetree waar tant Anna druk besig is om droëkoekies te bak. 'n Aangename soet geur hang in die lug en die jongmeisie kan nie help om haar asem behaaglik in te trek nie.

"Hm, dit ruik heerlik hier in die kombuis," glimlag sy die ou dame toe, sonder om haar werklik raak te sien. Dog die aangesprokene merk dadelik aan die weemoed in Celeste se oë dat haar glimlaggie gefabriseer is om die skyn te bewaar, dat sy glad nie so gelukkig voel as wat sy voorgee nie. Maar sy swyg wyslik oor hierdie waarneming en nooi die meisie vriendelik om een van die koekies te proe, aangesien dit 'n spesiale resep is wat sy nog van haar oorlede ouma geërf het en derhalwe iets seldsaam is.

Celeste, wat al effens op hoogte is met die resepte van tant Anna se oorlede ouma, maar beter bekend is met die ou dame se diplomatiese oorredingskuns, neem 'n koekie en knibbel ingedagte daaraan. Maar dan merk sy die ou tante se bespiegelende blik wat op haar rus en sy ruk haar dadelik reg, glimlag waterig en probeer so oortuigend moontlik klink toe sy vleiend sê: "Dit smaak goed, Tante. Jou ouma was uniek . . . ag, ek bedoel, 'n merkwaardige vrou en ook 'n genie met kook en bak, lyk dit my . . . Ja, die koekies smaak vorentoe. Maar ek vrees Tante sal my nou moet verskoon. Daar is 'n hoed en 'n tabberd van my wat Fina moet nasien en uitstryk, en nog 'n paar ander dingetjies waaraan ek dringend aandag moet skenk."

Daar is 'n koorsige gejaagdheid in die jongmeisie. Sy wag nie eers om te hoor wat die ou dame oor hierdie haastige verskoning te sê het nie, maar begeef haar sonder versuim na haar kamer waarheen sy ook haar slavin ontbied.

"Ek wil hê jy moet my wit tabberd met die blou kantvalletjies nasien en uitstryk, Fina," versoek sy haar slavin toe laasgenoemde haar verskyning in die kamer maak. "Ook my wit hoed moet jy nasien en opknap. Ek dink jy kan die pluime en linte met nuwes vervang – wittes, asseblief. En hoe lyk my wit satynskoene? Is hulle darem nog bruikbaar, of is al die saffiere aan die hakke al weg?"

"O, nee, Madame!" roep Fina met 'n stralende gelaat uit. "Daardie swierige wit skoene het Madame dan nog maar een maal gedra! Ek het hulle soos goud vir Madame bewaar." Sy raak meteens verleë en met haar hande vroom voor haar saamgevou, vervolg sy huiwerig: "Ek . . . e . . . het altyd gedink dit sal pragtige bruidskoene wees, Madame . . ."

"Asseblief, spaar my 'n relaas oor die dieptes van jou swerwende gedagtes, Fina, en laat ons terugkeer na die tabberd, hoed, skoene, handskoene en . . . o ja, my wit gehekelde handsakkie. Dit moet alles skoon en gereed wees môre."

"En watter juwele gaan my madame dra?" wil Fina opgewonde weet, glad nie van stryk gebring deur haar meesteres se streng teregwysing nie.

Celeste ruk verontwaardig asof iemand haar êrens met 'n speld gesteek het . . . Dat die Fina nou so knaend met 'n ding kan aanhou!

"Wat, juwele?" Sy gluur die Maleiermeisie met 'n donker frons aan asof laasgenoemde 'n weersinwekkende verskynsel is wat die see vanaf êrens op die strand uitgespoel het, en gaan dan bestrawwend voort: "Vertel my, Fina, waarom sukkel jy alewig so knaend om my met juwele te behang? Lyk ek miskien vir jou na 'n Kersboom of 'n modegek?"

"Maar, Madame," begin die oorlamse slavin haar met onuitputbare geduld verweer, "daardie wit tabberd smeek om met diamantjuwele gedra te word . . ."

"Asseblief, gaan verdrink jouself in die see, Fina," maak Celeste haar platweg stil. "Weet jy nou nog nie dat 'n dame nie helder oordag diamante dra nie? En wat meer is: daardie tabberd is so opgesmuk met blou linte en kantjies dat selfs 'n saffierborsspeld oorbodig sal wees . . . Nee, ek sal slegs 'n paar oorkrabbetjies dra en nie 'n enkele juweelstuk meer nie. 'n Paar druppeltjies parfuum en 'n bietjie poeier sal ook voldoende wees. En, Fina, die duiwel haal jou as jy weer vir my so kyk. Begryp my baie mooi, daar sal nie 'n enkele kol op my gesig aangebring word nie. Nie nou nie, ook nie môre nie . . . nooit nie. Verstaan jy?"

Fina sê sy verstaan, en daarmee verlaat Celeste die vertrek om haar aandag by ander sake te bepaal.

Die volgende dag probeer tant Anna knaend op diplomatiese wyse uitvis wat die spesiale okkasie is waarvoor die deftige wit uitrusting opgeknap word. Maar Celeste hou haar dom, glimlag slegs en hou vol dat sy die volgende dag 'n spesiale besoek moet aflê. Sy meld egter nie wie sy met die spesiale besoek gaan vereer of in welke rigting haar besoek lê nie.

Sy weet sy kan tant Anna, Fina, Rama en Malak met haar lewe vertrou, maar veiligheidshalwe wil sy liewer niks van haar komende huwelik sê voor die volgende oggend nie, net ingeval een van hulle dalk per ongeluk 'n woord laat val en die markies dit te hore kom.

Gedurende die dag probeer Celeste haar met allerlei takies besig hou om uit tant Anna se pad te bly en so die ou dame se tergende vrae te omseil. Sy slaag selfs daarin om haar eie gedagtes met rukke van haar komende huwelik weg te lei en dan 'n vrolike deuntjie te neurie asof sy geen bekommernis in die wêreld besit nie.

Daardie aand begeef sy haar vroeër as gewoonlik na haar kamer: nie slegs met die doel om tant Anna se lastige vrae te ontduik nie, maar ook om die laaste aand van haar jongmeisiebestaan alleen met haar verwarde gedagtes te wees wat een oomblik rigting kry, en die volgende oomblik weer soos 'n steeks donkie by een punt bly vassteek.

Dit is 'n taamlike donker aand, met die Suiderkruis laag en blink bokant die hoë kruin van die berg. Celeste staan voor haar kamervenster en staar diep peinsend uit oor die baai, wat vaag sigbaar is in die dowwe lig.

Hoeveel jare, dink sy, woon hier nie al mense in die Kaap nie. Dis 'n eindelose kringloop van bemin, trou, geboorte skenk en sterf . . . en soms het die liefde sommerso in die kringloop verlore geraak asof die woeste suidoostewind dit in stoffies oor die berge gejaag het.

Celeste sug swaarmoedig. Sy weet dat hier baie vroue soos sy in die Kaap woon – vroue wie se hart aan een man behoort terwyl hulle in die huwelik tree met 'n ander. En tog, vandag is daar niks meer van hul eertydse liefdespyn oor nie, want die lewe moet voortgaan. So sal die lewe ook vir haar voortgaan. Hierdie verlange en hunkering wat vanaand soos 'n rooiwarm vlam in haar brand, sal ook mettertyd in die niet verdwyn as sy net eerlik probeer om die beste van haar liefdelose huwelik te maak.

Die wind sing droewig deur die blare van die bome voor haar kamervenster. Sy luister peinsend daarna. Dit is asof sy kan hoor hoe die wind geheimsinnig met die bome gesels. Daar is iets van die treurlied van die wind in haar oë, en 'n gelatenheid in haar asof sy haar meteens finaal by die onvermydelike neergelê het.

Met hierdie gevoel van gelatenheid, asof sy volkome gestroop is van alle emosies, begeef Celeste haar na haar bed. Maar toe sy met hoenderkraai die volgende môre ontwaak, kom hang 'n onverklaarbare gevoel van onrus weer soos 'n ondeurdringbare mis om haar.

'n Lang ruk lê sy diep ingedagte en peins oor die verlede, hede en toekoms. Dan dring die besef skielik tot haar deur dat sy haar dadelik sal moet roer as sy klaar wil wees wanneer Carl sy opwagting maak.

Carl het haar alreeds gistermiddag per brief in kennis gestel dat alles gereël is vir die huwelik, dat hy haar om halfagt vanoggend met sy koets sal kom haal en dat die huweliksplegtigheid vandag om twaalfuur in die sitkamer van die herberg waargeneem sal word deur eerwaarde Van Velden.

Celeste klim uit die bed en onderwyl sy met haar kaal voete voor die venster staan, ledig Fina – in 'n heel opgewekte luim – die een emmer warm water na die ander in die balie vir haar meesteres om in te bad. Toe Celeste byna 'n uur en 'n half later, nadat sy onder Fina se bekwame hande deurgeloop het, haar uiterlike in die spieël betrag, weet sy dat sy nog nooit in haar lewe so aanvallig en sjarmant gelyk het as op hierdie oomblik nie. Dit is asof die wit tabberd met sy ligblou versiersels haar blondheid streel en aan haar 'n eteriese skoonheid verleen.

147

Selfs tant Anna kan nie help om die jongmeisie met openlike bewondering aan te staar toe laasgenoemde haar verskyning in die eetkamer maak vir 'n haastige ontbyt nie.

"Jy lyk vanoggend net so mooi soos 'n bruid, kind," voeg die ou dame Celeste met 'n goedkeurende glimlaggie toe wanneer laasgenoemde haar plek langs die tafel inneem, Rama en Malak, wat by die tafel bedien, vriendelik môre sê en dan die gestyfde servet langsaam met subtiele konsentrasie oopvou en op haar skoot oopsprei.

'n Sagte laggie ontglip die jongmeisie se lippe. Sy kyk tant Anna met ondeunde pret aan en verklaar onomwonde: "Dit sal julle almal natuurlik verbaas om te weet dat ek wel vandag 'n bruid is en derhalwe alle reg besig om soos een te lyk."

Sy merk hoe verbysterd tant Anna haar aanstaar, sien hoe Malak byna die skinkbord uit sy slap hande laat val en hoe Rama skielik verbleek. Maar sy gaan onverstoord voort asof sy niks buitengewoon opgemerk het nie: "Ek wou julle drie dae gelede al vertel het dat Carl en ek vandag in die huwelik gaan tree, maar het na ernstige oorweging besluit om julle liewer vanoggend met die nuus te verras. Ons trou vandag om twaalfuur op Groot Drakenstein."

"Maar, liewe kind, daar is mos nog nie 'n kerk op Groot Drakenstein nie!" hyg tant Anna eindelik nadat sy die ergste skok te bowe gekom het en weer haar stem gevind het.

"Ek weet, Tante. Ons huwelik word in die herberg voltrek ..." begin Celeste ter verduideliking.

Maar die ou dame val haar dadelik in die rede deur geskok te vra: "Maar trou julle regtig nie hier in die Kaap nie, Celeste-kind?"

Celeste skud haar kop.

Dan roep die ou dame nog dieper geskok uit: "Goeie hemel, waarom moet dit nou juis op Groot Drakenstein wees? En dit nogal in die sitkamer van 'n herberg ... jy, 'n Valkenier, die eienares van Vergesig en 'n intieme vriendin van die goewerneur en sy gade! O, ek dink dis net te verskriklik om in te neem. 'n Herberg . . .!"

Die ou dame se asem raak skoon weg en Celeste probeer haar bes om nie te glimlag oor die ouer vrou se naakte verbasing en diepe teleurstelling nie. Sy kry dit selfs reg om effens simpatiek te klink toe sy goedig paai: "My liewe tante, glo my, dis glad nie so erg as wat dit klink nie. En wat maak dit nou eintlik saak waar 'n mens trou? Ek verkies Groot Drakenstein omdat ek 'n stil huwelik verlang, en nie 'n skouspelagtige vertoon wat 'n mens soos iets in 'n glaskas laat voel nie. En dan doen ek dit natuurlik ook deels omdat ek nie wil hê die markies moet van my huwelik weet voordat die seremonie finaal afgehandel is nie."

"Die . . . markies!" hyg tant Anna nou weer met 'n stem wat dreig om haar in die steek te laat, duidelik ontwrig. "Bedoel jy die markies Emile du Pré?"

Celeste knik bevestigend, proe fyntjies aan die stomende koffie, versigtig om nie haar mond te brand nie, en verklaar dan so ongeërg moontlik: "Jy lyk inderdaad verbaas omdat ek my huwelik so streng geheim hou vir Emile, Tante. Maar blykbaar weet jy nog nie van sy oneerbare bedoelings met my nie! A, ek sien jy lyk geskok, my liewe tannie. Maar wees verseker dat Emile nie sy sin met my gaan kry nie. Ek is nie bereid om sy of enige ander man se minnares te wees nie." Sy glimlag suur, kyk die ou dame aan met iets soos weemoed in haar mooi oë, en hervat dan weer: "Wanneer jy my vanmiddag weer sien, tant Anna, sal ek mevrou Celeste van Heiden wees en sal Emile sy aandag elders moet bepaal . . ."

Sy het nog nie eens haar sin voltooi nie, toe hou Carl se koets voor die deur stil. Met 'n haastige verskoning draf sy na haar kamer vir haar hoed en handsakkie, en is binne etlike oomblikke weer terug in die eetkamer waar Carl – fyn uitgevat in 'n donkerblou, modieuse satynpak met donkerrooi

149

geblomde onderbaadjie, wit kouse, swart skoene met rooi ju-
weelversierde hoëhakke, wit geplooide nekdoek en fyn, wit
kantvalle wat voor by sy baadjie se moue uithang – met tant
Anna staan en gesels.

Sy groet haar bruidegom met 'n bewerige glimlaggie en stel
voor dat hulle maar dadelik moet vertrek, aangesien die pad nog
lank is en 'n mens nie graag die perde wil ooreis deur te jaag nie.
Toe groet hulle die ou dame en vertrek sonder versuim.

Die koets het egter kwalik voor die deur weggetrek, toe stuur
tant Anna die getroue Rama na die jong markies met 'n drin-
gende boodskap wat sy in aller haas in Hooghollands neergepen
het, hopende dat die Fransman sal kan uitmaak wat sy hom in
die briefie aan die verstand probeer bring. En as hy dan glad nie
kan verstaan wat in die briefie geskrywe staan nie, moet Rama
hom maar verwittig van die dinge wat vanoggend hier op Ver-
gesig aan die gang is.

10

Tydens die rit na Groot Drakenstein is dit vreemd stil in die
koets. Dit is asof albei skielik die gewigtigheid van hierdie stap
besef, en nou stil is in die wete dat hulle lewenspaaie vanaf
Groot Drakenstein onteenseglik een rigting gaan volg.

Celeste kyk ver oor die veld na die blou horison aan die wes-
terkim. Dis net die onrustige kloppende pols in haar kuiltjie wat
die spanning in haar verraai. Haar oë is stil, so stil en afgetrokke
dat Carl later nie kan help nie om te vra: "Waarom so stil, Ce-
leste? Is jy al besig om hierdie haastige stap te berou?"

Sy draai haar gesig stadig na hom en antwoord sag: "Nee, ek
het geen berou nie, Carl. Ek het sommer aan tant Anna, Rama
en Malak gedink, en gewonder wat hulle van ons haastige hu-

welik dink." Sy swyg weer en vir Carl voel dit asof sy baie ver van hom af is.

"Wat van Fina?" vra hy met ondeunde spot. "Waarom het jy nie ook aan haar gedink nie? Dan het jy mos aan die hele ou spul op Vergesig gedink!"

Sy ligte spot lok 'n humoristiese glimlaggie by Celeste uit. Haar oë raak ook sommer dadelik tergend.

"O, ek het aan haar gedink," spot sy saam. "Fina, met al haar gemor oor my ongekunsteldheid, is 'n wese wat ek nie sommer so maklik kan vergeet nie. Jy moet weet, sy het vanmôre byna flou geword omdat ek ten ene male verseg het om my soos 'n versierde boom met juwele te behang. Waaroor sy my natuurlik nooit sal vergewe nie, is omdat sy nie by was toe ek tant Anna-hulle aan die ontbyttafel van ons huwelik verwittig het nie . . . en dit nadat sy haar uiterste bes gedoen het om my vanmôre na iets te laat lyk. Arme Fina!"

Celeste vertel hom nog meer staaltjies van haar slavin se eien-aardighede. Toe gesels hulle weer oor die verrassing wat hul huwelik vir die Kapenaars gaan wees, oor boerdery en talle an-der onderwerpe waarin albei belang het. Die geselskap is lig en spontaan, en dit is asof 'n styfgespanne iets in hulle albei lang-samerhand ontspan en verslap.

Toe hulle eindelik om halftwaalf voor die herberg stilhou, lyk die jong bruidjie sommer veel opgewekter as toe hulle vroeër van Vergesig af vertrek het.

Die herbergier ontvang hulle met 'n breë glimlag, lei hulle na 'n private sitkamer waar hy hulle 'n rukkie later met verversings bedien, en Carl meedeel dat die leraar weens onvermydelike omstandighede 'n uur of wat laat sal wees. Daarna onttrek hy hom uit die sitkamer om sy ander klante te bedien.

Die minute sleep traag verby. Vanuit die aangrensende vertrek klink die diep stemme van mans eentonig op waar hulle gesellig om die herbergier se wyntafel ontspan. Dis 'n mengelmoes van

151

Nederlands en Frans wat daar gebesig word en telkens styg 'n harde uitroep bo die laggende, geselsende stemme uit.

Met ligte geskerts en geselsies verwyl Carl en Celeste die tyd, en eindelik is dit halfeen.

"Gelukkig nog net 'n halfuur om te wag," glimlag Carl bemoedigend toe hy orent kom om sy bene 'n bietjie te rek. Hy is nie gewoond daaraan om so lank stil te sit nie, en die minute sleep vir hom ook gans te stadig verby.

Celeste se waarnemende blik volg sy lang, rankerige gestalte met openlike goedkeuring, want Carl is glad nie 'n onaantreklike jongman nie. Ja, hy is nogal aantreklik, noudat sy hom met nuwe oë beskou.

"Laat ons hoop dis slegs 'n halfuur en nie dalk nog 'n uur nie," glimlag sy terug, dog vervolg meer hoopvol: "Wie weet, moontlik daag die eerwaarde nou enige oomblik op. Daar bestaan dus 'n moontlikheid dat hy slegs 'n halfuur laat sal wees."

Voordat Carl egter hierop kan antwoord, hoor hulle albei die geluid van rollende koetswiele wat voor die herberg tot stilstand kom.

"Ek hoop van harte dat jy gelyk het, my poppie, en dat dit die eerwaarde se koets is wat nou voor die herberg stilgehou het," sê Carl.

Hy wil nog weer 'n spottende aanmerking maak oor die geestelike se onaantreklike voorkoms, maar die volgende oomblik word die deur heftig oopgegooi en die markies Emile du Pré staan lewensgroot in die oop deur, swierig geklee in 'n blougrys pak wat lyk asof dit aan sy gespierde liggaam gegiet is, met sy swart mantel netjies oor sy arm gedrapeer. Die man is inderdaad aantreklik daar waar hy, bleek van woede, in die oop deur staan.

Emile se donker, smeulende blik vee 'n slag deur die vertrek en kom eindelik tot rus op Celeste wat bewegingloos op die bankie sit asof sy skielik, soos Job se vrou, in 'n soutpilaar verander het.

"So, dan het ek jou eindelik gevind, jou klein wegloper," laat die markies grimmig hoor. Dan tree hy die vertrek binne met die ou markiesin en Marcel kort op sy hakke.

"O, genade, tog nie die ou markiesin ook nie!" hyg Celeste saggies, want heimlik koester sy 'n heilige ontsag vir die ou dame se skerp tong en ongeërgde uitgesprokenheid. En Marcel ook! Nee, dis net te veel om te verduur. Nie 'n engel in die hemel sal sulke voorbarige inmenging in sy sake duld nie!

Sy merk hoe driftig Emile sy mantel op 'n stoel neergooi, dan vinnig op haar afstap. Met een kragtige beweging van sy hande lig hy haar van die bank af op en met sy hande nog steeds om haar fyn middeltjie gesluit, staar hy grimmig af na haar bleek, ontstelde gesiggie. Dan gaan hy met 'n onverbiddelike stem voort: "As jy gedink het dat jy my so maklik gaan ontvlug, het jy jou terdeë in my vergis, chéri. Ek veg gewoonlik vir die dinge wat ek wil hê. En vir jou, jou klein wegloper, sal ek tot my laaste druppel bloed veg."

Celeste merk die ergernis wat uit Carl se grys oë straal toe hy doelbewus na haar en Emile beweeg, en dit is meteens asof die lewe wat die edelman se plotselinge verskyning haar ontneem het, weer snel in haar are terugvloei.

Sy ruk haar met geweld uit Emile se kragtige hande los, staan 'n paar treë van hom af weg en gluur hom met openlike misnoeë aan. Toe kom haar stem skerp en baie duidelik vir almal om te hoor: "Ek vrees jy is te laat, Mijnheer. Carl en ek is pas 'n halfuur gelede getroud."

Sy merk hoe Emile se vurige, onthutste oë vol woede na Carl toe flits. Sy is dadelik spyt dat sy hierdie leuen versin het, want dit lyk regtig of die man 'n moord gaan pleeg. Sy is ook net oorgehaal om haar verskriklike leuen ongedaan te maak, toe Emile se stem soos 'n sweepslag deur die vertrek klap.

"Is dit waar, monsieur Van Heiden? Is jy en Celeste getroud?"

Carl maak 'n ligte buiging, kyk die edelman onverskrokke

153

aan, dan beaam hy Celeste se woorde deur beleef te sê: "Heeltemal waar, Mijnheer die markies. Celeste het 'n halfuur gelede my vrou geword."

"Jou vrou!" roep Emile met onbeteuelde woede uit. Hy swaai om na Celeste wat hom met groot, vreesbevange oë aanstaar, en vervolg met 'n bleek gelaat: "So, dan is jy getroud!" Sy swart oë vernou onheilspellend. "Jy sal aanstons 'n weduwee wees, chéri, dit belowe ek jou. Ek het jou 'n paar weke gelede gewaarsku dat die man wat jou van my wegsteel aan die punt van my swaard sal sterf, en ek het dit bedoel."

Daar is moord in Emile se oë en 'n harde, onverbiddelike trek om sy mond toe hy met die grasie van 'n jagluiperd op Carl afstap, wie se hand vlugtig na die silwer hef van sy swaard gly.

Celeste sluit haar oë in 'n poging om die woede op Emile se gelaat uit haar gedagtes te kry, maar sy faal hopeloos. Dit voel vir haar asof 'n verskriklike histerie haar gaan oorval, dog sy byt op haar tande en veg verbete teen so 'n ineenstorting. Toe hoor sy Emile weer sag, onheilspellend uitroep: "Jy mag met Celeste getroud wees, monsieur Van Heiden, maar ek sweer by alles wat vir my heilig is dat sy nooit aan jou sal behoort nie. Begryp jy? Sy sal nooit aan jou behoort nie! Op 'n laakbare, gemene wyse het jy haar van my weggesteel, maar ek gaan nou veg om terug te wen dit waarvan jy my beroof het. Trek nou uit jou swaard, mon ami! Ons swaarde sal beslis aan wie sy werklik behoort. En wees verseker dat dit nie 'n amusante spel gaan wees om die toeskouers mee te vermaak nie!"

"Nee . . .! Emile, asseblief, moenie veg nie," val sy die jong markies met 'n vreesbevange stem in die rede toe sy merk hoe gedetermineerd die twee mans hulle baadjies uittrek en hulle moue oprol. Radeloos wring sy haar hande inmekaar en roep wanhopig uit: "O, jy durf dit nie doen nie, Emile! Jy sal Carl doodmaak!"

Die edelman draai 'n stormagtige gesig na haar en glimlag

154

onheilspellend asof 'n duisend duiwels in hom losgelaat is. Op hierdie oomblik begryp Celeste volkome waarom hy in die Kaap bekend staan as Satan – hy lyk inderdaad duiwelagtig en genadeloos.

"A, maar dit is presies wat ek van voorneme is om te doen, chéri," antwoord hy haar met 'n sagte, strelende stem terwyl hy sy glimmende swaard stadig uit sy skede trek. Sy blik wat op haar rus, raak meteens sag en warm toe hy betekenisvol vervolg: "Jy sal aanstons weer aan my behoort, my kleintjie, en dan sal ek jou nie weer die geleentheid bied om my te ontvlug nie. Maar ek voel baie lus en gee jou eers 'n afgedankste loesing omdat jy my so ontrou was."

Die volgende oomblik swaai hy om en tree met die snelheid van 'n wilde dier op Carl af. Maar Celeste gryp hom onverhoeds aan die arm en plaas haarself tussen hom en Carl.

"Emile, jy moet asseblief na my luister," kerm sy met 'n smeekstemmetjie. "Ek het sommer gejok toe ek gesê het dat Carl en ek alreeds getroud is. Ons is nog nie getroud nie. Eerwaarde Van Velden het nog nie opgedaag nie ..."

'n Klop aan die deur en daarna die herbergier se aankondiging dat die eerwaarde gearriveer het, maak onverwyld 'n einde aan Celeste se verduideliking.

"Laat die monsieur binnekom," versoek Emile, totaal onbewus van die feit dat hy en Carl nog steeds in hempsmoue staan en dat sy glimmende swaard ook nog steeds dodelik in sy regterhand rus.

Die leraar tree die vertrek binne met 'n vriendelike glimlag op die onaantreklike gelaat. Dan val sy oë op Emile en Carl se opgerolde moue en hy steek net daar in sy spore vas. Ook die glimlag op sy gelaat sterf oombliklik weg, want dis vir hom meteens baie duidelik wat hier aan die gang is. Met daardie swaard, glimmend in Emile se hand, kan geeneen hom vergis nie.

"Sit asseblief, Monsieur, en moenie so verskrik lyk nie," ver-

155

soek Emile die geestelike en dui hom 'n sitplek aan met sy swaard, 'n gebaar wat die eerwaarde kwaai laat frons. "Jy is net die regte man om 'n sakie vir my vinnig af te handel, mon ami," gaan Emile onverstoord voort asof hy een van sy werknemers aanspreek. "En moet asseblief nie so na my staar asof ek 'n besetene is nie, my goeie vriend. Ek verseker jou dat ek nog nooit in my lewe so normaal was as op hierdie oomblik nie."

"Dit spyt my, maar ek ken u nie, Mijnheer," kweel die verpiepte ou mannetjie met sy groot, skewe neus en klein ogies.

"O, dit is niks om jou oor te verontrus nie, Monsieur," verseker hy die geestelike. "Ek is Du Pré, en ek verlang dat jy my en mademoiselle Valkenier onverwyld in die eg moet verbind."

"Maar, Mijnheer," maak die eerwaarde ernstig beswaar, "ek is hierheen ontbied om die heer Van Heiden en juffrou Valkenier in die huwelik te bevestig ..."

"Ek vrees jy het die verkeerde berig ontvang, my vriend," maak die markies hom dadelik stil. "Monsieur Van Heiden is die verkeerde man. Ek is die bruidegom wat jy in die huwelik moet bevestig!" En nog steeds beduie hy wild en wakker met sy swaard soos 'n knap opgeleide dirigent wat 'n groot orkes dirigeer.

"Ja, toe, Monsieur, daar is geen tyd vir argumente nie," laat die ou markiesin nou ook van haar hoor – uitgesproke soos altyd. "Netnou ontvlug hierdie jong dame ons weer en dan sal jy wens dat jy liewer jou plig gedoen het toe jy versoek was om dit te doen ..."

"Madame," keer die vroom mannetjie haastig, "sal u my asseblief sê wie ek die eer het om aan te spreek?"

"Die dame is ook 'n Du Pré, Eerwaarde," antwoord Marcel, wat die petalje nou begin geniet, met 'n breë glimlag op sy gelaat.

"En u, Mijnheer, is dan seker ook 'n Du Pré ..."

"O, nee, ek is nie," lig Marcel die geestelike in met 'n ondeunde flikkering in sy oë. "Ek is Valkenier, en dit is my weg-loper-sussie wat daar staan en wag om in die huwelik bevestig te word."

Carl merk dat die leraar diep vererg voel oor Marcel se open-like spot, en tree haastig tussenbeide.

"Laat my toe, Mijnheer, om u bekend te stel aan die mar-kiesin Du Pré, haar kleinseun, die markies Emile du Pré, en mijnheer Valkenier."

Die middeljarige leraar se winkbroue wip terstond 'n aks hoër, want wie het dan nog nie van die skatryk markies met die gure reputasie gehoor nie? Maar hy besluit om eers seker te maak dat hierdie man wel die veelbesproke markies van die Kaap is voordat hy hom reguit vertel dat hy glad nie van plan is om hom in die huwelik te bevestig nie. Daarom vra hy sonder doekies omdraai: "Verskoon my, mijnheer die markies, maar is u miskien die jong markies Du Pré van die Kaap met die ... e ... wel, veelbesproke reputasie?"

Die edelman se oë vonkel plotseling weer gevaarlik. Dan vernou hulle meteens onheilspellend toe hy die leraar deur-dringend beskou en met openlike misnoeë verklaar. "My goeie vriend, jy is hierheen ontbied om my in die huwelik te bevestig, en baie beslis nie om my morele lewe te beoordeel nie. Gaan jy my en die jong dame in die eg verbind, Monsieur, of gaan jy nie?"

Die leraar skud sy hoof. "Nee, ek vrees ek kan nie, Mijn-heer," begin hy. "Ek sal my beginsels oneindig skaad met so 'n daad, want sien, ek was ontbied om mijnheer Van Heiden en die dame in die huwelik te bevestig, nie u en die dame nie."

Hierdie eerlike woorde van die leraar is nie slegs vir Emile die toppunt van vermetelheid nie, maar dit laat ook die ou markiesin voel of sy enige oomblik 'n aanval van beroerte gaan kry.

"Genade, Emile," lug die ou dame meteens haar opgekropte ergernis, "laat die man gaan. Glo my, ek sal nie graag deur hom in die huwelik bevestig wil word nie. Ek hou niks van sy gesig nie, en hy praat ook gans te veel vir 'n predikant."

"Wag, ma grand-mère, laat hom gerus verduidelik waarom hy my en Celeste nie in die eg kan verbind nie," doen Emile met smeulende wrewel aan die hand.

Maar die ou markiesin wil niks verder van die geestelike hoor nie en roep ook sommer onomwonde uit: "Wat, verduidelik! Maar genugtig, Emile, die vervelige man het die afgelope vyf minute nog niks anders gedoen as gepraat en verduidelik nie! Genade, nee, hy irriteer my tot sterwens toe. Trek aan jou baadjie, mon fils, en laat ons ry. Jy en Celeste, die stoute kind, kan môre in die Kaap trou waar die predikante meer beskaaf is, hulle plekke in die samelewing ken en doen wat hulle versoek word om te doen sonder enige teëstribbeling."

Hierdie strawwe, verkleinerende woorde van die ou dame laat die eerwaarde vuurwarm bloos. Carl merk die man se verleentheid en wend hom sonder verwyl na die beproefde leraar.

Met 'n sagte stem, wat slegs vir die leraar se ore bedoel is, maak hy verskoning vir die ou dame se uitgesprokenheid, verduidelik die hele toedrag van sake aan die man, en groet hom dan baie beleef.

Toe Carl van die leraar af wegstap, snel Celeste haastig op hom af. Sy gryp sy hande krampagtig vas in hare, kyk hom met groot, verdrietige oë aan en vra met iets soos wanhoop in haar stem: "O, Carl, wat nou? Dit . . . dit voel of ek aan die dwaal is. Ek weet nie herwaarts of derwaarts nie, en ek weet ook nie meer wat om te glo nie! Dink jy . . .?"

"Ek glo dat . . ." begin Carl ernstig.

Maar verder as dit kom hy ook nie, want die markies se stem onderbreek sy woorde onverhoeds toe hy Celeste met ongewone strengheid gebied: "Los dadelik monsieur Van Heiden se hande, Celeste." Hy neem haar ferm aan albei skouers en swaai haar om sodat sy reg voor hom staan. Dan brand sy oë soos smeulende kole in hare toe hy met onverbloemde jaloesie hervat: "Ek waarsku jou, Celeste. As jy nie wil hê ek moet daardie man met my swaard deurboor nie, moet jy jou hande in die vervolg uit syne hou. Is dit duidelik?"

"Volkome," antwoord sy beleef, en merk terloops op dat sy swaard nou weer in sy skede rus en dat die goue, juweelversierde hef soos vrolike liggies skitter en vonkel aan sy sy. Maar dan voeg sy 'n nagedagte by: "Ek dink jy is absoluut onmenslik om so moorddadig te wees, Emile. 'n Mens sou sê . . ."

"Genoeg, chéri. Ek weet hoe om te beskerm wat myne is," val hy haar onverstoord in die rede.

Soos 'n jong perd ruk Celeste haar ken in die lug; dan jak sy hom met vlammende oë af: "Ek behoort nog lank nie aan jou nie, Mijnheer. Trouens, ek dink jy is uiters vermetel om so iets te beweer!"

Maar die markies laat hom nie so maklik van stryk bring nie – altans nie deur Celeste se beledigende tong nie; daarom glimlag hy slegs beterwetend toe hy met groot oortuiging verklaar: "Dit sal nou nie meer lank wees voordat jy volkome aan my behoort nie, Celeste. Maar kom, dit word laat. Ons gaan nou eers eet en daarna vertrek ons dadelik."

Hy trek sy baadjie aan, neem sy mantel op en groet Carl en die eerwaarde met 'n hooghartige hoofknik.

Dis 'n stil en afgetrokke Celeste wat die ou dame, Emile en Marcel halfhartig na die herberg se eetkamer vergesel. As Emile haar nie so ferm aan die arm gehou het nie, sou sy sekerlik soos 'n steeks donkie geweier het om Carl en die leraar alleen daar in die sitkamer agter te laat.

Haar hart gaan uit na Carl wat so baie vir haar opgeoffer het en wat sy nou so goedsmoeds in die steek moet laat asof hy 'n vreemdeling is, en nie die dierbare vriend op wie se trou sy deur dik en dun kon staatmaak nie.

Sy wonder hoe Emile van haar en Carl se huweliksplanne uitgevind het. Slegs tant Anna, Rama en Malak het daarvan geweet, probeer sy die tergende geheim ontrafel. Of het Carl miskien 'n woordjie êrens laat val? En wat sou die man se plan nou eintlik met my wees? Bedoel hy werklik om met my te trou; hy wat geen respek of agting vir die huwelik koester nie? En indien wel, waarom het hy nou so ewe skielik besluit om met my te trou? Nog nie een maal het hy die woord huwelik teenoor my gemeld nie, en wat dan van die fiskaal se dogter?

Die maaltyd is vir Celeste 'n pynlike beproewing, al rep nie een 'n woord oor haar en Carl se verydelde planne nie. Sy weet dat hulle slegs oor die saak swyg omdat die eetkamer 'n openbare vertrek is, maar dat die storm sal losbars sodra hulle eers tuis is – die edelman se onverbiddelike gelaat getuig openlik daarvan. Dus staal sy haarself voorlopig vir wat nog gaan volg, want sy gaan een teen drie wees.

Dis vir Celeste 'n groot verligting toe die maaltyd eindelik afgehandel is en sy kan terugkeer na Vergesig waar sy alleen kan wees met hierdie pyn en verwarring waarin sy nou hopeloos verdwaal geraak het.

Onderweg na die Kaap is Emile vreemd stil. Maar die harde trek om sy mond en die onverbiddelike lig in sy oë lewer afdoende bewys dat hy nie in die beste bui verkeer nie. Sy grootmoeder en Marcel gesels oor alles behalwe Celeste se skelm trouplanne. Laasgenoemde voel nog gans te gefrustreerd om saam te gesels; derhalwe swyg sy ook maar soos Emile, en tuur met 'n bewolkte gesig deur die koets se venster.

Die son is reeds byna onder toe hulle eindelik op Vergesig se werf stilhou. Met sy gewone hoflikheid help Emile haar uit die koets en toe sy eindelik langs hom op die grond staan, draai hy hom weer na sy grootmoeder en Marcel, wat nog steeds binne die koets is, wissel 'n paar woorde met hulle – en laat die lakei dan toe om die leertjie op te vou en die koetsdeur weer sorgvuldig te sluit.

Die volgende oomblik rammel die koetswiele knarsend oor die werf. Tot haar grootste ergernis vind Celeste haar heeltemal alleen met die markies, wie se donker, smeulende blik so skroeiend op haar rus asof hy elke ou sondetjie in haar met daardie brandende blik wil uitdelg.

Sy het al dikwels van ander gehoor hoe 'n beduiwelde Fransman die markies is, maar haar nooit juis veel daaraan gesteur nie. Nou, egter, wil dit haar regtig voorkom asof sy vandag die gekose een is oor wie hy die gloed van sy toorn gaan uitgiet.

'n Oomblik lank ontstel hierdie gedagte haar hewig, maar ook net vir 'n oomblik. Dan ruk sy haar skouertjies parmantig op, kyk hom uit die hoogte aan en vra diep ontstoke: "Waarom het jy nie ook saam met die koets vertrek nie, Mijnheer? Het jy nie al genoeg sonde verwek vir een dag nie?"

"Wat! Ek die sonde verwek?" roep hy nou self ontstoke uit. Dit lyk vir Celeste byna of hy lus het om haar te skud. Maar sy oë blits slegs gevaarlik op haar toe hy met 'n kortaf, bitter laggie voortgaan: "Wel, van al die vermetele dinge is dit die beste wat ek nog gehoor het. Verbeel jou, nadat ek my perde byna doodgemoor het, my koets twee maal amper omgegooi het om jou van 'n onsinnige huwelik te red, is dit ek wat die sonde verwek het! Genade, ek hou hiervan! Maar kom, ek koester geen sinnigheid om hier met jou te staan en stry waar al die slawe ons kan hoor nie. Ons sal hierdie sakie in die privaatheid van jou ontvangskamer besleg."

Celeste wil nog kapsie maak teen hierdie eiegeregtige versoek, hom vertel wat sy van sy vermetele inmenging en van hom in besonder dink, maar sy vingers span reeds soos staalbande om haar arm. Toe stoot hy haar half voor hom uit voordat sy nog haar mond kan oopmaak om 'n woord te sê.

In die ontvangskamer druk hy die deur weer ferm op knip

161

en versoek haar kortaf om te sit, 'n versoek wat sy met tergende koppigheid weier om te gehoorsaam. Sy bly net daar in die middel van die vertrek staan.

Hy kom reg voor haar staan, beskou haar met glimmende, stormagtige oë wat haar effens vreesbevange stem. Maar ten spyte van die bitter trek om sy mond, sê hy nietemin beheers: "Nou wil ek graag weet wat jou besiel het om met 'n man te wil trou wat jy nie liefhet nie en wat ook nie vir jou bestem is nie, Celeste."

Sy trek haar asem skerp en vinnig in. Maar dan sluk sy 'n paar maal ongemaklik en antwoord hom met 'n weervraag: "Wie sê vir jou Carl is nie vir my bestem nie? En wat presies het dit met jou te doen wie ek as bruidegom kies? Is jy miskien my voog?"

Hy kyk haar 'n rukkie baie strak aan. Dan versag sy blik meteens toe hy met 'n effens moeë stem verklaar: "Nee, ek is nie jou voog nie, Celeste. Inteendeel, ek is veel meer as dit. Ek is die man wat jy liefhet en wat jou bemin. Daarom weet ek dat Carl nie vir jou bestem is nie, chéri, want jy is vir my bestem."

'n Oomblik hou sy blik hare gevange. Celeste voel hoe die ou gevoel van magteloosheid weer meedoënloos van haar besit neem. Die volgende oomblik is sy slegs bewus van Emile se arms wat haar teer omvou en sy hartstogtelike stem wat sag, verwytend sê: "O, Celeste, hoe kon jy met Carl wou trou? Hoe kon jy so ontrou wees aan ons liefde? Dink jy regtig dat ek daarmee genoeë sou neem? Ek sou die man met my swaard deurboor het! Ek sou hom net daar in die herberg vermoor het as julle reeds getroud was!"

Hy druk haar stywer teen sy bors aan en voordat Celeste hom kan keer, sak sy donker hoof af en lê sy lippe besitlik, hartstogtelik beslag op hare. Sy voel hoe alle weerstand in haar wegkrummel, hoe haar liefde vir hierdie man oopblom en al haar denke oorheers. 'n Sagte, genotvolle suggie ontsnap uit haar bors. Toe gee sy haar volkome oor aan die vuur en ekstase van sy omhelsing wat nog nooit gefaal het om die vrou in haar wakker te maak nie.

Daar is 'n stralende glans van oorwinnaarstrots in Emile se oë toe hy eindelik sy hoof oplig en met 'n teer glimlaggie afstaar in Celeste se dierbare gesiggie.

"Chéri, jy is 'n onmoontlike mensie," lag hy saggies en druk haar weer liefdevol teen hom vas. "Besef jy dat ek vanoggend byna 'n hartaanval gehad het toe die liewe tant Anna my van jou en Carl se onheilige planne in kennis gestel het?" Sy laggie droog meteens op en 'n ernstige trek verskyn op sy gelaat toe hy sag vervolg. "Vertel my, waarom wou jy liewer met Carl trou as met my, die man wat jy tog diep en opreg bemin, Celeste?"

'n Lang ruk kyk sy Emile stil aan. Toe draai sy haar gesig stadig weg en begin sag praat: "Ek het nie geweet jy wil met my trou nie, Emile. Ek het gedink jy wou my slegs vir 'n minnares gehad het . . ."

"Celeste! Mon Dieu, hoe kon jy jou aan so 'n verskriklike gedagte skuldig maak?" roep hy geskok uit. Hy laat haar ook sommer dadelik vry uit sy arms, blik haar 'n oomblik verwytend aan en gaan dan voor die venster staan met sy rug op haar gekeer.

Celeste sak sonder meer op die naaste bank neer en staar die jong edelman aan met 'n verwese gelaat. Sy weet dat sy hom nie slegs geskok het nie, maar ook diep seergemaak het met haar eerlike bekentenis. Maar hoe moes sy geweet het dat sy bedoeling met haar eerbaar was, wanneer so baie dinge die teenoorgestelde aangedui het?

Sy weet Emile wag op 'n verduideliking van haar, maar sy besit meteens nie die moed om meer te sê en hom dalk nog seerder te maak as wat sy hom alreeds gemaak het nie; daarom swyg sy voorlopig.

Toe Emile na vyf minute nog bewegingloos daar voor die

venster staan, besluit Celeste om vir hom 'n glas wyn te gaan haal en sommer ook die kroonlugter in die vertrek aan te steek. Maar sy het nog nie eens die deur bereik nie, toe staan hy soos 'n berg tussen haar en die deur. Pyn lê in sy donker oë toe hy sy een arm om haar skouertjies plaas, haar teruglei na die bank en byna pleitend versoek: "Moet asseblief nie nou al gaan nie, Celeste. Ons het nog nie klaar gepraat nie. Ek vrees daar is nog baie dinge wat ek aan jou moet verduidelik."

"Ek was nie van plan om van jou af weg te vlug nie, Emile," stel sy hom gerus toe hulle albei op die rusbank plaasneem. Sy haal haar hoed af en plaas dit sorgvuldig langs haar neer. Toe kyk sy op na Emile, glimlag en verduidelik vriendelik: "Ek wou slegs vir jou 'n glas wyn gaan haal, en ook die kroonlugter aansteek."

"Ons sal later wyn geniet," laat hy bedaard hoor. "Dis ook nie nodig om nou al die kroonlugter aan te steek nie. Wat vir my op die oomblik van meer belang is, is dat hierdie misverstand tussen ons uit die weg geruim moet word. En om dit te doen, sal ek jou eers van my sogenaamde minnaresse moet vertel."

"Waarom sê jy sogenaamde minnaresse, Emile?" vra Celeste hom met 'n vreemde, onbegrypende blik in haar mooi, sagte oë.

Emile kruis sy bene gemaklik, stoot sy linkerarm agter haar verby en laat dit op die rugleuning van die bank rus. Dan kyk hy haar 'n oomblikkie stil aan en antwoord bedaard: "Ek sê dit omdat ek nog nooit in my lewe 'n geliefde besit het nie, chéri. Jy is my eerste en enigste liefde."

"Maar wat van die weduwee . . ."

"Ek gaan jou nou van hulle al drie vertel," val hy haar sag in die rede. "Daarna kan jy self besluit of ek 'n immorele mens is of nie.

"Francois de Vlamé," gaan hy met 'n beheerste stem voort, "was 'n jarelange vriend van my nog voordat ons na die Kaap verhuis het. Na sy dood was dit dus vanselfsprekend my, sy intieme vriend, se plig om sy weduwee by te staan en alles te reël vir haar terugreis na Frankryk." 'n Sweem van 'n glimlaggie raak aan sy stroewe lippe toe hy effens bitter verklaar: "As Gina de Vlamé my geliefde was, chéri, sou ek alles in my vermoë gedoen het om haar hier in die Kaap te hou. Maar ek verseker jou daar het nog nooit iets meer as vriendskap tussen ons bestaan nie. Ek het Gina nog altyd as 'n suster beskou, want Francois was vir my van kindsbeen af meer as 'n ouer broer. Hy was deur die jare vir my 'n ware steunpilaar en dit was ook op sy aandrang dat ek my hier aan die Kaap kom vestig het."

Celeste merk die skaduwee van herinnering in Emile se ongelukkige oë en weer wonder sy wat in die verlede gebeur het wat hom so diep seergemaak het.

Maar dan hoor sy hom weer sê: "My tweede sogenaamde minnares, mademoiselle Van der Veen, se broer was voorheen die bestuurder van my handelshuis hier aan die Kaap. Ek het hom natuurlik dikwels besoek en ons het soms tot laat in die nag oor die uitbreiding van die saak gesels. Gevolglik het die Kapenaars my besoeke aan die Van der Veens weer net so verkeerd vertolk soos my besoeke aan Gina de Vlamé. In elk geval, om mademoiselle Van der Veen se naam en reputasie te beskerm, was ek verplig om hulle na Ceylon te stuur, waar haar broer tans 'n ander sakeonderneming van my behartig.

"Met mademoiselle Gertsma was dit dieselfde geval. Haar vader het in my diens, as bestuurder van Bellecour, in 'n ongeluk omgekom. Monsieur Gertsma was 'n pligsgetroue werker en het van Bellecour 'n pronkplaas gemaak; daarom het ek, na sy dood, besluit om vir sy weduwee 'n klein plasie te koop waarop sy en haar dogter 'n redelike bestaan kan maak.

"My periodieke onderhandelings met die weduwee het die Kapenaars natuurlik weer in 'n verkeerde lig beskou. Maar gelukkig het my sogenaamde minnaresse hulle nie aan die onge-

165

hoorde kletspraatjies van 'n klomp jaloerse vroumense gesteur nie. Dit sou my ook nie gehinder het nie, chéri, as dit nie hierdie moeilikheid tussen jou en my verwek het nie . . ."

"Maar waarom het jy my nie lankal hiervan vertel nie, Emile?" val sy hom verbaas in die rede. "As jy my werklik liefgehad het, sou jy my lankal vertel het dat dit alles slegs skinderpraatjies is."

"Ek het jou lief, meisie, en ek wou jou al daarvan vertel," glimlag hy goedig. Hy neem haar een wit handjie liefdevol in syne en druk dit 'n kort oomblik baie teer aan sy lippe. Toe gaan hy weer bedaard voort. "Ek wou jou die aand toe jy my geskiet het van al my sogenaamde minnaresse vertel. Maar die dokter se ontydige verskyning het ons gesprek onderbreek en daarna, soos jy self weet, het jy my nog nie weer die geleentheid gebied om oor hierdie dinge te gesels nie."

"Ek weet," erken sy. "Ek wou nie hê jy moes met my oor liefde gesels nie, Emile. En nadat ek jou 'n paar dae gelede besonder intiem saam met die fiskaal se dogter in die Heerengracht sien stap het, wou ek jou nooit weer voor my oë sien nie . . . Eintlik was dit jou verhouding met haar wat die deurslag gegee het, gemaak het dat ek met Carl wou trou. Trouens, ek kan nou nog nie begryp waarom jy met my in plaas van die beeldskone Annette wil trou nie . . ."

"Genade, wag 'n bietjie, meisie," keer Emile met 'n breë glimlag en ondeunde flikkering in sy vurige Latynse oë. "Vertel my presies waar en wanneer jy my so besonder intiem saam met Annette op straat gesien het. Ek kan eerlikwaar nie onthou dat ek al ooit intiem was met enige dame nie, behalwe met jou, chéri."

Celeste werp hom 'n verwytende blik toe, glimlag suur en antwoord ietwat verwytend: "Dit was dieselfde dag toe ek jou grootmoeder besoek het." Sy vertel hom waar sy hom en Annette uit sy koets sien klim het, hoe galant hy die stralende meisie sy arm aangebied het, diep en liefderyk in haar oë gestaar

166

het en hoe hulle toe soos twee verliefdes in die rigting van die fiskaal se woning begin stap het.

Sy wil nog meer sê, maar Emile se hartlike lagbui lê haar dadelik die swye op.

"En toe besluit jy sommer dat ek smoorverlief is op die ligsinnige klein Annette?" sêvra hy weer toe sy lagbui eindelik bedaar het. "Chéri, jy stel my bitter teleur. Regtig, ek sou dink dat jy my beter behoort te ken as dit. Maar laat ek jou nou eers vertel waarom Annette daardie spesifieke dag saam met my in my koets gery het."

Hy swyg 'n oomblikkie, glimlag ondeund en hervat dan weer sy vertelling: "Jy weet blykbaar nog nie dat daar 'n liefdesverhouding tussen Annette en Marcel bestaan en dat sy hom dikwels by die handelshuis besoek nie, nè? Nou ja, na sulke besoekies vergesel Marcel haar gewoonlik self na haar ouerhuis. Maar daardie dag het hy jou verwag en my gevra om haar tuis te besorg . . ."

"Maar was dit nodig dat jy haar soos 'n verliefde skoolseun moes aankyk?" val Celeste hom verwytend in die rede, en weer eens kan Emile nie sy lag onderdruk nie.

"Ek vrees jy het jou misgis, meisie. Ek het haar nog nooit verlief aangekyk nie," verdedig Emile sy optrede, nog steeds vol lag. "Ek het haar slegs 'n bietjie geterg oor haar bloeiende liefde vir Marcel wat sy so hard en vrugteloos sukkel om vir die publiek te verberg."

'n Kort rukkie oorweeg Celeste hierdie verduideliking van hom. Dan sê sy weer: "Nou goed, ons sal van daardie episode vergeet. Maar vertel my, Emile, wat het jy daardie dag bedoel toe jy gesê het dat jou vader se ongelukkige lewe jou geleer het om geen genade te betoon nie aan dié wat jou van die dinge wil beroof wat aan jou behoort?" Sy kyk hom aan met deernis, dan verteder haar stem meteens toe sy met 'n warmte van gevoel vervolg: "Wat het in jou vader se lewe plaasgevind wat van jou so 'n harde en genadelose mens gemaak het? Jou vertelling van so ewe het my volkome oortuig dat jy 'n besonder jammerhartige mens moet wees ... en tog kan jy soms ontsettend hard en genadeloos wees, soos vandag toe jy Carl met jou swaard wou deurboor."

Die ou bekende, skewe glimlaggie vorm weer stadig om die jongman se mond toe hy Celeste met openlike verering aankyk, en haar dan saggies in die kring van sy arm trek.

Met haar goudblonde hoof dig teen sy bors, gaan sy mooi, sagte stem weer strelend voort: "Ek sal jou vertel waarom ek vandag so genadeloos was, en altyd sal wees, chéri. My vader was net so lief vir my moeder as wat ek vir jou is. Maar sy het nie sy liefde waardeer nie. Trouens, sy het hom verlaat en saam met 'n Engelse edelman na Engeland gevlug. Ek was maar twee jaar oud toe dit plaasgevind het. My vader se liefde vir sy vrou het nooit gesterf nie, Celeste. Die verlies van die vrou wat hy die liefste op aarde gehad het, het hom voor die tyd oud en gebroke gemaak. Elke dag van my lewe moes ek aanskou hoe my eens gelukkige vader verteer word deur hartseer en verlange, en hoe hy stelselmatig wegkwyn totdat hy later 'n volslae invalide was."

Hy swyg 'n oomblikkie asof hy al daardie onaangename herinneringe weer opnuut beleef. Maar dan hoor Celeste hom na 'n rukkie weer sê: "My vader se ongelukkige lewe het 'n baie diep indruk op my kindergemoed gemaak. Toe ek ouer en later selfstandig was, het ek gesweer dat my vader se lot nooit myne gaan wees nie. Die man wat dit eendag waag om my van die vrou te beroof wat ek bemin, sal met sy lewe boet ... Ja, al moet ek hom ook aan die eindes van die aarde gaan soek." Hy streel liefdevol met sy hand oor haar sagte krulle en lokke, en vra dan met 'n teer glimlaggie: "Is daar nog iets wat jy wil weet, my kleintjie?"

'n Ondeunde glimlaggie verskyn meteens om Celeste se lippe toe sy met haar ou lewenslus verklaar. "Ja, daar is nog een ding wat ek graag wil weet, Emile. Waarom het jy Marcel aangespoor om sy erfenis te verkoop en hom in die dorp te vestig?"

Die jongman begin ineens weer saggies lag en byt haar speels aan die oor.

"Jou domkoppie," begin hy laggend. "Kan jy nie raai waarom ek julle albei naby my wou hê nie?" Toe sy haar hoof ontkennend skud, verduidelik hy voorts: "Soos jy self weet, was Marcel 'n roekelose en onverantwoordelike jongman, chéri, en ek wou hom graag naby my hê waar ek 'n oog oor hom kon hou. Vir jou wou ek natuurlik naby my hê omdat ek jou liefhet en die lastige kavaliers van jou deur wou weghou. Maar toe hou jy jou koppig en wederstrewig, en dit het my genoodsaak om my eie huishoudster af te staan om hier by jou te kom inwoon en 'n oog oor jou te hou. Is jy nou tevrede, meisie, en kan ek jou nou om jou hand vra? Jy weet mos nou dat ek jou baie diep bemin en dat jy vir my die betowerendste skepseltjie is wat leef . . ."

"Nee, ek is nie," kap sy met 'n ondeunde glimlaggie terug, hier waar sy nog steeds liefderyk teen sy bors nestel. "Jy het vroeër vandag gesê dat jy lus voel om my 'n afgedankste loesing te gee en ek is oortuig dat jy dit bedoel het."

Emile begin meteens weer hartlik lag.

"As ek dit slegs een maal gesê het," verklaar hy nadat sy lagbui weer bedaar het, "is ek eerlikwaar verbaas oor my eie verdraagsaamheid, chéri. Want glo my, ek wou jou minstens 'n dosyn keer al oor my skoot getrek het, en het dit vandag amper gedoen. Maar ek dink nog jy is 'n betowerende skepseltjie." Sy oë skitter van ondeunde pret toe hy vervolg: "Gaan jy met my trou, chéri, of moet ek jou in jou slaap ontvoer en jou daarna dwing om my vrou te word?"

"Ek wonder . . . e . . . nee, ek dink ek sal maar liewer gewillig met jou trou, Emile," lag sy prettig en nestel stywer teen hom aan. "Ek ken jou goed genoeg om te weet dat jy my tog op die ou end sal dwing om met jou te trou indien ek dalk nee sê."

169

Hy grinnik voldaan.

"Dis goed dat jy dit besef, ou kleintjie," is al wat hy sê. Toe vou hy haar in sy arms en liefkoos haar soos slegs 'n man dit kan doen wat ernstig verlief is en wat koers het in die lewe.

Suzette van Voltaire

1

Dis kaptein Marcel de Baise se laaste seereis. Saam met hom aan boord is ook sy vrou, Rynette.

Vyf en twintig jaar lank was hy skeepskaptein. Maar pas voor sy laaste seevaart na die Verre-Ooste het hy sy bedanking ingedien en nou gaan hy hom vir goed vestig op sy landgoed, Rouen, aan die Kaap die Goeie Hoop. Hy het die landgoed 'n paar jaar gelede al deur middel van sy goeie vriend, die goewerneur, bekom en intussen het 'n paar getroue slawe vir hom die tuine, wingerd en sy nou aansienlike veestapel versorg onder die toesig van sy tweelingseuns, Jean en Louis, wat jare al aan die Kaap woon en die eienaars is van 'n florerende saak.

Hy en sy vrou tel al die dae en is al net bitter ongeduldig om die Kaap te bereik. Hy verlang na die Kaap en al sy goeie vriende. Maar sy verlange na sy twee seuns, sy suster, Jacqueline, en sy swaer, André le Sueur, is soos 'n pyn wat deur geen verdowingsmiddel gestil kan word nie. En dan is daar nog die liewe en beeldskone Suzette, sy suster se enigste kind en ook die oogappel van haar ouers, haar oom, haar tante en haar twee neefs.

Hulle is reeds etlike weke op die oop see. Die hoë, sierlike maste skitter in die son teen die agtergrond van die blougroen deining. Die reis was tot dusver 'n voorspoedige een.

Almal aan boord is vrolik en opgeruimd, want elke dag bring hulle nader aan hul bestemming. Vir kaptein Marcel de Baise is dit egter 'n aardige ondervinding om tydens hierdie reis self ook 'n passasier te wees. Hy geniet dit ten volle om van alle skeepsverantwoordelikheid onthef te wees.

173

Hy en sy aanvallige vrou meng vrylik met hul medepassasiers, wat bykans almal van middeljarige leeftyd is. Ja, hulle is al byna soos een groot familie wat hier in die *Rotterdam* saamgehok is. Almal behalwe die stil, trotse en afsydige jong Franse edelman, Marco de la Roche, wat die reis skynbaar uiters vervelig vind en wat ook geen moeite doen om met die ander passasiers bevriend te raak nie.

Hier waar hy lank, breedgeskouerd en duidelik verveeld langs die kantreling van die boot se agterstewe met die skeepskaptein staan en gesels, slaan hy 'n imponerende figuur wat elke jong dame se hart warm sal laat klop. Hy is modieus en met fyn smaak geklee. Hy dra 'n pak van silwergrys systof oor 'n onderbaadjie van die fynste ligblou brokaat en swart skoene met saffiergespes. Die broek wat nousluitend om die gespierde bene span, is versier met fyn borduurwerk. Sy raafswart, gekartelde hare is netjies in die nek met 'n diamantspeld saamgevat, en aan sy sy blink 'n glimmende rapier.

Maar ondanks die feit dat hy die mees imponerende figuur is wat die middeljarige Rynette de Baise in baie jare gesien het, wonder sy oor die man se koel afsydigheid. Dat hy trots en hooghartig is, kan sy begryp – hy is 'n edelman, afkomstig uit 'n adellike en luisterryke hof van Europa. Hy is 'n graaf, en 'n persoonlikheid met wie 'n alledaagse mens rekening moet hou.

Hier waar Rynette in die nuutste modeboek sit en blaai, kan sy omtrent elke woord hoor wat tussen die edelman en die skeepskaptein gewissel word.

"Dit lyk of ons 'n storm tegemoet gaan," hoor sy die kaptein sê.

"Waaraan merk u dit, monsieur le capitaine?" kom die suiwer, diep stem van die edelman.

Die kaptein lag saggies.

"As u noukeurig oplet, Monsieur, sal u merk hoe die golwe by die minuut groter word. En kyk hoe dreigend pak die wolke in die suide saam. Ons kan enige oomblik reën ook verwag."

Rynette kyk op, en vir die eerste maal merk sy nou hoe onheilspellend die donkergrys wolke saampak. Sy laat haar blik na die see sak wat hom nou soos 'n monster opblaas en roer.

"Maar daar is dan geen wind nie, monsieur lê capitaine?" hoor sy Marco weer sê, asof hy maar nie kan begryp hoe dit moontlik is dat die kaptein so alwetend kan wees nie.

Die kaptein kug ietwat ongemaklik, en Rynette hoor die sagte geklap van die tonteldoos toe hy sy pyp aansteek.

"Ek is nie verniet vyftien jaar lank skeepskaptein vir die Hollandse Oos-Indiese Kompanjie nie, Monsieur," begin die ouer man weer. "Ek ken die see soos die palm van my hand. U kan maar solank na u kajuit toe gaan en my woorde 'n paar minute kans gee, dan sal die storm losbars."

Uit die hoek van haar oog merk Rynette hoe 'n paar matrose die passasiers beleefd versoek om na hul kajuite toe te gaan, maar sy voel onwillig om ook te gehoorsaam. Sy het nog nooit 'n storm op die oop see aanskou nie, en sy wil graag sien hoe dit losbars.

Die kaptein merk haar blou geklede gestalte waar sy nou ook by die kantreling kom staan en met 'n belangstellende blik oor die swellende golwe tuur, en hy versoek haar beleefd om na haar kajuit te gaan.

"Ek sal gaan sodra die storm eers regtig begin, monsieur le capitaine," antwoord sy met 'n vriendelike glimlaggie. "Ek wil graag sien hoe dit oor hierdie wye watermassa losbars. Ek het so iets nog nooit gesien nie."

Die man frons gesteurd. Aanvallig of nie aanvallig nie, maar hy is die kaptein van hierdie skip en sy bevele mag nie verontagsaam word nie. Hy gee 'n tree nader aan haar en kyk haar streng aan.

"Dan is dit ongelukkig my plig om u te beveel om na u kajuit toe te gaan, Madame," verklaar hy ewe streng.

Meteens begin die skip onrusbarend skommel, en sy hoor hoe

175

die takelwerk onheilspellend kraak. Die wind steek vinnig op, en sy merk hoe die matrose soos katte met die touleer opklim en in die takelwerk rondklouter en hulle ruwe seemansliedjies sing.

"Verminder dadelik die seile!" skree die kaptein vir die matrose. Hy het tydelik van Rynette vergeet. "Hoe minder seil ons dra, hoe groter is die kans om die storm te oorleef!"

Terwyl die een die katrolle losmaak, is die ander in die takelwerk doenig. Net die nodige stuurseile bly om die skip voor die wind te hou.

Op wankelende bene begin Rynette haastig aanstryk na die trappies toe om haar kajuit te bereik voordat sy dalk haar balans verloor op die rollende skip en in die onstuimige golwe beland wat nou kook en bruis soos 'n heksekookpot.

Sy het ook net die trappies bereik, toe rol die skip weer 'n slag gevaarlik. Sy steier agteruit, verloor haar balans en val reg agteroor. 'n Benoude gil ontsnap oor haar lippe, maar die volgende oomblik word sy vasgegryp in twee kragtige arms en word sy ternouernood gered van 'n bitter onaangename verleentheid.

"Veroorloof my om u na u kajuit te vergesel, Madame," hoor sy die suiwer, diep stem van die edelman agter haar nadat sy weer haar balans in 'n mate herwin het. "U moes nie geweier het toe die monsieur le capitaine u na benede beveel het nie. Hierdie storm wat op ons toegeslaan het, is geen kinderspeletjies nie."

Sy stem is koel beleefd, maar dis ook duidelik dat hy ontsag het vir haar jare en haar silwergrys hare wat 'n sagte raamwerk om haar aanvallige gelaat vorm.

Rynette kyk op na die spreker en bedank hom vriendelik. Maar ofskoon sy nog bleek en bewerig is van skrik, kan sy nie help om die koue, onpersoonlike blik in sy byna swart oë te merk nie. Sy voel oortuig daarvan dat as sy twintig jaar jonger was, hierdie man haar sonder doekies omdraai sou vertel het presies hoe onverantwoordelik sy is en miskien nog 'n ietsie meer.

Rynette glimlag en laat Marco toe om haar na haar en Mar-

176

cel se kajuit toe te vergesel. Sy weet self dat sy onverantwoordelik gehandel het deur die kaptein se wens te verontagsaam. Maar wat, 'n vrou bly nou maar eenmaal 'n vrou. Of sy sestien of sestig jaar is, haar vroulike nuuskierigheid smelt nie weg met die jare nie. Bowendien wou sy graag nader kennis maak met hierdie koel en afsydige jongman wat lyk of die lewe hom bitter stief behandel het.

Voor haar kajuitdeur bedank sy hom weer vir sy vriendelike hulp en nooi sy hom ewe vriendelik om hulle soms met 'n besoek te vereer sodra hulle op hul landgoed, Rouen, gevestig is.

Hy bedank haar met 'n sjarmante buiging, draai dan om en begeef hom sonder versuim na sy eie kajuit wat slegs drie deure van hulle s'n geleë is.

Terwyl die woede van die elemente om hulle breek en die skip teen duiselingwekkende dieptes afdaal om sidderend anderkant weer op die bergagtige golfrug te ry, sit Marco de la Roche gemaklik op 'n leuningstoel met sy oë gesluit.

Met 'n pyntrek op sy sterk, aristokratiese gelaat dink hy aan sy vyf jaar lange verblyf in Europa, roep hy die beeld van die beeldskone Yvette Bonnaire weer helder voor sy gees en voel hy hoe afsku vlak in sy hart lê. Dan dink hy weer aan sy goeie vriend en kameraad wat aan die dodelike punt van sy, Marco, se rapier gesterf het, en dit alles deur die listige, gevoellose Yvette se toedoen.

'n Sug ontsnap uit sy bors en sy donker oë word nog donkerder. Weer herleef hy die maande wat reeds voel soos jare wat ver in die verskiet lê. Yvette, klein, blond en gesog in elke adellike hof in Europa, aan wie hy reeds 'n jaar lank verloof was. Hoe intens het hy haar nie bemin nie! Dit was die eerste maal wat hy geswig het voor die bekoring van 'n vrou wat die bloed vinnig en vurig deur sy are laat pols het, 'n vrou wat 'n onkeerbare drang in hom ontketen het. Sy het al sy rede en denke oordonder. Hy moes haar besit, hy moes haar in sy arms neem en haar

177

soen soos hy nog nooit 'n vrou in sy lewe gesoen het nie.

Hy glimlag wrang toe hy dink aan sy diepe verering vir haar. Sy was vir hom die sinnebeeld van alles wat skoon en rein was. Ja, hy het haar liewer gehad as sy eie lewe. Maar daarmee alleen was sy nie tevrede nie. Sy moes die towerkrag van haar buitengewone skoonheid, haar sjarme en haar vroulike lis ook op Jacques, sy intieme vriend, uitoefen.

Hy herinner hom nog so goed hoe Jacques al hoe stiller geword het, kompleet asof iets swaars op sy gemoed gerus het. Hy kon hom, Marco, later nie meer in die oë kyk nie. Soos iemand wat iets te verberg het, het hy hom stil op die agtergrond begin skuif. Daarna het die klimaks gevolg toe hy sy beeldskone verloofde in die arms van sy beste vriend betrap het.

Hy byt sy onderlip tussen sy tande vas totdat hy die sout smaak van bloed in sy mond kry. Die wroeging in sy binneste is ontsettend. Weer herleef hy die argument wat op sy vriend en verloofde se ontrouheid gevolg het. Hy was blind van woede. Toe die roekelose uitdaging tot 'n tweegeveg met die rapier, en daarna sy boesemvriend se bebloede lyk aan sy voete.

Hy kyk na sy lenige, goed versorgde regterhand wat die swaard en rapier so meesterlik hanteer, en weer tref dit hom soos 'n dolksteek dat dit hierdie hand is wat die rapier deur Jacques gedryf het. Hy kreun hardop: "Jacques, my vriend, jy moes nie gesterf het nie, jy moes gelewe het! Deur Yvette se valse lis moes jy sterf . . . Vroumense!" Hy skud sy netjiese hoof bedenklik. "Hulle is net so vriendelik soos die slang in die Bybelse paradys . . . En om te dink dat ook ek nog die een of ander tyd een as lewensmaat moet neem! Ek sal trou, ja, maar ek sal nooit weer 'n vrou kan liefkry nie. Liefde! Ba! Dis 'n emosie wat nooit moes bestaan het nie. Maar vir my bestaan dit nie meer nie. Wraak, ja, maar nie liefde nie. Hulle harte sal soos die keistene van die groot poort van die Kaapse Kasteel onder my voete wees, en ek sal my verheug om daarop te trap!"

Hy dink aan die berekende, meedoënlose swaardgeveg wat sy vriend se jong lewe beëindig het; aan die intense berou en hartseer wat hom oorval het toe hy Jacques so stil en leweloos aan sy voete sien lê het; aan sy besoek aan Yvette om haar haar vryheid terug te gee; aan die harde, meedoënlose woorde wat hy haar toegeslinger het.

Toe het hy sy koffers gaan pak, twee dae later het hy hom op hierdie boot bevind, terug na die Kaap die Goeie Hoop, waar sy moeder op sy landgoed, Bordeaux, angstig op sy terugkoms wag.

Hy het sy beste vriend verloor, en helaas ook alle vertroue in die skoner geslag. Hulle skoonheid is soos die verterende vlam wat die niksvermoedende mot na sy dood lok, beur dit deur sy opstandige gedagtes.

Daar is pyn in sy oë, wat nou oop is. Maar wat nog opmerkliker is, is die koue doelgerigtheid wat in sy oë gloei, daardie donker oë wat nou so koud en gevoelloos voor hom uitstaar.

Hoe lank die storm nou al aanhou, kan Marco nie met sekerheid sê nie. Dit kan ure of selfs dae wees. Met 'n laaste paar felle rukbewegings, skreeuend deur die maste en takelwerk, gaan lê die wind eindelik, en 'n groot kalmte daal oor die wye watervlak neer asof die watermonster se woede uitgewoed is.

Marco voel hoe die skip weer gladweg begin rigting vind, en dit noop hom om terstond orent te kom uit die stoel. Hy verlaat sy kajuit en stap uit op die dek waar die matrose nou met toulere na bo klouter om weer die seile vol te span.

Enkele wolkies dryf nog laag op die kom, en soos 'n soldaat wat trots uit die stryd getree het, bol die seile van die skip weer vrolik in die ligte windjie en ploeg die boeg weer diep vore deur die blougroen deinende waters.

Stadig, grasieus seil die *Rotterdam* Tafelbaai met vol gebolde seile binne. Ná die maande lange seereis van storms en ontberings is almal bly om eindelik weer land en beskawing te sien. Die

Nederlandse vlag wapper vrolik in die ligte bries wat van die diep see af kom, en die skip word geesdriftig toegejuig deur die groot skare wat op die kaai saamdrom. 'n Paar kanonsalvo's word afgevuur om die aankoms van die *Rotterdam* aan te kondig. Oral op die dek lag en gesels mense opgewonde, en almal sien onge-duldig uit na die oomblik wanneer hulle aan wal kan gaan.

Langs haar man staan Rynette de Baise by die kantreling na die toneel op die kaai en staar. Dis Kapenaars, grensboere, ma-trose van ander skepe, hulle offisiere en slawe – inderdaad 'n raserige menigte. En daar in die verte pryk die grou en in-drukwekkende mure van die Kasteel wat soos 'n vyfpuntige ster lyk, die wit geskilderde huise en die welige tuine. Soos 'n klein sprokiesdorpie nestel die huise onder teen die hang van die majestueuse Tafelberg wat soos 'n magtige vors oor almal en alles waak.

Daar is 'n vreemde weemoed in haar oë toe sy die eenvoud van die dorp betrag, sy wat slegs gewoond is aan die groot stede in Europa, en veral in Frankryk. Sy weet momenteel nie of sy bly of teleurgesteld moet voel nie. Daar in die verre Parys het hulle koms hierheen soos 'n wonderlike avontuur gelyk. Mar-cel het haar so baie van die Kaap vertel. Selfs Louis en Jean se briewe het haar kleurryke drome laat droom oor 'n wonderlike nuwe toekoms in hierdie wye, oop land.

Sy het vir haarself pragtige prentjies geskilder van die nuwe land. Gedurende die lang maande van die seereis kon sy nie wag dat die tyd moes aanbreek dat hulle voet aan wal kon sit in die vreemde uithoek van die aarde nie. En noudat hulle eindelik hul bestemming bereik het, weet sy nie wat sy van dit alles moet dink nie. Alles lyk so anders as wat sy haar dit voorgestel het.

Dis eers toe Marcel haar aandag daarop vestig dat hulle nou aan wal mag gaan, dat Rynette de Baise weer besef dat sy nog lank nie die einde van haar lewe bereik het nie en dat die lewe net so mooi is soos wat 'n mens dit vir jouself maak.

Op die kaai is dit 'n intieme trio wat die gewese kaptein en sy gade se koms afwag. Waar Suzette le Sueur tussen haar twee neefs, Jean en Louis, staan, vorm sy 'n aangrypende prentjie wat elke verbygaande kavalier sy asem vinnig laat intrek en sy oë 'n oomblik lank laat feesvier op haar skoonheid en haar trotse, regop figuurtjie.

Suzette is 'n mooi meisie, maar in haar hart is daar geen plek vir 'n Kapenaar of vir die Kaap nie. Vir haar is daar slegs een volmaakte lewe, en dit is die vry lewe op haar vader se plaas, Voltaire, drie uur te perd anderkant Franschhoek, in die rigting van Swellendam. En noudat haar moeder nege maande gelede oorlede is, voel sy haar plek soveel te meer aan haar vader se sy. Hulle loop nou wel dikwels onder veediewe deur, maar sy verkies nogtans die lewe op Voltaire bo die lewe hier in die Kaap met al sy weelde en gemak.

"Ek wonder of my ouers al weet van jou moeder se heengaan?" sêvra Jean met sy oë starend gerig op die bootjies wat die passasiers nou aan wal bring.

"Ek het tant Rynette en oom Marcel onverwyld van Moeder se heengaan in kennis gestel, Jean," antwoord sy sag. "Maar jy weet hoe dit gaan. Soms neem 'n brief byna 'n jaar om sy bestemming te bereik, en soms bereik dit nooit eens sy bestemming nie."

Sy hou skielik op met praat en 'n stralende glimlaggie verskyn op haar ietwat somber gelaat.

"Jean! Louis!" roep sy verheug uit. "Kyk, daar help oom Marcel tante Rynette nou net uit die bootjie!"

Voordat iemand haar kan keer, skop sy haar deftige hofskoentjies uit en draf sy vinnig en gemaklik oor die skoongewaste sand om eerste haar geliefde oom en tante te groet en welkom te heet. Jean en Louis moet maar sien kom klaar. Hulle moet net sorg dat hulle haar skoene optel en bring.

Aan hierdie streke van haar steur die twee jongmans hulle

181

skynbaar baie min. Hulle ken haar vir die sorgelose natuurkind wat sy is; daarom tel Louis maar ewe gedweë haar deftige skoentjies op en volg hy haar met Jean kort op sy hakke.

"Oom Marcel! Tant Rynette!" roep sy laggend uit, en sy gooi haar arms in salige ekstase om Rynette se nek en soen haar hartlik.

"Suzette! A, my kind . . ." Maar verder as dit kom Marcel nie, want hy word byna dadelik aan dieselfde omhelsing as sy wederhelf onderwerp.

Suzette is ietwat uitasem van skone opgewondenheid toe sy eindelik terugstaan vir Jean en Louis om ook hulle ouers te groet. En toe sy weer opkyk, is dit vas in twee donker oë wat haar aanstaar asof in 'n droom, asof hulle die grootste wonder van die wêreld betrag. Hulle hou haar saffierbloues gevange, en dit voel vir Suzette of 'n vreemde mag haar dwing om in daardie byna swart dieptes te kyk. Sy snak saggies na haar asem. Maar dan verander daardie donker blou oë meteens. 'n Yskoue lig neem van hulle besit en 'n bitter trek verskyn om die jongman se mooi, sterk mond toe hy sy gesig met 'n hooghartige, verveelde gebaar wegdraai.

Jou oë is uiters misleidend, my beeldskone mademoiselle, dink Marco met ongekende wrewel in sy hart. Hulle lyk so teer en sag, maar julle is almal eenders – vlekloos en beeldskoon van buite, maar listig en hopeloos verrot van binne!

"Ek dink stellig jy kan nou weer 'n slag jou skoene aantrek, chéri. Hier is nie so baie los sand nie," roep Louis se ietwat spottende stem haar weer tot die werklikheid terug. "Kyk net hoe spottend staar die meisies my aan omdat ek soos 'n wafferse agie hier met my geëerde niggie se skoene in die hand staan." Hy hou die twee fyn skoentjies na haar toe uit en glimlag breed. "As ek van hierdie oomblik af nie meer welkom is by die Kaapse meisies nie, sal dit slegs jou skuld wees, ma petite."

Suzette is nog aansienlik verward toe sy haar skoene neem

en hulle seepglad aanglip. Maar toe sy weer opkyk, is daar nie 'n teken van die lang, breedgeskouerde kavalier van flussies nie. Sy weet momenteel nie of sy daaroor spyt of verheug moet voel nie.

Dan dink sy weer aan daardie vervelige, hooghartige lig wat so eensklaps in sy oë verskyn het asof sy 'n vreeslike oortreding begaan het en hom uiters mishaag, en sy voel hoe 'n vreemde opstand jeens die jongman meteens fel in haar oplaai. Selfs haar wange gloei van skone verontwaardiging toe sy haar weer na haar tante draai. Maar toe sy die verslae en hartseer uitdrukking op die ouerpaar se gesigte merk, is die opstand in haar weer net so gou geblus soos dit ontvlam het. Sy weet onmiddellik dat Jean hulle van haar moeder se heengaan verwittig het.

Met 'n paar sagte woorde spreek die ouerpaar hulle simpatie uit; dan beweeg hulle stil in die rigting van Jean se wagtende koets wat in die môreson blink.

Die lakei het alreeds die deur oop en is nog besig om die leertjie te laat sak toe hulle die koets bereik. Met teer hande help die tweeling hulle moeder in en toe almal later plaasgeneem het, word die deurtjie weer sorgvuldig gesluit. Die lakei neem langs die koetsier plaas, en weldra dawer die vier spierwit perde se kragtige hoewe met die Heerengracht op na die tweeling se weelderige woning toe.

In stilte word die rit afgelê, en voor Suzette weer aan die hooghartige, vreemde jongman kan dink, hou die koets reeds voor die tweeling se indrukwekkende woning stil en word die deurtjie weer van buite af oopgemaak.

'n Lakei in 'n nousluitende, wit broek en rooi baadjie maak vir hulle die swaar voordeur oop. Suzette kan nie anders as om ontuis te voel tussen al die luister toe hulle die kolossale ontvangskamer binnetree en plaasneem nie.

Dis waar, sy is baie lief vir hierdie twee dierbare, gasvrye neefs van haar en sy kom hulle ook dikwels besoek. Maar hierdie

183

weelderige huis kon haar nog nooit lank gevange hou nie. Vir haar is daar slegs een tuiste: die ruim woonhuis op Voltaire met sy warm en vriendelike atmosfeer wat uit elke meubelstuk straal en jou nooi om jou tuis te maak.

Nee, sy hou niks van die dorpslewe met sy veelvoudige modes en etiket nie. Sy hou van Voltaire waar sy in 'n eenvoudige katoenrokkie kan rondslenter en wanneer sy wil perdry, doen sy dit nie met 'n sysaal nie, maar gemaklik soos 'n man. Wanneer sy die dag lus voel om saam met haar vader te gaan jag, is daar geen etiket wat haar dit belet omdat sy 'n dame is en met haar hande heeldag in moffies behoort te leef nie. En wanneer dit baie warm is en sy slenter in die huis rond sonder skoene, is daar ook nie lakeie met wit broeke en rooi baadjies wat haar met een blik laat voel dat sy haar aan al die sondes van die wêreld skuldig maak nie. Voltaire se plaas- en huiswerkers ken haar feitlik van haar geboorte af en weet presies wat om van haar te verwag sonder om verbasing te veins.

Dis slegs om haar twee neefs se ontwil dat Suzette haar telkens so fyn uitvat wanneer sy hulle met 'n besoek vereer, en dan behoorlik, soos wat dit 'n dame betaam, met haar vader se koets hier aangery kom. As hulle nie so 'n hoë aansien hier aan die Kaap geniet het nie, sou sy heel waarskynlik sonder om te blik of te bloos op Fleur, haar ryperd, se rug vir hulle kom kuier het. Maar nou is daar natuurlik die goewerneur en al die ander hooggeplaaste amptenare se vrouens en dogters met wie sy rekening moet hou, en sy moet sorg dat sy nie haar dierbare twee neefs by die skone dames in die skande steek nie.

Maar op Voltaire is sy gewoonlik haar eie eenvoudige self. Daar is gelukkig niemand om vir haar die wette neer te lê nie. Haar moeder het jare gelede al opgehou om van haar 'n dame te probeer maak, want wie kan dan nou heeldag soos 'n dame aan 'n stukkie fyn borduurwerk sit en werk wanneer die veld en die voëls en velddiertjies jou roep om God se skone natuurskepping saam met hulle te deel? Wanneer die bergpoel se koel water skoon en blou daar lê, is dit net 'n onbegonne taak om daar met 'n hoë hals en wye hoepelrok te staan en toekyk asof daar nog nooit so 'n woord soos "baai" bestaan het nie.

Suzette is nie slegs 'n natuurkind nie; sy is self 'n diertjie van die veld. Almal wat haar intiem ken, het haar lankal reeds aanvaar soos sy is, modes en etiket ten spyt.

Hulle sit egter nie lank nie, toe skink Louis vir hulle van sy beste wyn in sy kosbaarste glase. Almal voel bly en gelukkig omdat Rynette en Marcel ná lang afwagting eindelik gearriveer het. Toe Jean byna uitbundig uitroep: "Vive la France!" kan die twee oumense ook nie anders as om in die jongeres se uitbundigheid te deel nie, al voel hulle nog bitter hartseer oor Jacqueline le Sueur se skielike afsterwe.

2

Soos die gewoonte aan die Kaap is, gee die goewerneur gewoonlik 'n luisterryke bal wanneer 'n skip die Kaap aandoen en word al wat gesiene Kapenaar is na die bal genooi. Dan lewe die inwoners van die Kaap, want wanneer die groot retoervlote in die baai lê, floreer die handel en ontwaak Kaapstad onmiddellik uit sy landelike rus.

Matrose en ander besoekers wat pas uit die weelderige Ooste teruggekeer het, kom dan aan land en stroom na die tavernes en wynhuise toe. Dan is dit 'n brassery van allerlei nasies wat die lug byna swaar en troebel maak. Maar nietemin, dan lewe die Kaap weer. Die handelaars dryf handel, en die dames pronk spoggerig op straat met hulle nuutste en elegantste tabberds. Jong dames loer koketterig na aantreklike jong offisiere, en laasgenoemde probeer weer om so gevat en galant moontlik te wees in 'n poging om die meisies se sagte hartjies te verbly en te verower.

'n Spesiale uitnodiging van die goewerneur word kort voor middagete aan die De Baise-familie afgelewer. Dit sluit ook die skone Suzette in.

Laasgenoemde voel nie juis geesdriftig oor die uitnodiging nie. En toe Jean haar boonop tydens ete begin spot omdat sy alreeds negentien jaar oud is en nog nie eens 'n bewonderaar in haar strikke gevang het nie, voel sy sommer behoorlik teësinnig vir die hele affère.

"My lewe en plesier hang geensins van 'n string bewonderaars af nie, my liewe neef," werp sy snipperig terug. "Sorg maar net dat jy vir jouself 'n nooientjie op die lyf loop, anders vrees ek sal ek my dalk nog oor jou moet ontferm. En nog 'n ding: net om jou gerus te stel – daar is talle jong kapteintjies en offisiertjies wat maar te graag met ene monsieur Jean de Baise se niggie sal wil dans, al kan ek hulle nie onder my oë verdra nie."

'n Algemene gelag klink om die tafel op. Rynette is die eerste wat weer die woord voer.

"Mag ek vra waarom jy die kaptein en offisiere nie onder jou oë kan verdra nie, ma petite?" wil sy met 'n fyn glimlaggie weet, maar sy kyk die jongmeisie nietemin ondersoekend aan.

Suzette lig haar eerlike, blou oë en kyk reguit op na haar tante. Sy verklaar onomwonde: "U weet dit miskien nie, tant Rynette, maar hulle bestempel ons koloniste mos as plebejers. Bid jou aan, plebejers! En nou vra ek u wat is hulle, en die res soos skape wat 'n heimlike hartseer koester – en dan het hulle die vermetelheid om ons koloniste ..."

Maar verder as dit kom sy nie met haar verduideliking nie, want Jean en Louis se heerlike lagbui doof terstond haar verontwaardigde stem uit.

"Vive la France, my geliefde niggie," kry Louis dit hortend tussen lagbuie uit. "Sowaar, kaptein Valckenier het my net gister

186

om jou fyn handjie genader en het my met sy hand op sy hart verseker dat hy nog nooit in sy lewe so 'n beeldskone plebejer soos jy gesien het nie."

Suzette moet haar staal om nie die terglustige Louis met haar servet te gooi nie. Maar haar blik wat op hom rus, is skerp toe sy ietwat minagtend sê: "Sê jy vir daardie bleek kapteintjie jou niggie sê sodra hulle ons moeilikheid met veediewe insien, sal ek miskien eendag 'n statige masurka met hom dans. So nie moet hy en sy gevolg liewer sorg dat hulle baie ver van Voltaire af wegbly."

Marcel, wat merk waarop die gesprek afstuur, lei dit dadelik in 'n veiliger rigting deur Suzette belangstellend uit te vra na haar vader se boerdery. Hy weet reeds lankal dat die koloniste baie verbitterd voel jeens die goewerneur wat nie genoeg aandag aan hulle klagtes skenk nie, en dat hulle reeds besluit het om verder weg te trek van die regering en sy bakens af.

Heimlik wonder Marcel of sy swaer, André le Sueur, ook aan die trek gaan meedoen. Hy hoop nie so nie, want daar is oneindig baie gevaar verbonde aan so 'n blindelingse trek die woeste, onbeskaafde wêreld in. Buitendien as André trek, sal hy Suzette natuurlik saamneem – en dis 'n gedagte wat Marcel en sy familie erg onrustig stem.

"Jou vader doen natuurlik nie mee aan die trek na die noorde toe nie?" pols hy bedaard sonder om iets van die kommer in sy hart te laat deurskemer. Suzette se antwoord laat hom vlugtig van sy bord af opkyk en werktuiglik met die servet oor sy lippe vee.

"Nie so dadelik nie, oom Marcel," kom dit nou weer heeltemal bedaard, haar gramskap van flussies totaal vergete. "Pappa se plan is om aan die volgende trek mee te doen. Ek vrees hy is nie gereed om nou al te trek nie. U sien, die wamaker is besig om vir ons nog 'n wa te maak, en dan is daar ook gesaaides op die lande wat Pappa eers wil oes."

Almal merk die opgewonde vonkeling in haar sagte, blou oë

wat 'n mens gewoonlik eerlik en reguit aankyk. Dis vir elkeen baie duidelik dat Suzette met vreugde uitsien na die trekkery wat voorlê.

Dan hervat sy haar verduideliking. "Pappa sê hy wil met drie waens trek sodat hy al ons meubels kan saamneem, anders sal hy later weer die lang tog moet aflê om ons meubels te kom haal wanneer die nuwe huis gebou is, en dit sal slegs 'n verkwisting van tyd wees. Maar ek dink die trek sal binne agtien maande begin."

"En jy, my liewe niggie, gaan natuurlik by ons agterbly, of hoe?" kom dit baie ernstig van Jean. Hy, net soos sy vader, voel diep verontrus oor hierdie voorgenome trekkery, en Suzette se veiligheid in besonder.

Hierdie vraag van hom klink vir die jongmeisie alte veel na 'n grap en sy begin sommer hartlik lag.

"Ek sal nogal daarvan hou om by oom en tante op Rouen te gaan woon," laat sy glimlaggend hoor. "Maar, nou ja . . ." Sy haal haar skouertjies verontskuldigend op.

"Maar wat?" kom dit vinnig van Jean. Sy gelaat is nou die ene erns en almal om die tafel wag in ademlose stilte op Suzette se antwoord. Hulle is albei baie lief vir haar, veral die twee jongmans wat haar soos 'n eie sustertjie beskou en deurentyd probeer om haar te beskerm.

'n Verleë glimlaggie verskyn om Suzette se mond toe sy haar mes en vurk fyntjies op haar bord plaas en die spreker reguit aankyk.

"Ek sal julle almal baie mis, mon ami, en glo my, ek sal ook baie na julle verlang. Maar ek vrees ek kan Pappa nie in die steek laat nie. Sedert Mamma oorlede is, is ek al wat hy het. Dus kan ek hom nie die wye wêreld alleen laat intrek nie."

Ofskoon nie een hierop antwoord nie, het Marcel en sy twee seuns reeds besluit om hierdie saak baie ernstig met André le Sueur te bespreek.

Die geselskap slaan nou oor na die goewerneur se bal, en so onder die gesels deur word die maaltyd gesellig genuttig.

"Kom, my kind, ek wil eers gaan kyk hoe jou tabberd lyk wat jy môreaand op die bal gaan dra," versoek haar tante vriendelik, kom grasieus orent en lei Suzette sonder meer met die trap op na laasgenoemde se slaapkamer.

Ook die drie here kom orent en gaan na die rookkamer toe om 'n genoeglike pypie te geniet.

Suzette wag in die weelderige ontvangskamer op haar tante, oom en twee neefs om na die goewerneur se bal te vertrek. Sy is deftig gekleed in 'n ligblou, elegante brokaattabberd, byna dieselfde kleur as haar oë, met 'n kosbare kameeborsspeld teen die ietwat lae hals wat haar slanke nek meesterlik vertoon.

Onder die wye romp van haar rok steek slegs die punte van haar ligblou satynskoentjies uit en in haar goudblonde hare wat volgens die jongste mode hoop opgekam en gepoeier is, vonkel 'n kosbare diamanttiara.

Maar ofskoon Suzette se uiterlike onverbeterlik is, voel sy hoegenaamd nie gretig om vanaand se bal by te woon nie. Dit voel vir haar byna of sy die een of ander onaangenaamheid tegemoet gaan. Op haar mooi gelaat met sy fyn gelaatstrekke is daar 'n ietwat bekommerde trek, en voor sy dit kan verbloem, kom Louis die vertrek binne.

Hy steek in die deur vas, kyk haar 'n oomblik lank ondersoekend aan en stap dan nader. Met 'n teer gebaar plaas hy sy hande op haar skouers en verneem besorgd: "Waarom lyk jy so ongelukkig? Is dit omdat ek jou na die bal moet vergesel? Jy weet tog self dis jou eie skuld dat die jong kavaliers huiwerig is om jou —"

"Kom, mon ami, moenie laf wees nie," sê sy en lag prettig.

Louis moet onwillekeurig saam lag. So ken hy haar. Sommerso reguit sonder daardie fyn kwinkslae wat 'n dame se gramskap so 'n bietjie verbloem en versag.

Sy druk haar fyn sysakdoekie liggies teen haar gepoeierde voorhoof en kyk Louis dan met tergende oë aan. "Die kavaliers van die Kaap interesseer my hoegenaamd nie. Ek verkies jou en Jean se geselskap enige tyd bo hulle s'n, en onthou dit altyd." Sy neem sy hande saggies van haar skouers af.

Met 'n fyn gebaar stryk Louis oor sy duur kantnekdoek wat volgens die nuutste Franse mode geknoop is; dan lag sy grys oë tergend in hare daar waar sy soos 'n koningin op die bank sit.

"Jy lyk goed genoeg om opgeëet te word, ma petite," sê hy skertsend. "Die Kaapse kavaliers sal jou natuurlik weer vanaand met hulle oë verslind, dog te bang wees om jou aan te raak." Toe bars hy hardop uit van die lag. "Jy moet hulle nie so koel behandel nie. Jy skrik hulle totaal af en een van die dae beland jy op die rak ... Of wil jy graag met een van die koloniste, een van jou ruwe, onverfynde plebejers, trou?"

Suzette se wange vlam oombliklik vuurwarm.

"Jy is nou sommer aanstootlik," verklaar sy onomwonde, kom orent en gaan voor die venster staan met haar rug op hom gekeer.

Louis begin egter saggies die "Marseillaise" neurie, 'n gebaar wat Suzette nog meet onthuts. Dit voel vir haar kompleet of hy haar uittart.

"Jy neurie verniet die 'Marseillaise', mon ami," werp sy hom snipperig toe. "Ek weet Rouget het die woorde en die musiek geskryf. Staak dit gerus. Jy imponeer my glad nie."

"Jou naeltjies is net so skerp soos 'n katjie s'n, ma petite," sê hy geamuseerd, en hy staan nader aan haar. "Maar ek voorspel dat een of ander kavalier hulle nog gaan kort knip."

Die binnekoms van Rynette, Marcel en Jean maak dadelik 'n einde aan hierdie ligte kragmeting met woorde.

"Die koetse is gereed," kondig die lakei met 'n uitdrukking-lose gelaat van die oop deur af aan en onttrek hom weer dadelik.

Toe stap die vyftal uit na die wagtende koetse voor die deur. Marcel en sy gade bestyg die een koets en die drie jongmense die ander een, en weldra is hulle onderweg na die Kasteel wat grotesk vertoon in die lig van die talle lanterns wat buite die tuin aan die bome hang.

Met harde geklop van vurige hoewe op die keistene ry hulle later die groot poort van die Kasteel binne en met netjiese presiesheid bring die twee Maleier-koetsiers die twee weelderige koetse langs mekaar tot stilstand. Die deurtjies gaan oop, en die twee dames word met sjarmante hoflikheid uitgehelp en na die groot, weelderige ontvangsaal gelei.

Dis 'n groot bal. Toe Suzette deur Louis die ontvangsaal binne gelei word, sien sy dadelik die vreemde kavalier in wie se donker, hooghartige en gevoellose oë sy gister met Rynette en Marcel se aankoms by die kaai so onverhoeds gestaar het.

Dis duidelik dat hy gesog is onder die Kaapse skoonhede. Sy prominente gestalte is uiters modieus en volgens die nuutste Franse mode gekleed en sy perfekte Franse maniertjies het die dames skoon van hulle voete af.

Nadat die vyf aankomelinge die goewerneur en sy gade gegroet het, lei Louis sy niggie na 'n klein groepie jongmense toe wat effens weg van die ander af staan. Hulle is almal vriende van die De Baise's en Le Sueurs en ontvang Suzette en haar neef met vriendelike gevatheid. Uit die hoek van haar oog merk Suzette dat die vreemde, hooghartige jongman van gister die middelpunt van almal se belangstelling is, en sy wonder onwillekeurig of hy dan 'n bekende is hier in die Kaap. Maar sy waag dit nie om te verneem nie.

Marco is, ofskoon ietwat styf en hooghartig, tog korrek en hoflik teenoor almal. Hy buig met grasie soos min mans hom dit kan nadoen wanneer hy aan iemand bekend gestel word. Die meisies hang aan sy lippe, giggel koketterig met hom onderwyl hulle oë openlik lonk.

Hy luister egter met 'n ietwat verveelde verdraagsaamheid na hulle, of altans, so wil dit vir Suzette voorkom.

Dis klaarblyklik sy geaardheid, flits dit deur haar gedagtes, want inderwaarheid is hy tog baie hoflik en galant. Dis baie duidelik dat hy die held van die aand is – al praat hy met daardie sagte, dralerige en half verveelde stemtoon wat voortdurend die indruk skep dat hy uiters verveeld voel!

Sy merk hoe hy 'n kosbare snuifdoos te voorskyn haal, en die snuif fyntjies tussen sy vingers neem op 'n manier wat die goewerneur hom nie kan nadoen nie. Hy plaas die snuifdoos weer terug in sy sak, haal 'n fyngeborduurde sysakdoek uit sy mou en stof fyntjies en behoedsaam die stofie snuif van sy deftige swart satynbaadjie se mou af sodat die taak sy grootste konsentrasie vereis.

Hy is nie slegs styf en hooghartig nie, dink Suzette minagtend, maar hy is ook verwaand met 'n ongeëwenaarde opinie oor homself. Ook maar goed dat ek hom nie ken nie. Trouens, ek is hoegenaamd nie begerig om met hom kennis te maak nie. Sulke verwaande hooghartigheid, asof almal ver benede hom is, is 'n houding wat ek nog nooit kon veel nie. Nee, ek wil eerlikwaar nie met hom kennis maak nie, want ek sal tog nooit my tong in bedwang kan hou nie, en dit lyk ook nie juis of hy vriendeliker sal wees na 'n belediging nie. Ja, en dan het hy ook nog om die een of ander onverklaarbare rede so 'n diep hekel in my dat hy daar dalk niks van sal dink om my met sy swaard aan te durf nie!

Etlike minute lank staan sy en Louis nog met die groepie jongmense en gesels, toe lei laasgenoemde haar na 'n stoel toe en neem self ook plaas.

Dis 'n aand van pret en plesier in die Kasteel. In 'n Kaap waar die geld en wyn vrylik vloei, waar weelde en voorspoed aan die orde van die dag is, voel almal lus om te lag en dans.

Die aand is nog jonk en die vroue is pragtig. Met 'n glasie in haar slanke, bruin handjie sit Suzette saam met die ander gaste en wag dat die goewerneur sy toespraak moet eindig. En toe hy eindelik klaargepraat het, begin 'n orkes in die een hoek van die vertrek speel en word daar weer van sy beroemde Constantia-wyn bedien.

Met 'n sjarmante buiging nooi Louis sy beeldskone niggie vir die dans. Hy neem haar in sy arms en statig, grasieus en met volle oorgawe beweeg hulle oor die vloer op die maat van 'n minuet.

Die volgende dans is 'n masurka, en nou dans Suzette weer met Jean. Daarna tree die ander jongmans beskeie nader, en sy kom nie eens agter dat die vreemde kavalier van gister nog nie eens aan haar voorgestel is nie, of dat hy geen sinnigheid toon om met haar kennis te maak nie.

Die musiek loop ten einde en haar dansmaat lei haar galant terug na waar Jean en Louis gesellig by die goewerneur staan en gesels. Laasgenoemde maak 'n diep, sjarmante buiging en kyk Suzette vriendelik aan.

"A, mejuffrou Suzette!" roep die goewerneur uit. "Veroor-loof my om u te komplimenteer met u fyn grasie en skone voorkoms!" Hy knipoog ondeund vir die tweeling. "Dis vir my baie duidelik dat ons jong kavaliers van die Kaap 'n goeie oog het vir skoonheid. Ek merk u het nog nie een dans uitgesit nie. En daardie fraai, jeugdige blos tel inderdaad in u guns." Die goe-werneur begin saggies lag. "U moet nie vanaand te veel harte breek nie, jonge dame. Die jong here is maar weerloos en swak te midde van soveel skoonheid!"

'n Hartlike gelag van Jean en Louis volg op die goewerneur se woorde. Met hierdie vriendelike waarskuwing buig hy weer ga-lant en beweeg dan verder na 'n ander groepie jongmense toe.

Met haar oë volg Suzette die ietwat gesette gestalte van die goewerneur. Toe sy haar blik eindelik van hom wegdraai, merk sy tersluiks hoe die koue, verwaande vreemdeling van gister met 'n onmiskenbaar verveelde blik na haar staar asof hy dwarsdeur haar kyk en haar nie eens raaksien nie.

Dis waar, hy hou eerlikwaar net so min van my as wat ek van hom hou, flits dit weer deur haar gedagtes, en die guitige vonkeling van haar oë toon openlik dat sy lus het om hartlik uit te bars van die lag. Hy het natuurlik al van ander verneem dat ek 'n onverfynde plebejer is, mymer sy voort, en dus nie gereken genoeg is om mee kennis te maak nie. Sy haal haar skouertjies byna onopsigtelik en onverskillig op; dan neem sy plaas op die stoel wat Jean haar so sjarmant aanbied, en besluit om terstond van die verwaande jongman te vergeet.

Die res van die aand dans sy dikwels met die Kaap se gesogte jongmans. Sy verwerdig haar selfs om een dans aan die bleek kapteintjie van die Kasteel toe te staan, wat hom byna soos 'n pou laat pronk van pure ingenomenheid.

Marco is nie beïndruk deur haar skoonheid nie. Vir hom is sulke beeldskoonheid iets van die verderf, en buitendien het hy Suzette al klaar opgesom as 'n klein flerrie en 'n koket en hoegenaamd nie die moeite werd om mee kennis te maak nie. Ná sy onlangse ondervinding met sy gewese verloofde beteken sulke treffende skoonheid vir hom slegs 'n leë dop sonder enige inhoud.

Die volgende dag vertrek die De Baise-egpaar, vergesel van Suzette en die tweeling, na hulle landgoed, Rouen, wat aan die weelderige landgoed Bordeaux van die dertigjarige graaf Marco de la Roche grens.

Aan Suzette is hierdie jong edelman totaal onbekend. Sy herinner haar daaraan dat haar ontslape moeder bevriend was met sy moeder, madame Lise de la Roche, en dat haar seun en enigste kind sy adellike titel op sesjarige leeftyd van sy gestorwe oom geërf het.

Ook aan die vyf en twintigjarige tweeling is die jong Marco

onbekend, aangesien hy pas na Europa vertrek het met hulle aankoms hier in die Kaap. Van sy gewildheid onder die skoner geslag, en dat hy 'n gesiene en hoogaangeskrewe inwoner is, die beste swaardvegter en uiters gesog aan die Kasteel is, het hulle sommer met hulle aankoms hier in die Kaap al te wete gekom. En nou sê die De Baise-egpaar dat die jong graaf gister saam met hulle aan wal gestap het.

"Hy is 'n buitengewoon aantreklike man," gaan Rynette voort hier waar hulle vyf vreedsaam in die koel somerhuisie sit en tee drink. Sy lig nie die drie jongmense in oor die vername graaf se vreemde afsydigheid en koel hoflikheid tydens die lang seereis nie. Haar blik dwaal na die negentienjarige Suzette en raak dan meteens ondeund. "Dit sal jou nogal loon om jou flikkers vir hom te gooi, my liefie," terg sy goedig. "Dink net hoe aangenaam dit vir ons almal sal wees om jou as buurvrou te hê."

'n Verleë blos kruip oor Suzette se wange. Maar toe sy die spottende uitdrukking in Jean se grys oë gewaar, is sy dadelik oorgehaal tot verdediging.

"My liewe tante Rynette," sê sy en glimlag suur, "ek het geen sinnigheid om die meesteres van Bordeaux te word nie. Nee, laat so iets gerus maar aan Anna, Marie en Elaine oor. Hulle sal so 'n gedagte met albei hande aangryp. Ek, daarenteen, is nie eens bereid om dit te oorweeg nie. Boonop ken ek die geëerde graaf van geen kant af nie. En nog 'n ding: ek voel oortuig dat hy nie graag 'n plebejer vir 'n vrou sal wil hê nie ..."

"Moontlik, as sy so 'n skatlike en buitengewone klein plebejer is soos jy," sê Louis prettig en knipoog fyntjies en ondeund vir die opstandige jongmeisie wie se wange nou vuurwarm gloei van verontwaardiging.

"Toe maar, ma petite," paai Jean goedig. Hy ken al die tekens as sy geliefde niggie diep ontstoke is. "Die graaf kan sy sterre dank en ook sy oudste nekdoek vir nagereg opeet as hy 'n vrou

195

soos jy kry wat uit een van Frankryk se oudste adellike families stam. En laat ek net hoor hy bestempel jou as 'n plebejer, dan deurboor ek hom met my swaard."

"Dit sal 'n uiters gewaagde optrede wees, my broer," werp Louis vinnig tussenin. "Of het jy al vergeet dat almal hier in die Kaap die graaf se swaard met 'n doodse vrees en 'n heilige ontsag bejeën?"

'n Oomblikkie lank heers daar 'n gevoelige stilte; dan spreek Marcel sy seun met vaderlike gesag aan.

"Dis waar, my seun." Sy oë rus sag op Jean se gespierde gestalte. "Ek vrees jy sal met die jong graaf se vaardigheid met die swaard rekening moet hou en sulke uitdagings maar liewer laat links lê. Die goewerneur het my net gisteraand verwittig dat die graaf se vaardigheid met die swaard en rapier ongeëwenaard is. Spaar dus jou energie en jou lewe. Hy sal vir julle albei 'n beter vriend as 'n vyand wees."

Ná hierdie teregwysing swaai die geselskap na 'n ander onderwerp. Toe die leë teekoppies later gehaal word, gesels hulle druk oor Suzette se vertrek die volgende dag.

Beide Marcel en Rynette spreek hulle spyt uit omdat sy hulle so gou wil verlaat. Die tweeling spreek weer hulle spyt uit omdat die Kaapse kavaliers haar so koud laat en sy hulle nie eens die eer wil gun om ook een maal in ere langs 'n familie-bruidskoets te ry nie. Daarna gaan die twee dames binnetoe, terwyl die drie mans in die rigting van die stalle verdwyn om André le Sueur se koetsier opdrag te gee om die koets en perde na te gaan en te sien dat alles in orde is vir Suzette se vertrek die volgende dag na Voltaire.

3

Dis 'n lieflike lenteoggend, gevul met uitbundige lewe en son-neglans wat wyd uitsprei oor die natuurskoon van die Kaap en sy majestueuse bergreuse.

Fier en trots sit die netjies geklede Marco de la Roche op sy vurige swart hings wat ewe trots kopspeel asof hy die koning is onder al die Kaapse perde.

Op die jongman se trotse gelaat is 'n onmiskenbare uitdruk-king van verveeldheid, hier waar hy sy perd versigtig verby die groentemark na die Heerengracht toe stuur. Dis al byna 'n jaar dat hy terug is van Europa af en weer een is met die bedrywig-heid en die samelewing van die Kaap.

Met nikssiende oë staar hy na die prag en praal om hom heen, na die swierige koetse, drastoele en modieus geklede vroue. Maar die toneel wat hy aan die onderpunt van die straat na aan die Kasteel teëkom, laat hom die perd terstond voor een van die tavernes inhou om die skouspel met 'n geamuseerde glimlaggie te aanskou.

'n Franse skip, op pad na Indië toe, het vroeg die oggend in die Kaapse baai anker gegooi en op hierdie oomblik is die hele Heerengracht 'n toneel van kleur en lewe, van wemelende matrose en offisiere, van waens wat goedere na die hawe ver-voer, en van Kapenaars wat almal op straat is, te voet, te perd, in koetse en in drastoele.

Enkele minute lank sit hy bewegingloos op die vurige Satan wat ongeduldig rondstaan. Dan gly hy grasieus uit die saal, hou hy die toom na 'n slaaf uit en hy stap die taverne met 'n veer-kragtige tred binne, waar 'n raserige klomp matrose en Kape-naars besig is om hulle dors te les.

Hy neem 'n glas Boergondiese wyn wat oor die toonbank na hom geskuif word, en beweeg tydsaam deur die volgepakte vertrek na 'n vakante tafeltjie wat in die verste hoek staan.

Hy loop by 'n tafeltjie verby waar twee luidrugtige matrose hul ruwe seemansliedjie ietwat vals uitbasuin. Toe Marco agter die een verbyloop, kom die man onverwags orent en stamp so hard aan die edelman se arm dat die helfte van die wyn oor die matroos se kop uitstort.

Met 'n vloek draai die matroos hom na die fyngeklede Marco, gluur hom boosaardig aan en hy sis byna die woorde uit: "Kan jy nie kyk waar jy loop nie, landrot, of wil jy hê ek moet jou net hier die les leer wat jou pa jou lankal moes geleer het sodat jy met oop oë kan loop?"

Marco meet die bonkige matroos met 'n ysige blik. Nog nooit het iemand hom ooit so beledig en met sy lewe daarvan afgekom nie. Hy verstyf merkbaar, en nou boor sy byna swart oë soos vurige swaardpunte in die ontstoke matroos s'n. Die toeskouers staar die twee in ademlose stilte aan. Almal ken Peet, die matroos, en weet presies hoeveel krag daar in daardie bonkige liggaam van hom skuil en hoeveel seerowers al voor sy swaard se punt geswig het.

Maar toe hoor hulle die fyngeklede Kapenaar skielik met 'n ysige stem sê: "Kyk, kêrel, wat gebeur het, was 'n blote ongeluk wat jy self veroorsaak het. As jy nie so blindweg opgestaan het nie, sou my wyn nog alles in my glas gewees het en sou jy hopelik nie 'n Boergondiese bad gehad het nie. Dit is dus jou eie skuld en nie myne nie. En as jy nie tevrede is met hierdie verduideliking nie, kan jy my met plesier daardie les leer waarvan jy flussies gepraat het. Wat sal dit wees, swaard of rapier?"

"Mijnhere, nee, asseblief!" roep die eienaar ontsteld uit. "Julle weet wat die straf is vir 'n tweegeveg. Ek vra julle vriendelik om hierdie geveg te –"

"Ons sal hierdie sakie in een van jou agterste kamers gaan besleg waar geen soldaat ons ooit sal sien nie, mon ami," val Marco hom met 'n geheimsinnige glimlaggie op sy gesig in die rede. Maar die lig in sy donker oë is yskoud en vernietigend. Die woord "landrot" en die sarkasme waarmee dit gepaardgegaan het, het hierdie edelman se trots inderdaad diep geraak. Ook hy voel diep geraak, en dit moet sonder versuim herstel word.

Almal maak pad vir die twee wat nou na die verste deur in die vertrek toe beweeg. Om die matroos se mond is 'n lelike gryns wat enkele geel tande vertoon, kompleet soos 'n ondier wat koning kraai oor sy reeds gevalle prooi.

Uit die toeskouers word daar gou-gou twee sekondante gekies. Dan tree die twee ontstoke manne die vertrek binne met 'n twintigtal toeskouers kort op hulle hakke. Dis duidelik dat hierdie geveg is wat almal se nuuskierigheid uitlok, aangesien dit twee meesters is wat die swaarde gaan hanteer.

"Kom, mon vieux, laat ons sien wie vandag 'n les geleer gaan word," laat Marco nou spottend hoor toe die deur eindelik agter hulle gesluit is en sy swaard onheilspellend in sy hand glim. "Sulke groot bullebakke soos jy is gewoonlik meer wind as wol."

"Hoor, hoor!" roep 'n geïnspireerde Kapenaar uit. Hy kry eintlik lekker tot in sy tone toe sy blik met welgevalle oor die graaf se stewige gestalte gly en hy merk met watter vaardigheid die man sy glimmende swaard in sy lang, lenige hand hanteer.

Met een hand verwyder Marco sy swart mantel wat met duur rooi satyn uitgevoer is. Hy hou dit na een van sy sekondante uit.

"Neem hier, vriend, sodat ek hierdie seerot kan wys hoe 'n mens 'n swaard moet hanteer," laat hy nog steeds effens spottend hoor. "Blykbaar ken hy die kuns nog nie, want hy lyk maar bra onhandig met die speeldingetjie."

"Jy sal jou woorde aanstons insluk, landrot," bulder die matroos woedend, en hy vat sy swaard met mening vas. "Kom, veg vir jou lewe as jy dit liefhet en laat ons sien of jy ná hierdie geveg nog gaan leef om te glimlag."

Albei manne is vaardige swaardvegters, soos dit duidelik blyk uit die baie trefhoue en onverwagte glipsteke wat hulle uitdeel. Hulle veg met verbete doelgerigtheid, maar Marco veg met die gemak van die swaardvegter wat doodseker van sy saak is en wat weet waar elke hou sal tref indien hy net wil toeslaan. Hy speel met die matroos soos 'n kat met 'n muis. Sy swaard word later 'n ondeurdringbare muur van staal wat vir Peet 'n terging word wanneer sy aanvalle een na die ander daarteen stuit.

Die toeskouers is byna rasend van opgewondenheid. Hulle sien hoe die sweet fyn op die gesigte van die twee vegtendes pêrel; hoe hulle hemde deurweek raak van die sweet; hoe lis met lis beantwoord word, dryfhoue weggekap word; steekhoue met swaaihoue afgeweer word, hoe uitgeputheid en desperaatheid oplaai in Peet se verwoede oë; hoe daardie ongeërgdheid op die edelman se gesig eerder toeneem as verflou.

Marco het die matroos se hemp alreeds half van sy lyf af gesny sodat dit in repe van hom afhang. Dan praat hy tergend, uittartend met 'n spottende blik in sy oë.

"Wil jy nog aanhou veg, mon vieux, of het jy nou jou les geleer? Weet jy ek kon jou lankal deurboor het, jou windsak . . . So! Daar! Keer!"

Met hierdie woorde kap hy met sy swaard in 'n draaibeweging na bo, en die volgende oomblik vlieg Peet se swaard met 'n boog uit sy hand.

'n Luide handegeklap volg, en Marco kyk geamuseerd na die matroos wat verward om hom heen staar asof hy nie presies kan begryp wat nou gebeur het nie. Sy sekondante gaan tel gedwee sy swaard op en kyk Marco met groot eerbied en respek aan.

"Ek kon jou lankal deurboor het, seerot," snou Marco die matroos nou koud toe onderwyl hy sy mantel om sy skouers hang, "maar ek koester geen sinnigheid om jou dood op my gewete te hê nie. Onthou net om in die vervolg nie weer sulke haastige uitdagings uit te deel nie. Iemand anders mag dalk nie geneë voel om jou lewe te spaar nie. Au revoir, messieurs!"

Met 'n fyn grasie wat enigeen hom sal beny, lig Marco hom 'n paar oomblikke later in die saal. Hy jaag met dawerende hoefslae met die Heerengracht op in die rigting van Bordeaux. Hy lyk so kalm en ongeërg dat 'n mens nooit sal sê hy was so pas in 'n verbete swaardgeveg betrokke nie. Die man se onversteurbaarheid is ongeëwenaard.

Hy stuur Satan deur die gewelfde ingang van sy fraai landgoed en hou 'n oomblik later voor die stalle stil. Met gemak gly hy uit die saal, en hy oorhandig die vurige perd aan die staljong. Dan stap hy met 'n ligte tred om die hoek van sy weelderige woning en by die voordeur in sonder om een van die huishulpe raak te loop.

Hieroor voel Marco egter bly. Hy wil nie op die oomblik gesteur wees nie.

Flussies in die dorp het die gedagte, wat hy nou al weke lank probeer ontwyk, hom weer eensklaps te binne geskiet, en hy besef dat hy aan hierdie saak sonder versuim sy aandag sal moet skenk.

Met 'n sagte maar ferm hand stoot hy die deur van die biblioteek agter hom toe, en hy sak in een van die weelderige leunstoele neer. Hy weet dat hy nou finaal sal moet besluit oor hierdie ding wat hom nou weke al hinder. Al wil hy dit nie aan homself erken nie, weet hy dat die ouderdom hom vinnig begin inhaal en dat hy nou aan 'n vrou en 'n familie sal moet begin dink, anders gaan daar dalk geen erfgenaam vir Bordeaux wees nie.

Met 'n peinsende uitdrukking op sy gesig kyk hy na die groen heuwels en rante wat in die verte wegdein, en dis meteens of 'n vaste besluit van hom besit neem.

"Ja, ek sal 'n plan moet maak om 'n erfgenaam te bekom," mymer hy onderwyl hy sy pyp met groot konsentrasie stop en aansteek. "Bordeaux mag nie uit die hande van 'n De la Roche gaan nie. En slegs ek kan dit moontlik maak dat hierdie landgoed vir nog 'n geslag in die hande van 'n De la Roche bly – deur te trou!"

'n Lang ruk sit hy in diepe bepeinsing en rook. Die wond van

201

sy vriend wat meer as 'n jaar gelede aan die punt van sy swaard gesterf het, het alreeds in 'n mate geheel. Maar sy vertroue in die skoner geslag het hy nog nie herwin nie. Hy besef dat hy nooit weer 'n vrou sal kan bemin nie, maar hy besef ook dat 'n vrou vir hom 'n noodsaaklikheid is indien hy Bordeaux van 'n erfgenaam wil verseker.

'n Lang ruk sit hy nog hieroor en peins. Dan tref 'n skielike gedagte hom en sonder om sy kop verder hieroor te breek, kom hy orent en gaan hy na sy moeder se kamer toe. Hy stap die trappe twee op 'n slag op, en weldra staan hy voor die deur van Lise de la Roche se heiligdom.

Ná 'n sagte kloppie hoor hy byna dadelik haar stem wat hom binnenooi. Hy draai die groot deurknop, stoot die deur oop en tree die ruim, sonnige vertrek met ontsag binne.

"O, dis jy, Marco! Kom binne," verwelkom sy hom met 'n bly glimlaggie daar waar sy agter haar skryftafel sit, besig om 'n brief te skryf.

Sy kom orent en lê haar hand liefdevol op sy breë skouer. Hy staan 'n oomblik lank stil en laat sy blik ondersoekend op haar gelaat rus. Dis duidelik dat hy tevrede is met wat hy sien, want sy blik gly stadig, waarnemend na die fyn kantmussie oor haar silwer hare.

Toe merk hy met welgevalle op: "'n Nuwe swierigheid, Moeder? Dis nogal 'n besonder aantreklike mussie!"

'n Mooi glimlaggie verskyn meteens in die moeder se groen oë.

"Toe maar, erken maar dat Anna jou gewaarsku het om notisie te neem van my jongste aankopie," beskuldig sy, en sy glimlag nou openlik.

Hierdie opgewekte glimlag van haar noop die jongman om sy wang liefkosend teen hare te skuur, ofskoon sy donker oë haar liggies bestraf.

"Maar natuurlik nie!" werp hy gemaak verontwaardig teë.

"Dink u ek sal my van 'n geselskapdame laat verwittig of u besonder aanvallig lyk of nie? Nee, Moeder, ek het self oë om te sien dat u die aanvalligste dame is hier in die Kaap."

Daar is 'n lig van liefde en verering in sy blik wat teer oor haar gaan, 'n lig wat 'n laggie van diepe geluk oor haar lippe stoot.

"O, Marco, jy kan 'n vrou so betowerend die hof maak dat ek haas dink jy moet die grootste en skandaligste flirt wees!"

Ook hy bars hartlik uit van die lag en hy kyk sy moeder tergend aan toe sy weer langs haar skryftafel plaasneem.

"Wel, miskien 'n flirt, maar nie skandalig nie," laat hy nog steeds laggend hoor. "Is u besig?" Hy tree nader en kyk liefdevol af op haar silwer hoof.

"Ek het slegs 'n brief geskryf," antwoord sy. "Maar as jy vir jou 'n stoel nader trek, kan ons 'n rukkie gesels."

Hy word egter verhoed om die opdrag uit te voer deur die haastige binnekoms van Anna wat hom uitasem versoek om hom tog nie te vermoei nie, aangesien sy dit as haar persoonlike plig beskou om sulke werkies vir hom te doen.

Sy plaas vir hom 'n stoel langs die skryftafel en in plaas daarvan om die vertrek te verlaat, soos hy wens sy moet, draai sy lieftallig, glimlaggend om hom rond.

Anna is 'n hoekige, ietwat lomp dame, so welwillend as wat sy eenvoudig is, en sy dien haar werkgeefster, van wie sy verlangs familie is, as geselskapsdame. Haar goedhartigheid het 'n onuitputlike bron, maar ongelukkig faal sy selde daarin om Marco hartlik te irriteer met lawwe en onbenullige vrae. Op hierdie oomblik duld hy haar teenwoordigheid met wonderbaarlike uithouvermoë, wat natuurlik absoluut te danke is aan sy uiters goeie maniere.

Maar toe sy so ewe sê: "U lyk nogal hups met daardie rooi onderbaadjie, Monsieur," voel hy 'n onweerstaanbare drang in hom opwel om haar 'n dwars antwoord te gee en haar behoorlik af te jak.

Maar hy bedink homself en antwoord met perfekte sjarme: "Dankie, ek het inderdaad nie sulke noulettendheid van jou verwag nie, Mademoiselle."

Die ou dame merk die verveelde uitdrukking in haar seun se donker oë en besluit dat dit tyd is vir Anna om haarself te verwyder voordat die heer en meester van Bordeaux aanstons sy humeur verloor. Sy weet uit ondervinding hoe irriterend Anna soms kan wees met haar goed bedoelde aanmerkings oor dinge, maar sy weet ook dat Marco beslis nie een van die geduldigste mense is wat leef nie.

"Jy het nog nie vanoggend vars blomme vir my kamer gepluk nie, Anna," kom dit diplomaties van Lise. "En onthou asseblief om vir ons oor 'n uur tee te bring, maar sorg tog dat die tee nie weer so vreeslik sterk is nie."

Die aangesprokene kyk haar werkgeefster met 'n minsame blik aan wat van die getrouheid van 'n waghond spreek. Dan draai sy haar weer na die aantreklike jong graaf.

"Ek sal gaan," sê sy toegeeflik. "Ek weet u wil graag alleen wees met u moeder, wil u nie?"

'n Hooghartige, neerhalende glimlaggie pluk aan die een hoek van Marco se mond en irritasie lê vlak in sy oë. Selfs die angel in sy woorde is onverbloem toe hy gemaak spottend sê: "Ek wil, natuurlik! Maar hoe dit moontlik is dat jy dit kon raai, gaan my verstand eerlikwaar te bowe!"

Hy kom orent, en met 'n galante buiging hou hy die deur vir haar oop sodat sy die kamer kan verlaat. Dan stoot hy die deur sag dog ferm op knip.

"Marco, hoe kon jy so met haar praat, my kind?" bestraf sy moeder hom sag. "Dit was regtigwaar nie vriendelik van jou nie."

"Haar stommiteit is onstuitbaar," werp hy met 'n ongeduldige handgebaar teë. Hy gaan sit op die stoel wat Anna flussies vir hom langs die skryftafel geplaas het. Dan kyk hy sy moeder met 'n half bejammerende blik aan. "Ek kan eerlikwaar nie begryp hoe u dit met haar uithou nie. Sy moet u sonder twyfel tot sterwens toe verveel en irriteer."

"Wel, sy is nou nie juis intelligent nie, maar hoe kan ek haar wegstuur?" Haar blik wat op Marco rus, is net so pleitend soos haar woorde.

Laasgenoemde merk dit nie eens nie. Hy voel momenteel te diep vererg omdat Anna haar alewig aan hulle opdring.

"Sal ek haar vir u wegstuur?" wil hy haastig weet. Hy leun behaaglik terug in die stoel en betrag sy moeder met halfversluierde oë asof hy nie sulke swakheid van haar verwag het nie.

"As jy wil voorstel dat ek 'n ander geselskapdame in diens moet neem, wil ek jou graag vra om jou asem te spaar —"

"Nee, dis beslis nie die antwoord nie," val hy haar met 'n gewigtige stem in die rede. Hy swyg 'n oomblik lank, dan vervolg hy: "Ek oorweeg dit om te trou."

Sy moeder is so verras dat sy hom slegs sprakeloos kan aanstaar. Hierdie verklaring is beslis die allerlaaste wat sy van hom verwag het. Hy het die afgelope tyd al die reputasie van 'n flirt, en sy het al hoop opgegee dat hy ooit tot 'n huweliksbesluit sou kom.

'n Kort oomblik lank rol sy die gansveer waarmee sy geskryf het werktuiglik tussen haar twee vingers onderwyl haar blik onpeilbaar op hom rus. Maar dan kom sy eindelik tot verhaal. Sy plaas die gansveer eenkant op die tafel neer en merk sag op: "Dis is baie skielik, my seun."

'n Ongeërgde glimlaggie verskyn om die jongman se mond, maar die blik in sy oë is baie ernstig toe hy weer begin praat.

"Nie so skielik soos wat u dink nie, Moeder. Trouens, ek oorweeg dit al 'n hele ruk om die saak met u te bespreek."

"Wel, ek het dit nooit agtergekom nie," laat sy weer hoor. "Maar vertel my alles."

Hy kyk sy moeder belangstellend aan en wil dan skielik weet: "Sal u bly wees, Moeder?"

"Maar natuurlik sal ek bly wees as jy trou!" roep sy laggend uit.

"Dan is die saak beklink," antwoord hy saaklik, en hy stoot sy bene lank en gemaklik voor hom uit.

Hierdie ongeërgde saaklikheid van hom, kompleet asof hy 'n saketransaksie beklink, laat sy moeder uitbars van die lag.

"Wel, van al die belaglike dinge om te sê! Nou goed. Noudat jy my goedkeuring het, vertel my nou alles," dring sy aan.

Enkele tellings lank kyk hy sy moeder half ingedagte aan; dan draai hy sy blik na die oop venster en sê hy sonder veel belangstelling: "Ek glo nie daar is veel om te vertel nie, Moeder. Ek dink stellig u het al geraai dat ek nie veel omgee vir die gedagte om na die kansel gesleep te word nie. Trouens, ek het nog nie die vrou ontmoet met wie ek graag sal wil trou nie. Maar ek besef dat ek nie jonger word nie, en . . . nou ja, ek moet een of ander tyd 'n erfgenaam hê vir Bordeaux. Dit is mos tradisie!"

'n Lang ruk staar die moeder haar enigste spruit onbegrypend aan, dan begin sy saggies lag. Dis waar, sy verstaan haar eie kind nie aldag nie. Maar so was sy vader ook maar.

"Wel, ek moet sê jy is die koddigste kreatuur wat ek ken," begin sy spottend. "Aanstons sal jy my natuurlik vertel dat jy ook 'n lys opgestel het van al die wenslike hoedanighede wat jou vrou moet besit."

"Wel, min of meer," erken hy onomwonde. "U mag lag, Moeder, maar u moet erken dat sekere hoedanighede onontbeerlik is. Sy moet welopgevoed wees, besonder intelligent en min of meer van my eie klas en stand."

"Ja, ek stem volkome daarmee saam," erken die moeder sag en wag geduldig dat hy moet voortgaan.

"In elk geval, 'n jaar of twee gelede sou ek gesê het sy moet beeldskoon ook wees. Maar nou is ek geneig om te dink dat intelligensie belangriker is as uiterlike skoonheid. Ek sal 'n verwende, onintelligente waspop nie kan veel nie. Bowendien, ek is ook nie van plan om nog so 'n sot soos Anna op u af te laai nie."

"Ek is baie dankbaar vir sulke bedagsaamheid, my seun," laat sy sag hoor, maar sy kan beswaarlik help om te glimlag. "Intelligent, maar verkieslik nie mooi nie," hervat sy gemaak ongeërg.

"Gaaf, gaan voort!"

"O nee, ek eis 'n sekere mate van skoonheid," werp hy vinnig teë. "Sy moet ten minste aanvallig wees met die soort elegansie wat u besit, Moeder."

"Toe maar, ek ken jou vir die vleier wat jy is," sê sy en lag saggies. Maar toe raak sy meteens weer ernstig. "Vertel my, het jy al tussen die jong dames een gevind wat voldoen aan jou vereistes?"

Sy kyk hom vraend, afwagtend aan.

Hy dink 'n oomblikkie lank na en antwoord dan saaklik:"Met die eerste oogopslag reken ek 'n dosyn. Maar op die end, ná ek hulle noukeurig gesif het, het die getal verminder na drie."

"Drie?" Sy kyk hom ietwat verbaas aan, maar sê niks verder nie.

"Wel, slegs drie met wie ek dit moontlik sal kan verduur om 'n groot deel van my lewe saam te woon," antwoord hy met soveel ongevoeligheid asof hy die goeie hoedanigheid van 'n resiesperd bespreek. "Daar is Hilde, aanvallig en goedgeaard en taamlik lewenslustig; Lorraine, ook aanvallig met 'n bietjie ingetoënheid, wat ek nie afkeur nie, met aangename maniere en —"

"Genoeg, my seun," val sy hom terstond in die rede. "Ek begryp jy is besig om met my die gek te skeer ... of verwag jy dat ek vir jou 'n vrou moet kies?"

"Wel, nie eintlik nie." Hy glimlag nou geïnteresseerd. "Ek wens u wil my raad gee."

Sy kyk hom 'n oomblik lank bespiegelend aan.

"Maar, Marco, het jy dan geen eie keuse nie?" wil sy ernstig weet. "Een moet tog effens uitstaan bo die ander?"

"Dis juis die moeilikheid, Moeder," laat hy nou ietwat rade-loos hoor. "Sodra ek dink die een is verkiesliker as die ander, vind ek soos klokslag dat sy die een of ander fout het waarvan ek nie hou nie. Hilde se irriterende lag, byvoorbeeld. Ek kan dit net nie verduur nie. En dan Loraine se verfoeilike viool. Ek het geen voorliefde vir musiek nie, en om gedwing te word om so 'n getjingel ewigdurend in my eie huis te moet verduur . . . Nee, ek dink die beproewing gaan net 'n bietjie te groot wees vir my. Dan is daar Grete —"

"Dankie, ek het genoeg gehoor om jou my advies te gee, my seun," lê sy hom dadelik die swye op voor hy nog oor Grete se tekortkominge kan uitwei. "Ek raai jou beslis aan om nie een van die drie met 'n huweliksaansoek te vereer nie. Jy is nie verlief nie."

Enkele tellings lank kyk die jongman sy moeder aan asof sy die mees ongehoorde ding ter wêreld gesê het. Toe begin hy meteens hartlik lag.

"Verlief!" kry hy dit uit nadat sy lagbui in 'n mate bedaar het. "Maar natuurlik is ek nie verlief nie! Is dit dan nodig?"

"Uiters noodsaaklik, my seun," verseker die moeder hom met die grootste verdraagsaamheid. "Ek smeek jou, moet nooit 'n dame met 'n huweliksaanbod vereer tensy jy haar nie ook liefde kan bied nie."

Die jong graaf glimlag en vee ingedagte met sy hand oor sy raafswart, netjies gekamde hare wat soos satyn blink.

"U is te romanties, Moeder," spot hy liggies, maar sy oë lag haar openlik uit.

"Is ek? Wel, jy het absoluut niks wat romanties is in jou nie," werp sy ewe spottend teë.

"In elk geval, ek soek nie daarna in die huwelik nie . . ."

"Ek sien. Jy soek nie liefde in jou huwelik nie, slegs by jou minnaresse," merk sy begrypend op.

"Ek was een maal verlief, Moeder," hervat hy nou baie ernstig, "maar ek vrees dit wou nie uitwerk nie en dit was ook nie van 'n blywende aard nie. Ek dink ek is te wispelturig van geaardheid –"

"Jy was maar nog net nie gelukkig genoeg om die regte meisie te ontmoet nie, Marco," val sy hom vinnig in die rede. Dat hierdie man, hierdie hooghartige seun van haar, wispelturig is, kan sy skaars glo.

Hierdie onomwonde verklaring van haar laat die jongman meteens belangstellend regop sit. Sy skerp, noulettende oë takseer haar openlik en dis duidelik dat hy tevrede is met wat hy in haar vind.

"Heeltemal waar," sê hy eindelik. "Ek het nog nie die regte meisie ontmoet nie. En aangesien ek al die beskikbare jong dames ken wat jaarliks in die huweliksmark verskyn, moet u erken dat indien ek nie wispelturig is nie, my eise moontlik te hoog is. Om openhartig te wees, Moeder, u is die enigste dame wat aan my bekend is wat my nie verveel nie."

'n Ligte frons verskyn tussen die moeder se wenkbroue onderwyl sy na hierdie verklaring van haar seun luister. Dit is so koud en ongeërg geuiter dat sy dit werklik steurend vind.

"Dus voel jy huiwerig om 'n keuse te maak?" vra sy vasbeslote om reguit te praat. Dis vir haar duidelik dat hy wil trou, maar nie weet met wie hy moet trou nie, omdat daar nie een is wat hy regtig bemin nie.

Marco lyk effens mismoedig. Sy stem toon ook openlik onsekerheid toe hy weer begin praat.

"Ek weet eerlikwaar nie wie ek moet kies nie ... Maar watter soort vroumens sou u vir my gekies het, Moeder?"

"Op die oomblik sal ek jou nie graag met een vrou getroud wil sien nie, Marco," antwoord sy eerlik en reguit. "Sodra jy eers jou eie hart ken, sal ek natuurlik wil sien dat jy met die vrou trou wat jy self verkies."

"U is inderdaad nie baie hulpvaardig nie, Moeder," kla hy

nou weer met ligte spot. "Ek het altyd gedink moeders hou daarvan om huwelike vir hulle seuns te reël –"

"En dan ernstige teleurstellings te hê!" val sy hom weer sag in die rede. Sy kyk hom ernstig aan. "Nee, Marco, ek vrees die enigste huweliksplanne wat ek nog ooit vir jou gekoester het, was met 'n ses dae oue baba, toe jy tien jaar oud was."

'n Belangstellende trek verskyn meteens op die jong edelman se donker, aantreklike gelaat; dan glimlag hy geïnteresseerd in sy moeder se nog lewendige, groen oë.

"Wel, ek moet sê dit klink belowend," laat hy aanmoedigend hoor. "Wie is sy? Ken ek haar?"

'n Lang ruk staar die ou dame met 'n peinsende blik deur die oop venster, sien sy weer die fraai, blonde krulkopbabatjie van haar jare lange vriendin in haar wiegie lê, en haar later as langbeendogter met ondeunde, blou oë en prettige kuiltjies in haar blosende wange. Sy sien die fynbesnede gesiggie en parmantige neusie wat jou dadelik twee maal na haar laat kyk en jou aangryp.

'n Mooi glimlaggie van herinnering skuif oor madame De la Roche se goed versorgde gelaat. Toe keer sy haar blik stadig na die jong graaf en begin sy sag praat.

"Jy het haar heel waarskynlik al as jong dogter gesien, Marco. Maar ek glo nie jy ken haar as volwasse jong dame nie, want sien, sy was maar vyftien jaar oud toe jy destyds na Europa vertrek het. Ek het haar self nog nie weer gesien ná jou vertrek nie. Haar moeder is byna 'n jaar gelede oorlede, maar weens onvermydelike omstandighede kon ek nie die begrafnis bywoon nie. Hulle woon taamlik ver uit die Kaap, ongeveer drie uur te perd anderkant Franschhoek, in die rigting van Swellendam. Sy is André en wyle Jacqueline le Sueur se dogter en enigste kind."

Sy swyg 'n oomblik en toe Marco niks sê nie, hervat sy: "Sy is 'n buitengewone dametjie, Marco. Hoegenaamd nie een van ons liewe ou Kaap se leëkoppies –"

210

"U bedoel sy is 'n buitengewone eenvoudige plebejer," val hy haar laggend in die rede, en daar is openlike spot in sy oë wat in hare staar.

"Jy maak 'n fout, my seun," weerspreek sy hom kil. "Suzette le Sueur spruit uit een van Frankryk se beste adellike families. Jy kan maar net na haar kyk om dit te weet. Sy sal ook nie met jou trou om jou titel of wat jy besit nie – ek bedoel, indien jy daarin slaag om haar hand te verower. Sy is trots en besit 'n wil van haar eie wat haar kop en skouers soos 'n koningin bo alle ander meisies laat uittroon."

Die spot verdwyn meteens uit Marco se oë en hy lyk werklik geïnteresseerd.

"Ek glo nie ek gee om om haar hand te verower nie, mits sy aan my vereistes beantwoord en haar volkome by my aanpas. So 'n vrou sal my moontlik nie blootstel aan enige tragedies nie. Want sien, Moeder, ek sal geen onsin van 'n vrou kan duld nie . . . Maar, in elk geval, waar moet ek gaan soek vir u uitverkore skoondogter? Wys haar vir my, en ek belowe om desperaat verlief op haar te raak en met haar te trou sonder om enige slegte gevolge te vrees."

"Marco, jy is nou absoluut onsinnig," bestraf sy moeder hom, ofskoon nie onvriendelik nie. Trouens, sy weet lankal dat sy geensins opgewasse meer is teen hierdie seun van haar se wisselende temperament nie. Een oomblik is hy baie ernstig, die volgende oomblik is hy spottend en vol duiwelstreke, dan is hy weer koud, hooghartig en absoluut gevoelloos. Dis of sy temperament vinniger afwissel as die weer. Maar dis juis hierdie vriendskap van hom wat die Kaapse meisies so onweerstaanbaar vind. Hulle vind hom nooit een oomblik vervelig nie, want hulle weet nooit presies wat hulle die volgende oomblik van hom moet verwag nie.

"Ek is hoegenaamd nie so onsinnig soos wat u dink nie," verseker hy haar nou met 'n baie ernstige intonasie in sy stem.

211

"Ofskoon ek al talle huwelike gesien het wat verbasend voorspoedig en gelukkig is, het ek ook talle gesien wat net die teenoorgestelde is, en dis juis daarom dat ek so oorversigtig is." Hy glimlag spytig. "Of verlang u dat ek soos 'n prins in 'n sprokie moet optree: romanties en oorhaastig? Ek het nog nooit 'n hoë dunk van daardie prinse gekoester nie, weet u? Hulle is óf swape óf domkoppe. Bowendien, wat kan meer romanties wees as om met die nooi te trou wat twintig jaar gelede in haar wieg aan my toegesê is!"

Sy moeder glimlag, maar sy lyk nie juis vreeslik geamuseerd nie daar waar sy stil in haar stoel sit. Sy blik gly ondersoekend oor haar mooi gelaat met die sagte, liefdevolle gelaatstrekke. Dan vra hy met 'n strelende stem wat hy gewoonlik net vir haar gebruik: "Wat makeer, Moeder? Vertel my!"

Sy sug byna onhoorbaar, draai haar gesig van hom af weg en staar met 'n veraf uitdrukking in haar mooi oë na die sneeuwit wolkkombers wat die hoë kruin van Tafelberg soos 'n geheimsinnige kleed bedek. Haar hande, oud maar sag en versier met kosbare ringe, rus stil in haar skoot. Toe begin sy onverwags praat.

"Het dit jou al ooit getref dat jou sjarme dalk nie al die dames sal imponeer nie, dat jy dalk by Suzette teenstand kan vind?"

'n Glimlag van verligting spoel oor die jongman se gelaat. Maar die blik in sy oë is vol vasberadenheid en oortuiging toe hy ongeërg vra: "Is dit al, Moeder? Nou ja, laat ek u dadelik gerussel, want ek voel oortuig dat ek geen teenstand by die nooi gaan vind nie. Ja, toe maar, dis nie nodig om so skepties te lyk nie. Glo my, ek is nie vermetel of verwaand nie, maar u weet self dat ek 'n vasberade slag met dames besit wat die Kaapse kavaliers my beny. Dus, sê my net waar moet ek gaan soek na die begunstigde mademoiselle Suzette, en haar hart is so goed as verower . . ."

Die ou dame se hartlike lag doof terstond Marco se stem uit.

212

"Ek sal vir ons so gou moontlik 'n uitstappie reël na Voltaire. Dis die naam van André le Sueur se plaas."

'n Skewe glimlaggie plooi stadig om Marco se mooi, sterk mond. Hy voel absoluut skepties teenoor hierdie nuwe gril van sy moeder om hom aan 'n niksbeduidende klein plebejer te wil afsmeer vir wie hy hom dalk nog dood sal moet skaam hier tussen die Kaapse elite. Nee, hierdie is beslis 'n steurende gedagte vir die jongman. Maar as die Suzette-meisiekind dan nou sy moeder se keuse is vir hom as vrou, sal hy haar eers gaan deurkyk voordat hy enige ander planne beraam. Dalk bied sy moontlikhede, wie weet!

"Het u al voorheen besoek afgelê op Voltaire, Moeder?" wil hy belangstellend weet. Hy kom lui-lui orent uit die stoel en gaan staan 'n oomblik lank voor die oop venster met sy rug op haar gekeer.

Sy voel trots op hierdie enigste kind van haar, en sy weet dat hy flussies volkome korrek was. Almal hier in die Kaap weet dat hy koning kraai oor die Kaap se meisies en dat hy slegs sy vingers moet klap om hulle na sy pype te laat dans. Al was hy flussies so geesdriftig oor 'n ontmoeting met Suzette, weet sy dat hy teleurgesteld voel oor haar keuse vir hom as vrou. Maar sy besluit om haar nie daaroor te kwel nie. Tyd is die beste leermeester.

Met welbehae skuif haar blik oor Marco se breë skouers. Hy word oor die algemeen beskou as 'n buitengewoon gelukkige jongman, bedeeld met rang, rykdom en vernaamheid. Geen slegte feetjie het sy doopplegtigheid bygewoon om sy geluk te bederf nie. Hy is gespierd en fors gebou met breë, uitdagende skouers, sterk gespierde bene en 'n voorkoms fyn en innemend genoeg om hom onweerstaanbaar te maak vir die teenoorgestelde geslag.

'n Oomblik lank staar sy moeder hom nog met welgevalle en met halfversluierde oë aan, dan glimlag sy sag en antwoord met haar gewone beheerste stem: "Ek het al baie dikwels besoek

213

afgelê op Voltaire, my seun. Jacqueline was tot haar sterwensdag toe my vriendin . . . Jy ken monsieur André mos?"

Hy knik bevestigend.

"Nou ja, ek sal môre 'n brief na André toe stuur om 'n ontmoeting vir jou en Suzette te reël. Ek kan jou verseker dat monsieur André baie tevrede sal wees met 'n verbintenis tussen julle twee jongmense . . ."

Die binnekoms van Anna met die teegerei maak 'n einde aan hierdie gesprek tussen moeder en seun. En toe Marco merk dat Anna geen plan het om hulle in vrede te laat met hulle tee nie, is daar skielik 'n baie dringende saak wat sy aandag onmiddellik vereis.

Hy kyk sy moeder betekenisvol aan. Toe maak hy haastig verskoning, en hy buig sjarmant en verlaat die vertrek.

4

Met sy hande bak bokant sy oë tuur André le Sueur belangstellend van die voorstoep af na 'n ruiter wat vinnig oor die bult aangejaag kom. Dis 'n vreemde perd en hy kan glad nie raai wie die ruiter kan wees nie. Maar hy moet eerlik erken: wie dit ook al is, sy perd is 'n buitengewoon goed geteelde dier.

'n Oomblik lank staan André nog na die vreemdeling en kyk, en toe hy merk dat die ruiter sy perd deur die groot hek van Voltaire stuur, loop hy haastig van die stoep af om die aankomeling tegemoet te gaan.

Die groot, kragtige skimmel galop die werf met sierlike bewegings binne. Toe skielik tref dit André dat die ruiter een van die jong graaf De la Roche se slawe is en dat daardie volbloeddier uit Bordeaux se stalle kom.

Die slaaf gly rats uit die saal en groet.

"Middag, Kuala," groet André vriendelik terug. "Wat bring jou vandag so onverwags hierheen?" wil hy belangstellend weet.

Die aangesprokene haal 'n verseëlde koevert onder sy rooi mantel te voorskyn en hou dit na André uit. "My madame het my vanmôre versoek om hierdie brief by u af te lewer," verduidelik hy beleefd.

Hy bedank Kuala, neem die brief en sê: "Gaan saal jou perd af en sit hom in die stal, Kuala. Dan gaan sê jy vir Leentjie sy moet vir jou iets te ete gee en sorg dat jy vanaand slaapplek kry. Jy sal nie vandag weer terug kan gaan nie. Kyk hoe vinnig steek die weer daar in die suide op."

Hy vra nog 'n rukkie uit na die welstand van Bordeaux se mense, toe draai hy om en stap die huis met lang treë binne. Eers ná hy agter sy skryftafel plaasgeneem het, skeur hy die koevert oop. Hy vou die twee wit velle versigtig oop en begin die brief lees.

Dis doodstil in hierdie afgesonderde vertrek van Voltaire se groot woning. Slegs die onafgebroke getik van die horlosie in die een hoek en die sagte gekraak van papier toe André die twee velle verwissel, is hoorbaar.

'n Glimlaggie van tevredenheid helder meteens die man se somber gelaat op toe hy die twee velle weer netjies opvou, in die koevert terugplaas en dit in die boonste laai van sy skryftafel wegsluit.

Sedert Jacqueline, sy vrou, byna twee jaar gelede oorlede is, het hierdie altyd vriendelike man al byna verleer om hartlik te lag. Kommer en verantwoordelikheid rus swaar op sy skouers. Toe sy vrou nog gelewe het, was Suzette al 'n groot verantwoordelikheid en 'n paar hande vol. Maar vandat Jacqueline hom ontval het en hy alleen die verantwoordelikheid van sy dogter se welsyn moet dra, voel dit vir hom menige dag of die taak te groot vir hom is en dat hy ver te kort skiet, want Suzette besit 'n wonderlike gawe om hom soos 'n toutjie om haar slan-

215

ke vingertjie te draai en soos altyd haar sin met hom te kry. Hy besef dat hy verkeerd handel, dat hy strenger teen haar behoort op te tree en minder aan haar wense moet toegee.

Hy sug, haal sy pyp en tabak te voorskyn en begin dit tydsaam stop. Die hande waarmee hy hierdie takie verrig, is bruin gebrand en vereelt, duidelik die hande van 'n hardwerkende man wat nie stuit vir wind of weer wat sy pligte betref nie. Dis net die vlinderfyne Suzette wat soos 'n wildsbokkie hier in die veld, valleie en skilderagtige berge van Voltaire grootgeword het, wat hom groot kommer baar en hom meestal onopgewasse laat voel vir die taak wat Jacqueline se oorlye op sy skouers geplaas het.

En nou verlang Lise de la Roche dat die rabbedoe van 'n Suzette met haar seun, graaf Marco de la Roche, in die huwelik moet tree, peins hy onderwyl sy sterk vingers die pyp werktuiglik aansteek. Sy het volkome gelyk, sit hy sy bepeinsinge voort. Dit sal inderdaad 'n volmaakte verbintenis wees. Albei stam uit goeie adellike families – bekende en geëerde name, en voorgeslagte om trots op te wees. Ja, so 'n huwelik sal gewis nie 'n fout wees nie. Hulle nageslag sal beslis 'n aanwins wees vir hierdie jong land wat nog getem moet word!

Hy sak gemaklik terug in die stoel en stof 'n paar stukkies tabak met die kant van sy hand van sy fluweelbroek af. Dis duidelik dat hy baie tevrede voel. Maar aan die ander kant weet hy nie wat Suzette van hierdie reëlings gaan sê nie, want soos dit vir hom lyk, koester sy geen planne om ooit eendag in die huwelik te tree nie.

Hy haal sy swaar skouers half verontskuldigend op en byt die pypsteel stywer tussen sy tande vas. O, wel, sy sal maar net daarmee genoeë moet neem, besluit hy, vasberade om hierdie saak suksesvol deur te voer. Sy moet tog die een of ander tyd trou, mymer hy voort, en waar in die wye Kaap gaan sy 'n geskikter lewensmaat vind as die jong Marco? Hy is nou wel 'n haantjie onder die Kaapse nooiens, maar enige jongman wat sy sout werd is, behoort sy sjarme by die skoner geslag te laat geld. So, altans, doen 'n man lewenservaring op. En buitendien is hy 'n ryk, gesiene en invloedryke persoon in die Kaap ... Dis waar, Suzette kan nooit 'n beter huwelik doen as om met die jong graaf De la Roche te trou nie. Ek sal sommer dadelik 'n antwoord aan madame Lise de la Roche rig en haar verseker dat haar voorstel my volle goedkeuring wegdra. En wat Suzette betref ... Nou ja, met haar sal ek die saak later bespreek. Sy sal moet dink aan die bloed van haar trotse voorouers vir wie die naam Le Sueur alles was!

Daar is merkbare verligting op André le Sueur se gelaat toe hy die gansveer versigtig in die vergulde inkpot steek en met 'n ferm hand begin skryf. Af en toe wonder hy waar Suzette is en herinner hy homself telkens om, ná hy die brief voltooi het, by Leentjie te gaan verneem waar die meisie is.

Dis waar, mymer hy so tussen die skryf deur, sy is alte wild, ontembaar en onverfynd vir 'n jong dame. Moontlik kry die jong Marco nie eens sin in haar nie, want watter verfynde jong edelman sal so 'n rabbedoe vir 'n vrou wil hê? Hy sal haar sonder versuim in dié verband moet spreek. Ja, sy sal beslis meer verfynd, meer soos 'n dame moet optree tydens die jongman en sy moeder se besoek aan Voltaire, en ook moet tuisbly en al haar tyd en aandag aan die besoekers bestee soos dit van die huisvrou van Voltaire verwag word!

Eindelik is die brief voltooi en verseël.

Nou, besluit hy, sal ek Suzette moet gaan opsoek en haar van die doel van die besoeker se koms verwittig. En sy kan daar seker van wees dat ek geen teenkanting van haar gaan duld nie.

In die kombuis tref hy Leentjie en twee ander huishulpe aan waar hulle besig is om voorbereidings te tref vir aandete. Hy verneem of hulle vir Kuala iets te ete gegee het, en ook waar Suzette is.

Toe Leentjie hom verseker dat sy Kuala versorg het en dat

sy die jongmeisie flussies saam met Carl Heeseman, hulle buurman se seun, na die rivier se kant toe sien ry het, voel André dadelik omgekrap oor sy dogter se sorgelose gejakker saam met die bure se seuns in die veld rond. Nou is hy meer vasberade as ooit om haar met die jong edelman getroud te kry, sodat sy haar regmatige plek in die samelewing kan inneem as 'n verfynde en besadigde dame.

Hy wil die jongmense eers agterna sit en Suzette gebied om dadelik huis toe te gaan. Maar dan val dit hom skielik weer by dat hy haar al die jare vrye teuels gegee het om te kom en te gaan soos sy wil, en dat dit sy eie skuld is dat sy vandag so 'n wilde klein rabbedoe is wat haar aan geen etiket steur nie.

Met sy geweer oor sy arm geswaai, stap hy ernstig na waar sy perd voor die stal opgesaal staan. 'n Oomblik later dawer perdehoewe luid oor die werf, en weldra verdwyn die perd en ruiter om die punt van die berg waarteen Voltaire se groot, wit gewelhuis soos 'n miniatuurkasteeltjie nestel.

Namate sy gramskap verdwyn, neem 'n magteloosheid van André besit. Hy weet dat hy te alle tye op Suzette se eerlikheid en beginselvastheid kan staatmaak sover dit haar rondjakkery met die jongmans van die buurt betref. Dis juis daarom dat hy haar al die jare laat begaan het. Maar dit grief hom dat sy mooi dogter in so 'n wilde rabbedoe ontaard het wat feitlik in die saal en in die veld boer.

Met gemengde gevoelens stuur André sy perd met die leegte af waar sy aansienlike veestapel rustig oor die groen, malse veld wei – 'n ware lus vir enige veedief se begerige oog. Met André se vee maak hulle nie veel hond haaraf nie. Hy is 'n wakker boer wat saam met sy getroue werkers dag en nag oor sy vee en lande waak.

Dis byna sononder toe André, gelyktydig met Suzette, oor Voltaire se skoon werf ry. Voor die stalle gly hy uit die saal. Hy hou die toom na die staljong uit en wag dan op Suzette.

"Ek dink jy kort 'n drag slae omdat jy die hele liewe dag in die veld rondjakker en jou laat verbrand," dreig haar vader goedig toe sy 'n oomblik later saam met hom in die rigting van die huis stap. Sy is gekleed in 'n wye swart romp, rooi langmoubloesie en wit kappie waaronder twee blou oë guitig na haar vader loer.

Sy klik gemaak verontwaardig met haar tong en sê met 'n martelaarstem: "Wel, soveel ondankbaarheid en onerkentlikheid het ek nog nooit beleef nie. Reken, ek en Carl jaag nog die hele middag agter ses veediewe aan wat ons oorkant die rivier met tien van meneer De Witt se beeste aangetref het, en nou word ek beskuldig van rondjakkery en . . . wat was die ander beskuldiging nou weer? O ja, dat ek my laat verbrand!"

Sy klik 'n tweede keer met haar tong – presies soos Leentjie altyd doen wanneer sy verstom is – en skud haar mooi koppie bedenklik. Toe begin sy meteens saggies lag, en sy klop haar vader speels op die skouer.

"Ek sal tog nooit die verfynde en besadigde dametjie kan wees wat u so knaend van my verlang nie, Pappa. Hoe kan ek? My hele hart en siel kring om Voltaire en die boerdery. Ek is onteenseglik deel van hierdie stukkie aarde waarop ek gebore is, en niks wat u sê of doen, kan enigiets daaraan verander nie." Sy byt haar onderlip diep nadenkend tussen haar tande vas. "Ek kan nooit lank binnenshuis bly nie, Pappa. Dit voel vir my al of die huis se mure my wil vasdruk en versmoor – "

"In alle geval, ek wil jou ná ete baie dringend in my skryfkamer spreek," onderbreek hy haar woordevloed met soveel erns en beslistheid dat die meisie verbaas na hom opkyk. Maar toe hy niks verder sê nie, swyg sy ook maar. Sy ken haar vader goed genoeg om te weet wanneer sy behoort te swyg en wanneer sy 'n eie mening kan lug. Dit verhinder haar nie om heimlik te wonder oor die erns van sy woorde en sy dringende versoek nie.

Aandete is ook net pas verstreke en André het net sy stoel

agteruit gestoot, toe draai hy hom onverwyld na sy dogter en versoek haar om hom na sy skryfkamer te volg.

Nou, dink Suzette, gaan die geheim van sy dringende versoek eindelik aan die lig kom. Sy stoot haar stoel onder die tafel in, en sonder enige verder woordewisseling volg sy hom na sy heiligdom wat slegs vir die gerief van 'n man ingerig is en wat sy maar selde binnegaan.

"Sit, my kind," nooi hy, en hy stoot die deur saggies agter hulle op knip. Hy merk haar blik wat vraend, afwagtend op hom rus, en glimlag haar gerusstellend toe. "Moenie so ongeduldig lyk nie, jy sal aanstons verstaan."

Hy stap na sy skryftafel toe, haal madame De la Roche se brief uit die laai en steek dit in sy baadjiesak. Dan neem hy plaas langs Suzette op die klein rusbankie met sy bont satynbekleedsel.

'n Oomblik lank kyk hy haar met 'n teer blik aan, toe begin hy sag, dog baie ernstig praat.

"Wat ek nou met jou gaan bespreek, weet ek, gaan nie jou goedkeuring wegdra nie. Maar ek dring daarop aan dat jy my wens eerbiedig." Hy swyg 'n oomblik lank om sy woorde eers kans te gee om behoorlik tot die jongmeisie deur te dring en haar belangstelling gaande te maak; dan hervat hy: "Aangesien jy reeds verlede maand twintig jaar was, het ek besluit dat die tyd nou aangebreek het vir jou om in die huwelik te tree . . . Nee, moenie so geskok lyk nie, my kind. Elke jong dame tree min of meer op daardie ouderdom in die huwelik. Jou moeder was ook twintig jaar oud toe sy haar aan my verbind het."

"Maar, Pappa!" roep sy uit, en dit lyk byna of haar asem haar met rukke wil verlaat. "U bedoel dit tog seker nie werklik nie! Nee, regtig, u kan nie ernstig wees nie. Ek het dan geen man lief nie, met wie moet ek trou?"

Sy kyk hom met groot, geskokte oë aan.

"Met die graaf Marco de la Roche, my kind, en ek voel oortuig dat jy hom sal liefkry —"

"Wat! Daardie man?" val sy haar vader hygend in die rede, en nou lê daar 'n donker skaduwee vlak in haar altyd laggende oë.

"Ken jy hom dan?" wil André belangstellend weet.

Suzette antwoord nie dadelik nie. Maar toe sy eindelik praat, is haar vader bewus van die teleurstelling in haar stem. Dit maak hom innerlik seer, maar hy staal hom daarteen, vasbeslote om nie nou week te word nie.

"Ek het hom nog nooit gesien nie, Pappa," hoor hy haar sê. "Maar ek het al baie van hom gehoor. Sy flirtasies met die nooiens is alombekend, en net vanoggend vertel Carl my dat die graaf gister byna 'n matroos gedood het in 'n swaardgeveg. Hy het die arme matroos glo so diep verneder voor sy maats dat die man gedros en die binneland in gevlug het. Ek glo nou dat die graaf net so hard en gevoelloos is soos wat die mense beweer."

"Ek ken Marco, van kindsbeen af, my kind, daarom weet ek dat hy nooit 'n swaardgeveg op tou sal sit sonder goeie rede nie," tree hy haastig vir die edelman in die bres. Maar van die man se hardheid en gevoelloosheid, sedert hy van Europa af teruggekeer het, sê hy liewer niks. Dis 'n saak wat vir almal baie duister is.

Suzette haal haar skouers onverskillig op en gaan voort: "Dit kan nog nie die feit wegredeneer dat hy hom daarin verlustig om 'n speelbal te maak van elke jong dame nie, Pappa . . . Nee, die man is 'n gevoellose bees. En nog iets: wie sê hy wil graag met my trou?"

Haar pa kug ongemaklik.

"Dit kan ek nie met sekerheid sê nie, my kind. Daaroor sal Marco self moet besluit na hy jou persoonlik ontmoet het . . . en jy daarin slaag om sy hart te verower. Maar ek vrees dan sal jy jou soos 'n dame moet gedra en al daardie fyn kunsies op hom moet uitoefen wat julle dames gewoonlik gebruik wanneer julle 'n man se hart wil verower." Hy swyg 'n oomblik lank, kyk haar bespiegelend aan en vervolg half onseker: "Ek wonder net of jy weet wat ek met die woorde 'fyn kunsies' bedoel? Jy is so

221

'n wilde, onskuldige klein rabbedoe dat ek eerlikwaar twyfel of jy bekend is met daardie kunsies ... In elk geval, gedra jou maar net soos 'n verfynde en besadigde dame. Jy is mooi en innemend genoeg om enige jongman se hart te wen. Maar lees gerus eers hierdie brief van madame Lise de la Roche. Moontlik begryp jy dan beter waarvan ek praat en wat ek bedoel.

Hy reik na die brief in sy sak en hou dit na Suzette uit. Sy neem dit effens onwillig uit sy hand, vou die velle met 'n onverskillige gebaar oop en begin sag lees.

'n Opstandige frons verskyn op haar mooi, oop voorkop toe sy haas die einde van die laaste vel bereik. *Ja, Monsieur, lees sy, dis 'n uitgemaakte saak dat Marco nou wil trou. En toe hy my advies nader in verband met 'n geskikte lewensmaat, het ek dadelik aan Suzette, die liewe kind, gedink. Ek hoop van harte dat die ontmoeting tussen hulle geslaagd gaan wees, want dis my grootste wens en bede dat hy hom aan die dierbare Jacqueline se dogter verbind ...*

"So, dan kom die geëerde graaf my eintlik deurkyk asof ek 'n resiesperd is," laat sy onverskillig en met 'n tikkie sarkasme hoor nadat sy die brief aan haar vader teruggegee het.

Suzette voel diep ontstoke en wens dat die edelman tog nie sin in haar moet kry nie. Sy is nou wel twintig jaar oud, maar aan 'n huwelik het sy nog nooit 'n enkele gedagte geskenk nie, trouens, sy is volkome gelukkig en tevrede om saam met haar vader op Voltaire te woon, waar modes en etiket van veel minder belang is en waar sy elke oomblik haar eie self kan wees sonder om betekenisvolle blikke en glimlaggies by ander uit te lok.

En nou wil Pappa my aan die populêre graaf afsmeer, daardie harde en gevoellose man wat nie skroom om openlik die spot te dryf met die koloniste, plebejers en hulle eenvoudige bestaan nie! flits dit wrewelrig deur haar gedagtes. Pyn en ergernis lê vlak in haar vertroebelde oë.

Sy kom orent en met 'n swaai soos net sy dit kan doen, gaan staan sy voor die venster met haar rug op haar vader gekeer. In haar binneste is dit net so stormagtig soos Tafelbaai wanneer die suidooster op sy felse woed. Sy besef dat sy minderjarig is en haar moet onderwerp aan haar vader se wense. Maar met 'n huwelik met Marco kan sy haar eerlikwaar nie vereenselwig nie. As dit nog Carl of een van die ander bure se seuns was, maar die graaf!

Suzette is so diep in bepeinsing gewikkel dat sy kwalik bewus is van haar vader se hand wat sag op haar skouer rus. Wanneer hy langs haar kom staan het, weet sy nie. Maar toe sy eindelik opkyk na hom, voel dit vir haar kompleet of hulle baie ver van mekaar verwyder is.

Die uitdrukking op sy gelaat is teer en sy stem is opvallend verontskuldigend toe hy sê: "Ek besef dat my nuus jou effens moes geskok het, my kind, maar glo my, dis glad nie so vreeslik soos jy dink nie. Ek kan jou verseker dat Marco die hubaarste jongman is in die hele Kaap, en dat jy 'n buitengewoon bevoorregte dame sal wees indien hy jou verkies as lewensmaat. Wat jy miskien nie weet nie, is dat elke jongmeisie haar waardevolste besitting sal gee om die gravin De la Roche te wees!"

Gespanne soos 'n staalveer staan Suzette daar langs haar vader. Haar gelaat is wasbleek en haar oë smeul soos twee blou vlamme.

Nee, dit moet 'n nagmerrie wees, probeer sy haarself gerusstel. So iets kan nie met my gebeur nie. Dis net ondenkbaar dat Pappa, wat my liefhet, my aan so 'n man sal wil afsmeer. Hemel, Pappa behoort tog te weet dat 'n man met so 'n reputasie nooit getrou aan een vrou sal kan wees nie! En ek sal die een wees wat die gelag moet betaal, die spot van die hele Kaap sal moet verduur! "Die arme gravin," sal hulle met onverbloemde bejammering sê. "Ek wonder of sy ooit weet van haar man se talle flirtasies?" Nee, dit sal ek nooit kan verduur nie. Die vernedering sal net te groot wees. Hy kan gerus maar elders vir hom 'n vrou loop soek. Ek stel nie belang in enigiets wat hom insluit nie!

Maar hardop sê sy: "Dit spyt my, Pappa, maar as die man my nie geval nie, moet u en tante Lise asseblief nie staatmaak op my samewerking nie. Ek het die graaf natuurlik nog nooit met 'n oog gesien nie. Maar wat ek al van hom gehoor het, stoot my totaal af. Ek het ook 'n voorgevoel dat ek niks van die verfynde heer gaan hou nie. Hy is beslis nie die tipe man wat in my smaak val nie. En ek verseker u, die oomblik wat hy my te na kom, klap ek hom deur sy mond. Ja, hy moet glad nie met sy neerhalende plebejer-storie by my aangesit kom nie, want ek sal dit geensins duld nie . . ."

"Kom, my kind," keer André versigtig. "Jy is op die oomblik hopeloos oorspanne. Ek dink dis beter dat jy liewer bed toe gaan. Môre sal jy beslis anders voel en dink oor die saak. Onthou net, dis my innigste wens dat jy met Marco trou. Hy is 'n man uit jou eie volk en stand, en ek weet dat hy 'n goeie man vir jou sal wees. Gaan slaap nou maar, en sorg dat Fifi of Mini môre jou klere in orde bring."

"My klere? Maar my klere is mos in orde, Pappa!" werp sy met 'n opstandige frons teë.

"Ek bedoel, jou spoggerige, modieuse tabberds, my kind −" begin André met geduld wat alreeds tot die uiterste beproef is.

Maar Suzette bied hom geen geleentheid om meer te sê nie. Haar gelaat is rooi van ergernis toe sy koelweg sê: "As die graaf my nie wil sien in my gewone drag nie, kan hy hom gerus in die see gaan verdrink, Pappa. Dit skeel my in elk geval nie 'n druppel of hy van my gaan hou of nie, want ek hou niks van hom nie en ek gaan dit hoegenaamd nie duld dat hy my leefwyse hier op Voltaire kom versteur nie."

"Kom nou, moet asseblief nie moeilik wees nie," paai André nog steeds verdraagsaam, ofskoon hy voel dat sy geduld nou die eindpunt bereik het met hierdie koppige dogter van hom. "Dis vir my en tante Lise van die allergrootste belang dat Marco van jou moet hou. Ek wil jou graag gelukkig sien, my kind, en

Marco sal net die regte lewensmaat vir jou wees. Ek sal regtig baie bly wees as jy hierdie saak sal beskou as een van belang vir ons almal, en jou persoonlike gevoelens minder sal laat geld."

"Ek sal nooit gelukkig wees met 'n man soos graaf De la Roche nie, Pappa," kap sy heftig teë. Haar stem is hees en haar lippe bewe liggies van ergernis. "Ek gaan my ook nie in 'n liefdelose huwelik begeef nie . . . en dit nog met 'n man wat alombekend is as 'n harde en gevoellose man! Nee, ek sien eerder kans om met Carl of Hendrik te trou –"

"Jy praat nou pure onsin, Suzette," val haar pa haar nou openlik vererg in die rede. "Ek sal nooit my toestemming tot so 'n huwelik gee nie. Ek het jou reeds gesê wie my keuse is vir jou, en dis finaal. Gaan slaap nou maar. Môre sal jy anders voel oor die saak – en hopelik inskikliker."

Na hierdie woorde draai André om en neem plaas agter sy skryftafel sonder 'n enkele terugblik na sy weerbarstige dogter.

Vir enkele tellings kyk Suzette haar vader stil deur traanbenewelde oë aan. Toe wens sy hom haastig 'n rustige nag toe en vlug sy blindelings uit die vertrek om haar hartseer en teleurstelling in die eensaamheid van haar kamer te gaan uitsnik.

5

Die afgelope vier dae het dit vir Suzette behoorlik gevoel of sy in 'n maalstroom beland het, met al die voorbereidings vir die geëerde gaste se besoek aan Voltaire. Ofskoon sy haar onverskillig voorgedoen het wat die edelman se voorgenome besoek betref, het die opstand in haar hart gebly en gegroei. En telkens wanneer sy aan hom dink, het sy lus gevoel aan haar opgekropte opstandige emosies wat sy voortdurend in toom moet hou in haar vader se teenwoordigheid.

Maar hier waar sy nou soos 'n rustelose siel in die ontvangs-kamer ronddwaal, wagtend op die besoekers om te arriveer, voel sy vreemd kalm. Dis of die storm in haar uitgewoed is en sy eindelik rigting gevind het. Sy het selfs tot 'n besluit gekom om haar vader en Lise tegemoet te kom sover sy kan – maar ook net sover sy kan, en niks verder nie.

Ja, sy sal beleefd wees teenoor die graaf, maar hy sal ook niks meer as beleefdheid van haar ontvang nie. Soveel is sy immers bereid om te gee. Verder sal sy haar gang gaan soos gewoonlik. En as dit hom dalk skok, nou ja, die skok sal in elk geval syne wees en nie hare nie, dink sy. Wat raak dit haar per slot van reke-ning of hy geskok is? Inteendeel, dit sal haar nogal groot genot verskaf om hom om elke draai te skok. Moontlik besluit hy dan dat sy, die plebejer, tog nie geskik is as 'n waardige gravin nie. Plebejer! Ja, dis mos wat hy hulle so vrylik in die Kaap noem. Maar tog ag hy dit die moeite werd om 'n plebejer te kom deurkyk vir 'n moontlike gravin. Hy begaan die grootste fout van sy lewe om met so 'n doel na Voltaire toe te kom.

"O, ek sien jy het jou toe darem deftig geklee vir die ontvangs van ons besoekers, my kind," maak haar vader se stem skielik 'n einde aan haar gedagtes. Hy begin sag en voldaan lag. "Ek moet erken ek het al die tyd gevrees dat jy hulle dalk in jou gewone plaasdrag gaan ontvang, wat natuurlik 'n groot belediging vir die jong graaf sou –"

"Kom, Pappa," val sy hom ietwat geïrriteerd in die rede, en sy neem sonder meer op een van haar ontslape moeder se spog-stoele plaas. "Ek het my glad nie fyn uitgevat vir die graaf se ontwil nie. Ek het dit slegs vir tant Lise se ontwil gedoen omdat sy altyd so spoggerig geklee is, en . . . Nou ja, al is ek 'n plebejer en al was ek nog nooit in Europa nie, weet ek darem hoe om aan te trek en wat die jongste mode is."

Met welgevalle rus André se blik op sy beeldskone dogter daar waar sy, in 'n deftige ligpers tabberd gekleed, soos 'n ontevrede

226

dogtertjie deur die venster na buite tuur. Daar is 'n skaduwee in haar pragtige oë wat baie opvallend is. Soos gewoonlik dra sy nie 'n pruik nie, en vandag is haar goudblonde krulhare ook nie eens gepoeier nie. Die skitterende kammetjie in haar hare, die lang, vonkelende oorkrabbetjies, die fraai borsspeld wat half uitdagend teen haar bors nestel en die fyn armband om haar arm het almal saffiere in wat byna dieselfde blou as haar oë is.

Hy neem op die stoel langs Suzette plaas en vou sy een hand teer oor hare wat rusteloos in haar skoot lê. Dan begin hy sag en versigtig praat.

"Jou uiterlike skoonheid is onoortreflik, my kind, maar ek vrees ek hou nie van daardie ongelukkige trek in jou mooi oë nie. Ek wens jy wil nie so ongelukkig voel nie."

Sy sug, draai haar blik weg van die venster en kyk haar vader reguit aan.

"U is so onverbiddelik in u besluit dat ek met die graaf moet trou, Pappa, dat ek eerlikwaar nie kan begryp waarom u skielik so besorg voel oor my ongelukkigheid nie," sê sy openlik onverskillig. "Of het u miskien verwag dat ek wonderlik gelukkig moes voel oor u en Lise se onmoontlike besluit?"

Hy laat haar hande skielik los, kom swygend orent en gaan skink vir hom 'n glasie wyn uit die kosbare wynkraffie wat eenkant op 'n hoektafeltjie pryk.

Met die glas in sy hand kom staan hy reg voor Suzette. Hy kyk haar streng aan en sê effens kil: "Ek gaan geen verdere teenkanting meer van jou duld nie. Jy weet wat my wens is, en ek vertrou dat jy dit nie sal verontagsaam nie . . . A, ek hoor nou 'n koets oor die werf ry." Hy plaas die glas op 'n lae tafeltjie neer en vervolg in 'n vreemde opgewekte luim: "Dit moet madame Lise en die graaf wees. Ruk jou reg! Moet in hemelsnaam nie lyk of jy 'n teraardebestelling bywoon nie! Dis van die grootste belang dat jy 'n ontwisbare indruk op die jong graaf maak."

Dis waar, dink Suzette, 'n mens kan seker tydens 'n teraardebestelling ook glimlag as dit moet ... Ja, 'n mens kan baie onmoontlike dinge doen as dit moet. Maar hierdie is nie 'n geval van "moet" nie, en ek sal om die dood nie met die jong graaf glimlag nie. Pappa kan net maak wat hy wil.

"A, my liewe madame De la Roche!" hoor sy haar vader sjarmant uitroep. Veroorloof my om u hartlik welkom te heet in my nederige tuiste!"

Suzette kom grasieus orent en toe sy opkyk, is dit vas in twee bekende donker oë wat sy alreeds twee maal vantevore gesien het. Sy trek haar asem verbysterd in en voel hoe elke druppel bloed uit haar gelaat sypel. Dan draai sy haar gesig vinnig weg, onbewus daarvan dat die jongman reeds haar verbystering waargeneem het.

Dis sowaar die toppunt van alle onmoontlike toevalle, flits dit verward deur haar gedagtes. Maar dan raak sy bewus van Lise se arm wat om haar smal skouertjies sluit en haar saggies nader trek, en van twee warm lippe wat sag op haar yskoue wang rus.

"Suzette, hoe pragtig lyk jy nie!" hoor sy Lise met 'n warmte van gevoel sê. Maar dit laat haar geensins gevlei voel nie.

In haar verwardheid stamel sy 'n welkomsgroet en forseer selfs 'n glimlaggie op haar lippe. Maar in haar hart is dit meteens dood en koud. Tot op die laaste oomblik het sy nog gehoop dat die jong graaf tog iets innemends in sy samestelling moet hê waarvan sy moontlik kan hou. Maar nou is ook daardie hoop eensklaps verydel, want hierdie hooghartige, gevoellose en verwaande vent besit eerlikwaar niks, behalwe 'n uiters aantreklike voorkoms miskien, wat haar kan beïndruk nie.

"Ontmoet die graaf, Marco de la Roche, my kind," hoor sy haar vader skielik langs haar sê. Weer kyk sy in daardie skerp, deurdringende oë van die man wat haar sommer daardie eerste dag by die kaai al onthuts het.

"Aangename kennis, Graaf," groet sy koel beleefd.

Met vermaak merk die jongman hoe haar fyn, pikante neusie 'n bietjie hoër die lug in wip. Maar van hierdie waarneming laat hy niks blyk nie. Dis vir hom baie duidelik dat die meisiekind hom om die een of ander onverklaarbare rede nie kan duld nie.

Ook Marco was verbaas toe hy merk wie die dame eintlik is wat sy moeder so sorgvuldig vir hom gekies het as lewensmaat, maar baie beslis nie verbysterd nie. En as Suzette bitter teleurgesteld voel, voel hy nie minder teleurgesteld nie, want sy eerste indrukke van haar is dat sy 'n opperste klein flerrie en 'n koket is. Hy onthou nog goed daardie aand, 'n jaar gelede, tydens die goewerneur se bal, en hoe subtiel en met gemak sy elke jongman om haar vinger gedraai het.

Nee, sy is beslis nie die vrou vir my nie, flits dit deur sy gedagtes. Sy is 'n opperste klein verleidster, net soos Yvette . . . Nee, dan maar liewer Hilde, Loraine of Grete!

Met 'n hoflike, grasieuse buiging soos net hy dit kan doen, buig die jongman oor Suzette se fyn, bruin handjie. Hy druk dit liggies teen sy lippe en erken haar koel, beleefde groet met 'n ongeërgde stem wat na aan verveeldheid grens. Dis daardie verveelde toon in sy stem wat Suzette sommer 'n naar kol op haar maag gee en haar lankal laat besluit het dat hy sommer 'n verwaande vent is met 'n ongeëwenaarde dunk van homself.

Met die gasvryheid wat so kenmerkend is van die koloniste, vergesel Suzette die ou dame na haar kamer om haar hoed en mantel te verwyder. André toon dieselfde hoflikheid aan die jong edelman, en 'n anderhalf uur later sit die viertal weer gesellig in die ontvangskamer en gesels totdat Leentjie in die deur verskyn en middagete aankondig.

Vandag is die tafel weer deftig gedek met die Le Sueurs se kosbaarste silwer en porselein, presies soos in die dae toe Suzette se moeder nog geleef het en hulle talle fyn here en spoggerige dames uit die Kaap onthaal het.

Die maaltyd is vir Suzette egter die grootste marteling wat

sy nog beleef het. In die ontvangskamer het sy haar uitsluitlik daarop toegelê om die ou dame geselskap te hou. Maar nou het André besluit dat die bordjies verhang word en het sy geen ander keuse as om haar aandag aan die jong edelman te skenk nie. Sy gesels met hom op haar koel, beleefde manier. Maar wanneer sy dink aan die doel van sy besoek, voel sy lus om hom net daar aan tafel te verongeluk. As sy nou ook 'n meester met die rapier was, kon sy hom moontlik daarmee van kant gemaak het. Maar sy weet daar bestaan nie so 'n moontlikheid nie, dus stoot sy maar haar moorddadige gevoelens op die agtergrond en probeer sy haar bes om die man met onbenullige gesprekkies besig te hou.

Ná ete, en nadat hulle reeds koffie in die ontvangskamer geniet het, kondig Lise aan dat sy graag 'n rukkie sal wil gaan rus, aangesien sy nie meer so fiks is soos tien jaar gelede nie en die rit van die Kaap af haar ietwat vermoei het.

Hierdie aankondiging staan Suzette egter nie veel aan nie, omdat sy vrees dat dit dalk haar lot gaan wees om die jong graaf die res van die dag geselskap te hou. Maar soos wat dit van die huisvrou van Voltaire verwag word, sê sy maar niks en vergesel sy die ouer dame met 'n vriendelike glimlaggie na haar kamer toe.

Sy vertoef 'n rukkie by Lise in die kamer. Ná sy haar vergewis het dat haar gas alles het wat sy moontlik nodig kan kry, laat sy Lise en Fifi, haar eie kamerhulp, se bekwame sorg en verlaat sy die vertrek.

Suzette wil eers teruggaan na die ontvangskamer, maar dan besluit sy dat dit heeltemal onnodig is, aangesien haar vader die jongman op die oomblik geselskap hou. Dus stap sy haastig by die voordeur uit en kies rigting na die boord agter die huis waar die voëls byna oorverdowend te kere gaan.

Toe sy om die huis se hoek is, lig sy die wye romp van haar duur brokaattabberd met albei hande op en hardloop so vinnig soos wat sy kan na die reuse-okkerneutboom met sy talle mikke, hoog en laag, wat sulke gerieflike sitplekke uitmaak. Sy weet dat sy haarself eers onder hande sal moet neem en die saak eers goed sal moet uitredeneer om gewoond te raak aan die feit dat die graaf en daardie ander hooghartige man een en dieselfde persoon is.

Koestend onder kleiner vrugtebome deur bereik sy eindelik die ou boomreus waarheen sy altyd vlug wanneer sy alleen wil wees. Daar is 'n hartseer trekkie om haar gevoelige mond, en die weemoed in haar fraai oë is grensloos. Dis vir haar inderdaad 'n groot vernedering dat 'n potensiële bruidegom haar moet kom deurkyk asof sy 'n artikel te koop is, en dit nogal daardie man. Sy voel eerlikwaar of sy hom net daaroor kan haat, en dat haar haat volkome regverdig sal wees.

Sy bereik die ou boomreus en kruip versigtig onder 'n laaghangende tak deur. Sy skop haar deftige satynskoentjies uit, vang die tak bokant haar kop met 'n ratse beweging vas en wil haar net na die eerste mik ophys, toe sy meteens 'n diep stem agter haar hoor sê: "Nou ja, van al die onmoontlike dinge om te doen. Moet net nie vir my sê u wil boomklim nie, Mademoiselle, want regtig, ek dink u is daardie stadium darem al lankal verby!"

Suzette ruk soos sy skrik, los die tak en swaai vinnig om. Die volgende oomblik staar sy vas in die graaf se donker oë wat met openlike spot na haar terugstaar.

"Jy wou boomklim, wou jy nie?" hou hy knaend vol, en nou is daar selfs spot in sy stem ook.

Enkele tellings lank hou sy spottende blik hare meesterlik gevange. Sy voel hoe die wrewel hoër in haar oplaai. Haar jong bors dein wild op en neer van skone ergernis. Toe draai sy haar gesig skielik weg en antwoord uitdagend: "Wat daarvan as ek wou boomklim, Graaf? Hinder dit u miskien?"

So onder die praat glip sy haar skoene weer seepglad aan, ongeag daardie twee skerp oë wat haar elke beweging noukeurig waarneem. Toe begin sy saggies, uittartend lag terwyl sy doodluiters teen die boom se dik stam aanleun. "Of het u nie so iets verwag van die dame wat u moeder aan u wil afsmeer nie, Meneer?"

As Suzette gedink het dat sy hom met haar laaste woorde sou skok, het sy haar deeglik vergis, want die graaf is nie 'n man wat hom maklik laat skok nie. Anders is hy te hooghartig om dit te toon, want sy blik rus nog steeds onverstoord op haar. Slegs met die flikkering van 'n ooglid toon hy dat sy iets buitengewoons gesê het, maar sy stem is beheers soos altyd toe hy antwoord: "Verskoon my, Juffrou, maar ek was nie bewus van die feit dat my moeder 'n dame aan my wil afsmeer —"

"Toe maar, Graaf," val sy hom met 'n ongeduldige stem in die rede, "dis glad nie nodig om u so onskuldig voor te doen nie. Die doel van u besoek aan Voltaire is vir my geen geheim nie. Ek het ongelukkig, of moet ek liewer sê gelukkig, die brief self gelees wat madame De la Roche aan my vader geskryf het. Daarom is ek volkome bewus daarvan dat u ... wel ... my met hierdie besoek slegs kom deurkyk om uself te oortuig of ek sal kwalifiseer as 'n geskikte gravin of nie. Maar ek verseker u dat ek nie sal kwalifiseer nie. U weet dit miskien nie, maar ek is 'n baie beduiwelde mens. Ek is dag en nag so befoeterd as wat maar kan kom. U sal dit nooit met my kan uithou nie. Vergeet dus dat u moeder my e ... aanbeveel het as 'n geskikte kandidaat. Die Kaap is vol mooi jong dames ... maar dit weet u self. Ek ken u reputasie met die nooiens. In elk geval, ek wil u net laat verstaan dat ek nie te vinde is vir u moeder se planne nie, Meneer. As u my dus sal verskoon ..."

Sy swaai vinnig om en wil net wegstap, maar 'n lang, net-jies versorgde hand skiet onverhoeds uit en sluit ferm om haar boarm. Hy stuit haar so plotseling in haar vaart dat sy effens struikel en die volgende oomblik teen sy bors te lande kom.

"Nie so haastig nie, Juffrou," hoor sy hom spottend sê. Maar toe sy onthuts na hom opkyk, merk sy nie 'n tikkie spot in sy oë wat nou koud en gevoelloos na haar terugstaar nie.

Sy wil hom eers 'n skerp, neerhalende antwoord gee, maar dan merk sy tot haar grootste ontsteltenis dat sy nog steeds teen sy bors aanleun, en soos 'n veer ruk sy orent en staan 'n tree terug. Verleentheid spoel soos 'n meedoënlose stroom oor haar, en sy voel hoe haar wange gloei van verontwaardiging. Sy wil hom driftig invlieg, maar stik in haar eie verontwaardigheid. Voordat sy 'n geluid kan uitkry, is hy alreeds weer aan die woord.

"As my besoek u in 'n verleentheid stel," sê hy koeltjies, "is ek inderdaad baie jammer; ofskoon ek moet erken dat u opinie oor my, my reputasie met die nooiens, alles behalwe vleiend is." Hy laat haar arm plotseling los, kompleet asof haar opinie oor hom hom nou eers tref. Dan boor sy oë koud in hare. "Maar moenie vrees nie, Juffrou, u is beslis nie die tipe wat ek graag my gravin sal wil maak nie," verklaar hy ewe koeltjies. "Ek sal my dus nie deur my moeder laat mislei nie. Die keuse sal uitsluitlik myne wees –"

"Baie verstandig van u, Meneer, dit moet ek eerlik erken," val sy hom sinies in die rede. Sy draai sonder meer om en stap haastig weg.

"Rissie," som hy haar op terwyl hy haar trotse, aanvallige figuurtjie met 'n onpeilbare blik en met gemengde gevoelens agternastaar. Hy wag egter net totdat sy halfpad na die huis gevorder het, toe volg hy haar in aller yl.

Vir beide Suzette en Marco was hierdie openlike onthulling van gevoelens 'n verligting. Dis of dit die lug tussen hulle effens gesuiwer het en hulle nou beter in staat stel om mekaar as gas en gasvrou te aanvaar en in daardie hoedanigheid te respekteer.

Toe Suzette die voordeur bereik, loop sy haar byna vas in haar vader, wat nou weer in sy gewone werksdrag geklee is.

"Waar is Marco, Suzette?" wil hy openlik gesteurd weet toe hy merk dat sy alleen is. 'n Onvergenoegde frons verskyn op sy voorkop. "Toe ek 'n uur of twee gelede weggeroep is, het ek hom verseker dat jy hom geselskap sal hou in my afwesigheid . . ."

"En dis presies wat sy nog al die tyd gedoen het, Meneer," gee Marco se diep stem skielik agter hulle antwoord. Hy merk die blos van verleentheid op Suzette se fynbesnede gesiggie en tree beleefd nader. "Juffrou Suzette was so sjarmant om my te vergas op 'n aangename uitstappie deur die boord."

Hy maak 'n grasieuse buiging voor die verwarde Suzette, ver-eer haar met een van sy seldsame glimlaggies wat 'n honderd tergduiweltjies in sy donker oë optower en bied haar sy arm aan. "U het flussies belowe om my nog die inhoud van Voltaire se stalle te toon, Juffrou," jok hy sonder om te blik of te bloos. "Ek sal dit graag nou wil sien."

Toe hy die verwarring in haar sagte oë en haar huiwering om sy arm te neem, merk, plooi daar weer 'n spottende glimlaggie om sy trotse mond.

"Sal u my vereer deur my arm te neem?" sêvra hy sjarmant. Toe Suzette teen haar sin haar hand liggies op sy arm plaas en hulle lui-lui in die rigting van die stalle beweeg, fluister hy sag sodat slegs sy hom kan hoor: "Moenie bevrees wees nie, Juffrou, ek eet nie rissies nie. Trouens, ek is nie so seker of ek al ooit lief was vir 'n rissie nie!"

Suzette kyk hom met gloeiende wange aan. Haar oë verdon-ker meteens soos twee bodemlose waterpoele, en as haar vader hulle nie van die voordeur af gestaan en dophou het nie, sou sy hom sweerlik 'n klap deur sy adellike mond gegee het omdat hy dit durf waag om haar met 'n rissie te vergelyk.

Aangesien sy hom nie die klap kan gee wat sy hom graag sal wil gee nie, besluit sy dat haar tong net so doeltreffend is. Nou is sy weer die ou Suzette wat haar aan geen verfynde maniertjies steur nie en onomwonde haar sê sê. Met 'n venynige blik in sy rigting raak sy ook sonder versuim 'n bietjie van haar opgekrop-te gevoelens kwyt deur woedend te sê: "Ek dink jy is vermetel, verwaand en uiters aanstootlik, Meneer. En ek is daarvan oortuig hoe minder ek van jou sien, hoe beter sal dit vir my . . ."

"... hoogs ontvlambare humeur wees," voltooi hy die sin on-geërg vir haar. Heimlik begin hy dit geniet om haar so ontstoke te sien, daarom vervolg hy uittartend. "Dit is inderdaad bitter jammer dat jy so 'n ... e ... betreurenswaardige opinie van jou gas het, Juffrou, en dat sy teenwoordigheid jou teen die bors stuit." Hy skud sy onberispelike hoof met 'n jammerlike gebaar. "Ja, dis regtig bitter jammer as 'n mens in aanmerking neem dat jy die so ongewenste gas se teenwoordigheid nog vir 'n volle week sal moet verduur, nè?"

"Wat! 'n Week?" hyg sy, en sy stik byna in haar woede.

"Ja, 'n week, Juffrou," spot hy liggies. 'Dit was egter my moe-der se reëlings, nie myne nie, onthou. En as sy nou moet sien hoe intiem jy my arm vashou, gaan sy ons besoek tien teen een verleng na twee weke."

Suzette los die nare man se arm so skielik dat dit byna wil voorkom of 'n slang haar gepik het. Maar hieraan steur die edel-man hom skynbaar nie veel nie, want hy gaan ongestoord voort: "Jy sien, sy het haar hart onherroeplik op jou geplaas as skoon-dogter. Derhalwe is dit heeltemal logies dat enige intieme tafe-reeltjie tussen jou en my haar die idee kan gee dat sake tussen ons mooi begin vorder en dat nog 'n week miskien wenslik sal wees om dinge tot 'n bevredigende klimaks te voer."

Suzette is te ontstoke om 'n woord uit te kry. Maar sy kry dit eindelik reg om 'n bietjie meer beleefd te sê: "Waarom sommige moeders sulke sotlike idees moet kry om vir hulle seuns vrou-ens te wil kies, kan ek eerlikwaar nie begryp nie. Ek sou dit in elk geval nie van tant Lise verwag het nie. Maar nou ja, 'n mens kan haar natuurlik nie kwalik neem as sy geen vertroue in jou keuse het nie, Meneer. Dis net bitter jammer dat haar keuse nou juis op my moes val." Sy haal haar skouertjies onverskillig op en kyk hom aan asof hy iets is wat selfs die kat verwerp het. "In elk geval, Voltaire is gelukkig groot genoeg om ons albei tydelik te huisves sonder dat ons onder mekaar se voete sal beland."

Hy knik instemmend asof sy met haar laaste sin 'n groot waarheid kwytgeraak het. Maar voordat hy 'n gevatte antwoord daaraan kan toevoeg, kom een van die plaaswerkers uitasem om die hoek van die stalle gehardloop. Hy steek 'n paar treë voor Suzette vas. Sweet rol in stroompies oor sy gesig, en dis baie duidelik dat hy ver gehardloop het.

Nog steeds uitasem verwittig hy Suzette dat hy 'n tiental vee-diewe agter die berg in die braksloot gewaar het met 'n groot klomp van André se vetmaakskape by hulle, en dat hulle een reeds geslag het en nou besig is om die vleis te braai.

Ontsteltenis lê vlak in Suzette se oë toe sy die moeë werker vir 'n paar oomblikke stil aankyk. Dan begin sy meteens haastig praat.

"Gaan sê Leentjie of Minnie moet vir jou 'n beker koffie gee. My pa is nie nou hier nie, maar ek sal hulle self gaan betrap." Aan die staljong: "Saal Fleur vir my op, Jafta, en maak baie gou. Ek kan hulle nie laat wegkom met die skape nie —"

"Verskoon my, Juffrou," val Marco haar ernstig in die rede, "maar laat my liewer toe om te gaan . . ."

Hy wil nog meer sê, maar Suzette lê hom haastig die swye op met 'n meerderwaardige: "Jy mag 'n meester wees met die swaard en rapier, Meneer, maar ek vrees jy weet niks van 'n geveg met veediewe nie. Nee, ek sal liewer self gaan en sorg dat daar behoorlik met hulle afgereken word."

Sy blik hom bespiegelend aan, kompleet asof sy hom opsom, dit oorweeg of hy darem al groot genoeg is om na sulke gevaar-like plekke toe geneem te word. Dan sê sy: "Jy mag saamry as jy wil, maar ek waarsku jou dat jou rapier op hierdie sending vir jou van geen nut gaan wees nie." Sy draai haar onverwyld na die staljong. "Saal die voshings op, Jafta, en maak in hemelsnaam gou!"

"Maar jou rok, Juffrou," probeer Marco weer om haar te oor-reed om tuis te bly. Dis vir hom net ondenkbaar dat 'n dame op so

236

'n gevaarlike sending kan gaan. "Jy kan onmoontlik met so 'n deftige rok gaan veediewe jag. Asseblief, laat hierdie saak liewer in my hande. Ek belowe om al die skape veilig aan u terug te besorg."

"Dankie, Meneer, dis baie vriendelik van jou. Maar ek verkies om daardie skape self te gaan haal. Jy weet dit miskien nie, maar hier is talle veediewe wat self ook vuurwapens besit, en ... nou ja, ek sal maar 'n swak gasvrou wees as ek my gaste aan sulke gevaar blootstel!"

"Maar ek kan jou nie toelaat om te gaan nie, Juffrou!" maak hy nou ernstig beswaar, en aan die rooi kolle op sy wange is dit baie duidelik dat die man diep ontstoke voel oor die meisie se knaende koppigheid. "Dit skyn 'n gevaarlike sending te wees, en jy is 'n dame, juffrou Suzette," probeer hy weer, min wetend dat dit futiel is om met Suzette te redeneer wanneer sy reeds finaal oor 'n ding besluit het.

"Ek weet ek is 'n dame, Meneer, maar wat gaan jy miskien doen om my te belet om te gaan?" wil sy nou openlik uitdagend weet. Die man matig hom gans te veel aan om so met haar te praat.

"As jy 'n man was," hoor sy hom onthuts sê, "sou ek jou met my rapier tot gehoorsaamheid gedwing het. Maar ongelukkig is jy 'n dame en sal ek jou slegs oor my skoot kan trek en jou die drag slae kan gee wat jy lankal verdien!"

Hierdie Fransman is nie daaraan gewoond dat sy wense verontagsaam word nie. In die Kaap is 'n rapier in sy hand 'n gevreesde wapen.

Vir die eerste maal vandat die De la Roche-besoekers op Voltaire gearriveer het, bars Suzette uit van die lag.

"Wel, ek moet sê dis gewis die vriendelikste woorde wat ek jou nog hoor sê het, Meneer," verklaar sy spottend, en sy vee die lagtrane met die agterkant van haar hand uit haar oë. "Maar ek waarsku jou dat jou plan nie so maklik sal slaag nie. Ek kan myself nogal verbasend goed verdedig, weet jy?"

Sy kyk hom met 'n spottende blik aan, hoegenaamd nie on-bewus van sy toorn nie. Toe draai sy om en draf sonder 'n en-kele woord van verskoning in die rigting van die huis, net om 'n oomblik later terug te keer met twee gewere en ammunisie.

Een geweer stop sy sonder meer in die jongman se hand.

"Net ingeval jy dalk jou eie lewe moet verdedig," verduidelik sy haastig. "Maar dis nie nodig dat jy op die veediewe skiet nie. Dek jy maar net die agterhoede. Ek sal voor ry en die skietwerk self behartig. En pas net op, daardie voshings is 'n duiwel om onder 'n mens uit te hardloop. Ek vrees jy sal jou sit moet ken om bo te bly, en julle Kapenaartjies . . . Ag, nou ja, dit maak ook nie saak nie. Ek wou maar net sê: as jy nie bo kan bly nie, Me-neer, sal jy maar tuis moet bly, want sien, ek kon jou geruil het met perde, maar Fleur sal jou nooit op haar rug duld nie. Sy is net 'n bietjie meer beduiweld as Vos."

Die volgende oomblik swaai Suzette die geweer met gemak oor haar skouer en bestyg sy Fleur met 'n ratse beweging.

Uit die hoek van haar oog merk sy dat die edelman die vosperd met die gemak van 'n vaardige ruiter bestyg, en sy skep moed. Dit lyk darem of hy Vos in beheer sal kan hou.

"Nou ja," sê sy weer, "laat ons ry voor daardie diewe dalk wegkom met die skape."

Die volgende oomblik jaag die twee ruiters oor die werf.

Onderweg na die braksloot word daar om twee redes nie ge-praat nie. Eerstens jaag hulle so vinnig dat die wind elke woord sal wegwaai, en tweedens het Marco ook glad nie lus om met hierdie eiesinnige meisie te gesels nie. Hy voel nog steeds te ontstoke oor haar doelbewuste ongehoorsaamheid deur hierdie gevaarlike sending te wil aandurf.

Dis hoegenaamd geen taak vir 'n dame nie, dink hy vol er-gernis toe hulle later in die laagte afsak en die braksloot vinnig nader. En as sy vandag hier in die braksloot iets oorkom, gee ek haar sowaar die drag slae waarvan ek vroeër gepraat het!

238

6

Stadig stuur die twee ruiters nou op die braksloot af, waar die rook van 'n half uitgebrande vuurtjie duidelik sigbaar is. Anderkant die sloot is 'n digte lap bosse, en 'n entjie verder skiet 'n hoë, rotsagtige berg soos 'n reuse-paddastoel uit die aarde op. In stilte fynkam Marco se skerp oë die uitgestrekte omgewing.

"Ek sien geen teken van skape nie," merk hy later op.

Suzette se oë dwaal na die spreker toe. Sy merk hoe trots en regop hy in die saal sit, hoe die wind liggies met sy welige, raafswart hare speel wat met 'n kosbare diamantspeld in sy nek saamgevat is, hoe sterk en uitdagend sy ken na vore uitgestoot is. Dan tref dit haar dat daardie ferm, aggressiewe mond nie aan 'n swakkeling kan behoort nie.

Dis waar, dink sy peinsend, die gerugte wat 'n mens van hom hoor, is inderdaad teenstrydig met sy voorkoms! Maar hardop sê sy: "Hulle versteek gewoonlik die gesteelde vee, Meneer. Ek vermoed dat ons die skape in daardie lap bosse sal vind." Sy beduie met haar karwats na die lap bosse anderkant die sloot. "Of anders is hulle êrens in die berg versteek."

Hulle ry weer 'n oomblikkie lank in stilte verder, dan verneem Marco ietwat kortaf: "Wat is julle gewone aanvalstaktiek? Bekruip julle die booswigte, of storm julle sommer op hulle af?"

"Ons sal op hulle afstorm, Meneer, en 'n paar skote oor hulle los om hulle uitmekaar te jaag." Sy kyk hom tersluiks aan en begin saggies lag. "Ek vermoed jy het nog nie gesien hoe vinnig 'n veedief kan padgee as daar op hom geskiet word nie. Wel, jy sal dit vandag sien." Haar laggie droog op en sy kyk hom meteens ernstig aan. "Moet dit net nie waag om van jou perd af te spring nie. Onthou, hulle is tien teen ons twee, en solank jy op Vos se rug sit, is jy redelik veilig. Dis nie onmoontlik dat 'n paar hulle in daardie bosse sal versteek om ons van agter af te probeer aanval wanneer ons na die skape gaan soek nie. En soos ek alreeds gesê het, is party self ook in besit van vuurwapens."

Ná hierdie waarskuwing spoor hulle die perde aan en jaag hulle met donderende hoefslae op die dun rookspiraaltjie af wat lui uit die sloot opstyg.

Suzette vuur eerste haar geweer af, en met 'n donderende slag skiet ook Marco 'n skoot bokant die koppe van die tiental veediewe wat ná Suzette se skoot soos verskrikte hase uitmekaar spat en koestend agter die bosse in die sloot verdwyn.

Op die wal van die sloot trek die twee ruiters hulle perde in en bespied die omgewing noukeurig. Maar van die booswigte is daar nou geen teken nie en voordat Marco haar kan keer, is Suzette reeds uit die saal en klouter sy versigtig teen die wal af.

"Juffrou!" roep hy ontsteld uit toe hy merk dat sy alreeds in die sloot is. "Kom dadelik terug!"

"Ag, toe maar, Meneer," roep sy laggend terug, onbewus van die sluipende figuur wat haar agter die naaste bos inwag met 'n pistool dodelik op haar gerig, "dis nie nodig om jou so te ontstel nie! Ek wil maar net die vuur uitdoof . . ."

Haar woorde asook haar blik verstar meteens toe sy merk hoe Marco die loop van sy geweer na haar kant toe swaai, korrel vat en 'n oorverdowende skoot afvuur wat rakelings by haar kop verby trek.

Voor die verslae Suzette iets kan sê, bars die edelman by haar verby en die volgende oomblik glim 'n dodelike rapier in sy hand. Nou eers merk sy die bonkige, bebaarde man wat agter die bos uittree en sy rapier stadig uit sy skede trek.

"So," hoor sy Marco sê, "dan ontmoet ons mekaar weer, seerot!" Hy storm op die groot, bonkige man af en in 'n ommesientjie flits die rapiere in die son. "Vandag is daar vir jou geen genade nie, skurk," hoor sy Marco tussen blitsvinnige aanvalle sê. "Verlede keer het ek slegs jou lewe gespaar omdat jy my oor 'n onsinnige argument uitgedaag het en omdat jy sterk onder die

240

invloed van wyn was. Maar vandag het jy 'n oortreding begaan waaroor ek jou geen genade gaan toon nie ... Ja, vandag gaan jy sterf, seerot, soos wat jy van plan was om die onskuldige meisie te laat sterf! Net 'n bietjie stadiger en pynliker, maar jy gaan sterf!"

Suzette staan asof sy aan die grond vasgenael is. Daar is 'n byna fanatieke glinstering in Marco se donker, onverbiddelike oë wat slegs een ding beteken: hy sal met hierdie verwoede tweegeveg aanhou totdat een van hulle 'n dodelike wond opgedoen het. Sy voel hoe koue angs teen haar rug afkruip. Sê nou dis Marco wat die dodelike wond gaan kry?

Nee, ek wil liewer nie aan so iets dink nie, probeer sy die gedagte verwerp. Dit mag nie hy wees nie. Hy het my lewe gered toe daardie man my met sy pistool wou dood. En sy vorige geveg met hierdie matroos was ook nie uit harteloosheid en gevoelloosheid nie. Hy het flussies self gesê dat die man hom in 'n beskonke toestand uitgedaag het, en dat hy juis daarom sy lewe gespaar het. Dus is hy darem nie heeltemal so hard en gevoelloos soos ek altyd gedink het nie.

Sy kyk na Marco se soepele gewrigsbewegings, sy netjiese systappie en blitsvinnige aanvalle, en intuïtief weet sy dat hy die geveg weer gaan wen.

Die stryd word al hoe heftiger. Die rapiere flits soos verblindende blitse, die asemhaling van die twee mans word al hoe meer gejaag, maar nog duur die stryd onverpoos voort.

Suzette gil lank en deurdringend toe Marco se rapier deur Peet, die matroos, se verdediging dring, in sy skouer wegsink en 'n bloedrooi straal deur sy baadjie syfer.

'n Oomblik lank lig Peet sy kop dapper op en voordat hy inmekaarstort, sê hy sag, onsamehangend. "U is die maestro van die rapier, Mijnheer. U kon my lankal deurboor het as u wou, maar u het weer my lewe gespaar. Ek is u dankbaar ... sal altyd u dienaar wees ... skape ... vyfhonderd treë met sloot op."

Toe sak hy vlak voor Marco se voete inmekaar.

Met 'n bleek gelaat staar Suzette na die bebloede man aan die jong graaf se voete, en vir laasgenoemde lyk dit of sy enige oomblik gaan flou word.

"Ek weet dis nie 'n aangename gesig om te aanskou nie, Juffrou," probeer Marco haar gerusstel. "Maar dit is absoluut onnodig om jou so te ontstel. Hy het wel sy bewussyn verloor, maar die wond is nie gevaarlik nie. Dis slegs 'n vleiswond wat binne enkele dae weer genees sal wees. As ons net 'n stuk verband gehad het."

Hy buk af en laat die gewonde man gemakliker lê.

Wanhopig byt Suzette haar onderlip vas. Hy is reg, dink sy. As hulle net 'n stuk verband gehad het. Dan tref dit haar meteens dat sy 'n stuk van haar onderrok kan afskeur, en sy pyl ook sommer dadelik op die naaste bos af.

"Juffrou," hoor sy Marco met 'n kwaai stem uitroep, "in hemelsnaam, waar gaan jy nou weer heen? Het jy my nie al genoeg sonder en ergernis besorg vir een dag nie? Kom dadelik terug! En sorg dat jy onder my oë bly!"

Vir die eerste maal lyk Suzette ietwat verslae in die jongman se teenwoordigheid. Maar dan tref die onvergenoegde blik in sy oë haar, en terstond vervies sy haar weer vir sy aanmatiging.

Soos 'n jong perd ruk sy haar ken in die lug, kyk sy hom uit die hoogte aan en verklaar sy koelweg: "Ek gaan vir jou 'n verband haal, Meneer –"

"Wat? 'n Verband gaan haal hier in die sloot tussen die bosse?" val hy haar bars in die rede, nou weer deeglik ontstoke. "Ek sê jy kom hier, en jy bly hier waar ek jou kan sien totdat ons ry!"

Sy oë blits onvergenoeg op die eiesinnige blonde meisie.

Suzette is rooi van ergernis toe sy weer na die kortgebakerde Fransman draai.

"Kyk hier, Graaf," werp sy nou self onthuts teë, "ek wil nie graag onbeleef wees nie. Ek besef dat jy flussies my lewe gered het, maar ek gaan dit baie beslis nie duld dat jy my hier staan en rondbeveel soos watse hierjy nie. Sê my nou: wil jy 'n verband hê of wil jy nie?"

Suzette kyk hom kwaai aan, maar dit voel vir haar behoorlik of hy elke sondetjie in haar met sy oë wil uitdelg.

"Natuurlik wil ek 'n verband hê!" hoor sy hom weer bars sê. "Maar ek is oortuig daarvan dat jy geen verbande hier tussen die bosse gaan vind nie!"

"Heeltemal waar, Meneer," snou sy hom ergerlik toe. "Tensy ek natuurlik 'n stuk van my . . . e . . . een of ander kledingstuk afskeur –"

"O, ek sien," val hy haar in die rede. Hy kyk haar onder-soekend aan en dit lyk byna of sy toorn die wyk geneem het, want hy vervolg met 'n suggestie van 'n glimlag: "In elk geval, ek gaan nie toelaat dat jy alleen in daardie bosse ingaan nie, Juf-frou. Skeur dus maar hier 'n stuk van jou . . . e . . . een of ander kledingstuk af. Ek sweer ek sal nie vir jou kyk nie."

Suzette voel hoe haar wange skielik weer begin brand van verleentheid. Sy wil hom eers 'n afjak gee, maar dan val haar oog op die bebloede man daar op die grond, en sonder meer lig sy haar rok se soom op tot by haar enkels en skeur sy 'n breë strook van haar wit, fyngeborduurde onderrok af.

Met 'n blosende gesig hou sy die strook linne na hom uit, daar waar hy op sy knieë besig is om Peet se baadjie uit te trek.

"O, jy is klaar," sê hy, en hy neem die stuk onderrok by haar. Hy wil haar net iets spottends toevoeg. Maar toe hy die warm blos op haar gesiggie merk wat half van hom af weggedraai is, besluit hy om haar liewer nie verder in die verleentheid te bring nie.

Sonder 'n enkele woord sak sy langs hom op haar knieë neer, en met bewende hande help sy hom om die gewonde man se skouer te verbind.

Eienaardige meisiekind, dink hy onderwyl hulle die gewonde man se baadjie weer begin aantrek. Sy is so 'n opperste klein flerrie en 'n koket, en tog kan sy lieflik bloos ook, byna asof sy die onskuld self is!

Hy kyk haar sydelings aan en sê droogweg: "Ek het verlede week saam met jou twee uitverkore kavaliers 'n paar potjies kaart gespeel aan die goewerneur se woning, Juffrou. Moontlik sal dit jou interesseer om te weet dat dit nog goed gaan met albei."

'n Breukdeel van 'n sekonde lank kyk Suzette die spreker met 'n verbaasde frons aan, dan kyk sy weer weg.

"Ek begryp nou werklik nie van wie jy praat nie, Meneer," antwoord sy ongeërg, en sy kom orent. Tot haar grootste ergernis merk sy die spottende lig in sy oë wat oppervlakkig oor haar gly.

"Ek vra om vergifnis," sê hy glimlaggend. Ook hy kom nou orent, en hy gaan staan half uittartend voor haar. "Ek het eerlikwaar nie geweet daar is so baie dat jy daardie spesifieke twee kavaliers nie eens meer kan onthou nie. Daardie aand met die goewerneur se bal, 'n jaar gelede, het hulle jou sy nie 'n oomblik lank verlaat nie. Dis verbasend dat jy hulle so gou kan vergeet. Maar dit lyk my daar steek nogal baie waarheid in die ou spreekwoord wat lui: uit die oog, uit die hart."

Suzette kyk die man voor haar 'n oomblik lank sprakeloos aan. Dan bars sy hartlik uit van die lag, tot groot ergernis van die lang, donker man wat haar nou met 'n gesteurde frons betrag.

"Ekskuus, Meneer," maak sy beleef verskoning, maar haar oë verraai duidelik dat sy nog steeds vol lag is. "Ek moes nie so hartlik gelag het nie, want in werklikheid is ek baie lief vir die De Baise-tweeling, en glo my, ek is baie verheug om te hoor dit gaan goed met Jean en Louis."

Sy begin weer saggies onderlangs lag, maar meld nie dat Jean en Louis haar dierbare twee neefs is nie. Dit val haar nou eers by dat sy destyds by elke ontmoeting met hierdie man knaend 'n neef aan elke sy gehad het. Geen wonder hy beskou hulle as twee van haar bewonderaars nie.

Sy wil hom nog vertel hoe lief sy daardie twee kavaliers het en hoe goed hulle haar verstaan, maar dan draai hy om en hoor sy hom koel, onpersoonlik sê: "Ek sal jou groete aan die twee here oordra sodra ek terug is in die Kaap, Juffrou. Dus sal ons nou van hulle vergeet en liewer beplan hoe ons hierdie gewonde man vervoer gaan kry."

"Om hom vervoer te kry, is baie eenvoudig," laat sy nou ernstig hoor. "Hy kan saam met my op Fleur ry, want ek vrees Vos sal julle nie albei kan dra nie."

"Ek het ook aan dieselfde oplossing gedink," stem hy saam. "Maar ek twyfel of jy dit sal kan behartig, want sien, jy sal die man voor op jou saal moet vashou." Hy kyk haar berekenend aan. "As jy dit kan behartig, sal ek Fleur se toom neem en julle almal veilig tuis besorg."

Ná 'n groot gesukkel het hulle Peet eindelik uit die sloot en op Fleur se rug. Gelukkig is Suzette 'n baasruiter en is dit vir haar nie te moeilik om die bewustelose man voor op haar perd te hou nie.

Op 'n slakkegang neem die terugtog dus 'n aanvang. Toe hulle eindelik op die werf stilhou, herwin Peet ook net sy bewussyn.

"Komaan, sit stil, kêrel, of jy val van die perd af," maan Suzette ongeërg. "Al wou jy my vroeër met jou pistool van die gras af maak, sal ek nogtans nie wil sien dat jy van die perd afval en jou skouer verder beseer nie."

Met 'n pynlike beweging draai Peet hom om, en hy kyk Suzette met 'n onpeilbare blik aan.

"Ek was nie van plan om u te skiet nie, Juffrou," sê hy sag. "Ek het slegs my pistool gereed gehou om daardie veedief te skiet wat op u wou afsluip."

Beide Suzette en Marco staar Peet met verbasing aan. Suzette is egter die eerste wat weer praat.

"Jy sê jy wou die veedief skiet? Ek vrees ek begryp jou nie, Meneer. Maar ek sal graag wil weet wat jy daar gesoek het, as jy nie kop in een mus was met daardie klomp nie?"

245

'n Pynverwronge glimlaggie verskyn om Peet se mond, en dis vir almal baie duidelik dat hy aansienlik pyn verduur.

"Ek was op pad na die binneland toe en het stilletjies op hulle afgekom terwyl hulle besig was om die skaap te slag, Juffrou," verduidelik hy bedaard. "Ek het natuurlik dadelik vermoed dat dit 'n gesteelde skaap was. Toe hoor ek die geblêr van die ander skape, en dit het my vermoede oombliklik bevestig." Hy hou sy pynlike skouer 'n oomblik lank vas, en hervat dan moedig: "Daar was net een wag by die skape. Dié het ek sommer met my rapier onskadelik gemaak, en ek het die skape toe met die sloot opgejaag. Daarna het ek teruggegaan om met die ander diewe af te reken, maar toe daag u en Mijnheer De la Roche daar op. Ná daardie eerste twee skote het almal gevlug, behalwe een wat hom agter 'n bos versteek het en met 'n mes op u wou afstorm toe u op pad was om die vuur te blus. Maar toe Mijnheer De la Roche my pistool uit my hand skiet, het ook hy op die vlug geslaan –"

"Dan het meneer De la Roche jou verniet met sy rapier aange-val?" val sy hom met 'n geskokte stem in die rede.

"Daar was nie tyd om te verduidelik nie, Juffrou, en die graaf het rede gehad om die ergste van my te dink. U sien, ek was 'n ruwe matroos vir wie 'n lewe niks beteken het nie . . ."

"Kom, Peet, laat ons jou van die perd af help," tree Marco meteens tussenbeide. "Ek dink jy het genoeg pyn en ongerief verduur vir een dag." Hy gee die gewonde man 'n begrypende glimlaggie. "As jy my lyfwag wil wees, sal jy gou gesond moet word, mon ami. 'n Siek lyfwag is vir my van geen nut nie."

'n Glimlag van verering helder meteens die gewonde man se gelaat op.

"Ek is u dienaar tot die dag van my dood toe, Mijnheer," ver-seker hy Marco met groot eerbied. "U is koning van die rapier, en ek sal graag u lyfwag wil wees."

"Tussen ons twee sal ons verwoesting saai met die rapier, Peet," antwoord Marco met 'n geamuseerde laggie onderwyl hy en twee werkers die gewonde man versigtig van die perd afhelp. "Maar ons sal jou eers gesond moet kry, ou kêrel. Ek vrees 'n siek man kan nie 'n rapier met gemak hanteer nie."

Toe Peet later geskeer, gewas en gemaklik in die haelwit bed in die stoepkamer lê, kom bedank André hom ook vir sy vriendelike beskerming van Suzette teen die sluipende veedief, en verseker hy hom dat die Le Sueurs alles in hulle vermoë sal doen om hom 'n spoedige herstel te verseker.

Vir die oorblywende tyd van die besoekers se verblyf op Voltaire bly Suzette meestal tuis om Lise geselskap te hou en om toe te sien dat Peet se gewonde skouer behoorlik versorg word.

Soms sluit Marco ook by die twee dames se geselskap aan, ander tye gaan gesels hy weer by Peet wat hom baie staaltjies vertel van verwoede seerowersgevegte en van ewe verwoede storms wat hulle so dikwels op die oop see moes trotseer.

Maar meestal vergesel hy André, en so gebeur dit dikwels dat hy saam met hierdie stoere landgenoot van hom slaags raak met veediewe. Met die gevolg dat hy toe sy verblyf op Voltaire haas verstreke is, eerlik moet erken dat hy sy verblyf hier saam met die beleefde dog trotse koloniste baie geniet het. Vernaamlik die gevegte met die veediewe het sy Franse vegtersbloed sommer warm in sy are laat tintel.

Vandag is dit die besoekers se laaste dag op Voltaire, en toe Lise ná ete na haar kamer toe gaan vir haar gewone middagslapie, besluit Suzette om 'n entjie te gaan ry. Ook sy moet erken dat afgesien van haar en Marco se gereelde rusies, sy die besoekers se verblyf hier op Voltaire baie geniet het.

Ek sal Peet en sy interessante seemanstaaltjies nogal baie mis, mymer sy onderwyl sy Fleur afgetrokke met die bergpaadjie langs stuur, onderweg na haar geliefkoosde bergpoel waar sy soveel genotvolle uurtjies in die koel water deurbring. Sy is onbewus van die lang, donker ruiter op die vosperd wat haar doelgerig en met 'n donker frons agterna sit. Op hierdie oomblik het

247

Suzette al weer totaal vergeet van Jafta se besorgde waarskuwing dat sy liewer nie na die berg toe moet gaan nie. In haar haas om by die bergpoel te kom, het sy nie eens geluister na wat hy alles te sê gehad het nie en het sy sommerso onder sy waarskuwings weggery.

Sy sug afgetrokke.

Dis waar, alles hier op aarde is tog maar verganklik, sit sy haar mymering voort. Môre moet ek vaarwel sê aan die liewe tant Lise en Peet se aangename geselskap, en oor twee maande moet ek weer vaarwel sê aan Voltaire en my geliefde bergpoel om saam met Pappa na die onbekende te trek.

Sy bereik die blou bergpoel wat die lug en die sneeuwit wolkies soos 'n spieël weerkaats, en waarvan die water so skoon en helder is dat 'n mens byna tot op die rotsagtige bodem kan sien. Sy gly uit die saal en haak die toom aan die naaste bos vas.

Suzette het alreeds haar skoene uitgeskop en is net besig om die tweede knopie van haar rok los te knoop, toe die vosperd en sy ontstoke ruiter op die kruin van die berg verskyn.

Die vosperd het nog nie eens behoorlik stilgestaan nie, toe toring sy ruiter lank en dreigend oor die verskrikte Suzette.

"Juffrou," skeur sy stem skerp deur die stilte van die berg, "as jy my dogter was, het ek jou net hier gelooi." Sy donker oë blits op haar wat hom verslae en onbegrypend aanstaar. "Verstaan jy wat ek sê, of moet ek dit in Frans vir jou herhaal?" gaan hy onvergenoegd voort.

"Dis . . . absoluut onnodig, Meneer," stamel sy effens, nog steeds te verward oor die man se vreemde gedrag om rasioneel te kan dink. "Ek verstaan baie goed —"

"Nou ja, moenie vir my staan en kyk of ek 'n besetene is nie," val hy haar drifitg in die rede. "Trek jou skoene aan en kom laat ons ry."

Met hierdie woorde tree hy nader, strek sy hande uit en begin sonder meer die twee knopies van haar rok vasmaak.

Dis eers toe hy met die tweede knopie besig is, dat Suzette weer tot verhaal kom. Sy klap sy hand met geweld weg, gluur hom kwaai aan en roep driftig uit: "Hou jou hande van my af of ek ..."

"Kom, geen dreigemente nie, Juffrou," keer hy koeltjies. "Ek sou dink jy het my nou al genoeg kommer besorg hierdie afgelope week. Ek herhaal, as jy my dogter was, het ek jou lankal die pak slae van jou lewe gegee."

"In elk geval, Meneer," antwoord sy met 'n stem wat liggies tril van misnoeë en oë wat soos twee blou vlamme op hom blits, "aangesien ek nie jou dogter is nie, kan jy my asseblief nou met rus laat en maak dat jy wegkom. Ek, op my beurt, sou weer dink dat jy my al genoeg versondig het hierdie afgelope week met jou pynlike inmenging in sake wat jou glad nie aangaan nie!"

"Juffrou —" begin hy weer. Maar Suzette gee hom geen geleentheid om meer te sê nie. Dis duidelik dat sy buite haarself is van woede oor sy knaende vermetelheid om haar ewig te wil hiet en gebied asof hy alle reg daartoe het.

"Moet my asseblief nie langer hier staan en 'juffrou' nie, Meneer," roep sy driftig uit. "Ek het gesê jy moet maak dat jy wegkom voor my oë!"

'n Oomblik lank kyk die jongman haar met 'n onthutse, byna radelose blik aan. Toe, voordat Suzette kan besef wat aan die gang is, gryp hy haar vas in sy arms en soen hy haar twee maal hard en driftig. Hy los haar weer net so skielik.

"Nou sal jy seker na my luister," probeer hy met 'n ferm en ernstige stem sê. Maar dis duidelik dat daardie twee soene hom effens ontwrig het, iets vreemds in hom laat ontwaak het, iets wat hy vir meer as 'n jaar al dood gewaan het.

Suzette staar hom slegs met 'n hoë kleur aan asof hy 'n uiters ongewenste element is wat 'n mens maar teen wil en dank moet gedoog.

"Nou goed, Graaf," sê sy met onderdrukte ergernis, "aangesien jy tot die uiterste sal gaan om jou sin met ander te kry, sal ek seker maar moet luister na wat jy te sê het. Maar ek waarsku jou, as jy my weer teen my sin . . . e . . . soen . . ."

"Volgende keer sal dit met jou volle goedkeuring geskied, Juffrou," verseker hy lig spottend. Hy hoor hoe sy hardop snuif van verontwaardiging, en weer eens tref dit hom dat die meisiekind hom vreemd amuseer.

Dis waar, sy is inderdaad anders as al die jong dames wat ek ken, flits dit deur sy gedagtes, en ek sal die klein snip nogal mis wanneer ek môre weer terug is in die Kaap!

Hardop vervolg hy: "Ons sal sonder versuim moet padgee van die berg af. Ek weet eerlikwaar nie hoe jy dit kon waag om hierheen te kom nie." Hy kyk haar bestraffend aan. "Maar dis ook weer waar. Jy laat jou deur geen mens voorskryf nie. Ons moes nie verwag het dat jy na die staljong se waarskuwings sou luister nie."

"Die staljong? Bedoel jy Jafta?" Sy kyk hom effens verward aan asof daar iets is wat sy moes onthou het, maar dit om die een of ander rede nie kan onthou nie.

"Ja, Jafta. Wie anders is julle staljong?" antwoord hy half geïrriteerd oor haar vraag. Dis waar, dink hy, sy hou haar soms net so onnosel soos Anna, sy moeder se geselskapsdame!

Dan hoor hy haar vra: "As ek mag vra, Meneer, wat het die arme Jafta met my uitstappie na die berg te doen? Of is ek veronderstel om eers sy goedkeuring te vra voor ek dit na die berg of elders kan waag?"

Die kyk wat hy haar gee, vertel Suzette duidelik dat sy geduld met haar reeds die laaste kerf bereik het.

"Kom, Juffrou, daar is geen tyd vir redekawel nie. Jy moes geluister het toe die staljong jou gewaarsku het om nie na die berg te gaan nie. Ons kan enige oomblik deur veediewe aangeval word hier waar ons staan. Ek, jou vader en twee van julle bure is al heeldag agter 'n sestal veediewe aan wat hulle hier in die berg skuilhou. En moenie vir my sê Jafta het jou nie gewaarsku nie, want ek was teenwoordig toe jou vader hom opdrag gegee het om jou te waarsku."

Hy neem haar sonder meer aan die arm en lei haar na waar die twee perde rustig aan graspolle staan en vreet.

Sy laat haar gewillig lei, maar sy kan ook nie help om effens spottend te sê nie: "En is dit nou waarom jy so op my kom skree het: omdat ek Jafta se waarskuwing in die wind geslaan het, of ten minste daarvan vergeet het?"

Hy kyk haar met 'n skerp, bestraffende blik aan; dan help hy haar galant in die saal.

"Ek sal jou aanraai om my nie verder uit te tart nie, Juffrou," sê hy so beleefd soos wat sy smeulende gramskap hom op die oomblik toelaat. Met 'n grasieuse beweging lig hy homself in die saal. Hy werp weer 'n kwaai blik na haar en vervolg half binnensmonds: "As jy dink ek is een van die geduldigstes wat leef, begaan jy inderdaad 'n fout."

Hy herinner hom dat hy eenkeer 'n grimmige Engelse kaptein aan sy eerste offisier hoor sê het: "Don't try me too high, mate." En nou weet hy presies hoe daardie Engelse kaptein moes gevoel het toe hy daardie woorde geuiter het.

Op sy waarskuwing dat hy nie een van die geduldigstes is wat leef nie, gee Suzette slegs haar gewone misnoegde snuif en maak asof sy hom nie eens hoor praat het nie.

Die rit terug lê hulle in volkome stilte af. Marco is vasbeslote om vir die res van die dag 'n wakende oog oor hierdie wysneusige skepseltjie te hou wat haar deur niks of niemand laat stuit nie.

Eers toe hulle voor die stalle stilhou, praat Suzette weer.

"Vertel my, Meneer," sê sy onderwyl sy Fleur aan die staljong afgee, "hoe het jy geweet ek is by die bergpoel?"

Hy kyk haar vlugtig aan, gly grasieus uit die saal en hou die toom na Jafta toe uit.

251

"Dis baie eenvoudig. Ek het jou daarheen gevolg," antwoord hy bedaard. "Ek was op pad huis toe om myself te oortuig dat jy nog steeds soos 'n soet en gehoorsame dogter tuis by my moeder is. Maar ek vrees jy kan nooit 'n soet en gehoorsame dogter wees nie, al wil jy ook."

"Jy maak 'n fout," sê sy en sy lag hom hartlik uit. Saam begin hulle in die rigting van die huis stap. "Ek kan nogal verbasend soet en gehoorsaam wees as ek wil. Maar ek wil nie. Ek dink sulke dogters is pynlik oninteressant, en hulle lewens ook."

'n Geluksalige glimlaggie plooi om haar rooi, aanloklike lippe. "Ek kan jou nie sê hoe ek uitsien na die trekkery wat voorlê nie. Ek leef net vir die avontuur wat dit gaan meebring."

'n Lang ruk betrag hy haar met 'n gesteurde frons op sy voorkop, en vir die jongmeisie wil dit al voorkom of hy diep ontevrede is. Sy stem is egter vreemd bedaard toe hy weer begin praat.

"Ek het nie geweet julle is ook van plan om te trek nie. Trouens, dis die eerste woord wat ek nou daarvan hoor! En jy sê jy gaan saam, kleinding?" Dis die eerste maal dat hy haar enigiets anders as "juffrou" noem.

"Maar natuurlik, hoe dan anders?" sê sy, en sy kyk hom met guitige oë aan. "Ek moet gaan waar Pappa gaan —"

"Dis absoluut ongehoord," val hy haar met groot erns in die rede. "Jou vader behoort jou in geen omstandighede aan soveel gevaar bloot te stel nie. Ek sal hom beslis hieroor moet spreek."

"Jy gaan slegs jou asem mors, Meneer," waarsku sy hom laggend. "Tant Rynette, oom Marcel, Jean en Louis het hom alreeds hieroor gespreek . . ."

"Jean en Louis?"

Hy kyk haar met opgetrekte wenkbroue aan wat 'n duidelike vraagteken vorm.

"Ja, Jean en Louis," antwoord sy met 'n honderd lagduiweltjies in haar oë. "Hulle is almal baie bekommerd oor my veiligheid. Maar wat julle almal skynbaar uit die oog verloor, is dat ek self graag aan die trek wil meedoen en dit vir niks op aarde sal wil mis nie!"

Slegs 'n breukdeel van 'n sekonde kyk die jong graaf diep in haar sagte, blou oë; dan sê hy sag, half binnensmonds: "Dis vir my lankal duidelik dat jou vader nie opgewasse is teen jou koppigheid nie."

Voordat Suzette hom hartlik kan uitlag, neem hy haar arm en lei haar na die stoep toe waar sy moeder hulle met 'n stralende glimlag verwelkom en warm, stomende koffie aanbied. Toe sy die bekommerde trek op haar seun se gelaat merk, sê sy wyslik niks. Sy weet al uit ondervinding dat hy die saak op sy eie tyd met haar sal bespreek.

7

Lise was ook nie verkeerd nie. 'n Uur ná hulle die volgende môre van Voltaire vertrek het, haal Marco met 'n bekommerde stem op van André se plan om mee te doen aan die trek.

"Ek erken, dit is 'n ongelukkige toedrag van sake," laat sy moeder sag hoor. "Maar as André graag wil trek, kan ons daar niks aan doen nie, Marco. Voltaire sal darem altyd daar wees om hulle terug te ontvang. Ek verstaan Amos en Leentjie bly agter om na die huis, die boord en die vee te kyk wat agtergelaat word –"

"Ek weet, maar u begryp nie," val hy haar ongeduldig in die rede. "Voltaire sal natuurlik altyd daar wees. Maar wat is die nut van 'n Voltaire sonder 'n heer en meester, en sonder Suzette? Besef u hoe 'n gevaarlike onderneming so 'n trek werklik is? Nee, Moeder, ek glo u besef dit nie. In elk geval, ek het gisteraand tot vervelens toe, en tot my spyt, vrugteloos met oom

253

André geredeneer oor al die gevare wat hul pad gaan kruis, want dis vir my net ondenkbaar dat hy sy dogter aan so iets kan blootstel. Verbrands, as die man nie vir sy eie veiligheid omgee nie, moet hy immers aan Suzette dink, of is 'n vader nie meer verantwoordelik vir sy dogter se veiligheid nie?"

Lise kyk hom agterdogtig aan.

"'n Vader is wel deeglik verantwoordelik vir die veiligheid van sy familie," sê sy met 'n voldane glimlaggie wat haar oë soos kosbare smaragde laat skitter. Dat Marco intens bekommerd voel oor Suzette se veiligheid is vir die skerpsinnige moeder beslis 'n bemoedigende teken. Sover sy kan onthou, het hy nog nooit kommer geveins jeens enigeen behalwe haar, sy moeder, nie.

"In elk geval," gaan sy onverstoord voort, en sy leun gemaklik terug in haar sitplek, "ek sal Suzette nooi om ons met 'n besoek te vereer voor hulle vertrek na die noorde. Moontlik kan jy haar nog oorhaal om liewer by ons te bly, in plaas van aan die trek mee te doen!"

'n Skewe glimlaggie verjaag meteens die stroewe trek op Marco se bekommerde gelaat.

"Dis eerlikwaar besonder bedagsaam en intelligent van u om aan so iets te dink, Moeder." Hy klink verlig en gee haar hand 'n intieme drukkie. "Slegs 'n moeder kan aan iets so oorspronkliks dink. Ek sal my bes probeer om haar tot ander insigte te beweeg. Maar ek waarsku u vroegtydig dat Suzette 'n wil van haar eie besit en haar deur niks of niemand laat voorskryf nie." Sy gesig raak weer bewolk. "Ek vrees oom André het sy vaderlike tug skandelik versaak toe sy dit as kind nodig gehad het. Maar daardie puntjie sal ons liewer nie nou bespreek nie. Ek is vas oortuig daarvan dat die regte man nog die dame van haar sal maak wat sy sou gewees het as oom André net sy voet vroegtydig dwars gesit het."

Die ou dame begin saggies lag, draai haar gesig na die jongman en kyk hom ondeund aan.

"Wel, jy kan sê wat jy wil, my seun, maar daar is nie een dame in die hele Kaap wat by ons klein Suzette kan kers vashou wat durf, moed en skoonheid betref nie. Weet jy dat sy my twee dae na ons aankoms op Voltaire sommer trompop verwittig het dat sy weet wat die doel van ons besoek is, en dat sy om die dood nie met jou sal trou nie, al is jy ook die laaste man op aarde?"

Hulle begin albei hartlik lag.

"O, dis tipies Suzette, Moeder," laat Marco nog steeds vol lag hoor. "So iets kan 'n mens net van haar verwag. Ek verstout my om te sê sy is 'n rare skepseltjie."

"Ek weet, maar dis nog nie al nie," hervat die ou dame met 'n subtiele lig in haar oë. "Sy sê jy is verwaand, vermetel, gevoelloos en ek weet nie wat nog alles nie, en dat sy om die dood nie met so 'n kortgebakte mansmens opgeskeep sal sit nie. Glo my, daar is slegs een ding wat jy meesterlik in haar oë kan doen, en dis om met die rapier te veg. Maar ek vrees jou vaardigheid met die rapier gaan jou nie aan 'n vrou help nie, my seun. Dus, wat Suzette betref, is jy nou skoon van die baan af en sal jy maar elders vir jou 'n vrou moet soek." Sy begin gemaak ongeërg lag. "Ja, ek vrees dit sal nou maar óf Hilde óf Elaine óf Grete moet wees."

"Maar, Moeder –" begin Marco gesteurd.

Sy moeder lê hom egter dadelik die swye op deur slinks en kamma ernstig te sê: "Ek begryp, dis Hilde se irriterende lag en Elaine se verfoeilike viool. Maar wat van Grete? Sy lyk vir my nogal 'n besonder stil en ingetoë dametjie."

"Ek vrees té stil en ingetoë," werp hy met 'n ergerlike frons teë. "Wat sy kort, is beslis 'n bietjie van Suzette se durf, moed en uitgesprokenheid. Sulke pynlike ingetoënheid sal my hartlik verveel. Bowendien, dis hoegenaamd nie 'n eienskap wat ek graag in my erfgenaam sal wil sien nie. Nee, hy moet durf en moed besit, 'n vegter in murg en been wees."

"Soos Suzette?"

Hy kyk sy moeder aan en glimlag stil.

"Ja, soos Suzette, Moeder . . . die voortvarende, impulsiewe skepseltjie. As my erfgenaam al haar eienskappe het, sal hy inderdaad perfek wees. Ja, hy sal 'n knaap wees waarop enige vader met reg trots sal kan wees." Hy gooi sy kop agteroor en begin hartlik lag. "Maar kan u u Suzette voorstel as vrou en moeder? Ek vrees ek sal haar eers soos 'n jong perd moet tem en afrig."

"Totdat sy net so stil en ingetoë soos Grete is?"

"O wêreld, nee!" maak hy laggend beswaar. "Dan sal sy nie meer Suzette die klein snip wees nie, en ek vrees net so oninteressant soos al die ander dames hier in die Kaap." Hy staar 'n oomblik lank diep peinsend deur die venstertjie van die koets, en draai hom dan weer na sy moeder. "Ek het flussies gesê Suzette sal getem en afgerig moet word, maar ek vrees dis juis daardie eienskappe wat haar so anders maak."

Lise sug, soos altyd wanneer sy bedruk voel, en verklaar kamma ewe bedruk: "Ja, dis nou werklik jammer dat Suzette so vasberade is om nie met jou te wil trou nie, my seun." Sy haal haar deftig geklede skouers half verontskuldigend op. "Ek sal haar maar aan Emile de la Rouge bekend stel. Moontlik hou sy genoeg van die sjarmante jong heer om haar aan hom te verbind en sal dit tog nie nodig wees dat sy André op die trek te vergesel nie."

Uit die hoek van haar oog merk sy die donker, gesteurde frons wat eensklaps weer op Marco se voorkop verskyn, en sy kan nie help om innerlik te glimlag van genoegdoening nie. Sy weet haar woorde was goed gemik en het sonder twyfel hul doelwit getref.

Ja, sy het bedoel om Marco 'n bietjie wakker te skud, hom te laat besef dat daar ander jong kavaliers ook is wat Suzette onweerstaanbaar sal vind en nie op hulle sal laat wag nie. Soos sy hom ken, kan sy raai dat hy nog geen noemenswaardige poging aangewend het om Suzette se toegeneentheid te wen nie.

Dis waar, dink sy, 'n man is 'n man, maar 'n moeder weet presies waar sy sake net so 'n klein stootjie moet gee om haar

256

seun gelukkig te maak. En as Suzette eers saam met haar vader en die trekkers vertrek het, sal sy vir ons albei vir ewig verlore wees. Dus bly daar slegs een uitweg oop: Marco sal haar hart moet wen voor dit te laat is!

Die res van die rit rep Lise nie weer 'n enkele woord oor Suzette nie. Sy het reeds besluit dat sy Suzette die einde van die maand gaan nooi om hulle vir twee weke te besoek.

Ná die besoekers se vertrek het die lewe op Voltaire vir Suzette maar weer sy gewone gang gegaan. Die eerste ruk het sy Lise geweldig baie gemis, want tydens haar verblyf op Voltaire het dit vir die jongmeisie byna weer gevoel soos die dae toe haar eie moeder nog geleef het.

Lise de la Roche was ook net vier weke terug op Bordeaux, toe Suzette die uitnodiging na Bordeaux ontvang het. En hier waar sy nou in haar vader se koets sit, onderweg na Bordeaux, voel sy byna opgewonde oor die twee weke se besoek wat voor-lê. Sy dink aan die moederlike Lise met haar sagte, liefdevolle gelaatstrekke, aan die dierbare Rynette en Marcel, en aan die altyd opgewekte en terglustige Jean en Louis, almal dierbares wat sy weer sal sien. Sy raak bewus van 'n warm gevoel om haar hart.

Dis byna halftwaalf toe die koets deur die groot hekke van Bordeaux rol en 'n oomblik later voor die indrukwekkende woning stilhou.

Sy trek die gordyntjies op 'n skrefie weg, loer tersluiks deur die venstertjie en merk dat Lise, asook Marco en 'n ander dame haar koms op die breë stoep staan en afwag. Toe gaan die koets se deurtjie oop en met heimlike verbasing merk sy dat dit Marco is wat 'n helpende hand na haar uitreik.

"Welkom!" hoor sy hom laggend uitroep. "Laat my toe om jou uit die koets te help."

Sy wil hom eers vra of hy miskien dink sy is hulpeloos dat sy nie self uit die koets kan klim nie. Maar dan val dit haar skielik weer by dat sy nou in die Kaap is en meer aandag aan etiket sal moet wy. Sy glimlag dus slegs vriendelik, plaas haar klein, son-gebrande handjie in syne, lig haar swierige tabberd met die een hand op en laat hom toe om haar uit die koets te help.

Toe sy eindelik langs hom op die grond staan, buig hy laag en sjarmant oor haar hand wat hy nog steeds in syne hou en druk hy dit dan ewe sjarmant aan sy lippe.

"Dag, kleinding," groet hy haar met daardie spesiale glimlag-gie wat hy gewoonlik net vir sy moeder gebruik. "Veroorloof my om jou welkom te heet op Bordeaux en jou te verseker dat jy op die oomblik die mooiste en sjarmantste dame in die hele Kaap is."

Suzette groet hom op ewe paslike wyse terug, en voordat sy weet wat aan die gang is, het hy reeds sy arm vertroulik om haar smal middeltjie geplaas en met 'n opgeruimde: "Kom, my moeder en Anna kan nie meer wag om jou ook te groet nie," lei hy haar versigtig na die daklose stoep waar Lise en haar ge-selskapsdame haar met stralende gesigte inwag.

Soos 'n liefdevolle moeder trek Lise Suzette nader, druk sy haar 'n oomblik lank teen haar bors vas en soen sy haar dan sag-gies op 'n sagte, rosige wang.

"Ek is so bly dat jy eindelik gearriveer het, my kind," laat sy met 'n warmte van gevoel hoor. Sy laat Suzette vry uit haar om-helsing en vervolg sag: "Ontmoet Anna, my geselskapsdame."

Suzette groet Anna met 'n vriendelike opmerking.

Dan hoor sy Marco meteens spottend agter haar vra: "Het jy al ooit in jou lewe iets so ouliks en pikants gesien, Anna? Nee, ek is seker jy het nog nie," antwoord hy sy eie vraag, en hy begin dan saggies lag. "Maar wees versigtig vir haar, Anna. Sy is 'n kat-jie met buitengewone skerp naeltjies. En as sy eers daardie skerp kloutjies in jou geslaan het . . . Nou ja, jy weet wat ek bedoel. Moenie op die juffrou se fyn toontjies trap nie."

Met 'n vinnige swaai draai Suzette haar na die spreker. Maar voor sy hom skerp kan antwoord, is hy al weer aan die woord.

Kyk hoe ongeduldig wag Peet al daar langs die koets om jou ook te groet," laat hy met 'n ondeunde laggie hoor. "Jy kan hom gerus eers groet voor ons binnetoe gaan. Hy het nog nie vergeet met hoeveel sorg en toewyding jy sy skouer verpleeg het nie." Hy raak meteens ernstig. "Jy weet dit miskien nog nie, Juffrou, maar jy het in hom 'n vriend wat jou soos 'n waghond sal volg en beskerm."

Hy bied haar sy arm aan en toe sy weer eens huiwer om dit te neem, kyk hy haar geamuseerd aan en begin hartlik lag.

"So, dan verseg jy nog steeds om die strydbyl teen my neer te lê." Hy druk 'n fyngeborduurde sakdoek fyntjies teen sy lippe om die volgende lagbui te verberg. "Jy kan gerus maar my arm neem," sê hy met fyn spot. "Ek eet beslis nie . . ."

" . . . rissies nie," voltooi sy die sin met 'n onheilspellende vonkeling in haar saffierblou oë.

Maar hy help haar dadelik reg met: "Nie rissies nie. Ek wou sê, mooi nooiens. Dus kan jy my arm met veiligheid neem." Weer bied hy haar sy arm aan, hierdie keer met meer sukses.

Daar is 'n diep, intense lig van genoegdoening in Lise se oë toe sy die twee jongmense met 'n geheimsinnige glimlaggie agterna staar. En toe hulle eindelik buite hoorafstand is, draai sy na Anna wat self met drome in haar oë na die gesellige paartjie staar.

"Wat dink jy van my keuse vir 'n skoondogter?" wil sy opgewonde weet.

"Perfek, my liewe madame," antwoord Anna met ontsag terwyl haar oë nog steeds op die blonde meisie rus. "Daardie hare wat soos ou goud blink, en saffierblou oë wat soos kosbare juwele vonkel wanneer sy haar vererg, is net die regte medisyne om ons geëerde graaf se hart te laat smelt." Sy begin saggies te lag en draai haar blik na die ouer vrou. "As daar een jong dame is wat ooit daarin sal slaag om Marco om haar vinger te draai, is dit gewis Suzette. Sy gee my al die indruk dat sy nie 'n oomblik sal aarsel om hom 'n klap te gee indien hy, volgens haar berekening, dit verdien nie."

"Jy het haar volkome reg opgesom, Anna," sê Lise laggend. "Sy is beslis die enigste wat Marco op sy plek sal kan sit en hom daar sal kan hou. Maar wag, ek moet na binne gaan. Die arme kind is seker dood van die dors. Sorg jy asseblief dat haar bagasie na haar kamer geneem word, en kyk dat alles daar in orde is . . . Het jy blomme in die kamer gesit?"

Anna antwoord bevestigend.

"Nou ja, kyk dat Sofie haar koffers uitpak en haar tabberds netjies uitstryk. Daarna kan jy 'n oog oor die voorbereidings vir vanaand se dinee hou."

Na hierdie stroom bevele haar Lise haar onverwyld na die weelderige ontvangskamer waar sy opgewonde op Suzette en Marco wag.

Op hierdie oomblik het Lise alle rede om opgewonde te voel, want dit lyk werklik of Marco nou eindelik besluit het om Suzette se toegeneentheid te probeer wen. Sy sien weer hoe sag en vertroulik hy sy arm om haar smal middeltjie plaas met haar aankoms, en hoe versigtig hy haar na die stoep toe lei. Dan lê sy haar hand met 'n voldane sug op haar hart, en 'n geluksalige glimlaggie sprei oor haar mooi gelaat.

Suzette en Marco het ook pas by haar in die ontvangskamer aangesluit, toe 'n netjiese geklede lakei die vertrek binnekom met die teegerei op 'n swaar silwerskinkbord. Hy plaas dit op 'n lae tafeltjie voor Lise, wat dit in ontvangs neem en fyntjies drie koppies tee inskink.

Marco kom galant soos altyd orent, neem 'n koppie tee en bied dit vir Suzette met 'n sjarmante buiging aan. Daarna bedien hy homself en neem hy sonder meer langs haar op die oulike klein rusbankie plaas.

Hierdie gebaar van hom aanskou Lise met innerlike welgevalle. Hoe imponerend lyk hulle nie, dink sy gelukkig. Hy so lank en donker, en sy so klein en blond. Inderdaad 'n mooi kombinasie. Ag, as die ontslape Jacqueline hulle tog net so vertroulik bymekaar kon sien.

In 'n gesellige luim geniet hulle tee. Daarna is dit tyd vir middagete, en toe hulle later van die tafel af opstaan, bied die jong graaf aan om Suzette sy uitgestrekte landgoed te gaan wys.

"Maar ek vrees jy sal met 'n sysaal moet ry," voeg hy vriendelik daaraan toe. "Jy weet dit miskien nie, maar ek hou absoluut niks van die manier waarop jy perdry nie. Dis inderdaad onbetaamlik vir 'n dame om soos 'n man te ry . . ."

"In daardie geval ry ons glad nie," antwoord sy met 'n fyn glimlaggie, wat hom vinnig en skerp na haar laat kyk. "Ek verkies veel eerder om te stap as om met 'n sysaal te ry." Sy kyk hom aan en toe sy die verbaasde blik in sy oë merk, verstar sy glimlaggie om haar lippe terstond. "Ek het nog nooit in my lewe met 'n sysaal gery nie, Graaf," verseker sy hom ernstig. "Regtig, ek sal my morsdood val!"

"Dan is dit hoog tyd dat jy leer om met 'n sysaal te ry," is al wat hy sê.

Maar as hy gedink het dat Suzette daarmee genoeë sou neem, het hy hom deeglik misgis, want sy antwoord byna dadelik: "As jy wil hê ek moet saam met jou ry, sal dit op mý manier moet geskied."

Hy gee een tree nader aan haar, meet haar 'n oomblik lank met 'n gesteurde blik – tot groot vermaak van Lise en Anna – en sê dan met 'n vasberade stem. "Ek verseg beslis dat jy so onbehoorlik op my landgoed rondry, Juffrou! En onthou, op Bordeaux is ek die baas."

'n Oomblik lank smeul haar oë onheilspellend in syne en merk sy die vasberade trek om sy ferm mond.

"In daardie geval kan jy dan maar alleen gaan ry, Meneer," verklaar sy sag, nou self met 'n hoë kleur wat haar groeiende ergernis verraai. Sy ruk haar hoof trots orent, kyk hom uit die hoogte aan en hervat koelweg: "En wat jou baasskap van Bordeaux betref, wil ek jou net sê dit beïndruk my hoegenaamd nie. Ek is ook nie bereid om bevele van jou of enigeen te ontvang nie." Sy merk hoe sy gelaat verbleek van ingehoue ergernis. Maar daaraan steur sy haar min, en sy gaan voort: "En wat meer is, as ek graag wil perdry, sal ek dit op jou buurplaas, Rouen, gaan doen saam met Jean en Louis."

Sy wil omdraai en by die deur uitstap, maar Marco tree onverhoeds voor haar in en versper haar weg met sy lang, breedgeskouerde gestalte.

"Nie so haastig nie, Juffrou," hoor sy hom bedaard sê. Maar toe sy opkyk, merk sy dat sy oë soos twee vlymskerp swaardpunte op haar rus. "Onthou asseblief dat jy vir die volgende twee weke my gas is, en slegs sal gaan waarheen ek dit goed vind om jou te neem. Vergeet dus van enige ritjies saam met jou twee bewonderaars, Jean en Louis –"

"Graaf," val sy hom skerp in die rede, en sy verstil byna van woede, "ek het jou flussies gesê dat ek gaan waar ek wil en ek sal maak wat ek wil. En nie 'n honderd van jou soort sal my belet as ek die De Baise-familie op Rouen wil besoek nie."

"Jy sal die De Baise-familie slegs besoek wanneer ek jou daarheen vergesel," laat hy nog steeds met onversteurbare kalmte hoor.

"Gee asseblief pad, ek wil verbykom, Meneer," gebied sy met vlammende oë. Sy wil aan die ander kant by hom verbydruk, maar hy merk dit en versper weer eens haar weg. Met magtelose woede staar sy hom aan. Sy voel lus om sy rapier uit sy skede te gryp en hom daarmee te deurboor, maar sy weet dat sy dit nie sal regkry nie. Hy sal nie stilstaan dat sy hom met sy eie rapier deurboor nie.

"Mag ek vra waarheen jy wil gaan, Juffrou?" verneem hy met 'n oorwinnaarsglimlaggie om sy lippe. Haar vurigheid amuseer hom geweldig.

"Dit het niks met jou te doen nie," snou sy hom nukkerig toe. "Ek wens ek het jou nooit in my lewe ontmoet nie ... O, ek haat jou!"

"Wel, ten minste iets," sê hy, en hy lag haar nou hartlik uit. "En verskoon my dat ek dit sê, Juffrou, maar dit is altyd 'n goeie teken as iemand jou haat. Jy weet dit miskien nie, maar haat is oneindig nou verbind aan liefde. Maar wat ek eintlik wou sê: ek is darem nie heeltemal so sleg soos wat jy dink nie. En wat hierdie ou rusietjie betref ... nou ja, ek sal jou dit maar vergewe. Dis immers nie jou skuld dat jy so 'n klein vuurvreter is nie. Maar kom, ek wil jou iets moois gaan wys."

Suzette wil hom nog vertel dat sy nie daardie iets moois wil sien nie en dat hy hom liewer in die see moet gaan verdrink. Maar Marco is alreeds besig om haar aan haar arm na buite te lei en voor sy 'n woord van protes kan uitkry, staan hulle voor die hondehok en lê hy 'n fraai klein hondjie van 'n maand oud in haar arms. Die volgende oomblik staar sy vas in die diertjie se twee lewendige swart ogies.

"O, Graaf!" roep sy in ekstase uit, haar toorn van flussies totaal vergeet. Sy druk die wollerige bondeltjie liefkosend teen haar wang vas en vervolg met vrolike, laggende oë: "Maar is die ou dingetjie nie te fraai vir woorde nie!"

"Dis joune, kleinding." Hy glimlag stilweg. "Maar ek vrees hy het nog nie 'n naam nie. Jy sal hom maar self moet doop."

'n Breukdeel van 'n sekonde lank kyk haar oë in syne. Dan sprei 'n warm glimlaggie oor haar hele gelaat.

"Ek weet eerlikwaar nie hoe om jou te bedank nie," sê sy met 'n warm gevoel. "Dis die mooiste geskenk wat ek nog ooit ontvang het, en ek is jou baie, baie dankbaar. Maar kom, laat ek eers vir tant Lise gaan wys."

Soos twee vriende wat nog nooit in hulle lewe rusie gemaak het nie, gaan hulle Lise se weelderige kamer die ene glimlaggies en vriendelikheid binne.

Met die eerste oogopslag merk Lise die stralende uitdrukking op Suzette se opgewonde gesiggie, en oombliklik weet sy dat flussies se rusie al weer iets van die verlede is.

Soos die impulsiewe skepseltjie wat sy maar altyd is, storm sy op die ouer vrou af en plak sy haar netjies aan die ouer vrou se voete op die lae voetstoeltjie neer.

"Tant Lise," sê sy opgewonde, en sy hou die hondjie in die lug vir Lise om te sien, "kyk wat het Marco vir my gegee! Is hy nie te mooi vir woorde nie!" En weer word die bondeltjie wol liefderik teen haar nek en wang gedruk. "Hy is so sag en wol-lerig, ek dink ek sal hom Wollie noem."

Lise heg haar goedkeuring aan die naam; dan bespreek hulle al die goeie hoedanighede van Wollie se voorsate, totdat die gesprek die jong graaf begin verveel.

"Wel, as julle Wollie se voorsate nou klaar bespreek het, kan ons seker ter afwisseling 'n entjie gaan ry," kom dit van Marco, wat hom intussen op die punt van sy moeder se skryftafel tuis-gemaak het.

'n Oomblikkie lank streel sy swygend met haar hand oor Wollie se satyngladde oortjies, dan draai sy haar blik stadig na die spreker.

"Ek het jou alreeds vroeër gesê dat ek nog nooit in my lewe op 'n sysaal gery het nie, Meneer," maak sy weer eens beswaar. 'n Glimlaggie plooi om haar mond. "Wil jy my graag dood hê?"

"Nee, nie dood nie, kleinding," glimlag hy ondeund. "Ek wil jou lewend hê. Maar kom, jy het regtig niks te vrees nie." Hy kom orent, strek sy hand na haar uit en trek haar liggies van die voetstoeltjie af op. "Ek wil jou baie graag leer om op 'n sysaal te ry," gaan hy voort, "want dis vir my 'n pyniging om jou voort-durend soos 'n man te sien ry ... Maar kom, laat ons Wollie eers na sy hok toe neem. Ek vermoed hy verlang al na sy ma."

Hy los haar hand, tree voor haar uit, en met 'n sjarmante buiging hou hy die deur vir haar oop. Dan loop hulle met die trap af wat van hoek tot kant met 'n dik, rooi mat bedek is.

"Basai!" roep hy een van die werkers nader wat nog steeds opruimingswerk in die eetkamer doen. "Gaan sê die staljong moet Satan en Monsieur vir my opsaal. Die sysaal vir Monsieur."

Ná Wollie se ma hom met dankbare knorgeluidjies terug ontvang het, stap Suzette en Marco tydsaam geselsend in die rigting van die stalle waar twee staljongens besig is om die perde op te saal.

Toe Suzette se oog op die sysaal val wat vir haar so heel vreemd is, kan sy 'n gedempte laggie met die beste wil ter wêreld nie onderdruk nie.

"Waarom lag jy?" wil Marco weet. Sy blik volg hare na Monsieur wat al byna klaar opgesaal is. "Lag jy vir die sysaal?" wil hy weer weet, en hy kyk haar geamuseerd aan.

Suzette knik en bars dan hardop uit van die lag.

"Weet jy, ek sal presies soos 'n skaap voel op daardie dwars affère," kry sy dit eindelik uit, en sy begin dan weer onbedaarlik lag. "Ai, dat ek hierdie dag moet beleef," sê sy weer en vee die trane uit haar oë. "Ek wed jou Jafta lag hom dood as hy my so skuins soos 'n krap op Fleur se rug moet sien sit. Dink jy nie self ek sal soos 'n uil op 'n kluit lyk nie?"

"Nee, beslis nie. Jy sal meer soos 'n deftige dame lyk," verseker hy haar met 'n stil glimlaggie, maar innerlik voel hy self lus om hartlik aan die lag te gaan. Dis waar, haar lag is inderdaad aansteeklik, dink hy. Maar hy gaan hardop voort: "Laat my toe om jou in die saal te help."

Suzette laat hom gedwee toe om haar in die saal te help, want sy is self nie seker hoe sy alleen daar bo gaan kom nie. So 'n dwarsryery is vir haar absoluut vreemd.

Met sy hande ferm om haar slanke middel lig hy haar soos 'n veertjie op en plaas haar versigtig in die saal. Daarna skuif hy haar voet sorgvuldig in die stiebeuel en ná hy hom vergewis het

265

dat sy volkome gemaklik sit, bestyg hy Satan, die groot, swart hings wat al ongeduldig rondtrap. Weldra ry hulle op 'n stadige pas oor die werf.

Aanvanklik het Suzette net so onseker gevoel in hierdie vreemde saal soos 'n baba wat sy eerste waggelende treetjie waag. Maar namate hulle vorder, begin sy al hoe meer selfvertroue kry, totdat hulle later op 'n stywe galop oor die veld in die rigting van die strand jaag. En toe hulle twee uur later weer oor die werf ry en voor die stalle stilhou, is sowel Suzette as Marco baie in hul skik met die goeie vordering wat sy reeds gemaak het.

8

Suzette is reeds geklee in 'n deftige roomkleurige tabberd van die fynste brokaat. Op die bed lê 'n paar swierige blou moffies en 'n modieuse blou hoed wat sy op aandrang van Lise gekoop het, maar wat vir haar meer na 'n blomtuin lyk as 'n hoed. Toe sy na die deftige hoed in die Paryse mode kyk, kan sy haar lag nie bedwing nie.

Sy tel die hoed op, gaan voor die spieël met sy vergulde raam staan en plaas dit versigtig op haar kop. 'n Spotlaggie speel om haar mond. Sy knipoog ondeund vir haar spieëlbeeld, buig sjarmant en sê prettig: "Dag, juffrou le Sueur! Jy lyk vir my maar koddig!"

Sy wil net heerlik uitbars van die lag, maar dan kom Sofie, haar kamerhulp, die vertrek binne, en so sedig soos 'n engeltjie begin sy die moffies met groot versigtigheid oor haar bruin handjies trek.

"Is die graaf al gereed?" wil sy van Sofie weet.

Pas na ontbyt het Marco aangebied om haar vir 'n rit deur die dorp te neem, sodat sy darem weer 'n slag kan sien hoe die Kaap daar uitsien wanneer daar 'n paar vragskepe in die baai lê.

"Hy wag vir Juffrou in die ontvangskamer," antwoord Sofie. Haar oë gly vol bewondering oor Suzette se aanloklike beeld. Sy slaan haar hande in ekstase saam en roep geesdriftig uit: "O, maar Juffrou lyk vandag weer net so mooi soos daardie poppie in die madame se kamer."

'n Sagte laggie ontglip Suzette se lippe.

"Dankie, Sofie," sê sy waarderend. "Daardie poppie is baie mooi, maar ek is nogtans bly ek is nie daardie Dresden-poppie nie. Maar wag, as die graaf al vir my wag, sal ek seker nou moet gaan."

Sonder om eens 'n laaste blik in die spieël te werp, haas Suzette haar na die ontvangskamer waar Marco saam met sy moeder op haar wag.

Sy tree die weelderige ontvangskamer binne met sy massiewe kroonlugter, behang met honderde blakertjies van die fynste kristal, kosbare vase van geslypte glas, mure bedek met skilderye van die trotse voorsate van die Da la Roche-familie en weelderige banke, stoele en tafels met kunstig gedraaide pote. Hoflik soos gewoonlik kom Marco orent, en hy loop haar tegemoet. 'n Tree voor haar bly hy staan en betrag hy haar van kop tot tone met 'n warm glimlaggie. Dan buig hy sjarmant, glimlag en sê verras: "Genugtig, maar jy lyk fraai!"

Sy glimlag en antwoord ewe ondeund: "Ek verseker jou ek voel alles behalwe fraai. Hierdie hoed laat my presies soos 'n wandelende blomtuin voel."

Lise se hartlike lag doof terstond Suzette se ondeunde stem uit, en ook om Marco se mond huiwer nou 'n glimlaggie van vermaak.

"Jy is inderdaad 'n onmoontlike skepseltjie," laat hy nou ietwat bestraffend hoor. "Maar ek voorspel dat die Kapenaars aangenaam verras gaan wees met jou voorkoms. Jy lyk uiters sjarmant met daardie deftige hoed. Ek hoop net ons loop nie dalk van jou talle bewonderaars in die dorp raak nie, want ek gaan dit

267

geensins duld dat 'n string kavaliers agter ons aan tou nie . . ."

"Kom, Graaf, staak nou dadelik jou geklets oor kavaliers en bewonderaars," terg sy hom koketterig. "Ek is haastig om die gepeupel in die Heerengracht en by die hawe te sien. Ek het lanklaas so 'n bonte mengelmoes bymekaar gesien."

"Gaan, my seun, en wys Suzette al die prag en praal van ons liewe ou Kaap. Moontlik besluit sy dan om by ons te bly, in plaas van André op die trek te vergesel," spoor Lise hom met 'n vrolike laggie aan.

Hulle groet haar in 'n opgewekte luim. Toe bied Marco haar sy arm aan en lei haar galant na die swierige, vergulde koets wat voor die deur op hulle wag, met die De la Roche-wapen wat in goud op die deure pryk, en help hy haar ewe galant in.

Soos gewoonlik wanneer die skepe in die baai lê, is daar vandag weer 'n opgewonde gedrang en 'n wemelende mensemassa in die strate en by die hawe. Swierige koetse van die hoëlui vleg tussen die waens en perderuiters deur wat almal onderweg is na die hawe, waar 'n Franse skip die blougroen waters van die baai binneseil.

Voor die herberg, Die Kraaines, hou die koetsier 'n halfuur later stil soos Marco se opdrag was. 'n Lakei in volle levrei spring haastig af waar hy voor langs die koetsier gesit het, en kom maak die koetsdeur oop.

Marco klim eerste uit; dan neem hy Suzette se arm en help haar versigtig uit. Hy is uiterlik kalm, maar in sy binneste word daar meteens hewige emosies ontketen toe 'n sonstreep skuins deur die koetsier val en Suzette se lang lokke soos goue drade laat leef.

'n Oomblik lank is sy blik vasgevang deur die weelde van haar hare. Dan dwaal sy blik na haar roomkleurige brokaatrok wat wyd om haar uitklok, en na die dunste middeltjie wat hy nog gesien het. Maar dan keer sy blik weer terug na haar fluweelagtige hals, guitige, vol rooi lippe, en hy voel hoe die bloed warm in sy slape begin pols. Vir die eerste keer nadat hy sy verlowing meer as 'n jaar gelede met Yvette verbreek het, staan hy weer magteloos voor die bekoring van 'n vrou wat die bloed vinnig deur sy are laat pols, sy hart aangryp en hom laat swig voor die liefde.

As Suzette eindelik langs hom op die grond staan, glimlag hy haar warm toe. Hy buig baie laag voor haar en bied haar sy arm aan.

"Koningin van my hart," sê hy laggend, "laat my toe om jou aan die hele Kaap te toon sodat almal kan weet die mooiste lelie behoort vandag aan my."

Sy trek haar rok reg en kyk hom koketterig aan.

"Toe maar, my vriend," korswil sy heerlik met hom, en neem sy arm, "gelukkig ken ons almal jou reputasie, dus sal ek jou nie te ernstig bejeën nie."

Hy betrag haar 'n oomblik lank met 'n onpeilbare blik, en vir Suzette lyk dit kompleet of hy haar gaan bestraf. Maar dan hoor sy hom met sy gewone, sagte stem sê: "Jy kan gerus maar van my reputasie vergeet. Dis iets van die verlede, iets waaraan ek nie vandag herinner wil wees nie."

Met die ou hooghartigheid en trotsheid wat uit elke bewe-ging en gebaar van hom straal, kuier die jong graaf, met Suzette aan sy sy, tydsaam met die Heerengracht af. Elke bekende word met 'n trotse knik gegroet asof hy vandag geselskap met enigeen vermy. Hy is bewus van die talle oë wat op sy beeldskone gesel-lin rus, van die opgewonde fluisteringe en enkele uitroepe van bewondering. Dan voel hy hoe 'n besitlike trots in hom opwel omdat hierdie goue godin sy gesellin is.

Hulle stap voor die Kasteel verby en loop hulle byna vas in die goewerneur, wat blykbaar vir 'n wandeling gegaan het. Hy merk hulle en steek dadelik vas.

"Suzette!" roep die goewerneur verras uit, buig laag en groet beide haar en Marco met vriendelike gevatheid. Sy oë streel oor die nooientjie se aanloklike persoontjie; dan vervolg hy laggend: "Die graaf De la Roche is inderdaad 'n gelukkige man. Dis miskien maar goed dat almal sy rapier so vrees, anders sou hy nie nou die enigste kavalier aan jou sy gewees het nie, Juffrou. Ek weet van baie wat graag jou status na 'mevrou' sal wil verander."

Die goewerneur, asook Suzette merk hoe strak en stormagtig Marco se gesig meteens word. Hy is jaloers op haar, dink die goewerneur. En hy sou nie jaloers gewees het as hy haar nie diep bemin nie . . . Nou ja, dat die kieskeurige graaf ook nou eintlik verlief geraak het! Gelukkige man!

Maar dan hoor hy Marco plotseling met dodelike erns sê: "Die jong kavaliers sal hulle aandag maar elders moet skenk solank juffrou Le Sueur my gas is, meneer die goewerneur."

'n Sagte laggie ontglip die goewerneur se lippe, en met 'n vaderlike gebaar klop hy die jong Franse edelman op die skouer.

"Ek het altyd geweet juffrou Suzette is beeldskoon," sê hy glimlaggend, "maar dat sy so beeldskoon is, het ek nooit gedroom nie. Onthou net, indien u vandag dalk u rapier moet gebruik, doen dit asseblief sonder dat dit my ore bereik."

Met 'n betekenisvolle glimlaggie groet die goewerneur hulle, dan draai hy om en stap hy haastig in die rigting van die Kat.

Oor die goewerneur se woorde van flussies meld nie een 'n woord nie, en enkele minute later bereik hulle die hawe waar dit nou 'n bonte mengelmoes van kleure is.

Byna al wat 'n Franse inwoner van die Kaap is, is by die hawe om te sien of daar nie dalk 'n bekende op die skip is nie. Hulle stap nader aan die wagtende menigte. Toe val Suzette se oog eensklaps op haar tweelingneefs wat 'n tree of wat voor haar staan, en dis of sy terstond van die man langs haar vergeet.

"Jean! Louis!" roep sy opgewonde uit. Die volgende oomblik gooi sy 'n arm om elkeen se nek en groet sy hulle beurtelings met 'n hartlike kus. "O, julle twee dierbare ou goed," sê sy vrolik. "Is dit nie te wonderlik dat ek julle hier moet raakloop nie!" en weer gee sy elkeen 'n vlugtige piksoentjie op die mond. Toe verwyder sy eindelik haar arms van hulle nekke.

Jean en Louis is egter so verras om haar te sien dat nie een die dreigende gestalte en die stormagtige gesig van die jong graaf merk wat intussen langs Suzette kom staan nie.

Die spontane gebaar van Suzette om haar twee neefs so hartlik te omhels, laat die graaf se oë soos twee poele vuur gloei van bittere jaloesie. Sy lippe is styf op mekaar gepers en twee diep lyne groef langs sy mondhoeke in. Toe sis hy byna die enkele woord uit: "Suzette!"

Al drie kyk verbaas op na die man wat hulle met soveel openlike woede aanstaar, en 'n oomblik lank is al drie te van stryk af om iets te sê.

Maar eindelik kom Louis tot verhaal. Hy glimlag vriendelik en sê sag: "Dag, Graaf. Ek het nie geweet u ken hierdie lieflike, beeldskone klein plebejer nie." Hy begin saggies lag. "U moet maar versigtig loop vir haar."

Die graaf se hand flits na die goue handvatsel van sy rapier, terwyl sy oë Louis s'n deurboor.

"Wat bedoel jy, Meneer?" klap sy stem meteens deur die lug. "Wat skuil agter jou woorde?"

Met die snelheid van 'n weerligstraal gaan Louis se blik na die hand wat so dreigend op die goue handvatsel van die rapier rus. Maar hy maak asof hy nie die beweging raaksien nie en antwoord met 'n geamuseerde glimlaggie. "My liewe graaf, hierdie klein rabbedoe is nie verniet al twintig jaar my en Jean se niggie nie. Ons ken haar van haar geboorte-uur af. En die dae wat sy ons al gegee het . . ." Hy lag hartlik en vervolg. "Nie eens oom André en tant Jacqueline kon haar as kind van ons velle af hou nie. En glo my, sy is nie slegs 'n rabbedoe nie, maar ook 'n klein rissie. Terloops, ek wil nie eens hê die mense moet weet sy is my niggie nie!"

271

Die laaste sin sê hy met 'n tergende blik op Suzette, wat sy neus sonder enige seremonie 'n geniepsige draai gee.

"Toe," dreig sy gemaak verontwaardig, "sê nou weer een keer jy is skaam dat die mense moet weet ek is jou niggie!"

Met al hulle vrolike geskerts merk nie een van die twee die trek van verligting wat eensklaps oor die graaf se gelaat skuif by die aanhoor dat Suzette Jean en Louis se niggie is nie. Slegs Jean is bewus daarvan, en ook deur hom flits die gedagte dat die jong graaf verlief en jaloers is op Suzette, want dit wou hom flussies werklik voorkom of die man Louis met sy rapier te lyf wou gaan.

Dan hoor hulle die jong graaf meteens sê: "Ek sal graag wil weet waarom juffrou Suzette my nooit verwittig het dat u en die heer Jean haar neefs is nie."

Suzette kyk hom met 'n ondeunde glimlaggie aan. Sy merk die donker, bestraffende blik in sy oë wat deurdringend op haar rus. Maar daaraan steur sy haar min. Sy trek slegs haar fyn neusie op 'n komiese plooi en sê terglustig: "Jy het my nooit daarna gevra nie, my vriend. En toe jy sommer sonder enige rede tot die gevolgtrekking gekom het dat Jean en Louis twee van my bewonderaars is, het ek dit te prettig en vermaaklik gevind om jou reg te help." Sy begin saggies lag en kyk die edelman met guitige oë aan. "Maar jy is reg, Graaf," sê sy weer. "Hulle is beslis twee van my bewonderaars, want al is hulle skaam dat die mense moet weet ek is hulle niggie, het hulle my in hulle hart tog baie lief . . . Al het ek hulle as kind so baie ergernis besorg."

Al drie begin hartlik lag, en ook Marco kan nie anders as om saam te lag nie.

"Ek herhaal, jy is 'n onmoontlike entjie mens," sê hy sag. Nou rus sy blik beurtelings vurig en geamuseerd op die nooientjie wat ná meer as 'n jaar dit weer reggekry het om 'n onbeteuelde liefdesvuur in hom te ontketen.

Tot watter onsinnigheid, dink hy, kan hartstog en jaloesie 'n mens tog nie dryf nie. Ek was op die punt om Louis met my rapier uit te daag – en dit net om die besit van Suzette, wie se liefde ek moontlik nog nie eens gewen het nie!

"Ek dink ons kan maar gaan," sê hy later toe hy merk dat daar geen bekendes op die skip is nie. Sy oë kyk 'n oomblikkie lank warm en intiem in hare. Dan draai hy na die De Baise-tweeling. "Sal u ons verskoon, Menere? Dis al byna tyd vir middagete en ek is seker Suzette is uitgeput van die lang wandeling na die hawe, en nou weer die doellose rondstaan hier by die kaai."

Die tweeling het geen beswaar nie en nooi die graaf en Suzette om hulle met 'n besoek te vereer voor laasgenoemde weer na Voltaire vertrek. Daarna groet hulle en begin Suzette en Marco weer tydsaam terugstap na waar die koets voor Die Kraaines op hulle wag.

Haar hand rus so saggies soos 'n veertjie op sy arm. Sy voel die duur, gladde satyn van sy grys, modieuse baadjie onder haar vingers; toe raak sy meteens bewus van 'n eienaardige gevoel wat soos 'n warm stroom deur haar bruis. Dis 'n gevoel wat vir haar absoluut vreemd is en as sy 'n verklaring daarvoor moet gee, sal sy dit moeilik kan doen. Sy weet net dat sy anders voel, dat sy lus voel om uitbundig te lag en te dans, om die lewe met albei arms vas te vang en te hou.

Sy betrap haarself dat sy liggies bloos, en toe sy tersluiks na Marco kyk, merk sy 'n onnutsige uitdrukking in sy oë soos dié van 'n terglustige seun. Toe hulle die koets bereik, help hy haar ewe sjarmant om in te klim.

"So," sê hy toe hy eindelik langs haar sit en die koets in beweging kom, "dan is die twee here Jean en Louis in werklikheid jou neefs, en al die tyd verkeer ek onder die indruk dat ek groot kompetisie in hulle gaan vind."

"Kompetisie?" Sy kyk hom onbegrypend aan en Marco merk die ligte frons tussen haar mooi oë. "Ek begryp nou nie so mooi nie, my vriend. Wat bedoel jy met kompetisie?"

273

'n Warm glimlaggie skuif oor die jongman se donker gelaat en onderwyl sy oë diep in hare staar, verduidelik hy sag: "Kompetisie met die verowering van jou hand natuurlik, hoe dan anders? Of mag ek nie ook wedywer om jou hand nie?"

'n Oomblik lank is Suzette skoon sprakeloos. Sy het al geleer om enigiets van die graaf De la Roche te verwag, maar beslis nie dit nie.

Sy is nog te verbysterd om haar gedagtes behoorlik agtermekaar te kry, toe voel sy hoe sterk arms haar soos staalbande omvou en haar styf sonder veel ontsag teen sy bors aan druk. Die volgende oomblik sluit sy lippe oor hare in 'n vurige kus wat haar terstond stroop van alle trots en weerstand, wat haar soos 'n nietige muggie laat voel in die gespierde krag van sy arms en die oorweldigende hartstog van sy lippe.

Die graaf De la Roche voel hoe sy ontspan in sy arms, hoe haar lippe liggies onder syne bewe, hoe die begeerte om haar te verower al sy rede en denke oordonder. Dan voel hy hoe die bloed in sy slape pols. Maar plotseling word die betowering wat hom vas in sy greep het, wreed gesteur toe Suzette eensklaps in sy arms verstyf en met alle mag van hom af wegbeur.

"Graaf!" hyg sy toe sy eindelik daarin slaag om sy lippe van hare weggeskeur te kry. "Laat my asseblief dadelik gaan!" Haar oë vlam in syne en haar jong bors wieg liggies op en neer van diepe verontwaardiging. "Hoe durf jy my so verneder! Ek wil jou nooit in my lewe weer sien nie! Ek haat jou! Hoor jy my? Ek haat jou!"

Die graaf verstyf en laat haar dadelik vry uit sy arms. 'n Oomblik lank heers daar 'n stilte waarin Suzette hom met 'n dreigende, vyandige houding aankyk. Maar dan breek die jongman se stem die stilte toe hy laggend sê: "Nee, Suzette, jy haat my nie, jy het my lief!"

Suzette maak haar mond oop om iets te sê, hom verwoed in te vlieg. Maar toe sy die blik in die graaf se donker, smeulende oë merk, maak sy dit weer net so vinnig toe. Dan hoor sy hom weer praat; en nou is sy stem baie ernstig.

"Jy lyk verniet so woedend. Jy het my teruggesoen, en dit het jou verraai ... Ja, die bloed het net so warm deur jou are gebruis as deur myne. Vandag is daar iets tussen ons gebore wat nie ek of jy ongedaan kan maak nie ... wat nooit ongedaan gemaak kan word nie." Hy begin saggies lag. "Jy moet my toelaat om jou te wys hoe 'n vrou soos jy bemin moet word, Suzette."

Sy merk hoe die drif en hartstog in sy donker oë lewe, en onbewustelik skuif sy 'n entjie verder van hom af weg. Dan rus haar oë weer vernietigend op hom.

"Wat! Jou toelaat om van my ook 'n speelbal te maak soos jy met die Kaapse meisies maak?" roep sy bitter uit. "Nee, Graaf –"

"Maar ek het jou lief, Suzette," val hy haar sag, onverstoord in die rede. "Begryp jy dan nie dat ek besig is om jou hart te verower sodat ek jou 'n huweliksaanbod kan maak nie?"

Sy sluk, stik byna in haar woede en meet hom met 'n yskoue blik.

"Luister, Graaf," werp sy met onbeteuelde drif teë, "ek mag 'n eenvoudige plebejer wees, maar ek is beslis nie so eenvoudig dat ek nie deur jou spel kan sien nie. Ek het verwag dat jy my die een of ander tyd 'n huweliksaanbod sou maak ... O, ja, ek het. Jou moeder en my vader verlang dit mos so. Maar ek weet ook dat jy harteloos en ongevoelig is, en inderdaad nie in staat is tot liefde nie." Sy lag kortaf en bitter. "Nee, Graaf, jy het slegs twee mense lief: jouself en jou moeder. Ek ken jou reputasie en ek weet hoe jy jou daarin verlustig om met die jong dames se gevoelens te speel, hulle op jou verlief te maak en dan hulle liefde soos stof onder jou voete te vertrap." Sy draai haar gesig stadig weg en vervolg meer beheers: "As jy wil hê ons moet vriende bly, Graaf, moet jy asseblief nooit weer met my oor liefde praat nie. Ek is nie jou of enige man se speelbal nie, onthou dit altyd."

275

Hy kyk haar aan, en 'n subtiele glimlaggie raak-raak aan die een hoek van sy mond.

"Nou goed," stem hy na 'n rukkie in onderwyl hy haar nou met fyn waarneming betrag, "ek sal nie weer met jou oor liefde praat nie. Maar ek belowe nie dat ek jou nie vir my gaan mak maak nie. En nog 'n ding: jy moet ook uitskei met die trekkery. Dis absoluut onnodig dat jy jou aan soveel gevaar wil blootstel ... Ja, jy kyk my verniet so uit die hoogte aan. As jy my nie nou en hier belowe dat jy daarmee sal uitskei nie, gaan ek jou vader net môre om jou hand vra. En jy weet wat dan sal gebeur, nè? Jy sal gedwing word om met my, die hartelose en gevoellose man, in die huwelik te tree."

Hy betrag haar 'n oomblikkie lank in stilte, en toe sy niks sê nie, hervat hy: "Het jy besluit? Ek wil jou antwoord weet."

"Ek sal later besluit –" begin sy.

Maar Marco val haar dadelik in die rede.

"Nee, nie later nie. Nou! Oor drie dae vertrek jy weer na Voltaire, en daarom wil ek jou antwoord nou hê . . . Gaan jy agterbly wanneer jou vader-hulle vertrek, of nie?"

"Bedoel jy ek moet alleen by Leentjie en Amos agterbly op Voltaire?" probeer sy tyd wen om te dink. Sy weet dat hy haar nou in 'n hoek gedryf het en dat sy vinnig sal moet dink om haar daaruit te wikkel. Die oomblik as hy haar vader om haar hand vra, sal dié haar sonder versuim vinnig dwing om met die jong, gesiene edelman te trou. En dit sal vir haar beslis die einde van alles beteken: haar sorgelose jongmeisiebestaan en ook die avontuurlike trek. 'n Donker skaduwee skuif oor haar fraai gelaat.

Nee, ek wil nie eens dink aan wat so 'n huwelik vir my sal inhou nie, flits dit deur haar gedagtes. Ek sal behoorlik soos 'n gekoopte artikel voel. Nee, Pappa en tant Lise mag nou wel met genoeë uitsien na so 'n verbintenis, maar ek gaan my baie beslis nie aan so 'n ... man verbind nie. Hy is gans te lief vir afwisseling. Ja, hy behoort na regte nooit te trou nie.

276

Marco se stem dring weer tot haar deur, en dit laat haar behoedsaam na hom kyk.

"Ek het hoegenaamd nie bedoel dat jy op Voltaire saam met Leentjie en Amos moet bly nie, Suzette," hoor sy hom sê.

Sy blik wat op haar rus, vertel haar nou duidelik dat hy geen kat-en-muis-speletjies verder van haar gaan verdra nie. Ja, sy ken al daardie blik van hom. As sy oë eers so effens nou trek asof hy haar behoedsaam bespied, haar weeg en opsom, en daardie windmakerige wenkbroue van hom trek soos 'n kwaai bul se horings aan die kante op onder sy swierige driepuntige hoed, dan weet sy daar is onweer in die lug.

Maar of daar onweer in die lug is of nie, sy gaan nie soos 'n gevalle soldaat lê dat hy koning oor haar kraai nie. Sy sal moet dink, en sy sal hard moet dink.

"Maar waar anders sal ek dan bly?" verneem sy ewe onskuldig. "Dis tog my ouerhuis!"

"Jy sal op Bordeaux kom woon, waar ek 'n wakende ogie oor jou kan hou," hoor sy hom vasberade sê.

Toe meteens tref die briljante gedagte haar en sy kan nie help om stilweg te glimlag nie.

"Nee, nie op Bordeaux nie, Graaf. Sy glimlag koketterig en blik hom met guitige oë aan. "Ek sal slegs op een voorwaarde agterbly: as ek by oom en tante Rouen kan gaan woon."

Ná beraadslaging, wat byna weer op 'n hewige argument uitgeloop het, kom hulle ooreen dat Suzette dan maar by haar oom en tante Rouen sal gaan woon ná haar vader se vertrek. Amos sal haar op dieselfde dag wat haar vader-hulle vertrek met die Le Seurs se koets na Rouen toe vervoer. Hulle besluit ook dat Suzette haar oom en tante die volgende dag oor die saak sal gaan spreek.

Die graaf De la Roche lyk duidelik in sy skik met hierdie reëlings. Maar wat hy nie weet nie, is dat Suzette – ofskoon sy 'n wilde klein rabbedoe en plebejer is – oor die intelligensie van drie van haar soort beskik en hoegenaamd nie die eenvoudige skepseltjie is wat hy miskien dink nie.

9

Op Voltaire en sommige buurplase is dit vir die afgelope twee weke al 'n groot doenigheid om alles in orde te kry vir die lang trek wat op hande is. Vee word aangekeer en uitgesoek, trekgoed word nagesien en herstel, waens word gelaai met droë kosvoorraad en saad, terwyl die vroue beskuit bak, inpak en bevele uitdeel dat dit 'n naarheid is.

Van vroeg die oggend af is Breggie, een van die buurvroue, al op Voltaire om Suzette met die bakkery te help terwyl laasgenoemde inpak. Hier waar Suzette nou besig is om haar persoonlike besittings in te pak, dring die geur van varsgebakte beskuit en die wysie van Psalm 101 weldadig tot haar deur. Sy glimlag gemoedelik, want as Breggie eers 'n deuntjie los, los sy hom nie.

Haar gedagtes dwaal na Marco en haar glimlag verbreed. Sy wonder wat hy gaan sê wanneer hy uitvind hoe netjies sy hom mislei het, dat sy nooit eens van plan was om agter te bly nie.

Dis waar, ek het hom regtig lekker gefnuik, dink sy tevrede. Min weet hy dat ek nooit eens die saak met oom Marcel en tant Rynette aangeroer het die dag toe ek veronderstel was om hulle te gaan spreek oor my verblyf op Rouen nie. As hy my môre of die dag daarna op Rouen verwag, sal ons reeds ver trek.

Propvol gedagtes sit Suzette haar pakkery voort. En toe dit later tyd is vir Breggie om te gaan, is die pakkery ook al byna afgehandel en is dit slegs die kombuisgoed wat nog ingepak moet word.

Tot laat daardie middag is Suzette nog besig, maar eindelik is alles later ingepak en op die drie waens gelaai; net gereed om met dagbreek te vertrek.

Daardie nag slaap Suzette byna nie. Die gedagte dat die langverwagte trek eindelik môre 'n aanvang gaan neem, is vir haar nou een maal te opwindend om aan slaap te dink.

Toe die eerste hoender die volgende oggend kraai, het sy en haar vader alreeds hulle twee koppies koffie gedrink en is die werkers ook al ywerig besig om in te span.

Dis nog donker, maar op Voltaire se werf is alles in rep en roer. Hane kraai in 'n eentonige koor, beeste bulk, skape blêr, swepe klap en met tussenposes word hard geskel op 'n os wat dit blykbaar vreemd vind om hierdie tyd van die môre onder die juk te kom.

Toe die skemerlig eindelik 'n grys, deursigtige sluier oor alles werp, is almal op Voltaire gereed om te vertrek, en wag hulle op die agtiental waens wat nou soos 'n bleek slang oor die bult aangekruie kom om by die Le Sueurs aan te sluit.

André le Sueur is weke gelede al gekies tot leier van die trek, aangesien hy die wêreld tot aan die Visrivier ken en presies weet hoe om die waens veilig oor die berge te kry; ook omdat hy dinge beter kan organiseer as enige van die ander koloniste.

Met 'n luide "Hokaai! Hanou!" en die skril piepgeluide soos daar briek aangedraai word, kom die voorste wa van die lang stoet eindelik op Voltaire se werf tot stilstand.

Die eerste twee waens behoort aan Martinus Heeseman, en op die voorste wakis sit Breggie breed en gelukkig. Vanmôre is dit egter nie weer Psalm 101 nie, maar Psalm 146 wat sy lustig uitgalm. Uit ondervinding weet Suzette dat dit vir die res van die dag Psalm 146 gaan wees.

Pronk-pronk en kopspelend trippel Carl en sy jonger broer, Teuns, se bruin perde saam met hul vader s'n oor die werf, na waar André en Suzette reeds in die saal op hulle wag.

Hulle groet vrolik oor en weer, en met belangstelling verneem André of alles wel is met die trekkers. Dan gee hy die teken aan sy drywers om te begin. Die swepe klap en die touleiertjies moet net draf voor die drie spanne lewenslustige osse.

Van die een wa na die ander ry André en Suzette om die trekkers môre te sê. Haar haelwit kappie het sy lankal van haar kop af gestoot sodat dit op haar rug hang en die wind strelend met haar lang, goue lokke kan speel.

By elke wa wissel hulle 'n paar vriendelike woorde met die familie, totdat hulle die laaste wa bereik waar Issie Botha met haar hele span kinders onder die watent ingehok sit en haar man, Gert, soos 'n groot generaal voor op die wakis.

Suzette glimlag, want sy weet sodra die son sy kop uitsteek, sal Issie se sewetal spruite ook hulle koppe by die watent begin uitsteek om die wêreld om hulle op horings te neem. Sy ken hierdie sewe sproetgesiggies as 'n lewenslustige klomp.

Ná Suzette vriendelik verneem het na Issie en haar kroos se welstand, gaan sluit sy by Carl en Hendrik de Witt aan met wie sy van kindsbeen af al maats is.

Daar is baie jong meisies van Suzette se ouderdom en selfs 'n jaar of wat jonger onder die trekkers, maar hulle het nie in die saal grootgeword soos sy nie, daarom skaar sy haar maar liewer by Carl en Hendrik wat 'n oog oor die veewagters moet hou. Om op so 'n heerlike fris oggend onder 'n watent te moet sit, sien sy eerlikwaar nie voor kans nie. Sy hou daarvan om die wind koel teen haar gesig en in haar hare te voel. Dit laat die lewe warm deur haar bruis.

Steunend, krakend beur die waens teen steil hoogtes uit, bulte af en deur droë spruitjies. Oral langs die lang streep waens ry perderuiters met die geweer oor die skouer, gereed vir enige gebeurlikheid. Teuns en Freek Bredenkamp word later deur André aangewys om 'n oog oor die vee en die veewagter te hou, sodat Carl en Hendrik die wêreld vorentoe kan gaan verken.

Suzette besluit om Carl en Hendrik te vergesel op hul verkenningstog. Maar toe Breggie dit te hore kom, maak sy terstond 'n einde aan hierdie plan van die jong meisie.

"Jy laat dit nie toe nie, André," preek sy kwaai vir die leier van die trek hier waar sy nog steeds penorent op die wakis sit. "Dis net skreiend vir woorde dat die meisiekind haar so gruwelik laat verbrand in die son en wind ... So 'n mooi meisiekind, en kyk hoe lyk sy verbrand. Ek sê jou, Suzette, as jy so aanhou, gaan jy sowaar nie eendag 'n man kry nie. Hoor nou wat ek vir jou sê: bly hier, of ek sluit jou in die wakis toe."

Hierdie dreigement van die goedige Breggie laat Suzette, Carl en Hendrik heerlik uitbars van die lag.

"As dit die mans sal weghou, Tante, laat ek my sowaar nog meer brand," merk Suzette nog steeds vol lag op. "Maar ek dink Tante het dit hierdie keer mis, want my songebrande vel kon nie eens ons kieskeurige graaf De la Roche van die Kaap op 'n afstand hou nie." Laggend vertel sy haar vader, Breggie, Carl en Hendrik hoe sy die graaf se huweliksaanbod van die hand gewys het en hoe netjies sy hom gefnuik het.

Suzette merk dat dit haar vader baie ontstel. Toe hy 'n oomblik later sê: "Ek voel baie lus en stuur jou sonder versuim terug Kaap toe," weet sy dat hy nie slegs ontsteld is nie, maar bitter omgekrap is. Sy donker oë vonkel kwaai toe hy vervolg: "Ek sal nie toelaat dat jy my en madame De la Roche se wense verontagsaam nie. Sodra ek op my nuwe plaas gevestig is, neem ek jou terug Kaap toe sodat jou huwelik met die graaf voltrek kan word."

Ná hierdie woorde spoor André sy perd aan en ry hy op 'n stywe galop na sy voorste wa toe. Dis vir almal baie duidelik dat die leier van die trek lelik omgekrap is. Die res van die môre bly Suzette so ver uit sy pad soos wat sy moontlik kan. Sy voel nou werklik spyt dat sy hom van Marco se huweliksaanbod verwittig het, want sy weet dat sy nou nooit die einde van die storie sal hoor nie. En tien teen een stuur hy haar dalk regtig terug Kaap toe.

Suzette kuier van die een wa na die ander, totdat dit later tyd is om uit te span vir middagete.

Langs 'n klein riviertjie roep André halt en beveel hy sy drywers om uit te span sodat die osse kan water drink en vir 'n uur of wat kan gaan wei.

Onderwyl die mans uitspan, word daar langs elke wa 'n vuurtjie gemaak om eers koffiewater te kook en dan vleis te braai vir ete.

Nadat Mimi vuur gemaak en water opgesit het vir die koffie, berei sy die vleis voor wat gebraai moet word. Sy weet dat Suzette nog die hele môre in die saal was, en buitendien beskou sy die taak van etes voorberei as uitsluitlik hare.

"O, ek sien jy is al besig, Mimi!" begroet Suzette haar met 'n breë glimlag, en sy begin Fleur sonder meer afsaal. Sy maak die halterriem aan die perd se een voorpoot vas, en jaag die dier met 'n speelse klap op die boud die veld in om te gaan wei. Daarna stap sy na Mimi toe en verneem hulpvaardig: "Kan ek jou met iets help, Mimi?"

Laasgenoemde glimlag.

"Nee, my juffrou kan liewer 'n rukkie gaan rus. Ek sien hierdie trekkery gaan my juffrou nog klaar maak. 'n Vrou kan nie heeldag so in die saal boer nie." Sy klik goedig met haar tong. "My juffrou moes maar liewer met daardie graaf van die Kaap getrou het en daar gebly het . . ."

"O nee, Mimi, moet jy tog nie ook daarmee begin nie!" roep Suzette radeloos uit, en sy haal die koffiekommetjies te voorskyn. "Ek voel dit so aan my dat ek nooit die end van die storie van my pa gaan hoor nie. En as jy ook nog daarmee begin, kom ek sowaar nooit naby ons waens nie."

"Maar daardie graaf is net die regte man vir my juffrou!" hou Mimi knaend vol onderwyl haar hande die vleis behendig sny.

"Wat! Die regte man vir my?" roep Suzette met 'n gesteurde frons uit. Sy kyk Mimi 'n oomblik lank stil, peinsend aan. Dan breek daar meteens 'n glimlaggie deur op haar gelaat. "Ja, miskien sou hy die regte man gewees het as hy net 'n ander soort man was, of my om 'n ander rede die hof wou maak," verklaar sy sag. "Maar kyk, die water kook al, Mimi, en hier kom my pa ook al aan. Gaan maak jy solank die koffie, ek sal die vleis sny."

Tydens middagete wei André weer sterk uit oor die ongehoorsaamheid en onnoselheid van die jeug, wat nie weet wat goed is vir hulle nie. Hy haal tekste uit die Bybel aan oor die ongehoorsaamheid van Eva, Job se vrou en talle ander vroue soos hulle, totdat Suzette later voel of sy Eva en Job se vrou, en al die talle ander van wie haar vader gewag maak, met haar blote hande kan verwurg.

"Ek wens graaf Marco de la Roche gaan verdrink homself in die see," kan sy egter nie help om venynig te sê nie. Sy weet dat daar in Spreuke geskrywe staan dat 'n sagte antwoord die grimmigheid afkeer, maar dan het Salomo natuurlik nie vir André le Sueur geken toe hy geskryf het oor die sagte antwoord nie.

Sy maak haar mond oop om nog verder uit te brei oor hoe die jong graaf 'n vinnige einde aan sy huidige bestaan kan maak, maar toe sy haar vader se kwaai blik op haar merk, maak sy dit weer net so vinnig toe.

"Jy kan maar gerus jou verwensings van die graaf De la Roche staak, Suzette," voeg André sy weerbarstige dogter met 'n kwaai stem toe. "Ek herhaal, sodra ek op my nuwe plaas gevestig is, neem ek jou terug Kaap toe sodat die huwelik voltrek kan word. Jy ruk nou totaal handuit. En as jou man sal die graaf wel weet hoe om jou in toom te hou. Hy lyk vir my nogal 'n verstandige man."

Suzette kyk haar vader vlugtig aan, sluk 'n paar keer om haar mond leeg te kry en verstik byna in haar haas.

"Pappa," roep sy rooi in die gesig uit, "as u dink dat ek met daardie man sal trou, begaan u 'n groot fout! Gelukkig sal ek al mondig wees teen die tyd dat u gevestig is op die nuwe plaas."

"Jy sal trou voor jy mondig is," antwoord hy, en hy gaan onverstoord aan met eet.

Suzette bewaar die swye, maar die opstandige trek om haar mond verraai duidelik die wrewel wat in haar kook. Toe daar twee uur later weer ingespan word om die trek voort te sit, kook sy nog steeds van ergernis omdat haar vader maar nie die feit wil aanvaar dat sy geen plan het om haar in 'n liefdelose huwelik te begewe nie. Sy weet dit gebeur daagliks in Europa en in die Kaap dat jong dames met die mans trou wat hulle ouers vir hulle kies, maar sy beskou haarself nie as een van daardie dames nie.

10

Dis die môre van die dag nadat André le Sueur-hulle vertrek het. Hier waar Marco op Satan se breë rug sit, met sy swart mantel wat liggies in die vroeë môrewindjie wapper en plek-plek 'n diep rooi satynvoering vertoon, dwaal sy vurige oë vlugtig na Rouen se mooi, wit gewelhuis wat trots in die kom van 'n lang bergreeks pryk.

'n Dun rookspiraaltjie trek gesellig uit die skoorsteen, en met 'n snel kloppende hart en 'n opgewonde glimlaggie wonder hy of die skone Suzette nog slaap en waarom sy hulle nie gistermiddag kom groet het nie.

Jy is te haastig, vermaan hy homself en sy glimlag verbreed. Sy het heel moontlik maar eers laat gistermiddag op Rouen gearriveer!

Met 'n verlangende blik tuur hy nog 'n rukkie na die wit gewelhuis. Dan, op 'n ingewing, stuur hy Satan in die rigting van die kloof wat deur die grens van die twee plase loop en nog nie toegekamp is nie. Hy het reeds besluit om Suzette self te gaan

284

groet en haar te nooi om die dag saam met hom en sy moeder op Bordeaux deur te bring.

Dis waar, flits dit weer deur sy gedagtes. Ek besef nou eers hoe oneindig baie ek werklik na die klein rabbedoe verlang het. Maar ek was die afgelope maand ook so druk besig, dat daar nie eintlik tyd was om veel aandag aan hartsake te bestee nie. Noudat die klein vuurvreter eindelik hier is, gaan dit my enigste doel en strewe wees om haar te laat besef dat sy die enigste koningin van my hart is, en ook die enigste is wat ek vurig begeer om my gravin te maak!

Hierdie laaste gedagte laat die vuur van liefde in sy hart weer opvlam, en op hierdie oomblik weet hy dat hy geen rus sal vind alvorens sy volkome syne, sy eie gravin, is nie.

Op 'n vinnige galop ry hy Rouen se werf binne, waar alles nog stil en rustig lyk. Hy het ook net uit die saal gegly, toe verskyn Marcel in die voordeur en loop hy hom vriendelik tegemoet. Hulle buig galant, reik mekaar die hand en verneem oor en weer na mekaar se welstand. Toe nooi Marcel die jong graaf na binne, waar Rynette alreeds besig is om koffie te skink.

Rynette groet die jongman en vervolg met 'n vriendelike glimlaggie: "U is inderdaad baie vroeg vanoggend in die saal, Graaf. Ek hoop daar het nie verlede nag van ons vee deurgebreek na u kant toe nie!"

"Nee, Madame," sê hy gemoedelik, "ek kan u verseker dat so iets nie gebeur het nie." Hy neem die koppie koffie wat sy hom aanbied en neem op Marcel se uitnodiging plaas. Toe hervat hy: "Trouens, ek het slegs kom verneem hoe dit met Suzette gaan, en of sy gister toe goed hier aangekom het?"

Enkele tellings lank kyk Rynette en Marcel die jong edelman verbaas aan. Dan kom eersgenoemde tot verhaal en antwoord ietwat onsamehangend: "Ek begryp eerlikwaar nie, Graaf. Was Suzette dan veronderstel om gister op Rouen te arriveer? Ons weet daar niks van nie. Om die waarheid te sê, ons het haar ook nie verwag nie, want sy het gisteroggend saam met André vertrek. Ons het hulle drie dae gelede gaan groet, en toe was Suzette druk besig om in te pak en ander voorbereidings te tref vir die trek."

Die twee aanwesiges merk hoe die graaf De la Roche eensklaps verbleek, hoe hy sy koppie koffie haastig met 'n bewerige hand op die tafel plaas. Dit laat Marcel vlugtig na vore tree.

"U lyk so bleek, Graaf. Is daar iets verkeerd? Voel u miskien sleg?" verneem hy besorg.

'n Skim van 'n glimlaggie huiwer om Marco se mond, en met groot moeite kry hy dit eindelik reg om so kalm moontlik te sê: "Daar is niks met my verkeerd nie, dankie. Ek verkeer in blakende gesondheid. Dit was vir my slegs 'n skok om te verneem dat Suzette saam met die trek weg is, aangesien ek al die tyd onder die indruk verkeer het dat sy sou agterbly en haar intrek hier by u op Rouen sou neem ... Ek vrees u sal my moet verskoon, sodat ek hierdie onaangename nuus aan my moeder kan gaan meedeel en ... Nou ja, daar sal onverwyld opgetree moet word. Suzette is beslis nie iemand wat 'n mens in so 'n barbaarse wêreld kan loslaat nie, want aan oom André steur sy haar eenvoudig nie."

Ná hierdie woordevloed groet die jongman die De Baise-egpaar haastig, en 'n oomblik later dawer Satan se kragtige hoewe wild oor die werf.

Nog steeds verbaas staar Marcel en Rynette die ruiter agterna. Toe verdwyn perd en ruiter in die beboste kloof, en die twee mense kan slegs wonder wat Suzette nou weer aangevang het.

Dis 'n snikhete dag. Die waens is swaar gelaai en die osse trek moeisaam. Met elke opdraande lyk dit of die jukke swaarder op hulle nekke rus. Die seilkappe van die waens is verblindend wit in die fel strale van die son, en die touleiertjies hang skeef aan die rieme. Die drywers klap ook nie eens meer hul swepe nie en skel ook nie meer op die osse wat geduldig en gedwee op 'n stappie voortsukkel nie. Almal voel uitgeput van die hitte wat in golwe van die aarde af opstyg, en dit lyk of die reën ook nie ver is nie.

Vanmiddag het Suzette Breggie se arendsoog veilig ontglip en het sy saam met Carl en Hendrik vooruit gery om die omgewing te verken. Haar vader is nog steeds nors en nukkerig oor gister se argument, maar daaraan steur sy haar nie veel nie. Almal skyn vandag swartgallig en omgekrap te wees weens die hitte. Selfs Breggie het vandag nie lus vir 'n enkele deuntjie nie.

Gekleed in 'n wye, swart romp en wit langmoubloesie, skyn dit nie juis of die hitte Suzette enige ongemak laat verduur nie. Daar is 'n sagte glimlag om haar rooi, gevoelige lippe terwyl haar oë waaksaam van onder die wit kappie die dynserige vertes instaar waar die beloofde land omtrent moet wees.

Van die duikertjies wat telkens voor Fleur se hoewe op die vlug slaan, die tarentale en fisante wat die stilte met groot lawaai breek, opvlieg en oor die bossies verdwyn, neem Suzette nie veel notisie nie. Sy wonder hoe lank hulle op die trekpad gaan bly, en waar die eindbestemming gaan wees. Daar is sprake dat hulle oor die Visrivier gaan trek, maar die helfte van die trekkers is nie daarvoor te vinde nie. Sy dink aan haar vader se verantwoordelikheid as leier van die trek, en sy wens dat iemand anders liewer die leier was.

Suzette is so diep ingedagte dat sy sommer heelwat verder as Carl en Hendrik ry, wat hulle verkenningstogte na links en regs uitgebrei het.

Dis son het net sy kop agter die gesigseinder weggetrek, toe roep André halt vir die nag. Weer word die een en twintig waens in 'n laer getrek soos die vorige aand, om die trekkers teen 'n moontlike aanval te beskerm.

Almal is moeg en honger, en gou vlam die vure hoog langs die waens en hang die keteltjies en ysterpotjies belowend oor die vlamme.

André is nog besig om bevele aan die veewagters uit te deel, toe merk hy twee vreemde ruiters wat die kamp op 'n vinnige pas nader en 'n oomblik later langs die eerste wa stilhou.

Haastig stap hy die twee vreemdelinge tegemoet. Daar is 'n frons op sy voorkop, want hy kan nie juis 'n idee vorm wat die doel van die mans se koms is nie. Hy wonder wat hulle is: vriend of vyand.

Toe meteens herken hy die jonger man en roep hy verras uit: "Graaf! Wel, dis vir my eerlikwaar 'n aangename verrassing om u hier te sien . . . En jy ook, Peet! Veroorloof my om julle welkom te heet in ons kamp, en julle my waens aan te bied as tuiste."

Die drie mans reik mekaar die hand en verneem belangstellend na mekaar se welstand. Op dieselfde oomblik ry Carl en Hendrik ook net die kamp binne.

'n Breë glimlag speel om André se mond toe hy die edelman aankyk en ietwat verontskuldigend sê: "Ek dink ek weet wat u hierheen gebring het, Graaf. Glo my, ek was totaal onbewus van die reëlings wat u en Suzette aangegaan het, anders sou ek haar nooit toegelaat het om my op hierdie trek te vergesel nie. Trouens, ek het dit maar eers gister te hore gekom, en toe was ons alreeds te ver op die pad om terug te draai."

'n Sagte laggie ontglip Marco se lippe.

"Ek erken Suzette het ons almal baie netjies geflous, Meneer," laat hy gemoedelik hoor. "Maar ek sal persoonlik met haar afreken . . . waar is sy?"

Die edelman se gemoedelikheid laat André sommer dadelik beter voel, daarom antwoord hy vriendelik en spontaan: "Sy het vanmiddag saam met Hendrik en Carl gaan verken. Ek dink sy is al terug, want daar saal Carl nou net sy perd af . . . Maar kom, dan gaan drink ons eers koffie, Graaf. U en Peet moet inderdaad uitgeput wees van die lang rit. En dan kan u sommer met daardie klein rabbedoe afreken ook. Ek dink stellig dit gaan vir haar die verrassing van haar lewe wees om u hier te sien."

Geselsend stryk hulle aan na waar Mimi ook net besig is om koffie te maak. Van sy gebelgdheid omdat André Suzette toelaat om saam met die mans te gaan verken, laat Marco niks blyk nie. Maar hy neem nietemin 'n vaste besluit dat dit nie weer sal gebeur nie.

In 'n heelwat beter luim versoek André Mimi om vir hulle drie riempiesmat-opvoustoeltjies te bring. Hulle neem plaas en toe Mimi hulle 'n oomblik later met koffie bedien, verneem hy terloops: "Waar is Suzette, Mimi? Gaan roep haar gou."

"Die juffrou het nog nie teruggekom –"

"Maar sy moet hier wees!" val André haar ernstig in die rede. "Carl en Hendrik het al gekom, en sy was saam met hulle uit om te verken."

"Maar . . . hulle het alleen teruggekom!" stotter Mimi benoud. Sy slaan haar hande asof in gebed saam. "O, ek het my klein juffrou al so baie gewaarsku om tog nie te ver van die waens af te gaan ry nie!"

Groot traandruppels rol oor Mimi se wange, en met haar gesig in haar voorskoot verberg, vlug sy blindelings om die wa.

Enkele oomblikke lank kyk die drie mans mekaar sprakeloos aan. Die jong graaf se gelaat is merkbaar bleek, en diep kommerlyne groef in sy mondhoeke, wat hom 'n onverbiddelike voorkoms gee. Toe kom hy vinnig orent en sê met 'n gebiedende stem: "Ons moet dadelik na haar gaan soek, Meneer. Moontlik het sy net verdwaal . . . En dit kan noodlottige gevolge hê!"

"U is reg, Graaf," antwoord André. Toe kom ook hy en Peet orent. "Ek sal net eers by Carl gaan verneem in watter rigting sy gery het."

Met lang, haastige tree stap die drie mans na Martinus se wa, waar die familie gesellig om die vuur sit en koffie drink en Breggie druk besig is om pap te maak.

289

André stel die jong graaf en Peet aan die Heesemans voor. Toe wil hy dadelik van Carl weet waar Suzette is, waarom sy nie saam met hulle teruggekeer het nie en in watter rigting sy gery het.

Carl is doodverskrik toe hy verneem dat Suzette nog nie terug is nie, en so is die res van die Heeseman-gesin.

"Maar sy moes al lankal terug gewees het, oom André!" roep hy verbysterd uit. "Ek kan dit nie begryp nie! Toe ons vanmiddag van die kamp af vertrek het, het ons afgespreek om mekaar weer voor sononder op die eerste bult te ontmoet waar ons uitmekaar gegaan het. Ek en Hendrik het byna 'n uur vir haar op die bult gewag. En toe sy nie opdaag nie, het ons aangeneem dat sy al vroeër teruggekeer het. En nou sê oom André sy is nog nie terug nie ... Ons sal haar dadelik moet gaan soek –"

"Sê my, Meneer, in watter rigting het sy gery?" val Marco die jong Carl met openlike ongeduld in die rede. Sy blik is reguit en fors, duidelik dié van iemand wat gewoond daaraan is om bevele uit te reik.

Breggie wil Carl nog met 'n klaerige stem begin verwyt, maar die graaf tik die jong man liggies op die skouer en beduie hom met sy kop dat hy moet kom. Dis duidelik dat Marco nou net soveel van die langdradige verduidelikings en draaiery het as wat hy kan verduur.

Met lang, kragtige treë stap Carl na 'n opening tussen die waens, en hy wys met sy wysvinger na die eerste bult.

"Van daardie bult af was sy veronderstel om reguit noordoos te hou, Graaf," verduidelik hy. Hy wil nog meer sê, maar dan merk hy dat die graaf alreeds tussen die waens deur verdwyn hê, met Peet kort op sy hakke, en hy het geen ander keuse as om maar sy ma se verwyte te gaan aanhoor nie.

"Kom, Peet," gebied Marco bekommerd en ongeduldig. "As ek en jy haar nie gaan soek nie, lyk my sal niemand 'n vinger verroer om dit te doen nie. Oor 'n uur is dit donker, en ek wonder hoe dink hulle om haar dan te vind. Daar is nog nie eens een perd opgesaal nie!"

Met haastige treë stap hulle na waar hulle perde nog steeds opgesaal staan.

"Hulle is gans te stadig na my sin," brom Marco weer onvergenoegd. "Het jy jou geweer, Peet?"

"Ek het my geweer, pistool en rapier, Meneer," verseker hy die edelman. "En ek wil graag sien wie gaan my keer om die juffrou te soek." Hy glimlag van lekkerkry.

Hulle bestyg die twee vurige perde wat in Bordeaux se stalle geteel is, en voor André en die ander kans kry om by hulle aan te sluit, jaag die twee reeds met woeste vaart van die kamp af weg, reguit na die bult wat Carl flussies aangedui het. Agter hom wapper Marco se rooi-en-pers mantel soos 'n strydvlag wat dood en verwoesting vir sy vyande voorspel.

Die jong graaf se gelaat is strak en onverbiddelik. 'n Momentele onrus woed haas onkeerbaar in hom, want as Suzette iets oorgekom het . . .

Maar nee, ek moet liewer nie aan so iets dink nie, probeer hy hierdie gedagte van onheil verwerp. Daar mag niks met haar gebeur nie. Sy het heel waarskynlik net verdwaal!

Hy draai hom sonder meer na Peet.

"Het jy al ooit in jou lewe gehoor van 'n vader wat sy dogter toelaat om in so 'n gevaarlike geweste verkenningswerk te doen?" roep Marco driftig en bo die harde geklap van perdehoewe uit. "Nee, ek glo jy het nog nie," beantwoord hy sy eie vraag. "Ek kan oom André ook nie verstaan nie. In alles is hy so verbasend verstandig, behalwe waar dit Suzette betref!"

Hulle hou bo-op die bult stil. 'n Nagloed van rooi, purper en oranje hang soos 'n lewende vlam aan die weste, en vir die twee ruiters voel dit of 'n lafende koelheid weldadig van die aarde af opstyg om die ongerepte wildernis te verkwik ná die dag se skroeiende hitte.

Met 'n strak gelaat tuur Marco voor hom uit na die see van bome en bosse onder aan die voet van die bult. 'n Duisternis onrusbarende gedagtes beur soos 'n vloed deur hom, en dit voel vir hom byna of die wildernis hom soos 'n onding met oop kake aangaap.

"Van hier af sal ons reguit noordoos hou," sê hy half ingedagte, dog diep onrustig en bekommerd aan Peet. "Kom!"

Met hierdie laaste woord spoor hy Satan aan en soos 'n koeël uit 'n geweer skiet die Arabiese hings na vore en pyl hy met donderende vaart op die ruie wildernis af.

In sy dertig lewensjare het die graaf De la Roche nog nooit geweet wat angs beteken nie. Maar op hierdie oomblik, terwyl sy beminde dalk in doodsgevaar verkeer, besef hy eers regtig wat angs en magteloosheid beteken. Dit skroei soos 'n verterende vlam deur hom en ontketen selfs 'n fisieke pyn in sy bors wat hom moeisaam laat asemhaal.

Sy oë fynkam die wildernis wat vinnig nader kom. Hy merk 'n opening tussen die bome en bosse, byna soos 'n pad wat die natuur self gemaak het, en stuur Satan sonder meer in daardie rigting.

Hy nader die bosryke wildernis met 'n ongelooflike vaart en wil net die opening binnedring, toe sy blik meteens verstar, want daar, nie vyftig treë voor hom nie, kom Suzette houtgerus en op haar tyd al singend aangery asof die hele wêreld, en hierdie bosryke kol in besonder, aan haar behoort.

Verligting spoel soos 'n stroom oor Marco. Maar so vinnig soos wat die onrus en kommer van hom wyk, neem 'n ongekende woede van hom besit – 'n woede gebore uit angs.

Hy trek Satan so hard in die bek dat die dier 'n oomblik lank wild op sy agterpote steier en die lug met genadelose hoewe klief. Dan sak sy voorpote weer stadig terug grond toe, en die volgende oomblik is hy en Satan langs Suzette, wat hom met 'n bleek gelaat en groot, verskrikte oë van Fleur se rug af sit en

292

aangaap. Dit lyk inderdaad of sy enige oomblik van Fleur se rug gaan afval van skone verbasing om hom hier te sien.

Enkele tellings lank hou sy donker, smeulende blik hare gevange. Hy merk die verbystering op haar gelaat, die ongeloof in haar oë. Toe, met een kragtige veeg van sy arm, lig hy haar met mening uit die saal en plaas haar netjies voor hom op Satan se gespierde rug.

Suzette wil net kapsie maak teen sulke verregaande eiegeregtigheid, maar toe sy die onverbiddelike lig in sy oë en die ongenaakbare trek om sy saamgeperste lippe merk, swyg sy soos die graf. Sy het alreeds op Voltaire met hierdie Fransman se toorn kennis gemaak en weet presies hoe die gloed daarvan 'n mens van binne kan verteer. Dan voel sy momenteel ook nog te hopeloos van stryk af om op hierdie oomblik met hom kragte te meet.

"Bring haar perd kamp toe," hoor sy hom met 'n effens hees stem aan Peet sê. "Ek sal persoonlik sorg dat die juffrou die kamp veilig bereik."

Sy woorde was nog nie eens koud nie, toe vlieg die aarde onder Satan se hoewe verby. Suzette voel hoe sy linkerarm stywer om haar dun middeltjie sluit, sodat sy half gedwing word om teen sy bors aan te leun.

Een keer waag sy dit om op te kyk na die swygsame man agter haar, maar toe sy vas in sy onthutste oë staar wat stil op haar rus, laat sy haar blik weer gou sak en wonder sy hoe hy geweet het waar om die trek te vind.

Dis waar, ek het nooit met die feit rekening gehou dat hy moontlik die trek agterna kan sit nie, peins sy onrustig. En noudat hy dit wel gedoen het, wat nou? Haar kommer neem toe en sy byt albei haar lippe tussen haar pêrelwit tande vas. Hy is so woedend dat hy my nie eens gegroet het nie, mymer sy voort. Sy wonder of hy haar saam met hom gaan terugneem Kaap toe.

Maar hierdie gedagte verwerp sy subiet. Sy het reeds besluit om haar vader op die trek te vergesel, en dit is presies wat sy gaan doen.

In absolute swye lê hulle die kort terugrit af. Toe hulle eindelik die kamp bereik, is 'n aantal mans ook net gereed om hulle perde te bestyg om 'n soektog na haar op tou te sit.

Grasieus gly Marco uit die saal. Toe hy sy hande uitsteek om Suzette van die perd af te tel, gly sy deftige mantel na agter en val dit in sierlike voue oor sy rug. Almal staar die edelman met eerbied en bewondering aan, ofskoon hulle almal bewus is van sy reputasie met die skoner geslag.

"Hy klink vir my maar bra na 'n los skroef," het Breggie gesê die dag toe sy van die graaf se flirtasies verneem het. Maar of hy nou 'n los skroef is of nie, almal is verheug omdat hy Suzette veilig terugbesorg het en hulle drom om hom en haar saam waar hulle langs Satan staan.

Voordat een 'n woord kan sê, draai die graaf De la Roche na Suzette, kyk haar oppervlakkig aan en sê hy kortaf: "Daar is 'n saak wat ek graag na ete met jou wil bespreek, Juffrou. Ek hoop jy sal beskikbaar wees."

Sy wil hom eers toesnou dat sy niks met hom te bespreek het nie en dat sy hoegenaamd nie beskikbaar sal wees ná ete nie, maar dan bedink sy haar. Sy wil net wegstap, toe haar vader se stem haar terstond tot stilstand roep.

"Net 'n oomblik," hoor sy hom diep ontstoke sê. "Ek dink jy is ons almal 'n verduideliking verskuldig. Ons wil weet waarom jy jou nie by die reëls gehou het en saam met Carl en Hendrik teruggekeer het nie . . . Of dink jy ons het tyd om kort-kort 'n soekgeselskap uit te stuur om na jou te gaan soek?"

Slegs 'n oomblik lank kyk Suzette haar vader bedeesd aan, en toe sy Marco se skerp blik op haar merk, ruk sy haar hoof fier orent en antwoord sy met 'n uitdagende houding: "As ek u bekommerd gemaak het, Pappa, is ek eerlikwaar baie jammer. Maar dit was absoluut onnodig dat u die graaf moes stuur om na my te soek. Ek is volkome in staat om na myself te kyk, en u weet dit. Dat ek effens later teruggekeer het as Carl en Hendrik, is te wyte aan die feit dat ek verder gery het as wat ons aanvanklik beplan het. Maar ek kan hoegenaamd nie begryp waarom daar so 'n bohaai oor opgeskop moet word nie! Ek het mos my geweer by my gehad. En buitendien is dit ook nie die eerste maal dat ek alleen in die veld gaan ry nie –"

"Ek kan jou verseker dat dit die laaste maal gaan wees, Juffrou," val Marco haar met soveel finaliteit in sy stem in die rede dat almal hom verras aanstaar.

Suzette wil hom net beduie dat hy sy lang, aristokratiese neus uit haar sake moet hou en hom liewer by sy flirtasies moet bepaal, maar haar vader is eerste aan die woord.

"Ek dink stellig die graaf het volkome gelyk," laat hy nou self ook met 'n vreemde beslistheid hoor. "Jy versit nie weer 'n voet alleen uit die kamp nie. Is dit duidelik?"

Suzette knik bevestigend. Daarna draai die leier van die trek sonder meer na Marco en bedank hy hom vriendelik omdat hy Suzette veilig terugbesorg het. Suzette werp haar vader en Marco slegs een smeulende blik toe en maak haar toe diep ontstoke uit die voete.

11

Na ete, wat maar 'n eenvoudige maal hier in die veld skyn te wees, word daar eers godsdiens langs André le Sueur se wa gehou. Daarna gaan almal na Lewies de Vaal, die konsertinakoning, se wa toe. Die ouer mense bring elk hul eie veldstoeltjie saam, terwyl die res sommer oral op die groen gras rondsit. Van graaf De la Roche word dit egter nie verwag om saam met die jongklomp op die gras te sit nie. Vir hom het André reeds 'n stoel voorsien.

Die maan het pas opgekom en hang soos 'n groot, ronde vuurbal laag aan die oosterkim. Die uitgestrekte veld om die waens lê bleek en stil in die maanskyn wat alles met sagte glans omvou. Af en toe klink die eentonige geroep van 'n nagvoël in die verte op. Dan is dit weer die deurdringende getjank van 'n honger jakkals wat sy leed aan die maan uitsnik. Andersins lê die hele omgewing in 'n vreedsame stilte gebaai, 'n stilte wat elke geluid ver op die wieke van die nag dra.

Toe almal later soos een groot familie by Lewies en Emma se wa vergader, neem hy sy plek as musikant half onder die reling van die wa in, waar twee lanterns vrolik heen en weer wieg en 'n dowwe lig op die konsertina werp wat liggies tussen die ouman se twee knopperige, bruingebrande en vereelte hande rus. Sy gesig is skerp en duidelik dié van 'n ou man, en wanneer hy praat, wip sy wit bokbaardjie vinnig op en neer. Maar aan lewenslus ontbreek dit Lewies nie. As hy eers met sy regterhand se vingers so voel-voel oor die konsertina se knoppies soos nou, kry sy gehoor jeukende voete.

Enkele tellings lank kielie Lewies die konsertina sommerso ligweg om eers die noot te kry. Dan val hy met mening weg en versplinter die stilte met die wysie van 'n vrolike masurka. Dit duur nie lank nie of die jongmans lig hulle soos atlete van die gras af op en nader die meisies laggend en met gevatte sêgoed vir die dans.

Die meisies laat hulle gewillig na die dansvloer lei, en nie lank nie of hulle draai vrolik oor die ongelyke dansvloer dat die stof onder die tuisgemaakte velskoene opslaan en die kleurryke rokkies soos sambrele uitklok.

Al wat jongmens is, voel vrolik en opgeruimd, want elke dag bring hulle nader aan "vryheid en voorspoed". Slegs Suzette is nie vanaand so vrolik soos andersins nie. Vir haar skyn daar geen vryheid meer te wees vandat die graaf by die kamp opgedaag het nie. Vanaand het sy ook geen erg aan die dans nie.

Die graaf betrag die dansende jongmans met hul goedkoop fluweelbroeke en die jongmeisies met hul eenvoudige sisrokke met 'n verveelde, afwesige blik.

Hy dink aan die talle kaartpartytjies in die tavernes en aan die luisterryke huise van die Kaap se hoëlui, swierige balle, uitstappies met sjarmante en deftig geklede jong dames, en hy wonder heimlik wat sy vriende sal sê as hulle moet weet waar hy hom op hierdie oomblik bevind: ver van die Kaap af, op die oop vlaktes en te midde van 'n klomp dansende plebejers.

Hy draai sy blik van die dansers af en vestig dit op Lewies se vaardige vingers met die konsertina.

Sedert Suzette se besoek aan Bordeaux lê dit die hele Kaap vol dat die ongenaakbare graaf De la Roche uiteindelik sy hart in die sagte blou oë van Suzette le Sueur, die wilde klein plebejer, verloor het. Talle beny hom, ander verwys weer met spot en afguns na sy ongewenste romanse met die beeldskone klein plebejer. Maar hulle sorg ook terdeë dat hul woorde nie die jong graaf se ore bereik nie, want daarvoor vrees hulle sy rapier gans te veel. Buitendien is die jong graaf ook nie iemand wat inmenging in sy sake van enigeen sal duld nie.

Die jong edelman wag net totdat die dans in volle gang is, toe buig hy byna onopsigtelik oor na Suzette wat langs hom sit en merk sag op: "Sal jy nou 'n paar oomblikke van jou tyd aan my kan afstaan, Juffrou?"

Suzette wil haar eers vir die man vererg omdat hy haar so doelbewus van die vrolikheid wil wegsleep. Maar dan bedink sy haar, kyk hom reguit aan en antwoord ewe sag: "Ek glo nie dit sal 'n goeie indruk skep as ons ... wel ... ons nou aan die vrolikheid onttrek nie, Graaf. Ek is oortuig dat enige besprekinge kan wag tot môre –"

"Nie tot môre nie. Nou, Juffrou," dring hy met 'n sagte dog besliste stem aan. "Verskoon my dat ek dit sê, maar ek vind dat jy baie gerieflik van afsprake en dinge vergeet wanneer dit jou

pas. Maar om terug te keer tot jou beswaar . . . Dit sal hoege-
naamd nie 'n slegte indruk skep as nou die geselligheid verlaat
nie. Ek is daarvan oortuig dat almal weet wat die doel van my
besoek is hier aan die kamp. 'n Kort wandeling in die maanlig is
ons dus veroorloof . . . Kom."

Met hierdie woorde kom hy orent, buig sjarmant en help
haar galant van die stoeltjie af op. Hy skud die swierige, wit
kantval om sy gewrigte fyntjies reg en bied haar sy arm met 'n
veelseggende blik aan.

Suzette het geen keuse as om maar sy arm te neem nie, en
weldra verdwyn hulle buite die ligkring van die twee lanterns in
die rigting van André le Sueur se waens. Nie een praat 'n woord
nie, en nou eers tref dit Suzette dat Marco haar maar slegs twee
maal aangespreek het vandat hy hier by die kamp aangekom het.
Sy weet dat hierdie kille ongenaakbaarheid van hom te wyte is
aan die feit dat sy hom so subtiel om die bos gelei het, hom laat
glo het dat sy nie gaan meedoen aan die trek nie. Maar sy weet
ook dat sy aanstons verantwoording sal moet doen vir daardie
slinkse daad, want Marco is nie iemand wat dit nog ooit geduld
het dat iemand hom vir die gek hou nie.

Eers toe hulle André se voorste wa bereik, praat hy weer vir
die eerste maal. Hy lei Suzette na die wa se disselboom toe en
versoek haar beleefd om te sit. Toe neem hy langs haar plaas,
kyk haar stil aan en sê hy onomwonde op die man af: "So, nou
is ons volkome alleen, en nou sal ek graag wil weet waarom jy
my so koelbloedig om die bos gelei het. Of is dit jou gewoonte
om beloftes te maak wat jy geen voornemens koester om na te
kom nie?"

Die skerp verwyt in sy stem laat haar liggies bloos, en sy is
heimlik bly dat die nag haar verleentheid so vriendelik verberg.
Sy weet dat hy op 'n antwoord wag, maar sy weet nie wat om
te sê nie. Tydens aandete het sy 'n indrukwekkende toespraak
agtermekaar gehad, en elke woord was bedoel om hom goed

te laat verstaan dat sy hoegenaamd niks met hom of enige man soos hy te doen wil hê nie. Maar noudat die oomblik aangebreek het om daardie toespraak te lewer, kan sy om die dood nie 'n enkele woord daarvan onthou nie.

Sy sluk, kyk hom tersluiks aan. Sy lang, forse gestalte is so imponerend in die blou fluweelpak met sy vergulde borduursels. Hy het 'n sterk, karaktervolle en aantreklike gelaat, 'n breë, intelligente voorkop, en lang, swart, gekartelde hare wat volgens die mode in sy nek met 'n saffierspeld saamgevat is. Dan dwaal haar blik weer na die vonkelende diamantspeld in sy halsdoek, na sy geel, geblomde onderbaadjie en na die weelderige valle van die fynste kant om sy gewrigte. Sy voel 'n vreemde onstuimigheid in haar binneste pols, maar stoot dit doelbewus opsy en wonder waarom hierdie aantreklike, modieuse man hom met 'n eenvoudige mens soos sy bemoei.

Hy gee haar geen geleentheid om lank te wonder nie, want sy diep stem dring eensklaps tot haar deur toe hy effens ongeduldig sê: "Ek het jou 'n vraag gestel, en ek wag op 'n antwoord."

Weer voel sy hoe 'n warm gloed teen haar wange opstyg. Sy wil hom eers 'n skerp antwoord gee, maar besluit dat dit haar meer sal baat om taktvol en diplomaties te werk te gaan indien sy nie môre saam met hom wil teruggaan Kaap toe nie.

Sy lig haar gelaat stadig op na hom, kyk hom met half versluierde oë aan en sê met iets ondeunds in haar stem: "Ek wou jou slegs onthef van 'n huwelik wat deur jou moeder op jou afgedwing word. Ek het gedink ek bewys jou daardeur 'n groot guns . . . Jy moes nie die trek agtervolg het nie, my vriend. Jy moes in die Kaap gebly het —"

"En jou deur my vingers laat glip het?" val hy haar gesteurd in die rede.

"Jy sou in elk geval gered gewees het van 'n ongewenste huwelik —"

"Maar veronderstel ek wil nie gered wees van die sogenaamde ongewenste huwelik nie?" onderbreek hy haar weer, hierdie keer met 'n geamuseerde glimlaggie wat fyntjies aan die een hoek van sy mond raak. Hy neem albei haar songebrande hand- jies met 'n teer gebaar in syne, kyk haar 'n oomblik lank met 'n warm blik aan en herhaal sy vraag.

"Jy kan nie ernstig wees nie," laat sy met 'n meewarige glim- laggie hoor. "Nee, ek weet jy bedoel dit nie ernstig nie. Jy het tog self met ons eerste ontmoeting op Voltaire gesê dat ek hoege- naamd nie die tipe is wat jy graag jou gravin sal wil maak nie."

Hy kyk haar 'n oomblik lank vreemd aan. Dan gryp hy haar hande stywer vas en roep sag, verontwaardig uit: "Suzette! Jy kan dit nie teen my hou nie . . . Hemel, jy gaan my tog sekerlik nie aanspreeklik hou vir iets wat ek in my drif geuiter het nie –"

"Dis nie al nie," lê sy hom die swye op. As dit helder dag was, sou hy die weemoedige trekkie om haar mond gemerk het: 'n trek van innerlike pyn en teleurstelling. "Dit en jou reputasie is genoeg om my te laat besef dat jy van my ook maar net nog 'n speelding wil maak waarmee jy jou in jou vrye tyd kan ver- maak. Daarom het ek jou 'n maand gelede gevra om nooit weer met my oor liefde te praat nie. Jou soort liefde wil ek nie hê nie, my vriend. Ek bedank dit hartlik. En 'n eggenoot met so 'n string flirtasies soos wat jy agter die rug het, bedank ek nog hartliker. Ek hoor al die fluisterings en bespottings agter my rug: 'Foei, die arme gravin De la Roche –'"

"Bly stil, Suzette," lê hy haar bars die swye op. Hy los haar hande terstond. "Jy het hoegenaamd geen benul waarvan jy praat nie. En ek wil jou ook beleefd versoek om die woord 'flirtasie' uit jou mond te hou . . . Ek wil jou my vrou maak, nie my speelding nie!"

Enkele minute lank sê nie een 'n woord nie. Die jong edel- man het al net begin dink dat Suzette se swye die jawoord be- teken, toe sy meteens sag begin praat.

"Ek dink jy moet liewer teruggaan Kaap toe, Graaf. Van so 'n

300

verbintenis kan eerlikwaar niks goeds kom nie. Jy was inderdaad reg toe jy gesê het dat ek beslis nie die tipe is wat jy graag jou gravin sal wil maak nie. Ek is nie die regte tipe nie. Eerstens is ek nie waardig genoeg nie, en tweedens sal ek jou en madame Lise dalk net in die skande steek met my plebejer-maniere."

"Dit is dinge waaroor ek 'n beslissing sal vel, nie jy nie," hoor sy hom nou weer kalm en bedaard sê. "Ons sal dus niks verder in dié verband meer sê nie. Ek verlang dat jy vanaand al jou persoonlike besittings inpak sodat ons vroeg môreoggend kan vertrek. Ek sal persoonlik sorg dat ons huwelik die dag ná ons aankoms in die Kaap voltrek word."

Sy gaap hom met die grootste verbasing in die wêreld aan.

"Maar, Graaf, ek het jou nie lief nie –" begin sy benoud.

Hy lê haar egter laggend die swye op met: "Juffrou Le Sueur, jy flous my nie. Laat my toe om jou van hierdie feit te oortuig." Hy strek sy hande uit om haar in sy arms te neem, maar Suzette vlieg vinnig orent en retireer 'n tree van hom af weg. Ook hy kom orent, maar hy waag dit nie nader aan haar nie, kyk haar slegs met daardie lui, spottende blik aan wat so kenmerkend is van hom, en vervolg dan tergend: "Jy moenie so bang wees vir die liefde nie. Hoe op aarde kan ek jou ooit oortuig dat jy my volkome toegeneë is as jy my so voortdurend bly ontwyk?"

Hy loop stadig dog doelbewus op die meisie af wat sy hele hart in die palm van haar twee songebrande handjies hou. Maar Suzette steek albei haar hande in 'n pleitende gebaar voor haar uit asof sy die een of ander onheil wil afweer.

"Graaf, asseblief . . ." begin sy radeloos, maar dan sluit Marco se arms besitlik om haar en raak sy weer bewus van daardie vreemde, onstuimige polsing in haar kuiltjie. Sy bid naarstiglik dat hy haar tog nie weer moet liefkoos soos daardie dag in die koets nie. Maar dit lyk nie of hy haar dadelik gaan soen nie. Dus skraap sy al haar moed bymekaar en vervolg sy moedig: "Ek sal 'n ooreenkoms met jou aangaan, Graaf."

Hy glimlag stil af in haar gesiggie wat vir hom in die onsekere lig van die maan vreemd bleek en broos lyk, byna eteries in haar sonderlinge skoonheid. Toe vra hy met 'n sag strelende stem: "Ek luister, Suzette. Wat is die ooreenkoms?"

Daar kan nie van die graaf gesê word dat hy hom al ooit doof gehou het vir ander se pleitredes nie. Hy luister gewoonlik met onverdeelde aandag na wat gesê word, glimlag beleefd en antwoord baie hoflik en paslik. Maar van sy eie standpunt kan nie die duiwel met al sy trawante hom beweeg nie. Ook nou is hy volkome gewillig om na sy beminde se voorstel te luister, maar of hy haar voorstel gaan goedkeur, is nog 'n vraag.

Suzette aarsel 'n oomblik lank voordat sy praat. Sy weet dat sy nou uiters geslepe sal moet optree indien sy die trek verder wil vergesel. Vra hy haar vader vanaand om haar hand, is die vet in die vuur en kan sy haar maar klaarmaak dat sy môre teruggestuur gaan word Kaap toe om met hierdie man te trou – die man wat volgens haar mening slegs met haar wil trou om sy moeder te behaag, en geensins omdat hy haar liefhet en die huwelik self begeer nie.

Sy sluk senuweeagtig, trek haar asem diep in en stamel ietwat onsamehangend: "Ek ... wil graag 'n voorstel aan die hand doen, Graaf. Dis ... in verband met die ... trek."

Marco merk haar senuweeagtigheid en spoor haar met 'n sagte, gerusstellende stem aan.

"Wat is dit in verband met die trek? Het jy eindelik besluit dat jy genoeg het van hierdie sinnelose swerwery in so 'n barbaarse wildernis?" hy druk haar liggies teen hom vas en vee vlugtig met sy lippe oor haar halfoop mond. Toe laat hy haar vry uit sy omhelsing en hervat hy intiem vertroulik: "Kom sit, en laat ek hoor wat jy op die hart het. Ek verseker jou dat jy my onverdeelde aandag het."

Hulle neem weer op die wa se disselboom plaas. Toe draai Suzette haar onverwyld na die man langs haar, kyk hom reguit aan en sê ewe reguit soos wat dit maar haar gewoonte is: "Verskoon my, Graaf, maar ek hou van die trekkery omdat ek lief is vir die natuur. Vir my is dit hoegenaamd nie 'n sinnelose swerwery nie, maar 'n heerlike avontuur. Maar om terug te kom tot my voorstel." Sy laat haar blik sak en stryk ingedagte met haar hand oor haar wye, swart satynromp. "Ek wil my vader graag vergesel tot aan die einde van die trek. Sodra hy vir hom 'n nuwe plaas afgebaken het, sal ek saam met jou teruggaan Kaap toe . . ."

"En jou gewillig aan my verbind?" wil hy ernstig weet.

Sy lig haar gesig op na hom en 'n glimlaggie van verligting speel om haar granaatrooi lippe.

"Dit kan ek nie belowe nie, my vriend," antwoord sy tergerig. "Maar ek belowe in elk geval om by my oom en tante op Rouen te gaan woon."

Hy staar haar 'n lang ruk stil en berekenend aan. Toe sê hy eindelik saaklik, dog met 'n tikkie kommer in sy stem: "Ek hou niks van jou voorstel nie, Suzette. Hierdie trekkery is inderdaad 'n gevaarlike onderneming vir 'n dame . . . Besef jy dat julle aangeval kan word?"

Sy knik bevestigend.

"Ek besef dit, en juis daarom kan ek my vader nie alleen laat gaan nie. As dit gebeur, moet ek by wees om vir hom te laai terwyl hy skiet." Sy plaas haar hand vertroulik oor syne wat op sy knie rus. "Ek moet eers oortuig wees dat my vader die einde van die trek veilig bereik het voor ek my in die Kaap kan gaan vestig. Jy begryp, nè?"

Hy neem haar hand in albei syne en kyk haar ernstig aan.

"Ek begryp dat jy jou vader baie liefhet en dat jy bekommerd voel oor sy veiligheid," antwoord hy effens ongeduldig. "Maar wat van my bekommernis oor jou veiligheid? Nee, jou voorstel maak geen sin nie, Suzette. As oom André bereid is om hom oop oë in soveel gevaar te begeef –"

"Graaf, asseblief," roep sy nou pleitend uit, "ek vra net hierdie een guns van jou! Laat my net toe om my vader tot aan die einde van die trek te vergesel! Ek sweer ek sal daarna teruggaan Kaap toe!"

Hy haal sy skouers met 'n moedelose gebaar op, draai sy blik stadig na die maan wat nou bleek aan die wye hemelgewelf hang en sê met 'n moeë klank in sy stem: "Nou goed, Suzette, jy mag saamgaan om vir oom André se gewere te laai in geval van 'n aanval . . . Ek en Peet sal ook die trek vergesel." Hy kyk haar 'n oomblik lank intens aan, asof sit die eerste maal is dat hy haar werklik in oënskou neem. Maar van die skok en teleurstelling omdat hy en Peet ook die trek wil vergesel, laat sy niks blyk nie. Dis inderdaad 'n sakie waarmee sy nie rekening gehou het nie.

Dan verskyn daar eensklaps 'n gesteurde frons op sy voorkop toe hy vervolg: "Ek weet eerlikwaar nie waarom ek toegee aan hierdie onsinnige wens van jou nie." Sy donker, vurige oë is smeulend en afkeurend. Hy haal sy skouers half verontskuldigend op en hervat. "In elk geval, ek sal hierdie jongste besluit van ons met jou vader moet bespreek voor hy gaan slaap. Kom, Suzette."

Hy steek sy hand uit en help haar versigtig orent. Daarna bied hy haar sy arm met 'n sjarmante buiging aan, en geselsend stap hulle na waar die jongklomp nog steeds op die maat van Lewies se konsertinamusiek dans.

Hulle neem langs André plaas. As Suzette verwag het dat die graaf haar vir 'n dans sou vra, het sy haar terdeë misgis, want hy toon geen sinnigheid om aan hierdie stowwerige vrolikheid mee te doen nie. Toe Carl haar later vir 'n dans kom vra en Marco ewe styf en beleefd sê: "Verskoon my, Meneer, maar Suzette sal nie aan die dans meedoen nie; ek verlang haar geselskap," weet sy intuïtief dat haar plesier tydens die trek bitter ingekort gaan word.

Ek moes geweet het dat hy my ontsnappingsplan sou dwarsboom, flits dit met verset deur haar gedagtes. Sy byt haar onderlip tussen haar hande vas en vou haar hande stemmig in haar skoot saam. Maar ek het eerlikwaar gedink dat hy en Peet môre sou teruggaan Kaap toe, en dat ek hom na dese nooit weer sou sien nie, want hoe op aarde sou hy weet waar Pappie vir hom 'n nuwe plaas afgebaken het?

Sy hef haar gesig op en tuur diep peinsend na die vrolik vonkelende sterre wat soos klein lampies aan die grenslose hemeltrans flikker, en sy weet dat haar uur van beproewing slegs uitgestel is tot 'n later datum en nog glad nie iets van die verlede is nie.

Ja, tensy ek hom op 'n ander manier kan ontvlug, sal ek noodgedwonge saam met hom moet Kaap toe gaan en my met huweliksbande aan hom moet verbind!

Hierdie is die gedagte wat haar hart een oomblik vreemd warm laat klop, maar die volgende oomblik weer bitter ontsteld en benoud laat voel. Sy voel oortuig daarvan dat sy liefdesverklaring slegs lippetaal is, en sy huweliksaanbod slegs is om sy moeder te behaag. Hy probeer verniet om haar te flous. Almal in die Kaap weet van sy hartelose flirtasies met die meisies, en daarbenewens het sy ook die brief gelees wat Lise byna twee maande gelede aan haar vader geskryf het, waarin sy die wens uitgespreek het dat Marco met haar, Suzette, moet trou.

'n Lang ruk tuur sy met 'n vreemde uitdrukking in haar oë na die skitterende sterre asof sy daar na 'n antwoord op haar probleme soek. Toe tref 'n briljante gedagte haar skielik, en dit voel vir haar of die lewe darem weer die moeite werd is.

Die volgende twee dae lewer vir Suzette geen noemenswaardige avontuur op nie, aangesien die graaf 'n streng wakende oog oor haar hou en sy omtrent nie 'n voet uit die kamp of van die waens af durf sit sonder hom knaend aan haar sy nie.

Een maal het sy hom wel probeer ontglip, maar die jong edelman was te uitgeslape vir haar en toe hy haar 'n oomblik later met die vurige Satan inhaal, het die poppe behoorlik gedans. Soos gewoonlik het sy toorn soos 'n verwoede tornado oor haar losgebars en het hy haar vir die soveelste keer beduie presies hoe ongehoorsaam, halsstarrig en weerbarstig sy is, en dat dit haas tyd is dat iemand ingryp en haar van sulke slegte gewoontes genees. Hy sou voortaan daardie iemand wees wat haar volkome gaan genees van al haar nukke, giere en grille, het hy bygevoeg.

Hierdie onomwonde dreigement van hom het Suzette glad nie aangestaan en hoegenaamd nie gelukkiger gestem nie. Sy het vurig gewens dat die jong Fransman liewer aan die ander kant van die aardbol moes wees. Nou weet sy ook nie meer so mooi of haar plan om te ontvlug aan die einde van die trek gaan slaag nie. As hy haar nou nie eens 'n oomblik lank onder sy oë uitlaat nie, sal hy dit by hul bestemming heel waarskynlik ook nie doen nie, en dit gaan 'n stok in haar wiel wees. Sy het reeds besluit dat sy aan die einde van die trek sommer stilletjies gaan verdwyn en 'n rukkie lank by een van die grensboere sal kuier tot tyd en wyl hy en Peet vertrek het. Maar nou weet sy inderdaad nie of hierdie plan gaan slaag nie. Indien haar plan nie slaag nie, sal sy maar solank gewoond daaraan moet raak dat sy gravin De la Roche gaan wees.

Fyn plooitjies van kommer ontsier haar voorkop hier waar sy fier en regop op Fleur se rug, met Marco langs haar op Satan se rug, van 'n hoë koppie af die verte in tuur na waar die Visrivier spieëlglad en breed in die rigting van die see kronkel. Sy gramskap is skynbaar uitgewoed, want op sy hele gelaat is daar nou nie meer 'n teken van flussies se ergernis nie. Trouens, dit lyk of hy nog nooit in sy lewe gesteurd was nie.

"So, dan het ons haas die einde van die trek bereik," laat Suzette sag hoor sonder om haar blik van die rivier af te neem. Die teuels rus ferm in haar hand, want die twee dorstige perde ruik die water en begin ongeduldig rondtrap.

"Voel jy teleurgesteld?" wil Marco belangstellend weet. Sy

blik rus sag, intens op haar daar waar sy op Fleur se rug sit asof sy in die saal gegiet is. 'n Warm, intense gevoel van liefde wel in hom op en laat sy hart vinniger klop. Hy voel verheug dat die trek haas sy einde bereik het, en hulle binne 'n dag of twee weer die terugtog Kaap toe kan aanpak sodat Suzette in veiligheid gebring kan word.

Suzette draai haar gesig stadig weg van die skouspelagtige watertoneeltjie daar in die verte en kyk Marco ondersoekend aan vir enige tekens van spot, maar sy vind slegs belangstelling. Sy haal haar skouertjies ongeërg op en antwoord sonder veel belangstelling: "Ek behoort seker verheug te voel omdat die trek so 'n voorspoedige einde bereik het, Graaf. En tog voel ek dat ek nie die opwinding en avontuur beleef het wat ek aanvanklik verwag het nie —"

Sy vurige oë wat op haar rus, raak half versluierd, en dit lyk byna of sy hom geskok het met hierdie openlike erkenning. Maar dan plooi daar meteens 'n geamuseerde glimlaggie om sy ernstige mond toe hy haar ietwat bestraffend in die rede val: "Kom Suzette, ek dink jy het meer as genoeg opwinding en avontuur beleef tydens die trek . . . Of sou jy graag 'n aanval wou beleef?"

Kommer en onrus lê meteens vlak in Suzette se sielvolle oë. Sy het nog nooit 'n aanval beleef nie. En noudat hulle die Visrivier nader, is so 'n moontlikheid glad nie uitgesluit nie.

'n Koue angs wat haar hart vreemd benoud laat klop, neem meteens van haar besit en haar oë verdonker merkbaar toe sy weer na die jong edelman draai.

"Mag die Goeie Vader gee dat dit nie die lot van hierdie trek gaan wees nie, Graaf," sê sy sag, dog onrus skemer duidelik in haar stem deur en dit ontgaan nie die jongman se oor nie. "Maar kom, ek dink ons moet Pappa sonder versuim gaan verwittig dat ons die Visrivier oor 'n uur sal bereik," doen sy haastig aan die hand.

Sy meet die son met 'n vlugtige blik en wag nie op 'n antwoord van Marco nie, maar gee Fleur vrye teuels en jaag met donderende vaart na die waens wat soos 'n lang duisendpoot stadig oor die eensame vlakte aangestreep kom. Marco het geen ander keuse as om haar voorbeeld te volg nie, en weldra bereik hulle die lang stoet waens, waar Suzette dadelik haar vader opsoek.

André le Sueur toon geen verbasing toe hy verneem dat hulle eindelik die Visrivier bereik het nie. Trouens, hy het verwag dat hulle die rivier binne 'n dag of twee sou bereik. Daar is meteens 'n nuwe lig in sy oë toe hy sy voorste wa stuur in die rigting waar sy vriend, Koot van As, hom sewe jaar gelede kom vestig en vir hom 'n mooi boerdery tot stand gebring het.

Die gerug dat die Visrivier net agter die eerste koppie verbykronkel, doen die ronde tussen die trekkers, en toe is dit meteens of daar 'n nuwe atmosfeer onder hulle heers. Op elkeen se gelaat is 'n glimlag en 'n openlike uitdrukking van ongeduldige afwagting.

Anderhalf uur later bereik hulle Tiervlei, Koot van As se plaas, en word die voorste wa versigtig langs die hoë ringmuur, wat die woonhuis en werf omring, tot stilstand gebring. Almal voel bly en opgewonde omdat hulle eindelik hul bestemming bereik het, en hulle nou vir hulle nuwe plase kan afbaken in hierdie nuwe wêreld waar daar geen wette van die Here Sewentien bestaan nie, slegs die wette van die Groot Boek en die ongeskrewe wette van die natuur.

Koot en sy vrou, Gesina, en sy tweede oudste seun, Jan, het lankal die streep waens opgemerk en hulle stap die leier van die trek nou met hulle merk wie die leier van die trek is, dus is hulle groet soveel hartliker.

Met welgevalle stel André die Van As-gesin aan Marco en 'n paar ander lede van die trek bekend. 'n Hartlike oor-en-weer-groetery volg, en toe al die formaliteite eindelik afgehandel is, neem André, Marco en nog 'n paar mans van die trek saam met die Van As-gesin onder 'n doringboom plaas, terwyl Gesina hulle met warm koffie uit 'n blikemmertjie bedien.

Koot is diep verheug omdat sy jare lange vriend André hom nou ook aan die grens wil kom vestig, en gevolglik gesels hulle land en sand aanmekaar oor die vervloë dae, politieke sake en die huidige toestand aan die grens.

12

Koot van As is 'n vermoënde boer. Tiervlei strek tot byna aan die Visrivier. Rondom Tiervlei is daar nog etlike groot plase, want die wêreld is hier mooi en baie geskik vir beesboerdery. Sommige boere het ook 'n goeie stoet perde. Koot is self die eienaar van byna seshonderd beeste en sewentig perde. Sy skaaptrop is nie groot nie, aangesien hy eintlik 'n beesboer is.

Toe Koot hom sewe jaar gelede hier kom vestig het, het hy goed geweet welke gevare hier op die grens skuil en het hy sy plaas daarvolgens probeer inrig. Sy woonhuis is eenvoudig, maar groot en massief gebou. Om die huis is 'n hoë ringmuur, deels omdat dit die gewoonte is om 'n ringmuur om jou tuin voor jou huis te hê en deels om as 'n skans te dien teen aanvalle. Die mure van die beeskrale en perdekrale is ook hoog, want veediewe roof nie net die vee in die veld nie, maar probeer soms selfs om snags die beeste uit die kraal te steel.

Ofskoon Koot genoeg bees- en perdewagters het, is hy is hy en sy twee oudste seuns, Klaas en Jan, ook maar gedurig op hul perde in die veld om 'n oog oor die diere te hou en te waak teen veediefstal. Selfs sy jongste, klein Flip, wat nog maar dertien jaar oud is, het sy eie ryperd en geweer en weet hoe om 'n beestrop te hanteer. So iets as skoolgaan is daar nie en die bietjie boekgeleerdheid wat hulle het, sodat hulle darem die Bybel kan lees en op 'n manier 'n brief kan skrywe, het hulle van hulle moeder, Gesina, geleer.

Koot is besig om die gespanne toestand hier aan die grens aan André te skilder, toe Gesina verbaas uitroep: "Maar dis mos Flip wat daar soos 'n besetene aangeja kom!"

Almal kyk in die rigting wat sy aandui. Flip kom op sy skimmelperd met die beesvoetpad teen die bult afgejaag.

"Dit lyk my daar is iets verkeerd," sê Koot met merkbare onrus. "Ek dink ons moet ons maar klaarmaak vir moeilikheid."

In die jongste tyd van onrus en spanning staan die perde pal op stal. By die minste aanduiding van gevaar mag geen tyd verlore gaan nie. Dit het hierdie grensboer in sy jare lange ondervinding geleer.

Dit duur nie lank nie of Flip ruk sy perd wild voor die groepie tot stilstand.

"Wat is verkeerd, Flip?" vra Gesina nog voor die aangesprokene afgeklim het of iets gesê het. Sy, net soos Koot, verwag lankal moeilikheid.

"Dit lyk of hulle weer wil kom vee steel, Pa," kondig Flip aan terwyl hy die teuels oor die perd se kop trek en dit oor sy arm haak.

"Wat laat jou so dink, Boet?" vra Koot terwyl André, Marco en Peet se oë met nuuskierige belangstelling op die jong seun rus.

"Ek en Klaas was deur die Visrivier om na die perde te soek wat gisteraand buite gebly het," vertel die jong seun nou haastig. "Ons was omtrent drie myl ver oor die rivier, toe ons op spore afkom. Hulle het in 'n suidwestelike rigting beweeg. Hulle moes vannag daarlangs beweeg het. Ons het dadelik omgedraai, en Klaas is besig om die perde en beeste bymekaar te maak en huis toe te bring."

"Jan, gaan help jy en Flip met die beeste en perde, sodat die

310

diere vroeg in die krale kan wees. Ek sal solank alles hier reg-maak," sê Koot.

Na hierdie bevel van hom word daar nie getalm en vrae gestel nie. Jan spring haastig op en gaan haal sy perd, terwyl Flip gou 'n kommetjie koffie wegslaan. Kort daarna jaag die twee broers veld toe om so spoedig moontlik die diere in die hoë klipmuurkrale te bring. Daarna kom ook Koot haastig orent en kondig aan dat hy nou dadelik voorsorgmaatreëls sal moet gaan tref. Indien die veediewe besluit om vannag nog toe te slaan, moet hulle gereed wees vir die bloeddorstige barbare.

Ook André, Marco en Peet kom orent, en sonder meer draai eersgenoemde hom na Koot.

"Ek vrees ons is slegs 'n handjie vol mans, Neef, maar jy kan staatmaak op ons hulp en bystand," bied hy vriendelik aan. "Ek sal die trekkers nou dadelik in dié verband gaan spreek, dan kan ons die waens in 'n laer om die ringmuur trek sodat die wagters die vee êrens kan gaan versteek."

"Ek het genoeg krale vir al julle vee, neef André," bied Koot dankbaar aan, bly dat André so gewillig hulp en bystand aangebied het. "Die vrouens en kinders kan hulle maar solank in die huis gaan tuismaak. Gesina sal sorg dat alles daar reg gaan."

Onderwyl André en Koot staan en reëlings tref, loop Marco na waar Suzette eenkant teen die wa aangeleun staan.

"Is daar iets verkeerd?" wil sy onrustig weet toe sy die stroewe, bekommerde blik op Marco se ietwat bleek gelaat merk.

Hy kom voor haar staan, kyk haar 'n oomblik lank stil aan onderwyl hy ingedagte met die kort seekoeisambokkie teen sy been piets.

"Dit wil voorkom of ons reg in 'n nes van moeilikheid beland het," sê hy eindelik. Sy oë verdonker meteens toe hy ietwat selfverwytend vervolg: "Ek was 'n dwaas. Ek moes nooit toegelaat het dat jy verder aan die trek meedoen nie ... Ja, ek moes jou eergister teruggeneem het Kaap toe soos ek aanvan-

311

klik beplan het. Ek sal myself nooit vergewe as daar iets met jou gebeur nie –"

"Wat presies bedoel jy, Graaf?" val sy hom ernstig in die rede. Sy kyk hom met groot, vraende oë aan. "Watse moeilikheid word verwag?"

Hy gee 'n tree nader aan haar, lig haar spits kennetjie met sy wysvinger op en kyk diep in haar sagte, sielvolle blou oë. Toe sê hy sag, byna hartstogtelik: "Meneer Van As verwag enige oomblik dat veediewe gaan toeslaan, Suzette, en ek kan met die beste ter wêreld nie begryp waarom ek so dwaas was om jou aan soveel gevaar bloot te stel nie." 'n Lang ruk staar hy nog so in haar dierbare oë, toe gly sy hand af en sluit saggies om haar dun middeltjie, en met 'n teer gebaar trek hy haar in die kring van sy arms, ongeag die jongmense en kinders wat om hulle rondstaan. "Ek sal jou in elk geval met my lewe beskerm," fluister hy met 'n ongekende warmte in sy stem, onderwyl sy lippe saggies teen haar sagte krulle rus. "Jy beteken vir my meer as die lewe self. En as die ergste dalk met my gebeur, wil ek hê jy moet weet dat ek jou die meeste op die aarde bemin het. Nie my moeder en myself soos jy dink nie, maar jou, Suzette."

Sy lippe streel teer, liefkosend oor haar regterslaap, toe laat hy haar vry uit sy omhelsing, en hy draai om en stap haastig weg in die rigting waar André nou besig is om die trekkers toe te spreek.

Met 'n onpeilbare uitdrukking in haar oë staar Suzette sy lang, breedsgeskouerde gestalte agterna. Daar is 'n warboel gedagtes wat soos 'n stroom deur haar beur, vrae wat sy te bevrees is om antwoorde voor te soek en gevoelens wat vir haar vreemd en onverklaarbaar is. Dit voel vir haar kompleet of sy in 'n siedende maalstroom beland het. Sy word deur haar eie onverklaarbare emosies soos 'n stukkie dryfhout heen en weer geslinger, totdat dit later vir haar voel of sy van skone radeloosheid aan die gil kan gaan.

Nog nooit het sy so hopeloos verward gevoel soos op hierdie oomblik nie. Sy weet nie of dit Marco se woorde van flussies is of haar eie onverklaarbare gevoelens nie, maar sy voel of daar iets binne-in haar gaan breek, iets wat dae lank al in haar soos 'n snaar gespan is – of is dit weke?

Sy voel 'n pynlike knop in haar keel wat sy nie by magte is om af te sluk nie. En toe sy met haar hand oor haar oë vee, merk sy dat dit nat is. Sy haas haar na die wa wat vir haar as slaaptent dien. Die volgende oomblik werp sy haar snikkend op die bed neer, en haar hele lyf ruk soos sy snik.

As iemand haar op hierdie oomblik moes vra wat die oorsaak van haar hartseer is, sal sy egter geen antwoord kan verstrek nie, al probeer sy ook, want sy het geen verklaring daarvoor nie.

Lank na die storm in haar uitgewoed is, lê sy met droë, nikssiende oë na die wit seilkap bokant haar en staar. Dit voel of sy van alle emosies gestroop is. Net 'n vreemde pyn brand nog in haar bors, 'n pyn wat sy byna fisiek aanvoel. Toe haar vader haar later kom roep om na die Van As-woning te gaan, is daar nie meer 'n teken van flussies se trane op haar mooi, stil gelaat te bespeur nie.

Op Tiervlei is daar meteens 'n yslike bedrywigheid soos die boere voorsorgmaatreëls tref vir 'n moontlike aanval. Al die kraalhekke word nagesien. Drie lang krippe word van die stalle af binnekant die ringmuur agter die huis geplaas, en ook hierin word voer gemaak vir die Van As-gesin se perde, asook vir dié van die trekkers. As dit dalk in die nag nodig word om te vlug, moet die perde by die huis wees. Verder word daar 'n tentwa reg getrek waarop die vroue en kinders van die werkers vervoer moet word indien hulle straks in die nag moet vlug.

Dit is nie die eerste maal dat hierdie voorbereidings op Tiervlei getref word nie. Elke slag wanneer Koot vermoed dat sy plaas miskien in die nag aangeval gaan word, tref hy deeglike voorsorgmaatreëls vir die veiligheid van sy mense. Maar nog nooit was dit vir hulle nodig om te vlug nie. Nog net een maal is die plaas aangeval, en toe is die aanvallers maklik verjaag.

Voor sononder is die laaste dier op Tiervlei versorg, ook dié van die trekkers, en is die stewige kraalhekke met kettings vasgemaak. Die waens van die trekkers is in 'n laer om die ringmuur getrek en al wat vrou en kind is, is veilig in die huis. Niks is vergeet nie.

Die vier grensboere en die handjievol trekkers hou om die beurt wag. Die twee waghonde van Koot is vannag ook besonder waaksaam. Hulle het alreeds aan die ongewone bedrywigheid gemerk dat sake nie pluis is nie. Maar tot almal se verbasing verloop die nag heeltemal rustig.

Dis al byna dagbreek en Koot en André het so pas die wag bly Klaas, Marco en Peet oorgeneem. Koot voel nou weer heeltemal gerus. Hy glo nie die veediewe sal dit waag om helder oordag toe te slaan nie. Hulle het baie ammunisie en dit sal 'n geweldige groot oormag moet wees wat Tiervlei oorrompel.

Maar skielik vlieg die twee honde, wat 'n rukkie langs hul baas op die stoep gelê het, op en storm die duisternis in. Koot spits sy ore en probeer die duisternis met sy oë deurboor. Hy wonder of die honde iets gewaar het. Hulle stormloop was so doelgerig.

Koot wag nie lank op 'n antwoord nie. Omtrent tweehonderd treë buitekant die ringmuur gaan die honde vreeslik te kere, en byna onmiddellik begin een van hulle jammerlik tjank. Nou wag die grensboer nie langer nie, maar hy vuur 'n skoot in die lug af om die huismense wakker te maak en roep met 'n paar deurdringende fluite die honde terug. Ná 'n rukkie kom een hond alleen onder die hek in die ringmuur deurgeseil.

Koot en André haas hulle so vinnig soos wat hulle kan na die ringmuur toe en hulle het skaars posisie ingeneem, of hulle gewaar 'n paar gedaantes wat na die waens toe aangesluip kom. Toe brand hulle met mening los. Die skote is goed gemik en

314

'n paar gedaantes spring gillend in die lug. Daarna bars 'n helse lawaai los.

Toe Koot se tweede skoot val, hoor hy ook skote aan die anderkant van die huis, en hy weet dat elke man op sy pos is. By die stalle val ook 'n paar skote.

Flip en Jan bewaak die perde wat agter die huis vasgemaak is, terwyl die res van die mans al om die ringmuur vas staan agter hulle gewere. Die vroue wat nie vir die mans help laai nie, is in die huis om na die verbouereerde kinders te kyk.

As die aanvallers net gekeer kan word totdat dit begin lig word, flits dit onrustig deur Koot se gedagtes. As hulle op 'n groter afstand gesien kan word, sal hulle nie maklik oor die ringmuur kom nie. Maar met hierdie duisternis wat die uitsig vir 'n mens so belemmer, skyn dinge 'n bietjie onrusbarend. Hy laat sy waaksaamheid nie vir 'n oomblik verslap nie. Sy geweervuur is ook doelgerig en treffend.

'n Halfuur is reeds verstreke, en die aanvallers het nou in drie groepe verdeel. Die een groep probeer die kraalhekke oopbreek, die tweede groep val die stalle aan, terwyl die derde groep probeer om oor die ringmuur te kom. As hulle almal op die woonhuis afgestorm het, sou die handjievol mans nie in staat gewees het om hulle te keer nie. Maar gelukkig vir die boere is hulle te haastig om die vee in die hande te kry.

Dit duur nie lank nie of die strooidak van die stal staan in ligte laaie.

"Sulke duiwels!" kreun Koot dit byna uit. "Hulle het dit tog reggekry om brandende takke op die dak te gooi!"

Nou is die werkers verplig om die staldeure oop te maak sodat die diere kan uitkom.

Toe Jan sien dat die een stal se dak brand, hardloop hy dadelik na die gat in die ringmuur en rol die swaar klip wat daar lê weg. Die werkers nael in aller yl na die gat in die muur.

André hardloop ook nou na daardie kant van die ringmuur

toe, nadat hy Suzette beveel het om vir Marco te laai, en help Jan om op die aanvallers te skiet sodat die werkers veilig kan deurhardloop.

'n Klompie aanvallers sien egter wat gebeur, en hulle probeer met alle geweld om die werkers voor te keer. Vier van die werkers bly lê, terwyl die res so vinnig moontlik deur die opening in die muur kruip.

André het opgemerk dat een van die werkers wat neergevel is een van sy getrouste werkers is, dat hy gewond is en dat hy stadig aankruip na die opening in die muur. 'n Paar van die aanvallers, wat in die lig van die brandende stal duidelik sigbaar is, het dit egter ook gesien en storm nou soos een man op die gewonde werker af om hom van kant te maak. Op hierdie oomblik vergeet André totaal van die gevaar waaraan hy homself blootstel. Hy trek 'n skoot tussen die aanstormende aanvallers af, kruip vinnig deur die opening in die muur en hardloop na die aansukkelende werker toe.

Spoedig is hy by hom, en terwyl hy hom met sy kragtige linkerarm optel en na die muur voortsleep, slaan hy met die regterhand 'n aanvaller plat. Met groter kraginspanning sleep hy die werker nou voort, blind vir die gevaar wat hom omring. Hy is net 'n paar treë van die ringmuur af, toe 'n assegaai hom in die rug tref en hy bly doodstil op die grond lê.

Die verskrikte werkers binnekant die ringmuur sien hoe André neergevel word, en kruip weer haastig deur die gat, verdryf die aanvallers en sleep André en hul makker veilig deur die opening na binne.

Vir André se werkers is dit 'n verskriklike oomblik om hom so stil en bebloed aan hulle voete te sien lê. Een kom tot verhaal en hardloop dadelik na Marco en Suzette toe om hulle van die tragiese gebeure te verwittig.

Met trane wat onbeskaamd oor sy wange rol, lig hy Marco oor André se toestand in. 'n Oomblik lank is Marco en Suzette sprakeloos van skok. Maar dan kom die edelman eindelik tot verhaal, en toe hy om hom heen kyk, merk hy nog drie van André se werkers wat met geboë hoofde 'n entjie van hulle af staan.

"Bly julle vier hier op my plek," beveel hy haastig. "Ons gaan gou kyk of ons iets kan doen." Aan Peet, wat al die tyd getrou aan sy sy geveg het, sê hy stroef: "Peet, hou jou oog hier oor my plek ook. Oom André is ernstig gewond. Ek gaan dadelik na hom toe."

Koestend dra Marco die willose Suzette half na waar haar vader bleek en stil op die grond lê, met 'n paar van die werkers wat eenkant met geboë hoofde gehurk sit asof hulle verlies te groot is om te dra.

Toe Suzette die plas bloed onder haar vader merk, skeur 'n droë snik uit haar bors. Sy val langs hom op haar knieë neer en met haar goudblonde kop op sy bors wat swaar op en neer beweeg, begin sy bitterlik huil. Ook Marco gaan kniel langs die gewonde man, plaas sy hand saggies op sy bors en voel dat sy hart baie flou klop. Hy wil net een van die werkers beveel om water te bring, toe maak André sy oë moeisaam oop en sy stem kom swaar en hortend.

"Ek gee Suzette aan jou af, Marco . . . Kyk mooi na haar . . . Julle moet sonder versuim teruggaan . . . Kaap toe . . . Voltaire . . . is veilig vir haar . . ."

Toe ontsnap die laaste asemteug uit sy bors.

Etlike sekondes lank staar Marco magteloos na die geboë hoof van die wenende meisie. Toe buk hy af, en soos 'n veertjie tel hy Suzette in sy gespierde arms op en dra haar na binne. Op die rusbank in die eetkamer lê hy haar neer, waar Gesina die meisie sorgsaam by hom oorneem. Met 'n strak gelaat lig hy haar in oor wat gebeur het. Toe, met 'n laaste simpatieke blik op die snikkende meisie, verlaat hy die eetkamer haastig.

Met lang treë hardloop hy na waar Peet en Koot nog vas agter hul gewere staan. Hy roep met 'n vreemde woede in sy

317

stem uit: "Oom André is oorlede! Kom, Peet, laat ons die perde opsaal en sy dood wreek!"

Peet laat nie op hom wag nie. Ook Klaas en Jan, twee fris boerseuns, sluit ongenooid by hulle aan, en binne vyf minute sit die vier op hulle vurige perde wat reeds verbouereerd staan en rondtrippel. Die werkers trek die versperrings van die hek in die ringmuur weg sodat hulle kan uitjaag.

Koot sê nie 'n woord nie. Hy voel diep bedroef oor sy jare lange vriend se dood. Hy besef ook dat daar geen keer is aan die jong edelman se woede nie.

Die vier perde jaag onder die aanvallers in wat nou met 'n verskriklike lawaai weer op die ringmuur aanstorm. Die vier jongmanne dink nie 'n enkele oomblik aan hul eie veiligheid nie. Die stormloop is onverwags en dit duur ook nie lank nie, of die aanvallers begin die wyk neem.

Dit is nou helder daglig en wegkruipkans is daar nie. Hulle begin in paniek vlug, maar die vier perde bly onverbiddellik op hulle hakke met Marco aan die voorpunt.

Toe die aanvallers die Visrivier oorsteek, draai die vier jongmans om en keer die beeste terug na die kraal. Die perde wat uit die brandende stal gevlug het, het verbouereerd die veld in gevlug.

Toe die vier jongmanne weer by die huis aankom, is Gesina en Breggie reeds besig om voorbereidings vir André se laaste rus te tref. Almal is stil en verslae, en selfs oor die werf hang 'n doodse stilte. Wat die ander trekkers se planne is, weet Marco nie, maar hy het reeds besluit om ná die teraardebestelling sonder versuim die terugtog na die Kaap aan te pak. Noudat André Suzette in sy sorg gelaat het, voel hy dat hy haar so gou moontlik moet verwyder na 'n plek waar sy volkome veilig sal wees. Hy wil graag na Suzette toe gaan, haar gaan troos in hierdie oomblik van smart en beproewing, maar hy besef dat daar eers reëlings vir die teraardebestelling getref moet word.

Hy gaan soek Koot op, en na hulle eenparig besluit het dat die teraardebestelling die middag sal plaasvind, gaan verneem hy weer by een van die tantes waar Suzette is.

Hy volg Truia Botha na die gastekamer waar Suzette bleek en uitgeput en met geslote oë op die bed lê.

Toe Marco langs die bed gaan staan, maak Truia verskoning en verlaat die vertrek stil. Sy hart gaan uit na Suzette, en 'n oomblik lank staar hy met diepe meegevoel na die bleek gesiggie wat so klein en broos vertoon en na haar sagte lippe wat so uiters kwetsbaar lyk. Toe buk hy af en druk sy koel lippe teen haar hetige voorkop.

Hy wil net orent kom, toe maak Suzette haar oë oop en kyk sy hom aan met 'n blik wat mistig is van leed en hartseer. Sy neem hom saggies aan die arm en sê met 'n moeë stem: "Sit, Marco ... Nee, nie daar op die stoel nie," maak sy byna toonloos beswaar toe hy op 'n stoel 'n entjie van die bed af wil plaasneem. "Sit hier by my op die bed." Hy gehoorsaam en sy vervolg: "Ek wil jou graag bedank vir jou ..." Sy sluk die trane weg wat al meer met 'n oorweldigende knop in haar keel opstoot. "Vir jou besorgdheid jeens my toe Pappie ... heengegaan het ..."

Verder as dit kom sy nie, want rou snikke skeur uit haar bors en skud haar skouers soos 'n jong, weerlose plantjie in 'n ruwe storm. Sy verberg haar gesig met haar hande, en weer eens snik sy asof haar hart wil breek.

Vlugtig buk Marco oor, en met een kragtige beweging vou hy haar toe in sy arms en druk hy haar met oneindige teerheid aan sy bors.

"Suzette, my liefling, moet liewer niks sê nie," fluister hy teer hier digby haar oor, en hy streel liefderyk met sy hand oor haar sagte krulle. "Rus maar net stil hier teen my bors."

'n Lang ruk hou hy haar so teer teen hom aangedruk. Toe haar snikke later bedaar, wil hy haar weer saggies teen die kussings laat rus, maar Suzette klou half beangs aan hom vas, kyk hom deur traanbenewelde oë aan en soebat met 'n droewige stemmetjie: "Moet asseblief nie weggaan en my hier alleen laat nie, Marco. Pappie is . . . reeds weg, en ek sal dit nie kan verduur as jy ook iets moet oorkom nie!"

Hy haal 'n duur sysakdoek met sy een hand te voorskyn en droog die trane af wat nog steeds soos blink pêrels aan haar lang wimpers hang.

Sy stamel 'n byna onhoorbare dankie uit en vervolg: "Ons moet liewer sonder versuim teruggaan Kaap toe, Marco . . . ek is nou heeltemal bereid om saam met jou terug te gaan . . . Jy is al wat ek nou in hierdie wildernis het. As jy iets moet oorkom . . ."

Sy swyg en sluit meteens haar oë sodat hy nie die pyn en angs in hulle kan lees wat hierdie gedagte by haar wek nie.

Marco druk haar slegs stywer teen hom vas en streel saggies met sy lippe oor hare, wat liggies bewe.

"Ons vertrek môreoggend, Suzette," verseker hy haar gerusstellend, "Jy moet eers vanmiddag jou vader se teraardebestelling bywoon en vannag goed uitrus, want ons gaan die terugtog te perd aflê . . . Net ek en jy. Peet en die werkers kan met die waens en vee agterna kom. Maar, Suzette," – hy swyg 'n oomblik lank en kyk haar teer aan – "ons sal morenag êrens in die veld moet oornag en . . . nou ja, dit sal nie eintlik betaamlik wees nie . . . Ek bedoel, dit kan dalk praatjies by die Kapenaars uitlok, praatjies wat jou naam –"

"Ons sal voor die eerste landdros trou, Marco, en dan sal daar geen praatjies wees nie," val sy hom sag in die rede. Sy lig haar gesig op en kyk hom ernstig aan. "Of wil jy nie meer met my trou nie?"

Sy oë kyk in hare, en onderwyl 'n mooi glimlaggie stadig om sy mond plooi, hoor sy hom met iets soos verrassing in sy stem sê: "Hoe kan jy so iets sê! Liefling, dis dan die een ding waarvan ek die afgelope maand nog onafgebroke gedroom het!" Hy laat sy kop sak, soen haar vol op die mond en hou haar dan 'n entjie van hom af weg. "As ek reg onthou, was jy die een wat so halsstarrig geweier het om met my te trou, weet jy?" verwyt hy met 'n sagte laggie. Maar toe raak hy weer ernstig, en vervolg: "Ek weet waarom jy so skielik besluit het om met my te trou: omdat jou vader jou aan my sorg toevertrou het. Maar sê my net dit: dink jy jy sal my darem met verloop van tyd net so lief kan kry soos wat ek jou het? Jy weet, daardie dag toe ek en Peet die trek agterna gesit het, was ek vas van plan om jou tot elke prys my gravin te maak, met of sonder jou goedkeuring. Maar ná ons die trek bereik het, het ek weer anders oor die saak begin dink en het ek toe besluit om maar eers jou liefde te wen alvorens ek jou na die kansel toe lei. Ek vrees ek sal dit nie kan verdra om my vrou te liefkoos, wetende dat sy my nie net so liefhet soos wat ek haar het nie."

Sy sug en laat haar kop vertroulik teen sy skouer rus.

"Ja, ek sou beslis ook nie daarvan gehou het nie, Marco. So 'n liefdelose huwelik moet inderdaad 'n beproewing wees," beaam sy met 'n droewige glimlaggie. Sy voel hoe sy vingers skielik stywer om haar skouers span, sien hoe sy oë effens vernou toe hy haar diep en ondersoekend aankyk.

"Bedoel jy dat jy my ook . . ." begin hy onseker.

Sy knik liggies.

"Dis presies wat ek bedoel, Marco," antwoord sy blosend voor hy sy sin kan voltooi.

Hy trek haar met mening teen hom aan totdat haar gesig baie naby syne is. Sy oë boor in hare asof hy haar met sy blik wil dwing om slegs die waarheid te praat.

"Dan . . . het jy my ook lief, Suzette?" sêvra hy huiwerend, bevrees dat haar antwoord dalk weer teleurstellend kan wees.

Suzette knik weer bevestigend en voor sy iets meer kan sê, is hy al weer aan die woord.

"Van wanneer af?" wil hy baie ernstig weet, maar sy voel hoe sy blik liefderyk oor haar streel.

"Van daardie eerste oomblik af toe ek op die kaai in jou oë gestaar het, Marco!" Sy glimlag meewarig. "Onthou jy, daardie dag toe jy, tant Rynette en oom Marcel aan wal gestap het van Europa af!"

Sy blik raak meteens streng.

"En waarom hoor ek nou eers daarvan? Waarom het jy my al die tyd in die duister gehou, my in die grootste spanning laat leef —"

"Omdat e dit self nie geweet het nie," val sy hom sag, paaiend in die rede. "Ek vrees ek was al die tyd te onnosel om my eie hart te ken, te weet dat dit liefde vir jou is wat my deurentyd so vreemd omgekrap het." Sy kyk hom met 'n sagte, liefdevolle blik aan. "Daar was so baie dinge wat my diep seergemaak het, Marco, en daarom het ek nooit 'n oomblik laat verbygaan om jou ook seer te maak nie. Jy sien, ek wou nooit aan myself erken dat sekere dinge my seermaak nie, en daarom wou ek ook nie glo dat ek seer voel nie. En was dit nie dat ek Pappie so plotseling verloor het nie, sou ek nou nog nie van my liefde vir jou bewus gewees het nie. Maar die oomblik toe ek besef dat ek die enigste anker in my lewe verloor het en nou volkome alleen is, het die wete my skielik getref dat ek tog nie volkome alleen is nie, dat ek gelukkig nie alles verloor het wat vir my dierbaar is nie, want jy is nog daar . . . Toe eers het ek besef hoeveel jy vir my beteken, en dat ek jou al die tyd baie diep bemin het . . ."

Voordat Suzette meer kan sê, trek Marco haar vas teen sy bors en eis sy lippe hare vurig en besitlik op. En toe hy eindelik sy mooi, donker kop oplig, glimlag hy baie teer af in haar dierbare gesiggie en sê hy met 'n vreemde intensiteit: "Ek het nooit kon droom dat 'n mens so intens gelukkig kan voel nie. En om te dink dat so 'n wilde rabbedoe my soveel geluk kan besorg!" Hy glimlag tergend in haar stralende oë. "Maar ek kom nou eers tot die besef dat ek tog oneindig baie van rabbedoes en rissies hou, weet jy?"

Kaalbult se erfgenaam

1

Versigtig trek die vyf en twintigjarige Elsa Verster haar klein motortjie langs die woonstelgebou in en gaan hou stil op haar parkeerplek onder die gebou.

Sy klim uit en stap om na die hoofingang. Dis vyfuur, en die hitte van die dag het plek gemaak vir 'n ligte bries wat die stad met koel arms omvou.

Op die eerste treetjie bly sy 'n oomblikkie staan en laat haar blik met welgevalle dwaal oor die streep bloeiende jakarandas wat die straat aan albei kante pers omsoom. Dis 'n verruklike gesig wat elke Pretorianer gretig na Oktobermaand laat uitsien . . . Oktobermaand, die mooiste, mooiste maand, want dan is die hele stad fraai opgetooi in sy jaarlikse pers gewaad, en die sypaadjies lyk asof dit met pers confetti bestrooi is.

'n Warmte van geluk stu in die jong meisie op ten aanskoue van hierdie fraai gesig. Sy sug en dink aan die intense geluk wat sy al in hierdie fraai ou Jakarandastad beleef het . . . Maar dit was voor haar ouers se afsterwe, toe sy nog 'n sorgelose lewe gelei het, sonder die kommer en verantwoordelikheid van 'n minderjarige broertjie wat haar ouers se dood 'n jaar tevore op haar tenger skouertjies geplaas het.

'n Trek van pyn skuif oor haar aanvallige gelaat en verdonker meteens haar fluweelsagte, bruin oë waarin altyd 'n glimlag skuil. Maar sy wil nie weer vandag dink aan daardie noodlottige lugramp wat albei haar ouers se lewens geëis het nie. Dis lente, die seisoen wat die natuur van skone uitbundigheid laat juig en die mens met nuwe ywer en lewensvreugde vervul.

'n Vae geur van kanferfoelie styg in haar neus op, en dis asof 'n onsigbare hand die pyn en hartseer van haar gelaat afstroop. 'n Stralende glans van blymoedigheid helder meteens haar gesig op en laat haar donker oë met 'n vreemde bekoring skitter.

Dis waar, dis lente, mymer sy. Die winter is verby, en ook in my gemoed is dit op die oomblik lente; ofskoon die nagedagtenis aan Mammie en Pappie altyd 'n mooi herinnering sal bly . . .

Maar dan val dit haar skielik by dat sy die verantwoordelik-heid van 'n sestienjarige broertjie – Paul – het, en dat sy nie tyd het om hier te staan en droom nie. Hy is heel waarskynlik op hierdie oomblik besig om sy tuiswerk te doen en gaan verras wees omdat sy vandag so vroeg tuis is.

Sy glimlag stil, stap die gebou binne en styg met die hysbak op na die eerste verdieping waar haar woonstel geleë is.

Na die afsterwe van haar ouers was daar geen familie wat haar met die versorging van Paul kon help nie. Haar vader, 'n bekende ginekoloog, was 'n enigste kind, wie se ouers ook jare gelede al oorlede is. En van haar moeder se twee broers is daar slegs een wat nog in die lewe is – oom Helgaard Pretorius.

Maar die feit dat Elsa se moeder destyds met 'n stedeling ge-trou het en nie met die plaasboer nie wat haar broer Helgaard vir haar beoog het, het haar totaal vervreem van hierdie oudste broer wat so bitter gekant was teen haar huwelik met die jong dokter Martyn Verster. Derhalwe het die Versters en Pretoriusse nooit juis langs een vuur gesit nie en het hulle met die verloop van jare uit voeling met mekaar geraak.

Die teraardebestelling van sy swaer en suster het oom Hel-gaard met die onverskillige teruggetrokkenheid van 'n vreem-deling bygewoon. En nadat hy Elsa sonder veel geesdrif uitgevra het na haar werk, haar toekomsplanne en haar vader se finan-siële omstandigheid, het hy sonder versuim gegroet en vertrek sonder om haar enige hulp met die versorging van haar min-derjarige broertjie aan te bied. Nie dat sy oom Helgaard se hulp nodig gehad het nie. Haar vader was nou wel nie ryk nie, maar hy het hulle ook nie sentloos agtergelaat nie; en dan het sy natuurlik ook 'n permanente pos as teatersuster in 'n vooraanstaande private inrigting beklee.

Al wat haar werklik diep seergemaak het, was oom Helgaard se openlike ongevoeligheid jeens haar en Paul se groot verlies en die feit dat hy – skatryk man wat hy is – so min belang in hulle gestel het dat hy hulle nie eens vir 'n vakansie na sy plaas genooi het nie. Sy weet oom Helgaard het nie veel tyd vir stedelinge nie, dat al wat 'n stad is vir hom 'n Sodom en Gomorra is. Maar hy kon hulle immers om Paul se ontwil na die plaas genooi het.

Oom Helgaard Pretorius is bekend as 'n bekrompe, eienaardige en eksentrieke oubaas. Hy het nooit getrou nie. En toe sy weduweehuishoudster, tant Malie Richter, twee en twintig jaar gelede die tydelike met die ewige verwissel het as gevolg van 'n gebarste blindederm waarvoor sy te laat mediese hulp ontvang het, het oom Helgaard haar tienjarige seuntjie, Gerhard, wettig as sy eie seun aangeneem en toe onomwonde verklaar dat hy nou niks meer van die lewe verlang nie, omdat hy nou 'n waardige erfgenaam vir sy aardse besittings het, want die jong Gerhard het reeds op tienjarige leeftyd al getoon dat hy 'n boer in murg en niere is – 'n boer wat sy sout werd is en nie skroom om sy daaglikse brood in die sweet van sy aanskyn te verdien nie . . . Tog is Elsa en Paul oom Helgaard se enigste bloedverwante.

Maar hieraan het die twee Verster-kinders hulle weinig gesteur. Hulle is albei in Pretoria gebore en het in hierdie mooi stad grootgeword. Derhalwe ken hulle geen ander lewe as die in die stad nie en sal hulle kwalik op 'n plaas kan aanpas.

In die sitkamer tref Elsa haar broertjie aan, druk besig om sy tuiswerk te doen. Maar toe hy haar netjiese, wit figuurtjie in die deur opmerk, plaas hy terstond sy pen neer en groet haar met die stille verering wat hy nog al sy lewensjare vir hierdie aanvallige, opgewekte en moedige suster van hom koester.

Vrae reën op haar, en nadat sy omslagtig verduidelik het waarom sy vandag vroeër as gewoonlik tuis is, trek Paul opgewonde los: "Oom Pieter Joubert, Pappa se prokureur en jarelange vriend, het vanmiddag gebel en gesê hy kom jou vanaand na ete spreek, Ousus." Hy kyk haar met 'n vertroulike glimlaggie aan. "Ek het toe maar vir jou die groente voorberei, sodat ons vroeg kan eet. Ek dink oom Pieter het verrassende nuus vir jou, Elsa. Ek het dit aan sy stem gehoor."

"So! En hoe het jy dit nogal aan sy stem agtergekom?" kan Elsa nie help om met 'n glimlaggie te vra nie, ofskoon sy lankal bewus is van Paul se fyn aanvoeling wat ander se gemoedstoestand betref.

"Ag, dit was maklik," verklaar hy ongeërg en maak 'n sagte klapgeluid met sy duim en middelvinger. "Hy het so opgewonde geklink asof hy 'n groot fortuin ontvang het, en dan ken ek natuurlik al oom Pieter se laggie wanneer hy diep tevrede voel oor iets."

Hierop lewer Elsa egter geen kommentaar nie, draai slegs stil om begeef haar sonder versuim, en sonder om eers te verklee, na die kombuis om aandete voor te berei. Maar so onder die gewerskaf met vleis en groente, wonder sy heimlik waaroor die oubaas haar wil spreek. Die Versters is tog nie só welaf dat dit oor geldelike sake kan wees nie.

Sy het ook net die tafel afgedek, toe klop oom Pieter aan, stoot die deur oop en tree sonder enige seremonie na binne. Hy groet Elsa met 'n vriendelike glimlaggie, krap Paul se hare speels deurmekaar en neem dan op sy jong gasvrou se uitnodiging plaas.

Elsa bied hom 'n koppie tee aan, en onderwyl hy die koppie ledig, verneem hy belangstellend na die twee se welsyn. Hy kyk met welgevalle na haar keurige, fyn gestaltetjie, so netjies en elegant in die haelwit verpleegstersuniform, met die gestyfde gordel, wat onwillekeurig respek van 'n mens afdwing vir die edelheid van die beroep wat dit beklemtoon. Dan dwaal sy blik weer na die trotse, elegante houding van haar reguit skouertjies hier waar sy langs hom op die bank sit, en die blouswart glans van haar hare wat glad weggekam is van haar fyn, hartvormige gelaat en in 'n netjiese bolla op haar nek rus. Sy is so fyn en klein, en tog uiters bekwaam en gelukkig in haar beroep as teatersuster, dink hy vlugtig met openlike bewondering.

Oom Pieter steek 'n lang, vet sigaar aan en hervat dan weer in alle erns toe hy gemaklik agteroor leun: "Maar ek het jou nie oor die mensdom se gesondheid kom spreek nie, ou kinta. Inteendeel, ek is die draer van verrassende nuus . . ."

"Verrassende nuus!" roep sy met 'n sagte laggie uit en kyk die oubaas met ligte spot aan. "Dit klink fantasties, byna of ek 'n fortuin geërf het . . . nie dat ek weet wie so gaaf sal wees om my as erfgenaam te benoem nie! Maar gaan voort, oom Pieter."

Die oubaas kyk haar met 'n ondeunde blik aan en begin saggies lag.

"Reg geraai, my liewe kind, jy hét geërf . . . Toe maar, dis nie nodig om so skepties te lyk nie," keer hy nog steeds vol lag toe hy die uitdrukking van argwaan in haar donker oë merk. "Jou oom Helgaard was die gawe persoon wat jou in sy testament onthou het."

"Oom . . . oom Helgaard, Elsa," herhaal hy, en dit lyk asof hy die verbystering op haar aanvallige gelaat terdeë geniet. "Jou oom is verlede week oorlede."

"Maar . . . maar wat van sy aangenome seun – wat is sy naam nou weer?"

"Gerhard Richter," verfris die oubaas haar geheue, en dan wil hy weer dadelik weet: "Ken jy hom? Hy moet al 'n man van twee en dertig jaar wees, as ek reg onthou."

Elsa skud haar glansende hoof stadig, ontkennend.

"Ek vrees ek ken hom nie, oom Pieter. Ek het hom slegs een maal in my lewe gesien, en toe was ek maar 'n snuiter van vier jaar oud. Maar waarom het ék geërf en nie hý nie? Oom Helgaard was tog baie lief vir hom, en het almal baie duidelik laat verstaan dat Gerhard sy erfgenaam gaan wees!"

"O, Gerhard het óók geërf," verwittig hy haar versigtig. "Trouens, hy het alles geërf, behalwe jou helfte van die plaas. Julle is dus mede-erfgename van jou oom se plaas. Ek het vanoggend 'n brief van jou oom se prokureur ontvang om jou van jou erfenis in kennis te stel, aangesien jou huidige adres aan die oorledene onbekend was."

Met 'n stil, afgetrokke houding luister Elsa na die oubaas toe hy voorts verduidelik: "Maar ek vrees daar is sekere bepalings in die testament waarby jy jou onverwyld sal moet neerlê, ou dogter." Hy begin weer saggies lag toe hy die diep frons om haar mooi, oop voorkop merk en die donker, onvergenoegde blik in haar altyd vriendelike oë. "Jy het tog seker nie verwag dat daardie eksentrieke ou oom van jou sommer sonder 'n enkele voorwaarde die helfte van sy plaas aan jou sal afstaan nie!" terg hy liggies.

Elsa se blik raak meteens nog donkerder, en die misnoeë in haar oë intenser.

"Ja, u is reg, oom Pieter," kom haar stem onverwags koud en onverskillig. "Dit sou inderdaad te veel gevra wees. Oom Helgaard het nooit tyd vir ons Versters gehad nie, behalwe natuurlik vir Mammie wat sy suster was. Dus sal dit my glad nie verbaas nie indien hy 'n paar onmoontlike eise in sy testament bepaal het om die lewe vir my so onaangenaam moontlik te maak, hopende natuurlik dat ek hierdie erflating sal verbeur."

"Waarom sê jy dit, kind?" vra oom Pieter sag; hy is jare al bekend met die koue oorlog tussen ou Helgaard Pretorius en die Versters. Maar die ou is nou dood, en die verlede saam met hom, en dit sal vir Elsa veel beter wees om van al die onaangenaamheid van die verlede te vergeet. Hy kug saggies en gaan ongeërg voort: "Jou oom sou jou tog sekerlik nie as erfgenaam benoem het as hy dit nie van harte so begeer het . . ."

Maar Elsa maak hom met 'n afwerende gebaar stil en verklaar met innerlike wrewel: "Oom Helgaard het nog altyd 'n stuk koue metaal in plaas van 'n warm, polsende hart besit, oom Pieter. Ek is oortuig dat hy dit slegs gedoen het om die skyn van menslikheid te bewaar. Sy prokureur, en heel moontlik van sy bure, weet van my en Paul se bestaan en sou dit beslis baie eienaardig gevind het as 'n vreemdeling alles geërf het en sy eie bloedverwante niks."

Sy kyk die ouerige regsgeleerde aan met 'n mengsel van pyn en opstand in haar eerlike bruin oë; dan gaan sy onverwyld voort: "Ek wil nie graag oom Helgaard se nagedagtenis oneer aandoen nie, maar hy was, nieteenstaande alles, Mammie se broer. Maar ek vrees sy afsterwe wek by my geen gevoel van leed of hartseer nie. Hy was 'n hartelose en gevoellose ou rykaard, wat my en Paul nie eens 'n geringe blykie van simpatie betoon het nie toe ons ouers ons so wreed ontval het. Waarom hy die moeite gedoen het om hulle teraardebestelling by te woon, sal ek nooit begryp nie, want dit was beslis nie uit liefde vir hulle nie."

Sy breek meteens af, te verbitter om meer te sê, en staar 'n lang ruk stilswyend na die vergroting van haar ouers wat bokant die klavier teen die muur hang.

"Ek wil niks van hom hê nie, oom Pieter," verklaar sy weer na 'n ruk, nog steeds koud en ongevoelig. "Ja, nie eens 'n sent nie. Toe Paul en ek sy bystand, as ons enigste bloedverwant, so bitter nodig gehad het tydens ons diepe beproewing, het hy ons soos vreemdelinge behandel. Hy het hom nie die minste bekommer oor wat van ons twee hier alleen gaan word nie. Hy het dieselfde middag na die begrafnis vertrek en nooit weer iets van hom laat hoor nie. Wat hom betref, kon ons maar van honger en ellende omgekom het. Vandag het ons nie sy vrygewigheid nodig nie.

Dit was moeilike dae, na Mammie en Pappie se afsterwe, maar deur die genade van die Hoërhand het ek eindelik my voete gevind ... Paul en ek het niks van hom nodig nie, oom Pieter. Laat sy wonderlike aangenome seun gerus maar die hele plaas neem. Paul en ek sal regkom sonder hierdie erfenis ..."

"Ek begryp volkome hoe jy voel, Elsa-kind," paai die oubaas sag en plaas 'n vaderlike hand op haar skouer. "Ek begryp ook dat jy rede vir bitterheid het. Maar jy moet aan Paul se toekoms dink, my kind. Jy beskik nie oor die nodige fondse om julle albei te onderhou en nog vir sy studies as veearts te betaal nie ... Ek dink stellig dat hierdie erfenis 'n bestiering van Hoërhand is. Dit kan vir jou baie probleme oplos en ook Paul se lewensideaal verwesenlik."

"Paul kan om 'n studielening aansoek –"

"En dan jare lank onder 'n skuldlas gebuk gaan," val hy haar sag in die rede.

"Ek sal hom met die vereffening daarvan help," hou sy koppig vol.

Maar dan tree Paul onverwags tussenbeide.

"Ek dink oom Pieter is reg, Ousus," laat hy met 'n wysheid so eie aan homself hoor. "Hierdie erfenis sal ons albei baie kommer en hoofbrekens bespaar; want sien, noudat ek weet in hoe 'n finansiële ellende my studie ons albei gaan dompel, is ek nie bereid om daarmee voort te gaan nie. As jy dus hierdie erfenis van jou verbeur, sal ek geen ander keuse hê nie as om ná matriek die een of ander betrekking te aanvaar, sodat ek later self vir my studie kan betaal."

"Maar, Paul, dis nie nodig nie ..." begin sy ontsteld.

Dog Paul lê haar baie ernstig die swye op met: "Ek vrees dit is nodig, Ousus, want ek gaan baie beslis nie toelaat dat jy jouself afsloof om vir my studie te betaal nie."

'n Lang ruk praat nie een 'n woord nie. Elsa is merkbaar bleek, en sowel oom Pieter as Paul besef dat sy momenteel in 'n ernstige stryd met haarself gewikkel is. Hulle merk hoe die emosies mekaar snel afwissel op haar mooi, stil gelaat, hoe haar sagte oë meteens verdonker. Dan verskyn daar ineens 'n aangrypende hartseer trekkie om haar dierbare mond, wat al so oneindig baie sagte woordjies van bemoediging aan die lydende mensdom gefluister het voor 'n ernstige operasie.

Een verblindende oomblik voel Paul lus om sy arms om haar nek te slaan en haar te vertel dat hy sommer 'n grap gemaak het, dat sy maar haar erfenis kan laat vaar, as dit haar ongelukkig sal maak, en dat hulle saam wel die mas sal opkom. Maar dan dink hy weer aan die lang, uitputtende ure wat sy bedags in die hospitaal op haar voete moet verduur, hoe moeg en afgemat sy soms tuis kom, en hy laat toe dat sy gesonde verstand sy mond snoer. Hy weet dat sy die kommerlose lewe wat haar erfenis haar bied nie mag verbeur nie.

"Wat is die voorwaardes verbonde aan my erfenis, oom Pieter?" hoor hulle haar eindelik, ná 'n lang ruk, met 'n toonlose stem vra.

Hierdie vae belangstelling van Elsa laat Paul terstond 'n onhoorbare sug van verligting uiter. Dit voel vir hom byna asof daar, saam met haar vraag, 'n reuseberg van sy skouers afgerol het. Hy is so lief en jammer vir hierdie suster wat vir hom die afgelope jaar al sowel ouers as kameraad is, en wat so hard swoeg om vir hom 'n goeie toekoms te verseker. Hy weet dat hy haar nooit sal kan vergoed vir al haar liefde en sorgsaamheid nie, dus kan hy slegs veg dat sy haar erfenis behou.

Ook die ouerige regsgeleerde glimlag verlig, druk sy half gerookte sigaar in die asbakkie dood en kyk Elsa, wie se belangstelling nou darem in 'n mate gaande is, aan met 'n ernstige en 'n reguit blik.

"Wel," begin hy versigtig, "die testamentêre bepaling is dat jy self op die plaas moet gaan woon. Blykbaar om 'n oog oor jou belange te hou ..."

"Waaaat! Ek op 'n plaas gaan woon?" roep sy ietwat verbyster uit, en haar donker, byna swart oë rek so groot soos pierings.

Sy wil die oubaas nog vertel wat sy dink van hierdie onsinnige testamentêre bepaling en van wyle oom Helgaard in besonder, maar oom Pieter gee haar geen geleentheid om meer te sê nie.

"Ja, my liewe kind," laat hy goedig hoor, "jy sal maar jou goedjies moet pak en op die plaas gaan woon, anders vrees ek jy gaan jou erfenis verbeur . . . En dis nie aldag dat 'n mens 'n halwe plaas erwe nie, weet jy?"

Elsa se geskokte gesiggie laat die oubaas lus voel om hardop aan die lag te gaan. Sy lyk inderdaad verward en deur die wind, kompleet asof die weer haar aan die verkeerde kant getref het. Maar voordat sy 'n woord kan inkry, is Paul weer aan die woord.

"Ek stem saam met oom Pieter," laat die jong seun nou weer heel prakties van hom hoor. "Dis nie aldag dat 'n mens so ryk erf nie. Ek besef natuurlik dat dit vir jou aanvanklik 'n bietjie moeilik gaan wees om jou by so 'n veranderde leefwyse aan te pas, maar ek dink tog die kool is die sous werd. 'n Mens bereik in elk geval niks in die lewe sonder opofferings en uithouvermoë nie."

'n Oomblik bepeins Elsa haar broer se woorde met groot erns; dan vra sy weer. "Wat is die plaas se naam, oom Pieter? Ek onthou nog vaagweg dit het iets met 'bult' te doen."

"Jy is reg, Elsa-kind, dit het iets met bult te doen," glimlag die oubaas, nou weer in 'n mate gerusgestel. "Die plaas se naam is Kaalbult . . ."

"Wat! K . . . Kaalbult?" uiter sy swakkies, kompleet asof sy nou die finale uitklophou ontvang het. Sy kyk die oubaas verwese, dog ondersoekend aan vir enige blyk van spot of gekskeer, maar sy vind slegs erns en belangstelling, en hervat na 'n rukkie met 'n stem wat absoluut ontdaan van enige emosies klink.

"Kaal . . . Kaalbult! Ek sal my morsdood verveel op 'n . . . 'n . . . kaal bult, oom Pieter . . . Nee, ek sien eerlikwaar nie kans om my op so 'n . . . so 'n kaal en verlate plek te gaan vestig nie. Ek verbeur liewer my erfenis. Ja, laat die wonderlike en onfeilbare Gerhard gerus maar die hele plaas neem. Ek gee nie die minste om nie, en ek is seker dit sal pragtig in sy kraam pas as die hele plaas aan hom behoort. As hy enige menslikheid gehad het, sou hy, as aangenome neef, lankal gevoel het dat hy 'n plig het teenoor Paul . . ."

Sy bly meteens stil, en staar verwese voor haar uit, maar sy lyk op die oomblik so pateties en platgeslaan dat oom Pieter en Paul nie anders kan as om hartlik aan die lag te gaan nie.

"Toe maar, Ousus," paai hy. "Ek glo dit is glad nie so erg as wat dit klink nie. En as dit jou enigsins sal troos, belowe ek om saam met jou op daardie godverlate plek met die onheilige naam van Kaalbult te gaan woon."

Met groot moeite bedwing oom Pieter 'n volgende lagbui en vee die trane uit sy oë. Hy besef dat hy Elsa sonder versuim sal moet reghelp, want sy lyk vir hom alte verslae en moedeloos by die aanhoor van die plaas se onhebbelike naam, wat hoegenaamd nie met sy vrugbaarheid en wonderlike natuurskoon strook nie.

"Die plaas," begin hy taktvol en kyk Elsa met 'n sweem van 'n glimlaggie aan, "is Kaalbult gedoop lank voor die runderpes, toe dit nog ongewoon en onbewerk was en al die bulte so kaal soos my hand daar uitgesien het. Maar jou oom Helgaard was 'n regte werkesel en het Kaalbult so met die verloop van jare in 'n paradys omskep. Ek onthou daar vloei 'n rivier deur die plaas en die opstal – of moet ek liewer sê die herehuis? – wat hy jare gelede laat bou het, is geleë aan die voet van 'n skilderagtige berg. En jy weet self die Kaapprovinsie is bekend vir sy skilderagtige berge en mooi riviere. Ek was eenmaal self 'n dag lank op Kaalbult. Die plaas is slegs 'n entjie van die dorpie Vreden geleë, en ek onthou nog dat dit aan die westekant volkome afgeskei is van die naburige plase deur 'n hoë, onbegaanbare reeks berge wat soos 'n massiewe muur die bloutes intoring. Die rivier – ek kan nie meer die naam daarvan onthou nie – vloei teen die een punt van die berg verby met 'n wye draai deur die plaas, tot teenaan die ander punt van die berg."

Van die feit dat Kaalbult tydens groot reëns soms dae aaneen van die buitewêreld afgesny is weens die rivier wat die plaas aan drie kante omring, meld oom Pieter egter nie 'n woord nie. Hy weet dat Elsa kapabel is en verbeur haar erfenis as sy dit moet weet. Hy vertel haar egter dat sy en Paul die kasteelagtige ou herehuis met die jong Gerhard Richter sal moet deel. Hierteen opper sy gelukkig geen beswaar nie en oom Pieter voel dat hy aansienlik grond gewen het in sy poging om haar te oortuig dat Kaalbult nie liggies te versmaai is nie.

Oom Pieter sug. Hy ken Elsa en Paul van hulle geboorte af en weet hoe 'n moderne nooientjie sy is. En om dan dae lank afgesny te wees van die buitewêreld, saamgehok in een huis met 'n eenvoudige en heel moontlik nog 'n ongeletterde plaasboer . . .

Die oubaas voel in 'n mate jammer vir hierdie aanvallige dogter van sy ontslape vriend, wie se lewe so doelbewus uit verband geruk gaan word deur 'n eksentrieke ou man se vreemde wense. Hy weet Elsa dra geen kennis van die lewe op 'n plaas nie, maar hy weet ook dat sy geen lafaard is wat na die eerste ontnugtering op die vlug sal slaan nie.

Toe Elsa egter ná sy beskrywing van die plaas geen woord rep nie, gaan hy onverstoord voort: "Jy sal môre jou bedanking by die hospitaal moet indien, ou dogter, sodat jy en Paul die einde van die maand kan vertrek. Jou oom se testament bepaal dat jy jou intrek niks later nie as 'n maand na hierdie kennismaking in die ou herehuis moet neem."

Elsa antwoord nie dadelik nie. Daar is 'n lig van pyn en intense vertwyfeling in haar nou somber oë. Sy besef dat dit alles waar is wat oom Pieter flussies gesê het – sy beskik inderdaad nie oor die nodige fondse om vir Paul se studie te betaal nie. En sy weet ook dat Paul, noudat hy weet dat daar slegs 'n karige paar honderd rand in die bank is, sy dreigement sal uitvoer en 'n betrekking sal aanvaar sodra hy matriek geslaag het . . . en dit is die einde van die jaar.

Inderdaad besef sy dat sy hierdie ongewenste erfenis sal moet aanvaar indien sy Paul se lewensideaal, om veearts te word, verwesenlik wil sien. Maar dan dink sy weer aan die koelbloedige gevoelloosheid van die skenker van hierdie erfenis, sy ewe gevoellose, aangenome seun en die eensame lewe op die plaas, en die somber uitdrukking op haar gelaat word meteens intens.

Sy is byna oorbewus van die feit dat sy nie die elementêre beginsels van boerdery ken nie, en nie eens 'n muil sal herken as sy een sien nie. Maar dis die wrok, hierdie diep gesetelde vyandigheid in haar hart jeens Gerhard, haar onbekende aangenome neef, met wie sy die huis en die plaas sal moet deel, wat haar so huiwerig stem om hierdie erfenis te aanvaar. As hy na hulle ouers se skielike dood net een enkele ou woordjie van simpatie en bemoediging vir haar en Paul gehad het . . .

Sy sug. Daar is 'n warboel botsende emosies in haar wat haar byna wanhopig stem. Sy onthou Gerhard nog as 'n stil langbeenseun. Maar wat weet sy van die man wat hy nou is, behalwe dat hy net so hard en gevoelloos is soos wat oom Helgaard was? Ja, nie een van hulle twee het nog ooit die woord "simpatie" of "menslikheid" geken nie. Watter rede het sy om te glo dat hy nou simpatiek gesind sal wees teenoor haar en Paul, wat hulle by so 'n vreemde lewe sal moet aanpas?

Maar daar is Paul se studie, sy lewensideaal wat vir hom so oneindig veel beteken . . .

Die stryd in Elsa se gemoed is uitgewoed en toe sy haar blik stadig op oom Pieter vestig, is sy weer die ou vegter van weleer, die trotse jong meisie wat 'n jaar gelede met ongeëwenaarde

337

moed geveg het om vir Paul en haar 'n redelike bestaan te verseker.

"Ek het besluit om hierdie mal gier van my eksentrieke ou oom op die proef te gaan stel, oom Pieter," kondig sy bedaard aan. "Paul en ek sal dus gereed wees om die einde van die maand na Kaalbult te vertrek. Ek sal môre my bedanking indien en die talle ou dingetjies wat ek wil saamneem . . . Ek neem natuurlik my klavier en my slaapkamerstel saam, en Paul sal seker sy lessenaar en boekrakke ook wil neem."

"Ek sal jou aanraai om al jou besittings saam te neem," doen oom Pieter aan die hand. "Ek is seker die meubels in Kaalbult se woonhuis dateer uit die jaar nul. En wie sê die goed is nie al so lamlendig van ouderdom dat dit kwalik gebruik kan word nie! Jy moet weet daar was twee en twintig jaar gelede laas 'n vrou in daardie huis, en jou oom was nie juis 'n karakter wat hom aan die binneversiering van die huis sou steur nie. Die plaas was sy trots en daaraan het hy sy onverdeelde aandag gewy, en . . . Nou ja, van sy aangenome seun weet ek niks. Hy was 'n jong seun van twaalf jaar toe ek hom laas gesien het."

"Ek dink oom Pieter se voorstel is baie wys," werp Paul ook 'n stuiwer in die armbeurs. "Ons is immers nie van plan om soos armblankes op Kaalbult te gaan lewe nie, Ousus. Ek stel ook voor dat jy vir jou 'n nuwe motor aanskaf. Daardie ou blikkie van jou het alreeds haar beste dae gesien en sal ons nooit op Kaalbult besorg nie."

"Paul is reg," beaam oom Pieter ernstig. "Die pad na Kaalbult is lank en bergagtig. Jou ou karretjie sal dit dalk nie maak nie. En buitendien, jy sal in die vervolg elke jaar 'n aansienlike inkomste van die plaas se opbrengs ontvang, dus kan jy dit bekostig om 'n bietjie spandabel te wees."

'n Lang ruk sit hulle drie nog oor haar en Paul se voorgenome vertrek en gesels, toe kom oom Pieter eindelik orent, groet Elsa en Paul met vaderlike vermanings en neem daarna afskeid.

Die volgende dag dien Elsa, soos afgespreek, haar bedanking in en koop sommer ook die lank begeerde rooi sportmotor wat haar nou al maande lank elke dag vanuit die vertoonvenster aanstaar. Daarna beleef sy 'n paar uiters bedrywige weke om alles gereed te maak vir hulle vertrek.

Maar soos wat daar aan alles 'n einde kom, kom daar ook 'n einde aan haar bedrywigheid van inkopies doen, inpak en vriende groet, en breek die dag van hulle vertrek eindelik aan.

Sy het reeds besluit dat indien hulle vieruur die oggend van Pretoria af vertrek, hulle nog daardie selfde middag op Kaalbult kan arriveer. Dus is dit nog betreklik donker toe sy en Paul die goedige oom Pieter en tant Rina, by wie hulle oornag het, groet en vertrek.

En hier waar hulle nou die flikkerende liggies van die Transvaalse hoofstad agterlaat, wonder Elsa byna angstig wat die toekoms vir hulle op Kaalbult inhou, en of sy en Gerhard darem met mekaar oor die weg sal kan kom.

Sy wonder of hy ook, soos oom Helgaard, elke groot stad as 'n Sodom en Gomorra verdoem, en die inwoners as kreature van die verderf.

'n Lang ruk bepeins sy hierdie gedagte, dan kry sy 'n vae voorgevoel dat hy en sy ontslape pleegvader in baie opsigte eendersdenkend is.

2

Die laat lenteson is 'n lied, 'n feeslied: skoon, suiwer en jubelend. Vanuit die kristalblou hemel skitter die son neer in al sy verblindende prag oor die uitgestrekte velde, berge en valleie en 'n ligte windjie flankeer uitgelate met die malse groenigheid van bosse en bome langs die pad.

In 'n ligte waas van blou deursigtigheid knoop die berg-rûens soos 'n ketting aan mekaar tot daar ver teen die horison waar alles in dynserigheid saamsmelt. Dis 'n gesig wat Elsa, die stedeling, vreemd aangryp. Dit stem haar effens weemoedig, wek 'n hunkering in haar na iets vreemd, iets wat sy self nie kan peil nie.

Die motor se buitebande fluit eentonig oor die teerpad wat eindeloos voor haar uitgestrek lê, en sy voel dankbaar vir Paul se geselskap wat haar dwalende gedagtes telkens hokslaan.

Met 'n sagte, reëlmatige geruis snel die luukse voertuig voort en Elsa merk dat die son nou vinnig na die weste oorhel.

Sy sug en Paul merk die vermoeienis op haar gelaat.

"Volgens die padkaart is dit nog net drie ure tot by Kaalbult," merk Paul bemoedigend op. "Ons behoort dus vyfuur daar te wees."

"Dit sal voorwaar 'n seën wees," glimlag Elsa suur, sonder om haar oë van die pad af te neem. "My liggaam voel al asof dit op drie plekke geknak is, en ek twyfel of ek ooit weer die gebruik van my bene gaan hê, so styf en stram voel hulle."

Paul glimlag en sê dat hy al net so moeg is van die hele dag se sit en dat hulle gerus op Vreden kan afsaal om tee te drink voordat hulle die laaste skof aflê. "Net vir geval Gerhard dalk nie 'n teedrinker is nie," las hy by, met 'n humoristiese blik op sy suster.

Na hierdie opmerking van Paul gesels hulle oor hul aan-koms op Kaalbult, bespiegel oor die ontvangs wat vir hulle op die plaas wag. Paul gaan telkens hartlik aan die lag, maar Elsa kan maar nie volkome deel in sy vrolikheid nie. Sy voel hoegenaamd nie so lighartig oor hierdie verhuising soos haar broertjie nie. Inteendeel, sy twyfel die heeldag al sterk daar-aan of sy die regte ding doen deur haar op Kaalbult te kom vestig. En hoe meer sy dink aan Gerhard wat hom die afgelope maand nie eens verwerdig het om 'n enkele ou briefie van verwelkoming aan haar te rig nie, hoe knaender word haar vertwyfeling en onsekerheid oor die ontvangs wat vir hulle op Kaalbult wag.

Dit was lankal vieruur toe die vaartbelynde rooi sportmotor voor een van Vreden se restaurants stilhou, die twee insittendes styf en stram uitklim en die restaurant binnetree.

Hulle neem plaas by die naaste tafeltjie en word na 'n rukkie met tee bedien. Dan dwaal Elsa se blik stadig, belangstellend oor die klein vertrekkie met sy karige beligting en die paar persone wat teenwoordig is.

"Jy was so lank weg, Maryna," hoor sy een van die middel-jarige dames by die tafeltjie langs haar sê, "jy weet blykbaar nog nie dat ou Helgaard oorlede is nie, nè?"

Die aangesprokene gee 'n kortaf laggie en Elsa merk hoe stemmig sy haar pofferhandjies voor haar op die tafeltjie saam-vou asof sy net op hierdie onderwerp gewag het.

"So," antwoord Maryna belangstellend, "dan het die eksen-trieke ou rykaard toe uiteindelik die tydelike met die ewige verwissel!" Sy gee weer 'n kortaf laggie: "Ek glo nie sy afsterwe is juis 'n groot verlies nie, Anna, of wat sê jy?"

"Nee, hoegenaamd nie," beaam die maer, benerige Anna, wat lyk soos iets wat deur 'n worsmasjien gegaan het. "Ek sal eerder sê sy afsterwe is vir baie mense 'n seën. Ek het hom ook nooit juis as eksentriek beskou nie. Ek sal veel eerder sê die ou was sinister. Hy het my altyd aan 'n Middeleeuse kardinaal laat dink wanneer hy sy mag so gewetenloos laat geld het."

"Dis waar," antwoord 'n bleskopmannetjie, wat nog al die tyd stil na die twee dames se gesprek gesit en luister het, ietwat skugter, "sy rykdom het aan hom groot mag verleen. Ek dink Anna het dit gelyk: die ou was inderdaad sinister en het ge-woonlik, sonder om ander in ag te neem, gekry wat hy verlang. As dit nie 'n stoetbul was wat hy voor iemand anders se neus weggeraap het nie, was dit 'n jong vers, 'n ram of 'n stuk vrugbare grond. Hy het inderdaad niks in sy weg geduld as hy iets wou hê nie."

"En nou sal die trotse Gerhard natuurlik weer maak en breek soos sy afgestorwe pleegvader," konstateer Maryna nie te vriendelik nie.

Anna lag saggies, asof die gesprek haar geweldig interesseer, en Elsa voel hoe 'n blos van verleentheid op haar wange brand. Maar sy sê niks, kyk Paul slegs ietwat verslae aan.

Dan hoor hulle Anna weer met innerlike genoegdoening sê: "Jy kan nog 'n maal sê 'die trotse Gerhard', Maryna. Hy is inderdaad soos die ou gesegde lui so trots soos Lucifer."

"Tog het Lucifer aan die einde geval," herinner Maryna haar met 'n glimlag en 'n betekenisvolle blik.

"Het hy? En wie was hy nogal?" kom dit meteens van die bleskopmannetjie wat skynbaar nog nooit van die naam Lucifer gehoor het nie.

Anna kyk hom met 'n gesteurde frons aan.

"Regtig, Freek," verklaar sy geïrriteer, "jou stomheid laat my soms so klein soos 'n muggie voel. Ek weet eerlik waar nie hoe dit moontlik is dat jy en ek broer en suster is nie. Maar om terug te keer tot jou vraag: Lucifer is slegs 'n ander naam vir Satan of duiwel."

Bleskop trek sy skouertjies ongeërg op, asof sy suster se gramskap hom nie juis diep raak nie, en verklaar ewe ongeërg: "Wel, die naam pas Gerhard pragtig. Hy is beslis net so trots soos die duiwel . . . ag, ek bedoel Lucifer."

Elsa voel hoe 'n lagbui in haar keel opstoot, maar toe sy na Paul kyk, merk sy met ontsteltenis hoe rooi sy gelaat is en hoe onheilspellend sy donker oë vonkel. Dog voor sy 'n vermaning agtermekaar kan kry, is hy alreeds aan die woord.

"Lucifer," voeg hy Anna kil toe, "beteken ook 'die glinsterende een', dame. U weet dit nie, maar Lucifer was die seun van Aurora, godin van die môre."

Na hierdie brokkie wysheid van Paul daal daar meteens 'n tasbare stilte oor die twee praatsiek dames en die bleskop heer neer. Die volgende oomblik kom Paul trots orent en verklaar ewe luid: "Kom ons ry, Elsa. Ek dink stellig Gerhard wag al vir ons."

Eersgenoemde voel hoe drie pare oë op hulle brand toe hulle die restaurant verlaat, maar sy waag dit nie om 'n woord te sê nie. Eers toe die dorpie reeds agter hulle lê en Paul se ergernis merkbaar bedaar het, waag sy om te vra: "Waarom het jy die dame daar in die restaurant so . . . so kil ingevlieg, Paul?"

Sy stem is sag, tog duidelik onvergenoeg toe hy sê: "Luister, Ousus, laat oom Helgaard gewees het wat hy wou, en laat Gerhard wees wat hy wil, maar ek dink dis uiters onbeskof om mense so openlik te sit en bespreek . . . en dit nogal familie van ons! Gits, die manier waarop hulle van Gerhard gepraat het, sal 'n mens sweer dis 'n vreeslike misdaad om trots te wees. Maar laat ek jou dit vertel: daardie twee praatsieke ou vrouens en bleskopman kan sterf van jaloesie omdat oom Helgaard, soos dit vir my klink, die toonaangewer op die dorp en in die distrik was, en Gerhard skynbaar nou daardie posisie beklee . . . Sinister!" Hy gee 'n kortaf laggie. "Hulle gee my 'n pyn. Oom Helgaard was slegs 'n eksentrieke en 'n harde oubaas. En 'n mens moet soms hard en gevoelloos wees as jy in die lewe wil presteer." Hy dink aan sy eie gevoelloosheid die aand toe hy gedreig het om ná matriek die skool te verlaat en te gaan werk indien Elsa nie haar erfenis aanvaar nie.

Dis waar, 'n mens moet soms hard en gevoelloos wees, mymer hy. Veral as 'n mens weet wat goed is vir ander.

"Dis moontlik," antwoord Elsa sonder veel geesdrif. Dan verval albei in ernstige bepeinsing oor wat 'n rukkie gelede in die restaurant gesê is. Sy dink aan wat Esopus – sy kan nie meer onthou of hy 'n digter of 'n filosoof was nie – gesê het: "'n Openlike vyand mag 'n vloek wees, maar 'n skynvriend is erger."

Die hitte begin nou snel afneem en die lug word koeler en

verfrissend. Skaduwees begin lank uitrek langs die hoë berg-
rûens en verleen 'n vreemde betowering aan die groen valleie.
Ook die voëls begin nou al in lang strepe teen die opaal lug na
hul neste terugvlieg om daar te wag vir 'n nuwe môre.

Die rooi vuurwa snork teen die laaste bergpas uit en toe
hulle eindelik bo is, strek 'n lang vallei, 'n breë, kronkelende
rivier en weelderige landerye en boorde soos 'n reuseskildery
voor hulle uit.

In verrukking staar hulle na die aangrypende panorama, daar
ver benede, wat hulle met 'n vreemde bekoring boei. Dit voel
kompleet asof die wonder van dit alles hulle met uitgestrekte
arms nader wink.

Dan sê Paul met iets soos ontsag in sy stem: "Dis ongetwy-
feld Kaalbult wat daar onder in al sy glorie uitgestrek lê, Elsa.
En daardie kasteelagtige gebou daar in die kom van die berg is
natuurlik ons toekomstige tuiste . . . Ja, dit is. Kyk, daar staan die
vragmotor wat ons meubels vervoer het, en alles is al afgelaai."

'n Kort draai verg terstond al Elsa se aandag. Dan bereik hulle
die rivier, ry versigtig oor die lae bruggie en draai 'n paar mi-
nute later in by 'n uitdraaipad wat deur 'n denneplantasie vleg
en na die wit herehuis lei.

'n Salige atmosfeer van gewyde stilte hang in die lug toe Elsa
die pad tussen die ou reusedenne deur volg, en weldra hou sy
stil agter die vragmotor, wat al weer op die punt staan om te
vertrek.

Sy klim uit en stap haastig na die vragmotorbestuurder. Of-
skoon sy onbeskryflik moeg voel, merk sy nogtans met genoeg-
doening dat haar modieuse somersrokkie darem nie, van die
heeldag se sit, te veel gekreukel is nie.

Ook Paul klim nou uit, maar bly 'n paar treë van haar af staan
en betrag die wêreld om hom heen met lewendige belangstel-
ling.

"Ek merk u staan al weer op die punt om te vertrek, meneer

Nel," groet Elsa die middeljarige man agter die vragmotor se stuur.

"Ja, ek vrees ek sal nou maar weer moet aanstoot, Juffrou. Pretoria lê ver —"

"Maar ek het dan nog nie die koste vir die vervoer van my meubels vereffen nie," val sy hom effens verbaas in die rede. "Sal u my asseblief sê hoeveel ek u verskuldig is?"

"Meneer Richter het my reeds betaal, Juffrou," glimlag die man.

'n Blos van ergernis sprei oor Elsa se moeë gelaat en haar stem is merkbaar skerp toe sy die bestuurder ietwat bestraffend aanspreek.

"Die vervoer van my meubels het absoluut niks met meneer Richter te doen nie, meneer Nel. Ek kan glad nie begryp waarom u hom toegelaat het om daarvoor te betaal nie ...! Wat was die bedrag, meneer Nel?"

"Slegs 'n paar sent en niks om jou oor te ontstel nie," gee 'n diep stem skielik agter haar antwoord.

Vinnig, grasieus swaai Elsa om na die spreker. Die volgende oomblik staar sy vas in die blouste oë wat sy nog ooit in haar lewe gesien het. Maar daar is geen glimlag in die blou oë nie. Slegs belangstelling en ... ja, 'n suggestie van uitdaging, of is dit koele berekening?

'n Eindelose minuut hou sy oë hare gevange, meet hulle mekaar woordeloos. Dan draai hy hom ewe skielik na die vragmotorbestuurder en sê beleef: "As jy vanaand nog op Rietvlei wil slaap, sal jy nou moet ry, meneer Nel. Alle voorspoed en ... tot siens, meneer Nel."

Ook Elsa en Paul groet die vragmotorbestuurder beleef. Dan dreun die masjien toe hy dit aanskakel en wegtrek.

Etlike sekondes staar Elsa die vragmotor agterna. 'n Nare gevoel — asof die vertrek van die vragmotor die laaste verbinding tussen haar en haar geliefde geboortestad finaal verbreek het

– wel meteens in haar op, en dit laat haar eensaam en verlore voel.

Maar dan hoor sy die man langs haar skielik sê: "Ek veronderstel jy is Elsa ..." Sy blik gly in die rigting van die jong seun. "En hy is Paul." Sy knik bevestigend met haar hoof en dan is hy weer onverwyld aan die woord: "Welkom op Kaalbult, Elsa ... Paul." Hy reik hulle beurtelings die hand. "Ek is Gerhard, wyle oom Helgaard se aangenome seun. Maar stap gerus binne. Ek vermoed julle is albei moeg en dors, en tant Emma – dis die huishoudster – wag al die hele middag om julle op haar vars gebakte melktert, koeksisters en wafels te vergas."

"Dis baie vriendelik van die onbekende tant Emma," laat Elsa ongeërg hoor en merk nie hoe vriendelik hy Paul met 'n ligte handgebaar nooi om te volg nie. Sy weet nie hoe ingenome hy is met die jong seun se oop, vriendelike voorkoms en bedaardheid en dat hy Paul alreeds beskou as 'n jonger broertjie nie. Nee, sy weet niks van die man se drange, emosies en innerlike begeertes nie.

"Tant Emma is 'n baie vriendelike ou siel," hoor sy hom weer sê, "en ek kan my nie voorstel dat daar iemand is wat nie van haar hou nie."

Hulle tree die sitkamer binne en Elsa is duidelik verras toe sy merk dat die meubels heel luuks is en glad nie uit die jaar nul dateer nie. Die bal-en-klou-stinkhoutmeubels is swaar en glimmend blink. Die mat, wat die hele vloer bedek, is donkerrooi en sag en die dik gordyne is 'n mengsel van rooi, swart en geel.

"Sit, asseblief," nooi hy bedaard en beduie aan Elsa om op die bank te sit. Hy wag egter totdat sy sit en neem dan self ook op die bank plaas.

Elsa stryk die romp van haar tabberd glad oor haar knieë en merk tersluiks hoe sy trotse oë haar hele persoon inneem, vanaf haar raafswart hoof tot by haar klein geskoeide voetjies.

Hierdie takserende blik van hom laat haar terstond weer ge-

346

steurd voel. Sy voel moeg en klewerig en is glad nie in die luim vir die man se opsomming nie. Maar dan val dit haar skielik weer by dat sy hom nog nie die geld teruggegee het wat hy die vragmotorbestuurder betaal het nie en sy vra sonder meer: "Wat is ek jou verskuldig, meneer . . . e . . . Gerhard?"

Sy oë vlieg na hare en sy wenkbroue vorm 'n duidelike vraagteken.

"Wat bedoel jy met 'verskuldig', Elsa?" vra hy sag, bedaard.

"Ek vrees ek begryp nie waarvan jy praat nie!"

"Ek praat van die geld wat jy betaal het vir die vervoer van my meubels," laat sy merkbaar ongeduldig hoor, dog haar oë wyk nie 'n oomblik voor syne nie. "En moenie weer vir my sê dit was slegs 'n paar sent nie, want ek weet van beter . . . Hoeveel was dit?"

Etlike oomblikke kruis hulle blikke soos twee soekligte; dan gee Gerhard 'n droë laggie.

"Ek merk dat jy nog net so 'n koppige en gedetermineerde skepseltjie is soos een en twintig jaar gelede," sê hy bedaard en kyk haar aan asof sy 'n interessante speeldingetjie is. "Maar sê vir my, wat wil jy maak as jy weet hoeveel ek meneer Nel betaal het?"

Hy merk hoe hierdie vraag haar irriteer, maar laat dit nie blyk nie en hoor haar kort daarna sê: "Ek wil dit natuurlik aan jou terugbetaal, wat anders?"

"En as ek sê ek wil dit nie terughê nie?" Sy oë spot met haar asof sy 'n weerbarstige kind is, en tog is sy stem beheers, byna onpersoonlik.

Dis waar, Gerhard is nie juis 'n kenner van die skoner geslag nie. En dié wat hy wél ken, dans gewoonlik na sý pype. Derhalwe is dit vir hom vreemd om teenstand van 'n vroumens te ondervind . . . en dit nogal van so 'n klein, pikante entjie mens.

"Jy kan dit nie bedoel nie," hoor hy haar ernstig beswaar maak. "Ek dring daarop aan om jou terug te betaal –"

"Wel, ek het bedoel wat ek flussies gesê het," val hy haar nou self ernstig in die rede. "Aangesien jy in my sorg geplaas is . . ."

"Waaaat! Ek in jou sorg geplaas?" Sy kyk die lang, breedgeskouerde man, skoon en netjies geklee in 'n kakiehemp en broek, met donker, opstandige oë aan, en gaan met 'n ongeduldige stem voort: "Ek was nie bewus daarvan dat ek 'n kind is wat die sorg van 'n volwassene nodig het nie. Maar blykbaar weet jy nog nie dat ek reeds vier jaar gelede al mondig was en volkome in staat is om vir myself te sorg nie! Ek sal graag wil weet wie so eiegeregtig was om my in jou sorg te plaas asof . . . asof ek 'n onverantwoordelike skepsel is wat sorg nodig het."

Elsa weet nie of sy haar dit verbeel het nie, maar dit het vir haar al gelyk asof daar 'n glimlaggie om sy mond was toe sy so heftig teen hom uitgevaar het. Maar noudat sy hom meer noukeurig beskou, moet sy erken dat sy haar vergis het, want daar is geen teken van 'n glimlaggie om sy trotse mond nie.

Sy merk hoe ondersoekend, byna bespiegelend hy haar betrag; dan hoor sy hom weer ewe bedaard sê: "Oom Helgaard het jou in my sorg geplaas totdat jy die dag trou, Elsa. Ook jou finansiële sake sal deur my bestuur word tot dan. Maar daaroor sal ons later gesels . . . Hier kom tant Emma nou met die koffie."

'n Effens gesette dame van om en by vyftig jaar tree die sitkamer binne met 'n yslike skinkbord, en Gerhard stel haar aan Elsa en Paul voor as tant Emma Meiring.

Elsa erken die bekendstelling met 'n moeë, maar vriendelike glimlaggie en merk met 'n vreemde, aangedane gevoel hoe vertroulik die ouer vrou Paul se slanke seunshande in albei hare neem, asof sy hom met hierdie gebaar wil verseker van haar opregte moederliefde jeens hom.

Tant Emma het 'n oop, goedige en vriendelike gelaat, 'n persoonlikheid wat 'n mens onwillekeurig vertroue inboesem en jou laat voel asof sy jou eie moeder is wat slegs 'n ander voorkoms aangeneem het. Kortom, tant Emma is die sagaardige, moederlike tipe met 'n ruim hart en baie liefde om te gee. Sy is 'n weduwee en het slegs een kind, 'n seun wat vier jaar gelede in die huwelik getree het, en ook die eienaar is van die Meirings se familieplaas Boskloof, wat aan Kaalbult grens.

Na haar seun, Frik, se huwelik het tant Emma besluit dat Frik en Boskloof haar sorg nie langer nodig het nie, en van daardie tyd af hou sy al huis vir die twee mans op Kaalbult.

Nadat tant Emma almal met koffie en eetgoed bedien het, gaan sit sy op die stoel naaste aan Elsa en begin die jong meisie belangstellend uitvra na hulle reis van Pretoria af. Later gesels sy weer oor Kaalbult se hoenderboerdery wat sy waarneem, die verskillende soorte vrugte wat sy reeds ingelê het en die dosyne bottels konfyt wat op die spens se rakke pryk.

"Ek kan eerlikwaar nie begryp waarom oom Helgaard daarop aangedring het dat ek op Kaalbult moet kom woon nie," glimlag Elsa op na die uiters bekwame tant Emma. "My kennis, wat werk betref, strek slegs sover as verpleging en die teater van 'n hospitaal. Ek vrees ek gaan slegs 'n vyfde wiel aan die wa wees hier op Kaalbult, want selfs my kookkuns is nie eens van so 'n aard dat 'n mens daaroor huis toe kan skryf nie."

"My ousus is nou net beskeie, tant Emma," lig Paul die goedige tannie met 'n ondeunde glimlaggie in. "Haar kookkuns laat niks te wense oor nie. Ek stry nie, sy is nie die beste huishoudster wat leef nie, maar sy is 'n genie met blommerangskikking en kan die mees ingewikkelde patroon brei sonder om 'n enkele fout te maak. Haar klavierspel is soos die van 'n engel op 'n harp, en haar pragtige kunsnaaldwerk –"

"Ek dink jou oordrywing is absoluut ongeëwenaard, my boetie," maak Elsa hom met 'n goedige glimlaggie stil. "Jy sal nog leer dat die dinge waarvan ek wel kennis dra van geen waarde is op 'n plaas . . ."

" 'n Grondige kennis van siektes en verpleging is selfs op 'n plaas van onskatbare waarde," sê Gerhard bedaard. "En die rede

349

waarom oom Helgaard daarop aangedring het dat jy jou op Kaalbult moet vestig, is bloot om jou geïnteresseerd te kry in die plaas en die boerdery."

'n Oomblik lank staar Elsa die spreker stil, ietwat peinsend aan. Dan draai sy haar gesig beslis weg en tuur met 'n afgetrokke blik na die koppie wat sy in haar hand vashou.

Gerhard se laaste opmerking laat haar weer onseker voel. Sy is geïnteresseerd . . . Ja, sy is diep geïnteresseerd in die fraai natuurskoon waarmee Kaalbult so rojaal bedeel is. Maar die boerdery! Nee, sy twyfel of sy ooit daarin sal belang stel. Sy kan net nie opgewonde raak oor 'n klomp beeste of skape, of ten aanskoue van 'n vet koringkorrel nie.

Sy plaas haar leë koppie terug op die skinkbord en kyk Gerhard aan met donker, geheimsinnige oë waarin baie gedagtes verskuil lê. Wat sy voor haar sien, is 'n lang man met breë skouers en songebrande, gespierde arms. Sy trotse gesig is lenig, met eweredige gelaatstrekke. Sy mond en ken getuig albei van 'n sterk karakter en 'n onbuigbare wil. Sy neus is fynbesnede en pas perfek by sy lenige gelaat. Sy steil hare is blond en netjies agteroor gekam. Dog in teenstelling met sy hare, is sy wenkbroue en wimpers donkerbruin. Sy oë is opvallend wakker, noulettend, en net so blou soos die lug op 'n stil somersdag.

Maar dis eintlik die blik in daardie diepblou oë wat Elsa telkens beïndruk. Dis asof daar 'n vreemde krag uit die man se oë straal wat diep deur 'n mens dring, jou van binne ontbloot en elke gedagte en begeerte in jou in oënskou neem.

Dis waar, Elsa besit nie veel kennis van plaasboere nie. Sy het hulle trouens nog altyd as minderwaardig en onintelligent beskou – waarom weet sy self nie. Miskien het sy hierdie kompleks ontwikkel omdat oom Helgaard al die jare so onregverdig en bevooroordeeld was teenoor haar vader. Maar hoe dit ook al sy, haar vroulike intuïsie waarsku haar dat Gerhard, plaasboer of te nie, 'n persoonlikheid is met wie sy rekening sal moet hou. Sy maniere tot dusver toon onteenseglik dat hy uiters beskaaf en fyn opgevoed is. Maar sy ken, mond en oë toon duidelik dat hy ook primitief kan raak as hy in 'n woedebui verkeer . . . En dís die man in wie se sorg oom Helgaard haar geplaas het.

Ergernis jeens die ontslape oom Helgaard en sy aangenome seun stoot weer fel in die jong meisie op, en haar donker oë vlam onnatuurlik blink. Sy byt op haar tande en neem daar en dan voor dat geen man oor haar kan baasspeel nie. Sy was lankal mondig en het niemand se sorg en beskerming nodig nie. Sy sal Gerhard wys dat sy nie 'n onbeholpe swakkeling en 'n onverantwoordelike kind is nie.

Gerhard, wat al die tyd bewus is van haar takserende blik op hom, draai hom onverhoeds na haar en merk die opstand in haar oë. Maar voordat hy iets kalmerend kan sê, kom sy orent en kondig sonder meer aan dat sy haar graag sal wil reinig van die drie provinsies se stof, omdat sy oortuig is dat sy net so vuil en klewerig lyk as wat sy voel.

3

Nadat Elsa 'n verfrissende bad geneem het, klee sy haar met sorg in 'n koel, modieuse tabberd wat haar sagte hals vloeiend beklemtoon. Sy kam haar swart hare en wend haar grimering dan sorgvuldig aan.

Hier in haar kamer, waar haar eie meubels en ander persoonlike besittings haar omring, voel dit vir haar byna asof sy weer terug is in haar eertydse woonstel in Pretoria. Sy hoor hoe Paul, wie se kamer langs hare geleë is, sy hangkas se deur toeklap, en sy wonder heimlik wat hy van hulle nuwe tuiste en van Gerhard dink.

Sy wil Paul eers in sy kamer gaan besoek, maar bedink haar en begeef haar die volgende oomblik na buite waar die skemering die hele omgewing in 'n deursigtige, misterieuse waas omhul.

Dis heerlik en koel buite. Die sagte gebulk van kalwers en die geblêr van skape word deur die stilte van die half ontluikte aand na haar gedra. Êrens van die rivier se kant af kom die klaende geroep van 'n nagvoël, gevolg deur 'n gemengde koor van paddas en krieke.

Hierdie geluide, wat die koms van die nag aankondig, het 'n vreemde bekoring vir Elsa, en dit noop haar om verder van die huis af weg te dwaal as wat sy aanvanklik bedoel het.

'n Vreemde rustigheid hang oor die werf; 'n rustigheid wat strelend op Elsa se gespanne gemoed inwerk. Sy bereik die donker denneplantasie waardeur die pad soos 'n lang sleepsel kronkel, en die volgende oomblik tree Gerhard onverhoeds tussen die bome uit.

Elsa is egter net so verbaas om hom hier te sien as wat hy is om haar hier in die skemering aan te tref. 'n Breukdeel van 'n sekonde staar hulle mekaar woordeloos aan. Die hele middag al soek hy iets van die vierjarige dogtertjie in hierdie volwasse jong meisie, en hier waar sy soos 'n geheimsinnige bosnimf in al haar skoonheid voor hom staan, is dit slegs die raafswart hare en lewendige, donker oë wat hom nog aan die vierjarige Elsa herinner . . . en haar eiesinnige koppigheid, natuurlik.

Hy herroep weer die beeld van die skatlike, mollige dogtertjie met haar gitswart haarvlegsels en rooi lintstrikke, sien weer hoe parmantig sy haar onderlippie uitstoot en hoe kwaai haar byna swart baba-ogies vonkel wanneer sy haar sin nie kan kry nie, haar stralende glimlaggies en die babamondjie wat omtrent nooit 'n oomblik stil was nie.

Hy onderdruk die glimlaggie wat alreeds om sy mond huiwer en sê bedaard: "Ek sal jou nie aanraai om in die donker alleen hier by die plantasie rond te dwaal nie, Elsa. Ons plaaswerkers is natuurlik baie betroubaar, maar daar is ook talle rondlopers wat in die geheim van die een plaas na die ander beweeg. En dan is die moontlikheid dat jy in die donker op 'n slang mag trap ook nie uitgesluit nie. Maar kom, tant Emma wag seker lankal op ons vir ete."

Die woord "slang" laat Elsa merkbaar ril en sy laat Gerhard sonder teenstribbeling toe om haar terug te vergesel – maak nie saak of sy hom onuitstaanbaar vind of wat haar gevoel jeens hom ook al is nie. 'n Slang is 'n slang, en sy koester geen sinnigheid om met een kennis te maak nie.

"Ek was nie van plan om so ver van die huis af weg te dwaal nie," verduidelik sy haastig. Hy moet tog onder geen omstandighede dink dat sy werklik 'n onverantwoordelike skepsel is nie. Dit is alreeds erg dat wyle oom Helgaard sulke onvleiende gedagtes van haar gekoester het, en dit natuurlik by hom tuisgebring het. Volgens oom Helgaard het 'n Verster mos geen deugde nie. "Ek . . . ek was sommer net diep ingedagte," stamel sy effens verleë, "en het toe verder gewandel as wat ek aanvanklik bedoel het."

Nadat sy haar sin voltooi het, vererg sy haar terstond vir haar skielike verleentheid wat haar nou klaarblyklik in 'n minderwaardige lig gestel het,. Sy voel hoe 'n blos van ergernis in haar nek opstoot. Die volgende oomblik ruk sy haar skouertjies fier orent, kyk hom ietwat uit die hoogte aan en gaan onverskillig voort: "Maar ek is nie bang vir julle rondlopers en verdwaalde slange nie. Moet jou dus nie oor my veiligheid bekommer nie . . ."

"Kom, Elsa," glimlag hy tersyde, "bravade het geen mens nog ooit uit moeilikheid gered nie. Dit sal ook uiters swak van my wees om te staan en toekyk hoe jy jou aan gevaar blootstel, sonder om iets daaraan te doen. Klim dus maar van jou perdjie af en laat ons mekaar liewer beter verstaan. Ek weet oom Helgaard se testament het jou teen jou sin hierheen gedwing, maar aangesien omstandighede ons hier tesame gegooi het, sal dit ons beslis meer baat om mekaar beter te verstaan en tegemoet te kom. En jy kan begin deur versigtiger te wees en jou nie weer doelbewus aan gevaar bloot te stel nie."

Hulle bereik die huis en tree die eetkamer binne voordat Elsa kommentaar kan lewer op sy lang relaas.

Die tafel is gedek en dis duidelik dat tant Emma en Paul slegs op hulle gewag het om met die ete te begin.

Ofskoon Elsa momenteel voel soos 'n kind wat pas 'n afranseling ontvang het, en haar senuwees hopeloos uitgerafel word, neem sy tog haar plek in langs die tafel en forseer haarself om iets te eet.

Die geselskap gaan oor boerdery en plaaslike aangeleenthede. Gerhard is egter aangenaam verras toe hy verneem dat Paul se enigste doel en strewe is om veearts te word.

"Benewens sy landbougraad, is Gerhard self ook 'n halfgebakte veearts," verwittig tant Emma die jong seun met 'n goedige glimlaggie. "Julle twee besit dus een gemeenskaplike belangstelling."

Elsa neem egter nie deel aan die gesprek nie. Nie omdat sy geen kennis dra van boerdery nie, maar omdat sy so steurend bewus is daarvan dat sy nog elkers die stryd teen Gerhard verloor het. Dog sy stel haarself gerus met die wete dat haar beurt nog sal kom en dan sal sy hom wys dat 'n Verster nie sommer elke dag se lamlendige hierjy is nie.

Elsa se swygsaamheid skryf die jong man heimlik toe aan moegheid. Hy weet dat die lang reis vir haar uiters vermoeiend moes gewees het. Daarom wend hy hom sonder meer na haar toe hulle opstaan van die tafel.

"Jy lyk inderdaad moeg, Elsa. Ek dink jy moet maar dadelik gaan inkruip. Ons sal môre al die sakies bespreek wat bespreek moet word," stel hy besorg voor.

Maar so 'n uitbarsting het hy eerlik nie verwag nie. Dit lyk behoorlik asof hy die meisiekind beledig het. Die blik wat Elsa op hom rig, is byna vernietigend. Dan kom haar stem warm en opstandig: "Verskoon my, ek wil nie onbeleef wees nie, maar ek is nie 'n kind om bevele van jou te neem nie, Gerhard." Sy hoor hoe skerp Paul sy asem intrek, maar sy steur haar bitter min aan hom en gaan onverstoord voort: "Vandat ek vanmiddag hier op Kaalbult gearriveer het, behandel jy my nog steeds asof ek 'n kind is, en 'n onbeholpe een daarby. Maar ek sê jou nou ek gaan dit nie langer duld –"

"Maar my liewe mens, ek begryp nou glad nie wat jy bedoel of waarop jy sinspeel nie," val hy haar bedaard in die rede met 'n geamuseerde vonkeling in sy oë wat haar reguit aankyk. Die feit dat haar uitbarsting hom verras het, verraai hy nie met die beweging van 'n ooglid nie, kyk haar slegs rustig aan en gaan bedaard voort: "Sal jy asseblief meer duidelik wees met jou aantygings? Wanneer presies het ek jou so skreiend . . . ek bedoel, soos 'n kind behandel?"

Haar donker oë glim nog steeds kwaai op hom. En as sy gedink het dat hy onder haar venynige blik ineen sou krimp, het sy haar deeglik vergis, want hy ontmoet haar blik kalm en beheers, kompleet asof hy na 'n verslag van sy skaapwagter luister.

"Jy probeer verniet om onskuldig te pleit," val sy hom weer aan, en doen haar bes om Paul se beskuldigende oë te ontwyk. "Toe ek jou vanmiddag die geld wou gee wat jy vir die vervoer van my meubels betaal het, het jy my terstond vergelyk met die kind wat ek een en twintig jaar gelede was. En toe ek vroeër vanaand gaan wandel het, het jy my weer op 'n bedekte wyse laat verstaan dat ek hoegenaamd nie in staat is om vir myself te sorg nie. Nou wil jy my weer vertel wanneer dit tyd is vir my om te gaan slaap?" Sy stik byna in haar ergernis, maar gaan nogtans voort: "Ek het nog nooit soveel vermetelheid van 'n man beleef nie . . ."

"Ousus!" hoor sy Paul geskok uitroep, en dit bring haar dadelik tot besinning.

355

"Ek is jammer, Boetie," begin sy nou boetvaardig.

Paul val haar onverwyld aan met: "Ek dink jy moet Gerhard om verskoning vra, Ousus, nie vir my nie."

Sy draai haar stadig na die jong man en haar blik wat andermaal op hom rus, is terstond weer opstandig. 'n Eindelose minuut kyk sy hom aan met smeulende, vyandige oë. Toe swaai sy vinnig om en vlug haastig na haar kamer, sonder om tant Emma eers nag te sê.

Met algehele verslaenheid staar Paul na die ouer man toe Elsa om die draai van die wenteltrap verdwyn. Toe sê hy sag, verward: "Ek is jammer, Gerhard. Ek weet eerlikwaar nie wat in my ousus gevaar het nie. Sy is altyd so kalm, sagaardig en goed gebalanseerd . . . Ek het haar nog nooit so beledigend en stroomop gesien nie. Jy het tog slegs uit besorgdheid gehandel . . ."

"Dis absoluut onnodig dat jy vir jou ousus verskoning maak, my liewe Paul," glimlag Gerhard goedig en plaas 'n vaderlike hand op die jong seun se skouer. "Ek begryp volkome hoe sy voel. Sy is 'n uiters selfstandige nooientjie en moet nog eers gewoond raak aan die gedagte dat sy in iemand se sorg geplaas is. Maar ek verseker jou, sodra sy haar voete hier op Kaalbult gevind het, sal sy haar ook stelselmatig met oom Helgaard se wense vereenselwig. Tot dan sal ons maar net geduld moet gebruik."

"Gerhard het volkome gelyk," wend ook tant Emma 'n poging aan om die jong seun gerus te stel. "Jou ousus sal haar wel mettertyd by omstandighede aanpas. Ons begryp dat dit vir haar 'n skok moes gewees het om te verneem dat jou oom Helgaard haar in Gerhard se sorg geplaas het. Maar jou oom het dit om 'n baie goeie rede, en ook tot Elsa se eie voordeel gedoen . . ."

"Die rede sal ek later aan Elsa en Paul verstrek, tant Emma," merk Gerhard bedaard op. "Ons sal vanaand se episode heeltemal vergeet. Elsa was slegs oorspanne, en dis heeltemal begryplik as mens dit in aanmerking neem dat sy die hele dag agter die stuur van haar motor moes sit. Laat haar net met rus. Na 'n

356

goeie nagrus sal sy moontlik in 'n beter luim voel om na ver-
duidelikings te luister . . . As julle my sal verskoon, gaan ek ook
maar inkruip." Sy blik verskuif na Paul. "As jy môre saam met
my na die lande wil gaan, sal jy ook nou moet gaan inkruip,
anders kom jy nie môreoggend uit die bed nie, en ek staan ge-
woonlik vyfuur op."

Nadat Elsa so inderhaas die eetkamer verlaat het, het sy haar
op haar bed neergewerp en met 'n stortvloed van trane uiting
gegee aan al haar opgekropte gevoelens jeens die pynlik onver-
steurbare Gerhard, met sy ewe pynlike bedaardheid wat haar nog
telkens laat voel het soos 'n kleuter wat vrugteloos in haar drif
met gebalde vuisies teen haar vader se bors hamer sonder om
enige reaksie by hom uit te lok, behalwe 'n geamuseerde blik.

"O, hy is 'n vermetele, ongevoelige en eiegeregtige bees!"
roep sy sag, wanhopig uit, kom orent en droog haar trane af.

Met trae ledemate beweeg sy na die oop venster.

Daar is onbeskryflike weemoed in haar oë wat na die vreem-
de, maanverligte landskap daarbuite tuur. Die nagwindjie is koel
en strelend teen haar gloeiende gelaat en om haar mond is 'n
weerlose trekkie wat van eensaamheid en hartseer getuig.

'n Lang ruk staar sy met nikssiende oë na die ruwe kranse
van die lang, majestueuse berg wat soos 'n massiewe muur uit
die skoot van die aarde opdoem, na die bosbegroeide kloof ag-
ter die huis wat lyk asof die kruine van die bosse en bome met
silwer dou besprinkel is. Dan dwaal haar oë weer na die flik-
kerende sterre wat soos kosbare diamante aan die onmeetlike
hemelgewelf hang.

'n Sug ontsnap uit Elsa se bors.

Ek moes my nooit deur oom Pieter en Paul so 'n gat in die
kop laat praat het nie, verwyt sy haarself met 'n loodswaar ge-
moed. Ek het alles prysgegee – my werk wat 'n lewensideaal was,
'n gerieflike woonstel en my eie geluk. Alles het ek prysgegee, en
nou moet ek steun op die genade van hierdie . . . e . . . man wat,

soos dit wil voorkom, nie 'n greintjie gevoel vir sy medemens besit nie. En dit alles om Paul 'n sorgvrye toekoms te verseker – Paul wat vanaand nie 'n oomblik gehuiwer het om kant teen my te kies nie . . . my boetie, hoe kon jy? ween dit in haar hart.

Met traanverblinde oë draai Elsa van die venster af weg. Paul, vir wie sy die afgelope jaar soos 'n liefdevolle moeder versorg het, se trouelooosheid laat haar gemoed weer opnuut voel soos 'n wond wat weer 'n kneus gekry het.

Werktuiglik ontklee sy haar en kruip soos 'n gewonde diertjie tussen die koel lakens in. Sy doof die lig uit en sluit haar oë teen die donkerte wat beklemmend in die kamer hang. Sy dink aan haar ontslape ouers, aan haar en Paul, en sy is nie eens bewus van die trane wat haar kussing deurweek nie.

Van skone uitputting raak Elsa eindelik na middernag aan die slaap. En toe sy die volgende oggend ontwaak, val haar oog eerste op die venster wat nog steeds wawyd oopstaan. Terstond dring dit tot haar deur dat sy haar skandelik verslaap het en dat die dag alreeds aansienlik gevorder het. Die wysers van haar horlosie staan op tienuur. 'n Lang gaap ontsnap haar lippe; dan dring die skel gekekkel van 'n hen en die luide geroep van voëls tot haar slaapbenewelde brein deur.

'n Oomblik kan sy nie begryp waar al die geluide vandaan kom nie. Met 'n ligte frons dwaal haar blik deur die kamer. Toe, meteens, ontvou die gebeure van die vorige dag soos 'n prentjie voor haar en haar oë verdonker meteens weer. Sy sluit haar oë en 'n hartseer trekkie verskyn terstond om haar mooi, sagte mond.

Ek sal Gerhard natuurlik om verskoning moet vra, besluit sy na 'n rukkie, dadelik weer diep ongelukkig. Ja, beleefdheidshalwe sal ek hom moet om verskoning vra. Maar dit verander nog glad nie my gevoel of my opinie van hom nie. Hy is vermetel en verwaand, en ek wil inderdaad niks met hom te doen hê nie . . . Ja, hoe minder ek van hom sien, des te beter sal dit vir ons albei wees!

Elsa is vol gedagtes toe sy 'n paar minute later uit die bed klim, 'n koue stortbad neem en aantrek. Sy het reeds besluit dat sy Gerhard om verskoning sal vra en hom daarna, vir die res van haar verblyf hier op Kaalbult, sal ignoreer. En as daar 'n moontlikheid bestaan dat sy haar erfdeel aan Paul kan oormaak, gaan sy dit sonder versuim doen en dan weer aansoek doen om 'n pos in die een of ander hospitaal.

Gewapen met hierdie besluit, begeef sy haar na die kombuis waar tant Emma en die bediende ywerig doenig is.

Tant Emma kyk Elsa aan met 'n vriendelike glimlaggie toe laasgenoemde in die middeldeur verskyn en beantwoord haar môregroet met 'n joviale: "Môre, Elsa-kind. Ek hoop jy het goed geslaap. Kom sit, dan skink ek eers vir jou 'n koppie koffie voor jy eet." Sy dui die jong meisie 'n stoel by die tafel aan en gaan geselserig voort: "Ek het vanoggend vir jou koffie met Liesbet kamer toe gestuur, maar Gerhard het haar voorgekeer en haar verbied om jou wakker te maak."

'n Onvergenoegde trek pluk aan Elsa se mondhoeke.

"Gerhard skyn nogal 'n verbasend vrye sê oor almal te hê," kan sy egter nie help om wrewelrig te sê nie toe sy op die aangebode stoel plaas neem en haar blik stadig deur die gerieflike kombuis laat dwaal.

"Jy hou nie van hom nie?" glimlag die ou dame gemoedelik en plaas 'n stomende koppie koffie voor die weerbarstige meisie.

Elsa haal slegs haar skouertjies verontskuldigend op, gooi een lepel suiker in haar koffie en begin dit dan stadig, peinsend roer.

"Ek het nog nooit van 'n verwaande mansmens gehou nie, Tante," antwoord sy sag. "Hy kom my sterk voor as 'n persoon wat volkome deurweek is van sy eie belangrikheid as heer en meester van Kaalbult, wat net wil hiet en gebied, en ander moet maar gedwee gehoorsaam."

"As jy Gerhard eers beter ken, my kind, sal jy hierdie mening oor hom dadelik wysig," kondig die goedige tant Emma met 'n stil glimlaggie aan, onderwyl sy besig is om vir Elsa spek en eiers te braai. "Kaalbult behoort ook nie slegs aan hom alleen nie, die plaas behoort nou aan julle albei."

"Ek besef dit, Tante," gee sy toe, "maar ek het vanoggend besluit om hierdie erfenis van my met Gerhard se prokureur te bespreek." Sy skuif die leë koppie agteruit, kyk die ouer vrou onafgewend aan en gaan bedaard voort: "Ek wil weet of dit my vry staan om my deel van Kaalbult aan Paul oor te maak. Hy is immers die een wat 'n lewendige belangstelling in diere het, en nie ek nie. My belangstelling lê in verpleging en ek sal graag weer wil verpleeg."

'n Kort oomblik kyk die ou dame Elsa ondersoekend aan. Dan bepaal sy weer haar aandag by die spek en eiers wat sy braai, en verklaar met 'n vriendelike stem: "Ek glo nie meneer Kruger, die prokureur, het enige sê in hierdie saak nie, kindjie. Gerhard is die man vir wie jy in dié verband sal moet spreek. Jy sien, hy is deur jou oom benoem as enigste eksekuteur van sy boedel. Derhalwe berus alle beslissings uitsluitlik by hom en nie by die prokureur nie . . ."

"Waar, as ek mag vra, en as dit nie weer té vermetel klink nie, wil jy gaan verpleeg, Elsa?" vra 'n diep manstem skielik van die middeldeur se kant af.

Tant Emma swaai vinnig om waar sy voor die stoof staan, nou besig om vars koffie te maak. Dog Elsa verwerdig haar nie eens om op te kyk nie, maar gaan onverstoord voort met haar ontbyt.

Eers toe Gerhard, gevolg deur Paul wat 'n ligte kus op sy ousus se wang druk, aan die ander kant van die tafel plaasneem, vee sy haar mond fyntjies met die servet af en kyk hom met 'n onpersoonlike blik aan.

"Ek vrees dis 'n vraag wat ek nie nou al kan beantwoord nie, maar ek sal stellig gaan verpleeg waar ek 'n aanstelling kry. Vir 'n teatersuster is dit nooit juis moeilik om 'n pos te bekom nie. Maar wat van my aandeel in Kaalbult, en oom Helgaard se onsinnige bepaling dat ek hier op die plaas moet woon?"

Gerhard neem die koppie koffie wat tant Emma na hom uithou, bedank haar beleef en wend hom dan weer na Elsa.

"Jy bedoel: wat van Paul? Gaan hy geneë voel daarmee om volgende jaar hier op Kaalbult te kom boer?"

"Maar as hy 'n veearts is . . ."

"Ek het nie 'n veearts op Kaalbult nodig nie," stel hy haar geduldig in kennis, "en ek gaan ook nie oom Helgaard se laaste wens verontagsaam nie. Dit was sy uitdruklike begeerte dat jy jou op Kaalbult moet kom vestig. Maar ek sal jou halfpad tegemoetkom deur met dokter Dreyer, die superintendent van ons plaaslike hospitaal, te gaan gesels. Moontlik kan hy jou aan 'n pos help. Op die jongste vergadering het hy om 'n suster gevra en ek glo nie die pos is al gevul nie. Ek sal ook reël dat jy nie in die hospitaal slaap nie. Sodoende sal jy nog op Kaalbult woon, al is jy dan in die hospitaal werksaam." Hy kyk haar lank en ernstig aan, en vra dan sag: "Sal dit jou tevrede stel?"

Hy meld egter nie dat hy 'n lid, 'n invloedryke lid, van die hospitaalraad is nie. Maar van sy praat het Elsa reeds afgelei dat hy wel 'n lid moet wees, vandaar sy kennis dat die hospitaal 'n suster benodig.

Sy knik en antwoord ietwat minder onpersoonlik: "Ek sal dit baie waardeer, dankie." Dan bloos sy liggies en draai haar gesig effens weg terwyl sy sag vervolg: "Jy moet seker dink ek is 'n vreeslik ondankbare mens, Gerhard, maar ek kon nog nooit 'n moordkuil van my hart maak deur belangstelling te veins in dinge waarin ek geen belang het nie." Sy draai haar gesig terug na hom, kyk hom aan en gaan bedaard voort: "Moet my asseblief nie verkeerd verstaan nie. Dis nie dat ek glad nie van Kaalbult hou nie. Inteendeel, ek vind die natuurskoon verruklik mooi. Selfs hierdie kasteelagtige ou herehuis is iets om op trots

361

te wees. Maar te midde van dit alles voel ek nogtans dat my lewe slegs 'n nuttelose bestaan sal wees indien ek nou al van my beroep afstand moet doen." 'n Sweem van 'n glimlaggie raak skelm aan die hoeke van haar mond. "Ek dink ek is nog gans te jonk om nou al op my louere te rus, of om my nou al in die bedrywige lewe van 'n huisvrou in te grawe."

"Meeste dames is al moeders op vyf en twintigjarige leeftyd," konstateer hy met 'n ernstige gelaat en hou terselfdertyd sy leë koppie na tant Emma uit vir nog koffie.

Elsa se fyn geboogde wenkbroue lig effens op.

"Jy hou nie van my ongetroude status nie?" sêvra sy en wonder heimlik waarom hy self nog nie getroud is nie.

Maar dan hoor sy hom half ontwykend sê, met iets soos humor in sy stem: "Ek weet nog nie of ek daarvan hou nie, maar ek weet hier is etlike jong mans in die distrik wat jou status graag sal wil verander, as jy een van hulle net die geleentheid sal bied." Hy neem die koffie by tant Emma en wend hom dan weer na Elsa. "Jy is 'n besonder aantreklike nooientjie. En as jy my raad wil volg, sal jy die hospitaal laat vaar, in die huwelik tree en met 'n gesin begin. Elke jaar wat jy aan die hospitaal wy, is 'n jaar onherroeplik verlore is in jou lewe. En voordat jy daaraan kan dink, het die lewe reeds by jou verbygegaan."

"Jou logika is indrukwekkend," glimlag sy fyntjies, dog tergerig. "Maar ek belowe jou: sodra ek desperaat verlief is op 'n man, sal ek onmiddellik jou raad volg. Dan kan jy my seuns leer boer, en my dogters met dieselfde raad bedien . . ."

". . . en hulle ma leer perdry," vul hy met 'n ligte spotlaggie aan. Sy oë spot nou openlik met haar toe hy voorts sê: "Ek hoor jy kan nie eens perdry nie?"

"Is dit so verbasend?" wil sy snipperig weet. Sy kyk hom uit die hoogte aan en vervolg ewe snipperig: "In Pretoria word 'n mens nie toegelaat om 'n perd in jou woonstel aan te hou nie, weet jy?"

362

Vir die eerste maal sedert Elsa Gerhard ontmoet het, bars hy hartlik uit van die lag. Sy kan egter nie help om ook te glimlag nie. Die man se lag is inderdaad aansteeklik.

Toe sy lag eindelik bedaar, kyk hy haar geamuseerd aan en verklaar nog steeds vol lag: "Jy is 'n regte klein vuurvreter, ou kleintjie. Ek begryp nou eers waarom oom Helgaard altyd gesê het dat jy nie 'n Verster is nie, maar deur en deur 'n Pretorius. Maar sê my, is jy bang vir 'n perd?"

"Ek was nog nooit so naby een dat een dat ek sal weet nie," glimlag sy en besluit dat hy nogal redelik gesellig kan wees as hy wil . . . Ja, sy hou nogal van hom in hierdie luim – wanneer hy nie baasspelerig en oorheersend is nie.

"Nou kom," hoor sy hom weer sê, "ons gaan nou dadelik uitvind of jy bang is vir 'n perd of nie. En as jy nie bang is nie, gaan ek 'n vaardige ruiter van jou maak." Hy kom orent en werp haar 'n veelseggende blik toe. "Miskien, wanneer jy eers kan perdry, sal jy moontlik geheg raak aan ou Kaalbult en hom nie sommer wil weggee nie."

Elsa kon orent en laat hom toe om haar na die stalle te lei. Sy merk dat Paul hulle nie vergesel nie, maar steur haar nie veel daaraan nie. Die blos op sy wange en die lewendige vonkeling in sy oë is genoeg getuienis dat hy die lewe op Kaalbult intens geniet.

'n Kort rukkie stryk hulle in stilte aan; toe begin Elsa meteens huiwerig praat.

"Ek . . . is jammer oor gisteraand, Gerhard," sê sy verleë. "Ek besef dat ek my soos 'n katwyfie gedra het en dat jou teregwysings moontlik goed bedoel was. Ek . . . ek wil jou net sê dat ek jammer is oor die skerp woorde wat ek jou in my drif toegeslinger het."

"As jy dit ooit weer waag, sal jy nog 'n entjie jammerder wees, meisiekind," dreig hy met 'n suur glimlaggie. "In elk geval, ek aanvaar jou verskoning. Jy kan immers nie help dat jy, tot jou ergernis, natuurlik, 'n Pretorius is nie . . ."

363

"Ek is g'n Pretorius nie!" maak sy heftig beswaar. "En waarom sê jy tot my ergernis?"

"Omdat geen Pretorius nog ooit maklik erken het dat hy verkeerd was nie. Maar ons sal nie langer oor gisteraand se onaangenaamheid redeneer nie. Hier is ons by die stalle. Nou sal ons sien of jy eendag 'n vaardige ruiter gaan wees of nie."

Hy maak die staldeur oop, verdwyn na binne en keer na 'n paar oomblikke terug met 'n groot, gespierde skimmelhings wat hy aan 'n halterriem na buite lei.

Elsa, wat langs die oop deur staan, tree vinnig agteruit om nie onder die groot skimmel se kragtige hoewe te beland nie.

Gerhard merk hierdie vlugtige beweging en verklaar met 'n droë glimlaggie: "Kroon is besonder goed gemanierd. Hy sal nooit doelbewus op 'n mooi nooi se tone trap nie . . . Staan maar nader. Dit sal jou nie tot eer strek deur hom so openlik te toon dat jy vir hom skrikkerig is terwyl hy jou so vriendelik en noukeurig opsom nie."

Elsa, wat al die tyd na die dier se forse liggaam gestaar het, merk nou eers hoe stip hy haar met sy groot, intelligente oë aanstaar. Sy merk ook dat Gerhard iets na haar uithou.

"As jy nou met jou een hand oor sy nek streel en hierdie suikerklontjie in jou ander hand voor sy mond hou, sal hy lewenslank jou vriend wees," verduidelik die jong man hulpvaardig.

Sy tree huiwerig nader, dog vasbeslote om Gerhard te toon dat sy glad nie so papbroekig is wat hy miskien dink nie, en neem die klontjie suiker uit sy hand.

"Moet nou net nie jou keel rou gil as hy sy dankbaarheid toon deur met sy neus in jou nek te vroetel nie," waarsku hy weer met 'n glimlaggie toe Elsa sy bevele met geforseerde dapperheid uitvoer.

Sy voel hoe die een koue rilling na die ander deur haar arm skiet toe Kroon se skurwe lippe in die palm van haar hand vroetel terwyl hy die suikerklontjie met sy lippe optel. Maar toe hy soos 'n vurige minnaar met sy koue neus in haar nek en hare begin vroetel, verg dit inderdaad leeuemoed om nie hardop te gil nie.

Sy skrik haar egter boeglam en doodsbleek toe die dier skielik hier bokant haar kop 'n uitgerekte runnik uitstoot, asof hy pas die hele wêreld verower het. En as Gerhard nie op daardie minuut hardop uitgebars het van die lag nie, sou sy net daar ineengestort het. Maar die duidelike spot in sy lag laat haar terstond weer diep ontstoke voel.

"En as jy nou so lag asof 'n duisendpoot jou gebyt het?" roep sy verontwaardig uit, momenteel onbewus daarvan dat sy nog steeds met haar arm om Kroon se nek staan en dat laasgenoemde sy groot kop liefderyk teen hare skuur.

"Ek lag omdat jy so groot geskrik het toe Kroon so ewe sy tevredenheid aan die wêreld uitbasuin het. Maar ek moet erken dat jy leeuemoed aan die dag gelê het, Elsa." Hy glimlag breed en kyk haar skalks aan. "Jy sien, ek weet hoe bevrees jy aanvanklik was om naby hom te kom – laat staan nog aan hom te raak. Dus kan ek slegs sê: jy het die toets met volpunte geslaag. En noudat julle twee vriende is, sal ons môre met jou rylesse begin. Vandag kan jy nog jou vriendskap met hom versterk. Sorg net dat jy altyd 'n suikerklontjie by jou het."

Na al die vrees en skok is Elsa darem al so half en half gewoond aan die groot skimmel se nabyheid en liefdevolle gebare, en geniet sy dit nogal om met haar vingers oor sy gladde neus te streel en sy asem kielierig in haar nek te voel.

"Hy lyk verbasend intelligent," laat sy bedaard hoor toe Gerhard die dier na sy stal toe lei. "Ek hoop hy gedra hom net so intelligent wanneer ek môre op sy rug sit."

Gerhard haak die onderdeur sorgvuldig vas, streel 'n slag oor die skimmel se kop en sluit dan by haar aan daar waar sy 'n klein entjie van die stal af staan.

"Ek verseker jou Kroon is die intelligentste en betroubaarste perd wat ek nog ooit gesien het," verklaar hy onderwyl hulle langsaam in die rigting van die huis beweeg. "Jy sal volkome veilig wees op sy rug."

Met hulle tuiskoms tref hulle tant Emma en Paul op die voorstoep aan en nadat Gerhard hulle die nuus meegedeel het dat Elsa sy rylesse die volgende dag 'n aanvang sal neem, vertrek hy en Paul weer sonder versuim na die nuwe lande wat hy besig is om te braak.

Elsa, op haar beurt, kondig weer aan dat sy dorp toe sal moet gaan om vir haar ryklere te gaan koop, en verdwyn terstond na haar kamer om haar vir die uitstappie op te knap.

4

Die uitstappie na die dorp is vir Elsa, wat slegs aan die groot stede gewoond is, 'n vreemde ervaring. Oom Pieter het gepraat van 'n "dorpie", tog is Vreden al 'n aansienlik uitgebreide dorp wat oor 'n eie bioskoop en hospitaal beskik.

Sy ry met die hoofstraat af en merk in die verbygaan dat daar 'n Afrikaanse sowel as 'n Engelse kerk is. Die Afrikaanse kerk is groot en indrukwekkend, maar die Engelse kerkie is 'n klein klipgeboutjie, volkome toegerank met groen slingerplante.

Sy betrag die winkel en ander geboue met groot belangstelling. Langs die dorp se enigste apteek sien sy 'n klerewinkel en besluit om daar te gaan verneem of hier 'n winkel is waar sy vir haar ryklere kan koop.

Versigtig parkeer sy die rooi sportmotor aan die kant van die straat, klim haastig uit en stap reg op die winkel af. Sy is egter so haastig dat sy haar byna vasloop in 'n lang, blonde meisie wat ook net by die winkel uitgestap kom. Maar albei steek betyds vas om 'n botsing te voorkom.

"Verskoon my," sê Elsa met 'n beleefde glimlaggie, "ek het u in my haas byna van u voete af geloop."

'n Klokhelder laggie borrel oor die rysige blondine se rooi lippe toe sy die pikante swartkop vol humor aankyk. Dan skud sy haar blonde hoof stadig.

"Ek vrees u is te klein en tenger om my van my voete af te loop, juffroutjie," glimlag die blondine vriendelik, onderwyl haar groot, blou oë sag in Elsa se donkerbruines staar. "Maar sê my," gaan sy voort, "u is vreemd hier in ons dorp, is u nie?"

Elsa knik bevestigend.

"My broertjie en ek het gistermiddag eers hier gearriveer."

"Hier op Vreden?" wil die blondine belangstellend weet.

"Nee, nie Vreden nie, Juffrou – Kaalbult."

"My wêreld, dan moet jy Elsa Verster wees!" roep die meisie verras uit, betrag die donkerkop met nuwe belangstelling en gaan opgewek voort: "Gerhard het ons van jou en Paul vertel. Terloops, hy het Paul verlede week hier in ons plaaslike hoërskool ingeskryf as leerling, en meneer Geertsma, die hoof van die hoërskool, het belowe om jou te vra of jy nie vir die dogters lesings in noodhulp sal gee nie." Sy skep 'n slag asem, vereer Elsa met 'n stralende glimlaggie wat haar lewenslustige, blou oë soos juwele laat skitter, en gaan dan weer ewe spontaan voort. "Mensig, ek sou nooit kon geraai het dat jy al vyf en twintig is nie. Jy is so klein en fyn . . . Maar sê my, wat het jou vandag na ons dorp gebring?"

"Ek het kom kyk of hier 'n winkel is waar ek vir my ryklere kan koop," verduidelik die donkerkop vriendelik. "Ek moet glo van môre af rylesse neem, en die hemel weet of ek in een stuk daarvan gaan afkom. Miskien mors ek net geld deur ryklere te koop. Moontlik is dit my nie eens beskore om dit 'n tweede keer te dra nie."

Die blondine bars hardop uit van die lag en kyk Elsa met stralende oë aan.

367

"Jy is kostelik, Elsa," laat sy nog steeds vol lag hoor. "Gee jy om as ek jou Elsa noem?"

Die aangesprokene skud haar hoof en sê dat sy glad nie omgee nie.

"Dankie," kom dit weer van die twintigjarige, aanvallige blondine. "My naam is Selma Vermaak. Maar jy kan my sommer Selma noem. Maar om terug te keer tot die rylesse ... Ek veronderstel Gerhard gaan jou leer ry, en in daardie geval kan jy met 'n geruste hart vir jou ryklere aanskaf. Hy is die deeglikste en bekwaamste man wat ek ken, en ek is vreeslik lief vir hom. Glo my, hy faal selde of ooit wanneer hy 'n onderneming aanpak. Maar kom, dan neem ek jou na 'n winkel wat jou met ryklere sal kan uitrus. Daarna gaan jy eers saam met my en my ouboet eet, sodat hy jou ook kan ontmoet."

Elsa bedank die voortvarende meisie met 'n vriendelike glimlaggie. Toe kuier hulle geselsend na waar die rooi motor langs die straat staan.

Toe hulle 'n paar minute later onderweg is na die winkel wat byna aan die onderpunt van die straat geleë is, vra Elsa belangstellend: "Woon julle hier op die dorp?"

"My ouboet, Karel, woon hier in Vreden," verduidelik die jonger meisie omslagtig. "Hy is 'n geneesheer; een van die dorp se twee algemene praktisyns. Ek loseer gedurende die week by hom en gaan gewoonlik elke naweek huis toe."

"As ek mag vra: waarheen is huis toe?" kom dit weer van Elsa.

"Plaas toe," glimlag Selma. "My vader is die eienaar van Sonop, jou en Gerhard se buurplaas; die een agter die berg. Jy het my ouers seker nog nie ontmoet nie?"

Elsa skud haar kop.

"Nee, ek vrees ek het nog nie die geleentheid gehad om een van die bure te ontmoet nie. Maar waarom loseer jy by jou broer? Werk jy hier in die dorp?"

Selma begin saggies lag en daar is meteens 'n suggestie van ondeundheid in haar stem.

"Ek gee onderwys hier aan die laerskool – teen die sin, natuurlik, van Mammie en Pappie wat van my 'n plaasnooi en 'n boerbeskuit wil maak. Terloops, ek het maar eers aan die begin van die jaar begin werk."

"'n Boerbeskuit?" Elsa bars hartlik uit van die lag. Sy werp 'n vlugtige blik op die jonger meisie en merk die geamuseerde glimlaggie in die ondeunde, blou oë.

"Jy lag," sê sy, "maar dis presies wat Mammie van my wou maak. Sy sê ek is gans te maer en benerig om aantreklik te wees."

In 'n gesellige luim spoed hulle met die hoofstraat af. Ofskoon Selma nog jonk, impulsief en voortvarend is, kan Elsa nie help om van die lewenslustige meisie te hou nie. Sy is inderdaad soos 'n skooldogter wat oorborrel van lewensvreugde, en dis ook baie duidelik dat die lewe haar tot dusver nog baie sag behandel het.

Hulle hou stil voor die winkel en nadat Elsa se inkope afgehandel is, stel Selma voor dat hulle nou eers by haar tuiste gaan eet.

Elsa begin egter dadelik beswaar maak en wou nog byvoeg dat sy seker is dat Karel se huishoudster nie gaan hou van 'n onverwagte gas nie, maar Selma val haar byna dadelik in die rede.

"Ek verseker jou dat ou tannie Grové al gewoond is aan onverwagte gaste en dat sy nie die minste sal omgee nie," verklaar sy gerusstellend. "Sy is buitendien een van daardie ou siele wat nog nooit kon leer om slegs vir drie mense te kook nie. En boonop, ek weet Karel is gretig om met jou kennis te maak, Elsa. Jy sien, Gerhard het ons vertel hoe 'n belangrike persoon jy in 'n hospitaal se teater is."

"Ek is nie so seker van die belangrikheid nie," lag die donkerkop Selma se vleiende opmerking weg en stuur die gesprek onverwyld in 'n ander rigting deur haar belangstellend uit te vra na die dorp se gemeenskap.

Etlike minute later hou hulle stil voor 'n groot, wit gewelhuis regoor die laerskool en klim uit. Hulle het ook net die voorhekkie bereik, toe 'n grys motor agter Elsa s'n stilhou en 'n lang, skraal man hom stuksgewyse agter die stuur uitwikkel.

"A, dis Karel!" roep Selma vrolik uit. Maar Elsa het dit reeds geweet. Sy het hom dadelik as Karel herken, want benewens die feit dat sy gesig sterk en manlik is, is daar 'n sterk ooreenkoms wat sy en Selma se gelaatstrekke betref.

"My broer Karel, Elsa," stel Selma hulle voor toe eersgenoemde by hulle aansluit. "En dis Elsa Verster, van wie Gerhard ons vertel het, Karel. Lyk sy nie vir jou ook meer na 'n fraai poppie as na 'n bekwame teatersuster nie?"

'n Vuurwarm blos van verleentheid brand op Elsa se wange toe Karel haar fyn handjie byna toevou in syne. Sy wens heimlik dat sy 'n slot gehad het waarmee sy Selma se mond kon sluit. Maar toe sy opkyk, merk sy die ondeunde lig in Karel se grys oë wat haar met groot belangstelling betrag.

"Ja," sê hy met 'n plaende glimlaggie, en tot groter verleentheid van Elsa, "sy lyk soos 'n fraai poppie . . . Aangename kennis, Elsa, en welkom in ons gemeenskap. Terloops, my vriende noem my sommer Karel – en dit geld vir jou ook."

Sy antwoord paslik op die bekendstelling; dan is Selma weer aan die woord.

"Ek het Elsa vir ete genooi, Karel. As julle my dus 'n oomblikkie sal verskoon, gaan ek tannie Grové gou van ons gas verwittig."

Na hierdie verklaring verdwyn Selma haastig na binne, en Elsa vind haar meteens alleen in die lang, skraal man se geselskap.

"Sal ons ook maar na binne gaan?" hoor sy Karel welluidend sê. "Tannie Grové het seker al die koffie gereed." Hy val langs haar in en geselsend kuier hulle met die geplaveide paadjie langs wat na die stoel toe lei. "Sê my," laat hy na 'n rukkie weer hoor, "gaan jy nou 'n volslae plaasnooi word, of gaan jy weer later verpleeg?"

Elsa glimlag stil en kyk behaaglik om haar heen na die hoë sierbome, weelderige grasperke en kleurvolle blomtuin. Daar is openlike vermaak in haar stem toe sy sê: "Ek kan myself nie voorstel as 'n volslae of suksesvolle plaasnooi nie, Karel. Ek hou natuurlik van Kaalbult. Die natuurskoon is verruklik mooi. Maar ek weet nie of ek ooit aan die lewe op die plaas gewoond sal raak nie. Gelukkig is Kaalbult naby die dorp geleë en sal ek hier darem altyd ontvlugting kan kom soek wanneer die stilte my begin baasraak."

"Jy koester dus geen planne om weer te verpleeg nie?" sêvra hy, hou die voordeur vir haar oop en nooi haar vriendelik om binne te gaan.

Eers toe hulle die koel sitkamer met sy hoë mure binnetree en albei plaasgeneem het, antwoord sy sag: "Ek sal graag nog 'n paar jaar lank wil verpleeg, tot tyd en wyl ek my voete op Kaalbult gevind het. Trouens, ek het vanoggend die saak met Gerhard bespreek en hy het belowe om dokter Dreyer te spreek in verband met 'n pos wat hier in die hospitaal vakant was."

"Die pos is nog nie gevul nie," verwittig Karel haar, "en as Gerhard jou aanbeveel, kan jy seker daarvan wees dat jy aangestel gaan word."

"Jy klink baie oortuig daarvan," kan Elsa nie help om met 'n glimlag te sê nie. "Ek veronderstel Gerhard is 'n lid van die hospitaalraad?"

Karel begin saggies lag en kyk haar met 'n geamuseerde blik aan. Dan verklaar hy, nog steeds vol lag, dog nadruklik: "Gerhard, my liewe Elsa, is nie slegs 'n lid van die hospitaalraad nie, maar 'n baie invloedryke lid. Jy weet dit miskien nog nie, maar hy en jou oom Helgaard was die toonaangewers hier in ons gemeenskap.

Hy skryf as 't ware die wette voor en ons geëerde burgemeester sorg dat dit uitgevoer word. Ek glo ook dat hier nie 'n enkele komitee is waarin hy nie die toon aangee nie, en baie min sakeondernemings waarin hy nie 'n vinger het nie. Met ander woorde, hy is die grootbaas hier in Vreden en in die distrik."

Hierdie diskoers van Karel laat Elsa terstond weer dink aan die onsmaaklike gesprek wat sy en Paul gistermiddag in die restaurant moes aanhoor. Sy wil Karel nog pols oor daardie vreemde gesprek, maar dan tree Selma die sitkamer binne en kondig aan dat tannie Grové gereed is om in te skep.

Die maaltyd verloop gesellig en Elsa geniet Karel en Selma se ligte geskerts en gevatte kwinkslae, maar pas na ete moet Karel weer dadelik na die hospitaal vertrek. Op aandrang van Selma en tannie Grové bly Elsa vir vieruur-tee. Daarna begin sy ook aanstaltes maak om te vertrek.

Albei dames vergesel haar na die motor. En nadat sy hulle hartlik vir hul gasvryheid bedank het en ook belowe het om te kom oë wys wanneer sy in die dorp is, groet sy hulle en vertrek sonder versuim.

Die son is net besig om agter die berg te verdwyn, toe die rooi sportmotor te voorskyn kom en 'n oomblik later op Kaalbult se werf stilhou.

Elsa neurie saggies 'n deuntjie onderwyl sy uitklim. Dan merk sy hoe Kroon haar met groot, swart oë vanuit sy staldeur staan en betrag en met 'n stralende glimlaggie waai sy vir hom; onbewus van die jong man wat om die huis se hoek verskyn en na die motor toe aangestap kom.

"En vir wie word nou so vrolik gewaai?" vra Gerhard meteens langs haar, verras oor die stralende glimlaggie op haar gelaat.

"O, dis jy!" lag sy opgewek. "Ek waai vir Kroon wat my so beskuldigend aankyk omdat ek hom toe nie na vanoggend weer besoek het nie."

"H'm, ek moet sê hy is bevoorreg om met so 'n glimlaggie vereer te word," laat hy ongeërg hoor, haal dan sy pyp te voorskyn en steek dit met groot konsentrasie aan. "Mag ek vra waar jy heeldag was?" verneem hy toe die pyp eindelik na wense brand.

Sy kyk hom aan en vereer hom onbewus met een van haar innemendste glimlaggies.

"Jy mag vra," voeg sy hom vrolik toe en haal die groot doos wat die nuwe ryklere bevat uit die motor. "Ek was dorp toe om vir my ryklere te koop vir môre se vuurproef," lag sy sorgeloos, en merk nie die frons wat meteens sy breë voorkop ontsier nie.

"Maar dit het jou tog seker nie die hele dag geneem om ryklere te koop nie!" laat Gerhard nou ietwat steurend hoor. Waarom hy skielik so gesteurd voel, weet hy self nie. Dit kan tog nie wees dat hy jaloers is nie ... of is hy?

"Nee, dit het my nie die hele dag geneem nie. Trouens, dit het my slegs 'n paar minute geneem," antwoord Elsa, klap die motordeur toe en kyk hom dan met 'n gelukkige glimlag aan. "Ek het toevallig met Selma Vermaak kennis gemaak en toe middagete saam met haar, Karel en tannie Grové geniet."

"So!" laat hy nou meer gesteurd hoor. "Dit was natuurlik te veel moeite om ons ... tant Emma ... te bel en te sê dat jy heeldag in die dorp gaan vertoef." Hy kyk haar skerp aan en vir Elsa voel dit kompleet asof sy blik dieper gaan as slegs die oppervlakte van haar oë. Dan hoor sy hom weer sê, nou effens sinies: "Of het Karel se sjarme jou so intens beïndruk dat jy terstond van alles en almal hier op Kaalbult vergeet het?"

Sy kyk hom 'n oomblik oorwegend aan, merk die frons op sy sonbruin voorkop en laat dan verontskuldigend hoor: "Ek weet nie waarom jy nie juis Karel se naam in ons argument moet insleep nie, Gerhard. Glo dit as jy wil, maar ek het eerlikwaar nie gedink dat dit so belangrik is om tant Emma op die hoogte van sake te hou wat my bewegings betref nie. Ek is nie gewoond daaraan om van elke beweging van my verslag te doen nie."

"Wel, ek verkies dat jy dit in die vervolg doen wanneer jy nie betyds tuis kan wees nie," voeg hy haar nou ietwat streng toe.

"Maar waarom?" maak sy ernstig beswaar en kyk hom effens onseker aan. "Jy klink so omgekrap, en ek het tog nie 'n spesifieke uur bepaal wat ek sou tuis wees nie. Trouens, ek bepaal nooit 'n spesifieke uur vir my tuiskoms nie."

"Met ander woorde: verwag my wanneer jy my sien. Is dit wat jy bedoel?"

Elsa kyk hom vlugtig aan, maar toe sy die streng blik in sy oë gewaar, draai sy haar gesig weer haastig weg. Sy kan glad nie begryp waarom hy so ontstoke is nie. Sy het tog vir tant Emma gesê dat sy dorp toe gaan om vir haar ryklere te koop, of verwag hy dat sy eers sý toestemming moet vra voordat sy 'n voet van die plaas af versit?

Elsa voel hoe die ergernis weer stadig in haar begin oplaai jeens hierdie man wat hom so pynlik aanmatig, asof hy haar heer en meester is. Hy mag die grootbaas hier op Vreden en in die distrik wees, dink sy opstandig, maar ek gaan my beslis nie deur hom laat voorskryf nie. En as hy dink en gaan telkens sy toestemming vra as ek elders wil gaan, wag daar 'n groot verrassing op hom, want ek gaan dit onder geen omstandighede doen nie. Ek het geen heer en meester nodig nie, en nog minder 'n baas!

Sy draai haar blik weer stadig na hom, en nou vlam haar oë van skone ergernis toe sy hom afgemete antwoord: "Dis presies wat ek bedoel het: verwag my wanneer jy my sien. Ek is g'n kind om van elke beweging van my verslag te doen nie. Ek gaan ook nie toelaat dat jy, of enigeen, my lewe aan bande lê —"

"Ek koester geen planne hoegenaamd om jou lewe aan bande te lê nie," val hy haar skerp in die rede. "Maar ek sou dink dat jy jou huismense 'n bietjie meer in ag behoort te neem, of het jy nog nooit daaraan gedink dat ander moontlik bekommerd mag wees oor jou veiligheid nie? Hoe moet ons weet of jou motor nie dalk êrens op pad moeilikheid gegee het of dalk van 'n berg af gestort het nie? Jy jaag soos 'n duiwel . . ."

"Ek besit 'n rybewys," knip sy hom haastig kort, "en ek laat nie toe dat ander my bestuursvermoë kritiseer nie. En so terloops, ek was nog nooit in 'n ongeluk betrokke nie. Ook vir jou inligting: my motor is nog betreklik nuut en sal beslis nie nou al moeilikheid gee nie. En as jy dink dat ek te lamlendig is om veilig oor julle berge te bestuur, kan jy gerus weer 'n keer dink, of eendag saam met my dorp toe ry."

Sy merk hoe Gerhard verbleek van ergernis, hoor hoe hy saggies iets mompel en dan hardop sê: "Ek weet eerlikwaar nie waarom oom Helgaard my met so 'n wavrag ergernis opgesaal het nie. Jy is 'n uiters onsinnige, onmoontlike en onuitstaanbare vroumens. Maar hou dit asseblief in gedagte dat ék die bevele gee hier op Kaalbult, en dat ek geen parmantigheid of ongehoorsaamheid van jou gaan duld solank jy my verantwoordelikheid is nie."

Elsa sluk, kyk hom met smeulende oë aan en sukkel nog knaend in haar drif om aan 'n gepaste en venynige antwoord te dink, toe draai Gerhard plotseling om en stap sonder meer van haar af weg.

"O, jou . . . jou vermetele ding!" slinger sy hom woedend agterna, en vlug dan haastig na die privaatheid van haar kamer voordat sy dalk in magtelose trane uitbars.

Diep ontstoke slinger sy haar inkopies op die bed neer, verwens Gerhard hartlik in haar gedagtes en begin dan soos 'n ingehokte leeu op en neer in die kamer stap, asof sy met beweging haar gemoed probeer kalmeer.

"So, dan is ek 'n wavrag ergernis!" roep sy hardop uit. "'n Onsinnige, onmoontlike en onuitstaanbare vroumens! Jou dierasie . . . jou ellendige . . . ellendige dierasie! Ek wonder self waarom oom Helgaard my met so 'n onding soos jy opgesaal het . . . Oom Helgaard . . . O, maar natuurlik moes ek dit van hom verwag het. Dis tipies van hom om 'n Verster se lewe op so 'n manier te probeer versuur. As dit nie vir Paul was nie . . . Ja, as dit nie vir Paul was nie, sou ek hom met Kaalbult en al na sy peetjie gestuur het. Maar wag, my beurt sal nog kom. Laat ek maar net daardie betrekking in die hospitaal bekom . . ."

'n Sagte klop aan die deur laat Elsa meteens in haar spore vassteek.

"Binne!" roep sy kortaf uit. Haar strak gelaat ontspan terstond toe tant Emma die vertrek binnetree en vriendelik glimlag.

"O, dan is jy al terug! Ek wou mos sê ek het jou motor 'n rukkie gelede voor die deur hoor stilhou. Maar toe Gerhard so ewe die kombuis binnekom en nog steeds opgeblase en onvergenoeg lyk, het ek gewonder of ek my nie vergis het nie."

Die naam "Gerhard" laat Elsa weer dadelik rooi sien en sy maak nou ook geen geheim meer van haar gebelgdheid nie.

"Gerhard, tant Emma," begin sy nou weer diep ontstoke, "is met die maan gepla en hy weet dit nie. Hy dink hy kan maak en breek soos hy wil, bevele links en regs uitdeel en almal moet maar tevrede wees! Wel, ek gaan nie met sy heerssugtigheid genoeë neem nie. Ek het my glad nie hier op Kaalbult kom vestig om deur hom gedomineer te word nie."

Elsa is momenteel so bitter ontstoke en tant Emma so diep ontsteld oor die jong meisie se heftige uitbarsting dat nie een die stil gestalte in die oop deur opmerk nie. "Vir al wat ek omgee," gaan die donkerkop onbeheers voort, "kan hy ook my deel van Kaalbult neem. Ek het nog altyd daarsonder klaargekom. Net môre gaan ek persoonlik aansoek doen om die pos hier in die hospitaal. En as dit reeds gevul is, gaan ek terug na Pretoria waar ek wel 'n pos sal bekom . . . Verbeel jou, om vir my te sê ek is 'n wavrag vol ergernis, 'n onsinnige . . ."

"En dit is presies wat jy is," gee Gerhard meteens van die deur se kant af antwoord.

Albei dames kyk hom stil aan toe hy die deur sag op knip stoot en stadig in hulle rigting beweeg. Elsa se oë is nog steeds smeulend toe sy onheilspellend sag uitroep: "Jy!"

"Ja, ek," antwoord hy stroef. Hy kom reg voor haar staan, kyk haar onverskillig aan en gaan met 'n ongenaakbare stem voort. "Moet asseblief nie dink dat ek julle doelbewus afgeluister het nie, want om luistervink te speel, is benede my. Die deur was oop en ek kon nie help om te hoor wat hier gesê word nie. Maar afgesien daarvan, wil ek jou net sê dat dit onnodig sal wees om persoonlik aansoek te doen om die pos hier in die hospitaal. Ek sal persoonlik toesien dat jy aangestel word. En wat jou deel van Kaalbult betref . . ." Sy oë blits soos twee blou vlamme op haar. "Jy sal dit behou, al is dit dan ook net om Paul se ontwil. Vergeet dus gerus van Pretoria. Kaalbult is nou jou tuiste, en jy sal hier bly, al moet ek jou ook daartoe dwing."

Na hierdie dreigement verlaat Gerhard die vertrek voordat Elsa die geleentheid kry om weer haar toorn op hom uit te giet. Hy het sy sê gesê, en daarmee beskou hy die saak as afgehandel.

Bleek en met onbeheerste wrewel staar Elsa na die geslote deur. Haar bors dein gevaarlik op en neer, want innerlik voel sy asof sy haar aangenome neef met sy dreigement en al kan vermoor. Maar dan voel sy meteens tant Emma se hand op haar skouer, en die aanraking herinner haar plotseling daaraan dat die ouer vrou nog steeds by haar in die kamer is.

"Kalmeer jou, my liewe kind," hoor sy die ou dame saggies paai. "Aanstons het jy 'n hoofpyn van die ontsteltenis, en die kool is regtig nie die sous werd nie. Laat tant Emma nou vir jou raad gee: moet nooit eers probeer om met Gerhard swaarde te kruis nie, want dit gaan jou niks baat nie. Jy maak slegs 'n verborge duiwel in hom wakker en jý is die een wat dit sal ontgeld. Luister nou na wat ek vir jou sê. Ek ken Gerhard van sy geboorte-uur af, en weet waarvan ek praat. Sy vader het so 'n verskriklike humeur gehad dat hy beroerte gekry het en daarvan beswyk het."

Elsa, nou ietwat meer beheers, kyk die spreekster met groot, vraende oë aan. Sy het nie geweet tant Emma ken die Richters al so lank nie. En om te dink dat Gerhard se vader so 'n tragiese einde gehad het.

"Wat was die rede dat hy sy humeur so noodlottig verloor het, Tante?" wil sy na 'n rukkie weet.

Tant Emma kyk haar 'n oomblikkie stil aan, sug dan hardop en antwoord sag: "Dit was na die groot droogte, my kind. Die droogte, veesiektes en daarna die hael het Gerhard se vader geruïneer. Die dag toe sy plaas vir 'n appel en 'n ei onder hom uitverkoop is, het hy so woedend geword dat hy net daar inmekaargesak het. Daardie selfde nag is hy nog oorlede."

'n Lang ruk praat nie een 'n woord nie. Elsa merk die weemoedige trek van herinnering in tant Emma se grys oë. Dan draai sy stil om en gaan staan voor die venster.

Met 'n peinsende blik staar sy na die skaduwees aan die voet van die berg wat al langer en langer trek. Sy dink aan die tragiese afsterwe van Gerhard se vader en die skok wat dit vir die moeder en haar jong seuntjie moes gewees het. Dan dwaal haar gedagtes weer na Gerhard en hulle heftige rusie, en sy wens dat sy die man liewer nooit ontmoet het nie.

Maar toe maar, besluit sy in haar enigheid, ek is nog lank nie klaar met hom nie. Geen mens het my nog ooit beledig en lig daarvan afgekom nie. Hy gaan nog meer spyt wees as ooit dat oom Helgaard hom met my opgesaal het!

Wanneer tant Emma die vertrek verlaat het, weet Elsa nie. Sy was so verdiep in haar eie ongelukkige gedagtes dat sy eers tot verhaal kom toe die klokkie die tweede keer lui vir aandete.

Vlugtig trek sy die lipstiffie liggies en vinnig oor haar lippe, dan begeef sy haar na die eetkamer waar die huismense alreeds op haar wag om aan te sit.

Sy tree die eetkamer binne, ignoreer Gerhard wat lank en breed agter sy stoel staan, en vra tant Emma beleef om verskoning omdat sy haar laat wag het. Daarna neem hulle plaas en nadat Gerhard die seën gevra het, draai sy haar na Paul en verneem ewe terloops: "Hoe lyk dit, wil jy nog veearts word, of het jy lus om te boer?"

Sy merk die erns in die jong seun se donker oë toe hy 'n rukkie nadink oor haar vraag, en dan bedaard antwoord: "Ek vrees saaiboerdery is nie in my aard nie, Ousus, en ek merk dat Gerhard nogal heelwat saai." Die erns op sy gelaat maak meteens plek vir 'n terglustige glimlag toe hy vervolg: "Ek is jammer, Ousus, maar ek sal nooit in vervoering kan raak oor 'n lap wuiwende koring nie. Dus sal ek maar liewer veearts word en sorg dat Gerhard se vee in blakende gesondheid verkeer. Ek dink ek, net soos jy, Elsa, het my voorliefde vir medisyne van Pappa geërf, en sal dus op geen ander gebied presteer nie."

"Ek het nie gesê jy moet kom boer nie, Paul," spreek sy hom sag aan. "Ek vra maar net."

Na hierdie kort gesprekkie met haar broer raak Elsa meteens stil. Die ander gesels lustig oor die koring wat een van die dae gestroop moet word, die nuwe lande wat Gerhard nog wil aanlê, en die skape wat binne enkele weke gedip moet word. Maar Elsa steur haar bloedweinig aan hulle geselskap, peusel slegs afgetrokke aan haar kos, asof sy haar smaak vir alles kwyt is.

Gerhard en tant Emma merk hoe onsmaaklik sy aan die gebraaide skaapribbetjie peusel, maar nie een sê 'n woord nie. Eers toe sy haar byna onaangeraakte bord opsy stoot, kyk Gerhard haar reguit aan en sê ewe bedaard, asof hy reeds van hulle rusie vergeet het: "Jy wil tog nie sê dat jy al klaar geëet het nie, Elsa?"

"Ek is klaar, dankie," antwoord sy koel, sonder om hom aan te kyk. Wat haar betref, kan hy net sowel nie bestaan nie. Sy wens hy wil liewer sy aandag by sy eie bord bepaal en van haar vergeet; sy het nie lus om met hom te praat nie.

Maar Gerhard steur hom bitter min aan haar afsydigheid en hou knaend vol onderwyl sy blik ondersoekend oor haar bord gaan.

"Maar jy het dan niks geëet nie!"

"Ek het genoeg geëet, dankie," werp sy nou so koel en kortaf terug dat Paul nie anders kan as om haar vraend aan te staar nie. Hy is meteens intens bewus van die onrusbarende onderstroom wat tussen sy suster en Gerhard heers, en hy wonder onrustig of hulle weer 'n woordewisseling gehad het.

Elsa was nooit voorheen so liggeraak en ontvlambaar nie, dink hy peinsend onderwyl hy sy derde stukkie skaapribbetjie met die eetlus van 'n gesonde jong seun verslind. Dis waar, mymer hy voort, sy was altyd die geduldigheid en lieftalligheid self . . . tot die aand toe oom Pieter haar van haar erfenis verwittig het.

'n Intense deernis en dankbaarheid jeens sy suster wel meteens in hom op. Hy weet hoe trots sy is en hoe onafhanklik sy altyd was, en nou moet sy daardie onafhanklikheid prysgee om sy ontwil; om hom 'n goeie toekoms te verseker.

Hy merk die ongelukkige trekkie om haar mond en hy wonder of hy haar moet laat voortgaan met hierdie opoffering. Dis tog baie duidelik dat sy bitter ongelukkig is, maar as hy weer aan die ruime inkomste dink wat die plaas haar elke jaar gaan besorg, besluit hy om dinge liewer te laat soos dit is. Sy sal wel met verloop van tyd leer om met Gerhard oor die weg te kom en te besef dat hy in alle opsigte haar meerdere is.

Na Elsa se kortaf antwoord van flussies het Gerhard hom nie verder aan haar gesteur nie. Tant Emma het, op haar rustige manier, 'n geselsie met die opstandige jong meisie aangeknoop oor Paul wat oor twee dae die skool moet bywoon en hoe vreemd dit vir hom sal wees om in 'n seunskoshuis te loseer.

Hierdie geselsie van tant Emma lei Elsa se gedagtes weg van haar eie probleme. En toe die maaltyd eindelik verstreke is, kan sy al weer sonder inspanning glimlag.

Nadat almal klaar geëet het, dank Gerhard weer oor die tafel. Daarna kom almal orent en elkeen gaan sy eie gang – Gerhard steek sy pyp aan en begeef hom na sy studeerkamer om vir 'n uur of wat sy boeke na te gaan; tant Emma gaan haal haar hekelwerk en maak haar op die rystoel in die eetkamer gemaklik; Elsa vergesel Paul na sy kamer om vir hom die nodige in te pak, omdat hy die volgende dag na die koshuis moet vertrek. Daarna gaan sluit sy ook by tant Emma aan, met 'n half voltooide trui vir Paul waarvan sy nou reeds drie maande brei.

Die aanhoudende gedreun van die kragopwekker wat die elektriese krag vir die huis voorsien, is vanaand vir Elsa uiters irriterend. Derhalwe vertoef sy nie lank by die ou dame nie. En toe die horlosie nege afgemete slae uitbasuin, kom sy orent en sê dat sy maar liewer gaan slaap.

5

Elsa het tant Emma alreeds 'n rustige nag toegewens en was net oorgehaal om na haar kamer te gaan, toe Gerhard die vertrek haastig binnekom.

"Net 'n oomblik, asseblief, Elsa," hoor sy hom ietwat verontrus sê. "Hier is iets waarmee jy moontlik kan help." Hy draai hom onverwyld na tant Emma en hou 'n opgevoude velletjie papier na haar uit. "Een van Boskloof se werkers het nou net hierdie briefie afgelewer, en dit lyk asof jou skoondogter in groot nood verkeerd, tant Emma."

Onderwyl laasgenoemde die briefie lees, wend Gerhard hom weer tot Elsa en vra saaklik: "Weet jy iets van kraamverpleging af?"

Elsa knik bevestigend.

"Ek het drie jaar kraamopleiding," antwoord sy met 'n onpersoonlike stem.

"Kan jy ... ek bedoel, sal jy 'n geval alleen kan behartig?" Sy blik gly stadig oor haar fyn postuurtjie, en sy oë sê duidelik dat hy dit sterk betwyfel.

Elsa vererg haar egter weer dadelik oor die twyfel wat sy in sy oë lees en vra skerp: "Dink jy miskien ek is onnosel, of lyk ek vir jou onnosel?"

'n Sweem van 'n glimlaggie raak fyntjies aan die een hoek van Gerhard se mond toe hy met steurende kalmte sê: "Nee, jy lyk beslis nie onnosel nie. Ek sal eerder sê jy lyk onweerstaanbaar aantreklik wanneer jou oë my soos twee skitterende rapiere deurboor."

"As dit 'n soort kompliment is —" begin sy. Maar verder as dit kom sy nie, want tant Emma val haar byna dadelik in die rede.

"Elsa, hemel, kind, lees tog hier!" roep die ouer vrou ontsteld uit en hou die velletjie papier na die jong meisie uit. "Ag, aardetjie, dat al die ellende nou juis vandag moes saamval!" kla sy voort.

Elsa neem die geskrewe vel en begin lees.

Liewe Moeder

Ek verkeer op die oomblik in 'n vreeslike penarie. Frik is vroeg vanoggend Pietermaritzburg toe om 'n vandisie by te woon, die vroedvrou, tannie Vasser, is glo vanmiddag laat geopereer vir blindedermontsteking, en ek is in kraam. Ek wonder of Gerhard my nie gou hospitaal toe sal neem nie. Maar ek vrees dit sal baie gou moet gaan, anders gaan my baba sy verskyning maak nog voordat ons die hospitaal bereik.

Ek wag op Gerhard, Moeder. Sê hy moet baie gou maak.

Tot siens.

Alta

"H'm, dit klink na 'n noodgeval," merk Elsa droog op onderwyl sy die geskrewe velletjie opvou en dit aan tant Emma teruggee. "Is dit die eerste baba?"

"Nee, die tweede, my kind," antwoord tant Emma half deur die wind. "Sal jy saam met Gerhard gaan en kyk wat jy vir Alta kan doen?"

Elsa begin saggies lag, klop tant Emma vertroostend op die skouer en verklaar bemoedigend: "Moenie paniekerig raak nie, my liewe tante. As jou skoondogter se eerste bevalling normaal was, sien ek nie waarom die tweede nie ook normaal kan wees nie. Neem gerus 'n paar aspirientablette met 'n glas warm melk en gaan slaap. Ek sal my intussen gaan verklee en die allernodigste bymekaarskraap." Sy kyk na Gerhard en gaan saaklik voort: "Ek sal nie tien minute neem nie."

Elsa gebruik nie tien minute nie, slegs agt. Toe tree sy die eetkamer binne, netjies geklee in haar haelwit verpleegstersuniform.

Enkele tellings staar Gerhard en tant Emma haar aan asof sy 'n volslae vreemdeling is in hierdie wit mondering wat 'n vreemde waardigheid aan haar verleen.

Dan vra die jong man meteens: "Het jy alles wat jy moontlik nodig sal kry?"

Ook tant Emma kyk haar angstig, vraend aan, en Elsa kan nie help om te glimlag nie toe sy sê: "My hande, skêrtjie en koorspen is al wat ek nodig sal kry. Ek veronderstel die pasiënt sal die res voorsien, soos ontsmettingsmiddel, byvoorbeeld."

"Nou kom, laat ons dan ry," kondig Gerhard bedaard aan, en voeg met 'n skewe glimlaggie by: "Dit klink my jy weet meer van hierdie sake af as wat ek aanvanklik gedink het."

"Jy het my tot dusver nog in elke opsig onderskat," voeg sy hom snipperig toe. "Nag, tant Emma!"

Ook Gerhard wens tant Emma 'n rustige nag toe; dan vertrek hulle sonder versuim.

Toe hulle van die deur wegry, merk Gerhard ongeërg op sonder om Elsa aan te kyk:

"Jy begaan 'n fout, Elsa. Daardie vlymskerp tongetjie en onbeteuelde humeurtjie van jou het ek nog nooit onderskat nie. Trouens, ek het al daarmee kennis gemaak toe jy maar vier jaar oud was. Jy was 'n oulike dogtertjie, die mooiste wat ek nog gesien het, maar ek vrees jy was uiters verwen. En nou, na een en twintig jaar, vind ek dat jy nog niks verander het nie."

"Bedoel jy nou my aanskyn, of my skerp tong en onbeteuelde humeur?" wil sy snipperig weet.

"Albei," kom dit ongeërg.

"Wel, ek moet sê, dis inderdaad opbeurend om uit jou mond te verneem dat ek darem 'n oulike en 'n mooi dogtertjie is," glimlag sy honend. "Dis net vreeslik jammer dat die oulike dogtertjie sulke skerp naeltjies het en niemand toelaat om op haar kop te sit nie, nè?"

"Ja, dis uiters jammer," beaam hy, "want sulke dinge oorskadu en verbloem soms 'n dogtertjie se mooi aanskyn, weet jy?"

"Ek weet," antwoord sy bedaard asof hulle die toestand van die plaaspaaie bespreek, "maar ek gee nie om nie. En as dit ander mense hinder, sal hulle miskien leer om my met rus te laat."

Hulle draai by 'n groot ysterhek in en vleg tussen 'n paar besembosse deur. Dan hoor sy Gerhard weer sê: "Jy bedoel as ek merk dat jy jou aan gevaar blootstel, ek maar my mond moet hou en jou laat begaan?"

"As ek so onnosel is om my aan gevaar bloot te stel, is die antwoord ja."

Die volgende oomblik ry hulle Boskloof se werf binne en hou voor 'n netjiese wit huisie stil, en al wat Gerhard kan sê, is: "Ek vrees ek stem nie met jou saam nie, dus sal ek seker maar altyd in jou onguns bly. Maar hier is ons nou by jou pasiënt se huis. Dit lyk baie stil daarbinne. Ek hoop ons is nie te laat nie."

Hulle klim uit, vind die voordeur ongesluit en stap sonder meer binne.

"Alta, waar is jy?" roep Gerhard uit toe hulle die eetkamer bereik en geen teken van die pasiënt gewaar nie.

"Hier in die kamer. Ek kom, Gerhard," antwoord 'n vroue-stem, en 'n paar sekondes later tree 'n jong vrou van omtrent drie en twintig jaar die vertrek binne.

'n Vlaag pyn oorval die swanger vrou en Elsa merk hoe haar een hand uitreik na die tafel om op te leun. Werktuiglik tree sy nader en masseer die pasiënt se rug totdat die pyn bedaar. Dan vra sy sag: "Hoe ver is die pyne uitmekaar, vroutjie?"

"Vyf minute, Suster," antwoord sy met 'n moeë stem en wend haar dan na Gerhard, groet hom met 'n verwese glimlaggie en vervolg sag: "Ek vrees ek sal dit nie maak tot by die hospitaal nie, Gerhard."

"O, maar ek was in elk geval nie van plan om jou hospitaal toe te piekel nie, ou kinta," glimlag hy en tik haar goedig op die skouer. "Ons klein Elsatjie hier," beduie hy met sy hoof in die jong meisie se rigting, "is 'n gekwalifiseerde teatersuster, en sy het my verseker dat sy alles van hierdie ou sakie af weet. Maar ingeval sy jou dalk mishandel, skree net op die hoogste noot en ek sal jou persoonlik kom help. Ek meen te sê, jy weet mos da-rem dat ek 'n halfgebakte veearts is, en so effens op die hoogte is met hierdie klas ding."

Die swanger vroutjie skud soos sy lag.

"Jy moet seker dink ek is een van jou rooi Afrikanerkoeie, Gerhard," spot sy saam. Maar dan oorval 'n volgende pyn haar en Elsa besef dat dit tyd is vir die vroutjie om in die bed te wees.

Sy wag egter net totdat die pyn bedaar, toe neem sy die pa-siënt na haar kamer – met die uitdruklike bevel aan Gerhard om te sorg dat daar baie warm water is en om in die nabyheid van die kamerdeur te bly sodat hy die kookwater kan aangee wan-neer sy daarvoor vra.

Die kamer is helder verlig deur 'n paraffienlamp wat aan-houdend suis soos 'n rivier wat afkom, maar Elsa is so besig om die bed en die pasiënt gereed te maak dat sy die geluid nie eens hoor nie.

Toe die pasiënt later in die bed is en Elsa haar volkome ver-gewis het dat dit 'n normale bevalling gaan wees – en Gerhard al twee maal moes draf om vir haar kookwater by die deur aan te gee – bepaal sy weer haar aandag by die nodige vir die baba.

Sy merk die fyn borduurwerk aan die nagrokkies, die hand-gebreide frokkies en die fyngehekelde kantjies om die komber-sies, en dit tref haar dadelik dat elke stekie 'n stekie van liefde was. Inderdaad 'n gelukkige en welkome baba, flits dit deur haar gedagtes.

Dan bepaal sy weer haar aandag by haar pasiënt. Die vrou op die bed kreun saggies en Elsa merk hoe groot sweetdruppels op haar voorhoof uitpers. Sy neem 'n handdoekie, verwyder die sweet en sê sag, bemoedigend: "Dit gaan nou nie meer lank wees nie, ou moedertjie. Wees net sterk en moedig en binne enkele oomblikke gaan jou taak volkome afgehandel wees."

Drie minute nadat Elsa hierdie woorde gesê het, weergalm die kamer soos die pasgebore dogtertjie aan die wêreld uit-basuin dat sy gearriveer het.

Elsa kan nie help om te glimlag toe sy merk hoe sku die kleinding is vir die stukkie watte waarmee sy die pasgeborene se neus, oë en mond reinig nie. Die fyn, skril stemmetjie skree aanhoudend asof die wêreld wil vergaan, en Elsa kan haar let-terlik verkyk aan die oulike klein mondjie wat so 'n skril geluid kan uitstoot.

"So," sê sy laggend toe sy die skreeuende bondeltjie in 'n kombersie toevou, in haar arms neem en die rooi gesiggie met genoegdoening betrag. "Jy het verniet so 'n keel opgesit, jou klein snip. Kyk hoe mooi skoon is jou gesiggie nou. 'n Mens kry eintlik lus om jou te soen." Sy buig, hou die baba so dat die vrou op die bed die kleinding se gesiggie kan sien, en gaan met 'n vrolike stem voort: "Kyk, moedertjie, hier is jou groot dogter, mooi en welgeskape. Ek sal haar later weeg as jy 'n skaal het.

Nou moet sy eers in haar wiegie gaan lê sodat ek aandag aan jou kan skenk."

Daar is 'n stralende glimlaggie van dankbaarheid op die jong moedertjie se bleek gelaat toe sy haar een hand uitsteek en dit lê op Elsa se arm, waarin die baba se hofie liggies nestel. Toe begin sy sag, met 'n warm en dankbare stem praat.

"Ek is jou vreeslik dankbaar vir jou bekwame hulp en getroue bystand, Suster. Ek sal jou sagte, bemoedigende stem seker nooit vergeet nie. En as ek ooit weer 'n baba moet hê, wil ek slegs vir jou naby my hê. Jy het die soort handjies wat pyn wegstreel en 'n mens laat voel dat jou einde darem nog nie daar is nie."

"Ek waardeer jou dankbaarheid, vroutjie," glimlag Elsa vriendelik. "Dankbaarheid en erkenning van 'n pasiënt is gewoonlik 'n baie groot beloning vir 'n verpleegster." Elsa se glimlag verbreed meteens toe sy effens tergerig vervolg: "Maar aangesien ek nou reeds bespreek is vir jou volgende bevalling, kan jy my gerus maar Elsa noem. Ek veronderstel ons gaan nog baie van mekaar sien; ek woon mos nou op Kaalbult."

"O, nou weet ek wie jy is, Elsa," glimlag die jong vroutjie verras.

"My skoondogter het ons van jou vertel. En terloops, my naam is Alta. Jy en ek is bure, weet jy?"

"Dan sal ons mekaar beslis baie dikwels sien," antwoord Elsa vriendelik. "Maar nou gaan jy nie 'n enkele woord meer praat nie. En sodra ek jou gewas en gemaklik gemaak het, gaan jy dadelik slaap. Ek wil nie môre 'n pasiënt met 'n hoë koors hier in die bed vind nie, hoor!"

Sy lê die baba in haar wiegie neer, neem 'n skottel en gaan vra Gerhard om vir haar kookwater te bring.

"Wat is dit, Elsa, 'n seun of 'n dogter?" wil hy dadelik weet toe sy by die kamerdeur uitgestap kom en die skottel in sy hande stop. "Jy lyk inderdaad moeg, ou kleintjie. Was dit 'n moeilike bevalling? Waarom het jy my nie ontbied om jou te help nie?

Ek is mos darem nie heeltemal onnosel met hierdie soort ding nie . . ."

"Hokaai!" keer sy laggend en hou haar een hand waarskuwend op; hulle woordewisseling van vroeër totaal vergete. "Jy rits gans te veel vrae in een asem af, maar ek sal hulle almal kortliks beantwoord. Dis 'n dogter, en alles het heeltemal normaal verloop. Toe nou, gaan haal nou gou die water. Sodra ek Alta versorg het, kan jy na die nuweling kom kyk."

Hy kyk haar 'n oomblikkie stil, besorg aan en sê dan effens bekommerd: "Ek hoop jy het jou nie ooreis nie, Elsa. Sal ek gou vir jou 'n koppie tee gaan maak, of verkies jy koffie?"

Elsa kyk hom aan en glimlag dankbaar.

"Koffie sal heerlik smaak," sê sy. "Jy kan vir ons almal gaan koffie maak. Maar bring eers die water, asseblief; 'n skaal ook, as hier so iets is." Toe Gerhard omdraai en wegstap, roep sy hom huiwerig agterna. "En . . . Gerhard . . .!"

Hy draai stadig om, merk die verleë blos op haar wange en kyk haar vraend aan.

"Ja, Elsa?"

"Ek . . . ek wou net sê, jy moenie so bekommerd lyk nie. Ek is nogal verbasend sterk en so taai soos 'n ratel, al lyk ek so klein."

"Ek sal nog gewoond moet raak daaraan, ou kleintjie," glimlag hy en stap dan haastig weg.

Toe Gerhard 'n rukkie later met die water en skaaltjie terugkeer, vra hy weer: "Sal jy nog kookwater nodig hê?"

"Ja, nog een maal, vir die baba se bad," antwoord sy, neem die trekskaaltjie by hom en laat dit in haar uniform se sak gly.

"Mag ek kom kyk hoe jy die kleinding bad?" wil hy weer weet.

"Waarom wil jy bystaan, Gerhard?" lag sy tergerig en neem die skottel water by hom. "Is jy bang dat ek haar dalk mag verdrink?"

"Wel, nee, nie dít nie. Maar jy is self so klein –" begin hy plaend.

Dog Elsa val hom gemaak verontwaardig in die rede met: "Loop, jong, jy is absoluut onmoontlik. As ek my sonde nie ontsien nie . . ." Sy bly meteens stil en kyk hom betekenisvol aan.

"Ja, wat sal jy doen?" terg hy laggend en stoot die kamerdeur vir haar op 'n skrefie oop, sonder om haar aan te kyk.

"Jou verongeluk," dreig sy, stoot die deur met haar voet wyer oop en stap binne. "Ek sal jou roep wanneer dit tyd is om die baba te bad," voeg sy hom oor haar skouer toe en stoot die deur dan weer met haar voet toe.

"Wie wil jy nou verongeluk, Elsa?" kom dit geamuseerd van die bed se kant af.

"Jou buurman, my liewe Alta," lag sy en plaas die skottel op 'n stoel langs die bed. "Hy beweer dat ek te klein is om 'n baba te bad," gaan sy voort onderwyl sy koue water en 'n bietjie ontsmettingsmiddel by die kookwater voeg. "Maar ek was nie te klein om dieselfde baba in hierdie sondige ou wêreld in te help nie."

Sy begin meteens saggies lag en toe haar lagbui na 'n paar sekondes bedaar, kyk sy Alta aan en verklaar bedaard: "In Gerhard se oë sal ek seker altyd die vierjarige dogtertjie bly wat hy een en twintig jaar gelede geken het. Ek kom nou eers agter dat dit my niks sal baat om hom tot ander insigte te probeer dwing nie. Maar wag, laat ek jou nou was en gemaklik maak, kinta. Jou buurman wil nog vir jou en die kleinding kom besoek. Ek het gehoor daar is ook sprake dat ons gaan koffie kry."

Geselsend voer Elsa haar pligte uit, en 'n halfuur later stoot sy die kamerdeur oop en nooi Gerhard om binne te kom. Die pasiënt is rustig en gemaklik en die bed is netjies opgemaak. Net die baba moet nog gebad word, en dan is Elsa se taak vir die nag afgehandel.

"Ek het vir julle koffie gebring," kondig Gerhard aan en plaas die skinkbord versigtig op die kleedtafel. Dan gaan staan hy langs die bed, wens Alta hartlik geluk met die dogter en wend hom dan weer na die baba wat nou rustig in haar wiegie lê en slaap. "H'm," sê hy met 'n skewe glimlaggie, "is dit die mensie wat so 'n vreeslike keel opgesit het? Nogal nie lelik nie, as mens in aanmerking neem dat Frik haar pa is."

"Skaam jou, Gerhard, om my man so af te haal," glimlag Alta gemoedelik. "Frik is dan so 'n aantreklike man!"

"Dis wat jy jou verbeel, ou kinta," antwoord hy ongeërg, "maar ons wat nie met verliefde oë na hom kyk nie, weet van beter. En moenie langer met my oor Frik se voorkoms staan en stry nie. Drink jou koffie, dit word koud." Hy draai hom na Elsa wat besig is om die baba se badgerei bymekaar te maak, knipoog skelm na Alta en sê ewe sedig: "Kom drink eers jou koffie, Elsa-kind. Ons sal daardie skreeubalie aanstons bad en kyk of ons haar nukke met seep en water uitgewas kan kry."

"Óns?" Elsa kyk hom met opgetrekte wenkbroue aan.

"Ja, jy en ek, hoe dan anders?" antwoord hy, nog steeds met 'n sedige gesig, asof hy reeds jare daaraan gewoond is om 'n baba te bad en Elsa beslis nie die takie sonder sy hulp sal kan behartig nie.

'n Kort oomblik ontmoet hulle oë mekaar, maar toe Elsa die ondeunde vonkeling is syne gewaar, laat sy met 'n fyn spotlaggie hoor: "Daardie ou dingetjie wat jy 'n skreeubalie noem, is terloops 'n mensie en nie 'n verskalfie nie, my vriend. Derhalwe sal ek haar maar liewer sonder jou hulp bad. Maar waar is die koffie waarmee jy so spog?"

"Hier, my liewe kind," glimlag hy met sy kenmerkende ou skewe glimlaggie en stop haar ewe galant 'n koppie koffie in die hand. "Die heerlikste koffie wat jy nog ooit gedrink het."

Elsa kyk hom geamuseerd aan en verwonder haar heimlik aan sy terglustigheid. Dis die eerste maal wat sy Gerhard in so 'n vrolike luim sien en sy moet ruiterlik aan haarself erken dat sy baie van hom in hierdie luim hou.

Maar dan vra sy skielik: "Het jy tant Emma al in kennis gestel dat sy 'n kleindogter ryker is, Gerhard?"

"Ag, lankal, my liewe kind," antwoord hy bedaard. "Nog dieselfde oomblik toe dit vir my geklink het asof jy besig is om die kleinding hier binne te vermoor."

Elsa kyk hom verbaas aan, verstik byna aan die warm koffie en bars dan hartlik uit van die lag. Ook Alta skud soos sy lag.

"Nee, wag, gee liewer pad van my af, Gerhard," voeg sy hom toe na haar lagbui bedaar het. "Ek wil my koffie drink as jy nie omgee nie."

"Nou ja, as ek dan so 'n steen des aanstoots is vir die liewe klein Elsa, sal ek maar met jou gesels, Alta," verklaar hy met 'n martelaarsgesig en gaan staan langs die jong vroutjie se bed.

"O, nee, jy gaan nie met Alta gesels nie," waarsku Elsa streng en kyk hom ernstig aan. "My pasiënt moet nou rus. En moenie vir my so kyk asof ek 'n gedrog uit 'n ander wêreld is nie. Ek is baie ernstig as ek sê Alta moet nou rus."

"Nou goed, suster Verster, ek sal nie jou pasiënt steur nie," belowe hy plegtig. Die erns in Elsa se donker oë het hom nie ontgaan nie, en buitendien het hy groot vertroue in haar be-kwaamheid as verpleegsuster; dus gehoorsaam hy haar bevel gedwee.

Maar Alta is nie 'n mense wat maklik kopgee nie, al koester sy ook groot respek en agting vir hierdie jong, bekwame suster-tjie. Sy voel momenteel so gesond en sterk soos 'n vis in die see, daarom sê sy sag, pleitend: "Ag, Elsa, ek wil Gerhard net gou iets vertel. Regtig, ek belowe jou dat ek daarna nie weer 'n enkele woord sal sê nie."

'n Kort oomblik meet die jong meisie haar pasiënt met 'n kwaai blik. Dan glimlag sy skielik, plaas haar leë koppie in die skinkbord en verklaar gemoedelik: "Jy is inderdaad die moeilikste pasiënt wat ek nog ooit verpleeg het, Alta. Maar gaan voort. Sê jou sê en kry klaar sodat jy kan rus, jong."

Versigtig lig Elsa die baba uit die wieg en lê haar eenkant op die groot dubbelbed neer. Behendig woel sy die kombersie los, en die kleinding begin weer opnuut skree asof die wêreld wil vergaan.

"Ag, toe nou maar," paai sy glimlaggend en draai die kombersie weer styf om die skreeuende mensie. "Tannie Elsa sal jou nie weer vannag steur nie, my poppie."

Met tere hande plaas sy die klein mensie weer terug in die wieg, dek haar sorgvuldig met 'n warm kombersie en wend haar dan na Alta.

"Ek vrees jou dogter is nog nie gereed vir 'n bad nie, outjie. Ek sal haar maar môre so om en by tienuur kom bad. Maar sê my: Is jy alleen, of is hier darem iemand wat jou vannag kan bystaan indien jy iets nodig het?"

"Rosa, my bediende, sal in die huis slaap," verwittig sy Elsa. "Frik sal darem ook môreoggend, of moet ek liewer sê vanoggend, tuis wees." Sy glimlag breed en kyk Elsa met stralende oë aan. "Ek het Gerhard vertel dat ek jou alreeds bespreek het vir my volgende bevalling, so oor twee jaar, en dat tannie Vasser nie by jou kan kers vashou in 'n kraamkamer nie. Maar nou hoor ek dat jy in ons plaaslike hospitaal se teater gaan werk. Is dit waar, Elsa?"

Elsa knik bevestigend.

"Dis te sê as ek die aanstelling kry," voeg sy by.

Alta lyk meteens so teleurgesteld dat Elsa nie kan help om te glimlag nie. Sy merk dat Gerhard haar stil, afwagtend aankyk, kompleet asof hy verwag dat sy van plan gaan verander. Derhalwe sê sy haastig:

"Kraam is nie my voorliefde nie, my liewe Alta. My kwalifikasies is om chirurge en dokters in die teater by te staan, nie om babas die wêreld in te help nie. Maar twee jaar lê nog ver in die verskiet. Wie weet, ek is dalk self oor twee jaar getroud en op Kaalbult geanker."

"Elsa, jou klein skelm!" roep Alta verras uit en kyk eersgenoemde met 'n bly glimlaggie aan. "Wie is die gelukkige man wat so 'n bekwame vrou gaan kry? Toe, jong, ek wil nou dadelik weet wie hy is," hou sy vol.

"O, wêreld, nee," lag die donkerkop spottend, "ek weet nog self nie wie so 'n gek gaan wees om met my te trou nie. Gerhard sê ek het 'n onheilige humeur wat my skoon afstootlik maak. Maar humeur ofte nie, een van julle plaasboertjies sal ek beslis moet aankeer sodat Gerhard darem 'n helper het met die boerdery."

"Dus is Karel Vermaak nou skoon van die baan af?" gee Gerhard antwoord en betrag Elsa met 'n bespiegelende blik.

"Wel, nie juis nie," terg sy lighartig. "Ek kan hom moontlik nog oorhaal om te kom boer ..."

"Sê nag vir Alta en kom laat ons ry, ou kinta," plaas Gerhard terstond 'n demper op haar lighartigheid. "Jy praat nou pure onsin, want ek sal geen professionele man as mede-eienaar op Kaalbult verwelkom nie."

"Jy hoor wat hierdie man sê, Alta?" laat die donkerkop kamma verontwaardig hoor, maar knipoog ondeund vir die jong vroutjie. "Moenie my aanspreeklik hou as ek oor twee jaar nog steeds in die hospitaal swoeg en slaaf nie, hoor!"

Sy tree nader aan die vroutjie op die bed en neem eers weer haar koors en pols. Toe alles egter bevredigend blyk, wens sy haar pasiënt 'n rustige nag toe en verlaat daarna die vertrek saam met Gerhard.

Die nag is warm en bedompig. Aan die swart hemel, wat soos 'n donker kolos oor alles hang, is nie 'n enkele ster sigbaar nie. Die ligte van die motor klief twee wigvormige strale deur die duisternis toe Gerhard dit aanskakel en voor die wit huisie wegtrek.

Dis al oor twaalf en die buitelug laat Elsa meteens gaap.

"Is jy baie vaak, kleinding?" vra Gerhard, wat die lang gaap in die lig van die paneelbord waargeneem het.

"H'm, nogal," antwoord sy, leun met haar hoof teen die breë rugleuning van die sitplek en stoot haar bene reguit en gemaklik voor haar uit. Sy verberg 'n volgende gaap agter haar hand en kondig dan met 'n sug aan: "Ek dink ek gaan 'n rukkie slaap, Gerhard. Gee jy om?"

"Hoegenaamd nie," glimlag hy in die donker. Hy dink aan Elsa se vrolike geskerts in die siekekamer en hy seën Alta en haar bevalling wat vannag 'n ander sy van hierdie wysneusige klein skepseltjie aan hom openbaar het. "Kom rus met jou hoof hier teen my skouer," bied hy aan, steek sy linkerarm uit en trek haar saggies nader sonder om sy blik van die pad af te neem.

"Hoe gaan jy met jou een hand bestuur?" wil sy slaperig weet, maar nestel nietemin dieper in die kring van sy arm met haar hoof gemaklik teen sy skouer geleun.

"Slaap, kleinding, en moenie jou oor sulke dinge bekommer nie," antwoord hy gerusstellend.

Die sagte geruis van die motor is soos 'n sterk narkose, en weldra is Elsa vas aan die slaap.

Die aanraking van haar sagte liggaam, só intiem teen hom, en die skoon geur van haar hare in alles elemente wat meedoënloos saamspan om sy emosies tot die uiterste te beproef – emosies wat hy al jare lank met 'n ysterhand regeer en alreeds as dood gewaan het.

Toe hulle die lae bruggie oor die rivier oorsteek, druk hy die slapende meisie effens stywer teen hom vas sodat sy nie dalk vooroor val en haarself beseer nie.

Hierdie gebaar van hom laat haar saggies roer in haar slaap, maar dan skuif sy haar een hand behaaglik onder haar wang in, sug voldaan en nestel stywer teen hom aan.

'n Glimlaggie van genoegdoening helder meteens sy gelaat

op, en hy voel hoe warm sy hart klop vir hierdie swartkopnooi-entjie wat een oomblik verwoed en absoluut onhanteerbaar is, en dan weer, soos nou, so sag en liefftallig is dat 'n mens voel asof jy haar styf teen jou hart kan vasdruk en haar vir ewig daar kan hou.

Op die ingewing van die oomblik streel hy saggies met sy wang oor haar warm voorkop, maar dan voel hy hoe wild sy hart op loop gaan en hy ruk sy hoof dadelik weg.

Vir jou gaan ek nog mak maak, my ou swartkoppie, belowe hy die slapende meisie met 'n stroewe glimlaggie. En as jy eers mak is, sal ek jou vertel van die onverganklike liefde wat ek al een en twintig jaar in my hart vir jou huisves.

Voor die groot huis van Kaalbult hou hy stil en skakel die motor af. Die lig van die paneelbord skyn dof op Elsa se rustige gelaat. Etlike oomblikke staar hy stil af na die beeldskone gelaat, so digby sy eie. Die lang, digte wimpers lê soos swart skaduwees op haar rosige wange, en haar fyn skulpoortjies loer effens onder die raafswart krulle uit.

Dan dwaal sy blik weer na haar sagte rooi lippe wat lyk asof hulle hom beurtelings lok en uittart, en voordat hy homself kan keer, rus sy eie honger lippe saggies teen hare en voel hy hoe die bloed bruisend deur sy are pols soos 'n siedende stroom waaraan daar geen keer is nie. Hy voel hoe al die drange van die man in hom in opstand kom, hom met geweld wil oorweldig om toe te gee aan die brandende verlange van sy hart – die verlange om Elsa wakker te maak, haar van sy liefde te verwittig en haar dan te soen met die vurige, hartstogtelike kus van 'n minnaar.

Maar hy gee nie toe aan hierdie vurige drange nie, skeur slegs sy lippe van hare af weg en staar met 'n bleek gelaat en 'n stroewe blik die donker nag in.

'n Lang ruk staar Gerhard die onmeetlike duisternis in. Toe draai hy sy gesig weer na die slapende meisie wat stil, soos 'n wasbeeld in sy arms rus, streel liefdevol met sy hand oor haar satyngladde wang en sê sag: "Wakker word, kleinding! Kyk ons is al tuis en jou bed wag op jou!"

Weer streel hy met sy hand oor haar wang en eindelik begin sy roer.

Sy gee 'n lang gaap, maak haar oë stadig oop en kyk hom aan sonder veel belangstelling en half deur die slaap.

"Ons is tuis, ou kleintjie," sê hy weer digby haar oor. "Jy kan nou in jou bed gaan kruip."

Maar Elsa wikkel haar slegs stywer teen hom aan asof sy koud kry, mompel 'n haas onhoorbare iets en sluit weer haar oë asof sy vrede het met die hele wêreld en alles wat om haar aangaan.

'n Sagte laggie ontglip die jong man se lippe.

"Wil jy nie gaan slaap nie, kleinding?" vra hy teer en druk haar saggies teen hom vas.

Maar Elsa sweef al weer ver in droomland en is onbewus van sy vraag en die sagte teerheid in sy stem.

Weer herhaal Gerhard sy vraag, nou ietwat harder, en trek twee onsigbare lyne met sy wysvinger oor haar fyn geboogde wenkbroue.

Elsa mompel slegs met 'n slaapdeurdrenkte stem: "Laat my staan, ek slaap."

"So!" roep hy met 'n gedempte laggie uit. "Dan moet ek jou laat staan, nè?" Hy streel weer liefderyk met sy hand oor haar wang. "En waar, vra ek jou, gaan jy 'n skouer kry om teen te sit en slaap as ek hier padgee? En wat van my? Moet ek ook hier sit en slaap asof ek nie 'n bed het om in te slaap nie?"

Maar Elsa hoor hom nie eens nie.

Na 'n rukkie kyk hy op sy horlosie, merk dat dit al oor een is en fluit saggies.

My liewe klein Elsa, sê hy in sy gedagtes aan homself en laat sy oë effens besluiteloos oor haar slapende gesiggie gaan, dis vir my hemels om jou so intiem in my arms te hou, maar ek vrees hierdie manier is nie my idee van slaap nie, nooientjie. Ek gaan jou nou wakker maak, of jy daarvan gaan hou of nie.

'n Geamuseerde glimlaggie plooi om sy mond. Die volgende oomblik sluit sy lippe dringend, eisend oor hare, en druk hy haar hartstogtelik teen sy bors vas.

Hierdie tegniek werk egter, want na 'n minuut voel hy hoe sy in sy arms begin spartel om los te kom. Dan laat hy haar weer net so skielik gaan en skakel in dieselfde beweging die dakliggie aan.

"Gerhard!" hyg sy en staar hom met donker, beskuldigende oë aan, asof hy 'n onvergeeflike misdaad begaan het.

Haar verontwaardiging laat hom stil glimlag, maar hy besef ook dat hy die meisiekind dadelik sal moet vertel wat die rede vir hierdie liefkosing is as hy hom nie weer haar onguns op die hals wil haal nie. Derhalwe is hy reeds aan die woord voordat sy nog verdere uiting aan haar misnoeë kan gee.

"Elsa, ou kindjie, luister na my," weer hy haar aanval met 'n sagte stem af, dog slaag nie volkome daarin om sy lag te hou nie. "Jou oë beskuldig my absoluut vals, nooientjie. Ek sweer my plan was nie om jou ... wel ... te soen nie ... ek bedoel, terwyl jy geslaap het nie. Ek meen te sê, 'n man soen graag 'n nooi met mening terwyl sy by haar volle positiewe is, indien hy die effek van die soen ten volle ... Ag, nou ja, dit nou daar gelaat. Wat ek eintlik bedoel, is dat dit die enigste manier was om jou wakker te kry."

"Wat, die enigste manier!" roep sy bitter verontwaardig uit, en Gerhard vrees dat sy enige oomblik in trane gaan uitbars. "Jy kon my natuurlik nie wakker geskud het nie, nè?"

"Maar, my liewe mens," begin hy met jobsgeduld en probeer sy bes om nie te glimlag nie, "ek het op alle moontlike maniere probeer om jou wakker te maak. Glo my, ek het selfs patroontjies met my vinger op jou wenkbroue begin teken, en al reaksie wat ek van jou gekry het, is 'n ongenaakbare: 'Laat staan my, ek slaap!'"

Sy werp hom weer een lang verwytende blik toe en met 'n wanhopige: "O, jy is 'n bees, jy is absoluut onuitstaanbaar!" klim sy uit die motor en vlug met gevleuelde voete na haar kamer asof sy van die duiwel self wegvlug.

Met 'n glimlaggie van innerlike vermaak staar Gerhard haar witgeklede figuurtjie agterna. Dan doof hy die dakliggie uit, klim uit die motor en begeef hom ook maar na sy kamer. Hy besef wel deeglik dat Elsa bitter verontwaardig is en dat dit baie mooipraat gaan verg om die vrede te herstel. Maar hy besef ook dat geen regskape en intelligente man die nooi van sy hart ru sal wakker skud as hy dieselfde resultate op 'n ander en baie aangenamer manier kan verkry nie.

6

Toe Elsa haar kamer soos 'n gekweste bokkie binnevlug en die deur agter haar op knip stoot, bewe sy nog steeds van ontsteltenis, vernedering en ontnugtering. Sy het nooit kon droom dat Gerhard haar ooit so diep sou verneder nie. Toe hy haar sy skouers aangebied het om teen te slaap, het sy hom volkome vertrou dat sy nie een oomblik gehuiwer het om van sy aanbod gebruik te maak nie.

Met bewerige bene beweeg sy na die bankie voor die kleedtafel, sak werktuiglik daarop neer en leun met haar arms op die kleedtafel se blad asof sy nie genoeg krag het om sonder 'n stut orent te bly nie. Dan draai sy haar gesig na die spieël en staar 'n lang ruk in haar eie pynbelaaide oë wat soos twee donker, bodemlose poele na haar terugstaar.

Langsaam skuif haar blik op na haar swart, fyngeboogde wenkbroue. "Hy . . . het patroontjies op hulle geteken met sy vinger," fluister sy huiwerig aan haar spieëlbeeld wat bleek en strak daar uitsien. Toe skuif haar blik af na haar kwesbare lippe, wat op hierdie oomblik lyk asof hulle nog nooit deur 'n man gekus is nie.

Verwese staar sy na haar lippe. Sy voel weer die warm aanraking van Gerhard se lippe wat van vuur, drif en hartstog gegloei het, en wat so volkome besit geneem het van hare. Sy voel weer die krag van sy gespierde arms wat haar soos twee staalbande teen hom vasgedruk het, die snelle klopping van sy hart so intiem teen haar bors, en met 'n skok tref die onverbiddelike wete haar dat sy Gerhard liefhet, onherroeplik liefhet ... dat sy kus haar vanaand meedoënloos uit haar jarelange sluimering geruk en die vrou in haar gewek het – die vrou wat kan bemin, en wat bemin wíl wees.

'n Eindelose hartseer wel in haar op, en dit voel asof haar keel wil toetrek. Sy merk dat haar lippe liggies bewe en dat haar oë dof is van trane. Sy sluk aan die knop in haar keel, maar die trane stoot verblindend in haar oë op. Magteloos sak haar hoof af op haar arms wat gevou op die kleedtafel rus; dan skeur rou snikke uit haar bors en laat haar jong skouertjies ruk soos 'n weerlose plantjie in 'n siedende storm.

O, Gerhard, hoe kon jy so wreed wees? ween dit in haar verskeurde hart. Waarom het jy die liefde so meedoënloos in my hart gewek? Jy weet tog dat jy dit nie kan beantwoord nie; dat ek vir jou slegs 'n afstootlike dogtertjie is, en dat jy nooit enige gevoel vir my, behalwe vriendskap, kan hê nie! O, waarom het jy dit gedoen, Gerhard? Wou jy my slegs verneder en verkleineer omdat ek 'n Verster is? Verag jy ons Versters ook soos wyle oom Helgaard ons verag het? Jy is wreed ... wreed ... wreed!

In die stilte van die nag en die eensaamheid van haar kamer snik Elsa die rou, brandende pyn in haar verskeurde hart uit. En toe dit later vir haar voel asof sy nie meer 'n enkele traan oor het om te stort nie, droog sy haar oë af en kruip met 'n diep verwonde hart in die bed.

Lank nadat sy die lig uitgedoof het, worstel sy nog steeds met 'n duisternis onbeantwoorde vrae. Maar toe die nag plek maak vir die vae, deursigtige skemering van die môrestond, het dit meteens stil in haar geword. Sy besef nou dat sy nie by magte is om antwoorde te verstrek op vrae waarvan sy blykbaar nooit die antwoorde sal ken nie. En so stil soos wat sy alreeds baie pyn en teleurstellings in haar lewe aanvaar het, aanvaar sy dit ook dat haar liefde 'n verydelde liefde is en dat Gerhard nie vir haar bedoel is nie. Die wond in haar hart, weet sy, sal mettertyd genees, maar haar liefde sal sy in die diepste skuilhoekie van haar hart bewaar, waar geen genadelose hande dit ooit van haar kan wegruk nie.

Dis reeds ver oor tien toe Elsa die volgende môre met 'n kloppende hoofpyn ontwaak. Sy sluit haar koorsige oë teen die flou lig wat deur die venster skyn en herleef weer elke oomblik van die vorige aand. Sy dink aan Gerhard wat daardie noodlottige kus as 'n groot grap beskou het, en dit laat haar heimlik wonder hoeveel harte hy alreeds op hierdie manier gebreek het.

'n Weemoedige sug ontsnap uit haar bors en sy neem haar weer eens voor om in die vervolg liewer so ver moontlik uit sy pad te bly en om so min woorde met hom te wissel as wat sy moontlik kan.

'n Lang ruk lê sy nog so met haar geslote oë en mymer. Dan dink sy daaraan dat sy Alta se baba moet gaan bad en dat sy haar nou uit die bed sal moet lig, anders kry sy nie haar draaie nie ... en dit lyk juis of dit enige oomblik gaan reën.

Toe Elsa later, gebad en in 'n skoon uniform geklee, haar verskyning in die kombuis maak, tref sy tant Emma alleen aan. Hieroor voel sy verlig. Sy weet dat dit absoluut onmoontlik is om Gerhard volkome te vermy, maar sy voel ook dat sy nog nie genoeg vertroue in haarself het om hom vanmôre al te ontmoet nie. En as daar een ding is wat sy nou intens vrees, dan is dit dat hy dalk mag agterkom hoe sy oor hom voel. Dit sal beslis die grootste vernedering van haar lewe wees, en sy twyfel of sy so 'n verleentheid sal kan oorleef.

Die moederlike tant Emma is vanmôre stralend. Gerhard het haar al vroeër vertel hoe glad alles met Alta verloop het en hoe 'n bekwame vroedvrou hulle klein Elsatjie is. Derhalwe is tant Emma se glimlag vanoggend breër toe sy die jong meisie môre sê en haar hartlik bedank vir alles wat sy vir Alta gedoen het.

"Maar jy is seker half dood van die honger, my kind," vul sy besorg aan en bied Elsa 'n koppie koffie aan.

"Ek vrees ek het nie nou tyd om ontbyt te geniet nie, Tante," maak die swartkop met 'n verwese glimlaggie verskoning. "Ek moet nou dadelik ry om Tante se kleindogter te gaan bad. En Tannie kan gerus 'n bietjie koue melk by hierdie stomende koffie voeg, anders sal ek genoodsaak wees om dit uit die piering te drink."

"Maar, my liewe kind," maak die besorgde tannie ernstig beswaar, "jy kan mos nie op 'n koppie koffie leef tot middagete nie! Nee, jy moet eers eet voor jy –"

"Nee, regtig, Tante, ek het nie 'n druppel tyd nie," val Elsa haar vlugtig in die rede. Hoe kan sy nou vir die goedige ou tannie vertel dat sy nie lus voel vir ontbyt nie en dat sy haastig is om weg te kom voordat Gerhard dalk besluit om huis toe te kom vir 'n koppie koffie?

Nee, tant Emma sal beslis nie verstaan dat voedsel die allerlaaste ding is wat 'n mens wil sien wanneer jou hart dood is en jy absoluut gestroop voel van alle lus vir die lewe en jy slegs bestaan omdat die lewe nie by die eerste groot teleurstelling en hartseer ophou nie.

'n Swaarmoedige glimlaggie raak sku aan haar lippe toe sy die kommer op die ou tante se gesig merk.

"Ek sal nie omkom van honger voor middagete nie, Tante," verseker sy die ou dame toe sy die leë koppie in die opwasbak plaas. "En as Tante geneë voel, sal ek Tante vanaand na Boskloof neem om u kleindogter en skoondogter te besoek."

Tant Emma sê dat sy dit baie sal waardeer. Toe sê Elsa tot siens en vertrek sonder versuim.

Onderweg na Boskloof merk sy dat die lug grys en heeltemal toegetrek is – mistroostig soos haar eie gemoedstoestand.

Met allerhande gedagtes trag sy om nie aan Gerhard te dink nie. Sy dink aan Alta en die baba, aan Paul wat sy vanmiddag nog na die koshuis moet neem, maar telkens dwaal haar gedagtes terug na Gerhard wat al so diep in haar en Paul se lewens geweef is en wat die spil is waarom alles op Kaalbult draai.

Sy is eintlik verlig toe sy op Boskloof se werf stilhou. Sy klim uit, stap die huis vlugtig binne asof sy alle gedagtes aan Gerhard buite wil laat, en begeef haar reguit na die siekekamer waar Alta alreeds op haar wag.

Ofskoon sy laasgenoemde met 'n glimlaggie groet, kan die jong vroutjie nie help om die hartseer trekkie om Elsa se mooi, sensitiewe mond waar te neem nie. Dit laat Alta egter wonder, want verlede nag was Elsa se oë glansend en vrolik en ook haar stem het 'n vroliker noot ingehou.

Daar is 'n trek van diepe bepeinsing op Alta se gelaat onderwyl sy Elsa noukeurig dophou. En toe sy later die afgetrokkenheid merk waarmee die jong meisie elke taak verrig, kan sy nie help om besorg te vra nie: "Wat is vanoggend verkeerd, Elsa? Voel jy siek, of sommer net moeg en ongelukkig?"

Ietwat verbaas kyk Elsa op, hier waar sy die baba sorgvuldig in 'n warm kombersie toedraai. Sy het nie geweet dat haar innige leed en hartseer so opvallend is nie. Trouens, sy probeer nog al die tyd om dit vir Alta se oë te verberg, soos wat sy ook vroeër getrag het om dit vir tant Emma te verberg.

Sou tant Emma dit ook agtergekom het? wonder sy bekommerd. Sy laat egter niks van hierdie kommer blyk nie en verklaar met 'n geveinsde glimlaggie: "Ek dink jy kyk my met siek oë aan. En dit beteken dat ek nou dadelik jou koors sal moet neem."

Hulle lag albei en Alta besluit om maar liewer nie verder op 'n antwoord aan te dring nie. Dis vir haar baie duidelik dat Elsa nie graag daaroor wil praat nie, vandaar haar ontwykende antwoord. Derhalwe gesels sy maar oor haar baba, haar driejarige seuntjie wat op die oomblik by haar ouers kuier, en haar man wat sy vandag tuis verwag. Maar toe Elsa later aanstaltes maak om te vertrek, kan sy nie help om besorg te sê nie: "Ek kan sien dat jy vanmôre bitter ongelukkig voel, Elsa, al probeer jy dit vir my verberg. As dit miskien die stil lewe op die plaas is wat jou begin baasraak, wil ek jou graag verseker dat jy mettertyd daaraan gewoond sal raak; want sien, ek was ook self 'n stedeling toe ek vier jaar gelede met Frik getroud is."

"Ek hoop jy het gelyk," is egter al antwoord wat sy van Elsa kry. Toe groet die jong meisie haar met 'n vriendelike "tot siens" en vertrek weer dadelik.

Toe Elsa twintig minute later tuis kom, is haar huismense alreeds besig om middagete te geniet. Sy groet die drie om die tafel vriendelik, dog met 'n vreemde afgetrokkenheid, maar waag dit nie om na Gerhard te kyk nie. Selfs toe hy orent kom en vir haar 'n stoel onder die tafel uittrek, bedank sy hom met 'n kortaf, onpersoonlike "dankie" sonder om hom 'n enkele keer aan te kyk.

Toe sy egter sit, en Gerhard ook weer sy plek ingeneem het, hoor sy tant Emma met 'n besorgde stem sê: "Jy is seker al flou van die honger, kind. Ek het flussies net vir Gerhard vertel dat jy vanmôre sonder ontbyt hier weg is ..."

"En dat ek heel waarskynlik gaan omkom van honger," voeg Elsa met 'n stil glimlaggie by. Sy kyk afgetrokke na tant Emma se hand wat die opskeplepel so flink hanteer, en sy wonder of die ou dame verwag dat sy al die kos gaan eet wat sy daar so fluks inskep.

"Elsa was nog nooit 'n groot eter nie," sê Paul, en sy suster voel asof sy hom net daar aan die tafel 'n dankbare soen kan gee. "Pappie het altyd gesê sy eet soos 'n siek voëltjie," voeg hy met 'n glimlaggie daaraan toe.

"Sy sal nog leer dat 'n goeie maaltyd 'n baie belangrike faktor vir 'n mens se gesondheid is," laat Gerhard met groot wysheid hoor en betrag die jong meisie se effens bleek gelaat met groot suspisie. "Dit gee 'n mens tonne energie en . . . en rooi wange."

'n Warm blos sprei oor Elsa se gelaat. Sy weet intuïtief dat hy nou op haar bleek gelaat sinspeel. Dog voordat sy haarself kan keer, is die woorde reeds uit: "Dit is ook uiters nadelig vir 'n mens se gesondheid om 'n vraat van jouself te maak."

Hierop antwoord Gerhard egter nie en die maaltyd verloop sonder enige verdere haakplekke. Dit is vir hom baie duidelik dat Elsa hom oor gisteraand se vurige liefkosing glad nie goedgesind is nie.

Toe Elsa van die tafel af opstaan, versoek sy Paul om solank sy tas en ander goed gereed te maak, omdat hulle oor 'n uur na die koshuis sal vertrek.

Dit is op die punt van Gerhard se tong om te sê dat hy Paul self na die koshuis sal neem en dat sy gerus 'n paar uur lank kan gaan rus, want sy lyk inderdaad bleek en moeg, maar na flussies se afjak waag hy dit liewer nie.

'n Kort oomblik rus sy blik ondersoekend op haar stil gelaat toe sy haar stoel onder die tafel inskuif. Hy merk die weemoed in haar oë en die hartseer trekkie om haar dierbare mond. Sy lyk hartseer, besluit hy, en wonder wat die rede is van die weemoed wat so vlak in haar oë lê.

Elsa merk tersluiks op hoe die jong man se blik haar gelaat fynkam. Maar voordat hy 'n woord kan sê, draai sy om en stap uit na buite waar die westewind nou straf besig is om die laaghangende, grys wolke na die ooste te dryf – 'n skraal, regop en eensame figuurtjie.

Sy stap om die huis se hoek, in die rigting van die berg, waar sy op 'n plat rots gaan sit en met eindelose weemoed die verte intuur. Sy dink aan Gerhard se ondersoekende blik op haar en wonder byna angstig of daar dalk 'n teken van haar hartseer op haar gelaat deurgeskemer het . . . Of het sy dalk met die een of ander gebaar haar gevoel aan hom verraai?

Hierdie gedagtes worstel in Elsa se verstand en laat die onrus fel in haar aangroei.

Ek sal versigtiger moet wees, vermaan sy haarself en byt haar onderlip ingedagte tussen haar tande vas. Ja, ek sal voortdurend op my hoede moet wees, want Gerhard is verbasend noulettend . . . O, as ek net môre al in die hospitaal kan begin werk, sal die helfte van my probleme reeds opgelos wees . . . Of as ek van Kaalbult af kan wegvlug, sodat ek hom nooit weer hoef te sien nie! Maar van laasgenoemde ontvlugting is daar geen sprake nie. Paul is nog steeds my verantwoordelikheid, en vir sy onthalwe moet ek bly!

Elsa is nog besig om haar gedagtes vrye teuels te gee, toe merk sy hoe fors en regop Gerhard op Vonk se rug oor die werf ry en 'n paar minute later om die punt van die denneplantasie verdwyn.

Wel, dis tyd dat sy Paul dorp toe neem, herinner sy haarself, kom orent en luier langsaam terug na die grys, kasteelagtige klipgebou wat byna ineensmelt met die ruwe kranse van die majestueuse ou berg. Sy het reeds besluit dat 'n onverskillige houding die enigste dekmantel is waaronder sy haar gevoel vir Gerhard sal kan verberg.

Tuis vind sy dat Paul al gereed is om te vertrek. Haastig verklee sy haar in 'n blougrys tweestuk en 'n paar minute later is hulle onderweg na Vreden.

Die koshuisvader ontvang Elsa en Paul baie vriendelik, maar nadat al die formaliteite afgehandel is en sy 'n koppie tee saam met hom en sy personeel geniet het, groet sy hulle en vertrek weer sonder versuim.

Op die ingewing van die oomblik besluit sy om voor die hospitaal verby te ry en te kyk hoe die gebou en die omgewing daar uitsien, aangesien sy nog nie daardie deel van die dorp besigtig het nie.

Sy ry twee blokke hoër op, draai regs en die volgende oomblik het sy die groot, wit hospitaalgebou in sig. Op 'n slakkegang kruip die rooi sportmotor voor die hospitaal verby, onderwyl sy elke hoekie en draaitjie van die gebou en die weelderige tuine beskou.

Elsa is egter net oorgehaal om die voertuig te laat versnel, toe haar oog val op die lang, skraal man wat mik om die straat oor te steek, en sy slaan dadelik rem aan.

Ook Karel het haar nou herken en beweeg met lang, haastige treë in haar rigting.

"Goeiemiddag! En waar loop jy rond?" groet hy haar met 'n welluidende stem en 'n breë glimlag. Hy kom staan langs haar by die oop venster, kyk haar goedkeurend aan en verklaar met openlike genoegdoening: "Jy sien daar goed uit, Elsa. Is jy al haastig om weer in die tuig te wees?"

"H'm, nogal," erken sy en vereer hom met 'n innemende glimlaggie. "Ek dink dis aaklig om so leeg te lê. Ek het Paul flussies by die koshuis afgelaai en toe besluit om gou 'n draai hier voor die hospitaal te maak en te kyk hoe die plek lyk."

"Gaaf, ek veronderstel jy het gesien wat jy wou sien. Kom ons gaan drink êrens koffie." Hy kyk haar met lewendige belangstelling aan. "Jy weet klaarblyklik al dat Gerhard dokter Dreyer vanoggend gebel het, en dat jy volgende week hier in die teater gaan begin werk?"

Sy skud haar hoof ontkennend.

"Dis die eerste woord wat ek daarvan hoor. Ek vrees ek was nog die hele dag uithuisig en slegs tuis vir middagete." Sy vertel hom van Alta se bevalling, kyk na haar polshorlosie en verklaar ernstig: "As jy wil hê ons moet gaan koffie drink, sal ons dadelik moet ry, anders kom ek donker by die huis aan en ek het belowe om tant Emma vanaand na Boskloof te neem."

"Goed, volg my net," glimlag Karel. "Ons sal sommer by die naaste restaurant aandoen. Die plek is net hier om die hoek."

Karel was reg. Die restaurant is slegs om die hoek – 'n klein plekkie, klaarblyklik die eerste wat in Vreden opgerig is.

"Sal dit koffie of tee wees?" vra hy nadat hulle by 'n tafeltjie plaasgeneem het en die kelnerin wag om die bestelling te neem.

"Koffie, asseblief," antwoord sy.

Onderwyl hulle die koffie geniet, gesels hulle oor die inwoners van die dorp, oor die hospitaal en later oor Elsa se lewe in Pretoria. Sy vertel hom dat haar vader 'n ginekoloog was, van die noodlottige ongeluk wat haar ouers se lewens geëis het en van Paul wat graag in die veeartsenykunde wil studeer.

Karel vertel haar weer van sy ouers en hulle plaas, Sonop, en van sy praktyk hier op Vreden. Die tyd vlieg so gou verby dat Elsa eintlik verbaas is toe sy merk dat dit al byna sesuur is.

Sy kom ook sommer dadelik orent en kondig aan dat sy lankal moes vertrek het.

Ook Karel kom orent, en nadat hy by die toonbank vir die koffie betaal het, vergesel hy Elsa na haar motor en neem met 'n warm en hartlike handdruk van haar afskeid.

Onderweg na Kaalbult kom Elsa haar vriendin Selma en een van die jong onderwysers van Vreden se laerskool teë, wat weer op hulle beurt onderweg is dorp toe ná 'n genoeglike middag saam met Selma se ouers op Sonop.

Albei voertuie hou stil en Elsa word aan die jong man, Gert Marais, voorgestel. Selma is, soos gewoonlik, stralend en propvol lewenslus. Sy spreek haar spyt uit dat sy uithuisig was tydens Elsa se besoek in die dorp, maar glimlag breed toe sy verneem dat Elsa darem vir Karel raakgeloop het.

Selma is volkome bewus daarvan dat haar broer smoorverlief

is op hierdie aantreklike swartkop, vandaar die breë glimlag. Maar hiervan rep sy nie 'n woord nie, spreek slegs haar blydskap uit dat Elsa toe die aanstelling as teatersuster gekry het. Sy weet dat Elsa in die hospitaal veel meer met Karel in aanraking sal kom as andersins. Intussen sal sy maar duim vashou vir haar broer, want Elsa is werklik die enigste nooientjie wat sy vir hom as vrou begeer.

Hulle gesels nog 'n rukkie oor die volgende dag se skoolkermis, toe groet hulle en die twee voertuie ry weer weg, elk na sy eie bestemming.

Dit is alreeds skemer toe Elsa 'n swierige draai maak oor Kaalbult se werf, in die motorhuis stilhou en uitklim. Met 'n ligte tred kom sy om die huis se hoek gestap, dan lig haar wenkbroue effens toe sy die geel motor met die vreemde nommerplaat voor die deur opmerk.

Besoekers, dink sy, bestyg dan die stoeptreetjies en stap die helder verligte huis binne.

Vanuit die sitkamer verneem sy die klank van stemme, maar besluit om eers haar voorkoms in haar kamer te gaan opknap voordat sy haar verskyning in die sitkamer maak.

Maar met hierdie besluit tref sy dit nie so gelukkig nie, want toe sy by die sitkamer verbystap, maak Gerhard onverwags sy verskyning in die deur en groet haar met openlike afkeuring in sy stem.

"So, dan is jy eindelik terug!" Sy merk die onvergenoegde trek om sy mond, die staalharde blik in sy blou oë wat haar ongenaakbaar aanstaar. "Ek het al begin dink jy kom nie meer terug nie!"

"Ja, dit is nogal jammer dat ek wel teruggekeer het," laat sy koeltjies hoor. "In die vervolg sal ek maar in die dorp oornag as ek vind dat dit te laat is om terug te keer huis toe." Sy kyk hom effens uitdagend aan, maar Gerhard steur hom nie veel aan haar opstandigheid nie.

Hy kyk haar 'n oomblik streng aan, dog gaan met steurende kalmte voort: "Ek veronderstel dit is weer Karel Vermaak wat jou so laat in die dorp gehou het?"

"Wat daarvan as dit wel die geval is?" kap sy snipperig terug. "Ek hou van Karel en sy geselskap en ek dink regtig ek is oud genoeg om die geselskap van jong mans te geniet sonder om na 'n preek van jou te luister."

'n Eindelose minuut betrag hy haar met stille afkeer. Dan sê hy sag: "Kom, ek wil jou graag aan ons gaste, 'n vérlangse neef en niggie van my, voorstel. Hulle het glo spesiaal na Kaalbult gekom om met jou kennis te maak nadat hulle van die een of ander familielid van oom Helgaard se afsterwe verneem het, en dat jy en ek mede-erfgename van Kaalbult is."

"Ek sal hulle aanstons ontmoet; nadat ek eers my grimering opgeknap en my hande gewas het," antwoord sy beslis. "En indien ek nie betyds gereed is nie, sal ek hulle in die eetkamer ontmoet."

Uit ondervinding weet Gerhard al dat wanneer Elsa haar onderlip so parmantig uitstoot soos nou, dit veel beter is om haar te laat begaan. En na gisteraand se liefkosing, besef hy, behoort hy ook 'n bietjie meer toegewend te wees, want dit is baie duidelik dat Elsa hom nog nie daardie oortreding vergewe het nie. Derhalwe gee hy hoflik toe aan haar wens en keer na die sitkamer terug.

Toe Elsa 'n halfuur later afgaan, geklee in 'n geel bloesie en swart romp, tref sy almal in die eetkamer aan. Gerhard stel die twee gaste aan haar voor as Heleen Brink en haar broer Nico. Toe sit hulle aan vir ete – sy aan Gerhard se linkerkant, die vier en twintigjarige Heleen aan sy regterkant; Nico langs sy suster en tant Emma langs Elsa.

Ofskoon Elsa 'n trotse en selfversekerde nooientjie is, voel sy nogtans ongemaklik in die eenvoudige geel bloesie en swart romp, want Heleen, met haar ooglopend hooghartige houding,

409

is in 'n deftige tabberd geklee en met duur juwele behang.

Heleen is lank en lenig, met daardie koue selfversekerdheid wat mens so dikwels by beeldskone vroue aantref, met die houding dat Gerhard volkome en uitsluitend aan haar behoort. Sy is net so blond soos Gerhard, het dieselfde trotse houding as hy, en Elsa ondervind onmiddellik 'n intense afkeer in die meisie se koue hooghartigheid. Vir haar wil dit sterk voorkom asof Heleen 'n uiters onaangename en vermetele mens is. Nico skyn weer net die teenoorgestelde te wees – 'n aangename en bedagsame jong man.

Gelukkig het Elsa genoeg algemene kennis om saam met Gerhard en Nico te gesels, ofskoon laasgenoemde die geselskap telkens in 'n politieke rigting probeer stuur – 'n toedrag van sake wat die beeldskone Heleen glad nie aanstaan nie, omdat sy van politiek veel minder kennis dra as Elsa.

"O, ek dink julle is uiters vervelig," laat Heleen na 'n rukkie met 'n verveelde stem hoor. Sy sê "julle", maar dit is baie duidelik dat die aanmerking slegs vir Elsa bedoel is, want haar blik is koud en reguit op die swartkop gerig toe sy die aanmerking kwytraak. "Ek dink ons het genoeg hiervan gehad. Ek haat politiek."

Wat Heleen eintlik haat, dink Elsa by haarself, is dat iemand anders behalwe sy self die middelpunt van belangstelling moet wees.

"Dit staan jou heeltemal vry om nie te luister nie," voeg Gerhard haar toe met sy bekende skewe glimlaggie wat so 'n verwoester is van vroueharte, en wat Elsa se verraderlike hart onstuimig laat klop.

"Ek het nie vir jou kom kuier om oor politiek te gesels nie, my skat," maak Heleen pruilend beswaar en liefkoos hom openlik met haar groot, bababblou oë. "Laat ons liewer oor 'n aangenamer onderwerp gesels . . ."

Die res van die maaltyd neem Heleen haar gasheer se aandag

knaend in beslag, gesels aanhoudend oor Gerhard se besoek aan hulle vier jaar gelede.

Na ete vergader die vier jongmense in die sitkamer, onderwyl tant Emma nog die een en ander in die spens verrig. Vir Elsa is dit inderdaad die onaangenaamste deel van die aand, want Heleen doen haar uiterste om die swartkop ongemaklik en oorbodig te laat voel.

Dit is egter nie dat Heleen openlik beledigend is nie, maar wel die neerbuigende houding wat sy teenoor Elsa inneem, en dan ook die feit dat sy Elsa openlik ignoreer asof daar nie so 'n mens teenwoordig is nie.

Heleen bly knaend aan Gerhard se sy, oorlaai hom met liefdevolle attensies, en dit neem Elsa nie lank nie om agter te kom dat die blondine smoorverlief is op haar neef en bitter jaloers op sy aanvallige swartkopvennoot.

Hierdie wete deurpriem die ouer meisie se reeds verwonde hart soos 'n rooiwarm spies. Gerhard het vroeër gesê dat Heleen en haar broer spesiaal na Kaalbult gekom het om met haar, Elsa, kennis te maak, maar vir haar lyk dit meer asof Heleen haar met 'n ander doel na Kaalbult begeef het. Haar openlike verliefdheid toon duidelik dat sy ander planne in die mou voer – veroweringsplanne wat sy meedoënloos op Gerhard toepas.

"As jy gereed is, tant Emma," kondig Elsa aan toe die ouer vrou 'n rukkie later by hulle in die sitkamer aansluit, "kan ons nou maar na Boskloof vertrek. Ek het Alta vanoggend vertel dat ons haar vanaand sal besoek."

Elsa voel Gerhard se blik op haar en toe sy haar gesig in sy rigting draai om aan die gaste verskoning te maak, kyk sy vas in sy oë, wat haar met 'n onpeilbare uitdrukking aanstaar.

"Hierdie besoek aan Alta kan natuurlik nie uitgestel word tot môre nie?" sêvra hy bedaard onderwyl hy haar blik gevange hou.

"Nee, dit kan nie," antwoord sy ongeërg en draai haar gesig

411

stadig weg. "Ek moet Alta en die baba albei vanaand sien . . . of het jy miskien vergeet dat daardie baba nog nie eens vier en twintig ure oud is nie?"

"Nee, ek het nie," verklaar hy en grinnik asof hy aan 'n smaaklike grap dink. "Trouens, ek sal die aand van daardie baba se geboorte seker nooit in my lewe vergeet nie . . . daar is te veel herinneringe aan verbonde."

Elsa voel hoe 'n warm blos stadig teen haar nek opkruip, en dit laat haar terstond omdraai en wegstap voordat Heleen of Nico dalk haar verleentheid opmerk.

"Ek sal nie lank weg wees nie, tant Emma," voeg sy die ou dame oor haar skouer toe en verlaat die vertrek haastig, sonder 'n enkele woord van verskoning aan die twee gaste.

Hulle is in elk geval nie mý gaste nie, dink sy opstandig toe sy haar kamer binnetree. En soos ek Heleen opgesom het, sal my afwesigheid haar pragtig pas. Dus kan Gerhard maar sy gaste self vermaak.

Met 'n hand wat liggies bewe, trek sy die lipstiffie oor haar lippe, neem 'n ligte trui uit die kas en gaan trek dan haar motor uit die motorhuis.

Elsa het nie lank gewag nie, toe verskyn tant Emma in die voordeur, en weldra is hulle onderweg na Boskloof.

Etlike minute spoed hulle in stilte voort; toe vra Elsa sommer so uit die bloute: "Ken Tante vir Heleen en Nico baie goed?"

"Ek ken hulle glad nie, my liewe kind," antwoord die ouer vrou sag. "Ek het hulle ook maar vandag vir die eerste maal ontmoet. Hulle het Gerhard nog nooit voorheen besoek nie, maar ek dink hy het hulle vier jaar gelede besoek. Hulle verskyning hier op Kaalbult was vir my net so 'n verrassing as wat dit vir jou was. En ek kan nie juis sê dat ek van die meisie hou nie. Sy is pynlik hooghartig en daar is iets in haar voorkoms wat my afstoot. Ek hou ook nie van haar pruilmond en stroperige stem wanneer sy Gerhard aanspreek nie, en nog minder van die manier waarop sy so knaend aan sy arm hang en hom met haar hande betas asof sy nie kan leef sonder om hom aan te raak nie."

'n Sagte laggie ontglip Elsa se lippe. In haar verbeelding sien sy weer hoe liefderyk Heleen aan Gerhard se arm hang en hoe sy hom met haar lang, slanke vingers streel. Sy hoor selfs weer daardie stroperige stem, asof die meisie self by hulle in die motor is.

"Ek hou ook nie van die meisiemens nie, Tante," glimlag Elsa weemoedig in die donker, "en ek het 'n vermoede dat my gevoel vir haar wederkerig is."

"Ek sal my glad nie aan die vroumens steur as ek jy is nie," snork tant Emma hardop van verontwaardiging. "Ek hoop net sy rek nie haar besoek hier op Kaalbult te lank uit nie . . ."

Etlike minute lank lug tant Emma nog haar opinie oor die beeldskone Heleen, toe hou hulle op Boskloof se werf stil, en albei dames voel heimlik verheug dat hulle Heleen se geselskap ten minste 'n uur of wat kan ontvlug.

7

Tant Emma en Elsa geniet hulle besoekie aan Alta en Frik besonder baie, maar toe die horlosie elfuur slaan, weet albei dat hulle kuiertjie nou ten einde geloop het en dat hulle moet vertrek.

Dit is byna twaalfuur toe hulle weer op Kaalbult stilhou. Die hele huis is in donker gehul, slegs in die eetkamer brand 'n lig.

"Dit lyk asof Gerhard en sy gaste al gaan slaap het," merk Elsa verlig op toe hulle die stil huis binnetree.

"Ja, en dis inderdaad 'n seën," is al wat die ou dame sê. Sy bedank Elsa hartlik vir haar vriendelikheid dat sy haar na Boskloof geneem het, wens die jong meisie 'n rustige nag toe en begeef haar daarna na haar kamer.

413

Die nagwind ruk hard aan die nok van die huis en sing 'n troostelose deuntjie deur Elsa se kamervenster wat op 'n skrefie oopstaan. Met oop oë staar sy in die donker na die plafon en met eindelose hunkering dink sy aan die dae toe haar hart nog haar eie was, toe sy Gerhard nog nie geken het nie en ook nie geweet het dat daar so 'n mens soos Heleen bestaan nie. Sy dink aan laasgenoemde se verliefdheid, aan Gerhard se toegeneentheid jeens die blondine, en die gedagte is soos 'n pyn in haar siel. Maar nieteenstaande die pyn wat dit meebring, besef sy dat sy nie van sulke gedagtes moet wegskram nie. Sy sal haar daarteen moet staal en begin gewoond raak aan die verhouding tussen Gerhard en Heleen.

Haar gedagtes dwaal weg na die grinnik op Gerhard se gelaat toe hy gisteraand se intieme episode vroeër vanaand weer in sy gedagtes herroep het, en die pyn in haar hart raak meteens intenser. Hy het haar weer eens getoon dat gisteraand se liefkosing vir hom slegs 'n grap was en dat dit vir hom absoluut niks beteken nie.

Hierdie gedagtes is vir haar 'n marteling. Sy voel deurdrenk van pyn, maar sy kan ook nie van die gedagte wegkom dat Heleen die nooi is wat Gerhard se liefde besit nie.

Hy was nog nooit so teer en bedagsaam teenoor my nie, sê sy in die donker aan haarself. Met my word daar slegs gespot, die leviete voorgelees, preke afgesteek en vermanings uitgedeel asof ek 'n swaksinnige is . . .

Haar ongelukkige gedagtes word al vaer en vaer, en eindelik sink sy genadiglik weg in 'n droomlose slaap.

Die volgende môre wag sy totdat die horlosie nege-uur aankondig voordat sy afgaan vir ontbyt. Sy weet dat Gerhard gewoonlik sy ontbyt om halfagt geniet, dus bestaan daar geen gevaar dat hy moontlik nog daar is nie.

Soos gewoonlik, stap sy na die kombuis waar sy weet dat sy tant Emma hierdie tyd van die oggend sal vind. Maar dit is nie slegs tant Emma wat sy daar aantref nie, ook Gerhard en Nico sit daar by die tafel, elk met 'n koppie dampende koffie in die hand. Sy wil eers kort omdraai en na haar kamer toe vlug, maar Gerhard het haar reeds gewaar.

Tant Emma se môregroet gaan gepaard met 'n vriendelike glimlaggie. Nico groet haar beleef, maar Gerhard kyk haar eers 'n oomblikkie ondersoekend aan, dan groet hy haar ietwat on-geërg.

"Hoe laat vertrek jy vanoggend na Boskloof om jou pasiënt te versorg?" wil hy weet toe Elsa regoor hom aan die tafel plaas-neem vir 'n koppie koffie.

"Ek weet nie . . . ek bedoel, ek het nog nie besluit nie," ant-woord sy ontwykend, sonder om na hom te kyk. "Maar waarom vra jy?"

"Omdat ek ook vanoggend na Boskloof toe moet ry," ver-duidelik hy.

"Hoe laat ry jy?" vra sy versigtig, bedank tant Emma vir die koffie en proe fyntjies aan die warm inhoud.

"O, so tienuur se kant," hoor sy Gerhard sê, maar sy waag dit nog nie om hom aan te kyk nie.

Sy weet al dat sy haar verraderlike hart nie kan vertrou om in daardie diepblou oë van hom te kyk nie, dus antwoord sy slegs: "Ek vrees jy sal dan maar alleen moet ry. Ek vertrek eers later."

"Hoe laat?" hoor sy hom onverwags vra.

Sy haal haar skouertjies liggies op.

"So elfuur se kant."

"Goed, ek sal vir jou wag."

"Nee, moet asseblief nie," keer sy haastig. "Moontlik kry ek nie my draaie nie, en dan sal ek eers vanmiddag kan gaan," jok sy sonder enige gewetenswroeging. Sy voel hoe Gerhard se blik oor haar skroei, maar sy maak of sy nie daarvan bewus is nie.

Ek sal nié saam met hom ry nie! sê sy in haar gedagtes aan haarself. Hy kan maak en sê net wat hy wil, maar ek sal nie. Hy

415

het my een maal verneder en dit is alreeds een maal te veel . . .
Nee, ek sal hom nie die geleentheid bied om my weer 'n keer
te verneder nie!

Sy is intens bewus daarvan dat Gerhard sy leë koppie driftig
opsy stoot en orent kom. Dan hoor sy hom gesteurd sê: "Ek
wou jou vanmiddag jou eerste ryles gegee het."

Weer haal sy haar skouertjies liggies op, asof die rylesse haar
nie juis diep raak nie, en verklaar ongeërg: "Ek vrees dit sal moet
wag tot later. Daar is in elk geval nog baie tyd vir rylesse . . ."

Heleen se intrede in die kombuis en haar vrolike: "Goeie-
môre, mense!" maak terstond 'n einde aan Elsa en Gerhard se
gesprek.

"Gerhard-skat, gaan jy my ook leer om perd te ry?" wil He-
leen in 'n vrolike luim weet. Sy gaan langs die jong man staan,
plaas haar hand besitlik op sy arm en vereer hom met 'n lief-
tallige glimlaggie wat enige man se hart snaakse fratse sal laat
uitvoer.

"Goed, ek sal jou vanmiddag na ete jou eerste ryles gee,"
stem hy met 'n gemoedelike glimlaggie in en streel met 'n teer
gebaar oor haar glansende, goue hare.

Elsa wag egter nie om te hoor wat hulle nog alles gaan doen
nie. Sy kom orent en stap sonder meer na haar kamer, verklee in
'n kanariegeel baaikostuum en gestreepte strandjassie, en begeef
haar onverwyld na die rivier met haar handdoek en baaipet on-
der haar arm, onbewus van Gerhard se onvergenoegde blik wat
elke beweging van haar deur die kombuisvenster volg.

Vierhonderd treë hoër op die bruggie af, bly Elsa meteens
op die wal van die rivier staan. Voor haar voete lê 'n seekoeigat
so blou soos die hemel en so helder en skoon soos 'n lopende
fontein. Aan haar linkerkant verrys 'n hoë rots uit die poel, met
wande waarop die natuur onegalige treetjies gebeitel het.

'n Genotvolle glimlaggie verskyn om Elsa se mooi lippe toe
sy na die koel, aanloklike water kyk. Dan skop sy haar sandaal-

416

tjies uit, gooi die gestreepte jassie eenkant op die gras neer, trek die baaipet versigtig oor haar raafswart hare en duik met 'n sierlike boog in die poel.

Sy voel die aangename prik op haar vel toe die koue water haar met gewillige arms toevou, en al die pyn en hartseer neem vir die oomblik die wyk.

'n Paar genotvolle oomblikke lank baljaar sy in die water soos 'n uitgelate skooldogter. Dan klouter sy bo-op die rots, trek haar knieë op tot onder haar ken en laat die môreson toe om met strelende vingers oor haar rug te speel.

'n Lang ruk koester sy haar in die rustige kabbeling van die breë stroom water en die vrolike geroep van die bosduiwe hoog in die kruine van die wilgerbome wat getrou met die rivier saam kronkel. Toe gly sy versigtig van die rots af en swem met lang hale terug na die oewer.

Met groot moeite probeer sy haar teen die wal ophys; dog die volgende oomblik sluit kragtige vingers om haar polse en sy voel hoe sy liggies uit die water gelig word. Ontsteld kyk sy op. Dan verstar haar blik meteens toe sy vas in Gerhard se blou, glimlaggende oë kyk.

"H'm, jy het amper nie uit die rivier gekom nie," konstateer hy toe sy eindelik langs hom op die wal staan. "Daar," beduie hy met sy onberispelike hoof 'n entjie laer af, "is 'n gerieflike plek om uit te klim."

Elsa merk hoe die lagduiweltjies vrolik in sy oë dans, en sy voel dadelik vererg omdat hy al weer met haar spot – soos die aand toe hy haar in sy motor geliefkoos het.

"O, ek sou dit sonder jou hulp ook gevind het," jak sy hom koeltjies af.

Sy buk om haar strandjassie op te neem, maar die volgende oomblik sluit Gerhard se hande ferm om haar skouers.

'n Paar tellings boor sy oë in hare. Dan hoor sy hom skielik met 'n sagte laggie sê: "Is jy nog steeds die hoenders in vir my

417

oor nou die aand se . . . e . . . liefkosing? Kom, Elsa, jy het dit tog oorleef . . ."

"Ja, ek het dit oorleef," snou sy hom kwaai toe, "nadat ek my lippe natuurlik met seep en 'n naelborsel geskrop het." Haar donker oë blits in syne. "Miskien weet jy dit nie, maar ek is nogal kieskeurig oor wie my soen. Onthou dus in die vervolg dat ek nie een van die flerries is wat jy so graag soen nie."

Sy merk hoe die lag eensklaps uit sy oë verdwyn. Dan kom sy stem laag en grof: "Ek voel lus en skud jou totdat jy jou ongehoorde beledigings woord vir woord insluk."

Na hierdie dreigement laat hy haar so vinnig los asof sy hom gebrand het, draai terstond om en stap met lang, vasberade treë na waar Vonk rustig aan die groen grassies peusel.

Afgetrokke en diep ingedagte vryf sy haar skouers waar sy hande haar soos staalbande omklem het. Sy is vaagweg bewus daarvan dat hy Vonk bestyg en vinnig wegry. Deur traanbenewelde oë staar sy hom agterna en sy verwens haarself omdat sy haar skerp tong toegelaat het om so meedoënloos met haar op loop te sit. Soos 'n verblindende straal tref dit haar dat haar gedrag onvergeeflik was en dat sy Gerhard se vriendskap nou seker vir goed verbeur het.

Elsa voel momenteel so diep en berouvol dat sy 'n oomblik lank vergeet van sy oorweldigende kus twee aande gelede en hoe bitter afgehaal sy gevoel het.

Sy vee die trane met die agterkant van haar hand uit haar oë. Dan trek sy haar jassie en sandale aan, neem haar handdoek en baaipet op en begin tydsaam in die rigting van die huis aanstryk.

Toe sy die huis nader, is sy net betyds om te sien hoe sjarmant Gerhard sy motor se deur vir Heleen oophou om in te klim. Sy merk dat Heleen deftig uitgevat is in 'n olyfgroen tabberd, maar Gerhard is nog steeds in sy werksklere geklee. Van Nico is daar egter geen teken nie.

418

Gerhard is net oorgehaal om in te klim toe Elsa by die motor verbystap. Hy aarsel 'n oomblik, kyk haar stil aan en vra beleef: "Wil jy saamry, Elsa? Ons vertrek nou na Boskloof."

Elsa merk hoe koel en hooghartig Heleen haar vanuit die voertuig sit en betrag, byna asof sy die ouer meisie kwalik neem omdat sy haar verskyning nou juis op hierdie oomblik moes maak.

Maar Heleen is uiters geslepe. Sy sorg wel deeglik dat Gerhard nie agterkom hoe sy werklik teenoor Elsa voel nie, want die kil, ongenaakbare blik wyk terstond uit haar oë toe sy haar met 'n lieftallige glimlaggie na die jong man draai en sag sê, nog voordat Elsa aan 'n gepaste verskoning kan dink: "Dit lyk nie of Elsa lus het om ons te vergesel nie, Gerhard-skat. Trouens, sy het vroeër self gesê dat sy nie so vroeg kan vertrek nie."

"Ek gaan nou eers verklee en dan eet," antwoord Elsa bedaard toe Gerhard se blik vraend op haar bly rus. "Daarna is daar talle werkies wat ek dringend moet afhandel voordat ek Maandag hier in die hospitaal diens kan aanvaar."

Vlugtig, asof 'n onsigbare hand hom van agter 'n stoot gegee het, tree Gerhard op Elsa af daar waar sy drie treë van die motor af staan, en steek vlak voor haar vas. Sy oë is op nou skrefies getrek toe hy sag, onheilspellend sag, vra: "Wie het vir jou gesê dat jy Maandag hier in die hospitaal gaan begin werk?"

Elsa merk hoe die blondine se oë blou vlamme op haar skiet van onbeteuelde jaloesie. Maar sy steur haar bitter min aan Heleen se gefrustreerde emosies en draai haar sonder erg na Gerhard.

"Karel het my gister vertel," verklaar sy bedaard, asof sy ergernis haar nie in die minste raak nie. Die masker wat sy van gisteroggend af op haar gesig dra, bedek haar gevoelens suksesvol. Derhalwe gaan sy uiterlik kalm voort: "Dokter Dreyer het hom glo vertel dat jy gisteroggend gebel het en dat ek aangestel is as teatersuster en Maandagoggend diens moet aanvaar."

419

"So," sê hy afgemete, en Elsa en Heleen merk albei hoe ontstellend sy blou oë glim van ergernis, "dan is ons al weer terug by Karel Vermaak!" Hy meet Elsa 'n stonde met 'n onverbiddelike blik en gaan dan weer voort met iets soos veragting in sy stem: "Wat jy aan die man sien, verbaas my eerlikwaar. Maar Karel Vermaak moet een ding mooi begryp, en dit is dat hy sy neus uit sake moet hou wat hom nie aangaan nie. Hy het hoegenaamd geen reg om informasie in verband met aanstellings uit te lap voordat die kandidaat nie amptelik aangestel is nie. En buitendien het ek self 'n mond en 'n tong om jou van die aanstelling te verwittig wanneer die tyd vir so 'n aankondiging geleë is."

Verslae kyk Elsa die onthutste man voor haar aan. Sy is net op die punt om verskoning te maak vir Karel, maar dan hoor sy Heleen se stem met 'n geveinsde, vrolike laggie: "Kom, laat ons liewer ry, Gerhard. Ek kan eerlikwaar nie begryp waarom jy so 'n bohaai opskop omdat iemand Elsa van die aanstelling vertel het —"

"Bepaal jou asseblief by jou eie sake, Heleen," val Gerhard haar, nou buite homself van ergernis, in die rede. "Hierdie ding gaan jou nie aan nie en ek sal ry wanneer dit my pas."

Elsa merk hoe pynlik die blondine bloos en sy weet dat Heleen haar nooit sal vergewe dat sy indirek die oorsaak was dat Gerhard haar so meedoënloos afgejak het nie. Tog voel sy bly dat Gerhard die afstootlike meisie so netjies op haar plek gesit het.

Ja, sy voel so diep verheug dat sy met die beste wil ter wêreld nie kan help om te glimlag nie toe sy sag verklaar: "Ek weet dat jy, om die een of ander onverklaarbare rede, nie van Karel hou nie, Gerhard —"

"Jy weet dit, maar ten spyte daarvan bied jy hom nog al jou vriendskap en glimlaggies aan," val hy haar streng in die rede.

"As jy my een goeie rede gee waarom jy nie van Karel hou

nie, mag ek dit oorweeg om my vriendskap met hom te beëindig."

Die jong man kyk haar 'n oomblik strak, deurdringend aan, en vir Elsa voel dit kompleet asof hy deur haar, binne-in haar kyk. Dan hoor sy hom weer met 'n onverbiddelike stem sê: "So, dan verlang jy 'n rede, 'n goeie rede voordat jy bereid is om jou vriendskap met hom te beëindig? Ek sou dink dat my gevoel jeens die man vir jou rede genoeg behoort te wees. Maar ek waarsku jou, Elsa. Ek sal geen professionele man as mede-eienaar op Kaalbult verwelkom of aanvaar nie. Moet dus nie toelaat dat jou gevoel vir Karel in iets ernstig ontwikkel nie, want ek sal beslis nie daarmee genoeë neem nie."

Na hierdie lang teregwysing draai hy terstond om, klim in sy motor en ry met onderdrukte woede en uiters onverskillig weg. Elsa merk hoe pateties die hooghartige Heleen vir dood en lewe in die motor vasklou toe Gerhard 'n draai maak wat die swart gevaarte byna op twee wiele laat loop. Toe begin sy sag en onbedaarlik lag totdat die trane later oor haar wange stroom.

Sy is nog steeds vol lag toe sy die kombuis binnetree, waar sy elke oggend ontbyt in tant Emma se geselskap geniet.

Op die ou dame se vraag waarom sy so vol lag is, vertel Emma haar van Gerhard se gramskap, hoe hy Heleen afgejak het en hoe pateties die hooghartige meisie daar uitgesien het toe Gerhard sy woede op die onskuldige motor uitgehaal het, en weer vou sy dubbel soos sy lag.

"As hy nie oppas nie, doen hy ook een van die dae beroerte op," laat sy na 'n rukkie hoor en vee die lagtrane uit haar oë. "En dan beweer hy dat ék 'n onheilige humeur het."

Ook tant Emma vee nou die trane uit haar oë en plaas 'n bord spek en eiers voor die jong meisie. Haar oë rus sag en liefdevol op Elsa, die liewe kind, en dit verbaas haar dat laasgenoemde so blind kan wees dat sy nie eens agterkom waarom Gerhard so 'n hekel in Karel Vermaak het nie.

"Moet jou maar nie te veel aan Gerhard se buie steur nie, my kind. Elke mens het maar seker so 'n ietsie van die duiwel in hom, en Gerhard is geen engel nie."

Na Elsa se vertelling van so-ewe, voel dit vir tant Emma beslis asof die lewe eensklaps 'n vroliker kleur aangeneem het. Vanoggend het sy nog gevrees dat Gerhard moontlik planne in die mou voer met Heleen – planne wat haar, tant Emma, sou gedwing het om haar werk as huishoudster hier op Kaalbult op te sê. Maar nou weet sy dat al haar vrese ongegrond was en dat Gerhard tog nie so blind is as wat sy aanvanklik gedink het nie.

Na ete gaan verklee Elsa haar in 'n skoon uniform. Dan stap sy na die motorhuis en ry haar motor tot voor die deur. Daarna gaan verneem sy of daar iets is wat tant Emma moontlik vir Alta wil stuur.

Op die ou dame se antwoord dat sy ongelukkig niks vir haar skoondogter voorberei het nie, vra Elsa met 'n ondeunde glimlaggie: "Wat van daardie sjokoladekoek wat Tante gister gebak het?"

"Ek het dit vir Gerhard se deftige gaste gebak," verduidelik die ou dame met 'n vriendelike glimlaggie.

"Die gaste kan vandag beskuit en droëkoekies eet, my liewe tante," hou Elsa vol. "Ek gaan daardie koek vir Alta neem . . . met Tante se goeie wense, natuurlik . . . Waar is die koek, tant Emma?"

"In die spens, jou onmoontlike kind," glimlag die ou tannie en skud haar kop goedig. "En bewaar jou as Gerhard my vra wat van die koek geword het. Hy was by toe ek dit vanoggend versier het."

"Sê maar net vir hom dis 'n lang storie en hy moet my kom vra," doen Elsa laggend aan die hand en knipoog ondeund vir die ou dame. "Ek het 'n antwoord gereed vir hom, my liewe tante."

"O, jy is 'n onmoontlike mens!" lag tant Emma saam. "Ek

sal die koek vir jou in 'n blik sit, anders besmeer jy dalk jou uniform."

Elsa het ook net die koekblik by tant Emma geneem, toe hou Gerhard se motor voor die deur stil.

"Hy gaan jou vra wat jy daar in die blik dra," waarsku die ou dame sag.

"Ek wag dat hy my dit moet vra," glimlag Elsa en haar donker oë lewe van pret en lekkerkry. Sy weet al hoe lief Gerhard is vir sjokoladekoek en sy sien al hoe sy mond water vir hierdie koek waaraan hy nie eens gaan proe nie . . . Hy wil haar mos ewigdurend vermaan en teregwys asof sy onnosel is! "Kom, stap saam met na my motor, Tante, anders mis jy dalk al die pret," fluister sy.

Met tant Emma gesellig aan haar sy, tree Elsa op die stoep uit net toe Gerhard en Heleen die stoeptreetjies bestyg.

"So, dan het jy eindelik jou werkies afgehandel," begroet hy Elsa, nou weer volkome beheers. Maar sy blik wat op haar rus, is vir Elsa heeltemal onpeilbaar.

"O nee, ek het nog nie alles afgehandel nie," antwoord sy haastig. "Maar sê my, gaan dit nog goed met Alta en die kleinding?"

"Baie goed." Elsa merk hoe sy blik dwaal na die koekblik wat sy met die grootste sorg vashou. "Mag ek daardie blik vir jou na die motor toe dra?" vra hy hoflik en Elsa weet dat haar oomblik van afrekening aangebreek het . . . En gaan dit nie soet wees nie!

Maar sy glimlag slegs en verklaar ewe vriendelik: "Nee, dankie, ek sal dit liewer self dra. Aanstons laat jy dalk die blik val en dan is Alta haar heerlike koek kwyt."

"Wat, het jy 'n koek in daardie blik!" Sy oë skuif beskuldigend na tant Emma toe hy vervolg: "Tant Emma, moenie vir my sê dis daardie lekker sjokoladekoek wat jy vanoggend versier het nie!"

"Natuurlik is dit daardie koek!" gee Elsa ongeërg antwoord.

"Tant Emma," kom dit nou weer beskuldigend van Heleen, "ons vergewe jou nooit as jy toelaat dat Elsa daardie koek na mevrou Meiring neem –"

"Ek vrees tant Emma het geen seggenskap oor hierdie koek nie, juffrou Brink," val Elsa haar bedaard in die rede. "Hierdie koek is op my versoek gebak. En as tant Emma julle onder die indruk gebring het dat dit vir die huis gebak is, het sy dit onder 'n misverstand gedoen, want ek het bedoel dat dit vir mevrou Meiring gebak moet word."

"Nee, kyk, Elsa," sê Gerhard, "ek sien al die hele môre uit na daardie koek. Ek stel voor dat tant Emma vandag 'n ander een bak vir Alta."

"Ek stel weer voor dat jy en juffrou Brink vir tant Emma gaan help om vir julle ook een te bak," werp sy goedig terug, sê dan haastig tot siens en stryk vlugtig aan na haar motor.

'n Voldane glimlaggie verskyn om Elsa se lippe toe haar rug op die drie agterblywendes gekeer is.

So, nou het ek julle albei terugbetaal vir julle astrantheid, praat sy met haarself. Daar is hope beskuit, tertjies en droëkoekies wat julle vandag kan eet. En buitendien, wie is Heleen sodanig dat net die beste vir haar voorgesit moet word? As sy sjokoladekoek wil eet, kan sy haar sagte, wit hande uit die mou steek en tant Emma help om 'n ander een te bak!

Toe Elsa voor die deur wegtrek, merk sy in die truspieëltjie dat die drie op die stoep haar nog steeds agterna staar. En toe sy die denneplantasie bereik, kan sy haar lag nie langer bedwing nie.

Alta is aangenaam verras oor die koek, maar toe Elsa haar die geskil oor die koek vertel, skud sy soos sy lag.

"Jy en my skoonmoeder is twee geslepe samesweerders," laat Alta nog steeds vol lag hoor. "Maar ek is vreeslik bly dat julle twee so goed met mekaar oor die weg kom. Sy is werklik 'n liewe ou dame. 'n Mens moet haar net verstaan."

Geselsend voer Elsa haar pligte uit, maar toe sy eindelik albei haar pasiënte versorg het en weer afskeid neem van Alta, loop sy haar byna vas in Frik, wat haastig by die voordeur ingestap kom.

Met die eerste oogopslag merk sy dat hy bleek en ontsteld is, maar sy groet hom bedaard en verneem kalm: "Wat is verkeerd, Frik? Jy lyk bleek en ontsteld . . ."

Met sy vinger voor sy mond maan hy haar tot stilswye en beduie haar met sy hoof om hom na buite te volg.

"Ek wil Alta nie ontstel nie," sê hy sag toe hulle buite hoor-afstand is, "maar hier het 'n vreeslike ongeluk plaasgevind. 'n Vierjarige seuntjie van een van my voormanne se regtervoet is byna vergruis en ek het gewonder of jy nie iets vir die kind kan doen voordat ek hom na die hospitaal vervoer nie . . . hom miskien gemaklik maak, of moontlik 'n inspuiting toedien om die pyn te stil . . ."

"Neem my na die kind toe, Frik," stel sy kalm voor. "Ek sal hom voorlopig gemaklik maak vir vervoer, maar ek vrees ek het op die oomblik niks by my om die pyn mee te stil nie."

"Het jy iets by die huis . . . ek bedoel op Kaalbult?" kom dit angstig van Frik, wat nog steeds doodsbleek is.

"Ja, ek het," antwoord sy stil. "My vader het altyd 'n groot voorraad medisyne in sy spreekkamer gehou, en na sy dood het ek alles sorgvuldig weggepak saam met sy instrumente."

"Dan sal ons eers by Kaalbult aandoen," laat Frik, nou duide-lik verlig, hoor. "Sal ek jou met my motor na die kind toe neem, of ry ons sommer met joune?"

"As jou motor 'n viersitplek is, sal dit geriefliker wees om die kind mee te vervoer," stel sy prakties voor. "Ek sal jou in my motor volg, sodat ons sommer dadelik kan vertrek nadat ek die kêreltjie gemaklik gemaak het."

Na hierdie verduideliking vertrek hulle sonder versuim en vyf minute later staan Elsa en Frik albei hulpeloos langs die ongelukkige seuntjie se bed. Vir eersgenoemde se geoefende oog is dit gou duidelik dat slegs 'n noodoperasie die kind se voet kan red en dat daar met die operasie geen tyd te verspil is nie.

Met vaardige hande maak Elsa die seuntjie gereed om vervoer te word, onderwyl die moeder snikkend vertel dat die kinders in die berg gaan speel het en dat 'n rots losgeraak en op die kind se voet afgestort het.

'n Paar minute later lê die kind gemaklik agter in Frik se motor, met die bedroefde moeder voor langs die bestuurder. Maar vir Elsa se noulettende oog is dit baie duidelik dat die pasiëntjie geweldig pyn verduur.

"Ek ry solank vooruit om die nodige gereed te maak vir die inspuiting," stel sy voor toe hulle op die punt staan om te vertrek.

Frik knik slegs dankbaar. Toe trek Elsa weg, met die spoed wat 'n noodgeval vereis, en binne enkele tellings hang slegs 'n lang stofstreep oor die bult.

Sy hou met skreeuende bande op Kaalbult se werf stil.

Met 'n gedempte kragwoord en: "Die klein gek, sy sal nog haar nek breek!" vlieg Gerhard orent – daar waar hy, Heleen, Nico en tant Emma op die voorstoep sit – en storm na buite.

Die motor staan nog onseker op sy vere en wieg, toe is Elsa alreeds uit en drafstap na die voordeur. Maar Gerhard keer haar halfpad voor en neem haar byna ru aan die arm.

"Het die duiwel in jou gevaar om so roekeloos te jaag?" vaar hy woedend teen haar uit.

Maar Elsa het nie nou tyd vir argumente nie, dus ignoreer sy die woede in sy stem.

"Nee, hy het nie," glimlag sy verontskuldigend toe sy merk hoe bleek hy daar uitsien. "Maar hy het wel sy klou elders in gehad ... Kom, ek is vreeslik haastig, Gerhard," gaan sy voort en sleep hom letterlik saam met haar die stoeptreetjies op. "Ek sal jou alles vertel terwyl ek die inspuiting gereed maak." Sy groet die ander in die verbygaan en voeg tant Emma terloops toe: "Tante moet tog vir my skree sodra Frik se motor hier voor die deur stilhou. En moenie so verskrik lyk nie. Daar is niks met Alta verkeerd nie, dis een van Frik se voorman se kinders wat seergekry het."

Na hierdie haastige verduideliking verdwyn sy vlugtig deur die voordeur, met Gerhard kort op haar hakke.

Onderwyl sy na die regte spuitstof soek, vertel sy Gerhard van die ongeluk wat op Boskloof plaasgevind het en sluit af met: "Slegs 'n noodoperasie kan die kind se voet red, en ek gaan hom 'n inspuiting toedien om die pyn voorlopig te stil. Ek dink jy moet solank die hospitaal bel en hulle verwittig van die pasiënt wat onderweg is."

Gehoorsaam, soos 'n eerstejaar-verpleegster, verlaat Gerhard die vertrek om aan Elsa se versoek te voldoen. Nadat hy dit afgehandel het, keer hy terug na die stoep om tant Emma die volle besonderhede van die ongeluk te gee.

Hulle is nog besig om die ongeluk te bespreek, toe Elsa op die stoep verskyn en die klein skinkbordjie, wat met 'n wit doek bedek is, op die lae muurtjie plaas.

Gerhard kom ook sommer dadelik orent.

"Ek het 'n boodskap vir jou van dokter Dreyer, Elsa," sê hy en kom langs haar staan, tot groot ergernis van Heleen, wat hulle met arendsoë bespied. "Hy wil weet of dit vir jou moontlik sal wees om met die operasie te help, indien dit blyk dat 'n operasie noodsaaklik is."

"Maar natuurlik is 'n operasie noodsaaklik!" roep sy effens geraak uit. "Of dink jou dokter Dreyer miskien ek is onnosel? Het jy nie vir hom gesê dis 'n nóódoperasie nie?"

"Ek het," glimlag Gerhard goedig, "en dis juis waarom hy jou hulp nodig het, jou klein vuurvreter."

"En wat het jy toe vir hom gesê?" wil sy weer weet sonder om ag te slaan op sy troetelnaam vir haar.

'n Ondeunde lig verskyn meteens in Gerhard se oë.

"Net dat ek seker is dat jy nie sal omgee om hom te help nie, en dat hy asseblief sy hande en sy oë slegs by sy pasiënt moet bepaal en nie by die parmantige swartkop-teatersustertjie nie. Jy sien, hy is 'n wewenaar –"

"Loop, jy is nou skoon laf," val sy hom met 'n verontwaardigde blos in die rede. "Ek weier om langer na sulke onsin te luister. Dank die hemel, daar kom Frik-hulle eindelik aan."

Sy neem die skinkbordjie van die muur af en stap haastig na die motor wat nou voor die deur stilhou, met Gerhard knaend aan haar sy. Ook die ander drie volg hulle na Frik se motor, en Heleen is gou by om besitlik by Gerhard in te haak en sy aandag van die swartkop af te weer.

"Gaan dit nog goed hier binne?" vra Elsa sag toe Frik uitklim en by hulle aansluit.

"Ek weet nie," antwoord hy bekommerd. "Die kêreltjie kerm aanhoudend van pyn, en hy is so bleek soos die dood."

"Toe maar, ek sal nou 'n einde aan die pyn maak," stel sy Frik gerus. "Maak net vir my die motordeur oop, asseblief, en hou vir my hierdie skinkbordjie vas."

Elsa klim agter by die pasiëntjie in en neem eers sy pols. Dan steriliseer sy die kind se arm bokant die elmboog, neem die onderhuidse spuitjie op en vul dit met die verlangde hoeveelheid spuitstof.

Met 'n geoefende hand dien sy die inspuiting toe, hou dan die spuitjie na Gerhard uit en vra beleef: "Sal jy die spuitstof en die spuitjie asseblief vir my gaan bêre? As ek dokter Dreyer behulpsaam moet wees, sal ek nou dadelik moet vertrek om toesig te gaan hou oor die verpleegsters wat die teater gereed moet maak vir die operasie –"

"Tant Emma sal sorg dat dit veilig gebêre word," val hy haar bedaard in die rede en help haar versigtig uit die motor. "Ek gaan jou persoonlik by die hospitaal besorg, anders kom jy dalk nie heel en lewendig daar aan nie." Hy draai hom na Heleen en Nico. "Ek vrees julle sal ons moet verskoon," sê hy vriendelik.

"Kan ek nie ook saamry nie, Gerhard?" vra Heleen met 'n soet glimlaggie en oë vol beloftes, wat Elsa haar asem laat ophou dat Gerhard dalk ja gaan sê. Heleen se ligsinnige geselskap is inderdaad die allerlaaste wat sy op hierdie oomblik verlang.

Maar Gerhard stel haar gelukkig nie teleur nie toe hy beslis verklaar: "Nie vandag nie, Heleen. Elsa gaan besig wees in die hospitaal en ek het sake om af te handel op die dorp. Ek sal jou op 'n ander dag dorp toe neem wanneer ek dit nie so druk het nie."

Ofskoon Elsa nie eens in die blondine se rigting kyk nie, is sy tog bewus van die haat en afguns in die jonger meisie se oë wat sy op haar voel brand. Sy weet momenteel nie of sy moet lag of die meisie moet bejammer nie, want so 'n abnormale jaloesie is inderdaad 'n siekte – 'n siekte van die gees.

Maar dan hoor sy Gerhard aan Frik sê: "Julle moet maar solank ry, ou maat. Ek gaan net gou verklee. En onthou, as ek my motor se toeter druk, moet jy asseblief padgee sodat ek verby kan kom. Dit is noodsaaklik dat Elsa voor die pasiënt arriveer, sodat sy ten minste die mense kan ontmoet saam met wie sy in die teater sal moet werk."

Na hierdie versoek van Gerhard, klim Frik haastig in sy motor en weldra is hulle onderweg na die hospitaal.

8

Dit neem Gerhard nie lank om te verklee nie, en 'n kwartier later ry sy motor geruisloos oor die werf.

Etlike minute spoed hulle in stilte voort, toe sê hy skielik met ligte spot in sy stem: "Jy het nog nie eens dankie gesê vir die moeite wat ek doen om jou by die hospitaal te besorg nie, weet jy?"

Elsa kyk hom met 'n glimlaggie aan, en weer eens tref dit haar hoe hartbrekend aantreklik hy lyk in die liggrys snyerspak, wit hemp en donkergroen das, en sy voel hoe haar ontembare hart haar al weer in die steek laat deur abnormaal vinnig te klop asof sy ver gehardloop het.

Maar sy werp lighartig terug: "Toe maar, ek weet jy doen nie hierdie moeite slegs om my ontwil nie. As jy nie self sake op die dorp moes afhandel nie, sou dit jou heel waarskynlik glad nie geskeel het of ek lewendig by die hospitaal arriveer of nie."

Die ou bekende, skewe glimlaggie vorm weer stadig om sy mond toe hy haar vlugtig sydelings aankyk.

"Dis presies waar jy jou vergis, want ek het geen persoonlike sake om af te handel nie."

"Maar jy het dan gesê —"

"Ek weet," val hy haar sag in die rede. "Maar ek het dit uitsluitlik gesê omdat ek jou graag 'n rukkie alleen wil spreek."

"Jy . . . wil my spreek!" Sy kyk hom met onverbloemde verbasing aan. "Waaroor wil jy my spreek?"

"Dis in verband met Heleen," begin hy ernstig. "Ek merk dat jy haar nie juis . . . wel . . . sal ons maar sê, baie vriendelik gesind is nie . . ." Hy bly meteens stil, asof hy nie seker is of hy moet voortgaan nie.

"Ek luister. Gaan voort, Gerhard," moedig sy hom bedaard aan, maar innerlik voel sy glad nie so kalm as wat sy voorgee nie.

"Wel," begin hy weer, "sy het vroeër vanoggend, nadat jy na Boskloof vertrek het, met my oor die saak gesels. Ek vrees sy voel bitter ongelukkig oor jou vreemde houding. Ek kan dit self ook nie begryp nie, want jy was tant Emma, Selma en Alta sommer van die eerste oomblik af vriendelik gesind."

Een oomblik voel Elsa dat haar bloed kookpunt bereik het, en die volgende oomblik voel sy weer lus om hardop aan die lag te gaan oor Heleen se skynheiligheid. Maar sy hou haar in en vra ewe onskuldig: "Sy het nie miskien voorgestel dat jy my vra om Kaalbult te verlaat en elders te gaan woon tydens haar verblyf by jou aan huis nie?"

"Ek dink jy is nou sommer opsetlik katterig, Elsa," antwoord hy met jobsgeduld. "Hoe op aarde kan sy so 'n voorstel maak, wanneer sy net so goed soos jy en ek weet dat Kaalbult net sowel aan jou behoort as aan my? Sy het my slegs vertel hoe diep ongelukkig sy voel oor jou onvriendelikheid, en dat sy oortuig is dat jy nie van haar teenwoordigheid op Kaalbult hou nie."

"So!" glimlag sy wrang. "Dit klink interessant. Sy het jou nie miskien gesê wat die rede is vir my onvriendelikheid nie? 'n Mens is tog nie onvriendelik sonder 'n grondige rede nie, of hoe? Maar ek begryp volkome. Sy is die soort wat tot vervelens toe sal uitwei oor ander se tekortkominge, maar haar eie agterbaksheid en skynheiligheid hou sy so dig soos 'n graf . . ."

"Skynheiligheid? Wat presies bedoel jy, Elsa?" roep hy nou ietwat gesteurd uit.

Maar Elsa laat haar glad nie daardeur van stryk bring nie. Sy maak nie graag 'n moordkuil van haar hart nie. En wat haar betref, het sy nou net soveel van Heleen verdra as wat sy moontlik kan verduur. Daarom maak sy nou geen geheim meer van haar ergernis nie toe sy onomwonde sê: "Ek het bedoel presies wat ek gesê het. As Heleen my vriendskap wil wen, sal sy dadelik moet uitskei met haar afgunstigheid, jaloesie en skynheiligheid. Vir jou inligting: ek is glad nie gretig om vriende te wees met haar soort nie. En nou basta met jou Heleen. Sy het nie die vaagste benul wat goeie maniere beteken nie."

"Wel, as dit is hoe jy teenoor Heleen voel, is ek inderdaad jammer," laat Gerhard nou diep teleurgesteld hoor. "Ek hoop jy begryp dat ek haar nie sommer 'n dag na haar aankoms op Kaalbult kan vra om weer te vertrek nie."

Hulle nader Frik se motor. Soos afgespreek, druk Gerhard die toeter 'n paar keer. Dan ry hulle by die roomkleurige voertuig verby, en na 'n rukkie sê Gerhard weer: "Ek wens jy was Heleen 'n bietjie vriendeliker gesind, Elsa. Regtig, ek kan my nie voorstel hoe die lewe op Kaalbult gaan wees te midde van soveel onvriendelikheid nie ... En dit is alles so onnodig!"

'n Oomblik is dit stil in die voertuig. Elsa staar verwese voor haar uit. Sy voel soos 'n standbeeld – sprakeloos, koud, roerloos. Slegs haar oë deurdrenk van pyn en hartseer, en tog het sy al die tyd vermoed dat daar 'n verhouding tussen Gerhard en Heleen bestaan. Sy byt op haar onderlip en trek maar weer die masker van onverskilligheid oor haar gesig toe sy sag sê: "As jy bevrees is dat ek moontlik die lewe vir jou en Heleen gaan vertroebel op Kaalbult, wil ek jou dadelik die versekering gee dat jy jou glad nie daaroor hoef te bekommer nie, Gerhard. Ek sal in elk geval nog net twee dae gedurende die dag tuis wees. En wanneer ek bedags werk, gaan kruip ek gewoonlik vroeg saans in die bed. Derhalwe sal julle maar baie min van my te sien kry. En volgende week gaan julle my miskien glad nie sien nie, want sodra ek sewe-uur van diens af gaan, sal ek reguit na Boskloof moet gaan om Alta en die baba te versorg." Sy gee 'n kortaf, hartseer laggie. "Ek hoop ek het jou nou oortuig dat julle rus en vrede geensins in gevaar staan om deur my teenwoordigheid verongeluk te word nie."

Toe sy geen antwoord van goedkeuring van Gerhard kry nie, kyk sy stadig op na hom en merk meteens die donker frons op sy breë voorkop en die onvergenoegde trek om sy mond wat afdoende bewys lewer dat hy bitter omgekrap is.

"Ek kan jou eerlikwaar nie verstaan nie, Elsa," sê hy weer na 'n rukkie. "Vriendelikheid kos tog niks, en 'n mens hoef nie noodwendig van 'n persoon te hou om vriendelik te wees nie. Ek veins dikwels vriendelikheid ..."

"Asseblief, Gerhard," keer sy nou effens moedeloos. "Laat ons tog in hemelsnaam hierdie argument staak. Ek het jou flussies gesê dat ek oor drie dae baie weinig tuis sal wees. Maar as my teenwoordigheid in daardie paar minute wat julle my miskien wel sal sien nog die atmosfeer in jou huis bederf, belowe ek jou dat ek sonder versuim in die dorp sal gaan loseer en daar sal bly vir die res van Heleen se verblyf op Kaalbult. Vir môre en oormôre sal ek wel geskikte reëlings tref sodat daar rus en vrede in jou huis kan wees."

Sy lippe is styf op mekaar geklem en Elsa merk hoe sy kneukels wit vertoon op die stuur van die motor. Dan kom sy stem laag en grof: "Wel, regtig, om jou te hoor praat, sal 'n mens sê dat Kaalbult slegs aan my behoort . . ."

"Ek het dit nog nooit in 'n ander lig beskou nie," werp sy tussenbeide. "Ek is ook nou meer oortuig as ooit dat oom Helgaard verkeerd gehandel het om my as mede-erfgenaam van Kaalbult te benoem. Jy moes sy enigste erfgenaam gewees het, Gerhard. Dan was Paul en ek nou nog in Pretoria, en jy en Heleen sou in rus en vrede hier op Kaalbult gewoon het." Daar is 'n onbeskryflike pyn in haar hart, maar sy vervolg moedig: "Maar dis nog nie te laat om dinge te verander nie, Gerhard. Ek het slegs nodig om Kaalbult te verlaat om my erfenis te verbeur. Maar daaroor sal ek oor 'n week of twee besluit."

Sy weet dat dit – noudat sy Gerhard liefhet – vir haar hartverskeurend sal wees om die plaas te verlaat en hom nooit weer te sien nie. Maar sy verkies dit veel eerder as om sy en Heleen se geluk te moet aanskou, wanneer haar eie hart ween vir die liefde wat sy nog nooit van hom ontvang het nie.

"Wat presies bedoel jy, Elsa?" hoor sy hom meteens streng vra. Sy merk dat die kneukels van sy hande nog witter word toe sy vingers skielik stywer om die stuurwiel sluit. Sy weet hy voel nou diep onthuts. Maar daaroor kwel sy haar nie veel nie. As hy dan so begaan is oor die skynheilige Heleen se geluk, rus en vrede, behoort hy immers bly te wees om van haar, Elsa, ontslae te wees.

Sy forseer 'n glimlaggie op haar gelaat. Dan draai sy haar gesig effens weg sodat hy nie dalk die pyn in haar oë, wat tog nog in 'n onbedagsame oomblik agter die masker uitloer, opmerk nie, toe sy sag sê: "Jy weet goed wat ek bedoel, Gerhard."

"Dat jy Kaalbult wil verlaat?"

"Ja, dat ek Kaalbult vir goed sal verlaat indien my teenwoordigheid na 'n week of twee nog in jou huis moeilikheid veroorsaak," antwoord sy sag. "Ek was nog nooit in my lewe 'n steen des aanstoots vir ander mense nie en ek gaan dit ook nie nou wees nie."

"As jy net 'n bietjie vriendeliker wil wees teenoor Heleen . . ." begin hy weer, maar Elsa gee hom nie geleentheid om meer te sê nie. Van Heleen is sy nou tot oorlopens toe vol, daarom roep sy kwaai en met smeulende oë uit: "Asseblief, moet nooit weer met my oor Heleen praat nie, Gerhard! Van haar skynheiligheid het ek nou net soveel gehad as wat ek kan verduur."

Dis asof Gerhard meteens skrik. Soveel heftigheid het hy beslis nie van Elsa verwag nie, en dit wil vir hom nou al lyk asof daar meer agter die saak skuil as slegs Heleen se klagte. Derhalwe paai hy nou verdraagsaam: "Kom, Elsa, dit is beslis nie goed vir jou senuwees om jou te ontstel nie. Sê my liewer wat het Heleen jou aangedoen dat jy haar nie kan verdra nie?"

"Dit maak nie saak nie," antwoord sy kortaf, bevrees dat sy dalk enige oomblik in trane kan uitbars.

"Maar ek dring aan daarop," hou hy vol. "Ek wil weet wat sy jou aangedoen het!"

Met glimmende oë draai Elsa haar na hom en gluur hom kwaai aan.

"Ek wens jy wil hierdie onderwerp nou staak, Gerhard. Ek is nie 'n nuusdraer nie . . . ek wás nog nooit een gewees nie. Ek is ook nie so 'n swakkeling om met my probleme na ander te hardloop nie. Wat Heleen met haar verwronge en gewetenlose siel my aangedoen het, is my saak. Moet net nie van my verwag om 'n vriendelike gesig vir haar op te sit nie, want dit sal net te veel gevra wees. En as dit jou nie geval nie, moet jy my nou sê sodat ek vandag nog van Kaalbult af kan padgee."

Hoeveel moed en krag dit van Elsa geverg het om hom hierdie laaste sin toe te voeg, sal Gerhard heel waarskynlik nooit weet nie, want van haar gevoel vir hom laat sy niks deurskemer nie; slegs die hartseer trekkie om haar kwesbare mond toon dat sy diep seer voel.

"Ek sal dit nooit toelaat dat jy jou erfenis verbeur nie, Elsa," laat hy sag hoor. Dis vir hom nou geen geheim meer nie dat sy diep seer voel, en dat Heleen vir daardie seer verantwoordelik is. Derhalwe dring hy nie verder daarop aan dat sy vriendeliker met Heleen moet wees nie. As Heleen haar doelbewus Elsa se onvriendelikheid op die hals gehaal het, het sy hoegenaamd niks om oor te kla nie en moet sy maar die gevolge dra.

Hulle ry die dorp binne en draai weldra in by die dwarsstraat waar die hospitaal geleë is. En toe hulle eindelik deur die groot hek ry, merk Gerhard weer sag op: "Na die operasie afgehandel is, kan ons êrens gaan eet, en dan besluit wat ons daarna gaan doen."

Hierop antwoord Elsa egter nie, en die volgende oomblik hou hulle voor die hoofingang van die groot, wit gebou stil.

Hulle tree die gebou binne en die eerste aan wie Gerhard die swartkopsustertjie voorstel, is die vriendelike, middeljarige matrone by wie Gerhard al jare lank 'n groot gunsteling is.

"So, dan is u suster Vermaak wat van Maandag af voltyds diens gaan doen in ons teater," glimlag die matrone vriendelik nadat albei die bekendstelling erken het. "Die dametjie wat haar beroep bo die luilekker lewe op Kaalbult verkies!"

"Ek hoop dat u nie ook dink dat ek onsinnig is nie, Matrone," glimlag Elsa ewe vriendelik terug, en dis vir Gerhard terstond duidelik dat Elsa sommer baie van die matrone hou. Dit laat hom egter weer dadelik aan haar onvriendelikheid jeens Heleen dink, maar nie vir lank nie, want dan hoor hy die matrone nou minder formeel sê: "Ons het jou gans te nodig, Suster, om sulke onvriendelike gedagtes oor jou te koester. Glo my, dokter Dreyer kan al nie meer wag tot jy voltyds diens aanvaar nie."

"Ek verlang al self om weer in die tuig te wees," verseker Elsa die matrone met groot erns.

Dan hoor sy Gerhard skielik sê: "Kyk, ek besef terdeë dat julle Elsa se diens baie nodig het, Matrone, maar onthou asseblief een ding: ek laat Elsa bedags in jou sorg en ek eis dat jy persoonlik toesien dat nie een van julle doktertjies haar van Kaalbult probeer wegrokkel nie ..."

"Kom, Gerhard, jy is nou skoon van jou wysie af," maak Elsa hom met 'n verleë laggie stil, onbewus van die betekenisvolle blik wat hy vlugtig met die matrone wissel.

"Nee, my liewe kind, ek is allesbehalwe van my wysie af. Maar kom, ek dink stellig dis tyd dat jy ons superintendent van die hospitaal ontmoet, die man saam met wie jy van Maandag af in die teater sal moet werk."

Elsa is ietwat teleurgesteld in dokter Dreyer se voorkoms. Wat sy presies verwag het, weet sy nie, maar dit was baie beslis nie so 'n klein bleskopmannetjie nie.

Sy word egter baie vriendelik ontvang deur die vyf en veertigjarige superintendent, en sy besluit dat alle mans vir haar maar klein en onbenullig sal vertoon langs Gerhard.

Dokter Dreyer vra Elsa noukeurig uit na die toestand van die beseerde kind en hoe ernstig sy voet beskadig is. Sy beskryf die besering kortliks in tegniese terme, en vertel hom dan van die inspuiting wat sy die pasiënt toegedien het.

"In daardie geval," konstateer die arts, "is 'n noodoperasie beslis onvermydelik ..."

"En u is in bevel van die teater, suster Verster," las die matrone saaklik by.

Elsa kyk die superintendent en die matrone beurtelings aan,

glimlag haar vriendelike glimlaggie wat haar gewoonlik so be-mind maak onder die pasiënte en verpleegsters, en sê rustig: "In daardie geval sal u my seker verskoon sodat ek toesig kan gaan hou oor die voorbereidings in die teater." Sy kyk die matrone vraend aan. "As u my sal beduie in watter rigting die teater geleë is . . ."

"Aangesien die pasiënt nog nie gearriveer het nie, sal ons jou na die teater vergesel, Suster," kondig dokter Dreyer vriendelik aan.

'n Aangename gevoel van tuiswees spoel warm en opwinding oor Elsa toe die arts die groot skuifdeure van die teater oopskuif en haar beduie om in te gaan. Die matrone en Gerhard volg hulle na binne.

Dis mý wêreld hierdie! dink sy met genoegdoening toe hulle deur die silwerskoon teater beweeg na die opwaskamer, en daarna na die steriliseerkamer, die dienskamer en die hand-skoenkamer. Die lugsuiweraar in die dak van die teater gons saggies en die bekende geur van ontsmettingsmiddels hang nog effens in die lug.

Dit is vir Elsa sommer met die eerste oogopslag baie duidelik dat die teater heel luuks ingerig is en sy kan nie help om kom-mentaar daaroor te lewer nie.

"Die pasiënt behoort nou enige oomblik te arriveer. Ek sal solank die ooijasse, handskoene en instrumente nagaan. Maar sê my eers, wie is die narkotiseur en wie gaan vir u assisteer, Dokter?"

Dokter Dreyer rits die name van twee onbekende dokters af.

Dan sê die matrone met 'n ingenome glimlaggie: "Jy het nog nie gevra waar die verpleegsters is nie, Suster."

Elsa begin saggies lag.

"Ek weet u sal hulle sonder versuim verskaf, Matrone," ant-woord sy goedig. "Maar om naastenby die regte grootte jas en handskoene gereed te hê, is dit noodsaaklik dat ek weet wie

437

die narkotiseur is en wie vir dokter Dreyer gaan assisteer. Ek ken die twee dokters natuurlik nie, maar ek veronderstel die verpleegsters sal weet watter groottes hulle verlang." Sy bloos liggies. "Ek vrees my wagwoord in die teater is deeglikheid en noukeurigheid."

Die arts skud sy hoof instemmend, asof Elsa 'n groot waarheid kwytgeraak het, en die matrone verklaar goedkeurend: "Dis 'n baie goeie beleid, en ek het so 'n aangename voorgevoel dat ons geen teaterprobleme meer gaan hê nie, Dokter."

"Ja, dit sal inderdaad 'n seën wees om 'n bekwame suster hier in bevel te hê," beaam die bleskopmannetjie. "Ek weet nie waarom Gerhard haar nie lankal aan ons afgestaan het nie."

Die jong boer knipoog ondeund vir die matrone en verklaar met 'n sagte laggie: "Gerhard sou haar glad nie aan julle afgestaan het as sy nie so hardnekkig volgehou het dat sy nog 'n rukkie wil werk nie. Maar wag, ek moet seker nou gaan." Hy plaas 'n vaderlike arm om Elsa se skouertjies en kyk haar met laggende oë aan. "Jy moet jou gedra, kleinding. Ek wil nie hoor dat jy vir hierdie sluwe klomp doktertjies ogies maak nie ... Ek sal in die motor vir jou wag."

As sy nie die ondeunde vonkeling in sy oë gemerk het nie, sou Elsa hom sweerlik 'n afjak gegee het. Maar sy sê slegs: "Arme dokters wat nou al selfs bestempel word as slu." Sy kyk dokter Dreyer met 'n geamuseerde glimlaggie aan en skuif ongemerk onder Gerhard se arm uit. "Gerhard bekommer hom morsdood dat ek straks met 'n professionele man sal trou, wat vir hom natuurlik van geen waarde op Kaalbult sal wees nie. Ek het hom al gesê dat hy die hele plaas kan neem, vir al wat ek omgee. Maar daarvan wil hy ook nie hoor nie; hy vrees blykbaar dat die gemeenskap sal sê hy het my van die plaas af verdryf."

Hulle gesels nog 'n rukkie oor Kaalbult en die gesonde lewe op die plaas, toe verlaat die drie die vertrek en Elsa bevind haar 'n paar aangename oomblikke lank alleen tussen al die bekende voorwerpe. Maar ook net 'n paar minute, toe meld twee verpleegsters hulle aan in die opwaskamer waar sy besig is om haar hande te skrop.

Hulle groet die aantreklike sustertjie met die byna swart oë baie beleef en bedaard, want 'n suster is gewoonlik 'n persoon uit wie se pad 'n verpleegster met graagte bly. En as die suster dan nog boonop 'n nuwe toevoeging tot die personeel is, loop al wat verpleegster is maar bra lig vir haar.

Elsa was self ook etlike jare gelede 'n leerlingverpleegster, dus weet sy presies hoe hierdie twee voel wat nou soos rekrute op aandag voor haar staan.

'n Vriendelike glimlaggie sprei om haar mooi mond toe haar oë die twee se voorkoms en skynbare bekwaamheid vlugtig inneem en opsom. Haar glimlaggie werk soos 'n towerslag, want sy merk hoe die spanning op die twee se gesigte plek maak vir verligting.

"Vertel my eers wat julle name is en hoe lank julle al verpleeg," sê sy onderwyl sy haar hande aan 'n handdoek afdroog.

"Ek is Minnie Fourie, en nou in my vierde jaar, Suster," antwoord die kortste van die twee nou meer vrymoedig.

"Ek is Erna Kessel en in my derde jaar, Suster," kom dit ewe vrymoedig van die ander een.

"Gaaf," glimlag Elsa weer. "Ek veronderstel julle weet wie ek is." Sy kyk die twee 'n slag berekenend aan, verduidelik kortliks die omvang van die operasie en hervat: "Verpleegster Fourie, jy kan solank die instrumente steriliseer en die skinkbord dek. En jy, verpleegster Kessel, kry solank die deppers, verbande, handskoene en oorjasse gereed. Dokter Conway is die narkotiseur en dokter Lombard assisteer."

Dis vir haar verblydend om te sien met hoeveel ywer die twee verpleegsters elke taak volvoer en nie 'n oomblik skroom om haar te nader waar hulle kennis te kort skiet nie. Sy hoop heimlik dat sy in die vervolg altyd hierdie twee tot haar beskikking in die teater gaan hê, want daar is vir haar niks op aarde so irriterend nie as 'n onhandige of 'n lomp verpleegster wat ewig iets laat val of in 'n voorwerp vasloop.

Onder Elsa se bekwame toesig is die teater binne vyftien minute gereed vir die pasiënt om ingestoot te word. Dan gaan skrop sy haar hande weer sorgvuldig en trek die steriele oorkleed aan. Dieselfde oomblik kom die drie artse ook die vertrek binnegestap en Elsa word aan die twee jong dokters voorgestel.

Die drie begin hulle ook sommer dadelik gereedmaak vir die operasie wat voorlê.

"Jou diagnose was volkome korrek, Suster," voeg dokter Dreyer haar met 'n goedkeurende glimlaggie toe onderwyl sy die bandjies van sy masker vasbind.

Sy hoor hoe die groot deur van die teater oopskuif, hoe die twee teaterverpleegsters die pasiënt in ontvangs neem, die waentjie na binne stoot en die seuntjie op die operasietafel versorg. Dan stap sy in die rigting van die teater en versoek die ouer verpleegster saaklik: "Verpleegster Fourie, kom skrop asseblief, en sorg dat jou hande steriel bly."

Na hierdie versoek gaan help sy weer die ander twee dokters met hulle maskers, en etlike minute later is die span gereed vir die delikate operasie wat die chirurg moet uitvoer.

Dis byna eenuur toe die pasiënt uit die teater gestoot word en Elsa en die twee verpleegsters hulle maskers verwyder en van die oorjasse ontslae raak.

Onderwyl sy haar hande was, gee sy die twee verpleegsters instruksies om die teater weer netjies op te ruim. Dan versorg sy weer haar hare en knap haar grimering op. Daarna groet sy die twee verpleegsters met 'n vriendelike: "Sien julle weer Maandagoggend," en verlaat die teater.

Haastig begeef sy haar na die matrone se kantoor en tref ook dokter Dreyer en Gerhard daar aan.

440

"A, ons was nou net besig om van jou te skinder, suster Verster," begroet die arts haar met 'n breë glimlag.

"Dan is ek regtig jammer dat ek u gesteur het, Dokter," glimlag sy terug "In elk geval, ek kom sê net tot siens, dan kan u maar weer met die gesprek voortgaan."

"Dokter Dreyer skiet nou sommer met die hele vark, Suster. Hy het ons slegs van u bekwaamheid verwittig," keer die matrone gemoedelik en kyk die jong meisie met 'n sagte blik aan.

"Wel, as dokter Dreyer my darem bekwaam genoeg vind, sal ek my vir seker Maandagoggend vir diens aanmeld, Matrone," kondig Elsa bedaard aan. "Maar terloops, ek het nog geen aansoekvorm ingevul nie."

"Ja, daar is ook nog 'n ander saak," begin die arts. "Ek verlang dat jy 'n kontrak met ons sluit –"

"O nee, Deon, daar sal niks van kom nie," val Gerhard die arts haastig in die rede en kom terselfdertyd orent uit die stoel. "Jy stel Elsa tydelik aan, of jy stel haar glad nie aan nie . . . Die keuse is joune."

"Maar Gerhard . . ." begin Elsa verdraagsaam.

Dog Gerhard maak haar dadelik stil met 'n besliste: "Geen maars nie, Elsa. Ek weet wat ek doen. En dit sal jou absoluut niks baat om sonder my toestemming 'n kontrak te teken nie. As jou voog het ek al die reg in die wêreld om dit ongeldig te verklaar."

"Maar ek was vier jaar gelede al mondig . . ."

"Die dag wanneer jy in die huwelik tree, sal jy meesteres van jou eie lewe wees en daarmee kan maak wat jy wil, maar voor dit beslis nie." Hy kyk haar streng aan. "Jy is my verantwoordelikheid, Elsa, en moet dit nooit vergeet nie. Kom ons ry. Ek vergaan al van die honger."

"Wel, regtig, ek dink jy is vervlaks selfsugtig, Gerhard," kan Deon Dreyer nie help om openlik teleurgesteld te sê nie. "Jy sit met die persoon in jou besit wat vir ons oneindig baie kan beteken en wat op die plaas vir jou tog van geen waarde is nie, en nogtans weier jy dat sy haar kragte saam met ons in 'n lewensbelangrike saak inwerp."

"Wie sê vir jou dat Elsa op Kaalbult vir my van geen waarde is nie?" skiet Gerhard die vraag ietwat venynig en met flitsende oë uit, presies soos 'n boosaardige hen wat haar enigste kuiken teen onheil beskerm.

'n Kort oomblik kruis die twee mans se oë soos swaarde, meet hulle mekaar in stilte. Dan draai dokter Dreyer hom skielik om en beweeg tydsaam na die deur.

"Goed, ek sal haar tydelik aanstel," voeg hy Gerhard oor sy skouer toe. By die deur draai hy hom bedaard na Elsa en Gerhard, groet hulle met 'n beleefde "tot siens" en verlaat die vertrek.

Toe die arts se voetstappe eindelik wegsterf, draai Gerhard hom sonder meer na Elsa en die matrone.

"Ek vrees ons sal nou moet gaan," kondig hy aan, nou weer volkome beheers. "Ek verneem die laerskool het vandag 'n kermis." Hy kyk Elsa bedaard aan. "Aangesien ek op die skoolraad dien, sal ons genoodsaak wees om die funksie by te woon en die saak te ondersteun. Voel jy lus vir 'n bietjie pret en plesier, of voel jy te moeg ná die verrigtinge in die teater?"

'n Oomblik wonder Elsa of dit raadsaam sal wees dat sy en Gerhard alleen in die openbaar saam gesien word, noudat hy heimlike planne koester om met Heleen te trou. Hy het dit vroeër, onderweg na die hospitaal, tog baie duidelik laat deurskemer dat Heleen se geluk by hom die swaarste weeg, en dat hy alles in sy vermoë sal doen om haar geluk te besorg.

Maar dan kom haar verraderlike hart weer onverbiddelik in opstand teen hierdie gedagte en sy sien geen nodigheid waarom sy haar nou juis oor Heleen se geluk moet bekommer nie. As Gerhard verlang dat sy hom na die funksie moet vergesel, waarom sal sy nie? Hy is in elk geval nog nie met Heleen getroud nie en buitendien weet almal blykbaar al dat hy haar voog is.

"Ons kan maar die kermis bywoon," antwoord sy eindelik so kalm as wat haar gefrustreerde emosies haar toelaat. "Ek voel glad nie moeg nie."

"Nou kom, laat ons eers gaan eet," stel hy saaklik voor. Toe groet hulle die matrone en vertrek.

Na ete, wat hulle in die dorp se enigste hotel geniet het, vertrek hulle onverwyld, hou 'n paar minute later voor die skoolgebou stil en klim uit. Elsa merk dat dit al oor drie is en dat die funksie al in volle swang behoort te wees.

Vanuit die ruim saal kom die geruis van stemme, gemeng met die vrolike gelag van mense wat skynbaar baie plesier het. Kinders kom en gaan, mans staan in groepies rond op die skoolterrein waar daar skyfgeskiet word.

"H'm, dit klink vrolik hierbinne," merk Gerhard op toe hulle die groot saal betree.

Elsa wil iets opgewek sê, maar dan verstar haar blik meteens, want daar, nie vyf treë van hulle af nie, staan die trio – Anna, Maryna en Freek – wie se gesprek sy en Paul die middag met hulle aankoms in Vreden teen wil en dank in die restaurant moes aanhoor.

Die swartkop voel terstond lus om hardop aan die lag te gaan. Sy voel hoe 'n onbedwingbare lagbui in haar keel opstoot en sy is verplig om haar mond in haar sakdoek te verberg en 'n onbedaarlike hoesbui te veins.

Ja, dis sowaar die praatsiekе trio, flits dit deur haar gedagtes, maar sy sê hardop: "Dit lyk byna asof die hele dorp hier is."

"Dis gewoonlik die geval met sulke funksies," hoor sy Gerhard sê en merk uit die hoek van haar oog hoe Anna na haar en Gerhard staar, liggies aan Maryna se arm stamp en iets aan haar fluister.

Maar dan neem Gerhard haar arm en stuur haar genadiglik by die trio verby sonder om eens in hulle rigting te kyk.

Binne-in die saal heers 'n vrolike atmosfeer van feestelikheid. Dit lag en praat deurmekaar – plaasboere en dorpenaars gemeng.

Oral staan groepies en gesels. Dit is slegs met sulke funksies, en tydens Nagmaal, natuurlik, dat daar so 'n groot byeenkoms op Vreden heers. Dan is almal in die dorp, en word daar oor alles en nog wat gesels asof hulle mekaar jare laas gesien het.

Agter die tafels is vrouens ywerig besig om hul ware aan die publiek te verkoop, terwyl 'n paar jong onderwysers en onderwyseresse tussen die mensemassa deur beweeg en lootjies verkoop vir koeke en ander items wat uitgeloot moet word.

Vir Elsa lyk dit kompleet soos 'n miernes wat oopgespit is, en vir die eerste maal wonder sy of hierdie mense, wat momenteel so vrolik en gesellig met mekaar verkeer, haar gaan aanvaar as een van hulle. Want indien sy moontlik later gedwing word om Kaalbult te verlaat, sal sy Vreden natuurlik haar tuiste maak, aangesien al haar belange – Paul en haar werk – nou in hierdie dorpie is.

Sy is nog diep in gedagte versonke toe Gerhard effens afbuig na haar en bedaard opmerk: "Ek gaan jou eers aan die mense voorstel." Hiermee bedoel hy die vooraanstaande mense van die dorp. "Daarna kan ons kyk wat hulle alles hier by die tafels verkoop." Daar is 'n gemengde uitdrukking van 'n glimlag en verwyt in sy oë toe hy vervolg: "Moontlik loop ons nog 'n sjokoladekoek hier raak wat vanoggend s'n, wat jy so gewetenloos voor my neus weggeraap het, kan vervang."

"Voel jy nog altyd teleurgesteld oor die koek?" glimlag sy terglustig.

Gerhard merk die vonkeling in haar fluweelsagte oë, en dit laat hom terstond weer dink aan haar lieftalligheid die aand toe Alta se baba gebore is. Met 'n hart wat warm klop, antwoord

444

hy in dieselfde luim. "Nie teleurgesteld nie, my kleinding, maar sommer prontweg die hoenders in." Hy glimlag geheimsinnig. "In elk geval, jy gaan nog boet vir daardie koek wat jy my vanoggend so wreed misgun het."

Geselsend kuier hulle in die rigting van 'n groepie mans wat by die plaaslike leraar staan en gesels. Dis die Engelse predikant, die burgemeester, die bankbestuurder, die landdros, die hoof van die skool, 'n prokureur en 'n paar ander lede van die skoolraad; almal vooraanstaande persone van Vreden en die distrik.

Gerhard los haar arm, groet hierdie vriende van hom en stel haar aan hulle voor.

Almal verwelkom haar vriendelik in hulle gemeenskap, en nadat die leraar die wens uitgespreek het dat hy hoop om haar elke Sondag in die kerk te sien, sit Gerhard die bekendstelling weer voort onder die dames en ander manlike vriende van hom.

'n Rukkie later loop hulle Selma raak, wat ook lootjies verkoop. Hulle staan 'n paar oomblikke met die lang, blonde meisie en gesels en nadat Gerhard en Elsa elk 'n lootjie by haar gekoop het, besoek hulle die tafels, doen 'n paar inkopies en neem dan aan etlike speletjies deel.

Elsa en Gerhard geniet dit so dat die ure verbysnel sonder dat hulle eens daarvan bewus is. Dit is eers toe die hoof van die skool aankondig dat daar nou braaivleis, pannekoek en koffie verkoop sal word, en dat die saal daarna beskikbaar sal wees vir die wat wil dans – die kaartjies kan voor by die deur gekoop word – dat Elsa en Gerhard tot die besef kom dat dit lankal sesuur was.

Sy voel Gerhard se hand op haar arm en toe sy opkyk na hom, vra hy versigtig en met 'n behoedsame blik in sy oë: "Sal ons bly vir die dans?"

"Ek ... weet nie," stamel sy effens. "Ek is nie geklee vir so 'n okkasie nie."

"Jy is paslik genoeg geklee," stel hy haar dadelik gerus. "Dis mos nie 'n formele dans nie!"

"Maar 'n mens dans tog nie met 'n uniform aan nie . . ."

"Verwyder dit dan," doen hy sonder erg aan die hand.

"Wat knyp en knel nou so gevaarlik wat verwyder moet word, Elsa?" vra Selma skielik agter haar, met haar blik betekenisvol gerig op Elsa se klein voetjies in die bruin verpleegsterskoene.

Die swartkop bars hartlik uit van die lag.

"Inderdaad is daar niks wat knyp en knel nie, my liewe Selma," antwoord sy.

"O, ek het gedink dis jou skoene wat verwyder moet word," glimlag die jonger meisie. "Maar sê my, gaan julle bly vir die dans?"

"Ja, ons sal beslis bly vir die dans," antwoord Gerhard haastig voordat Elsa nog 'n woord kon uitkry. "As julle my sal verskoon, gaan ek gou kaartjies koop."

Toe Gerhard 'n oomblik later tussen die mense deurvleg, neem Selma die swartkop aan die arm en lei haar effens uit die gedrang.

"Wie is die ongeskikte vroumens wat by julle op Kaalbult kuier?" vra Selma sonder doekies omdraai. 'n Vae glimlaggie huiwer om Elsa se lippe. Dis so tipies van Selma, dink sy geamuseerd om sommer so platweg met 'n ding voor 'n dag te kom. Ongeskik! Ja, sy is reg, Heleen is inderdaad ongeskik. En vanaand gaan sy natuurlik buite haarself van jaloesie wees omdat Gerhard mý na die funksie genooi het! Maar hardop sê sy: "Behalwe tant Emma en ek, is daar slegs een ander vroumens, Heleen Brink, 'n verlangse niggie van Gerhard . . . Maar waarom sê jy sy is ongeskik?"

"Waarom? Omdat sy geen maniere het nie, my hartjie!" roep Selma diep verontwaardig uit. "Reken, ek bel jou mos vanoggend om te verneem of jy en Gerhard ons skoolkermis gaan bywoon, en daar gee die Heleen-vroumens mos antwoord. In elk geval, ek vra haar toe ewe beleef of ek met jou kan praat en sy vertel my so ewe stuurs en kortaf dat jy nie tuis is nie. Maar ek vermoed toe nog nie dat die vroumens geen maniere het nie en ek vra, nog steeds vriendelik, of sy nie vir jou 'n boodskap sal gee nie ... Weet jy wat sê sy vir my?"

"Nee, ek sal nie kan raai nie," glimlag Elsa, oortuig dat dit geen vriendelike antwoord was nie.

"Sy sê toe mos so ewe vir my: 'Ek is jammer, dame, maar ek is nie 'n bode nie. Jou boodskap sal jy maar self aan Elsa moet aflewer.' En met dié plaas sy die gehoorbuis net daar terug ... Kan jy nou meer! Het jy al ooit iets meer ongemanierd teengekom as daardie ... daardie dierasie?"

'n Hartlike lagbui oorval Elsa meteens. Sy het Selma nog nooit so onthuts gesien nie. En toe haar lagbui eindelik bedaar, vee sy die trane uit haar oë en sê sag, gerusstellend: "Jou gramskap is volkome geregverdig, Selma. Ek stem heelhartig saam, dit is uiters ongemanierd om 'n mens so 'n dwars antwoord te gee. Maar jy weet klaarblyklik nog nie dat sy so jaloers is op my dat sy heimlik stuipe daarvan kan kry nie. Jy sien, sy lê met mening agter Gerhard en beskou my teenwoordigheid op Kaalbult gevolglik as 'n groot euwel en uiters ongewens."

"En wat sê Gerhard daarvan?"

"Gerhard, my liewe Selma, dink die son skyn uit haar," antwoord Elsa baie sag, hopende dat die blondine nie die pyn in haar stem hoor nie. "Jy sien, hy weet nog nie hoe slu en skynheilig sy werklik is nie."

"Maar dink jy hy sal met haar trou?" vra Selma na 'n rukkie, en Elsa merk die afkeurende trek op die altyd lewenslustige jong meisie se gelaat.

"Ek weet eerlikwaar nie," antwoord Elsa ietwat afgetrokke, "maar dit lyk so. Hy is vreeslik partydig vir haar. Hy het my selfs vanoggend uitgetrap omdat ek, volgens Madame, so bitter onvriendelik is met haar. Maar wie op aarde kan nou vriendelik wees met so 'n sluwe en skynheilige mens, vra ek jou?"

"Ja, dit is 'n moeilike saak," beaam Selma. "Maar ek weet eerlikwaar nie of Gerhard so blind sal wees om met so 'n dierasie te trou nie . . ."

"Liefde is blind, Selma ou kind," herinner Elsa haar met 'n sweem van 'n glimlaggie. "Korinthiërs 13 sê die liefde bedek alles, glo alles, hoop alles, verdra alles, en ek sê jou sy is beeldskoon. Maar wag, daar kom Gerhard nou terug. Laat ons die onderwerp verander. Vertel my, hoe gaan dit met Karel?"

Hulle twee is nog besig om oor Karel en sy pasiënte te gesels, toe Gerhard by hulle aansluit en terstond aankondig dat hulle gerus die braaivleis, pannekoek en koffie op die proef kan gaan stel.

9

Die dans het reeds begin en Gerhard is nog nie terug van die prinsipaal se kantoor nie, waar hy tant Emma gaan bel het om te sê dat hy en Elsa laat tuis sal wees, toe Karel die saal binnetree, sy oë soekend oor die menigte laat gly en dan met 'n breë glimlag op Elsa afstuur asof hy verwag het om haar hier tussen die dansende pare te vind.

"A!" roep hy sag en met 'n warmte van gevoel uit toe hy eindelik voor haar staan. "Wat 'n gelukkige man is ek om jou hier sonder 'n dansmaat aan te tref." Sy glimlag is warm en hartlik toe hy vervolg: "Kom ons dans, ou kinta, voor iemand anders jou voor my neus wegraap."

Met hierdie woorde neem hy Elsa in sy arms en swaai haar liggies tussen die dansende pare in; net betyds om te sien hoe Gerhard die saal binnekom, by die stoel vassteek waar Elsa gesit het, en dan sy blik gesteurd oor die dansende pare laat gly.

Uit die hoek van sy oog merk Karel op hoe Gerhard se lippe meteens in 'n dun, harde lyn trek toe sy blik eindelik op hom en Elsa rus.

Die man is jaloers, dink Karel, en 'n man is slegs jaloers op 'n nooi wanneer hy op haar verlief is. Maar Gerhard is gelukkig nog nie verloof aan haar nie, dus staan dit enige jong man vry om sonder sy toestemming met haar te dans.

Die musiek loop ten einde. Maar voordat Gerhard die swartkop kan bereik, daar waar sy aan die ander kant van die vertrek met Karel staan en gesels, begin die orkes al weer met 'n nuwe nommer en moet hy diep ontstoke staan en toekyk hoe Karel haar weer voor sy neus wegraap.

Hy merk die stralende glimlag op Elsa se mooi gelaat. Sy was nog nooit tevore vir hom so mooi nie, besef Gerhard, met stygende ergernis jeens die vrypostige Karel. Dis asof daar 'n verterende vuur in die meisie is; 'n vuur wat aangeblaas word deur haar stralende, lieftallige glimlaggie.

Maar Gerhard is 'n trotse man en laat dus niks deurskemer van sy liefde vir Elsa en sy wrewel jeens Karel nie. Slegs die harde trek om sy mond getuig van misnoeë; wat vir die teenwoordiges enigiets kan beteken.

Die volgende vier danse word Elsa deur ander jong mans opgeëis, met die gevolg dat Gerhard haar eers met die sewende dans vir homself kry.

Sy trotse gesig is hard en onverbiddelik toe hy en 'n jong prokureurtjie gelyktydig voor haar verskyn.

"Ek dink ek het Elsa nou lank genoeg vir julle geleen," voeg hy die jong man koud en hooghartig toe. Die volgende oomblik verskuif sy blik na Elsa en sy merk die koue, onverbiddelike lig in sy oë wat nou soos twee donkerblou, bodemlose poele lyk. "Hierdie dans is myne," sê hy weer. "Jy het nou lank genoeg met die mans geflankeer."

Elsa wil hom eers 'n skerp antwoord gee, hom vertel dat sy met die mans gedans het en nie met hulle geflankeer het nie, maar dan bedink sy haar, want waarna sal dit lyk as sy hier in die openbaar met hom staan en argumenteer? Dit sal slegs almal se aandag op hulle vestig, en buitendien is dit slegte smaak om in die openbaar rusie te maak.

Die volgende oomblik is sy slegs bewus van sy arm om haar en hulle passies wat so volmaak harmonieer, asof hulle gebore is om met mekaar te dans.

Dis 'n tango wat die orkes speel, 'n dans vol lewe en ritme, 'n dans wat Elsa se gramskap ongemerk soos mis voor die son laat verdwyn en haar elke oomblik daarvan laat geniet. Sy het nooit kon dink dat Gerhard so 'n geskoolde danser is nie, so ontspanne en selfversekerd op die dansvloer. Maar noudat sy daaraan dink, tref dit haar dat sy nog bitter min van hierdie man af weet.

Ja, behalwe dat hy wyle oom Helgaard se aangenome seun is, trots, oorheersend, gedetermineerd en 'n invloedryke persoon hier op Vreden en in die distrik, weet sy inderdaad niks van hom af nie. Hy is nou wel soms sag, vriendelik en toegewend, maar vir haar lyk dit asof dit slegs 'n dun lagie vernis is waarmee hy sy ware, onverbiddelike persoonlikheid bedek wanneer dit hom pas.

Sy verwonder haar soms aan die man – soos nou. Binne-in hom, weet sy, kook dit, omdat sy nou vir die eerste maal met hom dans en omdat sy die hele aand nog so vriendelik was met Karel; en tog is die aanraking van sy hande teer en sag, al hou hy haar effens stywer vas as wat nodig is ... Nie dat sy begryp waarom hy so onthuts moet voel omdat sy die hele aand met sy vriende gedans het nie. As sy nou byvoorbeeld Heleen was, stem sy saam, het hy al die rede in die wêreld gehad om omgekrap te voel. Maar sy is nie Heleen nie, sy is Elsa, die wavrag ergernis waarmee wyle oom Helgaard hom opgesaal het.

"Waarom frons jy so gevaarlik?" hoor sy Gerhard ineens met 'n

450

smalende intonasie in sy stem vra. "Is jy nou boos omdat ek jou voor daardie ambisieuse prokureurtjie se neus weggeraap het?"

"Ek dink jy probeer nou doelbewus om aanstootlik te wees," is egter al wat sy antwoord, draai haar gesig van hom af weg en staar met nikssiende oë na die dansende pare.

Gerhard se aanmerking het haar terstond nou al die genot van die dans ontneem, en sy is dankbaar toe die musiek eindelik ten einde loop.

Met sy linkerarm nog steeds om haar middeltjie, lei hy haar na 'n stoel en vra beleef of sy 'n koeldrank sal drink — wat sy ewe beleef bedank.

'n Oomblik later kondig die orkesleier 'n wisseldans aan, en val ook sommer weg met 'n vinnige, moderne deuntjie.

Dis 'n geruk en gepluk dat die rokkies sambreelstaan. Maar toe die jongklomp net mooi op dreef is met hul fyn, ingewikkelde passies, hou die musiek ewe skielik op en val weer net so skielik weg met 'n statige wals.

Elsa voel hoe 'n arm haar saggies omsluit, en toe sy opkyk, merk sy dat Karel weer eens haar dansmaat is.

Daar is 'n voldane glimlaggie om Karel se mond en sy kan nie help om saam te glimlag nie. Sy weet hy voel geamuseerd omdat hy haar weer eens voor Gerhard se neus weggeraap het.

Haar laaste dansmaat is egter weer Karel, en toe die musiek ten einde loop, stuur hy haar doelbewus by 'n sydeur uit.

"Ek dink dis hoog tyd dat jy 'n oomblikkie rus en asem skep," verduidelik hy en lei haar sonder meer na die personeel se ruskamer. "Ek merk dat jy nog nie een dans uitgesit het nie, en dis al oor tien."

In die ruskamer dui Karel haar 'n bank aan om op te sit. Hy wag eers totdat sy sit, neem dan langs haar plaas en vra belangstellend uit na die operasie waarmee sy dokter Dreyer vroeër die dag behulpsaam was. Daarna gesels hulle oor die kermis en ander algemene sakies.

Dit was lankal halfelf toe Elsa en Karel weer die saal betree en hulle byna vasloop in Gerhard, wie se gesig koud en stormagtig lyk.

"Kom," beveel hy Elsa kortaf. "Ek dink dis tyd dat ek jou huis toe neem."

Hy groet Karel met 'n byna onmerkbare knik van sy trotse hoof, bied Elsa kwalik die geleentheid om die jong arts behoorlik te groet, toe neem hy haar arm en lei haar stug en nukkerig na waar sy motor voor in die straat staan. Vir die jong meisie is dit baie duidelik dat hierdie boerseun bitter omgekrap is, derhalwe volg sy hom gedwee na sy motor.

'n Voelbare stilte heers in die motor onderwyl hulle op pad is na Kaalbult. Nie een praat 'n woord nie – Gerhard omdat hy op die oomblik te omgekrap voel en moontlik dinge mag sê waaroor hy later spyt sal wees en Elsa omdat sy al geleer het om vir hom lugtig te wees wanneer hy in so 'n ongenaakbare bui verkeer.

Sy werp 'n vlugtige blik sydelings op Gerhard wat so stil en regop agter die stuur sit. In die dowwe lig van die paneelbord lyk sy gestalte vir haar skrikwekkend groot en daar is iets van 'n ongetemde dier in die uitdrukking op sy stroewe gelaat en die houding van sy trotse hoof.

Sy voel intuïtief aan dat sy hierdie man nie moet onderskat nie, dat hierdie swye van hom die spreekwoordelike stilte voor die storm is. Sy wag op wat gaan kom en staal haar onbewus daarteen; al weet sy nog nie eens wat die rede vir sy gramskap is nie.

Die stilte rek langer en langer, en Elsa het net 'n sug van verligting gegee toe die groot herehuis van Kaalbult soos 'n donker kolos voor hulle opdoem, toe hoor sy Gerhard skielik smalend sê: "Dankie vir die wonderlike aand, Elsa. Ek wonder of jy dit ook so baie geniet het soos ek. Indien nie, sal ons weer 'n volgende keer probeer."

Die sarkasme in sy stem ontgaan die jong meisie nie 'n oom-

452

blik nie. Elke woord hou 'n venynige stekie in en sy besluit om hom een terug te gee.

"Ja, ons kan gerus weer 'n volgende keer probeer," antwoord sy met 'n blos van ergernis, dog heeltemal bedaard. "Nie dat ek die aand nie baie geniet het nie, maar ek vind dat ek vanaand nogal 'n groot voorliefde ontwikkel het vir skoolkermisse . . ."

". . . en natuurlik 'n groter voorliefde vir Karel Vermaak," vul hy sarkasties aan.

"Ja, dit ook," beaam sy, nog steeds met daardie onskuldige bedaardheid waarmee sy selfs die duiwel kan ontwapen.

Hulle hou voor die deur stil. Elsa merk dat Gerhard nog wil praat, maar sy wag nie om te hoor wat hy nog wil sê nie, bedank hom slegs met 'n haastige: "Dankie vir die moeite wat jy gedoen het om my by die hospitaal te besorg en . . . die aangename aand, Gerhard."

Die volgende oomblik klim sy uit, klap die motordeur agter haar toe en stryk vlugtig aan na die voordeur.

Met saamgeperste lippe staar Gerhard haar witgeklede figuurtjie agterna. Toe Elsa die voordeur 'n oomblikkie later agter haar op knip stoot, skakel hy met 'n kragwoord die motor aan en stuur die voertuig werktuiglik in die rigting van die motorhuis.

"Wel, sowaar," mompel sy binnensmonds onderwyl hy die motorhuis se deure sluit, "sy is die eerste rokdraer wat nog ooit 'n gek van my gemaak het . . . A, maar sy gaan nog boet vir al die sonde en ergernis wat sy my vanaand besorg het . . . Ja, die dag van afrekening is nader as wat sy dink!"

Met dreigende gedagtes stap hy die huis binne. Behalwe die lig wat in die voorportaal brand, is die hele huis in duisternis gehul, en selfs van Elsa is daar nou ook geen teken te sien nie.

Dit is duidelik dat almal al slaap, dus begeef Gerhard hom ook maar te ruste, want vir 'n plaasboer is daar nie so 'n weelde soos laat slaap nie.

Buite skiet die son sy eerste strale oor die kruine van die hoë denne, en die glorieryke môre is soos 'n lofsang aan die dag wat nou werklik begin lewe kry.

Dis Saterdag; vir Elsa die begin van 'n eindelose, lang naweek. Sy weet eerlikwaar nie hoe sy twee volle dae saam met Gerhard en Heleen onder een dak gaan verduur nie.

Gaan dit my lot wees om elke oomblik van die naweek te moet aanskou hoe liefderyk Heleen aan sy arm hang, hom lief-koos met haar oë en hom bekoor met haar lieftallige glim-laggies? vra sy haarself af hier waar sy diep peinsend voor die eetkamer se venster na die ontsaglike ou bergreus agter die huis staan en kyk.

Toe sy aan Heleen dink, roer 'n vreemde gevoel, iets soos jaloesie, in haar. Maar sy onderdruk dit met alle geweld. Goeie hemel, vermaan sy haarself ietwat geskok, ek was nog nooit in my lewe jaloers nie. Gaan ek nou so 'n vernederende emosie in my toelaat? Hoegenaamd nie! As Gerhard haar wil hê, kan hy haar met my beste wense . . . nee, nie met my beste wense nie, want inderdaad gun ek hom 'n veel beter vrou as sy. Hy kan haar maar net neem as hy haar dan so graag wil hê. En as hulle dink ek gaan my die hele naweek in hulle verliefderigheid koester, vergis hulle hul albei, want ek gaan nie. Selma het my gisteraand behoorlik gesoebat om 'n naweek by hulle op Sonop te kom deurbring, en hierdie naweek sal ek met plesier aan haar wens voldoen en Gerhard sodoende 'n guns bewys . . . Ja, vir twee dae sal hy en Heleen ten minste rus en vrede kan geniet op Kaalbult en sal dit nie vir Heleen nodig wees om oor my onvriendelikheid te kla nie.

Met hierdie besluit geneem, gaan pak Elsa gou vir haar 'n naweektassie – haar ryklere inkluis – en gaan plaas dit agter in haar motor, wat die tuinier op die oomblik besig is om af te stof en blink te vryf.

Met hierdie takie afgehandel, draf sy gou kombuis toe om

tant Emma van haar naweekplan te verwittig, maar toe sy Gerhard, Heleen en Nico in die ou dame se geselskap aantref, besluit sy om voorlopig niks van haar besoek aan Sonop te sê nie. Sy sal tant Emma liewer van die dorp af bel wanneer sy Paul by die koshuis oplaai.

Tant Emma se gelaat helder terstond op toe Elsa die kombuis binnetree. Na 'n beleefde "Goeiemôre", wat al vier insluit, draai die swartkop haar onverwyld na die ou dame wat alreeds besig is om vir haar 'n koppie koffie te skink, en vra met 'n vriendelike glimlaggie: "Is daar 'n boodskap wat ek vir Alta kan gee, of moet ek maar net sê Tante stuur groete?"

Tant Emma glimlag dankbaar en goedkeurend toe sy die koppie na Elsa uithou en merk hoe onberispelik die jong meisie se voorkoms lyk in die haelwit uniform.

"Dra maar net my groete oor aan haar en Frik, my kind, en onthou tog om versigtig te ry," maan sy in dieselfde asem. "Jy weet die ou duiwel sit maar altyd op 'n motor se stuurwiel . . ."

"Ek sal hom eers daar wegjaag voordat ek inklim, Tante," belowe sy met 'n skalkse glimlaggie en proe fyntjies aan die stomende koffie. Sy loer geamuseerd oor die koppie se rand na die ou dame en vra met 'n honderd lagduiweltjies in haar vonkelende oë: "Hoe sal ek vir hom sê? Wyk, Satan, of sommer net: Gee pad hier uit my motor as jy jou lewe liefhet!"

Tant Emma skud soos sy lag.

"Jy is 'n onmoontlike kind," is al wat sy sê.

Nico lag hardop en Gerhard glimlag breed, maar Heleen werp die swartkop slegs 'n koue, afgunstige blik toe en verklaar smalend: "Ja, dit sal jammer wees om Kaalbult se opbrengs en Gerhard se sweet te verkwis deur daardie duur sportmotor in 'n ongeluk te vernietig."

Asof 'n veer êrens in Elsa se nek losgeruk het, draai sy haar gesig vinnig na Heleen. Dan blits haar swart oë soos twee gloeiende kole in die jonger meisie s'n toe sy met veragting in haar stem sê: "Verskoon my, maar my motor is nie met Gerhard se sweet of die opbrengs van Kaalbult gekoop nie. Alles wat ek besit, het ek met my eie hande verdien –"

"Behalwe jou deel van Kaalbult," val Heleen haar in die rede met 'n triomfantelike laggie, wat vir Gerhard en Nico na 'n vriendelike laggie klink. Maar dan is hulle natuurlik nie bewus van die koue, uitdagende blik in die blondine se oë nie, want haar gesig is na Elsa gekeer.

"Kaalbult, juffrou Brink" stel Elsa haar koel in kennis, "is 'n erfplaas wat aan my oom behoort het lank voordat jy of Gerhard ooit gebore was. Een van my ou voorvaders se sweet het vir Kaalbult betaal, nie Gerhard s'n nie. Moet jou dus nie langer kwel met die gedagte dat ek op Gerhard teer nie. Ons Venters is nie gewoond daaraan om op ander te teer nie, en ons beskou onsself ook nie te fyn en verhewe om vir ons lewensonderhoud te werk nie . . ."

"Genoeg, Elsa," maak Gerhard haar met 'n besliste stem stil. "'n Mens twis nie met 'n kuiergas nie . . ."

"'n Gas bemoei haar ook nie met sake waarvan sy geen benul het en wat haar in elk geval nie aangaan nie," voeg sy hom onthuts toe. "En as jy dink ek gaan jou niggie se vermetele insinuasies duld, kan jy gerus weer 'n keer dink. Dit sal haar veel beter betaam om haar tydens haar verblyf hier op Kaalbult soos 'n gas te gedra."

"Wag, laat ek liewer ry," kondig Gerhard met 'n donker frons aan. "So 'n gekyf is inderdaad genoeg om 'n man gek te maak –"

"O, jy het nie nodig om vir die gekyf te vlug nie," val Elsa hom snipperig in die rede. "Ek vertrek nou dadelik . . . Tot siens, tant Emma . . . Wederom, Nico!"

"Sal jy tuis wees vir middagete, Elsa?" wil die goedige tannie weet voordat Elsa die kombuis verlaat.

"Nee, ek glo nie, Tante," antwoord Elsa nou weer volkome

beheers. "Ek moes Paul gistermiddag al by die koshuis gaan haal het."

"Maar kom jy nie eers huis toe om te verklee nie?" wil die ou dame weet.

Elsa skud haar hoof beslis.

"Ek sal sommer by Alta verklee. Dit sal my tyd en brandstof bespaar."

Sonder om Gerhard of Heleen te groet, draai Elsa om en stap uit na waar haar motor in die son staan en blink; onbewus van Nico se sagte voetstappe agter haar.

Daar is 'n breë, geamuseerde glimlag op die jong man se fynbesnede gelaat toe hy haar by die voordeur inhaal, langs haar inval en sê: "Jy is so klein, maar jy kan vervlaks vinnig stap, Elsa-kind."

Elsa vereer hom met 'n vriendelike glimlaggie.

"Ek het nie geweet jy wil saamstap nie. Ek het gedink jy is ook al gek van die gekyf."

'n Hartlike lagbui oorval Nico meteens en hy klop Elsa broederlik op die skouer.

"Jy is sowaar 'n rissie, Elsa-kind," voeg hy haar nog steeds vol lag toe, "maar ek vrees dis die enigste taal wat Heleen ooit sal verstaan. Jy sien, my geëerde suster is bitterlik verwen en gewoond daaraan om in alles haar sin te kry." Hy kyk haar met ondeunde oë aan, onderwyl hy sy hande gemaklik in sy broeksakke prop asof hulle erg oorbodig en in die pad is, en vervolg betekenisvol: "En jy weet blykbaar wat sy hierdie keer verlang – Gerhard en sy rykdom. Maar ek moet sê: sy het vanoggend groot geskrik. Sy het nie verwag dat jy jou man teen haar venyn sou staan nie, en dit in Gerhard se teenwoordigheid. In elk geval, ek wil jou graag gelukwens. Jy is die eerste dame wat Heleen nog ooit op haar plek gesit het, ou kinta. Hou haar daar."

Hulle bereik Elsa se motor.

"Wel, ek is bly om te weet dat jý, ten minste, nie sleg voel oor flussies se uitbarsting nie, Nico," glimlag sy vriendelik en skuif sonder meer agter die stuur in. "Ek het nog nooit in my lewe beledigings van iemand geduld nie, en met my gaan Heleen beslis haar rieme styfloop as dit haar voornemens van gedrag hier op Kaalbult is. Jy kan vir haar sê ek, Elsa, het gesê haar afguns en jaloesie kan sy gerus elders gaan ten toon stel. En sy moenie vir een oomblik vergeet nie dat Kaalbult net soveel aan my behoort as aan Gerhard. Ek is 'n vredeliewende mens, maar slegs wanneer ander self ook probeer om die vrede te bewaar."

"Ek sal haar sê," belowe Nico glimlaggend en salueer die jong meisie met 'n vrolike vonkeling in sy grys oë. Hy wens heimlik dat hy vyf of ses jaar ouer was as sy skamele een en twintig jaar sodat hy die aanvallige swartkop die hof kon maak. Hy hou van die vuur in die meisiekind en die durf wat sy aan die dag gelê het om Heleen se skerp tong teen te gaan.

Toe Elsa iets oor tien voor die koshuis stilhou, wag Paul al byna ongeduldig op haar. Sy groet hom met 'n liefdevolle kus, verneem besorg na sy welstand en sê: "Plaas maar solank jou tasse in die kar, boetie. Ek wil net gou 'n oproep maak terwyl ons hier by julle openbare telefoon is."

Eers skakel Elsa haar vriendin Selma. En toe laasgenoemde opgewonde sê: "Ek hoop jy het gebel om te sê dat jy tog besluit het om hierdie naweek by ons op Sonop te kom kuier, Elsa," val dit haar eers by dat Paul moontlik nie daarvan mag hou om die naweek sonder haar op Kaalbult te verwyl nie.

"Ek weet eerlikwaar nie wat om te sê nie, Selma," antwoord sy dan huiwerig. "Want jy sien, ek het my boetie kom haal vir die naweek . . ."

"Hier is slaapplek vir hom ook," verseker Selma haar haastig. "Toe, asseblief, Elsa. My ouers kan nie meer wag om jou en Paul te ontmoet nie, jong. Ons sal jou sommer leer perdry ook."

"Nou goed, verwag ons dan oor 'n uur," stem Elsa eindelik in. Toe sê hulle tot siens en lui af.

Na hierdie oproep bel sy tant Emma en verduidelik kortliks dat sy en Paul vir die naweek by die Vermaaks op Sonop gaan kuier. Daarna gaan drink sy en Paul eers tee in die dorp.

Ietwat huiwerig vertel sy Paul van die besoekers op Kaalbult, van Heleen se afguns en jaloesie, van die oggend se uitbarsting en dat hulle vir die naweek by die Vermaaks gaan kuier.

"Die Heleen-vroumens klink vir my bra na 'n gesofistikeerde slang," laat Paul met 'n ligte frons hoor, en wonder heimlik of die helfte van Kaalbult werklik ál Elsa se opofferings werd is. Maar hy besluit om hom eers te vergewis wat op die plaas gaande is voordat hy aan Elsa die voorstel maak dat sy haar erfenis moet laat vaar.

"Dis liggies uitgedruk, my boetie," glimlag Elsa suur. "Jy moet die blik in haar oë sien wanneer sy na my kyk en sy dink ander sien haar nie. Maar kom, laat ons ry. Dis eintlik 'n seën om vir die naweek weg te wees van Kaalbult en Heleen."

Selma en Karel se ouers is twee innemende en aangename mense en dit neem Elsa en Paul nie lank om hulle aan te spreek as oom Gert en tant Bets nie; 'n aanspreekvorm wat die twee ouens se gesigte goedkeurend laat ophelder en almal sommer tuis laat voel.

Selma is byna uitgelate van blydskap om Elsa vir die naweek by hulle op Sonop te hê. En toe Karel ook na ete sy verskyning op die plaas maak, is Selma se beker van geluk behoorlik vol. Sy stel ook sommer dadelik voor dat hulle met Elsa se rylesse begin – 'n voorstel wat by almal byval vind en wat daartoe lei dat die swartkop-stadsdametjie haar 'n uur later met 'n benoude hart op die rug van Sonop se makste perd bevind – Karel aan haar een sy en Selma aan die ander sy. Paul ry aan die ander kant van Selma en al drie bedien haar met bruikbare wenke oor die geheimenisse van die rykuns.

Aanvanklik voel dit vir Elsa asof sy enige oomblik van die dier se rug gaan aftuimel, maar namate die rit vorder, wen sy al meer en meer selfvertroue, met die gevolg dat sy met 'n terugrit alreeds op 'n stywe galop kan ry en heimlik wonder waarom sy altyd so skrikkerig was vir 'n perd.

Met hul tuiskoms is die teetafel alreeds onder die skaduryke bome op die koel grasperk gedek, waar die twee ouer Vermaaks rustig op hul tuiskoms sit en wag. Hulle hou albei besonder baie van die besadigde, dog vriendelike Elsa en nie minder nie van die jong Paul wat so 'n verbasende lewenswysheid het vir sy jare. En as Selma dit gelyk het dat Karel werklik op die swartkop verlief is, hoop hulle van harte dat hy sy kaarte reg speel by die nooi, want sy sal inderdaad 'n aanwins wees in sy huis en 'n gawe skoondogter uitmaak.

"A, ek sien jy het al die rykuns bemeester, Elsa!" begroet oom Gert haar toe hulle vier soos honger wolwe op tant Bets se vars melktert en koeksisters toesak.

"Ja, dit was toe glad nie so vreeslik soos ek aanvanklik gedink het nie, oom Gert," lag die swartkop vrolik en plak haar sonder meer langs Selma op die gras neer. Sy werk die stukkie koeksister met haar tong in haar kies en kyk die oubaas glimlaggend aan. "Ek voel nou heeltemal opgewasse teen die ou perdjie se giere en grille."

'n Algemene lagbui volg en Elsa weet terstond dat sy in die vervolg nog dikwels na Sonop gaan vlug wanneer die lewe op Kaalbult te erg druk en skaaf.

'n Gesellige atmosfeer heers daar om die teetafel. Almal lag en skerts vrolik. Maar toe die son haas wil ondergaan, gaan verklee Karel hom weer in sy onberispelike grys dagpak en kondig aan dat dit al weer tyd is om te vertrek.

Hy groet sy ouers, suster en Paul, neem Elsa se hande in syne en trek haar liggies orent.

"Jy kan my gerus by die motor gaan wegsien, ou kleintjie," voeg hy haar met 'n glimlaggie toe, en vervolg ietwat ondeund: "Gerhard is mos nie nou hier om 'n stok in my wiel

460

te steek, of moet ek liewer sê om 'n wakende ogie oor jou te hou nie."

Die blos op Elsa se wange laat Karel en Selma albei hartlik lag.

"Jy moenie so bloos nie, nooientjie," terg Karel, nog steeds laggend. "Gerhard sal nie eens weet dat jy my by die motor weggesien het nie."

"Na die hoenders met Gerhard. Maar as jy nie nou dadelik jou tergery staak nie, kan jy jou self by die motor wegsien," dreig Elsa verontwaardig.

Maar die volgende oomblik plaas Karel sy arm onverhoeds om haar skouers, trek haar speels teen hom vas en glimlag tergend in haar donker, verontwaardigde oë.

"Jy moenie so kwaai wees nie, my ou kleintjie," vermaan hy goedig. "Jy weet dis miskien nog nie, maar ek ken 'n wonderlike metode om 'n kwaai mondjie te snoer."

Een verblindende oomblik lyk dit vir Elsa kompleet asof die man haar voor almal gaan soen, maar hy laat haar weer net so skielik los, neem haar arm en lei haar ongeërg na waar sy motor agter die huis onder 'n ou moerbeiboom staan.

By die motor kyk hy haar 'n oomblik met vreemde intensiteit aan. Dan los hy haar arm, maak die motordeur oop en sê ewe ongeërg: "Ons sal die rylesse môreoggend hervat . . . Tot siens, ou kleintjie."

Elsa beantwoord sy groet vriendelik. Toe dreun die motor oor die werf, en diep ingedagte begin sy aanstryk na waar die ander nog steeds op die grasperk luier.

Na ete daardie aand vergader almal in die sitkamer waar Elsa en Selma om die beurt, tot halftien, die klavier bespeel. Daarna gaan maak hulle twee tee.

Oom Gert en tant Bets het ook net hulle tee klaar gedrink toe hulle begin aanstaltes maak om bed toe te gaan.

Eers toe hulle drie jongmense heeltemal alleen is, begin Selma weer oor Heleen gesels en moet Paul verneem hoe ongemanierd sy selfs met Selma oor die telefoon was. Elsa, op haar beurt, vertel Selma weer van die oggend se uitbarsting, met die gevolg dat dit byna twaalfuur is toe hulle drie uiteindelik begin aanstaltes maak om te gaan slaap.

Vir Elsa en Paul was dit 'n besonder aangename dag, maar op Kaalbult het dinge nie so plesierig verloop nie.

Na Elsa se vertrek sonder om hom eens tot siens te sê, het Gerhard, sonder 'n enkele woord aan tant Emma of Heleen, die huis verlaat. Dit het nog nooit gebeur dat Elsa dorp toe gaan sonder om hom te groet nie. Hy weet dat sy bitter omgekrap was, maar die gedagte dat sy hom so doelbewus geïgnoreer het, was vir hom uiters steurend en dit het hom die res van die dag gekwel.

Tydens middagete was hy, tot Heleen se ergernis, nog steeds stroef en ongenaakbaar en het dadelik na ete weer na die lande vertrek.

Heleen se ergernis was egter nie teen Gerhard gemik nie, maar wel teen Elsa, wat die oorsaak was van sy bui. En toe Nico haar ook nog na ete op die stoep voor hok kry oor haar doelbewuste uittarting jeens Elsa en haar vermaan om in die vervolg in haar spoor te trap omdat Elsa nie die soort is wat iemand op haar kop sal laat sit nie, het sy volkome in staat gevoel om die swartkop met haar kaal hande te vermoor.

Met drif het sy teen Nico uitgevaar en hom beskuldig dat hy hopeloos verlief is op Elsa.

"Wel, 'n man sal inderdaad blind en volkome afgestomp moet wees as hy nie op Elsa verlief raak nie, my liewe Heleen," het hy haar laggend toegevoeg. "En ek wil jou by voorbaat waarsku dat jy jou tyd gruwelik verkwis as jy dink dat jy Gerhard se liefde gaan wen. As jy nie so blind en . . . e . . . ambisieus was nie, sou jy lankal agtergekom het dat Gerhard self smoorverlief is op die klein swartkop."

Maar hierdie verklaring van Nico het Heleen heeltemal dwars in die krop gesteek.

"So!" het sy smalend uitgeroep en Nico met 'n smeulende blik betrag. "En wat laat jou nogal dink dat Gerhard op háár verlief is?"

"Bloot sy besorgdheid, my ou sussie . . ."

"O, hy is maar net so besorg oor my ook," was haar vinnige antwoord. "Gerhard is slegs besorg oor haar omdat hy haar voog is."

"Dis wat jý dink, of altans, wat jy graag self sal wil glo, Heleen," het hy geduldig geantwoord. "Maar in jou hart weet jy waarom jy Elsa so haat." Sy blik was strak op haar gevestig toe hy vervolg: "Moet ek jou sê waarom jy Elsa so haat? Omdat jy self al agtergekom het hoe Gerhard oor die nooientjie voel, en omdat jy weet dat hy vier jaar gelede met jou sou getrou het as hy enigsins 'n gevoel van liefde vir jou gehad het . . ."

"Ek sal bly wees as jy liewer wil padgee van my af!" het sy hom met vlammende oë toegesnou, en Nico het gemerk dat sy selfs bleek was om haar lippe van woede. "Jy moenie dink omdat jý so 'n groot gek is om op haar verlief te wees, almal sulke gekke is nie, Nico. Gerhard sal met 'n vrou trou wat by hom en sy sosiale status pas en nie met 'n eenvoudige verpleegstertjie nie."

"Elsa, my liewe ou sussie," kon Nico nie help om haar met 'n skewe glimlaggie toe te voeg nie, "is 'n gekwalifiseerde teatersuster, en nie 'n eenvoudige verpleegstertjie nie. Maar ek twyfel of jy sal weet wat dit beteken om 'n teatersuster te wees."

"Toe maar, ek is nie onnosel nie, as dít is wat jy dink." Haar blik was net so giftig soos haar stem. Daarna het sy orent gekom en haastig van hom af weggestap.

Die res van die dag was sy uiters prikkelbaar. En die feit dat Gerhard nog boonop die hele dag uithuisig was, het haar gewis nie in 'n beter luim gestem nie, want ook die vorige dag moes sy met Nico en tant Emma se geselskap tevrede wees.

Maar gister, het sy met wrewel gedink, het hy 'n grondige rede gehad vir sy uithuisigheid. As 'n invloedryke lid van die skoolraad het hy beslis geen ander keuse gehad as om die funksie by te woon nie. Maar vandag, en dit nogal 'n Saterdag, het hy geen rede hoegenaamd om my aan 'n ou vrou se geselskap oor te laat nie!

Die hele dag was Heleen stuurs en nukkerig, maar toe Gerhard pas voor sononder tuiskom, het al haar wrewel eensklaps verdwyn en was sy weer dieselfde lieftallige Heleen van ander dae, vol glimlaggies en vleiende woordjies. Ook Gerhard se bui het in so 'n mate gesak dat hy al weer met Heleen kon glimlag.

Maar hierdie vriendelike luim van hom het slegs geduur totdat almal later vir aandete aangesit het en Elsa se plek steeds leeg gebly het.

"Is Elsa en Paul dan nog nie tuis nie, tant Emma?" wou hy dadelik weet.

"Nee, hulle is nie tuis nie," het die ou tannie bondig geantwoord. "Elsa het vroeër vandag gebel om te sê dat Selma haar en Paul genooi het om die naweek by hulle op die plaas te verwyl. Sy en Paul sal eers môre tuis wees."

Na hierdie verklaring was Gerhard meteens weer stroef en ongenaakbaar en Heleen het tant Emma en Elsa in haar hart verwens.

Na ete het Gerhard byna dadelik verskoning gemaak en hom na sy studeerkamer onttrek, totdat almal reeds in die bed was. Die wete dat Elsa by die Vermaaks kuier en heel moontlik op daardie oomblik in Karel se geselskap verkeer, dalk nog deur hom geliefkoos word, het soos 'n kanker aan Gerhard se binneste geknaag en hy het Karel in sy hart bitterlik verwens.

Dit was al oor twaalf toe Gerhard hom eindelik na sy kamer begeef het. Dog die volgende dag het geen verligting vir sy verontrustende gemoed gebring nie. Elke geluid het hom sy ore laat spits om te hoor of dit nie Elsa se motor is nie. Maar die môre het gekom en gegaan, die middag het gekom en gegaan, en toe die horlosie in die eetkamer later drie-uur aankondig, het dit hom behoorlik gevoel asof die huis te klein is vir hom.

Met lang treë het hy op die voorstoep uitgetree en rusteloos na die denneplantasie gestaan en tuur, totdat Heleen, wat hom stil gevolg het, hom vriendelik genooi het om langs haar op die bank te kom sit. Maar tot 'n hartlike gesprek kon sy hom nie uitlok nie, want daarvoor was sy gedagtes gans te verstrooi.

Tant Emma en Nico het 'n halfuur later met die teegerei by hulle aangesluit.

Heleen se powere pogings om Gerhard se belangstelling in haar te wek, het tant Emma heimlik laat glimlag. Dit was byna pateties om te sien hoe sy alles uithaal om Gerhard se aandag na haar te lok. Maar Gerhard was 'n te bekommerde man om die meisiekind se stryd eens raak te sien.

Dit was op die punt van tant Emma se tong om te sê dat Elsa en Paul betreklik laat is, toe verskyn die rooi sportmotor tussen die bome en hou met 'n swierige draai voor die deur stil.

Elsa en Paul verkeer nog albei in hul naweekluim toe hulle die stoeptreetjies bestyg en die viertal op die stoep groet. Elsa se "Goeiemiddag" sluit al vier in, maar Paul groet tant Emma met die hand, en so ook vir Gerhard, en laat sy aangenome neef toe om hom aan die twee gaste voor te stel.

Elsa en Paul het ook net kwalik gesit, toe sny Gerhard se stem soos 'n yswindjie deur die lug.

"Ek moet sê, jy is 'n mooi een om sommer vir die naweek weg te gaan sonder om my eens daarvan in kennis te stel, Elsa," vaar hy streng teen haar uit.

Vir Elsa lyk die man regtig waar bitter omgekrap. Haar blik verskerp ook meteens, en dit stem haar terstond gereed vir verdediging. Tog is haar stem bedaard toe sy ter verduideliking sê:

465

"Ek het tant Emma gister van die dorp af gebel en haar verwittig van my naweekplanne, dus het jy geen rede tot kommer gehad nie, Gerhard. En buitendien, ek het jou al by 'n vorige geleentheid gesê dat ek nie daaraan gewoond is om ewig en altyd van my bewegings verslag te doen nie . . ."

"Solank jy op Kaalbult woon en in my sorg is, gaan jy dit vervlaks doen, of jy daarvan hou of nie!" tier hy voort. "En moenie vir my met daardie glimlag in jou oë so kyk asof ek besete is nie. Ek is baie ernstig, en ek bedoel elke woord wat ek sê." Hy meet haar 'n breukdeel van 'n sekonde met 'n onverbiddelike blik en val dan weer weg: "In die vervolg gaan jy by mý verslag doen van jou bewegings en nie by tant Emma nie. Is dit duidelik?"

Daar is 'n opvallend hartseer trekkie om Elsa se sagte, sensitiewe mond toe sy met 'n byna toonlose stem sê: "Jy bedoel natuurlik solank ek op Kaalbult woon en hierdie ongewenste erfenis van my behou, nè?"

"My woorde was duidelik genoeg. Jy weet wat die bepalings van oom Helgaard se testament was," is al wat hy sê. Toe draai hy hom sonder meer na Paul en vra hom belangstellend uit na sy skoolwerk en sy verblyf in die koshuis.

Maar onderwyl Gerhard flussies so heftig teen Elsa uitgevaar het, het Paul die geleentheid te baat geneem om Heleen ongemerk dop te hou. Dog die haat, nyd en afguns wat hy gelees het in haar oë, wat al die tyd op Elsa gerus het, het hom so diep ontstel dat hy dit nou nog moeilik vind om kalm en beleef op Gerhard se vrae te antwoord. Hy ys behoorlik as hy dink waartoe Heleen se haat haar dalk mag dryf.

Paul is nou volkome oortuig dat Elsa hier op Kaalbult onder dieselfde dak met so 'n haatdraende vrou soos Heleen, wat nie 'n oomblik sal skroom om haar die grootste leed te berokken nie, glad nie veilig is nie. Hy neem hom ook daar en dan voor om so gou moontlik die saak met sy suster te bespreek. Daarna sal hy Gerhard weer onder vier oë spreek, want dit kom hom sterk voor dat die man se liefde vir Heleen hom heeltemal verblind het. En as hy dink hy, wat Paul is, gaan sy suster se veiligheid opoffer vir 'n halwe deel van Kaalbult, kan hy sy gedagtes gerus maar wysig.

Paul het gister al agtergekom dat Elsa diep ongelukkig is en geglo dat slegs Heleen vir haar gekwetste gevoelens verantwoordelik is. Maar nou, nadat Gerhard so onbeheers teen haar uitgevaar het asof sy 'n vreeslike misdaad begaan het, lyk dit vir hom al asof sy ou sustertjie nie slegs een nie, maar twee vyande op Kaalbult het. En dit, weet hy, kan geen goeie gevolge hê nie.

10

Daar is 'n stroewe en diep bekommerde trek op Paul se jong gelaat wat Gerhard se oë nie ontgaan nie. Maar voordat Gerhard hom daarna kan vra, kom die jong seun orent, kyk sy suster ernstig aan en sê sonder 'n sweem van sy ou glimlaggie: "Kom ons gaan stap 'n entjie, Elsa."

Hy wag nie op 'n antwoord nie, maar neem haar arm en trek haar sonder meer orent. Dan kyk hy Gerhard reguit aan en sê beleef: "Verskoon ons, asseblief. Ons is aanstons weer terug."

Daar is 'n vreemde uitdrukking in Elsa se oë toe sy Paul aankyk, maar hy steek slegs sy arm deur hare en lei haar swygsaam na buite.

Eers toe hulle buite hoorafstand is, sê hy ernstig: "Verskoon my dat ek jou so beslis uit die gemakstoel getrek het, my sussie, maar ek moet jou baie dringend spreek, en ek kan dit kwalik tussen jou vyande doen . . ."

"My . . . vyande?" Sy kyk hom effens onbegrypend aan. "Jy praat in die meervoud, en ek kan jou eerlikwaar nie begryp nie, Boetie."

"Ek praat van Gerhard en Heleen, Elsa," antwoord hy bondig, swyg 'n oomblikkie en gaan dan weer voort: "Ek het Heleen ál die tyd dopgehou toe Gerhard jou so uitgevreet het asof jy 'n vreeslike oortreding begaan het deur die naweek op Sonop te verwyl, en ek moet sê sy houding staan my glad nie aan nie. Jy is nie sy vloermat of bediende wat hy kan rondskop en beveel soos hy wil nie. En as hy dink sy voogdyskap gee hom die reg om jou voor almal so diep te verneder, verkies ek dat jy dadelik van jou erfenis afstand doen."

"Maar wat van jou toekoms, jou loopbaan as veearts –"

"Jou geluk en veiligheid is vir my baie meer werd as my lewensideaal, Elsa," val hy haar ernstig in die rede. Maar dan verteder sy stem meteens. "Jy is ál wat ek in die wêreld besit, my sussie. En as daardie heks van 'n Heleen jou leed aandoen, sal ek myself nooit vergewe dat ek jou hier alleen by haar en Gerhard gelaat het nie. Glo my, Elsatjie, die haat wat ek vandag in daardie vroumens se oë gelees het, sal haar nog tot 'n vreeslike daad dryf; en daardie daad sal jou tref, want haar haat is teen jou gemik . . . Regtig, Elsa, hierdie erfenis is nie jou geluk en veiligheid werd nie."

'n Lang ruk is daar stilte, toe laat Elsa sag hoor: "Ek sal jou voorstel oorweeg, Boetie. Jy sien, ek begin môre hier in die hospitaal werk en sal dus nie bedags tuis wees nie. Maar as dinge nie verbeter nie, sal ek jou raad volg en Kaalbult verlaat."

"Moet net nie wag totdat dit te laat is nie, Elsa," waarsku hy besorg. "En sluit saans jou motor in die motorhuis toe sodat niemand met die ding kan peuter nie. Ek vertrou daardie Heleen-vroumens glad nie."

Sy gee Paul se arm, wat nog steeds deur hare gehaak is, 'n dankbare drukkie en belowe plegtig: "Ek sal op my hoede wees, Boetie. Maar jy moet jou nie langer oor my veiligheid bekommer nie. In Nico en tant Emma het ek twee getroue vriende wat my deur dik en dun sal bystaan."

Paul se tere besorgdheid bring onwillekeurig 'n knop in Elsa se keel. As hy maar net weet hoe diep ek Gerhard bemin en hoe moeilik dit nou vir my sal wees om Kaalbult te verlaat! dink sy onderwyl sy hard veg teen die trane wat agter haar ooglede brand. Maar gelukkig weet hy dit nie, mymer sy voort, en ek sal hom dit ook nooit vertel nie. My liefde vir Gerhard sal die een groot geheim bly waarvan niemand ooit sal weet nie!

Maar hardop doen Elsa aan die hand: "Ek dink dis tyd dat ons terugdraai, Paul. Dit begin al skemer word, en hier op Kaalbult word daar gewoonlik vroeg geëet."

Toe hulle 'n paar minute later die huis binnetree, is almal reeds besig om hulle vir aandete op te knap. Derhalwe begeef Elsa en Paul hulle ook maar na hul onderskeie kamers om hande te was en hare te kam.

Aan tafel is Gerhard weer ewe vriendelik en bedagsaam en Heleen se gesig straal van genoegdoening. Soos gewoonlik hou sy Gerhard se aandag op haar gevestig deur slegs met hóm te gesels.

Nico was nooit juis spraaksaam nie, luister maar geduldig na sy suster se ligsinnige geklets. Maar tant Emma, net soos Elsa en Paul, is ook vanaand vreemd stil.

Toe daar eindelik 'n verposing in Heleen se woordevloed kom, draai Gerhard hom onverwyld na Elsa en verklaar sag: "Jy is vanaand besonder stil, Elsa?"

"Ek dink Elsa voel 'n bietjie uitgeput van gister en vandag se perdry," antwoord Paul haastig namens sy suster, kompleet asof hy haar teen verdere onaangenaamheid wil beskerm.

"O, ek sien," kom dit nou weer onpersoonlik van die ouer man. "Dan het die Vermaaks Elsa oor die naweek geleer perdry . . ."

"Nie slegs Karel en Selma nie," werp Paul ongeërg tussenbeide, "ek het self ook vir Elsa 'n paar bruikbare wenke gegee, en ek moet sê, sy is al 'n vaardige ruiter."

Hierdie verklaring van Paul het meteens 'n demper op Gerhard se geselslus geplaas, en nie eens Heleen, met al haar koketterie, kon weer 'n glimlag uit hom kry nie.

Soos gewoonlik begeef almal hulle ná ete na die sitkamer. Maar Gerhard sit nie lank nie, toe maak hy verskoning en stap na buite om seker te maak dat die stalle se deure sorgvuldig gesluit is. Ook Paul maak 'n rukkie later verskoning en begeef hom na die voorstoep waar die maan buite alreeds 'n blouwit sluier oor alles getrek het.

Met sy elmboë gemaklik op die lae muurtjie van die stoep gestut, tuur die jong seun diep peinsend voor hom uit. 'n Kriek begin meteens 'n naglied hier naby kier. Dan volg 'n paddakoor, daarna die klaende geroep van 'n nagvoël wat sy maat roep. Maar Paul neem hierdie geluide, hierdie stem van die nag, nie eens waar nie. Hy voel diep bekommerd oor Elsa en hy wens dat sy liewer môreoggend saam met hom van Kaalbult af wil weggaan.

"Waarom staan jy so alleen hier buite, Paul?" vra Gerhard skielik hier kort agter hom.

Paul kom stadig orent, kyk die ouer man onafgewend aan en antwoord beleef: "Daar is dinge in die lewe wat 'n mens soms dryf om die stilte van die nag op te soek, Gerhard."

"Jy is nog gans te jonk om nou al met daardie dinge kennis te maak, Paul," glimlag die ouer man goedig, klop hom op die skouer en gaan dan langs hom staan. 'n Kort rukkie betrag hy die jong seun ondersoekend, dan vra hy: "Waarom lyk jy vandag so stroef en bekommerd, Paul? Ek ken jou mos as 'n lewenslustige en 'n opgewekte seun."

"Dit was voordat ek met jou niggie kennis gemaak het, Gerhard," antwoord Paul onomwonde. "Maar noudat ek jou vraag beantwoord het, wil ék jóu weer 'n vraag stel. Sê my, waarom is Heleen my suster so vyandiggesind?"

'n Kort oomblik kyk Gerhard die jong seun stil aan. Toe sê hy eindelik: "Ek begryp nou glad nie waarvan jy praat nie, Paul."

470

"In daardie geval sal ek jou aanraai om haar 'n slag dop te hou wanneer sy na Elsa kyk," doen die seun saaklik aan die hand, en gaan met openlike afkeer in sy stem voort: "Hemel, ek het nog nooit soveel haat in 'n mens se oë gesien as wat daar in Heleen s'n is wanneer sy na Elsa kyk nie."

"Kom, Paul," glimlag Gerhard gerusstellend. "Ek is seker jy het jou dit slegs verbeel. Heleen het my gister nog vertel hoe diep ongelukkig sy voel oor Elsa se onvriendelikheid jeens haar en dat sy vreeslik graag met Elsa vriende sal wil –"

"Onsin, Gerhard," val hy die ouer man diep onthuts in die rede. "Verskoon my dat ek dit sê, maar ek is nou heeltemal oortuig dat Heleen nog meer geslepe is as wat ek aanvanklik gedink het. Terloops, ek het Elsa vanmiddag gesê dat sy gerus maar haar aandeel in Kaalbult kan laat vaar. Haar geluk en veiligheid is vir my baie meer werd as my eie lewensideaal."

"En daarby bedoel jy . . .?"

"Dat Heleen nie slegs besig is om Elsa op 'n uiters slinkse wyse van Kaalbult te probeer wegdryf nie, maar dat sy ook, met soveel haat en afguns in haar hart, vir Elsa 'n gevaarlike vyand is. Ek het my suster nog nooit in my lewe so diep ongelukkig gesien soos gisteroggend en vanmiddag nie, en ek blameer haar ook glad nie dat sy vir die naweek na die Vermaaks gevlug het nie. Met so 'n haatdraende vroumens soos Heleen in die huis, sal ek self ook sorg dat ek nooit tuis is nie. Genade, haar oë vlam telkens soos 'n slang s'n wanneer sy haar blik op Elsa fokus! Nee, Gerhard, ek dink dit sal vir Elsa baie beter en veiliger wees om so spoedig moontlik van Kaalbult af pad te gee."

"Ek dink jy en Elsa oordryf albei, Paul," laat Gerhard nog steeds met onversteurbare kalmte hoor. "Ek weet Heleen is gruwelik verwen, maar sy het 'n besonder lieftallige geaardheid."

'n Lang ruk kyk Paul die ouer man stil aan. Dan haal hy sy skouers liggies op en verklaar met 'n bekommerde frons op sy gesig: "Ek het nie verwag dat jy sou verstaan nie, Gerhard, maar dit maak ook nie saak nie. Ek twyfel of Elsa veel langer hier op Kaalbult gaan aanbly. En glo my, ek sal die allerlaaste persoon wees wat haar sal dwing om saam met Heleen onder dieselfde dak te woon. Hemel, sy was uiters beledigend teenoor . . . Verskoon my, ek moes nie daarvan gepraat het nie. Vergeet dit, asseblief . . ."

"So, dan is Elsa van plan om Kaalbult te verlaat?" sêvra hy asof hy Paul se laaste paar sinne nie eens gehoor het nie.

Maar Paul is weer dadelik aan die woord, voordat Gerhard nog meer kan sê.

"Ek blameer Elsa nie in die minste nie, Gerhard. Heleen loop oor van haat en afguns jeens haar, en as sy nog probeer om ontvlugting êrens te soek, vaar jy teen haar uit sonder om eens 'n oomblik te dink hoe diep jy haar voor ander verneder. Dit spyt my om dit vir jou te sê, Gerhard, maar die lewe wat Elsa tussen jou en Heleen lei, is inderdaad nie die lewe waaraan sy gewoond is nie. In ons ouerhuis was daar nie so 'n ding soos haat, afguns, rusies en vernederings nie. Maar ek dink dit sal beter wees om liewer niks verder in hierdie verband te sê nie."

Na hierdie beskuldigings wens Paul die ouer man beleef 'n rustige nag toe en begeef hom onverwyld na sy kamer. Toe hy by Elsa se kamer verbyloop, merk hy dat daar lig in haar kamer brand. Die wete dat sy in haar kamer is en nie langer in Heleen se geselskap nie, laat Paul dadelik verlig en gerus voel.

'n Lang ruk staan Gerhard nog daar op die stoep en peins oor die dinge waarvan Paul hom en Heleen beskuldig het. Dan draai hy stil om en stap na die sitkamer, hopende dat Elsa nog nie gaan slaap het nie.

Paul is reg, verwyt hy homself, ek het Elsa vanmiddag baie diep verneder voor Heleen en al die ander, en ek sal haar onverwyld om verskoning moet vra.

Maar tot sy grootste teleurstelling tref hy Heleen alleen in die sitkamer aan en moet hy verneem dat Elsa reeds gaan slaap het.

472

Nou, weet hy, sal sy verskoning moet wag tot 'n later geleentheid.

Hy verwyt homself bitterlik oor sy onbedagsaamheid van vanmiddag, maar dan dink hy weer aan Paul se verklaring dat Elsa nie veel langer op Kaalbult gaan bly nie, en hy voel hoe radeloosheid soos knellende vingers om sy hart sluit.

Soos 'n ingehokte dier stap hy op en neer in die ruim vertrek, totdat Heleen hom met 'n lieftallige glimlaggie en guitige oë nooi om by haar te kom sit.

"Waarom is jy vanaand so rusteloos, Gerhard-skat?" vra sy simpatiek toe hy eindelik langs haar plaasneem. "Is een van jou stoetbulle dood, of het daar 'n onbekende siekte onder jou skape uitgebreek?"

"As dit maar liewer die geval was," antwoord hy en sug byna hardop toe hy met 'n moeë stem vervolg: "Nee, ek vrees daar het iets veel erger gebeur, my liewe Heleen . . . Dis Elsa . . . Ek verstaan daar is sprake dat sy Kaalbult gaan verlaat."

"So!" Haar oë is neergeslaan en sy veins 'n martelaarstem wat die ware vreugde in haar hart vir Gerhard verbloem. "Ek is jammer om dit te hoor," huigel sy voort. "Maar waarom bekommer jy jou so, Gerhard? Laat haar gaan as sy wil –"

"Maar jy is seker gek, Heleen!" val hy haar bars in die rede, en weg is al Heleen se vreugde van so ewe. "Dink jy vir een oomblik dat ek Elsa sal laat gaan, nadat ek een en twintig jaar vir haar gewag het om groot te word! Nee, al moet ek ook die wêreld versit, maar Elsa sal hier op Kaalbult bly totdat sy besef dat ek die man is vir haar, en nie Karel Vermaak nie."

"Elsa is nog baie jonk –" begin Heleen met 'n dik stem, kwalik in staat om die haat en wrewel in haar in toom te hou.

Maar Gerhard val haar geïrriteerd in die rede.

"Moenie laf wees nie, Heleen. Elsa is glad nie so jonk as wat jy dink nie. Sy is by na twee jaar ouer as jy. Sy is een van die dae ses en twintig jaar oud . . ."

473

"So, dan is sy al 'n oujongnooi!" voeg sy Gerhard met ligte spot toe, maar is dadelik spyt daaroor.

"Oujongnooi se voet, sy is nou net die regte ouderdom vir my. Ek wil g'n kind hê vir 'n vrou nie. Maar wag, ek moet nou gaan slaap. Môre gaan weer 'n baie besige dag wees vir my en ek móét Elsa sien voordat sy môreoggend na die hospitaal vertrek . . . Lekker slaap, Heleen."

Gerhard is egter so gefrustreerd dat hy nie eens die harde trek om Heleen se mond opgemerk het toe hy haar so ewe vertel het van sy huweliksplanne met Elsa nie. Vir hom is Heleen slegs 'n lieftallige niggie, vol koketterie en soet glimlaggies.

Ja, hy is salig onbewus van die groot haat wat hy vanaand in die beeldskone blondine ontketen het, en dat haar sluwe brein alreeds besig is om planne te beraam hoe sy Elsa gaan beweeg om Kaalbult te verlaat sodat die pad vir haar oop kan wees om Gerhard se liefde vir haarself te wen. Vir Heleen is dit nou 'n obsessie om Elsa van Kaalbult af weg te kry, sodat Gerhard hom vir vertroosting na haar kan wend, en wie weet, moontlik slaag sy nog daarin om hom dan vir haarself te wen.

Dis lank na middernag toe Gerhard eindelik aan die slaap raak, met die gevolg dat hy hom die volgende oggend skandelik verslaap en Elsa alreeds vertrek het toe hy om halfsewe ontwaak.

Die hele dag voel hy omgekrap en rusteloos omdat hy Elsa toe nie vanoggend kon spreek nie. Sy is so hardkoppig en eiewys dat dit hom glad nie sal verbaas as sy vandag al reëlings tref vir haar en Paul se verblyf in die dorp nie. En as sy eers sulke reëlings getref het, weet hy, sal al die verskonings in die wêreld hom niks baat nie. Maar hy neem hom voor dat hy haar niks later as vanaand gaan spreek nie, al moet hy ook die hele nag op haar tuiskoms wag.

Vir Elsa is dit weer 'n aangename gevoel van tuiswees toe sy om tien voor sewe die hospitaal binnetree. Haar diensure is van sewe-uur tot halftien, en dan weer van eenuur tot sewe-uur, met een dag per week en een naweek per maand vry. Ontbyt en aandete word haar in die hospitaal toegestaan.

Tydens teetyd maak sy kennis met al die dagsusters en nog twee ander huisdokters. Almal verwelkom haar baie vriendelik en Elsa voel sommer dadelik tuis tussen die personeel, wat elkeen op sy eie 'n klein ratjie in die groot mediese wiel is.

Na middagete, wat sy in die dorp geniet het, gaan doen sy 'n paar inkopies vir haar en Paul, maak 'n haastige draai by Selma, wat nog steeds swoeg om al die geheime van aardrykskunde by haar graad vyf klas tuis te bring, en keer dan weer terug na die hospitaal.

Die middag sleep traag verby, want hulle is nie danig besig in die teater nie, aangesien dokter Dreyer die middag vir konsultasie by Buitepasiënte is. Derhalwe is Elsa nie eens moeg nie toe sy sewe-uur van diens af gaan en haar tydsaam begeef na die eetsaal, waarheen al die dagpersoneel hulle nou vir 'n welverdiende aandete haas.

'n Paar saalsusters sluit by Elsa aan, en geselsend beweeg hulle na die eetsaal.

Met al die geklets oor onuitstaanbare verpleegsters en onmoontlike pasiënte, is dit al oor agt toe Elsa eindelik voor die hospitaal wegtrek en rigting kies na Boskloof om Alta en die baba te gaan versorg.

Die pad oor die berg is donker en spookagtig, en Elsa ril as sy dink aan al die moontlike gevare wat dalk hier tussen die inkswart kranse en rotse skuil. Maar sy hou haar oë strak op die gesellige lig wat die motor se koplampe in 'n breë straal oor die pad werp.

Toe sy eindelik oor die berg is, haal sy weer rustiger asem en vir die honderdste maal verwens sy haarself omdat sy haar op Kaalbult kom vestig het.

Ook Heleen het lank na middernag eers aan die slaap geraak. Vir haar was dit 'n uiters frustrerende oomblik en ook 'n geweldige skok toe sy uit Gerhard se eie mond moes verneem dat hy Elsa al een en twintig jaar liefhet, en al die jare slegs gewag het dat sy moes grootword.

Maar sy is nie verniet Heleen Brink nie, en sy het ook nie verniet haar verlowing met die belowende jong prokureurtjie Dawie Malherbe verbreek toe sy van oom Helgaard se afsterwe verneem het en dat Gerhard byna al sy pleegvader se besittings geërf het nie. Sy het haar na Kaalbult begeef met die spesifieke doel om Gerhard en sy rykdom vir haarself in te palm, en nie eens sy liefde vir Elsa gaan haar daarvan weerhou om in haar doel te slaag nie.

Sodra Elsa eers weg is van Kaalbult, sal sy liefde vir haar stadig maar seker sterf, het Heleen met haarself geprakseer. Ja, ek sal hom help om haar te vergeet, en my op hierdie manier onmisbaar maak in sy lewe.

Na hierdie besluit het sy weer ernstig begin planne beraam hoe om Elsa van Kaalbult af weg te kry. Sy het besef dat sy baie diplomaties te werk sal moet gaan, sodat Gerhard nie dalk agterkom wat haar spel is nie, want dan kan sy maar dadelik padgee van die plaas af.

Die volgende dag het Heleen se brein nog steeds oortyd gewerk om haar selfsugtige plan agtermekaar te kry. En hier waar sy Gerhard nou met valk oë agternakyk toe hy sonder 'n woord orent kom en op die voorstoep uitstap, weet sy intuïtief dat hy daar op Elsa se tuiskoms gaan wag.

Spierwit haat jeens die swartkop vlam meteens in Heleen se hart op toe sy 'n paar oomblikke die sagte gedreun van 'n motor hoor. Sy kyk na haar polshorlosie en toe sy merk dat dit al byna elfuur is, weet sy dat dit Elsa se motor is wat nou hier voor die deur stilhou. Werktuiglik skuif sy nader aan die oop venster wat op die stoep uitkyk om elke woord te hoor wat tussen Gerhard en Elsa gewissel word.

Toe die swartkop die stoeptreetjies bestyg, tree Gerhard haastig na vore, groet haar met 'n warm stem en laat besorg hoor: "Jy is vreeslik laat, Elsa, en natuurlik doodmoeg ook."

'n Suggestie van 'n glimlaggie raak sku aan haar lippe toe sy Gerhard se groet beantwoord en so ongeërg moontlik vervolg: "Ek is nie moeg nie, net vaak. Alta en Frik stuur groete."

Hy bedank haar vriendelik vir die groete wat sy oorgedra het en toe sy mik om by hom verby te stap, plaas hy sy hande onverhoeds op haar skouers en kyk haar ernstig aan.

"Net 'n oomblikkie, asseblief, Elsa," keer hy sag.

Sy merk die sagte, pleitende uitdrukking in sy oë, en dit laat haar hart oombliklik jaag. Maar sy staal haar teen haar verraderlike hart se fratse en stamel ietwat onseker: "Dit ... dit is al laat, Gerhard, en ek moet vyfuur opstaan.

"Ek weet dis laat, en ek weet jy moet vyfuur opstaan, my kleintjie," voeg hy haar baie teer toe, "maar ek vrees daar is 'n sakie wat ek net eenvoudig moet regstel tussen ons, en ook nie later as vanaand nie."

"Wat se sakie is dit, Gerhard?" vra sy versigtig, byna te bang om na hom te kyk.

O, as ek tog net van my liefde vir hom ontslae kan raak! dink sy wanhopig. Hierdie liefde wat van my so 'n swakkeling maak en my alewig dwing om na hom te luister ... Ek moenie na hom luister nie. Nee, ek moet nou dadelik van hom af padgee ...

Maar dan hoor sy hom ineens weer sê: "Dis in verband met gistermiddag se gebeure ..."

Elsa verstyf meteens, nou duidelik op haar hoede.

"Het jy nog nie genoeg teen my uitgevaar nie?" vra sy behoedsaam.

"Ek wil nie teen jou uitvaar nie, ou kleintjie," glimlag hy gerusstellend toe hy die spanning op haar dierbare gesiggie merk. "Inteendeel, ek wil jou om verskoning vra vir my gedrag —"

"Dis nie nodig nie," val sy hom vinnig in die rede, en Gerhard merk hoe haar gelaat meteens geslote raak. "Ons het al dikwels rusie gemaak en jy het my nog nooit voorheen om verskoning gevra nie."

"Heeltemal reg," beaam hy, en begin dan saggies lag. "Ek het nie en ek is ook nie van plan om jou om verskoning te vra oor dáárdie rusies nie." 'n Ondeunde lig verskyn meteens in sy oë. "Nie eens vir daardie ou rusietjie toe ek jou wakker moes soen nie . . ."

"Gerhard, laat my dadelik gaan," versoek sy kwaai. "Ek kan geen idee vorm waarom jy my nou juis vir gister se rusie om verskoning wil vra –"

"Omdat ek gister so pynlik onbedagsaam opgetree het, my poppie," val hy haar kwaai stem glimlaggend in die rede. "En as jy my langer so kwaai aangluur, gaan ek jou nou dadelik weer soen soos . . . soos 'n sekere aand nie lank gelede nie. Kóm, glimlag nou dadelik vir my as jy nie gesoen wil wees nie . . . Nie, nie so suur nie, ek wil jou mooiste glimlaggie hê."

Elsa bars meteens hartlik uit van die lag.

"Loop, jy is laf, Gerhard," voeg sy hom na 'n rukkie nog steeds vol lag toe. "Laat my asseblief gaan, ek wil nou gaan slaap."

Hy trek haar skielik teen hom vas en omsluit haar met sy arms.

"Nie nou al nie, my kleintjie," laat hy met 'n warmte van gevoel hoor. Dan glimlag hy af in haar oë wat effens verward na hom terugstaar. "Ek het jou dan nog nie eens om verskoning gevra omdat ek jou gister op so 'n onbedagsame wyse voor al die huismense uitgetrap het nie."

"As jy werklik jammer is, sal ek jou vergewe," glimlag sy met bewerige lippe. "Is jy nou tevrede, en kan ek nou maar gaan slaap?"

Slegs 'n kort oomblik kyk Gerhard haar stil, ondersoekend aan. Dan sak sy blonde hoof skielik af en Elsa voel hoe sy warm lippe teen haar voorkop raak.

'n Eindelose minuut voel sy hoe hy haar stywer teen hom vasdruk, hoe haar eie hart soos hamerslae in haar bors klop. Maar dan lig hy weer sy hoof en sê sag: "Jy kan gaan slaap nadat jy my eers belowe het dat jy nooit, nooit van Kaalbult af sal weggaan nie, kleinding."

Sy staar hom verras aan en wil dadelik weet: "Wie het vir jou gesê dat ek Kaalbult gaan verlaat, Gerhard?"

Sy oë rus 'n oomblik op haar; dan kom sy antwoord ietwat ontwykend. "Niemand. Ek het maar net so 'n onaangename gevoel gehad dat jy wel sulke planne koester. Maar as jy my nou verseker dat my gevoel ongegrond was, sal ek jou dadelik laat gaan sodat jy kan gaan rus."

Toe Elsa na 'n rukkie nog niks sê nie, vra hy dringend: "Sê my, Elsa, koester jy regtig sulke planne?"

"Ek ... weet nog self nie, Gerhard," antwoord sy onseker. "Ek sal later daaroor besluit."

"Nee, ek wil jou antwoord nou hê," dring hy ernstig aan. "Ek sien eerlikwaar nie kans vir weer so 'n nag van onsekerheid soos verlede nag nie ... Belowe my dat jy nooit van Kaalbult sal weggaan nie, kleinding."

Etlike sekondes gaan verby voordat Elsa eindelik tot 'n besluit kom.

"Goed, ek sal bly," antwoord sy sag.

Die volgende oomblik rus Gerhard se lippe warm, eisend op hare, en Elsa voel hoe alle weerstand in haar wegkrummel en haar heeltemal swak en willoos laat teen die drif van sy hartstog.

'n Eindelose minuut gee sy haar volkome oor aan die ekstase van sy vurige omhelsing, voel sy hoe warm sy hart teen hare klop. Toe klink Heleen se stem skielik in die voordeur op terwyl sy gemaak verontskuldigend met daardie stroperige stem van haar waarin Elsa so 'n ewige afkeer het, sê: "O, wêreld, het ek op 'n ongeleë tyd hier kom indring?" Sy begin sag, spottend lag.

"Ek is vreeslik jammer as ek jou pret bederf het, Gerhard. Wag, ek laat julle nou dadelik weer alleen."

Die volgende oomblik verdwyn Heleen haastig deur die voordeur, maar Gerhard het alreeds sy arms om Elsa verwyder.

Met blosende wange merk sy hoe styf Gerhard se lippe van misnoeë op mekaar gepers is. 'n Gedempte verwensing ontsnap sy lippe, en Elsa maak gebruik van hierdie gegewe oomblik om weg te glip na haar kamer waar sy alleen kan wees met haar intense vernedering.

Ek was 'n gek, herhaal sy oor en oor onderwyl sy haar verklee vir die nag. Ja, 'n uiterse gek om my so skaamteloos aan die man se liefkosing oor te gee. Nou weet hy skynbaar dat ek tot oor my ore verlief is op hom . . . O, Vader, hoe gaan ek hom ooit weer in die oë kyk?

Tot laat daardie nag lê Elsa en tob oor hierdie vraag, want vir haar is dit die grootste vernedering van haar lewe dat Gerhard, Heleen se aanstaande verloofde, moet weet hoe verlief sy op hom is.

Maar Gerhard moes haar verleentheid aangevoel het, want die res van die week sorg hy dat hy elke aand in die bed is wanneer sy om elfuur van Boskloof af tuis kom.

Soggens sien sy hom ook nie met 'n oog nie, omdat sy elke oggend kwart oor ses vertrek. Hierdie bedagsaamheid van Gerhard waardeer Elsa inderdaad baie, want dit het die gevolg dat sy Heleen ook nie sien nie.

Vrydagmiddag bel Paul na die hospitaal om haar te vertel dat die matriekseuns Saterdag moet voetbal speel, dat die koshuisseuns 'n uitstappie vir Sondag gereël het, en dat hy dus hierdie naweek in die koshuis sal bly.

Sondagoggend sien Elsa Gerhard weer vir die eerste maal toe sy haar plek aan die ontbyttafel inneem. Almal groet haar vriendelik, behalwe Heleen, wat dit nie eens werd ag om na haar te kyk nie. Maar daaraan steur die swartkop haar min. Dis haar vry dag, en nie tien Heleens gaan die dag vir haar bederf nie.

Elsa is netjies geklee in 'n duifgrys rybroek en koraalpienk langmoubloesie. En hier waar sy aan tafel sit, lyk sy so fris en jeugdig dat die twee mans nie kan as om haar met openlike bewondering aan te staar nie.

"Dit lyk byna asof jy wil gaan perdry, kleinding," merk Gerhard met 'n stadige glimlaggie op en plaas die appel wat hy vir homself geskil het in haar bord.

"Reg geraai, ek gaan," glimlag sy terug, neem die appel op en laat haar tande in die heerlike rug wegsink. "Dankie vir die appel," sê sy, "dit smaak heerlik. Maar terloops, ek het die stalknaap versoek om Kroon vir my op te saal. Ek hoop hy ken my nog."

"Gaan jy alleen ry, Elsa?" wil Nico dadelik weet.

"Nee, sy gaan nie alleen ry nie," gee Gerhard antwoord. "Ek gaan saam met haar ry. Dis hoog tyd dat sy sien wat agter al hierdie bulte op die plaas aangaan. Jy kan Heleen intussen gesel-skap hou."

"Hoor jy, Nico?" sê Heleen, en veins 'n tintelende laggie. "Die grootbaas het gesê jy moet my geselskap hou en sorg dat ek nie in sy afwesigheid verveeld raak nie."

Met haar laaste sin wou Heleen slegs die ouer meisie laat verstaan dat Gerhard besorg voel oor haar alleenheid. Maar Elsa maak asof sy die blondine se opmerking nie eens gehoor het nie en begin onverwyld met tant Emma gesels.

Na ete, onderwyl Gerhard gaan verklee, begin Elsa langsaam aanstryk in die rigting van die stalle. Dis vir haar verrassend om te sien dat Kroon haar nog steeds onthou. Sy streel met haar hand oor sy nek, en toe hy met sy neus in haar nek begin vroe-tel, hou sy 'n yslike klont suiker na hom uit.

"Hier, jou groot vraat," sê sy laggend en skuur haar hoof lief-deryk teen sy gladde wang. "Vandag gaan ons ver ry . . ."

481

"... en jy moet mooi kyk waar jy loop met ons nonnie op jou rug, my ou perd," vul Gerhard skielik agter haar aan.

"So, dan is jy eindelik gereed," terg Elsa lustig. "Jy draal so lank, die stalknaap het al jou perd opgesaal."

"Ek sien so," sê hy met sy kenmerkende ou skewe glimlaggie. Dan raak sy oë ineens ondeund. "Jy moes my kom help verklee het, kleinding, dan was ek mos lankal gereed!"

"Of ons sou nog steeds gesukkel het om jou in jou klere te kry," terg sy saam. "Ek was jare gelede 'n saalverpleegster en is gevolglik al uit oefening met sulke dinge. Maar in my jong dae," lag sy en sy hys haarself rats in die saal, "het dit my presies vyf minute geneem om 'n man in of uit sy klere te skud."

'n Hartlike lagbui oorval Gerhard.

"Jy sê in jou jóng dae." Hy lig die saal se klap op en stel nou-keurig ondersoek in of die buikgord sorgvuldig vasgegespe is. Dan kyk hy op in haar donker, aanloklike oë. "Watter dae was dit, ou kleintjie ... ek bedoel nou jou jong dae?"

"O, toe ek so agtien, negentien jaar oud was."

Sy oë vernou effens toe hy haar stip aankyk en sommer so uit die bloute vra: "Het Karel jou geleer om 'n perd so rats te bestyg?"

"Nee, jy het hierdie slag verkeerd geraai," lag sy hom uit. "Selma het my die kuns geleer."

"Ek moet onthou om haar te bedank sodra ek haar weer sien."

Met hierdie woorde bestyg hy die vurige swart hings en bin-ne enkele tellings ry hulle op 'n stywe galop oor die werf en verdwyn weldra in die denneplantasie.

Albei geniet hierdie uitstappie besonder baie – Gerhard om-dat Elsa vanoggend weer so stralend gelukkig is, en Elsa omdat hy nog nie een maal na daardie onbesonne liefkosing van 'n week gelede verwys het nie.

Die son is strelend warm en die lug is suiwer en skoon. Af en toe vlieg 'n hasie verskrik voor die perde op en nael so al wat hy kan na lang gras, of verdwyn agter 'n miershoop in. Fisante en tarentale skel op die ruiters wat hul Sondagrus kom verstoor, en meerkatte sit op hul agterpootjies in die son en bak asof hulle die twee ruiters uitdaag om nader te kom.

Toe hulle eindelik al die nuwe lande wat Gerhard die afgelope maand gebraak het, besigtig het, stel hy voor dat hulle die perde eers na die rivier toe neem om water te drink voordat hulle verder ry.

Onder lowergroen wilgers wat met lang, slap arms na die stilvloeiende water reik, trek hulle die perde in.

Met gemak gly Gerhard uit die saal, plaas sy hande om Elsa se smal middeltjie en lig haar versigtig uit die saal. Met 'n sakdoekie waaraan die sagte aroma van viooltjies kleef, vee Elsa die sweet van haar voorkop af, dan lei hulle die perde na die water.

"Ons kan maar daar in die koelte gaan sit solank die perde water drink," stel Gerhard voor. "Hulle sal nie wegloop nie."

Hy neem haar arm en help haar versigtig teen die wal uit. Dan neem hulle albei plaas op 'n omgevalle boomstomp, te midde van die vrolike gesketter van vinke en die veraf, weemoedige geroep van bosduiwe.

Met sterk, sonbruin hande stop Gerhard sy pyp, steek dit aan en vra bedaard: "Vertel my, hoe gaan dit met die werk by die hospitaal?"

Sy stoot haar keppie agter op haar kop en vertel hom dan van al die nuwe vriende wat sy gemaak het, dat sy middagete gewoonlik in die dorp geniet en sluit af met: "Dit sal natuurlik aangenamer wees as ons in die middag ook baie besig kan wees, want dan verveel die tyd 'n mens nie."

"En wat vang jy na middagete met jouself aan?" wil hy weet.

"O, ek lees of brei maar totdat dit tyd is om weer aan diens te gaan."

"Maar sal dit nie vir jou geriefliker wees om van sewe tot vier te werk nie, kleinding? Jy sal dan ten minste halfvyf tuis wees ..."

"Tuis, om jou en Heleen se siele te versondig?" glimlag sy skalks.

Maar Gerhard kyk haar slegs met 'n onpeilbare blik aan en vra sag: "Waarom sê jy my en Heléén, my poppie?"

"Wel, ek versondig maar gewoonlik jou siel, en Heleen kan my natuurlik nie onder haar oë verdra nie. Derhalwe is dit beter dat ek donker vertrek en donker tuiskom. Op dié manier is almal ten minste gelukkig en tevrede, en ek is in niemand se pad nie."

Hy betrag haar 'n rukkie stilswyend, en sê dan baie ernstig: "Jy is en was nog nooit in my pad nie, Elsa. Inteendeel, ek sal baie gelukkig voel as jy elke middag voor donker tuis kan wees."

'n Sagte laggie ontsnap Elsa se lippe toe sy haar sitplek verlaat, haar gemaklik op haar rug uitstrek op die koel gras en plaend sê: "Jy neem jou voogdyskap gans te ernstig op, Gerhard. Ek is seker oom Helgaard het nie bedoel dat jy jou dood moet bekommer oor my nie."

'n Vlietende oomblik streel sy blik liefkosend oor haar begeerlike gestalte hier vlak voor sy voete. Hy sien hoe haar mooi, jong borste rustig op en neer dein, die sagte lyne van haar blanke hals, die aanloklikheid van haar laggende lippe, en sy hele wese smag om daardie sagte lippe weer, in volle oorgawe van heerlike ekstase en ongetemde emosies, teen sy eie te voel bewe.

Die verlange en begeertes in hom raak so oorweldigend dat hy sy pyp op die boomstomp neersit en hom langs haar op sy sy uitstrek.

Met sy hoof in sy linkerhand gestut, kyk hy af in haar laggende oë wat hom beurtelings lok en uitlag. Hy trek sy asem liggies in en sê met 'n warmte van gevoel en 'n vreemde, hartstogtelike lig in sy oë: "Ek is nie slegs besorg oor jou omdat ek jou voog

484

is nie ... Ek het jou lief, my poppie, daarom wil ek jou so graag teen alle moontlike onheil beskerm en kan ek dit nie verdra dat jy so laat in die aand alleen in die pad moet wees nie." Hy streel teer en sag met sy regterhand oor haar een blosende wang en vervolg hartstogtelik: "Moenie jou oë laat sak nie, my skat. Kyk na my en sê dat ek my nie nou die aand vergis het nie, dat jy my ook bemin."

"Dan ... het jy dit agtergekom, Gerhard?" sêvra sy blosend en met 'n klein stemmetjie.

"Jou lippe het my dit vertel, my skat, maar dit was so moeilik om dit te glo. En terloops, moenie so bloos nie, my poppie. Elke mens op aarde raak die een of ander tyd verlief. Jy en ek is dus geen uitsondering nie. Maar ek wil dit graag van jou eie lippe verneem ... het jy my werklik lief, my kleintjie?"

Sy knik bevestigend en antwoord sag: "Ja, ek het jou lief, Gerhard."

"Lief genoeg om Karel en jou beroep as teatersuster om my ontwil prys te gee?"

Haar gelaat is 'n stralekrans van geluk toe sy sag in sy oë glimlag.

"As jy dit so verlang, Gerhard, sal ek albei prysgee."

Hy bedank haar met 'n stem wat van intense geluk spreek. Toe vou hy haar toe in sy arms en sy lippe sluit dringend, besit-lik oor hare. Elsa is momenteel so oorweldig deur sy tere liefde en besitlikheid dat sy vergeet van sy verhouding met Heleen.

"Ek voel glad nie lus om jou ooit weer uit my arms te laat gaan nie, my skat," sê hy toe hy eindelik sy lippe van hare los-skeur. "Maar ek vrees ons sal nou moet teruggaan, anders beland ons vandag albei in tant Emma se slegte boeke. Sy hou van stiptelikheid wanneer dit tyd is vir ete. En terloops, ek sal van-dag nog reël dat jou diensure verander word, sodat jy smiddags vroeër tuis kan wees."

Hy soen haar weer lank en hartstogtelik, kom dan orent en

help haar ook op. Toe gee hy drie harde fluite, en binne 'n paar sekondes draf die twee perde tussen die bome deur.

Met tere besorgdheid help hy Elsa in die saal, bestyg dan sy eie perd, en 'n rukkie later dawer die twee diere se kragtige hoewe rammelend oor die veld, met twee ruiters wat pas die grootste geluk van die lewe gesmaak het.

11

Met Gerhard en Elsa se tuiskoms merk Heleen dadelik onraad. Albei se gesigte straal van geluk en diepe tevredenheid, en dit is vir almal duidelik dat vanoggend se uitstappie vir albei iets besonders was. Die opgewonde blos op Elsa se gelaat en die vrolike glans in haar warm oë kan mens nie verkeerd vertolk nie.

Diep ontsteld besef Heleen dat sy onverwyld sal moet optree, voordat sake tussen die twee dalk heeltemal handuit ruk. Sy hou niks van die teerheid waarmee Gerhard die swartkop die stoeptreetjies opgehelp het nie, en nog minder van die verliefderige blik in sy oë waarmee hy Elsa telkens vereer, hier waar hulle op die stoep sit en wag dat die klokkie vir ete moet lui.

Sy het alreeds haar plan van aksie tot in die fynste besonderheid uitgewerk en hoop nou net sy kry Elsa vandag 'n rukkie lank alleen te sien.

Maar hieroor tob Heleen nie lank nie. Sy het nog altyd in alles haar sin gekry – waarom nie met Gerhard ook nie?

'n Mens moet net jou kaarte reg speel, besluit sy, en niks toelaat om in jou weg te staan nie. Ek weet ek is mooi en begeerlik, baie mooier as Elsa, dus kan my plan nie faal nie.

Met hierdie gedagtes spits sy weer al haar aandag op Gerhard toe wat lui aan sy pyp sit en suig asof hy geen kommer in die wêreld het nie.

Met 'n teer gebaar plaas sy haar hand op sy arm, glimlag hom koketterig aan en verklaar met 'n pruilmondjie: "Jy is stout om my so lank hier in Nico se geselskap te laat. Noudat Elsa kan perdry, kan jy my gerus ook leer . . . en nie net weer beloftes nie, hoor! Ek is ernstig om te leer ry. Dan kan ek volgende keer saam met julle ry . . . Of wil julle my nie saam hê nie?"

"Maar natuurlik kan jy saamry, jou groot baba," glimlag Gerhard goedig en krap haar netjiese kapsel speels deurmekaar. "Ons sal môre vir seker met jou eerste ryles begin," belowe hy ernstig.

Toe lui die klokkie vir ete, en al vier kom byna gelyktydig orent.

Heleen merk dat Gerhard van plan is om Elsa se arm te neem om haar na die sitkamer te vergesel. Maar hierdie geleentheid bied sy hom nie, want sonder erg haak sy by hom in en vergesel hom in 'n vrolike luim na binne – innerlik verheug omdat sy alreeds 'n ronde teen Elsa gewen het.

As Elsa vererg voel oor die blondine se voorbarigheid, laat sy dit wyslik nie blyk nie en stap maar gedwee saam met Nico na binne.

Sy kan nie hoor wat Gerhard en Heleen gesels nie, maar sy merk hoe liefderyk Heleen haar goudblonde hoof teen sy arm vly, en hoe teer hy sy arm om die meisie se middeltjie plaas.

Hierdie teer gebaar van Gerhard deurpriem Elsa se hart soos 'n swaard, en dadelik twyfel sy aan die egtheid van sy liefde vir haar.

'n Man kan onmoontlik terselfdertyd twee vroue bemin, dink sy met 'n ongelukkige trek op haar mooi, stil gelaat, en elke gebaar en optrede van hom beklemtoon sy liefde vir Heleen . . . Ja, hy het haar lief, want waarom anders het hy 'n week gelede so ernstig daarop aangedring dat ek haar vriendeliker gesind moet wees as hy nie 'n huwelik met haar beoog nie?

'n Ontsettende vertwyfeling neem meteens van Elsa besit. En toe sy nog boonop merk hoe teer en liefdevol Gerhard sy lippe op Heleen se goue kroontjie druk, dieselfde lippe waarmee hy haar 'n uur gelede so hartstogtelik geliefkoos het, is dit vir haar meteens baie duidelik dat sy Gerhard se liefdesverklaring nie ernstig moet bejeën nie.

Tydens ete hou die blondine Gerhard se aandag weer knaend op haarself toegespits en gee hom nie die geleentheid om 'n enkele woordjie met Elsa te wissel nie. Sy vertel hom hoe dankbaar sy is dat hy haar gaan leer perdry, want dan kan sy hom bedags by die lande besoek en hom ook vergesel wanneer hy vir inspeksie na die verste veeposte ry.

Dis vir Elsa eintlik 'n seën toe die maaltyd eindelik verby is en sy ontslae kan raak van Heleen se eindelose, irriterende geklets deur haarself uit die voete te maak.

Dis waar, geen mens het my nog ooit so hartlik geïrriteer soos Heleen nie, dink sy wrewelrig onderwyl sy haar kouse en onderklere in haar kamer nasien. Die meisiekind is absoluut onuitstaanbaar, en so oorvol van haarself dat sy 'n mens eintlik 'n pyn gee!

Elsa is egter so verdiep in haar taak en haar eie ongelukkige gedagtes, dat sy wip soos sy skrik toe daar skielik aan haar kamerdeur geklop word.

"Binne!" roep sy bedaard uit en draai haar blik stadig na die deur.

Die deur gaan stadig oop en die volgende oomblik verskyn Heleen se liggroen geklede gestalte in die oop deur.

"Mag ek 'n oomblikkie binnekom, Elsa?" vra sy met 'n geveinsde glimlaggie en 'n soet stem wat vir enigeen, behalwe Elsa, baie eg sou klink.

Sy is inderdaad 'n goeie toneelspeelster, flits dit deur Elsa se gedagtes, maar sy sê hardop: "Ja, kom maar binne as jy wil, juffrou Brink."

Die blondine stoot die deur saggies op knip en vly haar ongenooi op die voetenent van Elsa se bed neer.

Elsa kyk die jonger meisie behoedsaam aan en vra versigtig: "Wat het jou skielik laat besluit om my in my kamer te besoek, juffrou Brink?"

"Kom, Elsa, moenie so vyandig en ongenaakbaar klink nie," lag Heleen hartlik. "Soos sake nou staan, sal jy tog geen ander keuse hê as om vriendeliker met my te wees nie. En jy kan my gerus Heleen noem. Dit klink immers vriendeliker en sal in die toekoms ook die lewe vir ons albei gemakliker maak, aangesien ons saam in hierdie huis sal moet woon."

Elsa kyk Heleen reguit aan en vra bedaard: "Wat presies bedoel jy, Heleen?"

Sy kyk Elsa aan met 'n geheimsinnige glimlaggie wat enigiets kan beteken, en verklaar met geveinsde huiwering: "Wel . . . ek wil jou nie graag seermaak nie, Elsa. Ek weet hoe jy oor Gerhard voel, en . . . Nou ja, 'n man is maar 'n hartelose kreatuur. Hy sal 'n flirtasie met 'n weerlose jong meisie aanknoop, haar soen en haar vertel hoe lief hy haar het, sonder om hom 'n oomblik te bekommer oor die meisie se hart wat hy miskien breek, of haar vertroue wat hy moontlik in die manlike geslag skok." Haar blik raak sag en verontskuldigend toe sy met geveinsde simpatie vervolg: "Ek is vreeslik jammer as my nuus jou gaan seermaak, Elsa, maar . . . wel . . . ek verwag dat Gerhard my nou enige dag gaan vra om aan hom verloof te raak. Hy het my flussies die verloofring gewys wat hy gister in die dorp gekoop het."

Hierdie verklaring van Heleen tref Elsa meteens soos 'n uitklophou en laat al haar verwagtings en mooi drome plotseling soos 'n kaarthuis om haar inmekaarstort. Sy sou enigiets van Gerhard verwag het, maar die Vader weet, nie 'n doelbewuste flirtasie nie. En haar dan nog boonop vra of sy Karel en haar verpleging vir sy onthalwe sal prysgee . . .

Elsa is nog steeds verslae, lamgeslaan en spraakloos oor Gerhard se verskriklike bedrog en leuens, toe hoor sy Heleen al weer sê: "Ek veronderstel na die troue sal ons almal saam in

489

hierdie huis moet woon, totdat jy eendag self trou. Ek sal tant Emma en die huishulpe natuurlik in my diens hou, want Gerhard weet ek is 'n hopelose kok."

"Tant Emma en die huishulpe is almal baie bekwaam," laat Elsa toonloos hoor onderwyl sy die hangkas se laaie werktuiglik regpak.

"Ek weet," sê Heleen weer, "Gerhard sou hulle nie in sy diens gehou het as hulle nie bekwaam was nie." Sy begin saggies lag. "Hy is 'n fanatikus wat orde en netheid betref." Maar dan verstil haar laggie meteens en haar oë raak droomverlore asof sy vergesigte sien. "Die hele huis is gans te formeel na my smaak," laat sy na 'n rukkie hoor. "Maar ek sal drastiese veranderings hier aanbring. Hierdie kamerstel en die een langsaan, waar jou broer geslaap het, pas ook glad nie in hierdie vertrekke nie. Ek sal hulle na die voorste kamers toe verskuif –"

"Verskoon my," val Elsa haar met 'n dik stem in die rede, "maar die meubels waarvan jy nou praat, is my eiendom. So ook die sitkamerstel in die portaal, die klavier, radio en nog ander meubels in die eetkamer en kombuis."

"O," sê Heleen droog. "In elk geval, jy sal dan maar jou meubels moet verwyder uit die portaal, sitkamer, eetkamer en kombuis, sodat ek my eie meubels in die huis kan plaas en rangskik soos ek verkies."

Elsa wil haar eers daaraan herinner dat hierdie huis net soveel aan haar, Elsa, behoort as aan Gerhard. Maar sy weet reeds dat sy na Heleen en Gerhard se huwelik nie op Kaalbult sal aanbly nie en dat Heleen dan maar hier in die huis kan bak en brou soos sy wil. Ja, ook tant Emma sal nie hier wees om die konsternasie te aanskou nie, want sy sal nooit in Heleen se diens aanbly nie.

Maar dan dring die blondine se stem weer tot haar deur.

"Gerhard het gister gesê dat hy die hele huis nuut gaan laat verf, en die blomtuine en grasperke voor die deur ook meer modern wil laat aanlê. Ek sê jou, oor ses maande sal jy die plek nie ken nie, Elsa." Heleen begin weer saggies lag en kom traag orent.

"Ek wonder watter vertrek gaan hy as kinderkamer vir die klein Richtertjies inrig . . . Maar wag, ek moet seker nou gaan sodat jy jou werkies afgehandel kan kry . . . Terloops, Gerhard het flussies iets gepraat van swem vanmiddag. Maar as jy nie daarvoor lus voel nie, sal ek hom sê dat jy besig is."

"En waarom sal ek nie saam gaan swem nie, Heleen?" vra Elsa skielik. Sy weet eerlikwaar nie waarom sy dit gesê het nie, want in werklikheid wil sy Gerhard liewer nooit weer sien nie. Na al sy bedrog en leuens, voel sy meer lus om so ver moontlik van hom af weg te vlug.

Tog, noudat sy daaraan dink, tref dit haar dat sy onnosel was om soveel waarde aan sy liefdesverklaring te heg, want in werklikheid het hy maar net gesê dat hy haar liefhet. Hy het nie een enkele woord gerep van 'n verlowing, of dat hy haar graag sy bruidjie sal wil maak nie.

Heleen is reg, dink sy met 'n seer gemoed. Hy het hom slegs met my vermaak. Enige man sal liefde veins as hy 'n ligte flirtasie met 'n meisie op tou wil sit!

Maar dan hoor sy die blondine weer sê: "Ek het maar net gedink dat jy . . . wel . . . miskien uit Gerhard se pad sal wil bly, noudat jy weet hoe doelbewus hy hom met jou vermaak het."

Die woord "vermaak" uit Heleen se mond klink inderdaad goedkoop en vuil. Dit laat Elsa plotseling vererg voel, want daar was hoegenaamd niks onkuis in haar verhouding met Gerhard nie.

Sy kyk die jonger meisie met 'n skerp blik aan en verklaar onomwonde: "As jy dink dat ek uit my pad sal gaan om Gerhard te vermy net omdat hy my gesoen het, vergis jy jou, Heleen. Ons Versters het nog nooit vir 'n probleem of van 'n moeilike situasie weggehardloop nie. Ons staan gewoonlik ons man. En 'n soen van Gerhard is ook nie die ergste wat met my kan gebeur nie."

Waar Elsa die krag vandaan kry om sulke dinge op so 'n ongevoelige toon te sê, weet sy self nie. Maar dis uit die diep wond wat Gerhard met sy leuens en bedrog geslaan het waaruit sy haar krag put, uit die seer en die rou van haar hart wat hy ten bloede gekwets het.

Heleen sal ook nooit weet hoeveel moed en krag dit van Elsa geverg het om al hierdie gevoellose dinge te sê nie. Sy sal ook nooit weet hoe Elsa se hart bloei hier by die assies van 'n paar oomblikke se liefde nie, hoe diep en rou die wond is en hoe grensloos haar liefde nog vir Gerhard is, al het hy so 'n dubbelspel met haar gespeel.

Elsa is vaagweg bewus van Heleen se vertrekkende figuur toe sy skouerophalend by die deur uit verdwyn. Maar van die haat en woede in die blondine se oë, omdat sy toe nie daarin geslaag het om Elsa van Kaalbult af weg te dryf nie, is laasgenoemde salig onbewus.

Toe die kamerdeur agter Heleen toegaan, sak Elsa met 'n sagte kreun op haar bed neer en verberg haar strak gesig met bewende hande.

O, Gerhard, sug sy wanhopig, dat jy my so diep kon verneder . . . my smeek om my liefde, net om dit weer in my gesig terug te werp!

Gejaag kom Elsa orent en gaan staan voor die oop venster. Haar hande omklem die vensterbank asof sy groot pyn verduur. Haar oë dwaal na die magtige ou berg, en sy is meteens intens bewus van die leegheid van haar lewe en die pyn wat so 'n lewendige vlam in haar brand.

Sy byt op haar onderlip en dan dwaal haar gedagtes die wye toekoms in: Heleen in wit bruidsgewaad met Gerhard aan haar sy. 'n Kansel versier met reinwit lelies en aronskelke. Klankvolle musiek, plegtige en hartroerende beloftes. Gelukwensings en . . . Heleen in Gerhard se arms . . .

Elsa druk haar sakdoekie teen haar lippe en kyk met nikssiende oë na die bloedvlek soos sy haar lip stukkend gebyt het.

Ek is nie 'n lafaard nie, sê sy in haar gedagtes aan haarself. Nee, ek is nie. Maar daar is dinge waarvoor 'n mens soms moet vlug as jy jou trots en selfrespek wil behou . . . Ek sal dus op Kaalbult aanbly slegs totdat die verlowing aangekondig is. Maar nie 'n dag langer nie.

Met oë wat brand van ongestorte trane, vly Elsa haar op die bed neer en gee haar volkome aan bepeinsing oor. Stil trane deurweek haar kussing, maar sy doen nie eens moeite om dit af te droog nie.

Een oomblik voel sy lus om Gerhard te gaan vra wat hy daarmee bedoel het om hom so skaamteloos met haar te vermaak; hy, wat veronderstel is om haar voog te wees. Maar dan dink sy weer aan die vernedering wat dit vir haar sal beteken, en sy besluit om die gedagte maar liewer te laat vaar.

Uitgeput van al die getob raak Elsa later aan die slaap, onbewus daarvan dat Heleen en Gerhard haar in haar kamer kom soek het toe dit tyd was om te gaan swem en sy nie haar verskyning gemaak het nie.

Aan tafel daardie aand is Elsa besonder stil. Sy doen ook haar uiterste bes om Gerhard se blik te ontwyk, maar met die vrolike Heleen teenwoordig, vind sy dit glad nie moeilik om Gerhard se aandag te ontwyk nie.

Hulle het ook net pas van die tafel af opgestaan, toe wens Elsa almal 'n rustige nag toe en onttrek haar onverwyld na haar kamer, onbewus van die raaiselagtige blik en ligte frons tussen Gerhard se oë wat haar stil agternastaar.

Daardie aand drink Elsa vir die eerste maal in haar lewe 'n ligte slaapdrankie. Sy wil nie weer ure lank aan Gerhard en haar eie hartseer lê en dink nie. In die voordag het hulle dit gewoonlik baie druk in die teater, dus kan sy dit nie bekostig om slaplose nagte in haar bed te verwyl nie.

Soos gewoonlik het sy alreeds vertrek toe Gerhard die volgende môre opstaan. En die eerste wat sy merk toe sy sewe-uur aan diens gaan, is dat haar diensure verander is, soos Gerhard belowe het om te doen.

Gelukkig het dokter Dreyer 'n vol program vir die dag en vind sy dus nie veel geleentheid om oor haar eie ongelukkigheid te tob nie. Hieroor voel sy baie bly, want sy wil nie aan Gerhard en Heleen dink nie, en nog minder wil sy op haar hartseer en haar diepe teleurstelling in Gerhard konsentreer.

Toe sy halfvyf die middag op Kaalbult se werf stilhou, is Gerhard gelukkig nog nie tuis nie en kan sy tant Emma gaan groet sonder die vrees dat hy hom dalk ook in die kombuis bevind.

Aandete verloop soos gewoonlik, met Heleen knaend aan die woord. Daarna gaan haal Elsa haar breiwerk en sluit by die huismense aan in die sitkamer, totdat tant Emma om nege-uur begin aanstaltes maak om na bed te gaan.

Met die flou verskoning dat sy moeg voel en ook maar gaan inkruip, volg Elsa tant Emma se voorbeeld. Sy merk die gesteurde frons tussen Gerhard se wenkbroue toe sy die vertrek verlaat, maar steur haar min daaraan. Sy kan raai dat hy gesteurd voel omdat sy nou 'n einde aan sy skaamtelose flirtasie gemaak het. Maar dis goed dat hy daarvan bewus is. Nou sal hy hom ten minste nie aan haar opdring nie.

Die res van die week volg Elsa se lewe dieselfde patroon; dis 'n roetine van eet, slaap en werk. Soms veins sy 'n hoofpyn, ander tye voel sy moeg, en soms kondig sy net doodgewoon aan dat sy nou maar gaan inkruip.

Maar toe sy Sondagoggend ontwaak, vrees sy eintlik toe sy dink aan die lang, leë dag wat nog voorlê. Sy weet dat Heleen haar en Gerhard nie 'n oomblik alleen sal laat nie. Maar sy is al so hartlik moeg van Heleen se ligsinnige geklets, en om haar hoof gedurig hoog te hou in Gerhard se teenwoordigheid sodat hy nie dalk agterkom hoe vergruis sy van binne voel nie.

Sy wens sy kan vir die dag wegvlug van Kaalbult af. Sy dink aan Paul wat in die kamer langsaan slaap en sy wens hy wil haar vra om hom êrens heen te vergesel.

Elsa se hoop en wense baat haar egter niks, want na ontbyt nooi Paul haar slegs vir 'n uitstappie te perd, wat op die langste drie uur kan duur.

"Ek sal Heleen eers moet gaan vra of sy en Gerhard nie ook sulke planne koester nie," sê Elsa en verduidelik voorts: "Want indien hulle ook wil ry, sal ek Kroon vir haar moet laat en vir myself 'n ander perd moet opsaal."

"Nou toe, gaan vra haar gou," spoor Paul sy suster aan."Ek het haar nou net by die sitkamer sien ingaan."

Haastig stap Elsa na die sitkamer en tref die blondine geluk-kig alleen daar aan.

"Gaan jy vanoggend perdry, Heleen?" vra Elsa bedaard.

'n Oomblik kyk Heleen die spreekster stil aan; dan vra sy agterdogtig:"Waarom vra jy?"

"Om die eenvoudige rede dat ek Kroon self wil ry, indien jy nie sulke planne koester nie."

"O, ek sien," kom dit smalend van die blondine."Jy dink na-tuurlik dat jy Gerhard weer vanoggend van my af gaan weglok, nè? Wel, jy kan gerus daarvan vergeet. As Gerhard besluit om self ook te gaan ry, sal ek sorg dat ek hom persoonlik vergesel. Saal dus maar vir jou 'n ander perd op, Elsa."

Vernedering spoel soos 'n golf oor Elsa. En voordat sy haar kan keer, is die woorde reeds uit:"Ek het jou nie gevra vir so 'n ongeskikte antwoord nie, Heleen," voeg sy die blondine diep ontstoke toe, onbewus van Gerhard se voetstappe wat agter haar opklink, hier waar sy half in die oop deur staan. "As ek jou 'n ordentlike vraag stel, verwag ek ook 'n ordentlike antwoord. Maar vir jou verregaande brutaliteit gaan ek Kroon nou vir my opsaal, en ek wil sien wie gaan my belet om dit te doen . . ."

"Niemand sal jou belet om dit te doen nie, Elsa," gee Gerhard skielik agter haar antwoord. "Kroon is jou perd, en jy kan hom laat opsaal en ry enige tyd wanneer dit jou pas."

Elsa merk hoe Heleen se gelaat meteens verbleek, en toe sy haar omdraai, kyk sy vas in Gerhard se oë wat met 'n onpeilbare uitdrukking na haar terugstaar. Daar is talle vrae en 'n hunkering in sy oë wat sy nie verstaan nie. Derhalwe laat sy maar haar blik sak en stap haastig by hom verby.

Wat tussen Gerhard en Heleen plaasgevind het in haar en Paul se afwesigheid, weet Elsa nie. Maar toe sy en Paul, pas voor ete, by hulle op die stoep aansluit, is daar weer moord in Heleen se oë wanneer hulle op Elsa rus. Gerhard is duidelik afgetrokke en diep bekommerd, en die atmosfeer voel asof 'n mens dit met 'n mes kan sny. Slegs Nico en tant Emma is vriendelik soos gewoonlik.

Na ete gaan stap Elsa en Paul 'n lang ent langs die rivier op en kom eers laat die middag tuis. Daardie aand gaan kruip sy weer vroeg in, met die verskoning dat sy moeg voel na die lang wandeling.

Die volgende twee weke volg maar weer dieselfde patroon, afgesien van die spanning wat nog hoog loop op Kaalbult, en dat Elsa en Heleen nou geswore vyande is en geen geheim daarvan maak nie wanneer hulle alleen is.

Bedags voer Elsa haar pligte getrou uit in die teater, sonder om die knaende pyn in haar hart toe te laat om haar lewe en haar werk te oorheers. Dokter Dreyer en die matrone is so tevrede met haar werk en haar onberispelike gedrag dat hulle byna spyt is toe haar vry naweek eindelik aanbreek en hulle drie dae lank – haar weeklikse vry dag ingesluit – sonder haar diens sal moet klaarkom.

Elsa weet dat sy hierdie drie vakansiedae terdeë verdien het. Sy voel ook dat sy dit op die oomblik dringend nodig het. Maar wanneer sy aan die spanning dink wat op Kaalbult heers, sien sy glad nie uit na hierdie kort vakansietjie nie.

Sy probeer haar bes om haar liefde vir Gerhard te onderdruk, maar 'n mens se hart laat hom nie gebied nie en die liefde is ook nie 'n emosie wat na willekeur aan- en afgeskakel kan word nie. Derhalwe probeer sy maar nog steeds om 'n private geselsie met Gerhard te vermy, en wanneer dit moontlik is heeltemal uit sy pad te bly.

12

Dit is alreeds drie weke sedert Elsa die skokkende nuus ver-neem het dat Gerhard op die punt staan om aan Heleen verloof te raak – selfs die verloofring al gekoop het – en ses weke dat sy haar nou al op Kaalbult bevind.

Elke keer wanneer sy Gerhard sien, is dit vir haar 'n marte-ling. In die lang nagte alleen op haar bed dink sy aan hom, herleef sy met 'n bittersoet pyn die kortstondige geluk wat sy in sy arms gesmaak het. Maar eensaamheid en pyn kan die tyd nie laat stilstaan nie, en hier waar sy en Paul onderweg is na Kaalbult, wonder sy gespanne wat sy die volgende drie dae met haarself gaan aanvang.

Heleen lyk asof sy my enige oomblik kan vermoor, peins sy onderwyl sy die motor in die rigting van Kaalbult stuur, en Gerhard is die afgelope twee weke al so stuurs en nors dat dit werklik lyk asof hy enige oomblik gaan ontplof . . . Natuur-lik omdat ek sy dierbare, lieftallige Heleen twee weke gelede oor haar ongemanierdheid ingevlieg het. Maar hy kan gerus so stuurs en nors wees soos hy wil. Ek sal geen belediging van Heleen duld nie!

Sy herleef weer die ses weke wat sy nou al op Kaalbult woon, maar dit voel vir haar meer na ses jare. En ofskoon sy Gerhard nog met haar hele hart bemin, wens sy liewer dat hy nou sy verlowing met Heleen wil aankondig sodat sy Kaalbult kan verlaat. Hierdie gesloer van hom is haas besig om haar senuwees uit te rafel.

Dis stil in die motor. Paul is intens bewus van sy suster se gespanne gemoedstoestand en bewaar dus ook maar die swye.

Elsa is glad nie in die beste bui nie toe hulle halfvyf voor hulle tuiste stilhou en sy Paul vra om die motor in die motorhuis te besorg. Sy het 'n ontsettende hoofpyn wat haar die afgelope twee ure al martel. Sy voel sommer vies vir die wêreld in die algemeen, en vir Gerhard en Heleen in besonder.

Ek gee nie 'n duit om hoe stuurs en nors Gerhard is nie, besluit sy toe sy die huis binnetree en haar na die kombuis begeef om tant Emma te groet, maar môre gaan ek hom sê dat ek padgee van Kaalbult af. Ja, nie 'n dag later as môre nie!

Met 'n bewolkte gesig tree Elsa die kombuis binne en tref Gerhard en Heleen, tot haar ergernis, ook by tant Emma aan. Dis duidelik dat Gerhard ook maar pas tuis gekom het, want sy koppie koffie staan nog onaangeraak voor hom op die tafel.

Elsa groet tant Emma, sê dankie vir die koffie wat laasgenoemde na haar uithou en wou net die kombuis verlaat, toe Gerhard sê: "Wat het gebeur, waarom lyk jy so omgekrap, Elsa?"

Die blik wat sy hom toewerp, is stormagtig. Dit ontgaan hom ook nie dat sy groot moeite ondervind om haar te beheer nie.

"Daar het niks gebeur nie," antwoord sy kortaf.

"Nou waarom lyk jy dan so bitter omgekrap?" dring hy knaend aan, glad nie tevrede met die antwoord wat sy verstrek het nie.

Die blik wat Elsa hom andermaal toewerp, is geen vriendelike een nie. Ook haar stem is bitter ongenaakbaar toe sy sê: "Ek het op die oomblik 'n ontsettende hoofpyn, maar ek sal jou môreoggend na ontbyt wil spreek as jy beskikbaar is."

"Ek vrees Gerhard sal nie môreoggend na ontbyt beskikbaar

wees nie," gee Heleen antwoord. "Hy neem my vir my finale ryles."

Voordat Gerhard egter weer iets kan sê, draai Elsa haar na tant Emma wat voor die stoof doenig is, en verklaar sag: "Moet asseblief nie op my wag vir ete nie, Tante. Ek gaan nou 'n hoofpynpoeier drink en 'n bietjie rus. Paul sal aanstons kom groet."

Toe draai sy stil om en verlaat die kombuis, asof Gerhard en Heleen glad nie eens bestaan nie.

Daardie aand gaan Elsa nie sitkamer toe vir ete nie. Toe haar hoofpyn later bedaar het, ontklee sy en kruip in die bed – oortuig dat sy van Gerhard en Heleen nou net soveel verdra het as wat sy moontlik kan.

Toe Elsa die volgende oggend ontwaak, lê sy lank met geslote oë en luister na die luide gekraai van tant Emma se ou swart haan, die veraf gebulk van kalwers, Kroon wat die nuwe dag met 'n geesdriftige runnik begroet, en die oorverdowende gekwetter van mossies wat 'n entjie van haar kamervenster af gesels.

Dit is alles geluide wat sy die afgelope ses weke leer liefkry het, hierdie stem van die natuur . . . Ja, sy het Kaalbult lief. Was dit nie vir Heleen se haat en afguns en Gerhard se skaamtelose gedrag nie, sou sy hier baie gelukkig kon wees. Maar saam met Heleen, in een huis, sien sy nie meer langer kans om te bly nie.

Doelgerig staan Elsa 'n halfuur later op, neem 'n koue stortbad en klee haar in 'n modieuse, geblomde somerstabberd en netjiese wit skoene.

As Gerhard sy geliefde Heleen se rylesse dan so uiters belangrik vind, sal ek maar solank vir my en Paul verblyfplek in die dorp gaan soek, besluit Elsa.

Sy werp 'n laaste blik in die spieël, neem haar handsak op en begeef haar na die eetkamer vir 'n laat en 'n haastige ontbyt.

Sy is egter verbaas toe sy in die eetkamer kom en almal nog om die ontbyttafel aantref. Volgens Heleen moes hulle lankal gery het, maar dit lyk vir haar asof almal vanoggend op 'n laat ontbyt besluit het.

Elsa merk hoe vraend Paul, Gerhard, Heleen en Nico na haar deftige uitrusting kyk, maar sy ignoreer hulle blikke, vra tant Emma om verskoning omdat sy laat is en sit aan.

"Ek het ou ontbyt in die oond geplaas om warm te bly," begin tant Emma, en wou net orent kom om dit te gaan haal. Maar Elsa keer haar met 'n ligte handgebaar.

"Sit, asseblief, Tante. Ek sal net 'n snytjie roosterbrood en 'n koppie koffie neem," verklaar sy sag, en vereer die ou dame met een van haar glimlaggies. "En moenie weer vir my sê ek sal van honger omkom nie, Tante, want ek weier om enigiemand daardie genoeë te doen. Ek is vanoggend boonop gans te haastig om van honger te wil staan en omkom."

Sy breek 'n stukkie roosterbrood af en is net oorgehaal om botter daarop te smeer, toe Gerhard met 'n onpersoonlike stem sê: "Mag ek vra wat die rede vir jou haas is?"

"Ek gaan dorp toe," antwoord sy kortaf.

"So!" sê hy weer. "Ek dag jy wou my vanoggend oor die een of ander iets spreek?"

"Dit was die plan, indien jy beskikbaar was," voeg sy hom ewe kortaf toe en bepaal dan weer haar aandag by die stukkie roosterbrood wat nog nie gebotter is nie.

Sy het nog nie eens die stukkie brood in haar mond gesteek nie, toe hoor sy Gerhard al weer sê: "Ek is nou tot jou beskikking. Waaroor wil jy my spreek?"

"Slegs dat ek Kaalbult vandag vir goed gaan verlaat," antwoord sy ongeërg. "As ek vanoggend 'n huis of 'n woonstel in die dorp raakloop, sal ek dadelik 'n vragmotor stuur om my meubels uit jou huis te verwyder."

'n Lang ruk heers daar 'n doodse stilte aan tafel; dan laat Gerhard meteens hoor: "Ek dag jy het my vier weke gelede belowe dat jy Kaalbult nooit sal verlaat nie . . ."

"As jy my daardie aand vertel het dat jy van plan was om met Heleen te trou, sou ek nooit daardie belofte gemaak het nie," antwoord sy vinnig, dog duidelik onthuts en gaan voort sonder om eens te merk hoe bleek Heleen meteens word. "Ek dink jy behoort te weet dat ek nooit 'n huis met Heleen sal deel nie." Sy fokus haar blik op die blondine wat nou doodsbleek na die oorblyfsels van haar ontbyt sit en kyk, en sy hervat: "Jy was verniet so haastig dat ek my meubels uit die huis moet verwyder, Heleen. Jy sal nou meer as genoeg tyd hê om die huis volgens jou smaak te meubileer en te rangskik."

Etlike oomblikke kyk Gerhard sy niggie met nougetrekte oë en 'n effens bleek gelaat aan. Dan verskuif sy blik na Elsa toe hy stroef verklaar: "Ek begryp glad nie waarvan jy praat nie, Elsa . . ."

"Sy praat deur haar nek, dís wat sy doen," werp Heleen haastig tussenin en gluur die swartkop met vlammende oë aan.

Maar Elsa laat haar glad nie deur Heleen van stryk bring nie, want sy ontmoet die blondine se oë met 'n minagtende blik wat skroei toe sy bedaard verklaar: "As ek flussies deur my nek gepraat het, geld dit vir jou ook, want die opdrag dat ek my meubels uit die huis moet verwyder sodra jy en Gerhard getroud is, het immers van jou af gekom. Maar ek doen jou nou die guns om dit sommer nog vóór julle huwelik te verwyder." Sy draai haar onverwyld na Gerhard, voordat Heleen nog haar mond kan oopmaak om 'n woord te sê, en gaan met onversteurbare kalmte voort. "Nadat Heleen my drie weke gelede vertel het dat jy alreeds die verloofring gekoop het en dat julle nou enige dag gaan verloof raak, het ek besluit om op Kaalbult aan te bly tot na die verlowing. Maar ek het nou van besluit verander. Hoe gouer ek padgee uit hierdie huis van haat en bedrog, des te beter sal dit vir ons almal wees."

'n Kort oomblik kyk Gerhard haar stil, ondersoekend aan, dan laat hy sag hoor: "Jy praat van haat en bedrog, Elsa. Goed, ek weet op wie die woord 'haat' gemik is. Maar sal jy my asseblief sê op wie die woord 'bedrog' gemik is?"

Elsa voel hoe 'n vuurwarm blos in haar wange opkruip, dus kyk sy by Gerhard verby toe sy onomwonde antwoord: "Op jou, Gerhard. Tant Emma en Nico het my nog nooit bedrieg nie."

'n Voelbare stilte heers 'n paar oomblikke aan die tafel. Toe plaas Paul sy mes en vurk versigtig op sy bord, kyk Gerhard met openlike verwyt aan en verklaar met ingehoue wrewel: "Wel, ek is inderdaad bly dat Elsa uiteindelik tot hierdie wyse besluit gekom het, Gerhard, want glo my ek het al die dag verwens dat ons na Kaalbult verhuis het. Toe ek jou 'n paar weke gelede gewaarsku het teen Heleen se geslepenheid wou jy my nie glo nie. Ek is bly dat jy nou eindelik besef dat my waarskuwing nie ongegrond was nie, dat Heleen, met haar afskuwelike haat en afguns, toe werklik daarin geslaag het om Elsa van Kaalbult te verdryf."

Paul sluk 'n paar maal moeisaam om sy opstand in toom te hou, en hervat dan met openlike verwyt: "Ek kan jou nog vergewe indien ek moontlik nie die einde van die jaar in matriek slaag nie, deur weer 'n keer hierdie jaar van skool te moet verander, Gerhard. Maar ek vrees ek kan jou nie vergewe dat jy my suster se lewe in so 'n warboel verander het —"

"Jou gramskap is volkome geregverdig, Paul," val Gerhard die jong seun met 'n peinsende blik in die rede. "Ek was inderdaad blind. Maar ek verseker jou nie tien Heleens gaan Elsa van Kaalbult af verdryf nie . . ."

Elsa, nou ooglopend vol van Gerhard se bedrog en huigel, gee hom nie die geleentheid om meer te sê nie. Met 'n gedetermineerde trek op haar mooi, stil gelaat kom sy orent, neem haar handsak op en kondig onverstoord aan: "Ek vrees ek moet nou gaan. Jy kan solank jou persoonlike besittings inpak, Paul . . . Tot siens, almal."

502

Met haar hoof trots orent stap Elsa van die ontbyttafel af weg. Maar sy het nie verder as drie treë gekom nie, toe neem Gerhard haar ferm aan die arm.

Met warm, opstandige oë kyk sy hom aan en probeer sy hand van haar arm afskud, dog slaag nie daarin nie.

"Sal jy my arm asseblief los?" voeg sy hom met 'n kwaai stem toe.

"As jy saam met my na my studeerkamer kom sodat ons hierdie 'bedrog'-sakie kan bespreek, sal ek natuurlik jou arm los," antwoord hy bedaard.

"En as ek weier?" Haar oë vlam in syne.

'n Skewe glimlaggie vorm stadig om sy mond.

"Dan dra ek jou na my studeerkamer. En ek gaan net drie tel ... Ek het alreeds een getel ... Twee, kleinding ..." Elsa se oë spat vuur op hom. Sy maak haar mond oop om hom iets venynig toe te slinger, maar sy stem gaan voort: "Drie, my poppie."

Die volgende oomblik raap hy haar netjies in sy gespierde arms op en stap met lang treë aan na sy studeerkamer. Toe hy by die ontbyttafel verbystap, draai hy skielik kortom en beweeg weer terug na die tafel. Dan laat hy Elsa liggies uit sy arms gly, maar hou sy arm ferm om haar middeltjie.

Met 'n breë glimlag rig hy hom tot tant Emma, wat hom met goedkeuring aankyk, en voeg haar met 'n betekenisvolle blik toe: "Berei asseblief vir aandete 'n feestelike maal voor, Tante, kompleet met sjampanje en kaviaar. Ek en hierdie klein rissie," beduie hy met sy hoof in Elsa se rigting, "sal aanstons die sjampanje in die dorp gaan haal. En jy, Paul, pak nie 'n enkele ding in nie. Ek kom jou aanstons spreek; sodra ek 'n sekere sakie in die reine gebring het."

Na hierdie relaas mik hy weer om Elsa op te tel, maar sy stoot hom beslis weg en verklaar kortaf: "Ek het self voete om te loop, dankie."

"Nou goed," glimlag hy ondeund in haar smeulende oë, "dan

503

sal ek maar net my arm so om jou hou, ingeval jy dalk besluit om weer weg te hardloop."

Toe hulle sy studeerkamer binnetree, stoot Gerhard die deur saggies op knip en dui haar 'n sitplek op 'n oulike klein bankie aan. Hy wag eers totdat sy sit en neem dan langs haar plaas.

"Laat ek nou al jou griewe hoor, kleinding," voeg hy haar met 'n ondeunde glimlaggie toe, wat duidelik bewys dat haar vurigheid hom intens amuseer.

"Griewe!" Sy mik om orent te kom, maar Gerhard trek haar saggies langs hom neer.

"Sit, my poppie," paai hy sag en neem albei haar hande teer in syne. "Ek besef volkome hoe jy teenoor Heleen voel. Maar as jy nie die griewe wil lug wat jy jeens haar koester nie, vertel my dan net dít: Wanneer het ék jou bedrieg?"

Diep ontstoke staar sy na die vergroting van wyle oom Helgaard wat aan die oorkantste muur hang. Dan draai sy haar stadig na die jong man aan haar sy en vra met smeulende oë en 'n effense onvaste stem: "Waarom vra jy? Jy weet net so goed soos ek wanneer jy my bedrieg het, of word dit nie in ons verligte eeu as bedrog beskou nie as 'n man hom met 'n eerbare meisie vermaak en haar vertel dat hy haar liefhet, terwyl hy op die punt staan om met iemand anders te trou?"

Haar oë raak meteens dof en Gerhard merk die pyn en hartseer in hulle vertroebelde dieptes. Toe draai sy haar gesig weg en gaan met 'n moeë, toonlose stem voort: "Ek het jou so vertrou, Gerhard . . . Ek sou jou met my lewe vertrou het. Selfs toe jy my omhels het, het ek nooit kon droom dat jy tot soveel gemeenheid in staat is nie." 'n Kortaf, bitter laggie ontsnap haar lippe toe sy haar gesig weer stadig na hom draai. "Ek was 'n gek, 'n groot gek, en jy en Heleen het natuurlik heerlik in die vuis vir my gelag, want slegs 'n gek gee haar hele hart aan 'n man sodat hy dit in haar gesig kan terugwerp. Nadat ons met die perde van die rivier af teruggekeer het, het jy natuurlik baie trots op jouself gevoel . . . Ja, jy moes, anders sou jy Heleen nie na my kamer gestuur het om my te vertel hoe jy die huis vir haar gaan laat verf, die tuine en grasperke gaan verander, en dat jy alreeds vir haar die verloofring gewys het wat jy die vorige dag vir haar gekoop het nie.

"Maar dit maak nie meer saak nie, Gerhard. Jy het my ten minste 'n les geleer om nooit weer 'n man blindweg te vertrou nie. Al wat ek nou verlang, is om alle bande met Kaalbult en sy mense te verbreek. Sodra Paul die einde van die jaar matriek geslaag het, gaan ons terug Pretoria toe . . . Ons moes nooit hierheen gekom het nie, want van die staanspoor af was hierdie erfenis vir my 'n ongewenste erfenis, dus gee ek dit vandag met plesier vir jou –"

"Dankie, kleinding," val hy haar met daardie kenmerkende ou stadige glimlaggie van hom in die rede. "Ek het nou alles gehoor wat ek graag wou hoor. Ek wag nou al 'n volle drie weke om te hoor waarom jy my eensklaps so kil en vyandiggesind is. Weet jy, ek het so lus en trek jou oor my skoot en gee jou 'n drag slae wat jy jou lewe lank sal onthou! Drie weke lank loop ek al soos 'n nors bul hier rond en wonder wat ek gesondig het dat jy my so plotseling uit jou lewe geskuif het. Waarom het jy my nie dadelik kom uitskel vir 'n bedrieër nadat Heleen jou daardie hoop snert vertel het nie, my skat?"

Hy vang haar in sy arms en hou haar styf teen hom vas. Dan boor sy oë in hare terwyl hy meedoënloos vervolg: "Ek het so lus en soen jou totdat jy om genade smeek, jou klein rissie. Wanneer jy jou tong moet gebruik, loop jy met hom in jou kies en jy dink nie vir een oomblik aan al die sielswroeging wat jy mý daardeur besorg nie . . . Nee, ek moet jou straf. Ek gaan jou nou soen totdat jy na jou asem snak, en dan gaan ek jou 'n ding of twee vertel."

Hy voeg ook sommer dadelik die daad by die woord. En ofskoon Elsa darem nie na haar asem snak nie – soos hy gedreig

505

het – voel sy nietemin dat sy deeglik en deur 'n man gesoen is.

"So," verklaar hy toe hy haar eindelik vrylaat uit sy arms. "Nou sit jy asseblief doodstil en luister na wat ek te sê het. En as jy my een maal in die rede val, gaan jou straf veel erger wees."

Hy haal sy pyp te voorskyn en stop dit behendig en toe die tabak eindelik na wense brand, draai hy hom na die swartkop wat sy bewegings belangstellend volg.

"Ek sal maar eers begin toe ek jou daar langs die rivier vertel het dat ek jou liefhet." Hy betrag die brandende tabak in die pyp met noulettende oë, druk dit ferm met sy duim in en verskuif dan weer sy blik na Elsa. "Ek het jou nie bedrieg nie, my kleintjie," gaan hy met oortuiging voort. "Ek het elke woord eerlik en opreg bedoel, en ek herhaal: ek het jou een en twintig jaar lank al lief, kleinding . . . Ja, jy kyk my verniet so verbaas aan. Ek wag nou al een en twintig jaar dat jy moet grootword sodat ek jou kan vra om my vroutjie te word . . ."

"Maar, Gerhard . . ."

"Ek het jou gewaarsku om my nie in die rede te val nie, rissiepit," herinner hy haar. "Bêre gerus maar weer jou tong in jou kies totdat ek klaar gepraat het. In elk geval . . . waar was ek nou weer? O ja. Die dinge wat Heleen, ná my liefdesverklaring, aan jou vertel het, is alles waar, behalwe natuurlik dat sy haarself in jou plek gestel het. Die ring het ek vir jou gekoop en die huis en tuin word vir jou opgeknap. Al hierdie dinge het ek vertroulik met haar bespreek, omdat sy geweet het hoe lief ek jou het. Maar as ek geweet het hoe 'n geslepe klein feeks sy is, sou ek haar natuurlik nooit in my vertroue geneem het nie . . ."

"Bedoel jy dat . . . dat jy Heleen nooit bemin het nie?"

"Skat, jou klein rissie, jy val my al weer in die rede." Hy glimlag meteens breed en vang haar weer liefderyk in sy arms. "Toe maar, ek sal jou maar vergewe, my poppie," laat hy geduldig hoor en soen haar vlugtig op die punt van haar neusie. "In

506

my hele lewe het ek slegs een nooientjie bemin, my liefling, maar ek moes eers wag dat sy grootword; ek wou my nie aan kindermishandeling blootstel nie, want dit is teen die wet." Sy oë lag ondeund in hare. "My liefde vir Heleen was slegs dié van 'n neef. Maar ook dít het sy nou verbeur met al haar leuens en doelbewuste poging om ons geluk te verongeluk . . . Is jy nou tevrede, my skat, en besef jy nou dat jy die enigste nooientjie is wat ek nog ooit in my lewe bemin het?"

"Nee, ek is nog nie tevrede nie, Gerhard," antwoord sy, en die jong man merk dat daar al weer 'n skaduwee in haar dierbare oë skuil. "As jy my werklik al so lank bemin, waarom het jy nie eens vir my 'n enkele ou briefie van bemoediging geskryf nadat ek my ouers verloor het nie?"

Sy oë streel liefkosend oor haar fraai gelaat en rus dan diep en intens in hare toe hy baie teer sê: "Ek het vir jou geskryf, my liefling, nog dieselfde dag wat oom Helgaard jou telegram ontvang het. Maar ek vrees jy en Paul moes alreeds verhuis het toe my brief Pretoria bereik het, want ek het die brief twee weke later terug ontvang. Die begrafnis kon ek natuurlik nie bywoon nie, omdat oom Helgaard en ek nie albei die plaas op daardie tydstip kon verlaat nie."

'n Lang ruk kyk Elsa hom stil aan. Dan vra sy weer: "Waarom het oom Helgaard my die helfte van Kaalbult laat erf, Gerhard? Hy was ons tog nooit goedgesind nie. Selfs tydens my ouers se begrafnis het hy my en Paul soos twee vreemdelinge behandel. Hy het nie eens uit beleefdheid verneem of hy ons moontlik met iets behulpsaam kan wees nie – nie dat ek enige hulp van hom sou aanvaar het –"

"Ek weet, kleinding," val hy haar sag in die rede. "Oom Helgaard het gewoonlik al sy sake met my bespreek, en glo my hy het sy eie rede gehad waarom hy jou en Paul so volkome aan julleself oorgelaat het. Ek sal jou aanstons die brief gee wat hy voor sy dood aan jou geskryf het." Hy streel liefkosend met sy wang teen haar gladde swart hare, kyk haar aan en glimlag teer. "Oom Helgaard en ek het geen geheime vir mekaar verberg nie, my kleintjie; trouens, dit was ook sy innigste wens dat ek jou my bruidjie maak. Daarom het hy die helfte van die plaas aan jou bemaak en moes jy self ook op Kaalbult kom woon. Die doel was bloot dat jy my in al my buie moes leer ken, en soos ons albei angstig gehoop het, my moontlik sou liefkry."

"En die brief?" vra sy weer. "Wanneer is jy veronderstel om dit aan my te oorhandig?"

"Die dag wanneer ek my verloofring aan jou dierbare vingertjie plaas, my poppie," glimlag hy teer en soen haar saggies op die mond.

Hy kom stadig orent, stap na sy lessenaar en haal 'n roomkleurige ringdosie en 'n wit koevert uit die boonste laai. En toe hy weer langs haar plaasgeneem het, vra hy ondeund: "Sien jy kans om oor 'n maand met so 'n baasspelerige, oorheersende, vermetele en onuitstaanbare man soos ene Gerhard Richter te trou, my skat, hom jou hele lewe lank lief te hê, gehoorsaam te wees en saam met hom gelukkig te wees hier op ou Kaalbult?" Sy knik bevestigend met haar hoof en glimlag skalks: "En gee jy om dat 'n Engelse predikant ons in die huwelik bevestig?"

"Waarom 'n Engelse predikant, Gerhard?" vra sy geamuseerd, oortuig dat sy nooit in haar lewe al hierdie man se eienaardigheidjies sal verstaan nie.

"Ons eie predikant verlaat ons gemeente die einde van die maand," verduidelik hy. "En ek gaan baie beslis nie wag totdat ons 'n ander leraar beroep het nie. Dus, kleinding, gaan dit die Engelse predikant wees."

"Dearly beloved," kwoteer sy lustig uit die huweliksformulier, "we are gathered together here in the sight of God, and in the face of this congregation, to join this man and this woman in Holy Matrimony . . ."

'n Hartlike lagbui van Gerhard maak 'n einde aan die plegtige huweliksformulier, en Elsa kan nie anders as om saam te lag nie.

"Gee mekaar ... ek bedoel, gee my jou linkerhand, kleinding," versoek Gerhard, nog steeds laggend, neem haar hand en glip die diamantring aan haar ringvinger. "Nou verklaar ek julle ... ek bedoel, jóú, my aanstaande bruidjie, jou klein rissie. En ek waarsku jou, as Karel Vermaak weer vir jou ogies maak, breek ek sy nek op drie plekke af. So, nou kan jy gerus jou aanstaande man met 'n soen vereer, as jy hierdie brief van oom Helgaard wil hê."

Elsa het geen ander keuse as om aan hierdie versoek van hom te voldoen nie. En toe hy haar eindelik vrylaat uit sy arms, plaas hy die verseëlde koevert, wat aan haar geadresseer is, op haar skoot.

Weer kyk Elsa na wyle oom Helgaard se vergroting aan die muur, asof hy 'n heimlike gedagte met hom wissel. Dan neem sy die koevert op, skeur dit oop en begin lees.

My liewe Elsa

Wanneer jy hierdie brief lees, sal my een groot wens vervul wees, naamlik dat jy jou aan Gerhard verbind het. Wees 'n goeie vrou vir my seun, want ek verseker jou, hy verdien slegs die beste. En moet my asseblief nie te hard oordeel omdat ek jou en Paul na julle ouers se afsterwe so aan julle lot oorgelaat het nie, my kind. Dit was vir my hartbrekend om julle tweetjies so alleen in daardie Sodom en Gomorra agter te laat, maar dit was vir my 'n saak van alle erns om eers uit te vind uit watter staal jy gesmee is en of jy Gerhard se liefde waardig sal wees.

Jou oorlede vader se ou vriend en prokureur, Pieter Joubert, het deurentyd, in die geheim, natuurlik, aan my verslag gedoen in verband met jou en Paul se welstand, daarom weet ek vandag dat jy 'n vegtertjie is wat nie onder die aanslae van die lewe sal bly lê nie en dus 'n waardige vrou vir Gerhard en Kaalbult sal wees.

Die bepaling van my testament, en die rede daarvoor, sal Gerhard aan jou verduidelik. En moenie jou oor Paul se loopbaan verontrus nie. Laat alles in Gerhard se hande en wees maar net 'n goeie vrou vir my

509

seun, want slegs so kan jy hom vergoed vir die getroue liefde wat hy
soveel jare al vir jou koester.

Ek moet nou sluit, my ou dogter. My hart laat my nie meer die
geringste inspanning toe nie. Maar ek wil graag dankie sê omdat jy
gehoor gegee het aan die bepaling van my testament, en dat jy Gerhard
die geluk besorg het wat 'n goeie man soos hy verdien. Julle het al my
seënwense vir 'n baie gelukkige toekoms . . .

Vaarwel, my dogter!

Jou oom Helgaard

Toe Elsa opkyk, is daar trane in haar oë en in haar stem toe sy
sag fluister: "Ek . . . verstaan nou, Gerhard, en ek vergewe oom
Helgaard. Ek sal hom altyd dankbaar bly omdat hy jou aan my
gegee het. Ek . . . ek sal my bes doen om jou liefde waardig te
wees."

Hy neem haar in sy arms en soen die trane weg wat soos
doudruppels aan haar lang, swart wimpers hang, en fluister dan
baie teer: "Ek weet jy sal, my liefling, en ek weet ook dat jy 'n
waardige moeder vir ons kinders sal wees. Miskien kan ek en
die kleinspan jou nog leer om Kaalbult ook lief te kry."

Met oë wat nog blink van trane, glimlag sy op in sy dierbare
oë.

"Ek het Kaalbult lankal lief, Gerhard," sê sy sag en nestel haar
hoof liefderyk teen sy gespierde bors asof sy uiteindelik 'n rus-
plekkie gevind het.

Die gedruis van 'n motor wat vinnig voor die deur wegtrek,
laat Elsa haar hoof traag oplig.

"Wie sou dit wees, Gerhard?" vra sy belangstellend.

"Dit, my skat," sê hy verlig, "is Nico en Heleen wat pas vertrek
het. Ek het verwag dat sy dadelik sou vertrek noudat haar leuens
ontbloot is. In elk geval, ek is bly dat sy my die onaangenaamheid
om haar te versoek om die plaas te verlaat, bespaar het."

'n Sug van blydskap ontsnap uit Elsa se bors toe sy met 'n
stralende gesiggie sê: "Sy het baie moeilikheid tussen ons ver-

wek, en tog voel ek in 'n mate jammer vir haar. Maar ek gaan nie langer aan haar dink nie, Gerhard. My geluk is op die oomblik so ruim dat ek slegs aan die toekoms wil dink ... Die toekoms saam met jou, my Gerhard."

Diep in haar hart dank Elsa die Gewer van alle goeie dinge vir die mooiheid en die volheid van haar lewe toe sy Gerhard se lippe teer teen hare voel. En toe hy eindelik sy lippe van hare af wegskeur, kyk hulle lank in mekaar se oë.

Gerhard gee 'n sug van diepe geluk en salige tevredenheid, en verklaar met 'n humoristiese glinstering in sy oë: "Ek vrees ek het 'n aanstaande swaertjie hier êrens in die huis aan wie ek nog 'n apologie en 'n verduideliking verskuldig is. Sal ons hom gaan vertel dat sy geliefde sussie nou aan my behoort?"

"Ek sal graag Paul se gesig wil sien," lag Elsa saggies, "as hy hoor dat ek aan een van my vyande verloof is ..."

"Jou ... vyand?"

"Ja, Paul het my 'n paar weke gelede met groot erns gewaarsku dat jy en Heleen my vyande is, en," gaan sy tergend voort, "dat ek uiters versigtig vir julle twee moet wees; selfs saans sorg dat my motor behoorlik toegesluit is in die motorhuis sodat daar nie dalk met die ding gepeuter word nie ... Jy weet selfs hierdie berge is gevaarlik om met 'n gepeuterde motor aan te durf."

"Hè ...?" roep hy verbaas en met 'n onintelligente uitdrukking op sy aantreklike gelaat uit. Maar hy ruk homself gou reg en die ondeunde vonkeling is weer dadelik terug in sy oë toe hy skertsend voortgaan: "Vervlaks, maar julle Venters kan 'n man kras beoordeel! Kom, kleinding, ek sal daardie broer van jou sonder versuim moet gaan reghelp. Moontlik sal jou stralende gesiggie help om Paul te oortuig dat ek nie 'n wolf in skaapklere is nie, maar 'n uiters minsame man ..."

"Wat, jy minsaam met daardie onheilige humeur van jou!" bars Elsa hartlik uit van die lag, en vervolg tergend nadat haar lagbui bedaar het: "Nee, jong, jy sal aan iets buitengewoons moet dink as jy Paul wil oortuig dat jy 'n minsame man is, want sien, hy weet hoe woedend jy kan word –"

"Kom, basta met al jou onaangename bespiegelings, my skat," val hy haar laggend in die rede en trek haar sonder enige seremonie vas teen sy bors. "Soen my gou, voordat ons tant Emma en Paul gaan verwittig van hierdie nuwe ellende wat ek my nou weer op die hals wil haal deur met 'n Verster te wil trou."

Elsa maak haar mond oop om kapsie te maak teen sy laaste aantyging, maar verder as dit kom sy nie, want Gerhard snoer haar mond met sy eie lippe, en vir die oomblik is alles vergete, behalwe hulle liefde vir mekaar.